DREIMASTBUCH

www.dreimastbuch.de

I M P R E S S U M

ISBN: 979-8-8539158-0-0
Imprint: Independently published

DREIMASTBUCH
by Hansen Werbeagentur GmbH, Rubensplatz 5, 31303 Burgdorf, www.dreimastbuch.de

Lektorat: Tanja Böhm (VfLL), 95349 Thurnau
Gutachten: Dr. Franziska Walter (VfLL), 31832 Springe

Umschlaggestaltung mit Bilddaten von © Shutterstock, Inc. Empire State Building 350 Fifth Avenue, NY 10118 USA, Fotografen: Ollyy, Gorich, yampi, Andrei Stepanov, Mykola59
Umschlag U3: *Die niederländischen Sprichwörter:* gemeinfreies Werk / Quelle: Wikipedia.
Karte auf Seite 453: © OpenStreetMap / OpenStreetMap® sind offene Daten (open data), lizenziert unter der Open Data Commons Open Database License (ODbL) von der OpenStreetMap Stiftung (OSMF). / https://www.openstreetmap.org

Bibliografische Information der Deutschen Nationalbibliothek: Die Deutsche Nationalbibliothek verzeichnet diese Publikation in der Deutschen Nationalbibliografie; detaillierte bibliografische Daten sind im Internet über http://dnb.d-nb.de abrufbar.

Es hörte einfach nicht auf.
Schnee – nichts als Schnee!

Aus der NDR-Dokumentation von Sven Jaax:
Eingeschneit und festgefroren.
Als der Norden im Schnee versank.
Sprecher: Volker Lechtenbrink

www.der-schnee-und-die-angst.de

KLAUS HANSEN

DER SCHNEE UND DIE ANGST

Ein zeitgeschichtlicher Thriller

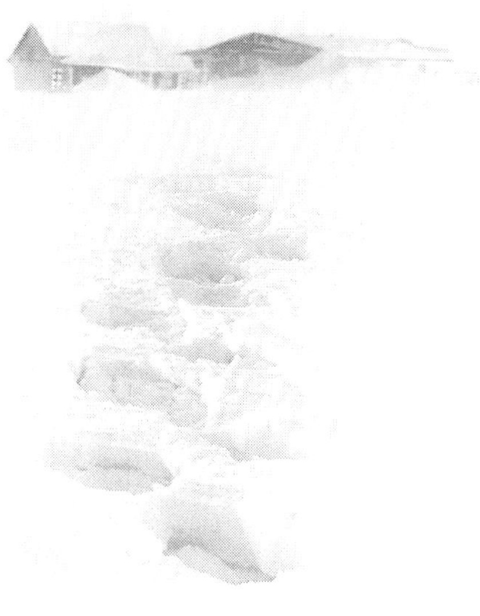

Prolog

Er hatte nicht viel Zeit. In einer Stunde würde es hell werden. Bis dahin musste er fertig sein.

Mit dem Besen schob er behutsam das Stroh zur Seite, das den Boden bedeckte. Er hatte immer sehr darauf geachtet, dass genügend Sägemehl vorhanden war, um die Plane zu verbergen, mit der die Grube abgedeckt war. Er fegte die Einstreu von der Plane und zog sie zur Seite. Darunter kam das Riffelblech zum Vorschein, das er – um Trittschall zu vermeiden – mit einem Gummituch beklebt hatte.

Es kostete Kraft, die Luke zu öffnen, und ... augenblicklich wandte er den Kopf zur Seite. Eine ekelerregende Mischung aus Verwesung, Natronlauge und chemischen Reinigungsmitteln schlug ihm entgegen. Er warf einen raschen Blick hinunter. Die Anhäufung von Sägemehl, Holzspänen und Kalk, die er beim letzten Mal in die Grube geschüttet hatte, war im Laufe der Zeit gesackt. Hier und da ragten mumifizierte Körperteile aus dem verklumpten Gemisch.

Er ertrug den Geruch nicht, kämpfte kurz mit der aufkommenden Übelkeit. Dann machte er einen Schritt zur Seite, packte die Griffe der Schubkarre und schob sie dicht an die offene Grube. Als er die lose darüber geworfene Pferdedecke von der Karre zog, fiel der blonde Haarschopf der jungen Frau herab und gab den Blick auf das bleiche Gesicht frei. An ihrem Hals zeigten sich die blutunterlaufenden Striemen des Blumendrahtes, der sie stranguliert hatte.

Sie ist schön, dachte er. Schön und friedlich. Er überlegte, wie es im Augenblick ihres Todes gewesen war. Bis zuletzt hatte sie sich gewehrt. Wie ein Fisch, der dem Wasser entrissen und ans Land geworfen wird und sich wild zuckend und zappelnd gegen sein Ende sträubt, das dennoch unausweichlich ist.

Er packte die Schubkarre und kippte den leblosen Körper in die Grube. Dumpf schlug er unten auf.

Er karrte zwei Säcke Sägemehl heran, schüttete einen Eimer ungelöschten Kalk über den Leichnam und deckte anschließend alles mit der Einstreu zu.

Danach schloss er die Luke, die ihm ungeschickt aus der Hand glitt und mit gehörigem Poltern auf dem Boden aufschlug. Er hielt kurz inne und lauschte – alles blieb ruhig.

Sorgfältig spannte er die Plane wieder über die Luke, fegte die Einstreu darüber, gab noch eine frische Lage dazu und verteilte schließlich das Stroh darauf.

Nachdenklich betrachtete er sein Werk. Wieder fühlte er diese Leere in sich, wie beim letzten Mal, als er den Deckel draufgemacht hatte. Es betrübte ihn, den Schlusspunkt hinter ein junges Leben gesetzt zu haben, das eben noch voller Lebenslust, Hoffnung und Erwartungen gewesen war.

Dann zuckte er gleichgültig mit den Schultern. Die Schuld lag bei ihr selbst. Sie hatte es in der Hand gehabt – nun war es zu spät.

Er atmete einmal tief durch, stellte die Gerätschaften an ihren Platz zurück und machte sich auf den Weg. Ein frisch gebrühter Kaffee würde ihm jetzt guttun.

* ✝ *

Mittwoch, 27. Dezember 1978

Im Institut für Meteorologie der Freien Universität Berlin beugten sich die Meteorologen über die Aufzeichnungen mit den gerade gemeldeten Wetterdaten und versuchten, aus ihnen die Entwicklung des Wetters für die kommenden Tage abzulesen.

Was sie sahen, waren eine kräftige Hochdruckzone über dem Gebiet Island–Grönland und ein atlantisches Tief, das auf einer reichlich südlichen Bahn ostwärts zog. Das hatte sich bereits über die Weihnachtstage abgezeichnet, war nicht ungewöhnlich und gab auch keinen Anlass zu Besorgnis. Ihre Erkenntnisse fassten die Wetterexperten schließlich so zusammen:

»Der ostatlantische Tiefdruckwirbel ›Carola‹ verstärkt sich auf einen Kerndruck unter 970 mbar südwestlich von Irland. Er lenkt auf seiner Vorderseite sehr milde subtropische Meeresluft nordwärts. Heute mittag stieg auch in Ostfrankreich die Temperatur örtlich bis nahe 15 Grad. Infolge verbreiteten Luftdruckfalls über Westeuropa stellt sich über Deutschland eine südwestliche Strömung ein, mit der morgen die über Norddeutschland verlaufende Luftmassengrenze zumindest vorübergehend wieder nordwärts wandert. Nach den numerischen Höhenvorhersagekarten wandert aber der zu den Britischen Inseln und der Nordsee weisende Hochkeil unter erheblicher Abschwächung rasch ostwärts, und die amerikanischen Karten zeigen am Sonnabend einen Trog über Mitteleuropa. Es wird daher angenommen, daß sich morgen im Tagesverlauf am Okklusionspunkt von ›Carola‹ ein Randtief bildet, das über das nördliche Mitteleuropa hinweg rasch ostwärts zieht. Daher wird in den nächsten 48 Stunden die über Skandinavien bereit-

stehende Frostluft nach Süden vorstoßen und zumindest im zentralen und nördlichen Deutschland wieder winterliches Wetter bringen.« [1]

* ✝ *

Donnerstag, 28. Dezember 1978

Die Tiefdruckrinne dehnte sich weiter nach Osten aus, sie reichte nun vom Nordatlantik bis nach Polen. Während es an ihrem südlichen Rand immer milder wurde, bildete sich im Norden eine scharfe Luftmassengrenze, die zunächst eine nördliche Richtung nahm, gegen den steigenden Druck über Skandinavien aber nicht weiter vorankam. Langsam verlagerte sich die Luftmassengrenze wieder nach Süden.

Es deutete einiges darauf hin, dass es kälter werden würde und Schneefall möglich wäre. Aber bis in den späten Nachmittag hinein ahnte noch niemand, dass sich hier eine gewaltige Schneekatastrophe anbahnte, die den gesamten Norden lahmlegen und mit ihrer eiskalten Umarmung Menschenleben fordern würde.

Kein Mensch hatte so etwas je zuvor erlebt, kein Mensch hätte sich solch eine Katastrophe vorstellen können, und kein Mensch war darauf vorbereitet. So konnten sie nur zusehen, wie der Schnee unaufhaltsam alles Leben zudeckte und die weißen Massen alles unter sich begruben. Schnee, Schnee, nichts als Schnee. Es nahm kein Ende. Sechs Tage lang sollte der Schneesturm ununterbrochen wüten – eine weiße Apokalypse.

* ✝ *

Henny Butenschön hatte keine Zeit für Männer. Zumindest bisher nicht. Aufgewachsen in Münster als argwöhnisch behütetes Einzelkind eines streng gläubigen Vaters und einer scheuen, ängstlichen Mutter, fand sie Jungs langweilig. Sehr zur Genugtuung ihres sittenstrengen Vaters, der keine Gelegenheit ausließ, sein Weltbild darzulegen, in dem Jungs von Grund auf schamlos und sündhaft waren. Das wäre ein Gesetz der Natur, belehrte er die kleine Henny. Überdies wären Jungs von Geburt an schmutzig und die meisten von ihnen würden grässlich stinken.

Den Beweis dafür trat er Jahre später selbst an, als er nach dem Besuch der Sonntagsmesse und anschließendem geselligen Stammtisch in der *Paulus-Schenke* volltrunken in die Güllegrube fiel und darin gurgelnd, aber ansonsten sang- und klanglos verschied.

Henny hatte zwar die mahnenden Worte ihres Vaters gehört, aber nicht verinnerlicht – Jungs spielten in ihrem Leben ohnehin keine Rolle. Lieber verbrachte sie ihre Zeit auf dem Fußboden neben dem Bücherschrank, wo sie, an die Wand gelehnt, ein Kissen im Rücken, gedankenverloren in einem der 24 Bände von *Meyers Konversationslexikon von 1912*, dem allgemeinen Nachschlagewerk des Wissens, blätterte.

Diese schweren Bücher mit ihren dekorativ gestalteten Buchdeckeln, goldgeprägten Lederrücken und marmoriertem Buchschnitt eröffneten ihr ein Universum, in das sie staunend und fasziniert – ja, geradezu ergriffen eintauchte. Die opulent gestalteten Farbtafeln und beeindruckend detailreichen Illustrationen zogen sie in ihren Bann. Jede der ganzseitigen Abbildungen wurde durch ein eingefügtes Blatt

Seidenpapier vor Abrieb geschützt und erschien dadurch noch wertvoller.

Stundenlang betrachtete sie die Stahlstiche, Holzstiche und Lithografien und versank träumerisch in einer Welt, die um ein Vielfaches reiner, unschuldiger, ästhetischer und erhabener war, als die Sicht ihres Vaters auf die Dinge des Lebens ihr Glauben machen wollte.

Mit meditativer Hingabe und sinnlicher Zuneigung ertrank sie in der Betrachtung der Gemälde alter Meister wie der *Aphrodite* von Sandro Botticelli, der *Vier Apostel* von Albrecht Dürer oder auch des *Raub der Töchter des Leukippos* von Peter Paul Rubens. Die Skulptur des nackten *David* von Michelangelo überschlug sie. Nicht, weil sie Angst vor ihrem Vater gehabt hätte, sondern weil es sie nicht interessierte.

Als sie heranwuchs und in die Pubertät kam, war sie irritiert von dem unablässigen Getändel und Geschäker der sie umgebenden Burschen und empfand deren gestelztes Gehabe als albern und peinlich.

Später studierte sie Kunstgeschichte an der Werkkunstschule Köln und hatte keine Zeit für Freundschaften. Danach begann sie eine Ausbildung zur Kunstrestauratorin im Restaurierungsatelier W. Umbach in Lübeck. Sie konzentrierte sie sich auf ihre Ausbildung und hatte keinen Blick für Ablenkungen, schon gar nicht für scharmutzierende Männer.

Nach der Ausbildung absolvierte sie ein Praktikum im Museum für Hamburgische Geschichte und folgte nach dessen Abschluss einem Ruf der Gemäldegalerie Dahlem in Berlin als fest angestellte Restauratorin.

Damit war sie am Ziel ihrer beruflichen Träume angelangt. Sie war eine gefragte Kunstanalystin und trug mit ihrem profunden Wissen um die historischen Maltechniken entscheidend dazu bei, ein Gemälde, das dem Begründer der altniederländischen Malerei, Jan van Eyck, zugeschrieben wurde, als Fälschung zu entlarven.

Doch einhergehend mit dem Erfolg und der beruflichen Anerkennung nahm der Gedanke an eine Beziehung immer mehr Raum ein. Sie hatte zwar Kolleginnen, aber keine Freundinnen, und bei männlichen Kollegen hatte sie stets auf gebührende Distanz geachtet. Sie war zu sehr in ihrer steifen Unnahbarkeit gefangen, als dass sie von sich aus in der Lage gewesen wäre, eine Bekanntschaft, geschweige denn eine Freundschaft, aufzubauen. Sie hatte ihre Arbeit, und das reichte ihr.

Doch dann kam Jan.

Und plötzlich war alles anders.

Es war wie ein Regen nach langer Dürre – zunächst nur vereinzelte Tropfen, die hier und da auf ausgetrocknete Blätter fielen und sie zum Erzittern brachten. Die Tropfen verdichteten sich zu einem Regenschauer, und wie eine Blume, die sich dürstend dem erlösenden Sommerregen entgegenreckt, wurde Henny von einer nie gekannten, aufwühlenden und atemlosen Lebensfreude ergriffen. Zum ersten Mal spürte sie, wie schön das Leben war, wenn man es nicht distanziert an sich vorbeiwehen lässt, sondern sich dem Augenblick öffnet und Herz und Seele in einer süßen Melange aus Liebe, Sehnsucht und Hingabe versinken. Sie fühlte mit Friedrich Schiller:

O, zarte Sehnsucht, süßes Hoffen,
Der ersten Liebe goldne Zeit,
Das Auge sieht den Himmel offen,
Es schwelgt das Herz in Seligkeit.

... Jan!

In der Museumswerkstatt hatte sie gerade einen winzigen Farbpartikel von einem Gemälde abgeschabt und mit der Pinzette vorsichtig aufgenommen, als sie angerempelt wurde. Der Farbpartikel entsprang der Pinzette und fiel zu Boden.

»Oh ... Entschuldigung!«

Der junge Mann, der für das Missgeschick verantwortlich war, versteifte sich und lief vor Verlegenheit rot an.

Mit fahrigen Blicken suchte Henny den Boden ab, aber der winzige Krümel war unauffindbar im Bodenstaub verschwunden. Instinktiv hatte sie die Arme ausgebreitet, um jeden unachtsamen Schritt in den Suchbereich zu verhindern. Dabei griff sie unbewusst nach dem Arm des jungen Mannes und umfasste ihn mit festem Griff. Als sie einsah, dass der Farbpartikel unwiederbringlich verloren war, hob sie den Blick und starrte den ungeschickten Störenfried empört an.

»Das tut mir leid«, wiederholte er.

Als sie, immer noch vor Entsetzen gelähmt, nichts erwiderte, fügte er hinzu: »Ich heiße Jan. Jan Übel.«

Mit großen Augen und offenem Mund stand sie vor ihm, dann lächelte sie. »Ja ... das passt zu Ihnen!«

Er hob fragend die Augenbrauen, und sie registrierte den belustigten, leicht spöttischen Blick, mit dem er sie musterte. Er hatte ein offenes, freundliches Gesicht, blaue Augen, eine gerade Nase und ein energisches Kinn. Und jetzt, da er lächelte, zeigten sich beiderseits der Mundwinkel kleine, vergnügliche Grübchen. Er war ihr sympathisch. Und noch etwas spürte sie: Sie fühlte sich wohl – wie eine Blume im warmen Sommerregen.

»Habe ich etwas angerichtet?«, fragte er.

Und wie, dachte sie. Ohne den Blick von ihm zu wenden,

zeigte sie hinter sich zum Tisch, auf dem sie das Gemälde zwecks Untersuchung auf einem Filztuch platziert hatte. »Ich habe gerade eine Farbprobe entnommen.«

»Aha ...«, sagte er und guckte fragend.

Sie lächelte. »Anhand der Farbprobe kann man feststellen, ob das Gemälde tatsächlich aus dem Jahr stammt, aus dem es zu stammen vorgibt.«

»Das gibt's? Ich meine, das geht?«

Sein Interesse schien ehrlich zu sein, und so fügte sie erklärend hinzu: »Man entnimmt dem Gemälde einen Farbpartikel und kann mittels Radiocarbondatierung das Alter der Farbpigmente oder auch anderer Bestandteile der Ölfarbe bestimmen. Wenn sich nun herausstellt, dass in dem Farbauftrag Bestandteile enthalten sind, die es zur vorgeblichen Entstehungszeit des Bildes noch gar nicht gegeben hat, dann ist das Bild eine Fälschung.«

Während ihrer Erklärung hatte sie den Blick nicht von ihm gelassen. Er hatte ihren Blick offen erwidert, was sie noch mehr verunsicherte.

»Ja, also ... zum Beispiel wurde im Mittelalter nur Bleiweiß verwendet. Heute dagegen wird vorwiegend mit Zinkweiß gemalt. Das wurde aber erst Ende des 18. Jahrhunderts entwickelt. Wenn nun das Werk eines alten Meisters Zinkweiß enthält, kann es nicht das Werk eines alten Meisters sein.«

Er strahlte sie an und blickte dann hinunter zu seinem Arm. »Bin ich jetzt verhaftet?«

Da erst wurde ihr bewusst, dass sie seinen Arm die ganze Zeit festgehalten hatte.

Das war der Zeitpunkt, an dem der ganze Ballast, den ihr der Vater mit seinem kruden Weltbild aufgebürdet hatte, von ihr abfiel. Es war, als hätte sie ein Fenster aufgestoßen, ein frischer Wind wäre hereingefahren und hätte den verrotteten Mief vertrieben.

Wie sich herausstellte, war er in die Werkstatt gekommen, um sich als neuer Kollege aus der Museumsverwaltung vorzustellen. Danach trafen sie sich öfter – zunächst in der Werkstatt, dann auch außerhalb des Museums, in den Mittagspausen und schließlich in ihrer Freizeit, nach Feierabend und am Wochenende. Sie gingen spazieren, redeten, lachten und alberten herum.

Mit besonderer Vorliebe bummelten sie durch den Berliner Tiergarten, wo sie sich für die tapsigen Elefantenbabys begeisterten, über die Kapriolen der Affen lachten und versuchten, den Papageien alberne Wörter beizubringen. Sie genossen die unbekümmerte Freude am Leben, vor allem aber die Freude aneinander.

In solchen Momenten fühlte sich Henny frei, leicht und beschwingt, als sei sie einem der impressionistischen Sommerbilder von Claude Monet entsprungen.

Irgendwann ließ sie es sogar zu, dass Jan ihre Hand nahm. Es fühlte sich gut und richtig an.

Ihre Zuneigung zueinander wuchs mit jedem Tag, sie sprachen schon von einer gemeinsamen Wohnung und schmiedeten Pläne für die Zukunft, als ihre aufkeimende Liebe ein abruptes, tragisches Ende fand.

Anfang September 1974 flog Jan nach Madrid, um sich im *Museo del Prado* die Gemäldesammlung des spanischen Königshofes anzusehen. Überdies hatte ihn Henny gebeten, die Sonderausstellung mit den Werken flämischer und niederländischer Maler zu begutachten und Anregungen für ihre Ausstellungen zu sammeln.

Am 13. September 1974, zwei Tage vor seinem geplanten

Rückflug nach Berlin, schlenderte Jan am frühen Nachmittag durch die *Calle del Correo*, setzte sich in die *Cafetería Rolando*, bestellte einen Espresso und blätterte im Ausstellungsverzeichnis des Prados.

Um 14 Uhr 35 ging die Bombe hoch.

Gelegt von der ETA, der baskischen Terrororganisation. Einundsiebzig Menschen wurden verletzt, dreizehn Menschen starben. Unter ihnen auch Jan Übel.

* ✝ *

Das war jetzt vier Jahre her. In den ersten beiden Jahren nach Jans Tod hatte sich Henny wieder zurückgezogen und sich ihrer Trauer hingegeben. Doch mit der Zeit verschwanden die Schmerzen und die Erinnerungen verblassten. Ihre Beziehung war von zu kurzer Dauer gewesen, die Wurzeln ihrer Liebe reichten noch nicht tief genug.

Durch Jan aber hatte sie gelernt, nicht nur spröde vorgestanzten Leitlinien zu folgen. Die vielen schönen Dinge links und rechts des Weges waren es wert, ab und an innezuhalten und sich des Daseins und der Mitmenschen zu erfreuen. Langsam wandte sich Henny wieder dem Leben zu.

Sie erinnerte sich ihrer Ausbildung in Lübeck. Bilder der historischen Altstadt, des Hafens mit seinem quirligen Schiffsverkehr, der Ostseeküste und der herben schleswig-holsteinischen Landschaft kamen ihr wieder in den Sinn. Die weite, sanft hügelige Landschaft, durchsetzt von kleinen Wäldern, zahlreichen Seen, vereinzelten Mooren, einem Flickenteppich von Feldern und Wiesen, die gesäumt waren von kilometerlangen Knicks.

Schöne Erinnerungen an eine schöne Zeit.

Aber es war eine Zeit des Lernens, der intensiven Konzentration auf ihre Ausbildung gewesen. Ihr wurde bewusst, dass sie noch nie Urlaub gemacht hatte. Natürlich hatte sie geregelte Urlaubszeiten, die ihr arbeitsrechtlich zustanden. Nur hatte sie die freie Zeit meist genutzt, um sich weiterzubilden. Sie hatte Museen besucht, sich mit kunsthistorischen Themen auseinandergesetzt und Leben und Werke der Meister der Renaissance studiert.

Aber einmal richtige Ferien zu machen, sich zu entspannen und zu erholen, einfach mal das Nichtstun zu zelebrieren? Nein, dazu war sie bei allem Streben nach Vervollkommnung ihrer Kenntnisse nie gekommen.

Henny beschloss, das zu ändern. Ihren nächsten Urlaub würde sie in Lübeck oder einem der vielen kleinen, heimeligen Orte an der Ostsee, oder vielleicht sogar an der Nordseeküste verbringen. Der Zeitpunkt war gut, es war Mitte März 1978. Bis zu ihrem Sommerurlaub im August hatte sie noch genügend Zeit, einen geeigneten Urlaubsort zu finden.

Im Mai hatte sie den Gedanken daran schon fast vergessen, als sie auf dem Weg zu einem sonntäglichen Besuch im Tiergarten Berlin, dem Ort früherer, unbeschwerter Tage mit Jan, an der Station Zoologischer Garten aus der Bahn stieg.

Sie beeilte sich, den Bahnhof schnellstmöglich zu verlassen, er war ihr unbehaglich. Er war ein Ort des Drecks, des Elends und der Verkommenheit. Ein Ort, an dem sich die Drogen- und Stricherszene breitgemacht hatte. Hier torkelten Betrunkene umher, hockten Drogenabhängige apathisch in den Nischen, flanierten minderjährige Mädchen, die sich ungeniert für wenig Geld zu schnellem Sex bereitfanden.

Henny hatte davon im Magazin STERN gelesen, das eine mehrteilige Reportage über die Verhältnisse in diesem Milieu gebracht hatte. Auch wusste sie von einem Buch mit dem Titel »Wir Kinder vom Bahnhof Zoo«, das im Herbst erscheinen sollte.

So gern Henny den Tiergarten auch aufsuchte, wenn sie den Bahnhof Zoo erreichte, war ihr, als stiege sie in eine Wanne mit gebrauchtem Badewasser.

Schnell strebte sie dem Ausgang zu und eilte am Zeitungsstand vorbei. Ihr flüchtiger Blick streifte den Zeitschriftenständer und ließ sie innehalten. Da war es: Das Bild ihrer Urlaubspläne. Eine Dünenlandschaft mit weißem Sand an blauem Wasser zierte die Titelseite eines Reisemagazins: *HB Bildatlas – Nordsee, Nordfriesland und die Inseln, Helgoland.*

Henny zögerte. Nordsee statt Ostsee? Helgoland statt Lübeck? Entschlossen griff sie nach dem Magazin, ging zur Kasse, zahlte sechs Mark fünfzig, steckte das Heft in ihre Handtasche, verließ das Bahnhofsgebäude und freute sich auf die Ruhe im Zoologischen Garten.

Am Abend, nachdem sie es sich in ihrer kleinen Wohnung bei Tee und Käsehäppchen auf der Couch gemütlich gemacht hatte, blätterte sie im HB Bildatlas. Die Bilder holten Erinnerungen an ihre Zeit im Norden hervor, regten ihren Wunsch nach einem Wiedersehen mit dem Land zwischen den Meeren an. Die Nordseeküste war die herbe, wildere Schwester der lieblichen und zumeist friedlichen Ostsee. Dort waren die Stürme heftiger und die See bedrohlicher als an der Ostküste, das Land noch flacher, der Horizont noch ferner und die Freiheit größer. Warum also nicht Nordfriesland?

Henny überflog die Beschreibungen der einzelnen Orte:

Husum, Büsum, St. Peter-Ording, Friedrichstadt, Brunsbüttel. Sie blätterte weiter zu einem Bericht über Ferien auf dem Bauernhof. Wie elektrisiert blickte sie auf das dazugehörige Bild. Es zeigte einen Mann mit kariertem Hemd und olivfarbener Feldmütze vor einem wuchtigen gusseisernen Ofen. Die Bildunterschrift lautete: *Oesterdeichstrich: Hofbesitzer Oltmanns verspricht seinen Feriengästen Ruhe und Erholung auf dem Land.*

Es war nicht der Mann, der ihre Aufmerksamkeit fesselte, es war das Bild, das hinter ihm, neben dem Gussofen, an der Wand hing. Es war nur etwa zu einem Viertel zu sehen und dennoch erkannte Henny das Bild sofort. Es war ein Gemälde der niederländischen Renaissance. Eine Szene mit verwirrend vielen Figuren, die in emsigem Treiben die Bühne bevölkerten und absonderliche Tätigkeiten verrichteten.

Es waren *Die niederländischen Sprichwörter* von Pieter Brueghel dem Älteren, gemalt im Jahre 1559. Sie kannte das Bild gut, es war im Besitz der Gemäldegalerie, und sie hatte bereits viele gedankenverlorene Stunden in Betrachtung des Bildes verbracht.

Da das Original in der Berliner Gemäldegalerie hing, konnte es sich bei dem Bild auf dem Foto nicht um das Original handeln. Es war aber auch kein Kunstdruck, kein Nachdruck. Trotz der leichten Unschärfe konnte Henny an den Lichtreflektionen die pastos aufgetragenen Pinselstriche eines handwerklich gefertigten Ölbildes erkennen. Henny versuchte, weitere Einzelheiten und Eigenarten auszumachen, suchte nach Merkmalen, die ihr die Herkunft des Bildes verraten konnten. War es das Werk eines ambitionierten Hobbymalers, dessen Begeisterung für Pieter Brueghel in diesem Gemälde ihren Ausdruck gefunden hatte? So sehr sie sich auch anstrengte, in dem kleinen, dazu leicht verschwommenen Foto konnte Henny keine erhellenden Antworten finden.

Nachdenklich blätterte sie noch ein paar Seiten weiter, dann legte sie das Magazin zur Seite. Sie nahm sich vor, in den nächsten Tagen noch einmal das Originalgemälde von Brueghel aufzusuchen.

Und jetzt, drei Tage vor dem Jahreswechsel 1978/79 saß sie hinter dem Lenkrad ihres Wagens, hatte bereits weit mehr als fünfhundert Kilometer hinter sich gebracht, um zu ihrem Urlaubsort auf einem abgelegenen Hof in Dithmarschen zu gelangen. Ferien auf dem Bauernhof, auf dem Hof von Walter Oltmanns. Ganz allein, fernab der hektisch pulsierenden, lärmenden, nie schlafenden Großstadt Berlin würde sie hier ein paar ruhige Tage verbringen. Aber nicht nur zur Entspannung, sondern auch, um dem Geheimnis des Brueghel-Bildes auf die Spur zu kommen.

Es war nicht schwer gewesen, die Oltmanns zu kontaktieren. Ein Blick ins Telefonbuch reichte, und der erste Anruf erwies sich als richtig verbunden.

»Natürlich können Sie gerne bei uns Ferien machen«, zeigte sich der Hofherr erfreut. Walter Oltmanns hatte eine warme, sympathische Stimme. »Allerdings sind wir für die Sommermonate bereits ausgebucht.«

»Oh, schade«, sagte Henny.

»Warum schade? Das Jahr hat viele schöne Monate. Was halten Sie denn davon, den Jahreswechsel bei uns zu verbringen? Silvester haben wir noch eine Ferienwohnung frei.«

»Im Winter?«, fragte Henny ungläubig.

»Aber ja! Dann ist es bei uns besonders schön. Wenn der

Winter Felder und Wiesen mit seinem weißen Tuch bedeckt, die Sträucher glitzernde Perlen aus gefrorenem Nebel tragen und das ganze Land in Ruhe und Frieden daliegt ... Sie werden sehen, es ist die beste Zeit, um wieder zu sich selbst zu finden.«

Henny hatte ob seiner poetischen Begeisterung für den Winter lächeln müssen. Die kalte Jahreszeit war zwar nicht die ihre, aber der Gedanke an das Bild ließ sie letztlich zustimmen. Gut – sechs Tage über den Jahreswechsel könnte sie sich schon vorstellen. Und sie freute sich darauf.

»Dann trage ich Sie also als feste Zusage ein, ja?«

»Aber gern!«

Oltmanns bat um ihren Namen und ihre Adresse. Dann fragte er: »Sind Sie gebunden? Verheiratet? Fester Freund?«

Henny empfand die Fragen als indiskret und scheute sich, darauf zu antworten. Dann aber sagte sie sich, dass der Vermieter neben den persönlichen Daten sicher auch ihren Familienstand notieren musste.

»Ich bin ledig.«

»Und ...«, er zögerte die Frage hinaus. »Wie alt sind Sie?«

Henny fühlte sich unwohl. War das noch eine Obliegenheit gesetzlicher Vorschriften?

»Neunundzwanzig«, sagte sie, fast ein wenig verschämt.

Sie hörte Oltmanns Atem durch den Hörer.

»Sehr gut«, sagte er.

Gedankenverloren steuerte sie das Auto über die B5 ihrem Ziel entgegen: einem verlassenen Flecken namens Oesterdeichstrich bei Büsum.

Sie hatte eine kleine Ansiedlung namens Elpersbüttel hinter sich gelassen und näherte sich Meldorf. Seit Hamburg begleitete sie steter Nieselregen. Unablässig quietschten die

Scheibenwischer über die Frontscheibe.

Der VW Käfer war nicht mehr der Jüngste. Bei jeder Unebenheit der Fahrbahn ächzte und knackte es in den Achsen. Es war, als seufzte der Wagen unter der Last seiner zwölf Jahre. Aber er hatte sie von West-Berlin zuverlässig und ohne Zwischenfälle hierhergebracht. Über die Transitautobahn A2 bis nach Hannover und weiter über die A7 Richtung Norden. Nur unterbrochen von einem kurzen Tankstopp hinter der Zonengrenze bei Helmstedt war sie bereits mehr als sechseinhalb Stunden unterwegs. Schweigend und in sich gekehrt.

Sie beugte sich vor und schaltete das Autoradio ein. Es quietschte, rauschte und knatterte, bis sie einen Sender mit klarem Empfang gefunden hatte:

»... stark bewölkt bei mäßigen Winden aus östlichen Richtungen, Temperaturen um ein Grad, verbreitet Nieselregen, der gegen Abend in leichten Schneefall übergehen kann. Meldungen über Verkehrsbehinderungen liegen uns keine vor. Und schon geht's weiter mit einem fetzigen Titel von MONZA. MONZA – das Duo der vielversprechenden Newcomer Dieter Bohlen und Holger Garboden mit ihrer ersten Single, frisch aus der Plattenpresse: Hallo Taxi Nr. 10! ... Und here we go!«

Aus dem Lautsprecher hämmerten die ersten Schlagzeugtakte, gefolgt von der angestrengt hohen Fistelstimme des Leadsängers.

Desinteressiert schaltete Henny das Radio wieder aus. Ihr war nicht nach seichtem Gedudel. Ein Blick auf die Tankanzeige erinnerte sie daran, dass es Zeit wurde, einen Rastplatz anzusteuern. Der Zeiger lag bereits im roten Reservebereich.

Kurz darauf kamen die ersten Häuser von Meldorf in Sicht, sie passierte das Ortsschild und fuhr rechts ran. Ein etwa achtjähriger Junge kickte einen luftleeren Fußball vor sich her. Sie fragte ihn nach dem Weg zur nächsten Tankstelle. Der Junge stellte seinen Fuß auf den schlappen Ball und musterte sie unverblümt skeptisch. Eine Frau im Auto – ohne Mann, der bei Gefahr eingreifen konnte? Sie musste eine ganz mutige Frau sein.

Dann aber zeigte er bereitwillig, wenn auch stumm, in Richtung Ortsmitte, nahm den Ball auf und lief eilig davon. Vielleicht, um sich schnell aus der Gefahrenzone zu bringen.

Nach einigen hundert Metern erreichte sie die Shell-Tankstelle, brachte den Käfer vor der Tanksäule zum Stehen, stieg aus und streckte sich ausgiebig.

Der Tankwart, der ihre Ankunft durchs Fenster des Kassenraums neugierig beobachtet hatte und sich nun gemächlich näherte, nahm sie unverhohlen abschätzig in Augenschein. Vielleicht war er der Vater des Jungen mit dem flachen Fußball.

Nach einem flüchtigen Blick auf das Kennzeichen murmelte er: »Na, Fräulein? Aus Berlin?«

Henny sparte sich eine Antwort. Die Nachricht aus Bonn, auf die Bezeichnung Fräulein künftig verzichten zu wollen, hatte es wohl noch nicht bis aufs flache Land geschafft.

Der Tankwart warf einen prüfenden Blick ins Fahrzeuginnere, fingerte einen schmutzigen Lappen aus der Hosentasche und wischte sich die Hände ab. Dann öffnete er den Tankdeckel, schraubte den Verschluss auf und führte das Zapfventil ein.

»Voll?«

»Ja, bitte.«

Während das Benzin einlief, betrachtete er sie ungeniert. Es dauerte eine gefühlte Ewigkeit, bis es endlich klickte. Er hängte das Zapfventil wieder in die Säule zurück, holte den schmutzigen Lappen erneut aus der Hosentasche und wischte seine Hände ab. Mit Blick auf die Tanksäule brummte er: »Siebenunddreißig sieben Liter. Viel weiter hätten Sie nicht mehr fahren können.«

Er schloss den Tankdeckel. »Wohin wollen wir denn?«

Henny überhörte das anmaßende wir. »Oesterdeichstrich.«

»Na ja – einmal Gas geben, schon sind Sie da.«

Auf die Frontscheibe weisend, fügte er hinzu: »Die Scheibe ist verschmiert. Ich putz die mal, damit Sie wieder klare Sicht haben. Gehen Sie schon mal rein. Bei der Kälte müssen Sie ja nicht draußen stehen bleiben. Ich komme gleich nach.«

Henny war es recht. Sie ging hinein und sah sich um. Auf dem Kassentresen lagen die aktuellen Zeitschriften und Tageszeitungen. Vom Titelbild des STERN lachte ihr die Frau des Bundespräsidenten entgegen. Die Titelzeile jubelte in großen Lettern: »Mildred Scheel. Die Frau des Jahres«. Nun ja, Sie hatte als Gründerin der Deutschen Krebshilfe auch Großartiges geleistet.

Die BUNTE zeigte Catherine Deneuve im dunkelblauen Smoking mit einer ebensolchen Schleife. Die wichtigste Meldung aber stand links außen: »Beatrix am Ziel: Hollands Königin Juliana tritt zurück«.

Darunter steckte die neueste BRAVO mit den berühmtesten Pilzköpfen der Zeit, den Beatles. Dazu ein Hinweis auf ein Superposter von ABBA in der Heftmitte. Nicht unbedingt ihr Interessengebiet. Dafür fiel ihr die BILD mit dem riesengroßen Aufmacher ins Auge: »INGE QUANDT TOT! IHR MANN KOPFSCHUSS«.[2)]

Betroffen nahm sie die Zeitung aus dem Ständer. Inge Quandt war Mitglied der wohl mächtigsten Wirtschaftsdynastie Deutschlands. Mit ihrem milliardenschweren Vermögen traten die Quandts auch als Kunst- und Kulturmäzene in Erscheinung. Sie war Inge Quandt einmal auf einer Vernissage begegnet und nun war sie tot.

Henny blickte auf, als der Tankwart eintrat. Er schlurfte hinter den Tresen, ließ sich auf einen quietschenden Bürostuhl plumpsen und stellte eine Quittung aus. »Macht vierunddreißig siebenundzwanzig.«

»Vierunddreißig siebenundzwanzig? Was kostet denn ein Liter?«

»Neunzig neun.«

»Heute Morgen habe ich aber weniger bezahlt.«

»Aber nicht bei mir, Frollein!«

Eigentlich hatte Henny keine Lust, sich mit dem Tankwart länger zu unterhalten, dann rang sie sich aber doch zu einer Antwort durch. »Nein, in einem Dorf kurz hinter der Zonengrenze.«

»Haben die da überhaupt Benzin?« Er hielt das wohl für einen guten Witz.

Sie legte die Bild-Zeitung auf den Tresen und zückte ihre Geldbörse. »Die Zeitung hätte ich gern dazu.«

»Fünfzig Pfennig. Macht vierunddreißig siebenundsiebzig.«

Während sie das Geld auf den Zahlteller abzählte, rollte drüben auf der anderen Straßenseite ein roter Opel Kadett langsam aus und stoppte. Der Tankwart blickte auf und runzelte die Stirn. Schlagartig verdunkelte sich seine Miene. Er sah beunruhigt aus.

Henny folgte seinem Blick. Wer immer in dem Kadett saß, schien Zeit zu haben. Er stieg nicht aus. Der Nieselregen hatte sich in kleinen Tröpfchen und Rinnsalen auf die Scheiben gelegt, sodass Henny nur verschwommen ein schemenhaftes

Gesicht wahrnahm, das zu ihnen herübersah.

Sie fragte beiläufig: »Kennen Sie den?«

Der Tankwart antwortete nicht. Er strich das Geld ein, verstaute es in der Kassenschublade und wandte den Blick wieder dem roten Kadett zu.

Henny nahm die Zeitung an sich. Sie erwartete keine Antwort mehr, und weil auch ihr Gruß keine Erwiderung fand, beeilte sie sich, trockenen Hauptes den Käfer zu erreichen. Auf dem Weg warf sie noch einen schnellen Blick zu dem roten Kadett hinüber. Die Gestalt auf dem Fahrersitz hatte sich nicht gerührt und blickte immer noch unverwandt zur Tankstelle. Oder war etwa sie das Ziel seiner verborgenen Blicke?

Im Auto angelangt, nahm Henny die Straßenkarte und fuhr mit dem Finger die Strecke ab. Bis Oesterdeichstrich waren es ungefähr noch zwanzig Kilometer, wenn sie die Nebenstrecke über Meldorfer Hafen, Barsfleth und Ketelsbüttel nahm und bei Wöhrden auf die Bundesstraße 203 fuhr.

Von dort, so hatte es ihr der Vermieter am Telefon beschrieben, war es nicht mehr weit. Kurz vor Büsum läge links der Flugplatz Heide-Büsum, einige hundert Meter weiter sähe sie rechter Hand einen auffälligen Baum: eine tote Birke von beachtlicher Größe, die ihre kahlen, abgestorbenen Äste wie ein vielarmiger Hampelmann in den Himmel recke. Davor eine verwitterte Milchkannenrampe neben einem wuchtigen Findling, auf dem mit roter Farbe die Initialen OH gemalt wären. Der dahinter abgehende Weg führte direkt zu Oltmanns Hof.

»Sie können ihn gar nicht verfehlen, es ist der einzige Hof in diesem vergessenen Landstrich«, hatte Oltmanns am Telefon gesagt.

Sie reihte sich wieder in den spärlichen Verkehr auf der B5 ein und blickte nach einigen Minuten vorsichtshalber noch einmal in den Rückspiegel – kein roter Kadett zu sehen.

Ihre Gedanken sprangen wieder zurück zu dem Bild, das sie im HB Bildatlas gesehen hatte und dem sie sich nun näherte.

Nach eingehendem Vergleich mit dem in der Gemäldegalerie hängenden Original von Pieter Brueghel dem Älteren war sie zu dem Schluss gekommen, dass es sich um eine Replik handeln musste. Und zwar um eine wertvolle!

Mitte des 16. Jahrhunderts hatte Pieter Brueghel über hundert niederländische Sprichwörter in einem Bild vereint. Die einzelnen Szenen gaben einerseits das Leben und Treiben in einem mittelalterlichen Dorf wieder, versinnbildlichten aber gleichzeitig jede für sich ein damals geläufiges Sprichwort.

Bei genauem Hinsehen hatte Henny allerdings eine Abweichung in dem Bild an der Wand des Bauern aus Dithmarschen gegenüber dem in der Gemäldegalerie entdeckt: Am oberen Bildrand war ein Mann dargestellt, der einen schweren Baumklotz an einem Seil hinter sich herzog. »Jemand schleift einen schweren Klotz hinter sich her« ist gleichbedeutend mit »Jemand rackert sich für eine unnütze Sache ab.«

Der Mann, der so mühsam den Klotz zieht, ist auf dem Originalbild mit einer blauen Jacke und einer roten Hose bekleidet. Auf dem Foto in dem Reisemagazin trägt der Mann aber eine grüne Hose. Ein kleiner, aber gravierender Unterschied, der Henny zu einem überraschenden Schluss kommen ließ.

Der Regen hatte nachgelassen und war schließlich ganz versiegt. Die Scheibenwischer rumpelten und kratzten unangenehm über die trockenen Scheiben und Henny schaltete sie aus. Gerade hatte sie Barsfleth verlassen, und ein Blick nach vorn zeigte ihr die ganze Einsamkeit des platten Landes mit den tiefhängenden dunklen Wolken. Mein Gott, dachte sie. Was macht man nur, wenn man hier wohnt und mal eben um die Ecke was einkaufen will?

Bei dem Gedanken an die verlassene Gegend sah sie unwillkürlich in den Rückspiegel. Kein roter Kadett zu sehen. Sie schüttelte den Gedanken ab. Hatte sich diese Einöde bereits als dunkler, Unheil ahnender Schatten über ihr Gemüt gelegt?

Sie kehrte mit ihren Gedanken zurück zum Gemälde. Ihre gezogenen Schlüsse könnten für die Kunstwelt unter Umständen sehr bedeutsam sein. Ein Hobbymaler, der ein berühmtes Bild nachmalt, hätte seine ganze Aufmerksamkeit darauf gerichtet, es originalgetreu wiederzugeben. Ein Fälscher würde erst recht akribisch auf die korrekte Darstellung jedes noch so winzigen Details achten. Eine Verwechslung der Farben wäre in beiden Fällen absolut ausgeschlossen.

Nein, der Farbwechsel war mit Bedacht vorgenommen worden. Und Henny wusste auch, wer dafür verantwortlich war: Pieter Brueghel der Jüngere.

Es nieselte erneut und Henny setzte die knarzenden Scheibenwischer wieder in Gang. Vor ihr tauchte Ketelsbüttel auf und verschwand nach gefühlt acht Häusern wieder im Rückspiegel. Links und rechts zweigten Straßen ab, die »Böddinghusen«, »Schiffsweg« und »Siddeldeich« hießen. Sie mochte diese Namen. Waren sie doch untrügliche Merkmale dafür, dass sie sich im Dithmarscher Land und nahe der Küste befand. In Berlin gab es zwar auch Straßen, die »Fischerhüttenweg«, »Inselstraße« oder »Möwenstraße« hießen, aber die waren vom Wasser so weit entfernt wie der »Ku'-damm« von Kühen.

Sie fuhr auf Wöhrden zu, und hatte es ebenfalls schnell durchquert, wenngleich es hier im Gegensatz zu Ketelsbüttel einige Häuser mehr waren, die sich im Ortskern um eine schöne, durch ihren wuchtigen Turm weithin sichtbare Barockkirche versammelt hatten.

Nach wenigen hundert Metern erreichte sie die B203, wartete auf einen Trecker, den sie vorbeiließ, und bog endlich auf die Bundesstraße nach Büsum ab. Narrte sie ihr Auge? Oder war da wirklich gerade ein roter Kadett in der vor ihr liegenden Kurve verschwunden?

Es wurde Zeit, dass sie Oltmanns Hof erreichte. Dort würde sie als erstes ihre Reisemüdigkeit aus den Gliedern schütteln und sich vielleicht auch ein wenig auf einem hoffentlich weichen Bett ausruhen können. Sie rechnete nicht mit einem Luxusapartment, aber sauber, adrett und gemütlich sollte ihre Ferienwohnung schon sein.

Und sie war auf das Bild gespannt. Henny musste unwillkürlich lächeln, Pieter Brueghel der Jüngere war quasi der Endloskopierer seines Vaters. Dieser war einer der bedeutendsten Künstler seiner Zeit und hatte in seinem Leben zahlreiche Gemälde geschaffen, die hauptsächlich das bäuerliche Leben, die flämische Landschaft und biblische Themen widerspiegelten.

Seine Söhne, Pieter Brueghel der Jüngere und Jan Brueghel wurden ebenfalls Maler. Während sich Jan Brueghel auf üppige Blumenmotive spezialisierte, kopierte Pieter Brueghel der Jüngere die Werke seines Vaters. Auch Jahre nach dessen Tod waren sie so begehrt, dass er alle Hände voll zu tun hatte und eine Kopie nach der anderen produzierte. Dabei – und das war das Entscheidende – hielt sich Pieter Brueghel der Jüngere nicht immer sklavisch an die väterlichen Vorlagen, sondern nahm sich die Freiheit, sie hier und da zu variieren. Ob aus reinem Übermut, aus Boshaftigkeit seinem Vater gegenüber oder weil er wenigstens in Ansätzen etwas Eigenständiges produzieren wollte: Wenn schon kopieren, dann wenigstens mit der kreativen Freiheit, einfach mal die Farbe einer Hose zu ändern.

So unwahrscheinlich es war, dass ein Hobbymaler oder ein Kunstfälscher die Hose grün eingefärbt hatte, so naheliegend war die Urheberschaft von Pieter Brueghel dem Jüngeren. Damit wäre das Bild wahrscheinlich mehrere hunderttausend Mark wert – mindestens. Viel spannender aber war die Frage, wie solch ein teures Kunstwerk auf einen Bauernhof in Oesterdeichstrich kam.

Beiläufig hatte sie dem Direktor der Gemäldegalerie, Dr. Kessler, davon erzählt. Zwei Wochen später wurde sie in den Konferenzraum gebeten. Als sie den Besprechungsraum betrat, sah sie sich zwei Herren gegenüber, die steif am Konferenztisch saßen und ihr mit ernster Miene grußlos zunickten, ansonsten aber keine Anstalten machten, sich zu erheben.

Dr. Kessler dagegen kam ihr freundlich lächelnd entgegen und bot ihr einen Platz an.

»Das sind Herr Dr. Meinlich von der Oberfinanzdirektion München und der Herr Zollinspektor Woyke vom Hauptzollamt München«, kam er ohne lange Umschweife gleich zur Sache.

»Die beiden Herren interessieren sich sehr für Ihre Entdeckung des möglicherweise von Pieter Brueghel dem Jüngeren stammenden Bildes in dem Reisemagazin. Aber ich will nicht vorgreifen, es wird am besten sein, die Herren schildern Ihnen ihr Anliegen selbst.«

Henny wurde nervös. Sie hatte sich zwar nichts vorzuwerfen, aber es lag etwas in der Luft, was sie unsicher machte. Was wollten die zwei von ihr?

Der Zollbeamte löste seinen gelangweilten Blick von Henny und sah Dr. Meinlich fragend an, der auch wie selbstverständlich das Wort ergriff. »Frau ... äh ...«

»Butenschön«, ergänzte Henny zaghaft.

»Ja, – der Herr Direktor erwähnte Ihren Namen bereits. Mein Kollege ...«, er machte eine flüchtige Bewegung mit dem Kopf in Richtung seines Sitznachbarn, wobei er das Wort »Kollege« so spitz aussprach, als sei es ein Makel, dass dieser keinen Doktortitel trug. »Also, wir sind auf der Suche nach verschwundenen Bildern. Genauer: Wir fahnden nach unterschlagenen und unrechtmäßig angeeigneten Kunstwerken aus jüdischem Besitz.«

Er hatte die gespreizten Finger gegeneinander gelegt und ließ seine Worte wirken. An seinem rechten Ringfinger prangte ein protziger Siegelring. Er wartete wohl auf eine Reaktion von Henny. Als die ausblieb, fuhr er leicht irritiert fort: »Zwischen 1939 und 1944 plünderten die Nazis auf Befehl Hitlers in den besetzten Gebieten Museen, Schlösser, Ausstellungen und Privatsammlungen, beschlagnahmten alle Gemälde und Kunstgegenstände, derer sie habhaft werden konnten und schafften sie ins Deutsche Reich. Vor allem jüdisches Eigentum wurde rücksichtlos konfisziert. Hitler gerierte sich als Kunstfreund und war geradezu besessen davon, sich für sein geplantes Führermuseum im österreichischen Linz die wertvollsten Gemälde der Welt unter den Nagel reißen.«

Bei diesem sprachlichen Bild zuckten seine Mundwinkel. So, als wäre es ihm unangenehm, sich solch gewöhnlicher Wortwahl bedienen zu müssen.

»Ich weiß«, sagte Henny.

Dr. Meinlich zog unwillig die Augenbrauen zusammen. »Wäre auch verwunderlich, wenn Sie das als Museumsangestellte nicht wüssten.«

Dabei hatte er sie streng angesehen. »Lassen Sie es mich dennoch erläutern, um die ganze Tragweite der Angelegenheit herauszuarbeiten. Hitler also beraubte ganz Europa um die wertvollsten Kunstschätze und ließ sie in den verschiedensten Sammelstellen deponieren. Aber nicht nur Hitler bereicherte sich an den Kunstschätzen, auch andere Nazigrößen wie Goebbels, Göring, Himmler, von Schirach, Speer und Bormann rafften alles zusammen, was sie kriegen konnten, darunter kostbarste Werke von Vincent van Gogh, Rembrandt, Rubens und Tizian. Sie begründeten es mit der »Sicherung und Rückführung deutscher Kunstwerke heim ins Reich« Letztlich aber ging es ihnen nur um persönliche Bereicherung. Nicht nur Gemälde wurden okkupiert, sondern alles, was von Wert war: Bücher, Möbel, Skulpturen, Grafiken, Fayencen, Schmuck, Münzen – bei der Aufarbeitung der NS-Raubkunst nach Kriegsende kam man auf über fünf Millionen Objekte.«

Er schüttelte angewidert den Kopf und sah zu Zollinspektor Woyke hinüber, um zu prüfen, ob der sich mit so großen Zahlen überhaupt auskannte. Woyke hatte daraufhin wissend genickt.

Aber da hatte Dr. Meinlich sich schon wieder Henny zugewendet: »Als im Jahr 1943 die Bombardierung Deutschlands zunahm, ließ Hitler alle Kunstwerke in sichere Verstecke schaffen, zum Beispiel in einen Bergwerksstollen in Thüringen und nach Österreich in das Salzbergwerk in Altausee. Diese riesigen Depots wurden nach der Kapitulation von amerikanischen Soldaten entdeckt, die daraufhin sämtliche Kunstwerke nach München brachten, wo sie in eigens dafür eingerichteten »Central Collecting Points« eingelagert wurden. Jeder einzelne Kunstgegenstand, jedes einzelne Gemälde wurde registriert, fotografiert und dokumentiert, und es wurde intensiv nach seinen eigentlichen Besitzern geforscht. So weit, so gut. Das Problem war nur, dass auf dem Wege nach München und auch später in München zahlreiche Gemälde verschwanden.«

Bei den letzten Worten kniff er die Augen zusammen und richtete seinen Blick auf Henny, als sei sie am Verschwinden der Bilder nicht ganz unschuldig.

Der Direktor räusperte sich hörbar und hüstelte in seine Hand, seine Art zu zeigen, dass auch er von den selbstgefälligen Ausführungen des Finanzbeamten genervt war.

Während der Ausführungen hatte Henny sich gefragt, wie ein Finanzbeamter daraufkam, Kunstwissenschaftlern eines Museums die NS-Raubkunst erläutern zu müssen.

Aber Dr. Meinlich ließ sich nicht beirren und nahm wieder Fahrt auf: »Einige amerikanische Soldaten, aber auch deutsche Hilfskräfte und Mitarbeiter, hatten sich an den Kunstschätzen schamlos bedient. Im Jahr 1951 wurde die Verantwortung über das Kunstarchiv meiner Behörde, der Oberfinanzdirektion München, übertragen. Die Kunstwerke selbst wurden im Münchener Hauptzollamt eingelagert. Mithin also in den Räumlichkeiten meines Kollegen.«

Er stockte. Wieder kam es Henny so vor, als hätte er mit der Ungeheuerlichkeit zu kämpfen, dass man ihm einen einfachen Zollinspektor als Reisebegleitung zur Seite gestellt hatte.

Zollinspektor Woyke hielt seinen Blick derweil stumm und unbewegt auf einen imaginären Punkt zwischen Henny und dem Museumsdirektor gerichtet.

»Wir haben in den vergangenen Jahren einige der gestohlenen Gemälde und Kunstgegenstände wieder auftreiben und den rechtmäßigen Eigentümern übereignen können. Aber leider nicht alle. Und dazu gehört auch ein Bild, das Sie alle bestens kennen: Die niederländischen Sprichwörter von Pieter Brueghel dem Jüngeren.«

An diesem Punkt hatte Dr. Meinlich triumphierend in die Runde geblickt und nacheinander den Direktor, Henny und sogar den Zollinspektor mit jeweils einem langen Blick bedacht. Als er bei keinem der drei eine Regung feststellen konnte, nahm er Henny ins Visier: »Über das Bild gibt es zwar einen Eintrag im Bestandsbericht, der aber enthält nichts weiter als die laufende Registrierungsnummer, den Titel des Bildes und den Namen des Künstlers. Keine Notiz über den Verbleib des Bildes, keinen Hinweis auf eine eventuelle Entnahme, keinen Vermerk über eine bereits erfolgte Restitution. Und es gibt auch keine Spur vom Bild in den Depots des Hauptzollamtes. Das ist doch richtig, Herr Woyke?«

Ohne ihn anzusehen und seine Antwort abzuwarten, nahm Dr. Meinlich den Faden wieder auf.

»Wir müssen also davon ausgehen, dass das Bild gestohlen wurde. Und damit sind wir bei dem Punkt angelangt, der uns die lange Fahrt von München nach Berlin hat auf uns nehmen lassen. Und nun ...«, er breitete die Arme theatralisch aus und zwang sich ein böses Lächeln ins Gesicht, »haben wir es möglicherweise einer Frau zu verdanken, dass wir den Schleier der Unkenntnis ein klitzekleines Stückchen werden anheben können.«

Er schien von seinen eigenen Worten berauscht zu sein und wiederholte ungläubig: »Einer Frau!« Das Missbehagen, einer Frau Kompetenzen außerhalb der Küche zuzugestehen, stand ihm ins Gesicht geschrieben.

»Frau, äh ... Butenschön – richtig? Sie haben also das gestohlene Bild in einer Zeitschrift entdeckt und sind sich sicher, dass es sich um Die holländischen Sprichwörter handelt?«

»Die niederländischen«, korrigierte Zollinspektor Woyke. Dr. Meinlich schüttelte verärgert den Kopf, sichtlich bemüht, den Zollinspektor zu ignorieren.

»Entschuldigung«, hatte Henny eingeworfen. »Ich bin mir keineswegs sicher, dass es sich um das Gemälde *Die niederländischen Sprichwörter* handelt. Ich habe nur eine Vermutung geäußert ...«

»Gute Frau«, fuhr Dr. Meinlich ihr dazwischen und hob warnend den Finger. »Nun verkomplizieren Sie den Sachverhalt nicht noch!«

Er lehnte sich in seinem Stuhl zurück und faltete die Hände über dem Bauch. »Ich habe mich mit der zuständigen Staatsanwaltschaft ins Benehmen gesetzt. Leider hat man mir zu verstehen gegeben, dass es keine rechtliche Handhabe gäbe, das Bild zwecks eingehender Prüfung zu konfiszieren. Wir können noch nicht einmal diesen ... äh ... diesen Bauern aufsuchen, um das Bild zu untersuchen. Uns ist der Zutritt zu seinem Gemäuer gesetzlich verwehrt. Aber ...« Ein listiger Zug stahl sich in sein Gesicht, er beugte sich vor, trommelte mit den Fingern ein nervöses Stakkato auf den Tisch und lächelte Henny an.

»Ich habe bereits von Ihrem Herrn Direktor das Einverständnis eingeholt, Sie nach ... äh ...?«

»Oesterdeichstrich«, half Dr. Kessler aus.

»Also, Sie haben von Ihrem Vorgesetzten die Erlaubnis, Ihren Urlaub an diesem Ort zu verbringen, um dort der Echtheit des Gemäldes auf den Grund zu gehen.«

Henny warf Dr. Kessler einen kurzen, fragenden Blick zu. Der verdrehte nur unmerklich die Augen und schwieg.

»Ich weiß aber überhaupt nicht, ob ich dort meinen Urlaub verbringen werde.«

Dr. Meinlich nickte ihr aufmunternd. »Doch, das werden Sie gewiss wollen. Vergessen Sie nicht, Sie haben die einmalige Gelegenheit, nicht nur der Kunstwelt, sondern auch der Bundesrepublik Deutschland und der Oberfinanzdirektion München einen unschätzbaren Dienst zu leisten.«

Umständlich zog er ein Taschentuch aus seiner Hosentasche und schnäuzte sich geräuschvoll. »Natürlich auch dem Münchener Hauptzollamt«, fügte er hinzu.

Henny fühlte sich in der Folgezeit zwischen Abneigung und Empörung einerseits und dem Reiz der Herausforderung andererseits hin- und hergerissen. Letztlich aber hatte die verlockende Aussicht, einen Gemäldediebstahl von historischer Bedeutung aufklären zu können, gesiegt. Und in dieser Erwartung näherte sie sich nun dem Ort des Rätsels: Oesterdeichstrich.

Vor ihr stieg brummend ein Sportflugzeug in die Höhe, der dunklen Wolkendecke entgegen. Da musste der Flugplatz Heide-Büsum sein. Die Bundesstraße verlief in einem weiten Bogen nördlich um ihn herum, um dann in südlicher Richtung nach Büsum abzufallen. Sie nahm den Fuß vom Gas. Schon kam das Hinweisschild Flugplatz ins Blickfeld und weiter vorn rechts die abgestorbene Birke. Oltmanns hatte recht gehabt, es war wirklich ein bizarres Gebilde.

Wie beschrieben, bog sie in den Weg ein. Eigentlich war es nicht mehr als ein namenloser Feldweg, den sie langsam und vorsichtig entlangrumpelte, jedes der zahlreichen Schlaglöcher achtsam ausweichend.

Am Ende des Weges lag das Gehöft vor ihr. Die mit Kies bedeckte Zufahrt endete in einem Rondell vor dem Fachwerkhaus mit rotem Klinker und reetgedecktem Walmdach. Flankiert von zwei massigen Stieleichen präsentierte sich der Hauseingang als ein großer Torbogen mit dunkler Sprossenverglasung. Links neben dem Torbogen ein kleines, hoch liegendes Fenster, rechts zwei größere, ebenfalls mit Sprossen unterteilte Fenster, aus denen warmes Licht nach draußen in die einsetzende Dämmerung flutete. Das Haus gefiel ihr, es machte einen einladenden Eindruck. Durch einen breiten, aufgeweichten Weg vom Haupthaus getrennt, duckte sich ein flaches, mit Wellblech gedecktes Stallgebäude. Direkt daran angebaut und mit dem Stall verbunden, erhob sich wuchtig ein schwarzer Holzschuppen, um den herum sich allerlei Gerätschaften versammelt hatten und an dessen Giebelseite sich ein Hühnerstall anschloss. Die mit Maschendraht eingegrenzte Freilauffläche lag verlassen da. Offenbar hatte der Regen selbst den Hühnern den Tag verdorben.

Abseits davon stand ein Blockhaus, das stilmäßig nicht so recht zum Hof passen wollte und in seiner Bauweise eher einem Ferienhaus in den Dünen glich. Auffällig auch die kreischend grüne Gardine hinter dem Fenster, die in dem regnerischen Grau des Tages geradezu aufdringlich wirkte.

Henny wollte ihren Käfer unter dem ausladenden Dach des Schuppens parken, wo er vor dem Regen geschützt stand, doch irgendetwas hielt sie davon ab. Der Schuppen wirkte düster und bedrohlich. Je näher sie ihm kam, desto unwohler fühlte sie sich. Sie schüttelte über sich selbst den Kopf und schimpfte sich eine dumme Gans.

Sie steuerte die mächtige Stieleiche rechts vom Hauseingang an, stellte den Motor ab und war froh, den quietschenden Scheibenwischern nicht mehr länger ausgeliefert zu sein.

Die Haustür öffnete sich und ein Mann mit kariertem Hemd und olivgrüner Feldmütze trat aus dem Haus, einen abgeschmückten Weihnachtsbaum hinter sich herziehend.

* ✝ *

Mittlerweile hatte der Druckabfall des über der Mitte Deutschlands liegenden Tiefs zugenommen. Bei seinem Zug nach Osten wurde die milde, feuchtwarme Luft immer weiter nach Norden geschoben. Gleichzeitig drängte eiskalte arktische Polarluft von Skandinavien über die Ostsee nach Süden vor.

Während in Baden-Württemberg ein geradezu sommerliches Biergartenwetter herrschte, wurden in Moskau minus 37 Grad und im nördlichen Schweden sogar minus 57 Grad gemessen. Die Luftmassengrenze wanderte langsam in Richtung dänischer und schleswig-holsteinischer Ostküste. Es war bereits abzusehen, welch entfesselte Kräfte freigesetzt werden würden, wenn diese gewaltigen Antipoden aufeinanderstießen.

Doch noch ahnten die Menschen nicht, was sich über ihren

Köpfen zusammenbraute. Nur der im steten Gleichmaß vom Himmel fallende Regen trübte das Gemüt. Er war aber bereits die Ouvertüre einer Katastrophe, die für viele zur Heimsuchung werden sollte.

* ✝ *

Fünfzig Kilometer weiter nordwärts wartete Hans Beerbohm auf die Rückkehr seines Bruders Winfried, genannt Birne. Er saß an dem wackligen Campingtisch vor dem Fenster, hatte die rot-weiß gewürfelte Tischdecke nach hinten geschoben und schnitt auf der marmorierten Resopal-Platte einen Laib Schwarzbrot in Scheiben. Daneben warteten eine Dose mit Heringsfilets, ein Topf *Frühstücks Rama*, ein Viertelstück Gouda und ein Glas Sauerkirschenmarmelade ohne Etikett auf ihre Verwendung.

Mit dem Messer schob Hans Beerbohm vorsichtig die Gardine zur Seite und ließ seinen Blick forschend über das Grundstück streifen. Es regnete Bindfäden, ansonsten war nicht viel zu sehen. Das Sichtfeld war auch stark begrenzt. Links und rechts schirmten kompakte Rhododendren das Grundstück gegen jede Einsichtnahme ab, und vorn endete die Parzelle an einer schulterhohen Gartenhecke, die nur an der linken Seite einen schmalen Durchlass ließ. Eine schief in den Angeln hängende Pforte verschloss den Durchgang mehr symbolisch als tatsächlich.

Er atmete einmal tief ein und presste den Atem hörbar wieder aus. Hoffentlich ging das gut. Hoffentlich machte sein Bruder nicht schon wieder Probleme. Seit zwei Stunden war er bereits unterwegs, wollte eigentlich nur kurz sein Moped auftanken. Das konnte wohl kaum so lange dauern. Erneut schaute er hinaus, aber noch immer war außer ungepflegten Pflanzen und Sträuchern, zerwühlten Beeten und dem dazwischen verlaufenden, im Regen feucht glänzenden Plattenweg nichts zu sehen.

Hans Beerbohm öffnete den Margarinetopf und roch daran. Sie war noch gut. Nachdenklich bestrich er die Brotscheiben. Winfried war schon immer ein Sorgenkind gewesen.

Hans war fünf Jahre alt, als seine Mutter noch einmal schwanger wurde. Mit Winfried. Obwohl sein Vater bereits seit zwei Jahren tot war. Bis zu der Tragödie, die seinem Vater das Leben gekostet hatte, war seine Mutter eine lebenslustige Frau gewesen, immer fröhlich und guter Dinge. Jung, wunderschön, mit goldglänzenden Haaren und einem immerwährenden Lächeln, das ihr Gesicht wie die Frühlingssonne strahlen ließ, so sah er sie vor sich, wenn er die Augen schloss.

Die Erinnerung an seinen Vater dagegen war nur ein schemenhaftes Bild, das er sich aus den Erzählungen seiner Mutter geformt hatte. Im Laufe der Jahre verblasste es zusehends, bis es schließlich ganz verschwand. Nach dem Krieg hatte sein Vater auf den unterschiedlichsten Arbeitsplätzen im Hamburger Hafen gearbeitet. Zusätzlich hatte er noch Gelegenheitsarbeiten angenommen, wann immer sie sich ihm boten. Unter anderem war er gerne eingesprungen, wenn auf einem Schiff kurzfristig ein zusätzlicher Decksmann gebraucht wurde.

Und so kam es, dass er eines der Besatzungsmitglieder gewesen war, die bei dem Untergang des Frachtdampfers *Irene Oldendorff* ums Leben kamen. In der Nacht zum 31. Dezember 1951 lief der Dampfer in Emden mit einer Decksladung Koks nach Südschweden aus. Ein Sturm von 8 bis 9 Beaufort wehte aus Südwest. Bereits in der Emsmündung bekamen sie seine Wucht zu spüren. Als sie im Mündungstrichter der Ems aus der Landabdeckung heraustraten, mussten sie gegen eine gewaltige See mit Wellenhöhen von bis zu acht Metern ankämpfen. Die Irene Oldendorff stampfte und rollte, tauchte krachend in die Wellenberge ein, befreite sich schüttelnd, in allen Verbänden ächzend, aus dem Gischt sprühenden Inferno, nur um im nächsten Wellental erneut auf eine Wasserwand zuzutaumeln. Immer mehr Wasser war übergekommen und nur zäh wieder abgeflossen. Das Schiff verlor zusehends an Stabilität. Die steil aufgetürmten Grundseen über dem Hubertgat westlich von Borkum brachten das Schiff schließlich zum Kentern. Es war ohne einen Funkspruch oder ein Notsignal abzugeben, untergegangen.

Seinen Vater hatte man nie gefunden, er blieb verschollen.

Zwei Jahre danach wurde seine Mutter schwanger.

Winfried kam unter großen Schwierigkeiten zur Welt. Bei seiner Geburt gab es Komplikationen, es kam zu Sauerstoffmangel, bei dem Teile seines Gehirns geschädigt wurden.

Seine Mutter war überfordert. Überfordert mit der Fürsorge für den verhaltensauffälligen jüngsten Sohn, überfordert mit der Erziehung beider Kinder, überfordert mit der Verarbeitung der Leere, die der Tod ihres Mannes hinterlassen hatte, und überfordert von ihren eigenen Problemen.

Sie hatte nie gesagt, wer Winfrieds Vater war. Überhaupt hatte sie nach der Geburt nicht mehr viel gesagt, lebte vor sich hin und verschloss sich dem Leben immer mehr. Irgendwann sprach sie kaum noch ein Wort, schlich müde und teilnahmslos im Morgenmantel durch die zunehmend verwahrloste Wohnung. Selbst zu einfachen Verrichtungen im Haushalt fehlten ihr die Kraft und der Wille. Von Tag zu Tag quälte sie sich lustloser aus dem Bett, blieb länger liegen, ging früher ins Bett und starrte apathisch vor sich hin.

Eines Tages kleidete sie sich an, richtete ihre Frisur und verließ das Haus. Wo sie gewesen war, ließ sich auch später nicht mehr feststellen. Erst am späten Abend kam sie zurück und ging direkt in die Küche. Noch im Mantel bereitete sie das Schulbrot für ihre beiden Söhne zu, wickelte es in Butterbrotpapier ein und legte die beiden Päckchen auf die Schulranzen ihrer Söhne.

Entgegen ihrer sonst üblichen, gleichgültigen Nachlässigkeit legte sie ihre Kleidungsstücke säuberlich und sorgsam gefaltet auf den Hocker neben ihrer Schlafstelle ab, stellte ihre Pumps penibel ausgerichtet davor, zog sich ein frisches Nachthemd an, legte sich ins Bett und löschte das Licht.

Am nächsten Morgen war sie tot.

Hans nahm die Dose mit den Heringsfilets und betrachtete sie prüfend: Die Dose war nicht mehr unversehrt, an der Stirnseite stand der Deckel einen Spalt breit offen. Er griff nach dem Verschlussring und zog ihn vorsichtig zurück. Es roch nicht schlecht. Als er aber eine Heringshälfte herausnahm und auf die Brotscheibe legte, bemerkte er, dass der Fisch leicht aufgebläht und die Tomatensoße stellenweise flockig und mit weißlichen Stippen belegt war. Seufzend schob er das Brot zur Seite. Das würde er nachher auf den Komposthaufen werfen.

Der Gouda machte dagegen einen appetitlichen Eindruck. Er schnitt einige dünne Scheiben ab und belegte die Brote. Auch an der Marmelade war nichts auszusetzen. Langsam wurde es Zeit, dass Birne zurückkam.

Mit dem Verschwinden ihrer Mutter hatte für die beiden Brüder eine freudlose Zeit begonnen. Sie kamen in die Obhut ihrer Tante, einer verkniffenen und stets in Schwarz gekleideten Frau mit steifen Attitüden und absonderlichen Neigungen. Eine ihrer mit Hingabe zelebrierten Marotten bestand in der Beschwörung verstorbener Vorfahren, die sie um Beistand gegen den Beelzebub, den Fürsten der Unterwelt, bat. Dazu verdunkelte sie das sowieso schon düstere Wohnzimmer, setzte sich an den Tisch vor eine Engelsfigur aus Alabaster, entzündete eine nach Weihrauch duftende Kerze und murmelte unverständliche Wörter vor sich hin.

Anfänglich verunsicherte es Hans und Winfried sehr und es machte ihnen Angst. Mit der Zeit gewöhnten sie sich daran, machten Witze über die Alte und versteckten auch mal eine Qualle unter ihrer Bettdecke, was sie prompt für den Auswurf aus des Teufels Rachen hielt.

Während dieser Zeit wuchsen die beiden Brüder immer enger zusammen. Sie hatten keinen anderen, an dem sie Halt finden konnten. Winfrieds krankheitsbedingte Ausfälle wurden häufiger, traten völlig unvermittelt auf und wurden gravierender in ihren Auswirkungen. Winfried war kleiner und schwächer als die gleichaltrigen Klassenkameraden, er hatte leicht schräg stehende Augen, von denen das rechte etwas kleiner war als das linke. Wenn er einen Wutanfall bekam, verkrampften sich alle Muskeln seines Körpers und begannen unkontrolliert zu zucken. Um die Nase herum zeigten sich deutliche weiße Flecken, sein Gesicht verzerrte sich, sein rechtes Auge schloss sich gänzlich, während er mit dem weit aufgerissenen linken Auge sein Gegenüber anstarrte und zu toben begann.

Es waren epilepsieähnliche Attacken, die nur wenige Sekunden dauerten, in denen er aber jede Kontrolle über sein Handeln verlor. In diesen Momenten sprang er wie besessen umher und schlug, trat, knüppelte und prügelte auf alles ein, was ihm bedrohlich erschien.

So urplötzlich seine Anfälle auftraten, so abrupt endeten sie wieder. Dann blickte er erstaunt um sich, als erwache er aus einem tiefen Schlaf. In diesen Momenten fühlte er sich schuldig und schämte sich. Manchmal streckte er die Hand aus, eine um Verzeihung bittende Geste gegenüber seinem Kontrahenten, was dieser aber meist als neuerlichen Angriff deutete und nun seinerseits auf Winfried einschlug.

Das führte dazu, dass er gemieden wurde und böse Tuscheleien und gehässige Lästerungen auszuhalten hatte. So dumm seine Mitschüler waren, ihn wegen seiner Krankheit auszugrenzen, so wussten sie dennoch, dass der Name »Beerbohm« seinen Ursprung in dem Wort »Birnbaum« hatte. Damit hatte Winfried seinen Spitznamen weg: Birne.

Hans achtete auf seinen kleinen Bruder und beschützte ihn vor den Hänseleien der Klassenkameraden, wann immer es ihm möglich war. Er war kräftig, was die anderen auf respektvollen Abstand hielt, solange er in Winfrieds Nähe war. Auch konnte er beruhigend eingreifen, wenn sein kleiner Bruder wieder einmal einen Anfall bekam.

Die vom Arzt verschriebenen Tabletten reduzierten die Attacken zwar und minderten auch deren Vehemenz, aber ganz unterdrücken ließen sich die Ausbrüche nicht. Der Arzt meinte schulterzuckend: »Ihr Bruder ist ein Durchlauferhitzer ohne Überlaufventil.«

Das Verhalten ihrer Tante wurde derweil immer befremdlicher. Sie hatte alle Fenster mit schwarzem Molton abgehängt, schlich mit gesenktem Kopf murmelnd und schlurfend durch die dunklen Räume und entzündete in allen Zimmern Weihrauchkerzen, auf dass den pferdefüßigen Satan die Übelkeit erfasse und er von hinnen führe.

Am Abend vor Karfreitag ging sie in die Kirche, um eine Kerze anzuzünden und den Herrn um Beistand gegen den Beelzebub zu bitten. Hans und Winfried warteten vergeblich auf ihre Rückkehr. Sie kam nicht mehr. Nie mehr. Sie blieb verschollen.

Hans war traurig über ihr Fortbleiben. Winfried hingegen betrachtete es als Geschenk und stellte die Vermutung an, der Teufel sei nun endgültig in sie gefahren und habe sie in sein schwefliges Reich entführt.

Nach dem Verschwinden der Tante wurde das Jugendamt auf sie aufmerksam und stand einige Tage später in Person zweier verkniffener Frauen vor der Tür. Nach einer kurzen Besichtigung der düsteren Wohnung mit all den religiösen Devotionalien entschied man kurzerhand die Überführung der beiden Brüder in das Heilpädagogische Kinderheim in Glückstadt.

Als sie dort eintrafen – nur mit einem Pappkarton mit den wenigen Habseligkeiten ihres jungen Lebens in der Hand – wurden sie von einer missgelaunten Erzieherin in Empfang genommen, die sie derbe vor sich hertrieb und ihnen wortlos ihre Betten im Schlafraum zuwies.

Nachdem Winfried einen der Jungen, die ihnen neugierig und still beim Bettenbeziehen zusahen, angeraunzt hatte: »Guck nicht so doof, du Doofmann, du!«, wurde er von der Erzieherin sofort grob gepackt und am Ohr aus dem Raum gezogen. Das schmerzvolle Stöhnen Winfrieds, während er aus dem Schlafsaal gezogen wurde, steigerte sich kurz darauf zu einem gellenden Schreien, begleitet von den klatschenden

Schlägen eines Ledergürtels auf nackter Haut.

In den nächsten Tagen konnte Winfried aufgrund der blutigen Striemen auf seinem Rücken nur auf demBauch schlafen.

Die Maxime des Heims prangte in großen Lettern über dem Eingang des Hauptgebäudes: »Frisch, fromm, fröhlich, frei!«

Doch die Erzieher waren weder von frischem Wesen noch frommen Gemüts. Und die Zöglinge hatten weder ein fröhliches Dasein noch waren sie frei in ihrer Entfaltung. Das Motto des ehrwürdigen Turnvaters, Friedrich Ludwig Jahn, war hier zu einer Farce verkommen. Ein höhnisches Grinsen in der Fratze abscheulicher Misshandlungen.

Der Tagesablauf wurde durch schweißtreibende Arbeit bestimmt. Die Mädchen mussten an der Heißmangel in brütender Hitze die Bettlaken der umliegenden Hotels und Krankenhäuser mangeln und brettscharf zusammenfalten. Ohne erfrischende Getränke. Nur unterbrochen durch eine knapp gehaltene Mittagspause und später durch eine kurze Kaffeepause mit »Muckefuck«, der ebenso dünn war wie die moralischen Grundwerte der Einrichtung.

Die Jungen saßen auf dreibeinigen Hockern und knüpften Fischernetze. An sechs Tagen in der Woche, von morgens um acht bis halb sechs am Abend.

Nach anfänglichen Schwierigkeiten ging Hans das Knüpfen leidlich von der Hand. Winfried dagegen wurstelte mühsam an seinen Knoten herum. Als die knochige Aufpasserin – Hans nannte sie insgeheim »die klappernde Scharteke« – zurückkam, um die Arbeit zu begutachten, schnappte sie aufgebracht nach Luft. Dann riss sie wutschnaubend Winfrieds Netz auseinander, rauschte eiligst davon und kam mit einem aufgedunsenen Erzieher zurück, der ihn voller Vorfreude aus einem fleischigen Gesicht mit fauligem Atem angrinste: »So, so, Bürschchen, du machst also Probleme? Na, dann komm mal mit!«

Er zog Winfried in die Mitte des Raumes, befahl ihm, sich breitbeinig hinzustellen und schlug ihm vor aller Augen mit einer Gerte zwischen die Beine. Immer wieder. Es schien ihm Spaß zu machen.

Für die Arbeit bekamen sie keinen Lohn. Der Schweiß ihres Handwerks sei Lohn genug, befand die klappernde Scharteke. Der Herrgott würde jeden mit Wohlwollen empfangen, der in seiner Mühsal bescheiden bliebe.

Am Sonntag gab es nicht etwa frei, wie es allgemein üblich war – dieser Tag war ganz der Besinnung auf die hehren Werte des Lebens gewidmet. Mit Übungen zur körperlichen und geistigen Ertüchtigung, der Unterrichtung in ethischer Grundhaltung, aufrechter Gesinnung und folgsamer Disziplin. Gemeinsamer Gesang sollte den Zusammenhalt der Gemeinschaft fördern, wobei deutsche Volks- und Wanderlieder auf dem Programm standen, bei denen lautstarkes Mitsingen gefordert wurde.

Ein Junge, höchstens 12 Jahre alt, drehte eines Tages durch und sang lauthals den aktuellen Schlager von Bill Ramsey: »Die Zuckerpuppe aus der Bauchtanzgruppe«.

Außer sich vor Wut zerrte ihn der Aufseher von seinem Hocker, prügelte mit einem schweren Tampen auf ihn ein und sperrte ihn nackt in den »Bunker«. Der Bunker war eine winzige Kammer von gerade mal zwei mal zwei Metern Grundfläche, ohne Fenster, ohne Licht, mit nur einem Stuhl und einem Blecheimer für die Notdurft. Als man ihn nach drei Tagen und drei Nächten, die er ohne Essen und Trinken in völliger Stille und Dunkelheit verbringen musste, wieder rausholte, war er nur noch ein erbarmungswürdiges Häufchen Elend. Unter dem hämischen Lachen der Erzieher musste er, nackt wie er war, den Eimer auf den Hof schleppen und auf dem Komposthaufen entleeren. Es war Januar und der Boden mit Schnee bedeckt. Danach schloss der gedemütigte Junge den Mund und sprach nie mehr wieder.

Der Sonntag endete stets mit gemeinschaftlichem Duschen unter Aufsicht des aufgedunsenen Erziehers, der sich respektheischend mit »Padre« ansprechen ließ, den aber alle hinter seinem Rücken abschätzig »Stinke-Pfaffe« nannten.

Es hieß, er sei Diakon in Köln gewesen, habe dort einen Knabenchor betreut, sei eines Tages aber plötzlich und ohne weitere Erklärungen nach Glückstadt beordert worden.

Während des Duschens stand der Pfaffe mit glühenden Wangen im Durchgang zum Duschraum und beaufsichtigte das von ihm befohlene gegenseitige Einseifen der Jungen. Zwischendurch ließ er sie ertüchtigende Kniebeugen und Liegestütze machen, damit die pubertierenden Buben etwaig aufkeimende Fleischeslust vergaßen und sie lüsterne Gedanken frühzeitig ausschwitzen konnten.

Winfried begann sich einzunässen. Er wurde zur Heimleitung zitiert. »Warum strullerst du in dein Bett? Sind dir unsere Toiletten nicht sauber genug?«

Winfried hielt den Kopf gesenkt und die Hände vor den nassen Hosenlatz. »Ich will das ja nicht, will ich nicht.«

»Ach, nee!« Die Heimleiterin, eine zierliche Frau mit herbem Gesicht, kräftigen Augenbrauen und schmalen Lippen, griff nach einem Holzlineal und schlug es Winfried auf die Hände. »Hast du dein Ding nicht unter Kontrolle?« Und an die begleitende Erzieherin gewandt: »Er soll mit seiner Zahnbürste die Toilette schrubben, bis sie so sauber ist, wie er sie sich erträumt. Dann schicken Sie ihn zusammen mit seiner

Matratze unter die Dusche – er riecht ja wie ein Katzenklo. Und lassen Sie ihn mitsamt Matratze so lange auf dem Flur stehen, bis die Matratze getrocknet ist. Sollen ruhig alle sehen, dass er ein Schwein ist.«

Sie stierte ihn verächtlich an: »Was bist du?«

Winfried weinte, ihm war das unsäglich peinlich.

»Hör auf zu flennen! Du bist ein Schwein! Was bist du?«

Winfried machte sich klein.

»Ich höre nichts!«

»Ein Schwein«, schluchzte Winfried und heulte hemmungslos los.

Die Heimleiterin lehnte sich in ihrem Sessel zurück und verschränkte zufrieden die Arme.

Hans bemerkte die Qualen, denen sein Bruder ausgeliefert war. Er versuchte ihm Mut zuzusprechen, konnte aber auch nichts gegen die Schikanen unternehmen, denen sie ausgesetzt waren. An Flucht war nicht zu denken. Sie wurden argwöhnisch beobachtet und beaufsichtigt, das Gelände war drei Meter hoch eingezäunt, die Fenster der Schlafsäle waren vergittert, und des Nachts wachte immer einer der Erzieher auf den Fluren. Hans sann dennoch über Möglichkeiten einer Flucht nach.

Der Stinke-Paffe wurde immer unangenehmer. Eines nachts schlich er sich in den Schlafraum, setzte sich zu Winfried ans Bett, rüttelte ihn wach und zog die Bettdecke von ihm. »Ich glaube, du hast dich heute noch nicht gewaschen.« Er grinste genüsslich. »Wir beide gehen jetzt duschen, okay?«

Hans, der sensible Antennen hatte, wenn es darum ging, seinen kleinen Bruder zu schützen, war schon beim Heranschleichen des Pfaffen erwacht.

Er sah, dass dieser nur einen offenen Bademantel trug, mit

nichts darunter als einer knappen Unterhose, über die der fette Bauch schlaff herabhing. Als er sich dann auf die Bettkante setzte, schrie Hans gellend los, wodurch der ganze Saal wach wurde und alle Jungen erschreckt aufrecht in ihren Betten saßen. Wütend raffte der Stinke-Pfaffe seinen Bademantel zusammen und verließ auf nackten Sohlen den Saal.

In der Folgezeit wurden sie – vor allem Winfried – von dem fetten Diakon bei jeder Gelegenheit schikaniert.

Hans wusste, dass sie hier nur herauskamen, wenn sie mit dem 21. Lebensjahr die Volljährigkeit erreicht hatten. Und das dauerte bei Winfried noch 7 Jahre. Niemals würden sie das überstehen können. Sein Entschluss stand fest: Sie mussten fliehen!

Im April 1967 wurden Hans und Winfried für eine Woche zur Gartenarbeit abkommandiert. Sie mussten zwischen dem Lagerschuppen und dem Haupttor die Büsche beschneiden, die Wege harken und die Beete mit Kalk bestreuen. Zur Aufsicht eingeteilt war der Stinke-Paffe, der regelmäßig am späten Nachmittag in der Außentoilette verschwand, die als hölzernes Plumpsklo an der Rückseite des Schuppens angebaut war. In gemütlicher Erwartung der Erleichterung zündete er sich eine Zigarette an, wobei er die Tür einen Spalt breit offenließ, um ein wachsames Auge auf die Jungen zu haben. Das Rauchen vor den Zöglingen, auch auf dem Außengelände, war ansonsten streng untersagt.

Der Fluchtplan, den sich Hans in durchwachten Nächten ausgedacht hatte, war so simpel wie Erfolg versprechend. Die Gartenarbeiten verlangten, dass sie immer mal wieder in den Schuppen gehen mussten, um den Kalkeimer neu zu befüllen. Bei einer dieser Gelegenheiten griff sich Hans eine Flasche Lampenöl und versteckte sie unter seinem Pullover.

»Ich muss mal, Padre!«, meldete er sich bei dem Diakon. »Darf ich auf die Toilette?«

Der fette Diakon musterte ihn unwillig. Ihm passte es gar nicht, dass sein Platz in dem ohnehin unappetitlichen Plumpsklo nun auch noch von einem dieser dummen Jungen verpestet wurde.

Hans trat von einem Fuß auf den anderen. »Ich muss ganz dringend – bitte, Padre!«

Der fette Diakon zog eine angewiderte Grimasse. »Aber stink das bloß nicht so voll, sonst setzt es was!«

Hans lief los und schloss die Tür hinter sich. Eiligst bespritzte er die Wände mit der brennbaren Flüssigkeit, schüttete reichlich Öl in den Spalt zwischen Sitzfläche und Rückwand, öffnete den Toilettendeckel und goss den restlichen Flascheninhalt in den darunter befindlichen Kübel. Das Paraffinöl war geruchsneutral, und in dem schummrigen Toilettenhäuschen würde die feucht glänzende Wand nicht auffallen.

Eine halbe Stunde später verschwand der fette Diakon im Häuschen, und nach kurzer Zeit kräuselte sich Zigarettenqualm aus dem geöffneten Türspalt.

Nun hieß es warten. Hans und Winfried näherten sich langsam, dabei ständig Kalk streuend, den Büschen am Ausgangstor. Es konnte nicht mehr lange dauern, bis der Padre den glühenden Stummel durch die Beine hindurch in den Toilettenkübel werfen würde.

Sie warteten.

Es tat sich nichts.

Hans warf seinem kleinen Bruder einen besorgten Blick zu. Wenn sein Plan nicht aufginge, würden sie in der Folgezeit die Hölle auf Erden erleben.

Plötzlich gab es einen dumpfen Schlag, wie bei einer Verpuffung, die Toilettentür sprang auf, und mit einem irren Gesichtsausdruck stürzte der Stinke-Pfaffe heraus, stolperte über seine heruntergelassene Hose und wälzte sich schreiend auf dem Boden herum. Das brennende Toilettenhäuschen hinter ihm beleuchtete die aberwitzige Szene wie eine riesige Stalllaterne. Dann züngelten auch schon die ersten Flammen die Schuppenwand empor, breiteten sich aus und fraßen sich ins Gebälk.

Als die Erzieher, aufgeschreckt durch das entsetzliche Geschrei des Padre, angelaufen kamen, brannte der Schuppen bereits lichterloh. Im Hauptgebäude schrillten die Alarmglocken, die Zöglinge wurden ins Haupthaus getrieben und eingeschlossen. Hans und Winfried drückten sich in die Büsche und verhielten sich still.

Der Stinke-Pfaffe lag auf dem Bauch, rollte sich vor Schmerzen von links nach rechts und war ängstlich darauf bedacht, sich nicht auf den Rücken zu drehen. Sein massiges Gesäß war verbrannt, hier und da schimmerten rosige Stellen rohen Fleisches durch die schwarz geräucherten Flächen. Er wimmerte und stöhnte. Jemand warf ihm eine Wolldecke über seine verstörende Blöße. Auch in Momenten größter Pein durften die moralischen Grenzen eines gottesfürchtigen Weges nicht überschritten werden.

Minuten später wurde das Tor aufgerissen, mit heulenden Sirenen fuhren Löschfahrzeuge der Feuerwehr hindurch, und in dem allgemeinen Tumult schlüpften Hans und Winfried unbeachtet durchs Tor hinaus – und waren frei!

* ✞ *

Henny stieg aus dem Wagen. Der Nieselregen hatte wieder etwas zugenommen. Das schien den Mann, der aus dem Haus gekommen war, nicht zu stören. Er hatte den Weihnachtsbaum mit seinen derben Arbeitshandschuhen am Stammende gepackt und zog ihn hinter sich her. Bei jedem seiner Schritte wippten die Tannenzweige rhythmisch mit, wobei die noch übrig gebliebenen Lamettafäden heftig hin und her schwangen. Vor Henny macht er Halt und rückte seine Feldmütze zurecht. Es war dieselbe, die sie schon von dem Foto im HB Bildatlas kannte: olivgrün, mit zwei Hirschhornknöpfen an der Stirnseite über dem Schirm.

Er musterte sie unverhohlen. »Frau Butenschön, richtig?«

Henny nickte »Und Sie sind Herr Oltmanns?«

»Hm-hm.«

Er hielt ihr die Hand zum Gruß hin, zog sie aber verlegen wieder zurück, als er bemerkte, dass er noch die Arbeitshandschuhe trug. »'tschuldigung!«

Henny schätzte ihn auf Anfang sechzig. Er hatte ein längliches Gesicht mit leicht geröteten Wangen, offensichtlich eine Folge fortwährender Arbeit an der frischen Luft. Auf Henny machte er einen freundlichen Eindruck, nur seine Augen schienen etwas erlebt zu haben, das auch sein Lächeln nicht zu überdecken vermochte.

»... Weihnachten beendet?«, fragte sie neugierig mit einem Blick auf den abgetakelten Weihnachtsbaum.

Für einen kurzen Moment hielt sich sein Lächeln noch im Gesicht, dann wich es einer entrückten Ernsthaftigkeit.

»Wissen Sie, wir verbringen die Festtage in Andacht und Dankbarkeit über die Geburt unseres Erlösers. Wir sehen es als sakrale Pflicht, die Ankunft Jesu auf Erden zu feiern. Danach aber sollten wir die Stille und das ehrfürchtige Verharren im Gedenken verlassen, aufstehen und uns tatkräftig für die Umsetzung der Worte Gottes einsetzen. Also hat der Weihnachtsbaum seinen Dienst getan, und unser Dienst am Herrn beginnt.«

Dann schüttelte Oltmanns energisch den Kopf. »Ach, was rede ich da? Das wollen Sie sicher gar nicht hören – hatten Sie eine gute Fahrt? Sind Sie gut durchgekommen?«

Er warf einen schnellen Blick auf ihren Käfer. Amüsierte Skepsis schlich sich in seinen Blick. »Von Berlin bis hierher ist es ja doch eine recht weite Strecke, oder? Wie war's denn in der Zone? Keine Schikanen an der Grenze?«

»Nein, ich bin überall gut vorangekommen.«

Sie lachte, dankbar über den Themenwechsel. »An der Grenze bei Helmstedt hatte ich es mit einem sehr jungen Grenzer zu tun. Der machte zwar ein furchtbar wichtiges Gesicht, aber ich glaube, der war so aufgeregt wie vor dem Gelöbnis bei seiner Jugendweihe. Jedenfalls zitterte seine Hand, als er mir die Papiere zurückgab.«

Oltmanns ließ seine Augen an ihr hinabwandern. »Kann ich verstehen.«

Henny zog die Augenbrauen zusammen und blickte zur Seite. Seine Bemerkung war ihr peinlich.

Noch während sie den Kopf abwandte, bemerkte sie eine Bewegung am Fenster der Blockhütte. Als sie den Blick darauf richtete, erkannte sie gerade noch das blasse Gesicht einer Frau, die sie offenbar schon die ganze Zeit über beobachtet hatte. Als sie Hennys Blick gewahr wurde, zog sie hastig die Gardine zu.

Oltmanns hatte es bemerkt und sagte schnell: »Aber Sie

werden ja ganz nass! Gehen Sie doch rein, meine Frau erwartet Sie schon. Ich komme gleich nach.« Er tippte kurz an seinen Mützenschirm und zog mit der Tanne weiter zum Schuppen.

Henny passierte die beiden Stieleichen und stand vor dem Torbogen. Über dem Bogen verlief ein quer laufender Balken, dessen goldene Inschrift mahnte: *Ät, wat gor ist. Drink, wat klor is. Sech, wat wohr is.*

Ihrer Lübecker Zeit während der Ausbildung zur Kunstrestauratorin hatte sie es zu verdanken, dass sie diesen plattdeutschen Spruch weitgehend verstand. Ein Hausspruch von bodenständiger Schlichtheit. Ob er auf Oltmanns zurückging? Wohl eher nicht. Das wollte nicht so recht zu dem Mann passen, den sie soeben kennengelernt hatte. Vielleicht hatte er einen humorvollen Vorfahren.

Dann fiel ihr Blick auf den senkrecht verlaufenden Balken, der den Torbogen stützte. Sie musste den Kopf zur Seite neigen, denn die Inschrift war in gestürzter Form in das Holz geschnitzt. Die Inschrift war sichtbar jüngeren Datums und auch etwas ungelenk ins Holz geschnitzt: *Christus Mansionem Benedicat* las sie. Latein war ihr fremd. Sie nahm sich aber vor, die Gastgeber zu fragen, was das bedeutete.

Bevor sie eintrat, sah sie noch einmal zum Blockhaus hinüber, aber dort rührte sich nichts mehr. Ob die Frau auch ein Feriengast war? Sie hatte traurig ausgesehen, bedrückt und erschöpft. Oder bildete sie sich das nur ein?

* ✝ *

Der neu gewonnenen Freiheit folgte ein großes Problem: Hans und Winfried waren noch nicht volljährig, hatten kein Geld und kein Zuhause. Außerdem mussten sie auf der Hut sein und allen Behörden aus dem Wege gehen. Man hätte sie umgehend wieder eingesperrt.

Nach einigen Irrungen und Wirrungen, in denen sie sich von Früchten und Gemüse fremder Gärten ernährten und in Scheunen und Viehunterständen schliefen, landeten sie schließlich in Friedrichskoog, wo sie bei einem Fischer unterkamen, der nach Schnaps roch, keine Fragen stellte und auch sonst kaum ein Wort sprach. Ihm war nur wichtig, dass sie für ihn die Arbeit machten.

Vier Jahre blieben sie bei ihm. An dem Tag, an dem Hans volljährig wurde, verließen sie still das Haus, während der Fischer auf dem verschlissenen Sofa grunzend seinen Rausch ausschlief. Sie wanderten weiter nach Husum.

Hans bemühte sich um eine Ausbildung und bekam auch bald eine Lehrstelle zum Bootsbauer. In der Lohntüte lagen am Monatsende dreihundertdreiundachtzig Mark und vierzig Pfennige. Damit waren keine großen Sprünge zu machen, aber es half, eine billige Kammer im Souterrain eines Lagerhauses anzumieten und am Leben zu bleiben.

Leider hatte er als Linkshänder Schwierigkeiten, die erforderlichen Handgriffe mit den für Rechtshänder ausgelegten Werkzeugen sauber und fehlerfrei durchzuführen. Aus dem zu bearbeitenden Holz machte er überwiegend Späne. Es ging nicht lange gut, schon nach kurzer Zeit beschied ihm sein Meister, dass er wohl besser sei, wenn er Kalfateisen und Schiffshobel aus der Hand legen und sich nach einer anderen Tätigkeit umsehen würde. Man könne ja durchaus Linkshänder sein, aber nicht als Bootsbauer. Dennoch könnte er es zu etwas bringen, vielleicht als Friseur.

Hans nahm es so, wie es wohl auch gemeint war: als despektierliche Abwertung seiner Arbeit. Also entschied er sich, auf eine wie auch immer geartete Ausbildung zu verzichten und machte es fortan seinem Vater nach. Er lebte von kleinen Handreichungen, Gelegenheitsjobs und Aushilfsarbeiten.

Winfried trug seinen Teil dazu bei, indem er Lebensmittel und andere Güter des täglichen Bedarfs anschleppte, wobei Hans es vermied, zu fragen, wie er in ihren Besitz gelangt war.

Leider brachte es der Winter mit sich, dass nur wenige Gelegenheitsarbeiten anfielen. Die beiden Brüder kamen in einen Liquiditätsengpass, wie sie ihn bisher noch nie durchzustehen hatten. Selbst die Miete für die ungeheizte Kammer konnten sie nicht mehr aufbringen. So packten sie das Wenige, das ihnen gehörte, zuzüglich einiger anderer leicht verkäuflicher Dinge zusammen und verschwanden diskret und geräuschlos in die Nacht.

In derselben bezogen sie ein Gartenhäuschen in der Kleingartenkolonie *Ruhetal* in der Bellmannstraße 51, im Norden der Stadt. Hans wusste von seinem Lehrherrn, dem Bootsbauer Jessen, dass dessen Mutter dort ein Gartenhaus besaß und nur im Sommer bewohnte. Im Winter zog sie ihre warme Zweizimmerwohnung in Friedrichstadt vor.

Die Kleingärten waren im Winter verlassen und die Häuschen standen weitgehend leer. Überdies lag die Parzelle der alten Dame im hintersten Winkel der Kolonie. Das würde sie vor Entdeckung schützen, solange sie sich unauffällig verhielten und sich möglichst wenig auf dem Gelände sehen ließen.

Mit Winfrieds neuester Errungenschaft, einem Moped der Marke ZÜNDAPP, fuhren sie bis zur Kreuzung Bredstedter Straße und Lund. Hier stiegen sie ab und stellten den Motor aus. Winfried nörgelte herum, er wäre doch viel lieber mit seiner neuesten Errungenschaft knatternd und dröhnend vorgefahren. Aber er beugte sich dem drängenden Rat seines großen Bruders. Leise und nach allen Seiten sichernd schoben sie das Moped zur Parzelle.

Die Tür aufzubrechen war ein Kinderspiel, und zu ihrer großen Freude fanden sie sogar noch einige Lebensmittel im Kühlschrank, den sie allerdings erst wieder in Betrieb nehmen mussten. Winfried verabschiedete sich gleich darauf, um noch etwas Dringliches zu erledigen.

Seitdem wartete Hans auf die Rückkehr seines kleinen Bruders und hoffte, dass dieser nicht wieder irgendwelche absurden Sperenzchen angestellt hatte.

Er nahm die zurück geschobene Tischdecke, knüllte sie zusammen und legte sie zu dem Brot mit dem verdorbenen Heringsfilet. Im selben Moment ertönte draußen ein infernalisches Röhren, das ihn erschreckt zusammenzucken ließ.

Ein Blick aus dem Fenster zeigte, dass sein Bruder die Zündapp unter Gedröhne und einer knallenden Fehlzündung quer über Rasen und Beete aufs Gartenhaus zusteuerte. Vor der Regentonne bremste er hart, würgte den Motor ab und warf das Moped zu Boden. Hektisch riss er eine neben der Tonne liegende Wolldecke an sich und breitete sie über der Maschine aus. Dann raffte er einige der zu diesem Zweck bereitgelegten Rhododendronzweige zusammen und verteilte sie als Tarnung auf der Wolldecke.

Sekunden später riss er die Tür auf, knallte sie hinter sich zu und warf sich plump in den verschlissenen Sessel neben dem Sideboard mit der Kochplatte.

»Scheiß Wetter, Scheiße das«, fluchte er.

Hans Beerbohm baute sich vor ihm auf. »Hast du sie noch alle? Kommst hier wie ein Wilder angerast, machst einen höllischen Radau und knallst mit der Tür, damit auch alle Nachbarn mitkriegen, dass wir uns hier eingenistet haben.«

Sein Bruder fläzte mit weit vorgestreckten Beinen im Sessel. Sein neuer, hellblauer Trainingsanzug mit dem dicken gelben Streifen vor der Brust war vielleicht eine Nummer zu groß. Die weißen Turnschuhe mit den Adidas-Streifen passten ihm aber und komplettierten sein sportliches Outfit. Birne selbst war nicht so sportlich wie seine Montur aussah, er atmete schwer.

»Mann!«, stieß er aus. »Vielleicht hatte ich es eilig, weil ich's eilig hatte? Ich hab getankt, da kann ich mich nicht lange aufhalten, wenn ich's eilig hab, Mann! Vollgas und nichts wie weg mit Vollgas!«

Er fügte hinzu: »Außerdem guckte der Tankwart schon komisch, als ich ankam. Der hat mich angeglotzt, schon als ich ankam, hat er mich angeglotzt, hat er mich!«

Dann griente er. »Aber ich bin ja nicht doof, ich war auf der Tankstelle in Hattstedt, da kennt mich keiner, da in Hattstedt.«

Hans verdrehte die Augen. »Trotzdem kannst du hier nicht angebrettert kommen wie 'ne gesengte Wildsau!«

Winfried richtete sich auf und begann hektisch zu atmen. »Was willst du, hä? Willst du ... willst du ...«. Sein Blick flackerte. »Willst du sagen, dass ich ein Arsch bin, hä? Willst du das sagen, das?« Er sog die Luft tief durch die Nase ein, seine

Nasenflügel zitterten, sein rechtes Auge machte zu.

»Natürlich nicht! Beruhig dich, Birne!« Er wies zur Tür. »Aber was ist, wenn hier jetzt einer auftaucht und uns entdeckt? Hast du da mal darüber nachgedacht?«

Er hatte es kaum ausgesprochen, da klopfte es an der Tür, hart und eindringlich. Ruckartig richteten sich vier Augen zum Eingang. Wie in Blei gegossen standen sie da und wagten es nicht, sich zu rühren.

* ✝ *

Nach Passieren eines nüchtern eingerichteten Windfangs wurde Henny angenehm überrascht. Vor ihr öffnete sich eine geräumige, offene Wohndiele, deren dunkel gebeizter Holzboden sich durchgehend vom Eingang bis ans Ende des Hauses erstreckte. Der Raum strahlte Wärme und rustikale Gemütlichkeit aus. Den Mittelpunkt bildete ein wuchtiger, bestimmt vier Meter langer, massiver Eichentisch, um den herum sich zehn oder zwölf Stühle gruppierten. Offensichtlich ein Überbleibsel aus jener Zeit, in der sich die Bauernfamilie mit Kind und Kegel und dem Gesinde zu den gemeinschaftlich eingenommenen Mahlzeiten traf.

Die linke Wand wurde von einem großen Ofen aus Gusseisen beherrscht. Rechts hinter ihr, neben dem Eingangsbereich, befand sich ein durch Balken und hüfthohes Fachwerk abgeteilter Bereich, der eine große Couch, einige Stühle, Sessel, Beistelltische und ein schmales Bücherregal beherbergte. Auch hier konnte sie sich eine vielköpfige Bauernfamilie einschließlich Gefolgschaft beim gemütlichen Feierabendplausch vorstellen.

Über allem hing ein hölzernes Wagenrad von der Decke herab. Von vier starken Ketten gehalten, glich es einem mittelalterlichen Kronleuchter, auf dessen Rund sich zahlreiche abgebrannte Kerzenstummel verteilten. Das Rad atmete noch die Ursprünglichkeit seiner Herkunft, als wäre es gerade erst einem Leiterwagen entnommen worden. Alles zusammen machte einen sehr behaglichen Eindruck.

Hennys Blick wanderte zum Ofen zurück. Links vom Ofen war ein etwa armlanger Bindfaden gespannt, von dem drei Trockenblumensträuße herabhingen. Auf der rechten Seite des Ofens stand ein wuchtiger Ohrensessel, und darüber an der Wand, wo Henny *Die niederländischen Sprichwörter* erwartet hatte, hing lediglich die Reproduktion eines Gemäldes von Anselm Feuerbach. Klein, düster, wie ein mahnender Fingerzeig. Keine Spur von Pieter Brueghel dem Jüngeren.

Henny blieb stehen und wartete. Ihre Nase nahm einen leichten Duft von Minze wahr, als sich aus dem dämmerigen Hintergrund eine Frau löste, bei deren Anblick Henny augenblicklich an ihre Mutter erinnert wurde. Sie war zierlich, fast schmächtig, dunkel gekleidet und hatte das schwarze, von grauen Strähnen durchzogene Haar zu einem strengen Knoten gebunden. Aufrecht und steifen Schrittes ging sie auf Henny zu und streckte ihr zögerlich die Hand entgegen: »Frau Butenschön? Ich bin Wiebke Oltmanns.«

Ihre Hand war klein, kalt und nur zu einem kraftlosen Händedruck fähig. Sie lächelte zwar, aber das Lächeln erreichte nicht ihre Augen. Sie mochte an die sechzig Jahre alt sein, vielleicht etwas jünger. Ihr Gesicht hatte die Freudlosigkeit einer pflichtbewussten Gouvernante, auch wenn sie nun höflich hinzufügte: »Wir freuen uns sehr, dass Sie hier sind.

Mein Mann ...« Sie stockte, bevor sie fortfuhr: »Mein Mann erzählte mir von dem angenehmen Telefonat mit Ihnen.«

Sie heftete ihren Blick fest auf Hennys Augen. »Ich glaube, er mag Sie.« Es klang wie ein Vorwurf.

Wieder fühlte sich Henny unwohl. Sie schaute sich um, suchte nach einer Ablenkung. »Das sieht hier sehr gastlich aus. Ich werde mich bei Ihnen sicher wohlfühlen.«

Wiebke Oltmanns lächelte erneut ihr kaltes Lächeln. »Das hoffe ich.« Abrupt wandte sie sich um: »Ich zeige Ihnen einmal die Räumlichkeiten, damit Sie sich hier fürs Erste zurechtfinden, alles Weitere wird sich dann in den nächsten Tagen ergeben.«

Sie machte ein paar Schritte auf den Tisch zu. »Die große Tafel. Hier treffen wir uns zum gemeinsamen Frühstück, Mittagessen und zum Abendbrot. Es sei denn, Sie sind unterwegs und bevorzugen es, auswärts zu essen.«

Sie sah Henny forschend an, und als diese nichts sagte, fügte sie hinzu: »In dem Fall geben Sie mir bitte Bescheid, damit ich entsprechend planen kann.« Das klang streng.

Frau Oltmanns hielt inne, als überlegte sie, ob sie noch weitere Verhaltensregeln bekannt geben sollte. Dann gab sie sich einen Ruck und zeigte auf die nächstliegende Tür: »Diese Tür führt zur Küche. Sie können sie gerne nutzen, wenn Sie sich Verpflegung für Ihre Tagestouren zusammenstellen wollen. Und hinter dieser Tür befindet sich eines unserer beiden Ferienzimmer. Ihres allerdings liegt dort drüben rechts, auf der anderen Seite. Ich zeige es Ihnen gleich. Die Treppe dort hinten führt nach oben zu unseren Privaträumen, Schlafzimmer, Wohnzimmer, Haushaltsraum und Bad. Ihr Zimmer ist mit einer Waschgelegenheit ausgestattet, sodass Sie die obere Etage nicht aufsuchen müssen.«

Diese Einführung kam ihr wie glattgebügelt über die Lippen. Sie sprach mit dem monotonen Gleichmaß eines müden Baches, dem es an Gefälle mangelt. Keine Höhen, keine Tiefen, keine Pausen. Und der Hinweis, die obere Etage nicht aufsuchen zu müssen, klang in Hennys Ohren wie eine Warnung.

Sie wechselten auf die rechte Seite des Raumes. Frau Oltmanns überging eine Tür, in deren Mitte ein schlichtes, hölzernes Kreuz angebracht war, und wies auf die nächste. »Hier ist eine Abstellkammer für allerlei Gerätschaften, hier der Heizungsraum mit der Ölheizung und hier die Werkstatt. Der kleine Durchgang zwischen den beiden Räumen führt zur Seitentür nach draußen. Von dort sind es nur noch ein paar Meter zum Stallgebäude. Das ist vor allem bei schlechtem Wetter angenehm, wenn mein Mann zum Melken und Versorgen der Kühe nicht jedes Mal den langen Weg außen ums Haus nehmen muss.«

»Wie viele Kühe haben Sie denn?«

»Einundzwanzig.«

»Oh!« Henny wusste nicht recht, was sie sonst darauf antworten sollte.

»Und hier ist der Eingang zu Ihrer Ferienwohnung.«

Henny blieb stehen und wies zurück zur Tür, die Frau Oltmanns übergangen hatte. »Und was ist hinter der Tür mit dem Kreuz?«

Die Hausherrin zögerte einen Moment. Es schien ihr unangenehm zu sein. »Das Büro meines Mannes. Die Tür bleibt verschlossen, er hat es nicht gern, wenn sie offen ist.«

»Was habe ich nicht gern?«

Von den Frauen unbemerkt war Walter Oltmanns dazugekommen und blickte beide fragend an. Mit seinem Erscheinen ging eine seltsame Verwandlung mit Frau Oltmanns vor. Machte sie bis dahin schon einen kühlen und beteiligungslosen Eindruck, so erstarb nun jedes Leben in ihr. Mit einem flüchtigen Blick nickte sie Henny zu, drehte sich um und verschwand in der Küche.

Henny kannte das. Ihre Mutter hatte sich ähnlich verhalten, wenn ihr etwas Unschickliches unterlaufen war und sie die Strafe ihres Gatten fürchten musste. Als unschicklich konnte alles gelten, nicht nur, wenn ihr etwas aus der Hand gefallen war. Die Strafe war meist ein Schlag mit der flachen Hand ins Gesicht.

Henny schüttelte den Gedanken ab. »Ich sagte gerade zu Ihrer Frau, dass Sie ein sehr schönes Haus haben. Es strahlt Wärme und Behaglichkeit aus.«

Oltmanns nahm seine Feldmütze ab, schüttelte den Regen herunter und strich sich das Haar glatt. Ohne Mütze, mit seinen dünnen Haaren, unter denen die rosige Kopfhaut durchschimmerte, wirkte er nicht ganz so stattlich wie noch vor wenigen Minuten draußen bei ihrer Ankunft.

»Als wir auf Ihr Büro zu sprechen kamen«, fuhr Henny fort, »sagte Ihre Frau, dass Sie das Büro gerne geschlossen halten.«

Oltmanns setzte sich die Mütze wieder auf.

»Nun ja, wenn ich Bestellungen aufgebe oder mich mit der Buchhaltung abmühen muss, bin ich dabei lieber ungestört. Und weil ich die Angewohnheit habe, alles offen auf meinem Schreibtisch liegen zu lassen, schließe ich lieber ab, bevor jemand unachtsam hineinstürzt und meine geordnete Unordnung durcheinanderwirbelt.«

Er lächelte Henny gewinnend an. »Aber was Ihre Einschätzung unseres Hauses angeht, freue ich mich, dass Sie es so sehen. Denn das ist ja genau das, was wir unseren Gästen bieten möchten: Behaglichkeit, Entspannung und Wohlgefühle.«

Kam es ihr nur so vor, oder hatte Oltmanns das letzte Wort tatsächlich so betont süßlich ausgesprochen?

Sie schüttelte den Kopf über ihre Empfindlichkeit. Sie musste aufhören, immer hinter allem und jedem eine Arglist zu vermuten.

»Sie schütteln den Kopf? Sind Sie anderer Meinung?«

»Entschuldigen Sie, ich war mit meinen Gedanken gerade ganz woanders. Tut mir leid!«

»Ach was, Sie müssen sich nicht entschuldigen. Dafür sind Sie doch hier, um bei uns zur Ruhe zu kommen und die abgestandenen Gedanken abzuschütteln.«

Wieder setzte er sein gewinnendes Lächeln auf. Und diesmal lächelte Henny zurück. » Das Haus ist sicher schon sehr alt, oder?«

»Oh ja, Mitte siebzehntes Jahrhundert.«

Henny staunte: »Siebzehntes Jahrhundert? So alt?«

»Ja. Früher gehörte es einer Familie Tünnemann. Der letzte Tünnemann, Heinrich, wurde hundertzwei Jahre alt. Eines Tages hat man ihn dann tot im Ziegenstall gefunden. Mitten zwischen den Ziegen, halb unterm Stroh versteckt. Er soll ja 'ne schmächtige Portion gewesen sein.«

Oltmanns zeigte hinter sich auf den Heizungsraum. »Der Ziegenstall war dort, wo heute die Ölheizung eingebaut ist.«

»Oh!«

»Na ja, mit hundertzwei, da kann man schon mal beruhigt sterben, nicht wahr? Jedenfalls hatte Tünnemann eine Tochter, Katharina, die aber auch bereits knapp an die achtzig war, unverheiratet und schon 'n büschen tüdelig. Mein Urgroßvater hatte ihr – ich glaube, es war im Jahr 1865 – das Haus mitsamt dem dazugehörigen Land für siebenundzwanzigtausend Reichstaler abgekauft. Allerdings hatte sich die alte Katharina lebenslanges Wohnrecht ausbedungen. Sie lebte dann noch zwei Jahre in der Gesindekammer, da, wo heute die Küche ist. Seitdem ist es der Oltmanns'sche Hof.«

Henny hatte ihm ganz gefangen zugehört. Die alten Geschichten faszinierten sie, und in diesem trotz aller Modernisierungen so ursprünglich erhaltenen Ambiente waren die Beschwernisse des bäuerlichen Lebens spürbar.

Offensichtlich gefiel Oltmanns ihr Interesse an der Historie des Hauses und ihre andächtige Aufmerksamkeit.

Er wandte sich dem offenen Raum zu und hob die Hand wie ein Fremdenführer, der um Aufmerksamkeit für ein touristisches Kleinod bittet.

»Das Haus ist ein Niederdeutsches Hallenhaus.« Er sah sie fragend an. »Schon mal was davon gehört?«

Henny schüttelte den Kopf.

»Vereinfacht gesagt, ist ein Hallenhaus ein Bauernhaus, in dem der gesamte landwirtschaftliche Betrieb untergebracht ist. Hier lebten Mensch und Tier, die Bauernfamilie, das Gesinde, Knechte und Mägde, Pferde, Kühe, Schafe, Hühner – alle unter einem Dach. Und sie arbeiteten auch innerhalb dieser Mauern. Ein Hallenhaus ist wie eine dreischiffige Kirche aufgebaut: in der Mitte die große, durchgehende Diele – daher der Name Halle – und den beidseitigen Kübbungen, dem Raum zwischen dem seitlichen Ständerwerk und den Außenmauern. Die wiederum waren in einzelne Gefache unterteilt, offene oder auch geschlossene Boxen, in denen das Vieh, die Gerätschaften, die Vorräte, zuweilen auch die Knechte und Mägde untergebracht waren. Der Bursche, der für die Pferde zuständig war, schlief bei den Pferden, denn er war verantwortlich für ihr Wohlergehen. Wenn da was schief ging, hatte der Bauer das Recht, den Burschen zu züchtigen. Die Pferdejungen waren oft Kinder niederer Bauern aus der Nachbarschaft, viele erst um die zehn Jahre alt. Da konnten sie sich beweisen, bevor sie zum Lüdgenknecht oder später gar zum Großknecht aufsteigen konnten.«

»Kinder? Züchtigen?!« Henny war entsetzt.

»Tja, das Leben der Bauern war damals nicht so romantisch, wie man sich das heute so vorstellt. Üppig ausgestattete, freudetrunkene Bauernhochzeiten finden nur auf alten Gemälden statt, der Alltag aber war geprägt von Hunger, Mühsal, Pein und Elend.«

Er hielt kurz inne, wahrscheinlich, um Henny Gelegenheit zu geben, gebührlich zu erschaudern.

»Die wertvollsten Tiere, also Pferde und Kühe, standen in den vorderen Gefachen, direkt neben dem Einfahrtstor, um sie bei einem Brand schnell aus dem Gefahrenbereich bringen zu können. Die Kühe standen mit dem Kopf zur Diele, was das Füttern vereinfachte, aber das Ausmisten etwas schwieriger machte.«

Henny fiel die senkrechte Inschrift auf dem Torbogen ein. »Auf einem Balken am Eingang habe ich eine lateinische Inschrift gelesen. Können Sie mir sagen, was sie bedeutet?«

»Sie meinen Christus Mansionem Benedicat? Aber gern: Gott segne dieses Haus.«

»Ah.« Henny verdrehte die Augen aus Verärgerung über sich selbst. Das hätte sie sich auch denken können. Für wie dumm musste Oltmanns sie halten.

Oltmanns zeigte auf den Boden.

»Das Dielenparkett ist erst im Jahre 1918 von meinem

Vater gelegt worden. Vorher bestand der Boden aus gestampftem Lehm. Durch das große Einfahrtstor, ›de Groote Dör‹, wurden die Erntewagen direkt ins Haus gefahren und abgeladen. Hier, wo wir jetzt stehen, wurde dann das Getreide gedroschen, Hanf und Flachs geschlagen, das Futter gehäckselt und alle sonstigen Arbeiten verrichtet. Die Tür, die Sie sehen, die von hier aus in den Windfang führt – das ist die Groote Dör. Dahinter war das Haus offen, die äußere Sprossentür gab es damals noch nicht. Dieser offene Raum wird ›Vorschauer‹ genannt und diente dazu, die Pferde an- und abzuschirren und Arbeiten auszuführen, für die es im Haus zu dunkel war. Erst viel später haben wir diesem Raum auch von außen eine doppelflügelige Sprossentür vorgesetzt und damit einen geräumigen Windfang geschaffen. Mit dem Pferdewagen müssen wir heute ja nicht mehr ins Haus fahren«, lachte er.

Gleich darauf rückte er seine Mütze umständlich zurecht und sah Henny unsicher an.

»Entschuldigen Sie, ich rede und rede – lauter längst vergangenes Zeugs. Das interessiert sie sicher gar nicht. Ich langweile Sie!«

»Aber nein! Ich finde es spannend und aufregend, Geschichten aus alten Zeiten zu hören, zu erfahren, wie und unter welchen Umständen unsere Vorfahren gelebt haben.«

Sie blickte sich um und schüttelte ungläubig den Kopf. »Erstaunlich, wie karg und entbehrungsreich die Menschen früher gelebt und gearbeitet haben. Kaum vorstellbar, wenn man sieht, in welch schönem und wohnlichem Zustand sich Ihr Haus heute präsentiert.«

»Das ist wohl wahr. Schon mein Vater hat viel Energie in die Modernisierung des Hauses gesteckt. Und auch wir haben natürlich immer mal wieder an- und umgebaut, um die Wohnlichkeit und Qualität des Hauses zu verbessern.«

Er führte Henny zum hinteren Teil des Hauses, der wie ein offenes Querschiff durchgehend von der linken bis zur rechten Außenwand verlief.

»Das war der Wohnbereich, ›Flett‹ genannt. Aber da man ehemals weder Freizeit noch Müßiggang kannte, lässt sich das Flett eher mit einer offenen Wohnküche vergleichen. Hier wurde gekocht, gewebt, gesponnen und Hühner und Gänse gerupft. Der gemauerte Sockel hier in der Mitte des Fletts war früher die offene Feuerstelle. Wenn dort gekocht oder gebrutzelt wurde, zog der Qualm durchs ganze Haus.«

Oltmanns zeigte auf die Leseecke neben dem Eingangstor. »In dem Gefach da drüben haben wir die Fenster nachträglich einsetzen lassen. Früher waren dort die Pferde untergebracht. Geblieben ist aus jener Zeit noch das halbhohe Fachwerk, das die Pferdebox von der Diele trennte. Heute ist es, wie Sie sehen, eine gemütliche Leseecke, in der wir des Abends mit unseren Gästen sitzen und plauschen oder fernsehen – wenn sie denn mögen«, setzte er mit einem Seitenblick auf Henny hinzu.«

»Oh, ich werde gern dazukommen«, sagte Henny. »Das alles macht einen sehr anheimelnden Eindruck.«

Dann richtete sie ihren Blick auf das große Wagenrad, das über dem Sitzbereich schwebte. »Der Kerzenleuchter dort – ist das auch noch ein Relikt aus der bäuerlichen Zeit?«

Oltmanns lachte. »Bäuerliche Zeit? Frau Butenschön! Vergessen Sie nicht, dass Sie sich hier auf einem Bauernhof befinden und damit inmitten einer bäuerlichen Zeit!«

»Entschuldigen Sie, so wollte ich es nicht ...«

»Aber nein! Kein Grund, sich zu entschuldigen, ich weiß ja,

was Sie meinen. Und das da oben ist kein Kerzenleuchter im eigentlichen Sinne, sondern unser Adventskranz, den ich heute oder morgen wieder abnehmen werde.«

»Ein Adventskranz?«

»Ja, ein sogenannter Wichernkranz – der ursprüngliche Adventskranz, so wie er einmal erdacht und gefertigt worden war.«

»Wichernkranz? Davon habe ich noch nie gehört.«

Oltmanns wandte sich Henny zu und blickte sie fast nachdenklich an. »Es gibt viele Dinge auf dieser Welt, von denen wir noch nie gehört haben, die wir nie erfahren und nie erlebt haben. Und dennoch gibt es sie.«

So wie er es sagte, klang es nicht belehrend, sondern eher demütig vor der überbordenden Fülle und Vielfalt des Lebens und dem begrenzten Wissen des Menschen. Und doch klang es auch irgendwie bedrohlich.

»Mitte des letzten Jahrhunderts hat der Hamburger Pastor Wichern den Adventskranz erfunden«, fuhr Oltmanns fort. »Wichern hat das Rauhe Haus gegründet, eine Einrichtung, um armen, straffällig gewordenen und verwahrlosten Kindern eine Heimstatt zu bieten. Für diese Kinder war Weihnachten im Rauhen Haus ein ganz besonderes Fest, an dem sie vielleicht zum ersten Mal in ihrem Leben nicht nur ein kleines Geschenk, sondern vor allem viel Zuneigung und liebevolle Hinwendung erfuhren. Und um die Vorfreude auf den Heiligen Abend zu steigern, hatte Pastor Wichern ein Wagenrad aufgehängt, auf dem vom 1. Advent bis zum 24. Dezember für jeden Tag eine Kerze aufgesetzt wurde. Vier große weiße Kerzen für jeden Sonntag, dazwischen kleine rote Kerzen, für jeden Werktag eine. Wir haben uns auf diese wundervolle Huldigung der Adventszeit zurückbesonnen und hängen nun schon seit Jahren den Wichernkranz bei uns auf. So erleben wir, wie jeder Tag heller wird, bis am Heiligen Abend mit der Geburt Jesu Christi Licht und Erleuchtung in die Welt kommt.«

Die Hingabe, mit der Oltmanns die Geschichte des Adventskranzes erzählte, nahm Henny ein bisschen den Atem für weitere Fragen, und so betrachtete sie das Wagenrad mit neu entfachtem Interesse.

»Ein schöner Brauch«, sagte Henny schließlich. »Und eine schöne Geschichte. Ich bin beeindruckt von Ihrem Wissen.«

»Ach!«, winkte Oltmanns ab. »So weit ist es damit gar nicht her. Ich habe mit Wiebke vor etlichen Jahren die Hamburger St. Michaelis Kirche besichtigt. Zur Weihnachtszeit ist es dort Tradition, einen Wichernkranz aufzuhängen. Die Kirchenführerin, die uns durch die Pracht und Schönheit dieses Gotteshauses führte, hat uns erzählt, was es mit dem Wichernkranz auf sich hat. Wir waren so beeindruckt von dessen Schlichtheit und Reinheit, dass wir fortan zur Adventszeit den Wichernkranz aufhängen.«

Henny sah noch einmal bewundernd zum Wichernkranz hoch. »Es ist merkwürdig: Jedes Jahr freuen wir uns aufs Neue auf die Adventszeit, wissen aber meist gar nicht, welche Geschichten ihr innewohnen.«

»Ist es nicht mit den meisten Dingen so, die unser Leben ausmachen? Wir lassen sie achtlos an uns vorüberrauschen wie das Wasser eines namenlosen Flusses.«

Oltmanns wandte sich zum Gehen.

Henny war beeindruckt von Oltmanns Erzählkunst. Dieses Haus mit seinen bäuerlichen Eigenarten und Bräuchen hatte seinen ganz besonderen Reiz. In ihr kamen Bilder auf, die sie von den Bauernmotiven der alten flämischen Meister kannte.

Es war, als würde sie in eine Welt eintauchen, die sie schon zigfach studiert, aber immer nur von außen betrachtet hatte. Künftig würde sie die *Bauernhochzeit* von Pieter Bruegel dem Älteren in einem ganz anderen Licht sehen.

Dabei fiel ihr wieder die Mission ein, deretwegen sie hier war. Sie warf einen schnellen Seitenblick auf Oltmanns. Vorhin, bei ihrem ersten Zusammentreffen, hatte sie noch eine gewisse Skepsis gespürt. Etwas war von ihm ausgegangen, was sie nicht bestimmen konnte, sie aber zur Vorsicht mahnte. Nun schämte sie sich fast dafür. Wenn er weiterhin so begeistert und gesprächsfreudig war, dann sollte sie bald Gewissheit über die Herkunft der *Niederländischen Sprichwörter* haben.

»Als mein Vater das Haus übernahm«, fuhr Oltmanns fort, »hat er als erstes die Gesindekammer zur Küche umgebaut, die offene Feuerstelle stillgelegt und zwecks Raumbeheizung einen gusseisernen Ofen aufgestellt.«

Er bedeutete Henny, ihm zu folgen und blieb dann drei Schritte vor dem übermannsgroßen Gussofen stehen, der Henny schon vorher aufgefallen war.

»Dieses schwarze Ungetüm ist ein ›Deutscher Försterofen‹. Fragen Sie mich nicht, warum der so heißt. Vielleicht, weil er zur Gänze mit diesen prachtvollen Jagdmotiven verziert ist. Sehen Sie mal: Jedes Fach, jede Tür zeigt eine andere Jagdszene.«

»Beeindruckend«, staunte Henny. »Der ist doch sicherlich auch schon sehr alt?«

»Hier steht's.« Oltmanns zeigte auf eine Kartusche im unteren Segment. »Deutscher Försterofen, Buderus'sche Eisenwerke/Wetzlar, 1905. Aber heute haben wir ja Ölheizung, da sind wir auf diesen Ofen nicht mehr angewiesen. Obwohl ich sicher bin, dass er noch funktioniert.«

Oltmanns brach ab. Seine Augen wanderten hoch, sein Blick blieb an der Ofenklappe hängen. Gedankenverloren fuhr er sich mit der Hand über die Stirn. Plötzlich wirkte er in sich gekehrt und seltsam abwesend. Etwas schien ihn zu beschäftigen, das ihn beunruhigte. Henny wagte nicht, ihn in seiner versonnenen Andacht zu stören.

Oltmanns wandte sich ihr zu und musterte sie ernst. Dann sagte er leise: »Frau Butenschön, Sie sind doch eine kluge Person von wachem Verstand. Wenn ich Ihnen nun ...«

Er stockte, schien zu überlegen, ob er weitersprechen sollte, dann hatte er sich wohl doch dazu durchgerungen und fuhr fort: »Wissen Sie, in diesem Ohrensessel habe ich als kleiner Bub oft gesessen und mich an der Wärme des Ofens erfreut. Es war für mich ein vertrauter Ort voller Geborgenheit. Wenn ich hier saß, fühlte ich mich wie im Mutterschoß. Geschützt, behütet, umsorgt und unangreifbar. Doch dann geschah etwas, was mich bis heute quält und mich in mancher Nacht aufschrecken lässt.«

Wieder rückte er seine Feldmütze zurecht. Nach einer Weile sagte er: »Ich habe es noch nie jemandem erzählt.«

Henny wusste nicht, ob sie sich geschmeichelt fühlen sollte. Hoffentlich war es keine schlimme Geschichte.

»Es war zum Weihnachtsfest 1922, ich war sechs Jahre alt. Meine Mutter hatte mir eine Puppe geschenkt. Selbst gestrickt und mit Watte ausgestopft. Als Augen hatte sie zwei kleine schwarze Knöpfe angenäht und den Mund mit rotem Garn eingestickt. Ich weiß noch, dass ich hier im Ohrensessel saß und die Puppe in den Händen hielt. Ihre Augen starrten mich kalt an, so stechend und durchdringend, dass mir fröstelte. Es lag etwas in dem Blick dieser Puppe, das mir Angst gemacht hat. Große Angst. Und der Mund – je länger ich ihn betrachtete, desto größer schien er zu werden. Er wuchs und wuchs, die Lippen schwollen an, ich hatte furchtbare Angst, die Puppe könne mich verschlingen.«

Oltmanns winkte ab. »Ist natürlich Unsinn, aber ich war ja gerade mal sechs und mir war bang vor Dingen, die ich noch nicht verstand. Als meine Mutter mir die Puppe überreichte, sagte sie, dass sie Longinus heiße. Den Namen hatte ich noch nie gehört. Er kam mir komisch vor und ich fragte meine Mutter danach. Als sie die Puppe fertiggestellt hatte, hatte sie die Puppe lange betrachtet. Einer Eingebung folgend hatte sie ihr den Namen des römischen Soldaten gegeben, der Jesus am Kreuz mit einer Lanze in die Seite gestochen hatte, um zu sehen, ob er noch lebte. Und dieser Soldat war der Hauptmann Longinus.«

Oltmanns suchte in Hennys Mimik nach Anzeichen von Verwunderung oder Befremden. Aber Hennys Gesicht blieb ausdruckslos.

»Da saß ich nun in dem Ohrensessel, hielt die Puppe in den Händen und hatte das Gefühl einer unaufhaltsamen, schrecklichen Bedrohung. Es war so gräulich: Da gab es einen Mann, der Jesus, dem leiblichen Sohn unseres Herrn, dem Vertreter Gottes auf Erden, dem Erlöser, eine Lanze in den Körper gestochen hatte. Eine Lanze! Obwohl man ihm schon Nägel durch die Hände getrieben hatte, mit denen er am Kreuz hing und allein dadurch bereits unsägliche Schmerzen zu ertragen hatte.«

Er seufzte. Die Erinnerung machte ihm sichtlich zu schaffen.

»Es war Weihnachten! Und das kleine, unschuldige Jesuskind lag einige Schritte von mir entfernt in der Krippe unter dem Tannenbaum. Die Krippe hatte mein Großvater selbst geschnitzt. Etwas grob zwar, aber mit viel Hingabe und Liebe gearbeitet. Maria und Josef knieten betend vor der Krippe und dankten dem Herrn für die Empfängnis durch den Heiligen Geist. Und während ich dieses sakrale, weihevolle Bild vor mir sehe, halte ich in den Händen eine Puppe, die den Namen Longinus trägt, den Namen des Mannes, der diesem unschuldigen Kind später eine Lanze in den Leib rammen würde.«

Oltmanns stierte abwesend vor sich hin. Seine Augen waren weder auf Henny noch auf den Ohrensessel noch auf den Ofen gerichtet. Sein Blick verlor sich im Nichts, und seine Stimme zitterte.

»Das konnte ich nicht ertragen. Ich nahm einen Bindfaden und schlang ihn der Puppe um den Hals. Dann zog ich langsam zu. Die Knopfaugen starrten mich an, als wollten sie mir etwas sagen. Ich zog den Bildfaden immer enger. Die Watte staute sich in dem gestrickten Kopf, er schwoll an, sodass die Augen herausgedrückt wurden. Ich griff nach einem Auge und riss es aus. Dann sprang ich auf, öffnete die Ofenklappe und warf die Puppe in den lodernden Brand. Die Glut sprühte auf und verschlang diese hässliche Ausgeburt des Teufels. Zitternd vor Angst schlug ich die Ofenklappe wieder zu.«

Oltmanns holte tief Luft. »Ob Sie es glauben oder nicht: Ich bin mir bis heute sicher, dass die Puppe in den Flammen geschrien hat. Geschrien wie ein Mensch, der bei lebendigem Leibe verbrannt wird.«

Aufmerksam musterte er sie. »Hab ich Sie erschreckt?«

Henny schüttelte etwas hilflos den Kopf. »Ich weiß nicht – es ist schon eine etwas ungewöhnliche Geschichte.«

»Ja, deshalb habe ich sie auch noch keinem erzählt. Nur

Ihnen«. Er verzog sein Gesicht zu einem verstörenden Lächeln. Henny beschlich ein ungutes Gefühl.

»So, nun haben Sie einiges über das Haus und seine Geschichte gehört. Ich denke, es ist an der Zeit, dass meine Frau Ihnen Ihr Zimmer zeigt.«

Er beugte sich vor und rief in Richtung Küche: »Wiebke, zeigst du Frau Butenschön ihr Zimmer?«

Ohne ein weiteres Wort ging er zum Eingang und verschwand nach draußen.

Frau Oltmanns kam aus der Küche und steuerte stumm und zielstrebig die Tür zu Hennys Ferienapartment an.

Es war ein einfach und funktionell eingerichtetes Zimmer mit einem durch einen Vorhang abgetrennten Waschbereich. Die Wand am Kopfende des Bettes war quietschgelb, unterbrochen von einem in Kopfhöhe aufgemalten braunen Farbbalken. Dem Bett gegenüber befand sich ein Fenster mit Blick auf den Hof, darunter ein kleiner Schreibtisch mit Stuhl. Die linke Wand war mit einer Tapete beklebt, bei dessen Anblick Henny schwindelig wurde: riesige Kreisflächen in den Farbabstufungen Braun, Orange und Gelb wechselten sich mit breiten Girlanden ab, die sich mäandernd durch die Kreise schlängelten. Mittendrin in dem Farbgewusel hing ein Kreuz, das auf der Tapete allerdings etwas bedrängt wirkte. Wie eine hilflos strampelnde Fliege, die im Strudel eines Farbeimers zu versinken droht.

Davor stand ein wuchtiger Kleiderschrank aus dunkel gebeizter Eiche, Bauernbarock. Daneben war ein großer Wandspiegel angebracht, der bis zum Boden reichte und hoch und breit genug war, um sich darin in voller Größe betrachten zu können. Er war in einen schweren, goldenen Barockrahmen eingefasst. Henny fand ihn viel zu wuchtig, viel zu protzig und völlig unvereinbar mit der übrigen Einrichtung. Etwas seitlich versetzt schreckte ein Sessel mit mintgrünem Bezug auf dünnen Beinen vom Verweilen ab. Daneben stand ein mit bunten Mosaiksteinchen beklebter Nierentisch auf ebenso dünnen Beinen.

»Ich hoffe, es gefällt Ihnen«, sagte Frau Oltmanns knapp.

»Doch, sehr schön!«

»Gut. Richten Sie sich ein, wir treffen uns um sechs zum Abendbrot an der Gemeinschaftstafel, und wenn Sie mögen, sehen wir uns heute Abend zusammen die Tagesschau an. Übrigens gibt es danach Die Straßen von San Francisco mit Karl Malden und Michael Douglas – vielleicht interessiert Sie das?«

»Vielleicht.«

Henny wusste nicht, ob sie sich mit der unterkühlten Frau Oltmanns einen Krimi ansehen sollte.

»Erlauben Sie mir eine Frage, Frau Oltmanns: Haben Sie noch andere Gäste?«

»Ja, einen Herrn Martens. Seit vorgestern. Aber er ist kaum hier, ständig unterwegs.« Sie zuckte gleichgültig mit den Schultern. »Jeder wie er mag.«

Vielleicht war der andere Gast ja umgänglich. Dann wäre ein gemeinsamer Fernsehabend möglicherweise gar nicht so schlimm.

Henny holte ihren Koffer aus dem Auto. Walter Oltmanns stand vor dem Schuppen und zersägte den Weihnachtsbaum. Als er Henny gewahr wurde, ließ er die Säge sinken und betrachtete sie.

Henny nickte ihm zu, holte den Koffer vom Rücksitz, nahm die Bild-Zeitung und verschwand im Haus. Sie packte den Koffer aus und verstaute die Sachen im Schrank. Als sie die

Zimmertür abschließen wollte, stellte sie fest, dass es keinen Schlüssel gab. Wo sie auch suchte, einen Schlüssel fand sie nicht. Sie würde nachher danach fragen müssen.

Neugierig zog sie den Vorhang zur Seite, um die Waschecke zu inspizieren. Ein kleines Waschbecken, ein Spiegel, daneben ein schmales orangefarbenes Badezimmerschränkchen. Plastik. Leider keine Dusche, dafür aber eine Toilette mit einem Vorleger aus hochflorigem, gelbem Frottee. Henny nahm sich vor, diesen Teppich möglichst bald mit spitzen Fingern zu entfernen.

Zunächst aber wollte sie sich entspannen und nach der langen Fahrt zur Ruhe kommen. Sie zog die Schuhe aus, nahm die Bild zur Hand und wollte sich gerade aufs Bett legen, als sie draußen ein Auto vorfahren hörte. Neugierig ging sie zum Fenster und schob die Gardine zur Seite. Sie blickte direkt auf das Blockhaus, und wenn sie sich ein wenig vorbeugte, konnte sie den Schuppen sehen. Im düsteren Schatten des ausladenden Vordachs stand ein roter Opel Kadett.

* ✝ *

Im Gartenhaus des Kleingärtnervereins Husum verharrten Hans und Winfried Beerbohm wie zur Salzsäule erstarrt. Wütend hämmerte jemand mit der Faust gegen die Tür. Energisch und unmissverständlich kampfentschlossen.

Hans warf Winfried einen fragenden Blick zu. Der hatte sich in dem Sessel steif aufgerichtet und zuckte mit den Schultern. Sein rechtes Auge schloss sich langsam. Hans gab ihm einen Wink, sich aus dem Blickfeld des Fensters zu verdrücken. Aber zu spät, das Fenster verdunkelte sich, jemand spähte durch die Scheiben. Winfried rührte sich nicht. Er hatte Angst.

Der Kopf verschwand und Sekunden später krachte etwas gegen die Tür, einmal, zweimal – das Schloss barst und mit einem lauten Knall flog die Tür auf.

Die beiden Männer, die sich darauf an der schief hängenden Tür vorbei in den Raum schoben, grienten. Der größere von ihnen trug einen langen Wildledermantel mit einem breiten, mit Lammfell besetzten Kragen, der die Schultern zur Gänze bedeckte. Das Auffälligste an ihm aber war zweifellos die grell orangefarbene Ballonmütze mit angestricktem Schirm und seitlichen Ohrenklappen. Als Krönung dieses geschmacklichen Unfalls thronte oben auf der Mütze ein buschiger grauer Fellbommel.

Er hatte die Hände tief in der Manteltasche vergraben und gab sich betont entspannt.

»Mensch, Birne! Bist ja doch hier! Wir hatten schon gar nicht mehr mit dir gerechnet.« Ohne den Blick von Winfried zu nehmen, sagte er zu seinem Begleiter. »Stimmt's Ecki?«

Der nickte eifrig. »Genau, ham wir nich!«

Der Angesprochene war ein ganzes Stück kleiner als sein Kompagnon, hatte dafür aber eine hoch toupierte Haarpracht und einen balkenförmigen, sehr schwarz gefärbten Oberlippenbart. Insgesamt schien er mangelnde Größe mit modischer Extravaganz ausgleichen zu wollen. Zur lindgrünen Hose mit breit ausgestellten Beinen trug er ein fliederfarben geblümtes Hemd mit riesigen, spitzen Kragenecken, einen enganliegenden Wollpullunder mit schwarz-weißem Schachbrettmuster und darüber einen knappen, fellgefütterten Jeans-Blouson. Er wirkte wie eine missglückte Kopie von

Freddy Mercury, dem Frontmann der britischen Rockband Queen.

»Ham wir nich!«, wiederholte er.

Winfried blickte Hilfe suchend zu seinem Bruder. Der war allerdings selbst verunsichert. »Was wollen Sie?«, fragte Hans.

Der Mann im Wildledermantel rührte sich nicht. »Hast du was gesagt, Ecki?«

»Nee, nich dass ich wüsste«, feixte der.

Der Mann drehte sich langsam um und nahm Hans ins Visier. »Ah! Da ist ja noch einer. Hast du was gesagt?« Der Aussprache nach war er Italiener.

»Ich will wissen, wer sind Sie sind und was sie wollen.«

Der Italiener machte ein gelangweiltes Gesicht. »Also, ich bin Raffaele und der Kleine hier ist Ecki. Wir hatten eigentlich vor, mal ganz gemütlich und ungezwungen einen privaten Plausch mit unserem Freund Birne abzuhalten. Also, wenn du was zu sagen hast, kannst du dich nachher noch mal melden. Im Moment ist Birne dran – und so lange hast du Sendepause. Klar?«

Er wandte sich wieder Winfried zu. »Hör mal, Birne, du weißt ja, dass Patata ein herzensguter Mensch ist. Der ist so weichherzig, dass er sogar dir fünftausend Mark geliehen hat. War doch nett von ihm, oder? Andererseits ist er aber natürlich auch Geschäftsmann. Und als Geschäftsmann ...«

Hans fiel ihm ins Wort: »Was soll das heißen, fünftausend Mark geliehen?«

Der Italiener zog eine Schachtel *Ernte 23* aus der Manteltasche, schüttelte eine Zigarette heraus und steckte sie sich zwischen die Lippen. Sein modischer Begleiter reichte ihm eilfertig Feuer. Der Italiener nahm einen tiefen Zug und blies

Hans den Rauch ins Gesicht. »Was ist los mit dir? Hast du Bohnen in den Ohren? Ich hatte gesagt, du hast Sendepause. Und Sendepause heißt, dass du deine Schnauze hältst, wenn ich sage, dass du Sendepause hast. Ist das klar?«

»Sie können doch nicht ...«

»Hör zu! Ich sag das ungern, weil du mir eigentlich ganz sympathisch bist, aber wenn du jetzt nicht sofort deine Gedanken wortlos runterschluckst ...«

Er unterbrach sich, griff in die Innentasche seines Mantels, beförderte eine Pistole hervor, hielt sie Hans an die Schläfe und setzte den Satz fort: »... dann ist für dich nicht nur Sendepause, sondern Sendeschluss. Capito?«

Hans wagte nicht, sich zu rühren. Der Italiener steckte die Pistole wieder ein.

»Also, Birne, wie ich schon sagte: Patata muss als Geschäftsmann auf Rendite achten – logisch, oder? Der muss die Knete zusammenhalten. Okay, seine Autowerkstatt läuft blendend, klar! Aber er hat ja auch noch das Büro für Import, Export, Goldankauf und Geldverleih. Und wenn die vereinbarten Zinsen nicht pünktlich reinkommen, kann er irgendwann die Miete nicht mehr bezahlen – das willst du doch nicht, oder?«

Winfried sagte nichts.

Raffaele schob das Kinn vor. »Oder willst du, dass Patata seine Miete nicht mehr bezahlen kann?«

»Nein«, presste Winfried leise hervor.

»Bitte? Ich hör nichts.«

»Nein, will ich nicht, nein!«

»Das ist gut. Aber ...« Er dehnte das Wort und tat so, als müsste er überlegen. »Dann verstehe ich nicht, warum du nicht bezahlst. Du solltest schon letzte Woche 500 Mark abdrücken, oder bin ich da falsch informiert?«

Winfried verzog gequält das Gesicht.

Raffaele setzte nach: »Mensch Birne! Ich versteh dich nicht. Du weißt doch, dass Patata zart besaitet ist. Der macht sich Sorgen. Der denkt, dass du das nicht bezahlen kannst. Stell dir das mal vor!«

Winfried wand sich. Ihm wurde es zunehmend unangenehm.

»Also, ich an deiner Stelle würde ihm schnellstmöglich die vereinbarten Lappen auf den Tisch legen. Dann könnte er auch wieder ruhig schlafen.«

Der Italiener sog an seiner Zigarette, warf den Stummel auf den Boden und trat die Kippe aus.

»Ich würde dir gerne den Weg abnehmen, aber Patata besteht darauf, dass du ihm die Kohle persönlich in die Werkstatt bringst. Heute noch. Sagen wir mal ... in einer Stunde. Schaffst du das?«

Winfried schluckte.

Der Italiener, der sich Raffaele nannte, zog seinen Autoschlüssel aus der Tasche. Am Ende der Schlüsselkette baumelte eine Gummifigur mit ausladendem Sombrero, blauweiß gestreiftem Trikot und schwarzer Sporthose: Gauchito, das Maskottchen der Fußballweltmeisterschaft in Argentinien. Nachdenklich betrachtete er die Figur. Dann verzog er das Gesicht und ließ die Gummifigur wie einen Propeller um seinen Finger kreisen.

Er drehte sich zu Hans um und fixierte ihn eindringlich. Mit einem knappen Wink bedeutete er schließlich seinem Kumpan, ihm zu folgen und sie verschwanden durch das, was von der Haustür noch übriggeblieben war.

Sekunden später kam der modische Ecki noch einmal zurück, ging mit schnellen Schritten zum Tisch, nahm das Brot mit dem Heringsfilet und biss hinein. Während er aufreizend langsam kaute, sah er grinsend von einem zum anderen. Schließlich schob er sich den letzten Bissen in den Mund, leckte seine Finger ab, nahm das rot-weiß karierte Tischtuch, wischte sich damit über den Mund und ließ es achtlos auf den Boden fallen.

Nach einem letzten provozierenden Blick in die Runde eilte er dem Italiener hinterher.

»Bist du wahnsinnig geworden?«, schrie Hans seinen Bruder an. »Was ist das mit den fünftausend Mark?«

»Für mein Moped«, nörgelte Winfried.

»Ich dachte, das hast du geklaut.«

»Ich klau doch keine gebrauchte Kettensäge, klau ich doch nicht«, stieß er hervor. »Ich wollte einen fabrikneuen Ofen, wollte ich.«

»Und das Ding hat fünftausend gekostet?«

»Nein, zweitausendfünfhundertachtundneunzig.«

»Zweitausend ...!« Hans schaute entgeistert.

»Ja! Das ist schließlich 'ne Zündapp. Die Karre hat fast sechseinhalb PS, hat die.«

Hans war fassungslos. »Und wo ist das restliche Geld?«

»In der Satteltasche drin.«

Hans schüttelte den Kopf. »Und was ist mit den fünfhundert?«

Winfried senkte den Kopf und murmelte leise: »Zinsen. Jeden Monat fünfhundert. Sechs Monate, jeden Monat.«

Hans kriegte den Mund nicht mehr zu. »Fünftausend? Und dann noch sechsmal fünfhundert obendrauf? Das sind achttausend! Wie willst du das jemals zurückzahlen?«

Winfried machte ein bockiges Gesicht. »Das werde ich

schon hinkriegen, werde ich das!«

Hans ging zum Fenster und sah hinaus in den trostlosen Regen. Er überlegte. Dann dreht er sich um. »Okay, du holst das Geld rein, wir machen jetzt Kassensturz.«

Sein Bruder sah nicht so aus, als gefiele ihm der Plan. Er zog eine maulige Schnute. Hans stupste ihn an. »Los, mach! Hilft nichts, wir müssen sehen, wie wir dich da rauskriegen.«

Winfried kam mit einem schwarzen Turnbeutel zurück und schüttete den Inhalt auf den Tisch. Heraus fielen ein Haufen Scheine, zwei Münzen und eine Sonnenbrille.

»Was willst du denn damit – im Winter?«, fragte Hans.

Winfried sagte nichts.

Hans setzte sich und begann zu zählen. Als er fertig war, blickte er zu Winfried auf, der mit beleidigter Miene neben ihm stand. »Zweitausenddreihundertvierundneunzig Mark und sechzig Pfennig. Da stimmt doch was nicht. Gib mir mal Block und Bleistift.«

Als Winfried sich nicht rührte, zeigte Hans auf die Kommode. »Da drüben!«

Missmutig stapfte sein Bruder zur Kommode und warf Spiralblock und Bleistift auf den Tisch.

»Also, fünftausend hast du dir von Patata geliehen.« Hans notierte die Zahl. »Zweitausendfünfhundertachtundneunzig hat das Moped gekostet, richtig? Zweitausenddreihundertvierundneunzig sechzig haben wir hier auf dem Tisch.«

Er schrieb die Zahlen untereinander, zog einen Strich und rechnete. Nach kurzer Zeit notierte er das Ergebnis. »Da fehlen Sieben Mark vierzig. Ist das die Brille?«

»Nee, die hab ich geklaut.«

»Und wo sind die sieben vierzig geblieben?«

»Damit war ich im Kino. Saturday Night Feaver.«

»Seit wann guckst du dir denn so 'n Scheiß an?«

»Das war kein Scheiß. Es geht darum, dass Danny eigentlich mit Sandy tanzen wollte, aber dann tanzt er doch mit einer anderen. Das hatten die T-Birds eingefädelt, um sie zu ärgern, haben die das eingefädelt. Aber dann bekommt Danny die Jacke vom Laufclub der High School, und zum Schluss fahren Danny und Sandy mit 'm Cabrio in den Himmel, zum Schluss. Das war sehr schön, war das!«

Hans sagte nichts dazu. Stattdessen klopfte er mit dem Bleistift auf den Block. »Aber das Kino kostet doch keine sieben vierzig!«

»Na ja, ich hatte dann noch 'ne Limo, 'ne Tüte Eiskonfekt und 'n paar Nappos.«

»Mann, Mann, Mann!« Hans schüttelte den Kopf, steckte das Geld in den Turnbeutel zurück und knotete das Band zu. »Okay, du packst das jetzt in die Satteltasche zurück, dann fahren wir zu Patata. Wir geben ihm das Geld zurück und das Moped in Zahlung. Wenn er sich darauf einlässt, schulden wir ihm nur noch sieben neunzig.«

»Ich geb doch nicht die Zündapp zurück, geb ich doch nicht!« In Winfrieds Gesicht zuckte es. Sein rechtes Auge zog sich zusammen, während er den Bruder mit seinem aufgerissenen linken Auge wild anstarrte. Er keuchte.

»Nee ... ich ... ich ...«, stieß er hervor, brachte aber keinen Satz zustande. Aus seinem offenen Mund tropfte Speichel. »Ich ...!« Er begann am ganzen Körper zu zittern.

Hans nahm seinen Bruder in die Arme, drückte ihn fest an sich und redete beschwichtigend auf ihn ein. »Ganz ruhig, ganz ruhig! Alles gut. Ich bin bei dir. So schlimm ist es ja auch wieder nicht. Warte, ich hole deine Tabletten. Wo sind die?«

Winfried guckte mit flackernden Augen zum Sideboard.

Hans nahm zwei Tabletten, füllte ein Wasserglas zur Hälfte und reichte es Winfried.

»Hör zu, Birne: Wir regeln die Sache. Wir bringen Patata das Moped zurück und legen ihm das Restgeld auf den Tisch. Und keine Widerrede! Eine andere Lösung sehe ich nicht.«

Die ramponierte Tür schlug gegen die Wand, der Wind war stärker geworden. Ein heftiger Windstoß fegte durch den Eingang und drückte den Regen ins Gartenhaus. Das Schafsfell im Eingangsbereich war im Nu durchnässt und es war eisig kalt geworden.

* ✝ *

Angestrengt versuchte Henny, noch mehr von der Umgebung des Schuppens zu erfassen, doch mehr als die Front des Opel Kadetts konnte sie nicht erkennen. Der Wagen hatte ein Kieler Kennzeichen. Keine Spur von dem Fahrer.

War es der andere Feriengast? Martens? Frau Oltmanns hatte sich etwas pikiert über die Aktivitäten des Feriengastes geäußert. Offensichtlich missbilligte sie die Unternehmungen ihres Gastes. Aber warum? Und warum war der Tankwart so irritiert über die Ankunft des roten Kadetts gewesen? Warum hatte der Fahrer gehalten und die Tankstelle observiert? War es überhaupt der gleiche Wagen? Wie viele rote Kadetts würde es in dieser Gegend geben?

Am Ende all der offenen Fragen war es doch sehr wahrscheinlich, dass der Fahrer des roten Kadetts der hier eingebuchte Feriengast Martens war. Sie sah auf ihre Armbanduhr. 16 Uhr. In zwei Stunden war das gemeinsame Abendessen angesetzt. Dann würde sie ihn kennenlernen. Hoffentlich entpuppte er sich nicht auch noch als Sonderling. Die beiden Gastgeber jedenfalls fand Henny schon mehr als seltsam.

Henny nahm die BILD-Zeitung und legte sich aufs Bett. Bis zum Abendessen konnte sie sich noch ein wenig ausruhen.

Und wieder sprang ihr die furchtbare Schlagzeile in übergroßen Buchstaben entgegen: *Inge Quandt tot! Wie starb Deutschlands reichste Frau?*

Voller Anspannung entfaltete sie die Zeitung:

Bad Homburg, 27. Dezember.

Deutschlands reichste Frau, Inge Quandt (48), ist am Heiligabend neben ihrem schlafenden Mann auf mysteriöse Weise gestorben. Gestern früh schoß sich ihr Mann, Baron Hans Hilmen von Halem (46), in den Mund. Auch er ist tot. Dem Personal in der 23-Zimmer-Villa in Bad Homburg bot sich ein gespenstischer Anblick: Neben der bleichen Milliardärin im Nachthemd lag auf dem breiten französischen Bett die Leiche des Barons. Ein blutgetränktes Handtuch war über sein Gesicht gebreitet, die erschlaffte rechte Hand auf der Brust hielt noch den Revolver. (Weiter letzte Seite).

Der weitere Bericht schilderte das Leben Inge Quandts, wobei sich die Boulevardzeitung ausgiebig ihrem unermesslichen Reichtum widmete und ihr Privat- und Liebesleben genüsslich sezierte.

Das glamouröse Leben von Prominenten hatte Henny zwar nie interessiert, dennoch war ihr die Geschichte der Quandt-Familie, die vor allem vor und während des Zweiten Weltkrieges zu Macht und Reichtum gekommen war, natürlich bekannt. Die Familie Quandt besaß ein riesiges Konglomerat an Firmen und Firmenbeteiligungen, zu denen unter anderem BMW, Varta, Milupa und Daimler-Benz gehörten.

Ihr kam wieder die Begegnung mit Inge Quandt in den Sinn. Es war zwar nur ein kurzes Zusammentreffen gewesen, aber sie hatte ein greifbares Gesicht vor sich und die Erinnerung an ein paar freundlich gewechselte Worte. Die Erinnerung stimmte sie traurig.

Sie seufzte und faltete die Zeitung zusammen. Dabei fiel ihr Blick auf eine kleine, schwarz umrandete Notiz in der rechten unteren Ecke:

Keine Spur von Sonja. Kiel. Von der unter rätselhaften Umständen verschwundenen Chemielaborantin ...

Henny las nicht weiter. Sie mochte solche Meldungen nicht. Hinter den dürren Zeilen steckte meist ein dunkles Geheimnis, das meistens schreckliche Wahrheiten ans Licht brachte.

Sie legte die Zeitung auf den Nachttisch und nahm sich vor, das Blatt nachher in den Müll zu geben. Nach weiteren aufwühlenden Meldungen stand ihr nicht der Sinn.

Die Fahrt hatte sie müde gemacht. Sie schloss die Augen. Nun, da ihr Körper zur Ruhe kam, spürte sie die Schwere ihrer Glieder und die Trägheit ihrer Gedanken.

Was würde sie beim Abendessen an der großen Tafel erwarten? Und vor allem wer? Aus Walter Oltmanns wurde sie nicht recht schlau. Einerseits schien er ein umgänglicher Mensch zu sein, andererseits störten sie seine sonderlichen Bemerkungen und anzüglichen Blicke. Oder war sie zu zimperlich, was das betraf? Vielleicht war es ihrer anerzogenen Distanziertheit geschuldet. Möglicherweise war seine direkte Art lediglich eine Folge des abgeschiedenen Lebens auf dem einsamen Hof. Wenn hauptsächlich Kühe den Tagesablauf bestimmen und die vorrangigen Gesprächspartner sind, beeinflusst das sicherlich auch das Verhalten. Dann freut man sich eben auch mal über das gebotene Maß hinaus über Begegnungen mit anderen Menschen.

Auf seine Frau traf das allerdings nicht zu. Frau Oltmanns war ganz anders als ihr Mann: in sich gekehrt, gehemmt und verzagt. Eine hölzerne Person, deren Augenmerk sich auf Pünktlichkeit und Einhaltung der Regeln richtete. Henny ahnte: Wenn sie es nur einmal versäumte, sich für das gemeinsame Essen abzumelden, würde Frau Oltmanns' eisige Kälte sie vermutlich für die restlichen Urlaubstage einfrieren.

Ach, Unsinn! Frau Oltmanns brauchte bestimmt nur etwas Zeit, um mit anderen Menschen warm zu werden. Ihr selbst ging es doch ebenso!

Über Herrn Martens wusste sie nichts und konnte sich mit den wenigen Informationen auch kein Bild machen. Sie war neugierig auf ihn.

Henny horchte, ob aus der Diele irgendetwas von den Bewohnern zu hören war. Aber alles blieb still. Sie drehte sich auf die Seite. Und so dauerte es auch nicht lange, bis sie in einen sanften Schlummer fiel.

Ein grässliches Scheppern riss Henny aus dem Schlaf. Mit einem Ruck richtete sie sich auf und versuchte, sich klar zu werden, wo sie war. Allmählich dämmerte es ihr, und sie ließ sich aufatmend wieder in die Kissen zurücksinken.

Vielleicht war Frau Oltmanns beim Eindecken des Tisches etwas aus der Hand gefallen. Ein Blick auf die Uhr zeigte, dass sie spät dran war. Zehn Minuten vor sechs. Da blieb nicht mehr viel Zeit.

In aller Eile schlüpfte sie in ihre Schuhe, richtete vor dem Spiegel noch einmal die Frisur. Sie hatte sich erst vor wenigen Tagen eine Wasserwelle legen lassen. Diese Frisur aus den Goldenen Zwanzigern passte auch zu den beginnenden Achtzigern. Vor allem aber passte sie zu ihrer beigefarbenen

Marlene-Hose und dem enganliegenden, dunkelblauen Rollkragenpullover. Das war für einen Urlaub auf dem Land vielleicht eine Idee zu elegant, blieb aber dennoch sportlich genug für ein rustikales Abendessen auf Oltmanns Hof. Ein letzter prüfender Blick in den Spiegel, dann machte sich auf den Weg.

Als sie die Wohndiele betrat, drehte sich Walter Oltmanns zu ihr um. »Frau Butenschön! Kommen Sie, setzen Sie sich zu uns!« Und nach einem langen Blick setzte er hinzu: »Pünktlich und von anmutiger Erscheinung.«

Frau Oltmanns legte mit unbewegtem Gesicht eine Platte mit Wurstaufschnitt auf den Tisch und drapierte weiße Stoffservietten, eingerollt in silberne Serviettenringe, zu jedem eingedeckten Platz.

Von Martens war noch nichts zu sehen.

Henny ging um den Tisch herum und setzte sich auf den freien Platz, dem Hausherrn gegenüber.

»Mmh, das sieht lecker aus.« Sie versuchte, einen Blick von Frau Oltmanns aufzufangen. »Ich glaube, ich habe auch den dazu passenden Riesenhunger.«

Der Tisch war reichlich gedeckt. In einem geflochtenen Brotkorb mit einer Einlage aus Wachstuch in blauem Friesenmuster lagen fertig geschnittene Scheiben von Schwarz- und Mischbrot sorgfältig aufgereiht. Auf verschiedene Schälchen verteilt gab es Fleischsalat, Heringssalat, Schmalz und Quark. Die Wurstplatte war belegt mit verschiedenen Wurstsorten und auf einem roten Kunststoffteller warteten abwechslungsreich sortierte Käsescheiben, Streich- und Schmelzkäse auf den Verzehr. Auf einem geblümten Stövchen dampfte eine blau-weiß gestreifte Teekanne leise vor sich hin.

Walter Oltmanns war ihren Blicken gefolgt: »Normalerweise haben wir noch gebeizten Lachs im Angebot. Aber den hat Wiebke heute wohl vergessen. Nicht wahr, Wiebke?«

Er lächelte, doch seine Augen sagten etwas anderes.

Henny sah zu Frau Oltmanns hinüber. Machte er ihr etwa Vorwürfe? Wegen fehlender Lachsscheiben?

Und Martens? Wo blieb Martens? Es war schon deutlich nach sechs. Verstohlen musterte sie die Gastgeber, aber sie konnte aus deren Mimik nichts ablesen. Frau Oltmanns hatte die Hände im Schoß gefaltet und blickte teilnahmslos vor sich hin. Ihr Mann richtete das Besteck neben seinem Teller umständlich und sorgfältig aus. Langsam ließ er seine Augen noch einmal über den gedeckten Tisch wandern, hob dann den Blick: »Eigentlich ist meine Frau immer sehr gewissenhaft. Auch wenn sie heute den gebeizten Lachs vergessen hat. Dann blickte er zur Tür hinüber, aus der eigentlich Herr Martens hätte treten sollen. Die Tür aber blieb geschlossen.

Oltmanns legte die Hände auf den Tisch, faltete sie bedächtig, senkte den Kopf und sagte: »Lasst uns das Tischgebet sprechen.«

Augenblicklich war es Henny, als würde ihr ein Dolch ins Herz gestoßen. Ihr Atem stockte. Da waren sie wieder, die eigentlich schon vergessen geglaubten Ängste ihrer Kindheit, die Qualen, denen sie ausgesetzt war und unter denen sie noch als Erwachsene ab und zu litt. Plötzlich war die lähmende Beklemmung wieder gegenwärtig. Ein Tischgebet! – Ihr Vater hatte Gebete als einziges Mittel gesehen, eine sündige Seele zu reinigen. Und Sünder waren in seiner Vorstellung alle Menschen, in jedem Moment ihres Lebens, an jedem Ort, zu jeder Zeit. Er sprach ein Tischgebet vor dem Essen und versäumte es nicht, auch nach der Mahlzeit ein Dankeswort an Gott zu richten.

Und eines Tages passierte das Ungeheuerliche. In ihrer kindlichen Arglosigkeit hatte sie ihren Vater gebeten: »Vater, darf ich was fragen?«

Er hatte sie grimmig angesehen. »Nach dem Essen.«

Die Frage hatte aber so sehr ihr kindliches Gemüt beschäftigt, dass sie es nicht abwarten konnte und es ungeduldig aus ihr herausgeplatzt war: »Wenn alle Menschen auf der ganzen Welt gleichzeitig beten, dann versteht der liebe Gott doch gar nicht, was ich zu ihm sage, bei dem ganzen Durcheinander, oder?«

Die Miene ihres Vaters hatte sich augenblicklich verdunkelt. Grob hatte er sie am Arm gegriffen, in die Schlafkammer geschleift und mit einer Weidengerte auf sie eingedroschen, bis ihr kleiner Körper von blutigen Striemen übersät war. Dann war er in die Küche zurückgeschlurft, hatte sich an den Tisch gesetzt und gebetet. Verbissen und zornig.

Die peinigende Erinnerung an diese Erniedrigung ließ Hennys feuchte Hände zittern. Ihr wurde heiß und ihre gefalteten Hände verkrampften sich, bis die Knöchel weiß hervortraten.

»Segne, Vater, diese Speise, uns zur Kraft und dir zum Preise. Wir bitten, Herr, sei unserm Haus ein steter Gast, tagein, tagaus, und hilf, dass wir der Gaben wert, die deine Güte uns beschert. Amen.«

Oltmanns sah auf und bemerkte Hennys Missbehagen. »Ist Ihnen nicht gut?«

»Doch, doch! Es ist nur ... der Magen.«

»Dann sollten Sie jetzt unbedingt eine Tasse Tee trinken! Darf ich Ihnen einschenken?«

Oltmanns hatte die Teekanne schon eilfertig vom Stövchen

genommen und hielt sie Henny entgegen. Sie nahm ihre Tasse, und Oltmanns goss das gelb-goldene Getränk ein. Schon beim Eingießen entfaltete der Tee ein kräftiges Aroma.

»Das wird Ihrem Magen guttun«, sagte er. »Meine Frau mischt den Tee immer selbst zusammen.«

Gegenüber dem ernst und in tiefer Andacht gesprochenen Gebet wirkte er nun gelöst, fast vergnügt.

»Sie macht zwar ein Geheimnis aus den Mischungen, aber ich muss zugeben, dass es immer sehr schmackhafte Kräutertees sind, denen zudem heilende Kräfte innewohnen – nicht nur gegen Magengrimmen.«

Schon beim ersten Schluck stellte Henny fest, dass Oltmanns nicht übertrieben hatte: Der Tee schmeckte wirklich ausgezeichnet.

»Mmh, fantastisch! Was ist das für ein Tee?«, fragte sie Frau Oltmanns.

Während der Erklärungen ihres Mannes hatte sich Frau Oltmanns unbeteiligt gegeben. Auch jetzt hob sie nur leicht den Kopf und ohne Henny anzusehen, murmelte sie etwas von Ringelblumen, Robinienblüten und Eibschen.

»Eibschen?« Davon hatte Henny noch nie gehört.

Da Frau Oltmanns auf die erstaunte Frage nicht einging und stattdessen wortlos eine Scheibe Brot mit Schmalz bestrich, übernahm ihr Mann wieder das Wort. »Ich kenne mich zwar in Wiebkes Kräuterschränkchen nicht so gut aus – aber Eibschen ist ein selten genutzter Name für Vogelbeeren.«

»Vogelbeeren?« Henny war erstaunt. »Aber die sind doch giftig!«

»Nicht, wenn sie gekocht werden.« Er sah Henny amüsiert an. »Meine Frau weiß, welche Kräuter bekömmlich und welche abkömmlich sind.« Er bedachte seine Frau mit einem kurzen Blick. »Nicht wahr, Wiebke?«

Erneut fühlte sich Henny unwohl. Die Bemerkungen Oltmanns empfand sie zunehmend als unpassend.

Um die Situation zu entspannen, kam sie auf das Thema zu sprechen, das sie seit ihrer Ankunft beschäftigte. Sie wies zum Ofen: »Das Bild ... am Ofen ... es ist nicht mehr da?«

Oltmanns Blick folgte ihrer Geste. »Welches Bild?«

»Auf dem Foto im HB Bildatlas war doch hinter Ihnen ein Gemälde zu sehen. Ein Bauernmotiv.«

Oltmanns machte eine wegwerfende Bewegung. »Ach, das! Das hatte ich schon vor längerer Zeit abgehängt. Irgend so 'ne Dorfszene, ziemlich amateurhaft gemacht. So ein wildes Gewusel gibt's auf keinem Bauernhof.«

Henny erschrak. »Und wo ist es jetzt?«

»In meinem Büro. Hinter einem Aktenschrank. Irgendwann schmeiß ich's weg.«

»Das schöne Bild?«

»Schön? Das sagen Sie als Kunstexpertin? Solche Schinken finden Sie auf dem Büsumer Trödelmarkt zuhauf.«

Henny bestrich sich eine Schwarzbrotscheibe mit Griebenschmalz. Frau Oltmanns, die jede Bewegung Hennys verstohlen, aber aufmerksam verfolgt hatte, reichte ihr einen Teller mit halbierten Gewürzgurken.

»Das Bild gehört dem Cousin meines Mannes. Er hat es hier zurückgelassen«, sagte sie.

»Zurückgelassen?« Henny war erstaunt. »Das heißt, er holt es wieder ab?«

Frau Oltmanns zuckte mit den Schultern. »Weiß nicht. Er ist nach Amerika ausgewandert. Das war auch vor meiner Zeit hier auf dem Hof.« Sie senkte wieder den Kopf, die letzten Worte waren kaum zu verstehen.

Oltmanns stellte seine Teetasse klirrend auf dem Unterteller ab. So, als wolle er hinter der Aussage seiner Frau einen Schlusspunkt setzen.

»Lange her«, murmelte er.

»Das ist doch eine interessante Familiengeschichte«, wollte Henny das Gespräch darüber in Gang halten. »Nach Amerika ausgewandert?«

Es war deutlich zu erkennen, dass Oltmanns das Thema unangenehm war. Er klopfte sich ein paar Krümel von der Hose.

»Mein Cousin kam 1949 aus München angereist und fuhr von hier aus nach Bremerhaven weiter, um von dort nach Amerika überzusetzen. Das Bild hat er hiergelassen. War ihm wohl zu schwer. Ist ja auch 'n ziemlich großes Ding. Mehr gibt's dazu nicht zu sagen.«

Wiebke Oltmanns hob den Blick. Sie sah traurig aus.

Oltmanns wischte sich mit der Stoffserviette über den Mund. »Wiebke räumt ab.«

In diesem Moment flog die Tür auf. Ein vom Wind zerzauster Mann mit durchnässter Pelzjacke, auf Socken, die halbhohen Wildlederstiefel in der Hand haltend, stürzte in die Wohndiele. Die von der Jacke fallenden Tropfen bildeten auf dem Dielenboden kleine Lachen. Am linken Bein war seine Jeans eingerissen, eine offenbar stark blutende Wunde hatte in Höhe des Schienbeins den Stoff ringsherum dunkel verfärbt. So gesellte sich zu den Wasserlachen auch noch ein Blutrinnsal, das sich hellrot mit dem Wasser vermischte.

Der andere Gast: Holm Martens.

* ✝ *

Die Luftmassengrenze zwischen dem von Norden heranziehenden Hoch und dem südlichen Tief schob sich immer enger zusammen. Beide Wettersysteme lagen nicht mehr als hundert Kilometer auseinander. Eine außergewöhnliche Konstellation. Sie führte zu einem enormen Druckabfall, der die Luftmassen in Bewegung brachte. Es entwickelte sich ein Sturm mit orkanartigen Böen.

Das Tief hatte sich mit Feuchtigkeit vollgesogen, die Luftfeuchtigkeit lag bei fast neunzig Prozent. Als sich die kalte Luft aus dem Norden unter die milde Luft des Tiefs schob, zwang sie die feuchte Luft in höhere Regionen. Hier regneten sich die schweren Wolken ab.

Gleichzeitig sanken die Temperaturen in atemberaubendem Tempo. Zunächst fiel der Regen davon noch unbeeinflusst darnieder, sobald er aber auf dem Boden aufkam, gefroren die Regentropfen schlagartig. Glatteis überzog das ganze Land. Die Straßen wurden spiegelglatt, und auf den Bäumen, Zäunen und an den Überlandleitungen, den Strom- und Telefonleitungen, bildeten sich dicke Eispanzer.

* ✝ *

Als Hans und Winfried aus dem Gartenhaus traten, prallte ihnen eisige Kälte entgegen und ließ ihren Atem in der Luft gefrieren. Eis knirschte unter ihren Füßen. Die Kälte war beißend. Hans wischte sich einen Regentropfen von seinen Wimpern. Es war bereits dunkel. Er musste sich anstrengen, um im Dämmerlicht die Ziffern und Zeiger seiner Armbanduhr zu erkennen. »Viertel nach fünf. Wir müssen uns beeilen, wenn wir Patata noch erwischen wollen. Um sechs macht der seinen Laden dicht.«

»Bei dem scheiß Wetter? Ich hab keine Lust, meinen Ofen da abzuliefern. Die Zündapp gehört mir, meine Zündapp, nicht ihm«, maulte Winfried und klopfte sich die Nässe vom Trainingsanzug. »Außerdem hab ich keinen Bock, über die arschglatten Straßen zu donnern, wenn die so arschglatt sind, die Straßen.«

»Ist gut, Birne! So schlimm ist es ja nun auch nicht. Fahr einfach langsam. Wir bringen das Moped und das Geld zurück und versuchen, uns mit Patata zu einigen. Ich will nicht auch noch vor einem Itaker auf der Flucht sein und Angst haben müssen, dass der uns die Kehle durchschneidet.«

Winfried zog eine verächtliche Grimasse. »Den Itaker mach ich kalt, mach ich den!«

»Ja, ja«, sagte Hans, wartete darauf, dass sein Bruder die Zündapp von den ersten Eiskristallen befreit und in Gang getreten hatte. Er setzte sich auf den Soziussitz. Langsam steuerte Winfried die Maschine durch die Gartenpforte, den schmalen Sandweg entlang bis zur Straße Lund. Er gab Gas und ließ den Motor aufheulen. Ein wehmütiges letztes Mal. Das Hinterrad rutschte weg, gerade noch konnte er die Maschine abfangen. Hans knurrte unwillig.

Langsam näherten sie sich der Einmündung zur Bredstedter Straße. Winfried verlagerte sein Gewicht und zog die Maschine vorsichtig nach links. Trotzdem kam das Moped erneut ins Rutschen. Auch diesmal balancierte Winfried die Zündapp aus. Behutsam und konzentriert rollte er die Straße hinunter. Trotz der verhaltenen Fahrt klatschte ihm der

Regen entgegen und die Kälte schnitt ihm beißend ins Gesicht. Mit bloßen Fäusten umkrallte er den Lenker. Schon jetzt hatte er kein Gefühl mehr in den Händen.

Hans klammerte sich an ihn und machte sich hinter ihm klein. Die Straßen waren leer und merkwürdig still, der dichte Regen verschluckte jedes Geräusch. Selbst das Geknatter des Motors kam nur gedämpft in ihren Ohren an. Als sie die Deichstraße erreicht hatten, die parallel zur Bahnlinie runter zum Hafen führte, drehte Winfried noch einmal das Gas auf.

»Hör auf!«, schrie ihm Hans ins Ohr. »Es ist zu glatt!«

Winfried beugte sich vor und tat so, als wollte er noch einmal alles aus der Maschine herauszuholen, verlangsamte aber augenblicklich wieder, als er merkte, dass der Wind zugenommen hatte und mit Kraft seitlich gegen die Zündapp drückte. Winfried hatte Mühe, das schlingernde Zweirad in der Spur zu halten.

Eine heftige Windböe drückte die Regenschwaden wie Schleier vor sich her. Als sie sich auf Höhe der Husumer Werft befanden, waren die Dockanlagen auf der gegenüberliegenden Seite des Hafens nur noch schemenhaft zu erahnen.

Aber Winfried hatte dafür sowieso kein Auge. Krampfhaft versuchte er, die Zündapp im Gleichgewicht zu halten. Dann würgte er auch noch den Motor ab. Wütend sprang er von der Maschine, und überließ es seinem Bruder, die zur Seite kippende Maschine zu halten.

»Scheiße!«, schrie er gegen den Wind an. Wie ein störrisches Kind stampfte er mit den Füßen auf den Boden. »Ich will das nicht, will ich nicht!« Der Wind riss ihm die Worte vom Mund und wehte sie davon.

Hans hatte sich den Wollschal eng um sein Gesicht geschlungen und versuchte erst gar nicht, seinem Bruder zu antworten. Er nahm die Zündapp beim Lenker, schob sie über die knirschenden Eiskristalle und bedeutete Winfried, ihm zu folgen.

Wortlos stapften sie voran. Hinter dem dichten Regenvorhang kaum erkennbar, tauchte vor ihnen die Werkstatt von Lorenzo Mancini, genannt Patata, auf. Mehrere ausgeschlachtete Autos standen in müder Hoffnungslosigkeit auf dem Gelände herum, ein ramponierter Wohnwagen rottete trostlos vor sich hin. Dazwischen stapelten sich alte Reifen, rostige Auspuffrohre, Kotflügel und andere Fahrzeugteile, die bereits mit einer dünnen Eisschicht bedeckt waren und im fahlen Licht glitzerten.

Hans schob die Zündapp auf das Eingangstor zu, dessen verblichenes Schild mit der Aufschrift *Mancinis Auto-Palast* prahlte. Winfried folgte schleppenden Schrittes. Hans hatte Mühe, das Tor zu öffnen, weil der Wind es immer wieder zudrücken wollte. Er bedeutete Winfried, es aufzuhalten, damit er das Moped in die Fahrzeughalle schieben konnte. Eine pfeifende Böe begleitete sie und trieb den Regen weit in die Halle hinein.

»Siete stupidi, idioti?« Ein schmaler, fast zarter Typ mit öligen, straff nach hinten gekämmten Haaren und dreckigem Overall stand über den Motor eines Opel Manta gebeugt. Er sprang vor den hineingewehten Regentropfen zur Seite und starrte die beiden Brüder aus kalten Augen böse an.

»Wir wollen zu Patata«, sagte Hans, klappte den Seitenständer aus und stellte das Moped ab. Dann griff er in die Satteltasche und holte den Turnbeutel mit dem Restgeld von Winfrieds Kredit hervor.

»Wir haben einen Termin«, fügte Winfried hinzu.

Der Schmale streifte Winfried mit abschätzigem Blick, dann machte er mit dem Kopf eine knappe Bewegung zur Bürotür hin. »... da drin!«

Hans öffnete die Tür ohne anzuklopfen. Winfried folgte ihm. Patata saß hinter einem wuchtigen Schreibtisch und fütterte einen kleinen Hund, der vor ihm auf der Schreibunterlage saß und gierig nach den Happen schnappte, die Patata ihm zureichte. Der Hund war nur wenig größer als das neben ihm stehende Telefon, aber genauso schwarz. Er hatte kleine tote Augen wie eine Ratte und eine Schnauze, als wäre er gerade eben gegen die Wand gelaufen.

Patata hob die Augenbrauen und breitete pathetisch die Arme aus. »Ah, Birne! Hans! Welch eine Überraschung! Schön, dass ihr mich besuchen kommt!«

Er nahm den Hund in beide Hände, drückte ihm einen Kuss auf die Schnauze und setzte ihn auf dem Boden ab. »Va bene, mio piccolo cara. Papa muss jetzt arbeiten.«

Er lehnte sich in seinem ledernen Bürostuhl zurück und fixierte die Ankömmlinge lächelnd. Er trug einen dunkelgrauen Nadelstreifenanzug, bei dem alles ein bisschen zu breit war: Die gepolsterten Schultern, das Revers, die Nadelstreifen. Dazu ein weißes Hemd, dessen oberster Knopf geöffnet war. Darunter baumelte lose eine dünne, kreischend grüne Krawatte. Sein Gesicht war das eines etwa fünfzigjährigen Mannes, der in seinem Leben schon alles gesehen hatte und den mittlerweile alles langweilte. Das auffälligste an ihm aber waren seine dicke, großporige Knollennase, sein schmaler Clark-Gable-Bart und seine dünnen Lippen, die er meist zusammengepresst hielt. Wenn er sprach, sah es aus, als hätte jemand sein Gesicht aufgeschlitzt. Den Spitznamen hatte er seiner Nase zu verdanken: Patata – Kartoffel.

In den sechziger Jahren war er mit den ersten italienischen Gastarbeitern aus Palermo nach Deutschland gekommen. Über verschiedene Zwischenstationen als Kellner, Friseur, Versicherungsvertreter und Barbesitzer war er schließlich in Husum gelandet und hatte hier die Autowerkstatt am Hafen übernommen. Der Vorbesitzer war tags davor unter mysteriösen Umständen von der Bildfläche verschwunden und wurde auch nie wieder gesehen.

Die Behörden hatten zwar ein Auge auf Patata, konnten ihm aber keine illegalen Geschäfte nachweisen. Dass man ihm Schutzgelderpressungen im großen Stil nachsagte, war ein offen kursierendes Gerücht, ohne dass man dazu auch nur den kleinsten Nachweis hatte.

Patata heftete seinen Blick auf Winfried. Seine Augen waren kalt und teilnahmslos.

»Ich nehme an, du bist gekommen, um die erste Rate abzuliefern, richtig? Ein bisschen spät, Kollege!«

Dann verzog er seine dünnen Lippen zu einem ebenso dünnen Lächeln. »Ich hatte zwei meiner besten Männer zu euch geschickt ... sollten mal nachsehen, wie's euch geht. Wie ich sehe, geht's euch gut. Freut mich.«

Er ließ seine Augen zwischen Hans und Winfried hin- und herwandern, erwartete aber wohl keine Antwort. »Okay, Birne, dann leg mal die Kohle auf den Tisch.«

Winfried sah fragend zu Hans. Der holte tief Luft: »Hör zu, Patata, es ist so ... also ... es gibt da ein Problem.«

Patatas Mundwinkel zuckten. »Problem? Damit müsst ihr mir nicht kommen, Probleme kann ich nicht gebrauchen. Legt die Kröten auf den Tisch und alle Probleme sind gelöst.«

Hans legte ihm den Turnbeutel auf den Schreibtisch.

»Was ist das?«, fragte Patata. »Sind da Fünfhundert drin?«

»Zweitausenddreihundertvierundneunzig Mark und sechzig Pfennig.«

»Und was soll das?« Patata sah plötzlich frostig aus.

»Wir, also Birne und ich, haben uns gedacht, dass es besser wäre, wenn wir deinen großzügigen Kredit nicht in Anspruch nehmen müssen. Deswegen haben wir das Moped wieder zurückgebracht und das Restgeld dazu.«

Patata sah Hans ausdruckslos an.

»Du kannst das Geld anderswo bestimmt viel besser anlegen,« versuchte Hans, einen neuen Aspekt einzubringen. »Und das Moped ...«

»Seid ihr bescheuert? Was soll ich mit 'nem scheiß Moped? Ich will mein Geld, und zwar jetzt! Fünfhundert!«

»Du kannst doch das Moped verkaufen und ...«

Weiter kam Hans nicht. Patata richtete sich kerzengerade auf. »Von welcher Hallig kommt ihr denn? Damit du klarsiehst und nicht frierst: Ich verleihe kein Geld, damit man es mir am nächsten Tag wieder vor die Füße schmeißt. Und erst recht nehme ich kein schrottreifes Moped in Zahlung.«

Er griff nach einem Kugelschreiber und trommelte damit ein nervöses Stakkato auf die Tischplatte. »Was meint ihr, was passiert, wenn es öffentlich wird, dass Patata mit sich spielen lässt, hä?«

Er fixierte Hans mit einem bohrenden Blick. »Ich will euch sagen, was passiert: Alle werden über mich lachen, mit dem Finger auf mich zeigen, weil ich zu blöd bin, das Geld einzutreiben, das mir zusteht. Und alle Idioten da draußen werden glauben, sie könnten mir ans Bein pinkeln, weil ich stillhalte und dabei auch noch freundlich gucke.«

Er brachte es fertig, betrübt dreinzublicken. Offensichtlich machte ihm die Vorstellung eines drohenden Verlusts seiner

Autorität zu schaffen. »Die Leute werden sagen: Guck mal, das ist Patata, den kannst du ohne Ende bescheißen.«

Er holte tief Luft, schloss die Augen und presste sich die Spitze des Kugelschreibers in die Handfläche. Es sollte zeigen, welche Schmerzen ihm der Gedanke daran bereitete. Schließlich öffnete er die Augen wieder und sah Winfried an. Ein Blick, der Mitgefühl und großes Bedauern ausdrücken sollte und doch nur kalte Berechnung ausstrahlte.

»Birne, ich mag dich. Du bist ein netter Kerl. Aber ich muss an meine Kundschaft denken, ist logisch, oder?«

Winfried hielt es nicht länger zurück. »Du ... du ...« Er rang nach Luft. Sein rechtes Auge begann zu zucken, Blässe zog in sein Gesicht, und mit bebenden Nasenflügeln und keuchend nach Luft ringend stürzte er auf den Schreibtisch zu. Er zitterte am ganzen Körper. Mit beiden Händen stützte er sich auf der Schreibtischplatte ab und beugte sich Patata entgegen. »Ich ... ich ... was, was glaubst du ...«

Speichel tropfte ihm aus dem Mund und rann ihm am Kinn hinunter.

Bevor Hans eingreifen konnte, schnellte Patata vor, den Kugelschreiber in der Faust, und rammte ihn in Winfrieds aufgestützte linke Hand.

Mit einem gellenden Aufschrei sprang Winfried zurück, hielt sich mit schmerzverzerrtem Gesicht die Hand, Blut tropfte auf den Boden. Er stöhnte, sein bleiches Gesicht zeigte Entsetzen und unsäglichen Schmerz. Jammernd versuchte er, die Blutung zu stoppen, indem er die andere Hand fest auf die Wunde presste. Der Kugelschreiber war durch die Hand gedrungen, selbst auf der Innenfläche trat Blut aus.

Hans sprang hinzu, nahm Winfried in den Arm und schrie Patata an: »Bist du irre?«

Patata warf den blutigen Kugelschreiber in den Papierkorb. »Tut mir leid. Aber ich habe meine Geschäftsgrundsätze.«

Dann rief er in die Werkstatt hinein: »Matteo!«

Eine Sekunde später stand der schmale Mechaniker mit den glatt geölten Haaren in der Tür. Offenbar hatte er schon länger neben der Tür gestanden und gelauscht.

»Boss?«

»Das ist Matteo«, stellte Patata den Mechaniker vor. »Matteo ist …«. Er suchte nach den passenden Worten. »Wie soll ich sagen? Matteo ist vielschichtig veranlagt. Einerseits ist er ein mitfühlender und fürsorglicher Mensch, andererseits kann er aber auch sehr konsequent sein, vor allem, wenn es ums Geschäftliche geht.«

Patata grinste breit. »Erzähl mal, Matteo!«

Der schmächtige Mechaniker schloss die Augen und machte eine wegwerfende Handbewegung. »Lohnt sich nicht.«

Dann zeigte er flüchtig mit dem Daumen auf die Brüder und ergänzte: »Nicht für die.«

Patata rümpfte amüsiert seine Knollennase.

»Gut, dann werd ich das übernehmen. Nur damit die beiden Herren wissen, mit wem Sie's zu tun haben.«

Er musterte beide vergnügt. Offenbar freute er sich diebisch über das, was er zu berichten hatte.

»Wir hatten mal Ärger mit einem renitenten Gemüsehändler, und Matteo hatte sich aufgemacht, die Sache zu bereinigen. Als er bei ihm ankam, traf er auf dessen kleinen Enkel, der Rotz und Wasser heulte, weil sein Dreirad eierte. Matteo hat dem Kleinen das Dreirad repariert. Er hat nun einmal ein großes Herz. Und erst als der kleine Racker damit glückstrahlend um die Ecke gestrampelt war, hat er das Problem mit dem Opa gelöst. Plopp, plopp! Zweimal, kurz und schmerzlos.«

Patata lächelte dünn. »Und soll ich euch was sagen? Ich glaube sogar, dass der Kleine anschließend ohne seinen sturen Opa besser zurechtgekommen ist.«

Interessiert ließ er seine Augen von einem zum anderen wandern, dann nickte er dem öligen Mechaniker zu. »Hol mal Verbandszeug.«

Der Mechaniker verschwand und kam nach kurzer Zeit mit einem Verbandskasten zurück.

Er nahm Winfrieds Hand. Mit einem schmutzigen Lappen, den er aus seiner Hosentasche zog, wischte er das Blut ab. Winfried schrie auf. Der Mechaniker, drückte den Lappen fest auf die Wunde. »Festhalten,«, befahl er dem jammernden Winfried, der Anstalten machte, jeden Moment umzukippen, der Anweisung aber stöhnend folgte. Matteo nahm eine Wundkompresse aus dem Verbandskasten, tauschte sie gegen den schmutzigen Lappen aus und wickelte eine Mullbinde straff um Winfrieds Hand. Eine zweite und ein großes Pflaster schlossen den Verband ab.

Hans hatte der Hilfeleistung aufgewühlt zugesehen. Erregt wandte er sich an Patata. »Du bist doch pervers.«

Patata tat beleidigt. »Nun bring hier mal keine Unruhe auf. Das da ...«, er zeigte auf Winfrieds Hand, »... sind meine Kreditbedingungen. Und Birne weiß das, ich hab es ihm gesagt. Stimmt's, Matteo?«

Der geölte Mechaniker nickte.

Selbstzufrieden strich sich Patata über den schmalen Clark-Gable-Bart. »Ich bin ja noch zurückhaltend gewesen. Matteo hätte sich nicht mit 'nem Kugelschreiber begnügt. Matteos Lieblingswerkzeug ist der Vorschlaghammer, stimmt's, Matteo?«

Matteo grinste. »Esattamente.«

»Dein Bruder hätte ja auch zur Sparkasse gehen können,« fuhr Patata fort. »Da zahlt er nur acht Prozent Zinsen und bei Zahlungsverzug zwölf Prozent. Das Problem ist nur: Dein Bruder kriegt bei keiner Bank der Welt Kredit, den kriegt er nur von mir. Allerdings zu meinen Bedingungen. Und die sind: Fünfhundert monatlich und bei Zahlungsverzug einen Kugelschreiber.«

Winfried hielt sich schwer atmend und stöhnend die Hand, das Blut drang bereits durch den Verband.

Patata beugte sich hinunter, nahm seinen kleinen Hund auf den Schoß und lehnte sich behaglich zurück. Er machte einen zufriedenen Eindruck. Der Hund auch.

Patata guckte auf den Turnbeutel und dann zu Hans. »Zweitausenddreihundert?«

Hans nickte.

»Gut, dann nehme ich das als Vorauszahlung der Raten. Und ihr steht dann in ... äh ... vier Monaten wieder auf der Matte, richtig? Mit Fünfhundert. – Ach, und noch was: Das Moped lasst ihr mir als Sicherheit hier. Ist jetzt eh zu kalt, um damit auf den Deichen rumzuknattern«, sagte er abwesend, während er seinen Hund streichelte.

Hans sagte nichts. Winfried stierte ihn hasserfüllt an.

»Matteo«, sagte Patata leise. »Die Herren wollen gehen. Verabschiede dich von Birne.«

Matteo ergriff Winfrieds verbundene Hand und drückte sie fest. »Arrivederci!«

Winfried heulte auf und ging in die Knie. Mit kaltem Grinsen quetschte Matteo ihm die Hand mit aller Kraft zusammen. Winfried wand sich und winselte. Hans warf sich dazwischen

»Lass ihn los, sofort!«

Mit einem schnellen Griff zauberte der Mechaniker eine Pistole in seine Hand und hielt sie Hans an die Schläfe. »Verschwinde!«, sagte er.

Hans schluckte. Winfried jammerte leise vor sich hin.

»Patata ...«, rief Hans, wurde aber sofort von ihm unterbrochen. »Raus jetzt! Veloce!«

Damit widmete sich der Italiener wieder seinem kleinen Hündchen. »Oh piccola mia!«

Mit einem Wink seiner Pistole bedeutete Matteo den Brüdern, das Büro zu verlassen. Beim Gang durch die Werkstatt drückte er Hans die Pistole hart in den Rücken.

Wortlos öffnete der Mechaniker das Tor und stieß Hans nach draußen. Winfried hatte sich bereits an ihm vorbei ins Freie gedrückt.

Mittlerweile war das Gelände mit einer glänzenden Eisschicht bedeckt, die unter den unablässig niederfallenden Regentropfen ständig um weitere, glitzernde Eiskristalle anwuchs. Es war bitterkalt. Bei der Glätte und dem starken Regen würde ein längerer Fußmarsch die Hölle sein.

Hans entdeckte den Wohnwagen. »Los, da rein! Da sind wir erst mal geschützt.«

Winfried stakste zum Wohnwagen und hielt dabei angestrengt seine verletzte Hand hoch, weil das Blut gegen den Verband pochte, sobald er die Hand herunternahm.

Hans half seinem Bruder in den Wohnwagen, dann stieg er selbst hinein und zog die Tür zu. Sie hing schief in den Angeln, hielt aber Wind und Regen halbwegs draußen.

Winfried zitterte vor Kälte und Schock. Er war kreidebleich, sein Blick flackerte, seine Nasenflügel zuckten, sein rechtes Auge schloss sich gänzlich, seine Zähne schlugen aufeinander, die Lippen waren weiß.

Hans umschlang ihn mit beiden Armen, versuchte, seinem Bruder Schutz und Wärme zu geben. »Birne, bleib ruhig ...«

In diesem Moment durchschnitt Scheinwerferlicht die Dunkelheit. Vorsichtig lugte Hans durchs Fenster. Aus dem dichten Regen schälte sich ein Auto, schwenkte nach rechts und stoppte kurz vor dem Werkstatttor. Es war ein alter Ford 17 M, zweifarbig lackiert, mintgrün mit weißem Dach.

Die Fahrertür öffnete sich und heraus sprang Raffaele, der so überheblich auftretende Fatzke, der sie nachmittags in der Gartenlaube aufgestöbert hatte. Die orangefarbene Bommelmütze hatte er tief ins Gesicht gezogen, die Ohrenklappen heruntergelassen.

Er duckte sich unter dem dumpfen Geprassel der schweren Regentropfen. Seine breit ausgestellten Hosenbeine flatterten im Wind. Mit hastigen Fingern schloss er das Auto ab, drehte sich um und eilte der Werkstatt zu, um der Nässe und dem Wind zu entkommen. Im Laufen steckte er den Autoschlüssel in die Tasche seines Mantels,

Nach drei Sprüngen rutschte er mit dem linken Fuß weg, konnte sich nicht mehr halten und fiel rückwärts auf den eisbedeckten Boden. Einen atemlosen Moment lang blieb er mit schmerzverzerrtem Gesicht liegen, richtete sich halb auf und rieb sich den Rücken. Dann stand er vorsichtig balancierend auf und tastete sich schrittweise zur Werkstatttür entlang. Ein Lichtkegel fiel nach draußen, die Tür knallte zu, und es war wieder still. Bis auf das Heulen des Windes und das Klappern loser Gerätschaften.

Aber Hans entdeckte noch etwas. Da, wo Raffaele gestürzt war, glänzte etwas Blau-weiß-gestreiftes. Gauchito! Raffaele musste bei seinem Sturz den Autoschlüssel verloren haben.

Hans packte seinen Bruder am Arm. »Birne, komm!«

Winfried hatte die Situation noch gar nicht erfasst, folgte aber Hans auf den Fuß. Der hatte den Schlüssel bereits ergriffen und die Tür aufgeschlossen. Winfried eilte zur Beifahrertür. Als er sich auf die Sitzbank plumpsen ließ, hatte Hans den Wagen schon gestartet und gab Gas. Zuviel Gas. Auf dem glatten Boden drehten die Räder durch, der Wagen driftete leicht nach rechts ab. Hans legte den zweiten Gang ein, ließ die Kupplung langsam kommen und gab verhalten Gas. Die Reifen griffen und der Wagen setzte sich in Bewegung.

An ein schnelles Davonkommen war nicht zu denken. Besorgt warf Hans einen Blick zum Werkstatttor, doch noch rührte sich nichts. Wenn Sie Glück hatten, kamen sie vom Hof, ohne dass sie entdeckt wurden. Hans konnte sich nur mühsam beherrschen, das Gaspedal nicht durchzudrücken. Der Wagen bewegte sich nur langsam, aber stetig vorwärts. Auch auf der Straße ging es kaum schneller. Nur im Schritttempo kamen sie voran. Aber jeder Meter zählte, der sie weiter aus Patatas Reichweite brachte.

Hans warf einen schnellen Blick in den Rückspiegel. Alles ruhig. Allmählich verschwand Mancinis Auto-Palast hinter ihnen in der Dunkelheit. Mit einem besorgten Blick zu Wilfried, der zähneklappernd neben ihm kauerte, sagte er: »Ich dreh die Heizung auf, gleich wird's wärmer. Dann gucken wir mal, wo wir hinfahren. In die Gartenlaube können wir nicht zurück.«

* ✝ *

Henny betrachtete den Neuankömmling mit einer Mischung aus Neugier und Überraschung. Holm Martens war jünger, als sie sich ihn vorgestellt hatte. Er mochte so um die dreißig sein. Erwartet hatte sie einen älteren Mann, warum auch immer. Vielleicht, weil zu Oltmanns Hof ein älterer Mann besser passte, als ein junger?

Aufmerksam forschte sie in seinem Gesicht nach Erklärungen für sein geheimnisvolles Erscheinen. Aber natürlich fand sie keine Antworten. Martens gab mit einem leicht schuldbewussten Ausdruck, den wirren, nassen Haaren, den Schuhen in der Hand und auf Socken inmitten der Wasserlachen ein unbeholfenes Bild ab.

Walter Oltmanns sah ihn interessiert an. »Was ist passiert?«

Martens wand sich verlegen. »Ich ... äh ... ich bin gestürzt. Ist glatt draußen.«

Oltmanns stand auf. »Geben Sie mir mal Ihre nassen Sachen. Ich bringe die zum Trocknen in den Heizungsraum.« Und an seine Frau gewandt: »Wiebke, die Hausapotheke! Frau Butenschön kann Herrn Martens verarzten.«

Henny zuckte zusammen. Die Vorstellung, einen ihr fremden Mann berühren zu müssen, behagte ihr nicht.

»Das ist nicht nötig!«, wehrte Martens ab. »Ich brauche lediglich ein Pflaster. Das ist alles.«

Aber Frau Oltmanns war bereits auf dem Weg und kam mit einem verbeulten Blechkasten zurück, den sie Henny in die Hand drückte. Widerstrebend nahm Henny den Kasten entgegen und sah Holm Martens unschlüssig an. Der nickte ihr aufmunternd zu. »Ich setz mich auf den Sessel, da ist das dann schnell erledigt.« Martens ging in die Leseecke, nahm auf einem dick gepolsterten Sessel Platz, zog einen Stuhl heran und legte sein Bein darauf.

Henny folgte zögernd. Glücklicherweise ließen es die modisch ausgestellten Hosenbeine zu, sie bequem bis zum Knie hochzukrempeln. Zu ihrer Erleichterung machte Martens das selbst.

Während er vorsichtig das Hosenbein hochzog, fragte er: »Sie sind Kunstrestauratorin, habe ich gehört? In Berlin?«

»Hm-hm«, nickte sie.

»Was verschlägt Sie denn hier in die Einsamkeit?«

»Die Einsamkeit«, sagte sie und musste selber über die Kongruenz von Frage und Antwort lachen.

»Ich bin in den bildenden Künsten leider nicht besonders bewandert, kenne auch nicht viele Maler und deren Gemälde«, bekannte Martens. »Nur das Selbstbildnis von van Gogh. Das fasziniert mich sehr.«

Henny hatte gerade den Deckel des Verbandkastens geöffnet, hielt inne und sah zu ihm hoch. »Welches denn?«

Martens zuckte mit den Schultern. »Weiß nicht. Gibt es denn mehrere?«

»Nun ja, Vincent van Gogh ist der Künstler mit den meisten Selbstbildnissen. Aber ich vermute mal, Sie meinen das mit dem abgeschnittenen Ohr?«

Er lachte. »Erwischt!«

Henny nickte. »Das hat er sich nach einem Streit mit seinem Freund Paul Gauguin abgeschnitten.«

»Große Güte! Das nenne ich wahre Männerfreundschaft!«

Henny zog zweifelnd die Augenbrauen zusammen.

Die Platzwunde sah schlimmer aus, als sie war, und würde schnell verheilen. Die erlittene Prellung würde ihm in den nächsten Tagen mehr Kummer bereiten.

»Sie haben Recht, ein Pflaster genügt«, sagte Henny. »Zuerst aber muss ich die Wunde reinigen.«

Henny besah sich den Inhalt des Verbandkastens. Ungeordnet lagen darin neben den üblichen Erste-Hilfe-Utensilien entdeckte sie ein braunes Fläschchen mit der Aufschrift »Jodtinktur« und ein Vliestuch, das sie aus der Schutzverpackung nahm und damit vorsichtig die Randbereiche der Wunde abtupfte.

»Jetzt wird's ein wenig brennen«, sagte sie, schraubte den Deckel auf und tat behutsam etwas Jod auf die Wunde.

Holm Martens verzog schmerzhaft das Gesicht. Als das Brennen nachgelassen hatte, lächelte er Henny an, und sie lächelte zurück.

»Das Brennen geht gleich vorbei, von der Prellung ihres Schienbeins werden Sie noch länger etwas haben.«

»Ich weiß«, stöhnte er. »Blöde Kuh.«

Henny blickte verdutzt auf. »Bitte?«

Sofort versteifte sich Martens und sah sich erschrocken um. Aber Walter Oltmanns war noch im Heizungsraum zugange und Frau Oltmanns hörten sie in der Küche hantieren.

Verschwörerisch legte Martens den Finger an die Lippen. »Ich war im Kuhstall«, raunte er ihr leise zu. »Es ist besser, wenn Herr Oltmanns davon nichts erfährt.«

Mit einem kurzen Nicken bedeutete ihm Henny, dass sie verstanden hatte.

»Einer Kuh bin ich wohl zu nahegekommen. Jedenfalls hat sie nach hinten ausgetreten und mich am Bein erwischt.«

Henny zog einen langen Streifen Hansaplast aus dem Blechkasten und schnitt ein großes Stück davon ab.

»Was machen Sie denn im Kuhstall?«, fragte sie und klebte

ihm das Pflaster über die Wunde.

Martens antwortete nicht. Er zog das Hosenbein wieder runter. Dann ließ er seinen Blick noch einmal verstohlen durch die Diele wandern. »Das hier ist kein Ort für Sie«, flüsterte er und sah sie eindringlich an. »Es wäre besser, Sie wären nicht hier.«

Erstaunt hob Henny den Blick.

Martens wirkte ernsthaft besorgt. »Bitte! Fahren Sie nach Hause, solange es noch geht.«

»Na, alles wieder im Lot?« Plötzlich stand Walter Oltmanns neben ihnen und nahm Henny somit die Möglichkeit, auf Martens Bemerkung einzugehen.

* ✝ *

Patata hatte die Augen geschlossen und kraulte den kleinen Hund auf seinem Schoß. Der atmete gleichmäßig und gab sich ganz der wohltuenden Massage seines Herrchens hin.

Plötzlich hob der Hund den Kopf, machte sich steif und begann zu knurren. Es war das cholerische Knurren eines Kleinen, der gerne ein Großer wäre.

»Was ist denn?« Patata stellte das Kraulen ein und blickte zur Tür. Raffaele trat ein.

»Wie oft habe ich dir gesagt, du sollst anklopfen, wenn du in mein Büro kommst, hä? Du weißt doch, dass Pepita jedes Mal Anfälle kriegt, wenn sie deine Mütze sieht«, ranzte ihn Patata an.

Raffaele bedachte den kleinen Kläffer mit einem abfälligen Blick. Das Hündchen entblößte seine Zähne und starrte hasserfüllt zurück.

»Ich hab den Stoff«, sagte er.

»Alles?«

»Alles. Vier Kilo.«

Patata grunzte zufrieden. »Und die Kohle?«

»Auch. Alles im Auto.«

»Hattest du bei der Übergabe etwa auch deine bescheuerte Mütze auf?«

Raffaele machte ein beleidigtes Gesicht. »Die hält warm.«

»Ja, aber damit siehst du aus wie 'ne Fußgängerampel auf der Flucht.« Patata schnaufte verärgert durch die dicke Nase. »Mann, Raffaele! Wir können es uns nicht leisten aufzufallen! Begreifst du das nicht?«

Patata nahm das Hündchen und setzte es auf dem Schreibtisch ab. »Okay, hol das Zeugs rein.«

Raffaele verschwand. Patata räumte alle Utensilien vom Schreibtisch, nahm den Hund, setzte ihn in den Ablagekorb und stellte den auf den Beistelltisch neben die Schreibmaschine. Er brauchte Platz für den Stoff.

Er lächelte bei dem Gedanken, wieder mal ein lukratives Geschäft abgewickelt zu haben. Genüsslich kostete er das Gefühl eines erfolgreichen Coups aus, als Raffaele völlig aufgelöst hereingestürzt kam. Sofort richtete sich das kleine Hündchen auf, bleckte die spitzen Zähnchen und knurrte.

Mit einer Handbewegung bedeutete Patata dem Hund, sich zu benehmen. Er sah Raffaele unwillig an. »Was ist los?«

»Die Tasche ist weg!« Raffaele wirkte verzweifelt. Seinem Gesicht war alle Farbe entwichen, er keuchte und seine Augen flackerten hektisch.

Patata runzelte die Stirn. »Wie weg?«

»Das Auto«, schrie Raffaele ihm entgegen. »Es ist weg!«

Patata sprang auf. »Du willst mir doch jetzt nicht erzählen, dass das Auto geklaut wurde? Mitsamt dem Stoff?«

Raffaele nickte stumm. Er wirkte wie geprügelt.

Patata ließ sich auf den Bürostuhl zurückplumpsen und rang um Fassung. Er rieb sich die Knollennase und stierte Raffaele an, als wartete er darauf, dass sich gleich alles als ein Riesenspaß herausstellen würde. Danach sah es aber nicht aus; Raffaele war ein einziges Häufchen Elend.

Patata zwang sich zur Ruhe. »Okay, jetzt mal langsam: Das Auto ist weg?«

Raffaele nickte.

»Und im Auto lag die Tasche mit der Ware?«

Raffaele nickte schwach.

»Und das Geld?«

Raffaele nickte.

»Und Ecki? Ist der vielleicht mit dem Auto weggefahren?« Kaum ausgesprochen, stieg in Patata eine Ahnung hoch. »Moment! Du parkst das Auto hier vor der Werkstatt. Ecki bleibt zurück und bewacht die Tasche. Sollte er jedenfalls. Stattdessen nimmt er den Wagen und haut ab, will den Stoff auf eigene Faust verticken ...«

»Nein.« Raffaele druckste herum. »Ecki war gar nicht mit.«

»Wie: nicht mit?« Patata verengte die Augen. »Hast du den Stoff etwa alleine transportiert?«

»Was hätte ich machen sollen, Chef?«, jammerte Raffaele. »Nach dem Besuch bei den beiden Halbidioten wurde ihm plötzlich schlecht. Ich hab ihn nach Hause gebracht, aber schon im Hausflur fing er an, wie 'n Fischreiher zu kotzen. Da habe ich ihn auf der Treppe liegen lassen und bin alleine los.«

Patata sog hörbar die Luft durch die Nase ein. Nur mit Mühe beherrschte er sich. Seine Stimme zitterte. »Ich glaub es nicht! Und du Idiot lässt den Wagen unbewacht stehen? Mit steckendem Schlüssel und laufendem Motor? Wie bescheuert bist du eigentlich?«

»Ich hab die Karre abgeschlossen! Ehrlich! Hier – ich hab den Schlüssel in der Tasche.«

Raffaele fingerte in der Tasche seines überlangen Wildledermantels herum. Als er nichts fand, suchte er in der anderen Tasche. Erfolglos. Fieberhaft buddelte er in seinen Hosentaschen herum, fand nichts, durchwühlte hektisch die Innentaschen seines Mantels. Allein, er fand nichts. Kreidebleich sah er Patata hilfesuchend an. »Ich ... äh ...«

Mit steigender Wut hatte Patata der aufgeregten Suche zugesehen. Nun stand er betont langsam auf. Immer noch musste er zu Raffaele hochblicken, denn Patata war klein. Sehr klein. Der Grund, warum er seine Kunden immer nur im Sitzen empfing.

»Matteo!«, rief er in die Werkstatt hinein. Matteo war erneut sofort zur Stelle.

»Boss?«

»Als der Blödmann hier gekommen ist«, zeigte Patata auf Raffaele, »wo waren da die beiden Idiotenbrüder?«

»Ich hab sie rausgeschmissen und keine Minute später kam Raffaele rein.«

Patata giftete Raffaele an: »Dann hast du dir von den beiden Clowns den Stoff abnehmen lassen? Das Auto mitsamt dem Stoff und der Kohle?«

»Ich hab die nicht gesehen, ich schwöre: Da war keiner.«

Patata winkte ab. »Matteo, ist der Manta fahrbereit?«

»Noch nicht, aber bei dem Wetter nehme ich lieber den Fiat. Für den haben wir noch Spikesreifen rumliegen.«

Mit leicht süffisantem Unterton setzte er hinzu: »Wenn Raffaele mir hilft, haben wir die schnell aufgezogen, bei dem Schnee kommen wir sonst nicht voran.«

»Dann macht das, aber lasst euch nicht erwischen!«

»Von wem denn? Bei dem Wetter sitzen die Bullen doch alle vor dem Kachelofen und trinken Blasentee.«

»Seht zu, dass ihr die beiden Deppen einfangt. Weit können sie ja noch nicht sein.«

Patata setzte sich wieder und überlegte.

»Pass auf, ich sehe drei Möglichkeiten, wohin die Kanaillen flüchten könnten. Erstens: Das Gartenhaus im Schrebergarten. Aber wahrscheinlich rechnen sie damit, dass wir dort zuerst nachgucken. Also verlieren wir keine Zeit und lassen das Gartenhaus außer Acht. Zweitens: In Wesselburen haben die einen Kumpanen, mit dem zusammen sie schon mal eine Tankstelle ausgeraubt haben. Wo der genau wohnt, weiß ich nicht, aber du bekommst es raus. Er heißt Bolke, Hennar Bolke. Sieh da mal zuerst nach. Und ...«, er hob die Hand und machte eine vielsagende Geste quer am Hals vorbei, »wenn ihr sie habt, kaspert nicht lange mit denen rum. Mir ist egal, was mit den Scheißtypen passiert. Ich will den Stoff zurück, alles andere ist mir egal.«

Matteo verzog die Mundwinkel zu einem vorfreudigen Grinsen. Man sah dem öligen Monteur an, dass er sich auf eine Begegnung mit den beiden Brüdern freute. »Und wenn sie nicht in Wesselburen sind?«

»Dann fahr nach Büsum. Sie hatten sich mal eine Zeit lang in einer leer stehenden Fischhalle im Büsumer Hafen verkrochen. Kann sein, dass sie sich wieder dahin verdrücken.«

Raffaele hatte bis dahin bedrückt und schweigend zugehört. Nun räusperte er sich und wollte etwas sagen. »Ich ...«

Patata brachte ihn mit einer herrischen Geste zum Schweigen. »Halt die Schnauze, du hast schon genug gesagt. Du fährst mit Matteo und setzt alles daran, mir den Stoff hier auf den Tisch zu legen.«

Kalt und ausdruckslos stierte er Raffaele an. »Und zwar bis aufs letzte Gramm. Wenn nicht ...« Er rümpfte die Knollennase. »Dann wird die Familia zusammenkommen und über deine weitere Zukunft beraten. Und eines kann ich dir jetzt schon versprechen: Das wird eine kurze Beratung.«

* ✝ *

Das Auftauchen Oltmanns' hatte Henny keine Gelegenheit mehr gegeben, nachzufragen, was Martens mit seiner rätselhaft dunklen Mahnung gemeint hatte. Warum sollte es besser für sie sein, dieses Haus zu meiden und möglichst abzureisen? Und dann sein sonderbar anmutender Aufenthalt im Kuhstall, den er vor Oltmanns unbedingt geheim halten wollte. Was hatte er zu verbergen?

Dennoch: Trotz seines seltsamen Verhaltens war ihr Martens sympathisch. Er war einer jener unaufgeregten Menschen, deren gelassene, ruhige Art Stärke und Tatkraft vermuten lassen. Henny fühlte sich wohl in seiner Gegenwart.

Als sie kurz vor zwanzig Uhr die Leseecke aufsuchte, nahm sie zum ersten Mal wahr, wie sich das Wetter gebärdete. Sie blickte zu den Sprossenfenstern hoch. Auf dem linken Fensterbrett schmiegte sich ein einsamer Kaktus eng an eine Messinggießkanne und sah stoisch dem Austrocknen entgegen.

Henny blickte nach draußen und sah nichts. Nur verwaschenes, dunkles Grau und auf den Scheiben die langgezogenen Spuren der Regentropfen.

Der Sturm strich heulend ums Haus, und wenn die Böen Ritzen und Spalten im Bauwerk gefunden hatten, verkündeten sie es mit einem langgezogenen Pfeifen. Ab und zu ertönte Geschepper und Gepolter, wenn der Wind einen losen Gegenstand vor sich hertrieb und gegen das Haus schleuderte. Es war ungemütlich. Draußen. Drinnen dagegen herrschte eine heimelige Atmosphäre.

Walter Oltmanns und Holm Martens hatten es sich in den tiefen Sesseln bereits bequem gemacht. Vor ihnen stand ein mintgrüner, dreibeiniger Nierentisch mit umlaufender Goldkante. Auf einem Häkeldeckchen standen ein kleiner Engel aus Alabaster und ein mit Salzstangen gefülltes Wasserglas.

»Schön, dass Sie da sind!«, strahlte Oltmanns. »Nehmen Sie den Sessel neben Herrn Martens, da haben Sie den besten Blick auf den Fernseher.«

Martens nickte ihr einladend zu.

Frau Oltmanns kam mit schwermütigem Schritt aus der Küche, schob den Engel zur Seite und stellte stattdessen ein Weihrauchstövchen auf das gehäkelte Deckchen.

Zum ersten Mal bemerkte Henny, ihre ungewöhnlich schmalen und bleichen Hände, die halb von dem Rüschenbesatz ihrer Blusenärmel bedeckt waren. Mit ihren feingliedrigen Fingern holte sie einige Klümpchen Weihrauchharz aus einem kleinen Stoffbeutel, legte sie auf das Räuchersieb und entzündete das Teelicht des Stövchens. Kurz darauf kräuselten sich zarte Rauchwölkchen über dem Stövchen, und ein Geruch nach Balsam und Minze erfüllte den Raum. Danach setzte sie sich wortlos in ihren Sessel und hielt den Blick auf den Fernseher gerichtet.

Henny hatte den Vorgang erst interessiert, dann irritiert verfolgt. An sich war das Entzünden von Weihrauch nichts Außergewöhnliches, nur das Schweigen und die entschiedene Verbissenheit, mit der Frau Oltmanns es herrichtete, wirkten befremdlich. Ebenso wie ihre ganze Erscheinung. Mit dem bodenlangen schwarzen Rock, der strengen schwarzen Bluse und den geklöppelten Spitzenrüschen an den Manschetten schien sie auch eher in das frühe 19. Jahrhundert zu passen als in die modernen, ausgehenden 1970er-Jahre.

»Der Weihrauch befreit die Atmosphäre von dunklen, manipulativen Energien«, erklärte Walter Oltmanns. »Wiebke schwört darauf.«

Henny mochte darauf keine Antwort geben, auch Holm Martens schien nicht geneigt, sich darauf einzulassen. Zumindest, überlegte Henny, riecht es ganz belebend, aber auf Dauer würde es ihr eher Kopfschmerzen verursachen.

Der Fernseher stand auf einer rustikalen Bauerntruhe, passte aber nicht so recht dazu, denn das Gerät der Marke Nordmende wirkte mit seinem orangefarbenen Plastikgehäuse wie ein Fremdkörper auf dem bäuerlichen Möbel.

Die Fanfare der Tagesschau ertönte, und als die Weltkarte mit dem Schriftzug »tagesschau« verschwand, blickte Tagesschau-Sprecher Karl-Heinz Köpke vom Blatt auf:

»Guten Abend, meine Damen und Herren --- Israelische Soldaten haben im besetzten Westjordanien die Gründung von wilden Siedlungen verhindert. Zweihundert Siedler, die schon Zelte aufgestellt und ein Gelände mit Stacheldraht abgesteckt hatten, wurden abtransportiert. --- Mit einem fünftägigen Hungerstreik in Bonn und in Westberlin haben Argentinier

und Deutsche gegen Verletzungen der Menschenrechte in Argentinien protestiert. Zum Abschluss der Aktion erinnerte Pfarrer Gollwitzer daran, dass die Bundesregierung anlässlich der Fußballweltmeisterschaft die Zusage gegeben habe, fünfhundert politischen Gefangenen Asyl zu gewähren.«

Walter Oltmanns beugte sich entrüstet vor: »Fünfhundert! Wie sollen wir die denn alle aufnehmen? Deutschland ist voll! Das wäre ja so, als würde ich im Kuhstall eine Horde sizilianischer Ziegenböcke reinlassen, die nichts anderes im Sinn haben, als den Kühen das Futter wegzufressen.«

Da keiner der Anwesenden darauf etwas sagte, und Frau Oltmanns nur ausdruckslos zu Boden blickte, setzte er hinzu: »Ist doch wahr! Die kommen hierher und lungern nur rum.« Er griff nach einer Salzstange und biss geräuschvoll ab.

»Die Polizei von Chicago ist seit Tagen einem der größten Massenmorde in der amerikanischen Kriminalgeschichte auf der Spur«, fuhr der Tageschausprecher fort.

»Sie fand unter diesem Haus schon neun Leichen von jungen Männern, die sexuell missbraucht und ermordet worden sind.«

Oltmanns stellte das Kauen ein und heftete seinen Blick starr auf das Fernsehbild.

»Der Besitzer des Hauses, ein sechsunddreißigjähriger Bauunternehmer namens Gacy gab inzwischen zu Protokoll, dass er in den vergangenen Jahren zweiunddreißig Jungen umgebracht und auf seinem Grundstück verscharrt hat.«

»Das ist ja grauenvoll«, sagte Henny. Oltmanns steckte sich eine zweite Salzstange in den Mund und lehnte sich schweigend in seinem Sessel zurück. Er machte einen abwesenden Eindruck, irgendetwas schien ihn zu beschäftigen. Seine Frau vermied es, ihn anzusehen und blickte weiterhin starr vor sich hin.

Es folgte die Wetterkarte.

»Das Satellitenbild zeigt weite Teile West- und Mitteleuropas unter einer dichten Wolkendecke. Das dazugehörige Tief und die quer durch Norddeutschland verlaufene Luftmassengrenze zwischen der Kaltluft im Norden und der milden Meeresluft im Süden verlagern sich langsam süd- beziehungsweise südostwärts. Im Norden Nordostwind, im Küstengebiet bis zur Sturmstärke.«

»Na schön«, meldete sich Oltmanns wieder zurück, »dann gucken wir uns jetzt Die Straßen von San Francisco. Möchten Sie was trinken? Frau Butenschön, vielleicht Orangensaft?«

Henny nickte. »Ja, gerne!«

»Herr Martens?«

Der Angesprochene winkte ab. Er sah nachdenklich aus.

Oltmanns nahm von der neben ihm stehenden Kommode eins der dort platzierten Gläser, stellte es vor Henny auf dem Nierentisch ab, nahm die Flasche und schenkte ein. Dann fragte er nochmals an Martens gerichtet: »Ein Bier?«

»Danke, nein.«

»Gut, aber ich nehme eins. Wiebke, eins aus dem Kühlschrank.«

Während seine Frau aufstand und sich auf den Weg in die Küche machte, griff Oltmanns noch einmal in das Wasserglas und fingerte sich eine Salzstange heraus: »Geht doch nichts über einen gemütlichen Fernsehabend. Vor allem, wenn es draußen stürmt und der Wind um die Ecken jammert.«

Er zeigte mit dem Daumen hinter sich aufs Fenster. »So schlimm wird's wohl nicht werden. Der Wetterbericht stimmt selten und übertreibt meistens. Das ist morgen früh wieder vorbei.«

Frau Oltmanns kam mit einer Flasche Holsten Bier zurück,

öffnete sie, nahm einen Bierkrug von der Kommode und stellte ihn vor ihren Mann auf den Tisch. Es war ein schwerer Bierkrug mit einem reich verzierten Klappdeckel aus Zinn. Das Bier gluckerte, als sie den Krug füllte.

»So ist es recht«, befand der Hausherr, nahm den Krug auf und stemmte ihn Henny entgegen: »Ich freue mich sehr, dass Sie hier sind, Frau Butenschön.«

Für Hennys Geschmack ließ er seine Augen einen Tick zu lange auf ihr ruhen, als dass man es noch als angemessen hätte bezeichnen können. Außerdem empfand sie es als ausgesprochen unverschämt, dass er nicht auch Martens in seinen Toast eingeschlossen hatte. Sie blickte verstohlen zu Holm Martens, hinüber, der aber nur gleichmütig auf den Fernseher schaute

Oltmanns nahm einen tiefen Schluck, wischte sich den Schaum von den Lippen und stellte den Krug wieder ab. Der Deckel klappte hörbar zu.

Das Bild der Golden Gate Bridge von San Francisco erschien auf dem Bildschirm und zu den Klängen der aufwühlenden Titelmusik wurden die Köpfe von Karl Malden und Michael Douglas eingeblendet. Es ging los.

Während des Films hörte man nur das gelegentliche Knabbern an Salzstangen und das Klappen des Bierdeckels. Henny hatte bald die Hoffnung aufgegeben, ein Gespräch anzustimmen, nachdem Oltmanns einen Versuch ihrerseits mit einem harschen »Psst« beendet hatte. Sie ergab sich ihrem Schicksal und kuschelte sich tiefer in den Sessel, während draußen der Sturm um die Ecken fegte.

* ✞ *

Freitag, 29. Dezember 1978

Auch an der Ostseeküste ging es los. Was der Wetterbericht der Tagesschau nicht gezeigt und auch gar nicht ins Kalkül gezogen hatte, war die ungeheure Wucht, mit der der Schneesturm das Land überrennen und mit meterhohen Schneewehen bedecken sollte.

Zur damaligen Zeit konnten die Meteorologen die Wettergeschehnisse nur grob einschätzen. Seit 1960 waren zwar einige Satelliten in der Erdumlaufbahn, die Wolkenbilder und -bewegungen zur Erde funkten, allerdings konnten sie nur großräumige Wetterlagen mit Ausdehnungen von einigen hundert Kilometern erfassen. Was sich auf kleinstem Raum von nur einhundert bis einhundertfünfzig Kilometern in der brodelnden Wetterküche über Schleswig-Holstein abspielte, hatten sie nicht auf dem Schirm.

Um 20 Uhr reichte die Frostluft mit -6 bis -10 Grad vom Emsland bis Südbrandenburg. Die Luftmassengrenze hatte sich über der Mitte weiter verschärft. An der Ostsee kam es zum »Lake Effect«: Die kalten Winde strömten über die vergleichsweise milde See, nahmen Feuchtigkeit auf, die schnell gefror und über dem Land als Schnee niederfiel.

Dicht an dicht fielen die Schneeflocken aus der grauen Wolkendecke. Immer aufs Neue gespeist von der warmen Luft, die sich wie ein Schwamm mit Feuchtigkeit vollgesogen hatte, von der Kälte in die oberen Sphären gezwungen worden war und sich nun von ihrer schweren Last befreit.

Dazu der Wind, der sich zu Sturm- und Orkanstärken aufpumpte, über das Land fegte, den Schnee fast waagerecht vor sich hertrieb und vor Hindernissen zu meterhohen Schneeverwehungen auftürmte.

Doch noch gab es keinen Anlass zu übertriebener Besorgnis. Sturm – das kannte man, das war man gewohnt. Für die Küstenbewohner kein Grund, die Wäsche von der Leine zu nehmen. Man war sturmerprobt. Und der Schnee – der würde irgendwann auch wieder aufhören.

Tat er aber nicht. Es schneite ohne Unterlass.

Die Verantwortlichen im Deutschen Hydrographischen Institut in Hamburg waren die ersten, die reagierten. Am Donnerstagabend um 22.30 Uhr schickten sie ein Telegramm mit einer Sturmflutwarnung für die Ostseeküste an die Landesregierung in Kiel. Sie erwarteten ein Hochwasser mit 1,50 Meter über Normalnull – von Schnee war noch keine Rede.

Und so richtete sich der Blick der Verantwortlichen zunächst auf die tobende Ostsee. Die Sorge galt den Deichen. Würden sie standhalten? Der anhaltende Sturm mit 7 bis 9 Beaufort, in Böen bis zu Windstärke 11, ließ die aufgepeitschte Ostsee wütend gegen die Deiche anrennen.

Brecher auf Brecher stürzten sich gegen das Land, bei Schönhagen wurde die Steilküste unterspült und stürzte auf fünfzehn Metern ein. Tonnenschwere Eisschollen krachten gegen die Deiche, gruben und wühlten sich in die Deichkörper. An mehreren Stellen schlug die Brandung große Lücken in das Deichwerk und setzte das Land dahinter unter Wasser.

In den frühen Vormittagsstunden des 29. Dezembers ging man in dem für den Katastrophenschutz verantwortlichen schleswig-holsteinischen Innenministerium noch der gewohnten Routine nach. Man wusste den Küstenschutz bei den vor Ort zuständigen Ämtern in guten Händen. Auch wurden die vom Deutschen Hydrographischen Institut vorhergesagten 1,50 Meter über Normalnull nicht erreicht, der Höchstwasserstand pegelte sich um die 1,30 Meter ein. Man musste zwar die Deiche im Blick behalten und an den gefährdeten Stellen entsprechende Vorsorgen treffen, aber die Sturmflut selbst, das war nun abzusehen, stellte keine übermäßig große Gefahr für das Land dar.

Eine unerwartete, viel bedrohlichere Kulisse hatte sich derweil hinter ihrem Rücken aufgebaut: Schnee.

Seit dem späten Donnerstagabend hatten die Wolken ihre weiße Fracht über dem Land abgeladen. Die Straßen wurden unpassierbar. Der Schnee lag kniehoch, der Verkehr kam zum Erliegen. Auf der Autobahn A7, zwischen Flensburg und Schuby, blieben die Autos stecken und versanken allmählich in den Verwehungen, die der Sturm um sie herum bis zu vier Metern Höhe aufschichtete.

Wer sich auf den Weg zur Arbeit machte, blieb meist schon auf den ersten Metern stecken, wenn er denn überhaupt die zugeschneite Haustür öffnen konnte. Viele, die es nicht weit zu ihrem Arbeitsplatz hatten, machten sich zu Fuß auf, kämpften sich gegen Sturm und Schneetreiben durch die Schneemassen. Ein mühevolles Unterfangen, versank man doch mit jedem Schritt tiefer in der weißen Watte.

Einen entsetzlichen Fund machten Helfer, die bei Flensburg etwas Gelbes in der weißen Eintönigkeit entdeckten. Es war die Jacke eines Autofahrers, der mit seinem Fahrzeug im meterhohen Schnee steckengeblieben war, sich zu Fuß aufgemacht hatte, um Hilfe zu holen und in dem eisigen, unbarmherzig peitschenden Schneesturm entkräftet in den Schnee gesunken und erfroren war.[3)]

Wo es möglich war, wich man auf Straßenbahnen und Busse aus. Aber auch die steckten bald fest und blieben in den Schneeverwehungen liegen. Andere versuchten es mit der Bundesbahn. Die Züge waren schnell überfüllt und überfordert. Sie blieben auf freier Strecke stehen, fuhren sich im meterhohen Schnee fest oder entgleisten gar. So wie die Diesellok, die bei Süderbrarup wie ein zorniges Wisent mit Volldampf durch die Schneewehen pflügte, den Schnee links und rechts im hohen Bogen zur Seite warf und sich unbeeindruckt ihren Weg durch die weiße Barriere bahnte – bis sie aus den Gleisen flog. Ein Hilfszug mit einer Diesellok und einem vorausfahrenden Schneepflug wurde dem havarierten Personenzug hinterhergeschickt. Schon nach wenigen Kilometern rauschte auch der Schienenpflug auf eine Schneewehe, wurde angehoben und um die eigene Achse gedreht. Die schiebende Diesellok kam auf der anderen Seite der Schienen im Graben zum Stehen. Damit war die Bahnstrecke Flensburg – Kiel endgültig versperrt.

Aber nicht nur auf den Schienen, auch auf den Straßen waren Schneepflüge und Räumfahrzeuge unterwegs, die sich in das dichte Schneetreiben wagten, um den eingeschneiten Fahrzeugen zu Hilfe zu kommen. Allein, es blieb bei dem Vorsatz. Auch diese Fahrzeuge blieben nach kurzer Fahrt stecken und wurden zu Opfern des Schneesturms.

Auf den Straßen ging nichts mehr.

Der Kreis Schleswig-Flensburg löste schon um 11.28 Uhr Katastrophenalarm aus. Jetzt wurde auch dem Krisenstab im Kieler Innenministerium klar, dass es sich um mehr als nur etwas frische Luft an der Küste und weihnachtliches Schneegestöber handelte, dass sich hier ein gewaltiges Desaster anbahnte.

In Abstimmung mit dem Verteidigungskommando der Bundeswehr wurde für den Bereich Flensburg, Schleswig,

Nordfriesland die Alarmstufe Sturmvogel II ausgelöst.

Räumpanzer wurden rausgeschickt, um eingeschneite Autofahrer zu bergen und festgefahrene Fahrzeuge freizuschleppen. Nicht immer gelang das, manche der schweren Kettenfahrzeuge blieben selbst im Schnee stecken.

Die Deutsche Post schaltete im Raum Schleswig-Flensburg Telefonnetze ab, um die Batterien für den Katastrophenschutz zu schonen.

Keine Hilfe gab es für Tausende von Tieren. In den Ställen verdursteten die Rinder, und in den Zuchtbetrieben verendeten Schweine und Hühner nach dem Ausfall der Klimaanlagen. Auf den Weiden in Nordfriesland erstickten Hunderte Schafe unter den Schneemassen.

Mehrere in der Geltinger Bucht vor Anker liegende Tanker hatten ernste Versorgungsprobleme. Auf den Tankerriesen war die letzte Verpflegung am Donnerstag vor Silvester ausgeteilt worden. Die katastrophale Versorgungslage an Land reichte nicht, auch noch die Schiffe zu beliefern. Zudem waren aufgrund des Sturms die Schlepper unentwegt damit beschäftigt, die Ankerlieger auf Position zu halten.

Im 80-Seelen-Dorf Streichmühle, östlich von Flensburg, waren in einigen Häusern die Heizungsrohre geplatzt und hatten die Wohnräume überflutet. Bei Innentemperaturen unter null Grad verwandelten sich die Fußböden zu Eislaufflächen. Eine 40-jährige Frau musste mit dem Hubschrauber ins Krankenhaus geflogen werden: Sie hatte einen Nervenzusammenbruch erlitten. [4)]

Insgesamt waren an diesem und den folgenden Tagen 280 Bergepanzer, 270 Transportfahrzeuge und 40 Hubschrauber der Bundeswehr im Einsatz. Dazu kamen unzählige Schneepflüge, Radlader, Planierraupen, Traktoren und Bagger der

Straßenbauämter, der Feuerwehr, des THW und von privaten Helfern. Mehr als 30.000 Menschen waren als Hilfskräfte unterwegs, um das Leben in Gang zu halten und den Mitmenschen zu helfen.

Nachbarschaftshilfe war gefragt und wurde ohne große Umstände geleistet. Wenn jemand seinen Hauseingang oder sein Auto von den Schneemassen freischaufelte, griffen andere ebenfalls zur Schaufel und packten mit an. Bäckereien buken in extra Schichten und versorgten die Nachbarschaft mit frischem Brot. Jeder half jedem, so gut er konnte.

In der Not rückten die Menschen zusammen. Und so kam es, dass Nachbarn, die sich bis auf gelegentliches Grüßen kaum kannten, nun zusammen in der warmen Stube saßen, gemeinsam Suppe löffelten und sich am Ofen die vom Schneeschippen klammen Finger wärmten. Nicht selten kam es vor, dass gänzlich Fremde mit am Tisch saßen, die geholfen hatten oder Hilfe brauchten.

* ✝ *

Am Freitagmorgen wurde Henny früh wach. Sie hatte schlecht geschlafen. Der Sturm hatte sie die ganze Nacht hindurch nicht zur Ruhe kommen lassen. Das durchdringende, ununterbrochene Wimmern und Heulen war nur schwer zu ertragen und zeitweise von beängstigender Wildheit gewesen.

Für Henny waren es ungewohnte Geräusche, vor allem das Spektakel, das der Sturm draußen mit Gerätschaften und losen Gegenständen veranstaltete. Es schepperte, polterte, knackte und krachte immer wieder aufs Neue, und wenn sie gerade eingenickt war, knallte wieder irgendwas gegen irgendetwas anderes, sodass sie erschreckt auffuhr und einige Male verängstigt aufrecht im Bett gesessen hatte.

Der Wecker auf dem Nachtschränkchen zeigte sechs Uhr dreißig. Sie reckte sich. Eigentlich noch zu früh zum Aufstehen. Das Frühstück war um acht Uhr angesetzt. Bis dahin war also noch reichlich Zeit. Sie setzte sich auf und sah sich um.

Beim Blick zur Tür zuckte sie zusammen. Schlagartig fiel ihr ein, dass sie gestern versäumt hatte, Oltmanns nach einem Zimmerschlüssel zu fragen. Schaudernd drängte sich die Erinnerung an die vergangene Nacht in ihr Bewusstsein. Als sie zu Bett ging, wurde ihr Blick immer wieder magisch von der Tür angezogen, die sie nicht verschließen konnte.

Das Krachen und Heulen des Windes, die fremde Umgebung und das unbehagliche Wissen um die nicht verschlossene Tür hatten in ihr eine Unsicherheit erzeugt, die sich bald in angstvolle Beklemmung gesteigert hatte.

Eine bange Unrast hatte sie erfasst, die Furcht hatte wie ein schweres Gewicht auf ihrer Brust gelastet, und ihr das Atmen erschwert.

Sie hatte sich ermahnen müssen, sich nicht wie ein verängstigtes Kind in schauerliche Vorstellungen hineinzusteigern, sich von düsteren Fantastereien zu lösen.

So verlief ihre Nacht ständig zwischen verzagter Wachsamkeit und erschöpfter Müdigkeit, die sie zwischendurch immer mal wieder in einen kurzen, unruhigen Schlaf sinken ließ.

Mit einem Schlag erinnerte sie sich wieder an ein Bild der vergangenen Nacht: Ein Schatten, der unbeweglich vor ihrem Bett gestanden hatte. Im Dunkel des Zimmers hatte sie nicht viel erkennen können. Den Schatten vor ihrem Bett hatte sie nur schwach erahnen können. Ein untersetzter Schatten, der schwer atmend aus schwarzen Augen auf sie hinabgestarrt hatte. Hatte sie es geträumt, es sich nur eingebildet?

Dann verscheuchte sie den Gedanken. Wäre sie denn im Bett liegen geblieben, wenn es sich tatsächlich so zugetragen hätte? Nein, ganz sicher wäre sie schreiend aus dem Bett gesprungen und panisch aus dem Zimmer gerannt. Also wird sie es wohl geträumt haben.

Sie schwang die Füße aus dem Bett, da hielt sie ein anderes Bild zurück, das unvermittelt aufblitzte – das bleiche Gesicht der jungen Frau aus dem Blockhaus, nur dass sie diesmal durch das Fenster von Hennys Ferienwohnung spähte und Henny unverwandt traurig ansah. Sie hatte den Mund geöffnet, sagte etwas, aber der Wind riss ihr die Worte von den Lippen, und durch die Scheiben drang kein Laut.

Unheimlich.

Henny guckte zum Fenster. Am Vorabend hatte sie die Gardinen zugezogen. Also konnte die Frau gar nicht durchs Fenster geblickt haben. Was hatten sie in der vergangenen Nacht bloß für unheimliche Träume geplagt?

Henny schlüpfte in ihre Plüschpantoffeln mit dem Lammfellbesatz und schlurfte nachdenklich in die Waschecke. Zu dieser frühen Zeit durfte sie so träge schlurfen. Sie erlaubte es sich. Erstens war sie noch gar nicht ganz wach und zweitens hörte das bei dem draußen wütenden Sturm sowieso keiner.

Sie ließ sich Zeit bei dem morgendlichen Ritual, sich für den Tag frisch und ansehnlich zu machen.

Als sie mit einem letzten prüfenden Blick in den Spiegel die Waschecke verließ und sich daran machte, das Bettzeug zu ordnen, überlegte sie, ob sie es zum Lüften aus dem Fenster hängen könnte.

Sie schob die Gardine zur Seite und sah Weiß, nur Weiß. Das untere Drittel des Fensters war bereits von Schneezungen bedeckt. Nein, Lüften war nicht möglich, Frau Holle hatte die Macht an sich gerissen.

Henny ordnete das Bett, rückte auf dem Nachtschränkchen den Wecker zurecht und nahm die Bild-Zeitung auf, die sie gestern darauf abgelegt hatte. Sie suchte einen Papierkorb, fand ihn neben dem Sessel, entschied sich dann aber anders. Sie würde später doch noch einmal in die Zeitung gucken. Sie faltete sie wieder zusammen und legte sie aufs Nachtschränkchen zurück. Das Foto von Inge Quandt sprang ihr ins Auge. Es tat ihr weh. Sie drehte die Zeitung um.

Zehn vor acht. Nun freute sie sich auf das Frühstück. Und sie würde versuchen, im Laufe des Tages irgendwie einen Blick auf das Gemälde zu werfen, dessentwegen sie überhaupt hier war. Sie hatte dem Museumsdirektor versprochen, sich bei ihm zu melden, sobald sie neue Informationen hatte. Dr. Kessler wollte daraufhin den Herren von der Oberfinanzdirektion und dem Hauptzollamt in München Bericht erstatten.

Komisch, der Name des Beamten von der Oberfinanzdirektion war ihr entfallen. An den Zollinspektor Woyke dagegen konnte sie sich gut erinnern, obwohl er kaum etwas gesagt hatte. Aber unter der Strahlkraft des selbstgefälligen Finanzbeamten hatte er auch nichts zu sagen.

Henny betrat die Diele und sah alle drei bereits am Tisch sitzen. Die beiden Oltmanns wandten ihr den Rücken zu, ihnen gegenüber saß Martens mit ernster Miene. Offensichtlich hatte sich zwischen ihnen noch kein Gespräch entwickelt.

Als Martens sie erblickte, huschte ein leichtes Lächeln über sein Gesicht, und Henny erwiderte es. Wenigstens ein flüchtiger Sonnenstrahl an diesem Morgen.

Walter Oltmanns drehte sich um: »Moin, Frau Butenschön!« Mit einer ausladenden Geste zeigte er auf den gedeckten Frühstückstisch. »Wie Sie sehen, ist alles für einen gebührenden Start in den Tag vorbereitet.« Dann wies er mit dem Daumen in Richtung Tür und Außenwelt. »Wenngleich Ihnen ein ungemütlicher Tag die kalte Schulter zeigt.« Er lachte. »Aber setzen Sie sich doch! An unserem Tisch sind Sie ein gern gesehener Gast. Sie geben uns Wärme.«

Henny nahm neben Martens Platz und bedachte Frau Oltmanns mit einem Lächeln. Ihr war es unangenehm, von Oltmanns so liebedienerisch empfangen zu werden, und Gleiches las sie auch aus der versteinerten Miene seiner Frau, die Henny keines Blickes würdigte.

Um die Situation zu entspannen, sagte sie: »Ja, es wird Winter.« Und weil sie merkte, dass das wohl kein besonders kluger Satz war, fügte sie schnell hinzu: »In der Nacht hat der Sturm ganz heftig gewütet, ich kam kaum zur Ruhe und habe kein Auge zugetan.«

Oltmanns sah überrascht auf. »Sie waren wach? Die ganze Nacht?«

»Na ja, irgendwann fielen mir die Augen zu, aber dieser heftige Sturm hat mir immer wieder einen festen Schlaf verwehrt.«

Oltmanns betrachtete sie nachdenklich.

Henny entging der lange Blick nicht. Er verunsicherte sie, und so fuhr sie schnell fort: »Ich habe die Naturgewalten bisher noch nicht in dieser Wucht kennengelernt. Zwischendurch hörte sich der Sturm so bedrohlich an, dass ich geradezu Beklemmungen bekam.«

»Beklemmungen«, wiederholte Oltmanns und nickte verstehend. »Sie haben dabei Druck verspürt?«

»Äh ... ja!« Henny wollte kein Gespräch über ihre persönlichen Befindlichkeiten führen. Es war ihr unangenehm.

»Die Drude«, sagte Oltmanns.

Henny bemerkte, wie Martens neben ihr aufmerkte und sich kaum wahrnehmbar anspannte

Henny verstand nicht. »Wie bitte?«

»Ich fürchte, Sie hatten Besuch von einer Drude.«

»Wie?« Sie war verwirrt. »Was für eine Drude?«

Oltmanns lehnte sich in seinem Stuhl zurück und atmete einmal tief durch.

»Druden ...«, begann er bedeutungsschwer. Er warf seiner Frau einen Blick zu, die aber weiterhin unbeteiligt dasaß und keine Regung zeigte.

»Druden sind Dämonen, die sich des Nachts auf den Brustkorb eines Schlafenden setzen und dadurch Beklemmungen auslösen.«

Henny lachte. »Das ist doch Unsinn! Aberglaube!«

Aber Oltmanns war nicht zum Lachen zumute.

»Frau Butenschön, Sie sind ein Gewächs der Stadt. Sie haben verlernt, die Kräfte und Elemente wahrzunehmen, die um uns herum sind, ohne dass wir sie sehen können. Wir können sie nur spüren und ihrer gewahr werden, wenn wir uns ihnen zuwenden.«

Nun zwang er sich doch ein Lächeln ins Gesicht. »Entschuldigen Sie, ich möchte Ihnen nicht zu nahetreten. Ich weiß, wie schwer es für viele Leute ist, die Existenz von Dämonen anzuerkennen, weil man sie nicht sieht. Aber es gibt sie – Dämonen, Teufel, das Böse, das uns ständig in Versuchung führen will, uns gotteslästerlichen Sünden hinzugeben. Druden gehören dazu.«

Henny fühlte sich unwohl. Das war nicht das Gespräch, das sie führen wollte. Nicht jetzt am Frühstückstisch und auch sonst zu keiner Zeit und nirgendwo.

Oltmanns sah bekümmert aus. »Ich dachte, sie wäre fort, für immer. Aber sie ist wohl wieder zurückgekehrt.«

Henny wollte das Thema nicht vertiefen. Es war Martens, der sich einschaltete: »Wen meinen Sie?«

Oltmanns blickte nur kurz zu Martens, dann wandte er sich wieder Henny zu. »Katharina Tünnemann. Sie erinnern sich? Die Tochter von dem alten Tünnemann, der dieses Haus erbaut hat. In ihren letzten Lebensjahren, so um 1866, dort hinten in der damaligen Gesindekammer, muss sie dem Teufel verfallen sein. Seitdem ist sie dazu verdammt, sich nächtens ein Opfer zu suchen. Sie setzt sich auf die Schlafenden, reitet auf ihnen und löst Beklemmungen und Atemnot aus.«

Henny schielte zu Martens hinüber, wie um Hilfe zu erbitten, aber er blieb stumm.

»Das letzte Mal war sie ...« Oltmanns brach ab und fuhr sich mit unsicherer Hand durchs Gesicht, als müsse er ein lästiges Trugbild fortwischen.

»Das letzte Mal war sie nach dem ...«, er schluckte, »nach dem Tod meines Sohnes hier. Sie saß auf mir, hat mich gepeinigt, mir die Luft zum Atmen genommen. Ich habe mich in meinem Lager gewälzt, hin- und hergeworfen, versucht, sie abzuschütteln, aber sie saß auf mir, hatte mich mit ihren dürren Beinen umklammert und mir mit ihren knochigen Fingern den Hals zugedrückt, dass mir die Luft wegblieb. Natürlich habe ich in der Folgezeit die Tür fest verriegelt, aber vergeblich. Eine Drude kann ihre Seele vom Körper lösen, durch enge Spalten und Türschlösser schlüpfen und sogar eine andere Gestalt annehmen. Drei Jahre lang war sie da, Nacht für Nacht.«

Seine Mundwinkel zuckten in schmerzvoller Erinnerung.

»Und wie sind Sie die Drude wieder losgeworden?«, fragte Martens. Er konnte kaum verbergen, dass ihn Oltmanns Erzählungen belustigten.

»Ich habe auf alle Eingänge und Fenster des Hauses einen Drudenfuß gemalt. Vor allem an den Kuhstall, denn eine Drude macht auch vor dem Vieh nicht Halt. Sie drückt die Kühe, bis sie brüllen.«

Oltmanns richtete sein Besteck neben dem Frühstücksbrettchen sorgfältig aus. Er wirkte nachdenklich. Dann blickte er unsicher in die Runde. »Wahrscheinlich denken Sie, ich sei überspannt, nicht wahr?«

Er lachte trocken. »Ich kann es verstehen. Aber seien Sie versichert: Ich bin Realist und bei wachem Verstand. Ich sehe die Welt so, wie sie ist. Aber ich sehe auch die Dinge, die unseren Weg durchs Leben im Verborgenen begleiten.«

Er nickte Henny zu. »Ich glaube, es ist besser, wenn ich nachher einen Drudenfuß an Ihre Tür male.«

Henny mochte darauf nicht antworten. Wenn er ihre Tür mit irgendwelchen Symbolen bemalen wollte, konnte er das tun – solange er vor der Tür blieb und wenn damit das Thema ein für alle Mal durch war. Von diesem Hokuspokus wollte sie nichts mehr hören.

»Da fällt mir ein«, sagte sie, »ich habe gar keinen Schlüssel für mein Zimmer und kann die Tür nicht abschließen. Könnten Sie mir einen Schlüssel geben?«

»Warum wollen Sie einen Schlüssel? Hier ist noch nie etwas gestohlen worden.«

Henny hob beschwichtigend die Hand. »Nein, nein, das wollte ich damit auch nicht sagen. Es ist nur ...« Sie stockte, Oltmanns Antwort hatte sie verunsichert. »Also, ich hätte einfach gern einen Schlüssel.«

»Natürlich«, sprang ihr da Martens bei, »ich habe ja auch einen, und ich bin sicher, dass auch Sie einen Schlüssel bekommen werden. Nicht wahr, Herr Oltmanns?«

Oltmanns ging darauf nicht ein. Er faltete die Hände. »Lassen Sie uns nun das Tischgebet sprechen.«

Henny zuckte zusammen. Sofort war die quälende Erinnerung an ihren unseligen Vater gegenwärtig, der ihr sein irres Weltbild einzuprügeln versucht hatte. Es schien, als schöbe sich eine dunkle Wolke über den Frühstückstisch, jederzeit bereit, die Sündigen am Tisch mit Blitz und Donner abzustrafen.

Ein unsicherer Blick zu Oltmanns sagte ihr, dass es ihm ernst war und er in dieser Hinsicht wohl auch nicht mit sich spaßen ließ.

Sie legte die Hände in den Schoß und nahm eine Haltung ein, die offen ließ, ob sie am Gebet teilnahm oder nicht. Aus den Augenwinkeln bemerkte sie, dass Martens eine Hand auf seinem Knie abstützte, während die andere Hand locker auf dem Tisch ruhte. Es war offensichtlich, dass er das Gebet ignorierte.

»Oh, Herr«, begann Oltmanns. »Lass uns dankbar teilen: Freude und Leid, Leben und Nahrung. Hier miteinander an diesem Tisch, verbunden mit allen Menschen, die an dich glauben. Segne dieses Essen und unsere Tischgemeinschaft. Und strafe jene, die deinen Willen missachten. Amen.«

Henny konnte nicht verhindern, dass ihre Hände während des Gebetes wieder zu zittern begannen. Bei den letzten

Worten aber stieg Empörung in ihr auf. Wollte er Martens damit zurechtweisen?

Oltmanns griff nach Abschluss des Gebets beherzt nach einer Scheibe Graubrot und sagte aufgeräumt: »So, nun wünsche ich allen einen gesegneten Appetit!«

Vielleicht war es doch nur eine etwas verunglückte Formulierung gewesen und ohne böse Absicht. Dennoch behagte ihr das zeitweise anzügliche Verhalten Oltmanns nicht. Auch die reservierte Steifheit von Frau Oltmanns wirkte seltsam, fast bizarr. Dazu kam, dass die Spannung zwischen den beiden Eheleuten geradezu greifbar war und keinen ungezwungenen Umgang mit ihnen zuließ.

Henny kam der Gedanke, ob es nicht besser wäre, wieder abzureisen. Die Frage, ob *Die niederländischen Sprichwörter* echt oder unecht waren, war es nicht wert, sich einem tagelangen, quälenden Aufenthalt in der Dithmarscher Einsamkeit auszuliefern. Allerdings dürfte es bei dem momentan herrschenden Schneesturm unmöglich sein, den Hof zu verlassen. Ihr Käfer würde diese Strapazen auch nicht überstehen.

In die Stille des Augenblicks hinein sagte Frau Oltmanns mit leiser Stimme: »Ich gebe Ihnen nachher einen Schlüssel.«

Oltmanns warf seiner Frau einen überraschten Blick zu, dann sagte er zögernd. »Wenn Wiebke das macht ... gut! Sehr schön.«

»Danke!« Henny lächelte ihr zu. Frau Oltmanns straffte sich und widmete sich ihrem Frühstücksei.

Martens bestrich sich ein Brot mit Heidelbeermarmelade und aß es schweigend.

Henny war zwar nie jemand gewesen, die sich gern in den Mittelpunkt drängte, schon gar nicht jede Unterhaltung an sich zog, aber dieses schweigsame Frühstück belastete ihr Gemüt. Während sie ein Ei aus der Schale pellte, fragte sie: »Die Frau aus dem Blockhaus ... ich hatte sie gestern bei meiner Ankunft kurz gesehen. Wer ist das?«

Oltmanns schwieg und seine Frau tat es ihm gleich.

Henny hakte nach. »Auch ein Feriengast?«

»Nein!«, befand Oltmanns knapp und kniff die Lippen zusammen. Er schien nicht weiter darüber sagen zu wollen.

Frau Oltmanns hob den Kopf. »Sie heißt Freya. Freya Brunken.«, sagte sie schließlich und vermied es, ihren Mann anzusehen. »Freya ist ...«, sie suchte nach passenden Worten, »sie ist ... besonders. Sie ist geistig etwas zurückgeblieben.«

Es schien ihr nicht leicht zu fallen, darüber zu reden. Nach einer kurzen Pause fuhr sie fort: »Sie ist die Tochter eines Nachbarn. Er ist vor drei Jahren gestorben. Hat sich eine Kugel in den Kopf geschossen. Mein Mann hat Freya aufgenommen, ihr die Aufgabe übertragen, sich um die Hühner zu kümmern. Doch dann wurde sie schwanger.«

Sie hielt inne und rückte etwas verlegen ihren Haarknoten zurecht. »Wer der Vater ist ...« Sie ließ den Satz unvollendet und zuckte gleichgültig mit den Schultern. »Freya ist hochschwanger. Es kann jeden Tag so weit sein.«

Sie warf ihrem Mann einen eigentümlichen Blick zu, dann stand sie auf und ging in die Küche.

Henny sah Martens an, als könne er etwas zur Linderung ihrer Betroffenheit beitragen. Der aber zog nur unmerklich eine Augenbraue hoch. Es sollte wohl signalisieren, dass auch er die Situation befremdlich fand.

»Ich muss die Kühe melken«, sagte Oltmanns knapp, faltete seine Serviette zusammen und erhob sich.

Henny horchte auf. »Ach, ich dachte, Kühe werden immer

nur abends gemolken.«

Oltmanns hielt inne. »Nein, natürlich nicht! Interessiert Sie das?«

»Sehr sogar!«

Oltmanns setzte sich wieder.

»Normalerweise werden Kühe zweimal am Tag gemolken, morgens und abends. Da liegen Sie mit Ihrer Vermutung gar nicht so verkehrt. Wir aber haben schon vor Jahren umgestellt und melken unsere Schwarzbunten nur noch einmal am Tag. Das macht es für die Kühe entspannter und für uns natürlich auch. Wir müssen sie nicht mit proteinreichem Kraftfutter und Mais vollstopfen, ihnen reicht trockenes Heu und Grassilage. Das ist gesund und macht sie zufrieden. Der Milchertrag fällt dadurch zwar geringer aus, doch das nehmen wir für unsere Kühe gerne in Kauf. Durch achtsamen Umgang mit ihnen steigern wir ihr Wohlbefinden, ihre gesundheitliche Verfassung und letztendlich auch ihre Lebenszeit. Denn so wie wir unser Dasein dem Herrn zu verdanken haben, sind auch Kühe Geschöpfe Gottes. Wenn wir ihren Körper nutzen, uns zu ernähren, dann ist es auch unsere christliche Pflicht, ihnen das Dasein so angenehm wie möglich zu machen, ihnen die Fürsorge und den Respekt entgegenzubringen, die ihnen gebühren.«

Henny staunte, mit welcher Wärme, fast Zärtlichkeit Oltmanns über seine Kühe sprach. Unzweifelhaft waren sie für ihn mehr als nur lebende Automaten zur Nahrungsmittelproduktion.

»Eigentlich produzieren Kühe nur etwa acht Liter Milch am Tag, mehr benötigen sie für ihre Kälber nicht. Der Mensch aber hat sie rücksichtlos hochgezüchtet, um mehr und mehr und noch mehr Gewinn aus ihnen rauszuholen. Man pfercht sie zudem in viel zu engen Ställen mit viel zu kleinen Boxen zusammen, um mit möglichst wenig Platzbedarf das Maximum an Gewinn zu erzielen.«

Martens hatte den Ausführungen Oltmanns aufmerksam zugehört. »Und Sie halten Ihre Kühe anders?«

Die Frage war durchaus angebracht und klang auch unverfänglich. Dennoch hatte Henny das Gefühl, als hörte sie darin Zweifel heraus.

Überhaupt schien das Verhältnis zwischen Oltmanns und Martens aus irgendeinem Grund belastet zu sein. Aufgefallen war es Henny schon am gestrigen Abend, als Martens meist nur kurze, einsilbige Antworten auf Oltmanns Fragen gegeben hatte. Ein Gespräch, ein ernsthafter Austausch von Gedanken hatte zwischen ihnen nicht stattgefunden.

Und so sah Oltmanns Martens auch gar nicht an, sondern richtete seine Antwort an Henny.

»Wir haben einen Laufstall mit extra breiten Liegeboxen. Kühe liegen zwölf bis vierzehn Stunden am Tag, um zu ruhen und wiederzukäuen, da ist es wichtig, dass sie auch bequem in unterschiedliche Liegepositionen wechseln können.«

»Kommen Ihre Kühe auch mal raus?«, wollte Henny wissen. »Oder sind sie nur im Stall?«

Oltmanns lachte. »Sie sollten mal die Kühe sehen, wenn sie aus dem Stall kommen und auf die Weide gelassen werden, wie sie hinausstürmen und vor lauter Lebensfreude springen und herumtollen! Ja, unsere Kühe kommen natürlich sommers wie winters an die frische Luft.«

»Im Winter auch?«

»Ja, sicher! Aber bei dem momentanen Schneesturm ist daran natürlich nicht zu denken, da bleiben die Kühe lieber im Stall. Genauso wie die Schweine.«

»Schweine haben Sie auch?«

»Ja, ein Eber, eine Sau und ...«, Oltmanns sah Henny lächelnd an, »zehn kleine Ferkel. Sie haben einen besonders isolierten Stall hinterm Kuhstall. Gerade unsere Saugferkel benötigen kuschelige Wärme, so an die dreißig Grad. Daher muss deren Stall besonders gut geschützt und beheizt sein.«

Henny hatte sofort ein Bild von zehn kleinen Ferkeln vor Augen, die sich eifrig um die Zitzen der Muttersau balgten. »Och, dürfte ich mir die Ferkel mal ansehen?«

»Wenn der Schnee vorbei ist, gerne.«

Oltmanns wandte sich zum Gehen. »So, nun muss ich aber los. Wie's aussieht, werde ich mir den Weg erst noch freischaufeln müssen.«

Wohl eher aus Höflichkeit rief ihm Martens hinterher: »Kann ich helfen?«

»Das schaffe ich schon allein«, brummte Oltmanns, ohne sich umzudrehen.

Henny sah Martens an, ihr Blick verriet eine leichte Belustigung über die schroffe Antwort, die er gerade erhalten hatte. »Mich beeindruckt, wie Oltmanns über seine Kühe spricht. Da sind so viel Wärme und Zuneigung herauszuhören.«

Martens zuckte mit den Schultern. »Das stimmt, viel geredet hat er.« Dann sah er sie eindringlich an. »Darf ich ehrlich sein?«

Henny war irritiert. »Natürlich!«

Martens hielt einen Moment lang inne, unsicher ob er weitersprechen sollte. Dann plötzlich wischte er seine Gedanken beiseite. »Ach!«, winkte er ab. »Ich denke Unsinn. Entschuldigung! Vielleicht liegt es an den stürmischen Unbilden da draußen. Die machen einen ganz konfus.«

Jetzt erst nahm Henny das Heulen des Sturms und den klappernden Tumult, der damit einherging, wieder wahr. Da er seit gestern Abend ununterbrochen furiengleich ums Haus fegte, hatte sie ihn zuletzt gar nicht mehr bemerkt.

»So einen schweren Schneesturm habe ich auch noch nicht erlebt. Ich hoffe, es geht bald vorüber, ich würde gern die Umgebung kennenlernen.«

»Na ja, die ist zurzeit einfarbig weiß«, meinte Martens.

Henny betrachtete ihn nachdenklich. Er kam ihr auf eine sonderbare Weise bekannt vor. Wo hatte sie ihn schon einmal gesehen? Wo war er ihr begegnet? Sie verband sein Bild mit einer anderen Umgebung, einer anderen Atmosphäre. Vielleicht sogar mit einer anderen Zeit? Seine ebenmäßigen Gesichtszüge mit den energisch geschwungenen Lippen, seine wie fragend aufgeworfenen Augenbrauen, seine wachen blauen Augen, mit denen er immer etwas amüsiert dreinschaute – all das weckte Erinnerungen in ihr, die sie aber nicht zuordnen konnte. Auch die eigenwillige Art, in der er sein Haar trug, kam ihr irgendwie bekannt vor. Entgegen dem Zeitgeschmack trug er es nicht schulterlang, sondern in fülligen Wellen bis zu den Ohren, dabei aber so verwegen wuschelig, als habe er das Kämmen vergessen. Waren es widerborstige Wirbel oder war es Kalkül? Henny musste unwillkürlich lächeln: Martens – ein modischer Trendsetter?

»Sie lachen mich aus!«, beschwerte sich Martens in gespielter Empörung.

Henny zuckte schuldbewusst zusammen. »Oh, nein! Natürlich nicht!«, stammelte sie verlegen. »Ich war eben nur mit meinen Gedanken woanders. Entschuldigen Sie!«

»Sie machen sich Sorgen ums Wetter, stimmt's?« Er zuckte gleichmütig mit den Achseln. »Ich glaube, ganz so schlimm wird's nicht werden. Und dann sind wir hinter diesen starken Mauern ja auch bestens geschützt.«

Nach kurzer Überlegung setzte er hinzu: »Aber trotzdem, wenn ich mir diesen Rat erlauben darf: Seien Sie vorsichtig!« Es klang, als ob er damit nicht nur das Wetter meinte.

Da war sie wieder: Die Warnung. Vor was? Vor wem? Henny scheute ein Gespräch darüber. Sie war schon verzagt und unsicher genug, da wollte sie sich nicht noch zusätzlich ängstigen müssen. Sie hörte Frau Oltmanns in der Küche hantieren. »Ich werde mal fragen, ob Frau Oltmanns Hilfe benötigt«, sagte sie und stand schnell auf.

»Ja, eine gute Idee«, nickte ihr Martens zu.

Auf dem Weg zur Küche warf sie einen Blick auf das Bild von Anselm Feuerbach: *Junge Hexe, die zum Scheiterhaufen geführt wird* – ein bedrückendes Bild einer düsteren Epoche.

Sie steckte den Kopf zur Tür hinein. Es war eine recht geräumige Küche mit zwar bäuerlich rustikaler Einrichtung, aber dennoch hell, freundlich und von reinlicher Ordnung. Hier schien alles seinen Platz zu haben, auch wenn sich nach dem Frühstück nun das Geschirr auf dem Küchentisch stapelte und auf den Abwasch wartete.

»Kann ich helfen?«

Frau Oltmanns hatte sich für die Küchenarbeit eine kleingemusterte Kittelschürze umgebunden, die sicherlich noch aus den fünfziger Jahren stammte. Ohne aufzusehen, sagte sie: »Danke, aber das mache ich gern allein.«

Mit unbewegter Miene legte sie das Geschirr und Besteck in die Spüle. Plötzlich drehte sich um. »›Küchenarbeit ist der Frauen Vorrecht und gut zur Vermeidung von Müßiggang.‹ – Ich weiß nicht, wer das gesagt hat, aber wahrscheinlich hat er recht.«

Sie schüttelte sich das Spülwasser von den Händen und wischte sie an der Kittelschürze ab. »Warten Sie, der Zimmerschlüssel.«

Sie griff in die Schürzentasche und verharrte augenblicklich. Es schien, als überlege sie, ob es angebracht sei, den Zimmerschlüssel weiterzugeben. Schließlich zog sie ihn hervor und hielt ihn Henny entgegen. Es war ein einfacher Bartschlüssel mit einem ledernen Band, an dessen Ende ein hölzerner Schlüsselanhänger baumelte. Henny nahm ihn entgegen und besah sich den Anhänger. Er hatte die Form eines Engels mit ausgebreiteten Flügeln. Auf der einen Seite waren die Worte *Carpe diem* und auf der anderen Seite die Worte *Sed momento mori* eingebrannt.

»Besser, Sie schließen Ihr Zimmer ab«, murmelte Frau Oltmanns und blickte Henny mit dunklen Augen an. Dann widmete sie sich wieder ihrer Hausarbeit.

* ✞ *

Zur gleichen Zeit und nur etwa zweihundert Meter entfernt steckten Hans und Winfried fest. Sie ahnten nicht, wie nah sie Oltmanns Hof und damit einer rettenden, wärmenden Unterkunft waren. Der Hof verbarg sich hinter einer Baumgruppe, und selbst die war im dichten Schneetreiben fast nicht zu erkennen. Der Sturm riss unablässig losen Schnee von der Schneedecke auf und trieb ihn vor sich her. In den aufgewirbelten Schneeschleiern erstarb jede Sicht schon nach wenigen Metern im weißen Nichts.

Hans zog den Kragen der dicken wollenen Seemannsjacke

enger um seinen Hals. Es war kalt im Wagen, der Atem hatte sich auf den Scheiben niedergeschlagen und verhinderte damit vollends den Blick auf die Außenwelt.

Hans sah zu seinem Bruder, der sich auf dem Beifahrersitz zusammengekauert hatte. Unter den zahlreichen Jacken und Mänteln, in die er sich verkrochen hatte, war er kaum zu erkennen. Nur der Zipfel seiner Wollmütze ragte aus dem Kleiderberg, und an dessen sachtem, gleichmäßigem Auf und Ab erkannte Hans, dass sein Bruder noch fest im Schlaf verfangen war.

Gut so. Er hatte sehr unter den Schmerzen seiner verletzten Hand zu leiden, und so war Hans froh, dass sein Bruder gegen Morgen vom Schlaf übermannt wurde, kurz nachdem sie sich hier festgefahren hatten.

Er hatte tausend Überlegungen angestellt, wie sie aus dieser weißen Hölle wieder herauskommen könnten, doch ihm war keine Lösung eingefallen. Der Schneesturm hielt sie mit eisigem Griff gefangen. Der Wagen steckte in knietiefem Schnee und ließ sich weder vor- noch zurückfahren. An der dem Wind zugewandten Beifahrerseite türmte sich der Schnee bereits bis zu den Scheiben hoch.

Auszusteigen und zu versuchen, irgendwo einen warmen Unterschlupf zu finden, kam nicht in Frage. Bei diesem Wetter wäre es reiner Selbstmord, gegen Sturm und Schnee anzukämpfen, zumal ihnen das weiße Inferno da draußen keinerlei Orientierung bot. Ungewiss, ob sie auf kurzem Weg ein Haus, eine Siedlung erreichen würden. Die Gefahr, eine falsche Richtung einzuschlagen, sich von jeder Zivilisation zu entfernen und letztendlich in der weißen Unendlichkeit zu erfrieren, war zu groß.

Sein Atem gefror an der Frontscheibe. Gleich würde er wieder den Motor anlassen und für wenige Minuten laufen lassen, bis die Heizung genügend Wärme im Innenraum erzeugt hatte. Der Tank stand kurz vor Reserve. Allzu oft konnte er das nicht mehr machen, aber ein kurzes Aufheizen würde ihre Glieder wieder erwärmen und sie am Leben halten.

Vor ihren Verfolgern, wenn es denn welche gäbe, wären sie jedenfalls erst einmal sicher. Sie würden genauso im Schnee stecken wie sie. Die Umwege, die Hans gestern gefahren war, hätte er sich vielleicht sparen können. Die eisglatten Straßen hatten ein Vorwärtskommen sehr mühsam gemacht.

»Wo willst du hin?«, hatte Winfried gejammert und erbärmlich mit den Zähnen geklappert. »Ich friere, wenn du wo hinwillst, frier ich.«

»Halt durch!«, hatte ihn Hans beruhigt. »Wir müssen erst einmal raus aus der Stadt, und uns was zum Anziehen besorgen, damit wir in dieser Eiswüste eine längere Fahrt überhaupt durchstehen können.«

Sein Bruder hatte die Hand emporgereckt. »Das Blut pocht wie verrückt, wie verrückt pocht das!«

»Die Karre hier hat bestimmt einen Verbandskasten im Kofferraum. Ich kann aber jetzt nicht anhalten, erst einmal müssen wir möglichst weit weg. In Mildstedt kann ich dir einen neuen Verband anlegen.«

»Verdammte Scheiße! Was ist in Mildstedt, verdammt?«

»Brodersens Lager, da kriegen wir warme Klamotten.«

»Wer ist Brodersen?«

»Herrenoberbekleidung. Schon vergessen? Beim dem hatte ich nach dem Bootsbau eine Lehre als Verkäufer angefangen. Bis er mich rausgeschmissen hat, weil du bei ihm Socken geklaut hast.«

»Die passten mir doch gar nicht, die«, maulte sein Bruder.

»Jedenfalls hat Brodersen ein Lager in Mildstedt. Wenn das noch existiert, können wir uns da mit warmen Klamotten eindecken, ich weiß, wie man da ohne Probleme einsteigen kann.«

»Dann gib Gas!«, schrie Winfried und hielt seine Hand wie einen scheußlichen Fremdkörper von sich weg. »Ich verblute, verdammt nochmal, ich verblute!«

Über die Ostenfelder Straße gelangten sie schließlich nach Mildstedt. Angespannt lenkte Hans den Ford über die vereiste Hauptstraße. Während der Fahrt war der Regen unablässig gegen die Windschutzscheibe geprasselt und, sobald er den Boden erreicht hatte, sofort zu Eis gefroren.

Kurz vor dem Ortsausgang hatte Hans den Wagen ausrollen lassen, bis er die Einfahrt gefunden hatte, die zum Lager führte. Es war ein flacher, fensterloser Schuppen, der sich hinter einer verwilderten Hecke in eine dunkle Ecke des Grundstücks duckte. Vielleicht ein ehemaliger Hühnerstall.

Hans brachte den Wagen direkt vor dem Schuppen zum Stehen.

»Der Eingang ist auf der Rückseite«, sagte er zu Winfried. »Ich bin gleich wieder da.«

»Hm!«, brummte Winfried missgelaunt.

Der Schuppen lag im Dunkeln. Es gab keine Laterne, die das Grundstück beleuchtete. Obwohl sein letzter Besuch schon lange zurücklag, fand er sich im Dunkeln zurecht.

Nachdem er die eiserne Tür erreicht hatte, ging er in die Knie und tastete das Mauerwerk ab. Zwei Handbreit über dem Boden fühlte er schließlich den losen Ziegelstein und zog ihn unter leichtem Ruckeln aus dem Mauerwerk. In dem Hohlraum lag wie erwartet der Schlüssel.

Er öffnete die Tür, schlüpfte hinein, und erst als die Tür

wieder hinter ihm ins Schloss gefallen war, tastete er nach dem Lichtschalter. Flackernd sprangen die Leuchtstoffröhren der Deckenbeleuchtung an. Vor Entdeckung brauchte er keine Angst zu haben, aus dem fensterlosen Raum würde kein Licht nach außen dringen.

Dicht an dicht standen die Garderobenständer, aufgereiht wie einsame Güterwaggons auf den Abstellgleisen, bedeckt mit weißen Leinentüchern, die darübergeworfen waren, um die Jacken, Mäntel, Anoraks und Anzüge gegen Staub und Schmutz zu schützen. Die rechte Wand war zur Gänze mit mannshohen Regalen belegt, deren Inhalt ebenfalls vorsorglich mit weißen Leinentüchern abgedeckt war.

Er zog die Leinentücher von den Garderobenständern herunter, sichtete mit schnellem Blick die Kleidungsstücke und fischte zielstrebig ein Stück nach dem anderen heraus. In einem der Regale hatte er einen Wäschebeutel gefunden, in den er alles hineinstopfte: zwei dicke Seemannsjacken, wollene Wintermäntel, Pullover, Schals, Wollmützen und eine Mohairdecke.

Bei einem letzten Blick durchs Lager fiel ihm auf dem Zuschneidetisch ein Stapel ungeöffneter Packungen mit Keksen ins Auge. Daneben eine runde Dose mit Lebkuchen. Beides war wohl noch ein Überbleibsel der Weihnachtstage. Kurzerhand steckte er sie in den Wäschesack.

Eine achtlos über den Zuschneidetisch geworfene Jacke weckte sein Interesse. Es war eine dicke Fischerjacke aus schwerem Wolltuch mit breitem Reverskragen und zweireihigen Uniformknöpfen.

Schnell hatte er seine eigene Jacke abgestreift und die Fischerjacke angezogen. Sie passte, und mit einem zufriedenen Lächeln spürte er die wohltuende Wärme, die ihm die dicht gewebte Seemannsjacke spendete.

Unvermittelt überkam ihn ein schlechtes Gewissen. Er eilte zu den Garderobenständern zurück und warf die Leinentücher darüber. Dann löschte er pflichtschuldig das Licht, verschloss die Tür, legte den Schlüssel in das Ziegelsteinversteck zurück und beeilte sich, mit dem Wäschesack einigermaßen trocken durch den Regen zu kommen.

Er hatte das Auto noch nicht ganz erreicht, da jammerte ihm Winfried in höchster Erregung entgegen: »Wo bleibst du? Ich verblute, tu ich!«

Hans zog eine Seemannsjacke, die Wollmützen und die Mohairdecke aus dem Wäschesack und warf sie seinem Bruder zu.

»Zieh das über!«

Den Sack mit den restlichen Kleidungsstücken legte er auf den Rücksitz und entdeckte dabei im Fußraum vor der Rücksitzbank ein Kissen aus rotem Kunstleder mit Reißverschluss, einem aufgedruckten weißen Kreuz und der Aufschrift »Verbandkissen für Motorradfahrer«. Er warf es nach vorne in Winfrieds Fußraum.

»Hier! Für Mopedfahrer. Genau das Richtige, um deine Hand zu verbinden. Nur nicht hier. Wir müssen weg!«

Schlagartig verzog sich Winfrieds Gesicht zu einer wutverzerrten Maske, sein rechtes Auge schloss sich, seine Nasenflügel bebten, und schwer atmend stieß er hervor: »Was ... was ... du ... du ...« Sein Keuchen hatte sich hektisch gesteigert und Speichel rann ihm aus dem Mund. »Meine Hand ... jetzt!«

Hans legte seinem Bruder beruhigend die Hand auf den Arm. »Birne, ich verspreche dir, dass ich sofort den Verband wechseln werde, sobald wir aus der Schusslinie sind. Hier aber stehen wir wie auf dem Präsentierteller.«

Damit startete er den Wagen, ließ ihn auf die Straße zurückrollen und gab behutsam Gas. Auf dem eisglatten Boden fanden die Räder nur zögernd Halt, dann aber setzte sich der Ford langsam in Bewegung.

Unaufhörlich klackten die Scheibenwischer über die Windschutzscheibe und wischten den Regen zu Seite. Angespannt starrte Hans auf die Straße. Der rechte Scheinwerfer war kaputt und der linke nicht korrekt eingestellt. Er beleuchtete nur die ersten drei Meter vor dem Fahrzeug, und der Regen machte es nicht besser.

Hans wagte nicht, den Blick von der Fahrbahn zu nehmen. »Sag mal, Birne, was ist mit deinen Tabletten? Hast du die mit?«

»Nee, ich denk, die hast du!«

»Warum sollte ich?«

»Du hast sie doch zuletzt gehabt, hast du doch.«

Hans antwortete nicht darauf. Er ahnte, dass da etwas auf sie zukommen könnte, was noch schlimmer war als glatte Straßen.

»Scheiße!«, entfuhr es Winfried. Dann schwieg auch er.

Plötzlich, von einem Moment auf den anderen, war der Regen in Schnee übergegangen. Dicke, schwere Flocken gingen wie ein Perlenvorhang vor dem Auto nieder. Der Schnee warf das Licht der Scheinwerfer zurück und blendete Hans. Die Fahrt glich nunmehr einem Blindflug.

»Wo fahren wir überhaupt hin?« Winfried hatte sich wieder gefasst und bemühte sich angestrengt, die Seemannsjacke anzuziehen und sich in die Mohairdecke einzuwickeln. Seine verletzte Hand war ihm dabei keine große Hilfe.

»Erinnerst du dich an die leer stehende Fischhalle in

Büsum? Da fahren wir hin. Wenn wir Glück haben, gibt es da immer noch den alten Kohleofen, an dem wir uns wärmen können.«

Winfried sah seinen Bruder fragend an. »Nach Büsum? Wär's nicht besser, weiter weg, wäre das nicht? Nach Hamburg?«

Die Wollmütze, die er nur mit einer Hand aufgesetzt hatte, hing schief über seinem rechten Auge. Hans hatte trotz aller Umstände Mühe, sein Lachen zu unterdrücken.

»Bei dem Wetter kommen wir nicht weit. Ich hoffe, wir schaffen's überhaupt noch bis nach Büsum.«

Winfried zog sich die wärmende Decke bis ans Kinn und sah schweigend dem Schneetreiben vor dem Wagen zu. Obwohl der Ford nur langsam vorankam, war es, als flögen die Schneeflocken direkt auf sie zu, als führen sie in einen unendlichen Tunnel hinein.

Nach einer Weile hatte Winfried undeutlich gemurmelt: »Hansi, ich bin froh, dass du da bist.«

Normalerweise sprach er seinen Bruder nie mit Namen an. Nur in den seltenen Momenten inniger Zuneigung nannte er ihn Hansi. Hans warf Winfried einen schnellen Blick zu, bevor er sich wieder auf die Fahrbahn konzentrierte, und sein Herz wurde schwer. »Schon okay, Birne!«

Die vereiste Fahrbahn war durch den ersten Schnee, der sich darübergelegt hatte, noch schmieriger geworden. Hans hatte höllisch aufpassen müssen, nicht von der Fahrbahn zu rutschen. Doch je mehr Schnee sich auf der Fahrbahn gesammelt hatte, desto besser hatten die Reifen gegriffen. Das Steuern war etwas leichter geworden.

Immer wieder fegten Böen über die Straße und wirbelten den Schnee so hoch auf- und durcheinander, dass die Sicht nach vorn völlig verloren ging. Glücklicherweise waren sie allein unterwegs, kein anderes Fahrzeug war ihnen entgegengekommen. Vor allem aber hatte sich auch kein anderes Auto hinter ihnen blicken lassen.

Die Heizung hatte Hans auf die höchste Stufe gestellt. Dennoch spürten sie die Kälte, wenn sie den Seitenscheiben zu nahekamen.

Hans verlor in dem eintönigen Schneetreiben vor ihnen allmählich jedes Gefühl für die zurückgelegte Strecke und war sich über ihren Standort völlig im Unklaren. Wie weit war es noch bis nach Büsum? Würden sie es schaffen?

Mit jeder Minute verdichtete sich der Schneefall und schichtete sich höher und höher auf. Hans spürte, wie sich der Ford immer schwerer tat, durch den Schnee zu pflügen. Besorgt hörte er den Schnee bereits am Unterboden scheuern.

Er musste nach einer Ausweichmöglichkeit Ausschau halten. Bloß nicht im Schnee steckenbleiben! Nicht auf dieser Strecke! Da wären sie möglichen Verfolgern hilflos ausgeliefert.

Angestrengt hielt er nach einem Feldweg Ausschau, in den sie fahren und im Schutz eines Knicks oder Hains die Nacht verbringen und den Schneesturm abwettern konnten.

Da! Vor ihnen zeichnete sich die Silhouette eines toten Baumes ab, der mit seinen abgestorbenen Ästen bizarre Verrenkungen vor dem dunklen Nachthimmel auszuführen schien. Direkt hinter dem Baum schien es, als führe ein Feldweg von der Straße weg. Eine Fahrbahn war nicht erkennbar, aber die links und rechts aus dem Schnee herausragenden Pfosten ließen erahnen, dass zwischen ihnen ein Weg hineinführte.

Hans schlug kurzentschlossen das Lenkrad ein, und der Ford fuhr mit gefühlvollem Schwung in den vermuteten Weg hinein. Unter ihnen knirschte es, als der Wagen sich durch die Schneemassen mühte. Sofort bereute es Hans, in diesen Weg gefahren zu sein. Aber was wäre die Alternative gewesen?

Der Ford quälte sich vorwärts. Sie waren etwa hundert Meter in den Weg vorgedrungen, als ein kratzendes Geräusch ertönte und der Wagen mit einem Ruck stehenblieb.

Winfried zuckte erschrocken zusammen und sah seinen Bruder ängstlich an. »Was is?«

Hans versuchte, den Wagen durch Aufschaukeln mit Vorwärts- und Rückwärtsgang freizubekommen. Aber der Schnee hielt den Wagen mit eisiger Hand umklammert.

»Wir stecken fest!«

»Aber hier ist doch nichts. Kein Haus, kein Mensch und nichts ist hier!« Winfried sah ihn mit großen Augen angstvoll an.

»Ich weiß. Es hilft nichts, wir müssen hier abwarten, bis der Schnee aufhört, so kommen wir keinen Zentimeter weiter.«

Dann fügte er hinzu: »Zumindest werden uns Patatas Knechte hier nicht finden.«

Die Nacht war entsetzlich. Winfrieds Hand schmerzte, er jammerte sogar im Schlaf. Schmerz und Kälte weckten sie in regelmäßigen Abständen und Hans musste immer wieder den Motor einschalten, um den Innenraum wenigstens für kurze Zeit zu erwärmen.

Winfried war in seine Kleiderburg gewickelt gegen Morgen fest eingeschlafen. Hans war in dieser Nacht kein Tiefschlaf vergönnt. Er war froh, als sie die Nacht endlich überstanden hatte. Aber auch der Tag zeigte sich nicht hoffnungsfroh hell, sondern deprimierend grau-weiß und düster.

Die Wetterlage war unverändert, nach wie vor fegte der Sturm den unablässig fallenden Schnee über die Landschaft und hüllte den Wagen in weiße Gischt.

Hans spürte ein Bedürfnis. Sein verzweifelter Blick wanderte nach draußen in das weiße Chaos, aber es half nichts, er hatte schon zu lange gewartet, er musste raus.

Mit klammen Fingern zog er den Hebel unterhalb der Armlehne hoch, um die Tür zu öffnen. Er drückte dagegen, doch sie wurde vom Schnee blockiert. Hans drückte, presste und schob, aber sie gab nur wenig nach. Er langte in den offenen Spalt, den die Tür freigegeben hatte und schaufelte den Schnee mit der Hand zur Seite. Es war mühsam, der Schnee rutschte immer wieder nach. Schließlich war der Spalt so groß, dass er nach draußen schlüpfen konnte.

Sofort drückte der Wind einen Schub eisiger Luft mitsamt durcheinander wirbelnden Schneeflocken in den Innenraum. Winfried zog den Kopf ein und schlief weiter.

Hans drückte die Tür zu und stapfte mühsam durch den Schnee. Schon nach drei Schritten blieb er stehen und wandte dem Wind den Rücken zu. Die kalten Finger machten es schwierig, die Kleidung so weit zu öffnen, dass er sich erleichtern konnte.

Er musste versuchen, den Wagen ringsum vom Schnee zu befreien. Zum einen kühlte der dicht an der Karosserie liegende Schnee den Wagen zusätzlich aus, zum anderen brauchten sie Freiraum, um sich zumindest zeitweise nach draußen begeben zu können. Aber dafür brauchte er ein Werkzeug, mit bloßen Händen war das nicht zu schaffen. Vielleicht gab es im Kofferraum etwas Passendes. Hans stapfte zum Wagenheck. Der Wind riss an seiner Kleidung und bremste das Vorwärtskommen, das ohnehin beschwerlich war. Gegen den Wind fiel das Atmen schwer, und er wendete sein Gesicht ab.

Der Knopf zum Öffnen des Kofferraumes ließ sich nur schwer drücken, und als er es geschafft hatte, blieb er stecken, festgefroren. Hans legte seine Hand auf den Knopf und hoffte, damit den Mechanismus freischmelzen zu können. Er hielt es eine Minute lang aus, dann war seine Hand so klamm, dass es schmerzte.

Er beugte sich hinunter, hauchte gegen den Verschluss und legte die andere Hand darauf. Und siehe da, plötzlich löste sich der eingedrückte Knopf und sprang in die Ausgangsposition zurück. Hans drückte erneut – der Kofferraumdeckel sprang auf.

Allerlei Gerümpel hatte sich im Kofferraum versammelt: Verbandskasten, Warndreieck, Abschleppseil,ein leerer Benzinkanister, ein Kreuzschlüssel zum Lösen der Radmuttern, eine ölverschmierte Wolldecke und – Hans hätte schreien können vor Glück: drei Nummernschilder, mit denen man wunderbar Schnee schaufeln konnte.

Es waren drei unterschiedliche Kennzeichen, eins aus Kiel und zwei aus Flensburg. Ein Hinweis darauf, dass Patatas Leute offensichtlich wechselnde Nummernschilder für ihre kriminellen Machenschaften benutzten, aber das war Hans egal. Er hatte drei hervorragende Schneeschaufeln.

Unter der schmutzigen Wolldecke verbarg sich noch etwas. Hans hob die Decke an und eine blaue Sporttasche kam zum Vorschein. Sie hatte zwei Trageriemen, eine Seitentasche mit Reißverschluss. Hans hob die Tasche hoch. Sie war schwer. Er zog sie zu sich heran und öffnete den Reißverschluss.

In der Tasche lagen mehrere Schachteln Kellogg's Corn Flakes. Er nahm eine heraus, sie war viel zu schwer, um nur Corn Flakes zu enthalten.

Er schüttelte die Schachtel und hörte ein dumpfes Klappern. Als er sie öffnete fand er einen in Klarsichtfolie gewickelten braunen Block. Eine Ahnung beschlich ihn. Er wickelte den Block so weit aus, dass eine Ecke frei lag. Ein durchdringend süßlicher Duft stieg ihm in die Nase.

Hans wurde blass. Zwar kannte er sich auf diesem Gebiet nicht wirklich aus, aber er hegte keinen Zweifel: Kokain! Er öffnete die zweite Schachtel, dann eine dritte. In jeder Schachtel befand sich ein Block gepresstes Kokain. Hans zählte. Acht Packungen lagen in der Tasche.

Er wog eine Verpackung in der Hand. War das ein Kilogramm? Eher etwas weniger. Vielleicht ein halbes Kilo. Also lagen da wahrscheinlich vier Kilogramm Drogen vor ihm.

Ein ungutes Gefühl beschlich ihn. Rauschgift – damit wollte er nichts zu tun haben. Mit bebenden Fingern zog er den Reißverschluss der Sporttasche wieder zu und schob sie ganz nach hinten. Dabei entdeckte er eine weiße Plastiktüte, die hinter der Tasche gelegen hatte. Eine co op-Einkaufstüte. Argwöhnisch sah er hinein und zuckte erschrocken zurück: Die Einkaufstüte war prall gefüllt mit Hundert-Mark-Scheinen, Fünfhundertern und sogar Tausend-Mark-Scheinen, gebündelt und mit Gummibändern zusammengehalten.

Schlagartig wurde ihm klar, dass Patata nicht eher ruhen würde, bis er sie aufgespürt hatte.

* ✝ *

Es war erst ihr zweiter Tag im Haus der Oltmanns, und dennoch litt Henny bereits unter den wetterbedingten Einschränkungen. Sie fühlte sich eingeengt, ihr fehlte die Freiheit, hinauszugehen, die Weite der Landschaft zu genießen und die frische Luft einzuatmen. Der heftig tobende Schneesturm ließ diese Freiheiten nicht zu.

Unschlüssig stand sie in der Diele und überlegte, was sie mit dem Tag anfangen könnte. Frau Oltmanns war in der Küche beschäftigt, und Martens hatte sich in die Leseecke zurückgezogen und sich selbstvergessen in ein Buch vertieft.

Henny entschloss sich, ihr Zimmer aufzusuchen und einen Blick in die Bild-Zeitung zu werfen. Bis jetzt hatte sie die ja nur oberflächlich durchblättern können.

In diesem Moment polterte Walter Oltmanns herein. Mit jedem Schritt seiner schweren Gummistiefel hinterließ er kleine Pfützen auf dem Dielenboden. In eine dicke Arbeitsjacke und einen mehrfach um den Hals geschlungenen Schal gehüllt und über und über mit Schnee bedeckt, sah er aus wie ein sibirischer Pelzjäger am Ende einer erfolglosen Bärenjagd. Die Klappen seiner Fellmütze hatte er über die Ohren gezogen und mit einem Band unter dem Kinn zusammengebunden. Darüber leuchtete seine rot angelaufene Nase in einem vor Kälte gezeichneten Gesicht.

Henny hätte lachen mögen ob seines Anblicks, aber seine besorgte Miene hielt sie davon ab.

»Eine Katastrophe! Wie soll das gehen?«, fluchte er. Unwirsch streifte er seine Arbeitshandschuhe ab, warf sie achtlos zu Boden, schloss die Tür zu seinem Büro auf und verschwand, grummelnd vor sich hin schimpfend, darin.

Henny sah zu Martens hinüber, der die Augenbrauen hochgezogen hatte und nur fragend mit den Schultern zuckte. Er legte das Buch zur Seite und wartete das weitere Geschehen ab.

Durch die Tür konnten sie Oltmanns reden hören, anscheinend telefonierte er. Um was es ging, konnten sie aber nicht verstehen.

Nach wenigen Minuten kam er heraus, verschloss die Tür und sah Henny an, als würde er erst jetzt ihre Anwesenheit bemerken. Er schälte sich aus seiner Jacke, nahm den Schal ab und schüttelte verzweifelt den Kopf. »Es ist ein Desaster. Eine Katastrophe!«

Henny ahnte zwar, dass sie Oltmanns Probleme nicht würde lösen können, dennoch fragte sie: »Was ist denn passiert? Können wir helfen?« Unwillkürlich hatte sie mit ihrer Frage Martens mit einbezogen.

Wieder schüttelte Oltmanns den Kopf. »Die Milch wird nicht abgeholt.«

Er verbesserte sich: »Sie kann nicht abgeholt werden! Ich habe gerade mit der Molkerei telefoniert. Es ist den Milchwagen unmöglich, bei diesem Wetter die Höfe zu erreichen, sie bleiben im Schnee stecken.«

Henny sah ihn fragend an.

»Ich weiß nicht, wo ich die Milch lassen soll«, klagte Oltmanns. »Wir melken fast vierhundert Liter am Tag. Jetzt habe ich die Milch notdürftig auf verschiedene Behälter verteilt, aber das ist keine Lösung. Sie verdirbt! Und was ist morgen? Und übermorgen? Nach Auskunft der Molkerei wird uns der Sammelwagen noch einige Tage nicht anfahren können.«

Er seufzte erschöpft. »Der Schnee hat sich durch den Sturm teilweise mannshoch aufgetürmt. Zwei Stunden habe ich vorhin schaufeln müssen, bis ich endlich eine schmale Gasse zum Kuhstall freigeschaufelt hatte.«

Er ließ sich in einen Sessel plumpsen und begann schwer atmend die Gummistiefel abzustreifen. »Leere Behältnisse habe ich auch nicht mehr.«

Verzweifelt blickte er auf. »Ich kann die Milch doch nicht einfach wegkippen!«

Martens hatte sich aus dem Lesesessel erhoben. »Entschuldigen Sie, wenn ich mich einmische ...«

Oltmanns blickte mürrisch zu Martens auf, es gefiel ihm offensichtlich nicht, auf Martens eingehen zu müssen. So bequemte er sich nur zu einem kurzen »Ja?«.

»Was ist, wenn die Milch gekühlt wird?«

»Dann hält sie vielleicht vier oder fünf Tage.«

»Schaffen Sie doch die Milch nach draußen! Die Temperaturen ersetzen die beste Kühlanlage!«

Oltmanns hielt inne. Er hielt den Gummistiefel, den er gerade ausgezogen hatte, gedankenverloren in der Hand. Er schien zu überlegen. Dann setzte er den Stiefel ab.

»Das geht! Obwohl – trotzdem brauche ich dafür jede Menge leerer Behälter.« Dann streckte er abwehrend die Hand aus. »Nein, sagen Sie nichts, ich hab die Lösung: Wir werden draußen im Schnee eine Mulde schaufeln, mit Folie auslegen, die Milch reinschütten und mit Folie wieder abdecken.«

Er nahm den abgestellten Stiefel wieder auf und zog ihn an. »Das rettet vielleicht einen Teil der Milch. Zumindest wird sie für die Weiterverarbeitung noch brauchbar sein.«

Martens nickte verstehend. »Soll ich Ihnen helfen?«

Oltmanns winkte ab. »Nicht nötig! Erich wird mir helfen.«

»Erich?« Martens blickte sich fragend um. »Wer ist Erich?«

»Der Stallknecht. Er hat eine Einliegerwohnung mit separatem Eingang. Daher haben sie ihn noch nicht zu Gesicht bekommen.«

Henny horchte auf. Ein weiterer Mitbewohner? Das hörte sie mit Erstaunen. »Zum Frühstück hat er sich aber nicht sehen lassen.«

»Er versorgt sich selbst, lebt zurückgezogen und scheut die Gegenwart von Menschen. Erich ist …«, Oltmanns ließ den Satz kurz in der Luft hängen, bevor er ihn schnell vollendete: »Nun ja, etwas seltsam.«

Henny warf Martens einen prüfenden Blick zu, den aber schien die Neuigkeit nicht weiter zu stören. Er sprang auf. »Egal, sechs Hände schaffen es schneller als vier. Ich packe auf alle Fälle mit an! Ich ziehe mir nur schnell warme Sachen an. Haben Sie Gummistiefel für mich?«

Oltmanns nickte und machte sich auf den Weg in den Heizungsraum, die Stiefel zu holen. Martens verschwand in seinem Zimmer, um sich umzuziehen.

Henny hatte die kleine Annäherung zwischen Oltmanns und Martens mit Erleichterung registriert. Vor allem war sie froh, dass ein Weg gefunden war, die frische Milch vor der Vernichtung zu bewahren. Sie ging in die Leseecke und wartete den weiteren Verlauf der Dinge ab.

Auf dem Beistelltisch lag das Buch, in dem Martens gelesen hatte. Neugierig nahm sie es auf und besah sich den Titel. »Hurra, wir leben noch« von Johannes Mario Simmel.

Sie hatte von Simmel »Es muss nicht immer Kaviar sein« gelesen – ein spannendes, gleichermaßen amüsantes Buch über den Kalten Krieg, Geheimdienste, Doppelagenten und die Liebesabenteuer eines reichen Bankers und Lebemannes, garniert mit zahlreichen Kochrezepten.

Simmel war sicher eine gute Lektüre in der Ödnis eines vom Schnee eingeschlossenen Bauernhauses. Sie legte das Buch auf den Tisch zurück, da spürte sie einen kalten Luftzug an den Beinen. Die Außentür zwischen Heizungsraum und Werkstatt klappte zu, und kurz darauf stand Freya Brunken in der Diele. Zumindest nahm Henny an, dass die Frau, die schneebedeckt und durchgefroren vor ihr stand, Freya war.

Sie war vielleicht Anfang zwanzig, dünn, hatte ein farbloses Gesicht mit einer Haut wie aus Wachs und einer spitzen Nase. Die kurzen Haare sahen aus, als wären sie in flüchtiger Heimarbeit geschnitten worden. Sie trug einen grob gestrickten braunen Wollpullover über einem langen, bunt gemusterten Rock, darunter eine wollene Trainingshose und Stiefel.

Sie war unübersehbar schwanger. Unschlüssig blieb sie stehen, ihre Hände krampften sich um den Henkel eines geflochtenen Korbes, der bis zum Rand mit Eiern gefüllt war. Sie blickte Henny mit ernstem Blick an, stumm und regungslos.

Henny stand auf, ging auf sie zu und sagte fröhlich: »Hallo! Sie sind sicher Freya, stimmt's? Ich habe Sie schon bei meiner Ankunft gesehen, als sie aus dem Blockhaus geschaut haben.«

Sie streckte ihr die Hand zum Gruß hin. »Ich bin Henny. Henny Butenschön.«

Freya rührte sich nicht. Beide Hände umklammerten fest den Korb, ihr Blick war unverwandt auf Henny gerichtet. Verlegen zog Henny ihre Hand zurück und überspielte die Situation. »Schön, dass wir uns kennenlernen.«

Ohne den Blick von Henny abzuwenden, hob Freya den Korb leicht an und sagte: »Eier.«

Henny wusste nicht so recht, was sie darauf antworten

sollte. Sie gab sich den Anschein, als betrachte sie wohlwollend jedes einzelne Ei und gab dann ihr Urteil ab: »Das sind sehr schöne Eier.«

Sofort schämte sie sich für die alberne Bemerkung. Überhastet versuchte sie, ihre ungeschickte Äußerung zu verbessern und machte es doch nur noch schlimmer: »Das sind gute Hühner.«

Glücklicherweise erschien Frau Oltmanns und erlöste sie. »Freya bringt mir jeden Tag die Eier ins Haus.« Ohne ein weiteres Wort nahm sie Freya den Korb aus der Hand und ging damit in die Küche zurück.

Währenddessen hatte Freya ihren durchdringenden Blick nicht von Henny genommen. Sie wies mit einer kraftlosen Bewegung auf die davoneilende Frau Oltmanns und lächelte zu ersten Mal: »Hühner! – Eier!«

Henny spürte aufkommende Zuneigung zu dieser Frau und blickte sie liebevoll an. Vielleicht war es ihre Hilflosigkeit oder auch ihre seltsam anmutende, schlichte Verhaltensweise, dass Henny das Bedürfnis hatte, sie in den Arm zu nehmen und zu trösten. Aber brauchte sie überhaupt das überhaupt? Sie schien sichtbar zufrieden zu sein, im Reinen mit sich und der Welt.

»Hühner!«, wiederholte Freya und strahlte Henny stolz an.

»Ja«, nickte Henny. »Sie kümmern sich um die Hühner und holen die Eier. Das ist gut!«

Freya strich über ihren stark gewölbten Bauch, verlor plötzlich ihr Lächeln, drehte sich abrupt um und verschwand wieder. Henny hörte die Tür klappen. Erneut fegte ein eisiger Luftzug durch den Raum.

Henny stand einen Moment lang unschlüssig da, dann fühlte sie den Schlüssel in ihrer Hosentasche und machte sich auf den Weg zu ihrem Zimmer.

Vor der Tür verharrte sie. Oltmanns hatte tatsächlich einen fünfzackigen Stern mit weißer Kreide an ihre Tür gemalt. Das also war der Drudenfuß? Ein Pentagramm, das in einem Strich durchgezogen war, ähnlich wie sie es von Zeichnung *Das ist das Haus des Nikolaus* kannte. Und wie nannte man das hier? *Vor dieser Bude stoppt die Drude?* Unlustig schüttelte sie den Kopf. Nun ja, wenn es hilft ...

Sie betrat das Zimmer und schloss die Tür. Sie zog den Schlüssel aus der Tasche und besah ihn sich noch einmal. *Carpe diem* war ihr als reichlich abgenutztes Zitat geläufig. Nutze den Tag. *Sed momento mori* aber sagte ihr nichts. Mori schien auf etwas abzuzielen, das mit dem Tod zu tun hatte. Der Engel – vielleicht sollte er der Todesengel sein. Ein merkwürdiger Schlüsselanhänger.

Henny steckte den Schlüssel ins Schloss, drehte ihn und prüfte, ob die Tür nunmehr verschlossen war. Sie nickte zufrieden und legte sich aufs Bett.

Das Heulen des Sturms versuchte sie auszublenden.

* ✝ *

»**D**as ist doch Schwachsinn! Bei dem Wetter! Questo è stupido!«

Raffaele stand am Fenster und starrte missgelaunt in die graue Suppe, die der Sturm mit dem dicht fallenden Schnee zusammenrührte. Das Licht war trübe, zu dunkel für den späten Vormittag. Der Schnee lag kniehoch, und an allen Hindernissen, die sich dem Schneegestöber in den Weg stellten, hatten sich bereits Schneeverwehungen aufgetürmt.

»Wir fahren!«, befand Matteo knapp. Er knöpfte seinen Wollmantel zu. »Erstens müssen wir weg, bevor Bolke sich befreien kann, und zweitens müssen wir die beiden Idioten aufspüren.«

Er warf Raffaele einen abschätzigen Blick zu. »Oder bist du scharf darauf, einbetoniert zu werden?«

Er ergriff die lose herunterhängenden Gürtelenden seines Mantels und knotete sie zusammen.

»Die nächste Anlaufstelle ist die alte Halle im Büsumer Hafen. Wahrscheinlich verstecken sich die Deppen da.«

Mit den Schulterpolstern in dem kleingemusterten Pepita-Wollmantel und der mit dem Gürtel eng zusammengezogenen Taille sah der schmale Matteo durchaus imposant aus. Klein zwar, aber breit.

Raffaele blickte stumm aus dem Fenster. Er wusste, dass sich ihnen keine andere Möglichkeit bot, als den beiden Brüdern hinterherzujagen und ihnen den Stoff abzunehmen. Und das Geld. Hätte er es bloß nicht im Auto gelassen. Und wäre er bloß nicht so schnell gelaufen, dann wäre er nicht ausgerutscht und hätte nicht den Schlüssel verloren. Hätte, wäre, könnte! Am meisten bereute er, die Brüder nicht schon gestern Nachmittag in dem Gartenhaus erschossen zu haben.

Er fühlte sich kraftlos, leer und ausgebrannt. In zwei Tagen war Silvester, da wollte er eigentlich bei seiner Familie in Duisburg sein. Sein Onkel betrieb dort eine Pizzeria und hatte den engsten Familienkreis eingeladen, zweiunddreißig Leute. Das würde eine fröhliche, ausgelassene Feier werden. Mit viel Wein, Pasta, Gesang und Geschichten aus der Heimat und dem Knast. Nun würde das alles ohne ihn stattfinden.

»Was ist?« Matteo hatte sich die Handschuhe angezogen

und wartete.

»Ich weiß nicht.«

Matteo ging langsamen Schrittes zum Fenster und stellte sich neben Raffaele. »Was weißt du nicht?«

»Der Schnee.«

»Ja. Der Schnee. Und?«

»Vielleicht sollten wir noch einen Tag warten. Vielleicht wird das Wetter morgen besser.«

»Vielleicht. Vielleicht aber auch nicht.«

Raffaele schüttelte den Kopf. »Ich hab Angst, dass wir da nicht durchkommen und irgendwo im Schnee steckenbleiben. Mitten in der Walachei. Was machen wir dann? Hier sind wir wenigstens sicher.«

Matteo ersparte sich eine Antwort. Natürlich würde sie hier keiner vermuten. Nachdem sie Hennar Bolke in Wesselburen ihre Aufwartung gemacht hatten, waren sie auf der Suche nach einer warmen Unterkunft auf die Hebbel-Schule gestoßen. Während der Weihnachtsferien war die Hauptschule leer. Dort einzubrechen, war ein Kinderspiel gewesen. Im Lehrerzimmer hatten sie es sich so gemütlich gemacht, wie es die Verhältnisse zuließen. Aus dem Erste-Hilfe-Raum hatten sie einen Stapel Wolldecken herbeigeschleppt. Die wärmten auch bei ausgeschalteter Heizung.

Essbares hatten sie leider nicht gefunden, nur jede Menge Bücher, Hefte, Kreide, Lineale, Tintenfässer, einen überdimensionalen Zirkel und einen Matritzendrucker mit Handkurbel. Matteo hatte es sich nur oberflächlich angesehen. Es weckte schlechte Erinnerungen an seine Schulzeit.

An der Stirnseite des Raumes hatte Matteo das große Porträt eines Mannes mit hoher Stirnglatze und Vollbart entdeckt, der mit strengem Blick in den Raum sah.

»Cavolo«, hatte Matteo ausgerufen. »Der Typ hier sieht aus, als hätte er eine warme Mahlzeit verpasst.«

Raffaele hatte das nicht interessiert. Er hatte sich bereits in die Wolldecken gewickelt.

Matteo hatte sich das Bild genauer angesehen. »Christian Friedrich Hebbel. 1813 Wesselburen – 1863 Wien. Ey, der ist hier geboren!«, hatte er nüchtern festgestellt. »Genau so sieht der auch aus!«

Unter dem Bild stand ein Vers geschrieben, den Matteo laut vorgelesen hatte:

»Hab Achtung vor dem Menschenbild,
Und denke, daß, wie auch verborgen,
Darin für irgendeinen Morgen
Der Keim zu allem Höchsten schwillt!«

Matteo hatte sich kopfschüttelnd abgewandt. »Wie kann man nur so 'ne Scheiße schreiben!«

Nun standen sie beide vor dem Fenster und blickten einer beschwerlichen und ungewissen Fahrt entgegen. In Büsum hätten sie hoffentlich mehr Glück. Ihr Besuch bei Bolke hatte sie nicht weitergebracht.

Bei dem Gedanken an den widerspenstigen Bolke stahl sich ein zynisches Grinsen in sein Gesicht. Mio dio, hatte der sich gewehrt! Bolke war die erste Anlaufadresse gewesen. Es war ihnen nicht schwergefallen, ihn ausfindig zu machen. Sie hatten einfach an der ersten Telefonzelle, auf die sie in Wesselburen stießen, angehalten, aus dem darin ausgelegten Telefonbuch wahllos eine Telefonnummer angerufen und nach Hennar Bolke gefragt.

Die ersten drei Nummern waren Fehlanzeigen. Eine Frau, die nichts verstanden und ständig »Werner, bist du das?« gefragt hatte. Danach ein Mann, der keinen Bolke kannte.

Schließlich eine überreizte Frau, die den Hörer aufgenommen und sofort wieder aufgelegt hatte, nachdem sie ein unmissverständliches »Hau ab, elender Mistkerl!« in den Hörer gebellt hatte.

Beim vierten Versuch hatte sich ein älterer Herr gemeldet, der natürlich Hennar Bolke kannte. »Klar, kenn ich den. Den kennt doch jeder. Der ist Koch in Büsum --- Wo der wohnt? Na, in der Dohrnstraße, gegenüber vom Friedhof, in so 'nem bröckeligen Haus. Hat er geerbt von seiner Mutter. Die ist vor zwei Jahren gestorben. Einen Monat, nachdem ihr Mann nach einem Herzinfarkt tot aus einem Nachtclub in Husum getragen wurde. Na ja, sie hat wohl nicht verknusen können, dass er da ohne sie durch die Betten getobt ist. --- Hausnummer weiß ich nicht. Aber im Vorgarten haben die eine Schaukel stehen, und eine von diesen albernen Kapitänsfiguren. Können Sie gar nicht verfehlen.«

Matteo hatte sich freundlich bedankt und dem alten Herrn einen guten Rutsch ins neue Jahr gewünscht.

Trotz der Glätte hatten sie nur zehn Minuten später vor dem Haus gestanden. Die Zufahrt zum Haus war durch den Dauerregen aufgeweicht, dann bei dem einsetzenden Kälteeinbruch gefroren, sodass man sehr gut die Reifenspuren erkennen konnte, die ein Fahrzeug vor Kurzem hier hinterlassen hatte. Nach dreimaligem Klingeln hatte ihnen ein fetter Mann in dreckigem Unterhemd geöffnet. Sein dicker Bauch hing schlaff über einer unappetitlich fleckigen Trainingshose.

»Sind Sie Bolke? Hennar Bolke?«

»Was gibt's?«

Matteo hatte sich nicht erst die Mühe gemacht, ihr Anliegen zu erklären, sondern Bolke mit gezogener Pistole ruppig ins

Haus zurückgestoßen.

Im Halbdunkel des düsteren Wohnzimmers hatte sich Bolke ächzend in einen schmuddeligen Sessel fallen lassen. Mit schreckensweiten Augen hatte er Raffaele hinterher geglotzt, der mit seiner Pistole im Anschlag vorsichtig die Treppe ins obere Stockwerk stieg.

Matteo hielt seinerseits die Pistole auf Bolke gerichtet. Sein Blick war zum Küchentisch gewandert, der wohl den fehlenden Couchtisch ersetzen sollte. Außer einer Flasche Astra Urtyp und einer Untertasse, auf der ein zur Hälfte verzehrtes Mettbrötchen auf sein Ende wartete, lagen ein Fix-und-Foxi-Heft und mehrere abgegriffene Groschenromane verstreut.

Matteo hatte nach einem der Romanheftchen gegriffen und angewidert das Gesicht verzogen. »*Der Landser! Kampf ohne Erbarmen!* Sag mal, was bist du denn für ein Arschloch?«

Bolke hatte sich in seinem Sessel klein gemacht und Matteo mit flackernden Augen beobachtet, der das nächste Heft aufgenommen hatte. »*Die Eishölle von Demjansk.*« Er griff nach dem nächsten. »*Das Inferno von Arnheim*. Und hier – das ist auch hübsch: *Kesselschlacht in der Tundra*.«

Das Heft hatte er Bolke geradewegs ins Gesicht geworfen. »Und für den Mist gibst du eins fünfzig aus?«

Raffaele war zurückgekommen. »Da oben ist keiner.«

Dann hatten sie sich Bolke vorgenommen.

Matteo sah nachdenklich aus dem Fenster des Lehrerzimmers. Bei dem Gedanken an den Fettkloß verzog er das Gesicht. Natürlich, er hatte durchaus Spaß daran, andere Menschen zu malträtieren. Vor allem, weil man ihn aufgrund seiner schmächtigen Figur unterschätzte und als halbe Person abtat. Umso mehr genoss er den Triumph, wenn er am Ende seiner scharf durchgeführten Leibesertüchtigungen bekam, was er wollte, mochten sich die Delinquenten anfänglich noch so sehr gesträubt haben.

Bei Bolke war das irgendwie anders. Matteo war es zuwider gewesen, diesen schwabbeligen Fettsack in die Mangel zu nehmen. Nur Patatas Auftrag, den Aufenthalt der beiden Brüder in Erfahrung zu bringen, hatte ihn seine Arbeit machen lassen. Und die machte er gründlich.

Auf anfänglich freundliche Fragen nach den Brüdern Hans und Winfried hatte Bolke aufbrausend reagiert und jegliches Wissen darüber abgestritten. Dann hatte Matteo seine Fragen etwas energischer vorgetragen. Das führte zwar zu erheblichem Lärm und Geschrei im Haus, leider aber zu keinem Ergebnis.

Matteo kannte das. Einfaltspinsel, die Tankstellen überfielen und sich drei Tage lang über eine Beute von zwanzig Mark in Kleingeld freuen, konnten stur sein. Matteo aber auch.

Als er mit Bolke fertig war, war der nur noch ein leise vor sich hin wimmerndes Bündel. Gemeinsam mit Raffaele hatte er den Fettsack auf einen Teppichläufer gerollt und ins Badezimmer gezogen, eine dünne Blutspur hinter sich her ziehend. Die versiffte Trainingshose blieb im Wohnzimmer liegen.

Sie hatten ihn neben der Badewanne gegen den Heizkörper gelehnt. Mit einem letzten Blick auf den zitternden Bolke hatte Matteo die Tür zugezogen, abgeschlossen und den Schlüssel draußen in den Schnee geworfen.

Später im Auto hatte ihn Raffaele gefragt, ob es denn wirklich nötig gewesen war, den fetten Bolke dermaßen durch den Wolf zu drehen. Matteo hatte nicht gleich geantwortet. Mit zusammengekniffenen Augen hatte er in den wilden Tanz gestarrt, den die Schneeflocken vor ihrem Wagen aufführten. Angetrieben vom Wind prallten sie trotz langsamer Fahrt in rasantem Stakkato auf die Windschutzscheibe. Dann, mitten in das Klacken der Scheibenwischer, hatte er tonlos, beinahe beiläufig, gesagt: »Im Wohnzimmer lag ein Landserheft: *Die Schlacht um Sizilien.*«

»Ja und? Da lagen viele Hefte rum.«

Matteo hatte einen Moment gezögert, bevor er eine Antwort gab. Seine Stimme klang bitter.

»Mein Onkel in Mascali – das ist ein kleiner Ort an der Westküste Siziliens – wurde vor den Augen seiner Frau und seiner kleinen Tochter von den Nazis erschossen, weil er einen Juden in seinem Ziegenstall versteckt hielt. Danach haben sie die Ziege erschossen und den Juden verschleppt.«

Raffaele hatte daraufhin nichts mehr gesagt. Dafür hatte er Verständnis.

Matteo sah dem Schneetreiben vor der Schule zu. Er fragte sich, ob Bolke sich wohl befreit haben könnte, oder ob er sich immer noch an dem Heizkörper erwärmte. Matteo schnaufte einmal durch, dann gab er sich einen Ruck.

»Hilft nichts, wir müssen los!«

Er drehte sich um und ging zur Tür. Er war schon auf dem Flur, als er bemerkte, dass er allein war. Er ging ins Lehrerzimmer zurück. Raffaele stand immer noch am Fenster.

»Hast du nicht gehört? Wir fahren weiter.«

Raffaele rührte sich nicht. »Bei dem Wetter rauszufahren, ist Selbstmord!«

»Hast du das immer noch nicht begriffen? Nicht rauszufahren und Patata ohne Ware gegenüberzutreten – das ist Selbstmord.«

Raffaele schüttelte heftig den Kopf. »Morgen! Morgen kriegen wir die – wenn's aufgehört hat zu schneien. Jetzt ist das doch der reine Wahnsinn!«

Matteos Miene verdunkelte sich. Er griff in die Manteltasche, zog seine Pistole hervor und entsicherte sie mit einem hörbaren Klacken. »Wir gehen! Jetzt!«

* ✝ *

Hans musste alle Kraft aufwenden, um den Kofferraumdeckel zu schließen. Der Wind drückte mit Macht dagegen. Er versuchte, einen klaren Gedanken zu fassen. Die Tasche mit den Drogen, die Tüte mit dem Geld – er war unfähig zu begreifen, was das bedeutete, welche Folgen es für sie haben könnte. Das alles erschien ihm wie ein irrer Traum. Aber die eisige Kälte, die ihm in die Kleider drang und der Sturm, der ihm den Schnee nasskalt ins Gesicht peitschte, brachten ihm Gewissheit über die nicht zu leugnende Realität.

Mit der Plastiktüte in der Hand eilte er zur Fahrertür zurück. Der Sturm riss und zerrte an seinen Kleidern, und als er die Tür öffnete, drückte der schneidende Wind dagegen und wehte eine ganze Breitseite Schnee in das Wageninnere.

Winfried sah Hans mit wildem Blick entgegen. Die verletzte Linke hielt er in die Höhe und in der Rechten hatte er eine Pistole, die auf Hans gerichtet war.

Hans wich ruckartig zurück und drehte sich zur Seite. »Bist du verrückt? Was soll die Pistole?«

»Die war im Handschuhfach, war die.«

Hans hielt sich vorsorglich in seitlicher Deckung. Der Sturm hatte ihm die Tür aus der Hand gerissen, die nun offenstand und ungehindert Schnee in den Wagen ließ.

»Du kannst doch nicht auf mich zielen«, schrie er gegen eine heulende Böe an, die noch mehr Schnee in den Wagen blies. »Nimm die Waffe runter!«

»Die ist doch nicht geladen, ist die nicht«, schrie Winfried zurück, angestrengt damit beschäftigt, den hereinwirbelnden Schnee von seiner Kleidung zu befreien. Und weil er dabei die Pistole nicht aus der Hand gelegt hatte, betätigte er bei seinen hektischen Bewegungen unbeabsichtigt den Abzug.

Mit peitschendem Knall löste sich ein Schuss. Die Kugel durchschlug das Blech im Fußraum der Fahrerseite, hinterließ eine Handbreit neben Hans' linkem Bein ein walnussgroßes Loch und zerfetzte den dahinter liegenden Reifen. Mit einem asthmatischen Pfeifen sackte der Wagen augenblicklich ab.

Hans hatte sich gerade wieder vorgebeugt, als der Schuss direkt neben ihm durchs Blech fuhr.

»Bist du wahninnig?«, schrie er. »Leg die Pistole weg!«

Winfried hielt die Waffe unschlüssig in der Hand und betrachtete sie ratlos. Er sah so betreten drein wie ein Schuljunge, der beim Turnen an der Reckstange in die Hose gepinkelt hatte.

»Leg das Ding weg, sofort!«, schrie Hans noch einmal. Wie gelähmt, noch gefangen in fassungsloser Verwunderung, legte Winfried die Pistole auf dem Armaturenbrett ab.

Hans schwang sich in den Wagen, zog eilig die Tür zu und sperrte damit das Schneegestöber aus. Augenblicklich klang auch das Gejammer des Sturmes gedämpfter.

Winfried deutete entschuldigend auf die Pistole. »Ich dachte, die wäre leer, wäre die.«

»Du kannst doch nicht mit der Waffe in der Gegend herumfuchteln, ohne sie vorher zu überprüfen. Mensch, Birne! Du hättest mich beinahe erschossen!«

»Och, Hansi!«, sagte Winfried weinerlich.

Doch sofort begehrte er wieder auf: »Ich hab doch keine Ahnung von Pistolen, hab ich nicht. Wie soll ich wissen, ob da Patronen drin sind, da drinne?«

Hans schüttelte den Kopf und griff vorsichtig nach der Waffe. Auch er hatte noch nie eine Pistole in der Hand gehabt, noch nicht mal eine aus der Nähe gesehen. Aufmerksam drehte und wendete er sie in den Händen und betrachtete sie eingehend.

»Hier ist was eingraviert: SIG Sauer P6. Und auf dieser Seite sind Hebel ...«

Er betätigte vorsichtig einen davon. Augenblicklich rutschte das Magazin aus dem Pistolengriff und fiel ihm auf den Schoß. Hans nahm es auf. »Patronen. Das Ding ist geladen!« Er besah sich das Magazin von allen Seiten. »Sechs Stück.«

»Ey!«, rief Winfried. »Da kann man ja noch richtig mit rumballern!« Er strahlte in beinahe kindlicher Freude. »Genau das Richtige für Silvester, ist das doch!«

Hans warf seinem Bruder einen zweifelnden Blick zu. »Ich glaube, davon sollten wir lieber die Finger lassen.« Er zeigte auf das Einschussloch. »Siehst, ja, was dabei rauskommt.«

»Was ist?«, brauste sein Bruder auf. »Kleines Loch und 'n Platten, na und? Wegfahren können wir hier ja sowieso nich mehr, können wir nich.«

»Trotzdem müssen wir uns ja nicht gleich gegenseitig erschießen«, sagte Hans und verstaute Pistole und Magazin getrennt im Handschuhfach. »Im Übrigen liegen im Kofferraum kiloweise Drogen rum. Kokain!«

»Was?« Winfried fuhr herum.

»Und dann war da noch was.« Hans zog die co op-Tüte hervor und gab sie Winfried. »Mach auf!«

Winfried hielt die verbundene Hand möglichst weit von sich, mit der gesunden Hand öffnete er die Tüte. Sekunden später riss er die Augen auf und zerrte mit raschem Griff ein Bündel Geldscheine hervor. »Ich werd irre, werd ich!«

Er hielt Hans entgeistert die Scheine hin. »Was ist das? Wieviel? Das sind alles Scheine! Wo hast du die her?«

»Lag hinter der Tasche mit dem Kokain.«

»Mann inne Tünn!« Winfried starrte in die Tüte an, versank fast mit dem Kopf darin. Dann langte er hinein, holte ein Bündel nach dem anderen raus und schichtete sie auf seinem Schoß auf. Die leere Tüte schob er Hans rüber.

»Wir sind reich! Endlich reich!«

Hans nahm die leere Tüte und strich sie sorgfältig glatt. »Das ist genau das, was mir nicht gefällt. Dass wir das Auto geklaut haben, wird Patata ärgern. Dass wir ihm auch noch das Kokain und einen Haufen Bargeld abgenommen haben, wird ihn zur Weißglut bringen. Ich fürchte, er hat schon längst seine Bluthunde auf unsere Spur gehetzt. Wenn die uns erwischen, werden sie kurzen Prozess mit uns machen.«

In quälender Erinnerung an den gestrigen Abend fügte er hinzu: »Du weißt, mit welch perverser Lust dieser geölte Lackaffe Menschen quält.«

»Itaker!«, sagte Winfried verächtlich, ließ sich aber nicht weiter darauf ein, er war zu aufgeregt und beschäftigt, das Geld zu zählen.

Hans sah ihm zu. Ab und an meldete sein Bruder Zwischenergebnisse. »Fünftausend«

Hans sagte nichts.

»Zehntausend.«

Hans hob die Augenbrauen hoch.

»Zwanzigtausend!«

Hans gefiel es immer weniger. Mit jeder höheren Summe wurde ihm mulmiger zumute. »Sie werden uns jagen, sind uns ganz bestimmt schon auf den Fersen!«

Er blickte besorgt nach draußen. Die Scheiben waren von ihrem Atem beschlagen. Die Kälte kroch ihm die Beine hoch. Der Fußraum war durch den hereingewehten, mittlerweile geschmolzenen Schnee nass und kalt. Er griff zum Lenkradschloss und startete den Motor. Schnell drehte er das Gebläse der Heizung runter, denn zunächst würde es ohnehin nur kalte Luft herauspusten.

»Siebenundzwanzigtausenddreihundertvierzig Mark!«

Hans zeigte auf das Verbandkissen zu Winfrieds Füßen. »Gib mal her. Du brauchst einen neuen Verband.«

»Mann, was können wir jetzt alles kaufen, können wir!«

»Nichts«, sagte Hans. »Zumindest nicht, solange wir hier feststecken. Und wenn du mir jetzt nicht gleich das Verbandszeug gibst, kriegst du 'ne Blutvergiftung und krepierst hier im Auto als reicher Mann.«

Winfried bückte sich und reichte seinem Bruder das Verbandszeug. »Wir müssen hier weg, müssen wir.«

Aus dem Verbandkissen zog Hans eine Schere und begann, vorsichtig den Verband an Winfrieds Hand aufzuschneiden. Die einzelnen Lagen der Mullbinde waren durch das getrocknete Blut miteinander verklebt und ließen sich nicht einfach abwickeln. Immer wieder musste er die Schere einsetzen.

»Guck doch mal aus dem Fenster. Wir können nicht einfach aussteigen und davonschlendern.« Als Letztes zog Hans die Wundkompresse von Winfrieds Hand. Der zuckte zusammen. »Ich seh nix, alles beschlagen.«

»Das ändert sich gleich.« Hans drehte das Gebläse der Heizung auf, die mittlerweile warme Luft erzeugte und nun ins Wageninnere blies.

Die Wunde in Winfrieds Hand war noch blutverklebt, sah aber nicht besorgniserregend aus, soweit Hans das beurteilen konnte. Als er das Verbandkissen nach Mullbinden durchsuchte, fand er auch eine Tube Brandsalbe.

»Halt die Hand still, ich schmiere die Wunde jetzt mit einer Salbe ein. Ist zwar Brandsalbe, hilft aber auch, glaub ich.«

»Wir könnten doch einfach losgehen, irgendwohin, Hauptsache, raus aus dieser kalten Karre!«

»Birne! Wir werden nicht weit kommen. Guck dir den Sturm an. In welche Richtung sollen wir gehen, hä?«

»Ist doch egal! Die nächsten Häuser sind bestimmt nicht weit weg, sind die nicht.«

»Bei dem Schneegestöber kann man höchstens zehn Meter weit gucken, da draußen ist alles nur weiß. Man sieht nichts. Wir könnten noch nicht mal sicher sein, geradeaus zu gehen. Am Ende laufen wir im Kreis rum, werden vom Schnee zugedeckt und erfrieren elendiglich.«

Winfried sah seinen Bruder verwundert an. »Elendiglich! Was redest du so geschwollen, redest du?«

Hans schnitt einen schmalen Streifen Leukoplast ab und fixierte damit das Ende der Mullbinde. »So, fertig! Jetzt kannst du wieder kräftig zupacken – ich rede nicht geschwollen, sondern sage nur, was ist. Und bei dem Sturm ist es Selbstmord, den Wagen zu verlassen.«

»Kann ich wenigstens ein bisschen mit der Knarre schießen? Nur so zum Spaß, aus dem Fenster!«

»Willst du Patatas Henker auf uns aufmerksam machen?«

»Die knall ich auch ab, knall ich die!«

Hans erwiderte nichts. Er lehnte sich zurück und schloss die Augen. Langsam wurde es warm im Wagen und die Scheiben wieder klar.

Winfried machte es seinem Bruder nach und räkelte sich auf seinem Sitz. Der Motor lief gleichmäßig vor sich hin, das summende Geräusch des Heizgebläses wirkte einschläfernd. So lagen beide Brüder in stiller Eintracht nebeneinander in den Sitzen und hingen ihren Gedanken nach.

»Weißt du noch, wie wir der Tante 'ne Qualle ins Bett gelegt haben?«, fragte Wilfried in die Stille hinein.

Hans lachte. »Und weißt du noch, wie wir ihr eine Kröte in die Bügelwäsche gesteckt haben?«

»Klar!«, rief Winfried begeistert. »Das werde ich nie vergessen, werde ich nicht! Gerade als sie ihren Unterrock bügeln wollte, sprang das Vieh aus der Wäsche. Vor Schreck hat sie sich den linken Daumen plattgebügelt, hat sie sich!«

Hans gab sich mitfühlend. »Na ja, zumindest hat das eine ziemlich fiese Brandnarbe hinterlassen. Und sie hat geschrien, als hätte der Teufel persönlich mit glühender Zunge an ihrem Daumen gelutscht!«

Daraufhin mussten beide minutenlang lachen. Für einen Moment hatten sie vergessen, in welch prekärer Lage sie sich befanden. Die Erinnerung an die Vergangenheit hatte sie zusätzlich erwärmt.

»Ich habe Hunger, hab ich ganz doll!«, meldete sich Winfried.

»Ach, das hab ich ja ganz vergessen. Hier ...«, Hans langte nach hinten zum Rücksitz, zog den Wäschesack heran, fingerte eine der Kekspackungen heraus und hielt sie Winfried hin. »Hab ich bei Brodersen im Lager gefunden. Geh sparsam damit um. Wer weiß, wie lange wir hier noch festsitzen.«

Winfried hatte sich gierig fünf, sechs Kekse nacheinander

in den Mund geschoben. Er kaute schnell und schluckte hastig. »Und was ist mit Trinken?«

»Gibt's nicht!

»Ich hab aber Durst! Die Kekse sind so trocken, die stauben mir den ganzen Magen voll, so trocken sind die.«

Jetzt verspürte auch Hans Durst, und ihm wurde bewusst, dass sie ohne Flüssigkeit nicht lange würden überleben können.

»Wir werden den Schnee trinken.«

»Was?«

»Schnee ist Wasser, nur gefroren. Warte ...«

Hans griff erneut in den Wäschesack und holte die Lebkuchendose heraus. Er öffnete sie, ließ die runden Lebkuchen herausfallen und schichtete sie auf dem Armaturenbrett auf. Er schaute Winfried an. »Für später.«

Hans öffnete die Tür und zog die Dose einmal durch den Schnee. Winfried drehte sich schutzsuchend zur Seite, denn der Sturm drückte selbst durch den schmalen Türspalt eine gehörige Ladung Schnee in den Wagen.

Hans zog die Tür zu, stellte die Dose aufs Armaturenbrett und ließ den Motor wieder an. »Ich drehe die Heizung voll auf. Du hältst die Dose so lange vor den warmen Luftstrom, bis der Schnee geschmolzen ist. Dann kannst du trinken, die erste Dose gehört dir. Den zweiten Durchgang nehme ich.«

»Aber das ist doch eiskalt, ist das doch!«

»Ich weiß. Aber heiße Schokolade gibt's hier nun mal nicht.«

* ✝ *

Sonnabend, 30. Dezember 1978

Die Hoffnung der Menschen auf ein baldiges Ende des Schneesturms erfüllte sich nicht. Im Gegenteil, es wurde noch schlimmer und die Lage zusehends bedrohlicher. In immer dichterer Folge fiel der Schnee zu Boden und schichtete die bereits liegenden Schneemassen unablässig höher und höher auf. Der Sturm erreichte Windstärke 11 und die Böen trieben den wirbelnden Schnee vor sich her wie eine geifernde Hundemeute das panisch flüchtende Wild.

Der Blick nach draußen löste beklemmendes Unbehagen aus. Der Schnee fiel so dicht und heftig, dass man versucht war, nach Aufprallgeräuschen zu lauschen. Doch das Einzige, das man hörte, war der heulende, jaulende, brüllende, ächzende und pfeifende Sturm.

Auf der Südhalbkugel kennen und fürchten Seefahrer die stürmischen Winde zwischen dem 40. und 60. Breitengrad. Sie sprechen mehr furchtsam als ehrfurchtsvoll von den »Roaring Fourties«, den »Furious Fifties« und den »Screaming Sixties« (Brüllende Vierziger, Rasende Fünfziger und Heulende Sechziger). Und nun waren die Rasenden Fünfziger auch in den Norden gekommen und tobten sich aus.

Um 9.15 Uhr erließ der Kreis Nordfriesland Katastrophenalarm. Kurz danach folgte der Landkreis Dithmarschen.

Am Standort »Hungriger Wolf« in Itzehoe wurde das Heeresfliegerbataillon 6 alarmiert. Die dort stationierten Hubschrauber sollten möglichst umgehend zu Rettungs-, Bergungs- und Versorgungsflügen aufsteigen.

Zuvörderst aber gab es ein ganz anderes Problem: Die Piloten hatten sich bereits für den Weihnachtsurlaub abgemeldet und saßen nun eingeschneit zu Hause fest. Auf dem Landweg konnten sie die Flugbasis nicht mehr erreichen. Also musste zunächst ein Hubschrauber losgeschickt werden, um die Piloten aus der weißen Ödnis abzuholen.

Dann aber lief alles routiniert ab. Sobald die Motoren ihrer Transporthubschrauber warmgelaufen waren, hob einer nach dem anderen ab, um den Menschen zu Hilfe zu eilen.

Sie bargen unterkühlte Insassen aus eingeschneiten Autos, transportierten Kranke, Verletzte und Dialysepatienten in die nächstgelegenen Krankenhäuser, führten Versorgungsflüge durch und warfen über eingeschneiten Gehöften, Halligen und Inseln Lebensmittel, Medikamente und Viehfutter für Kühe, Pferde und Schweine ab.

Zu den ganz besonderen Einsätzen zählten die Flüge, bei denen hochschwangere Frauen aufgenommen und eiligst zu den Entbindungsstationen gebracht wurden. Später, als sich die Lage entspannt hatte und auch die Zeitungen wieder erschienen, bezeichnete sie die Presse als »Heli-Babys«. Tatsächlich aber war keines der Kinder in einem Hubschrauber zur Welt gekommen. Alle Flüge wurden erfolgreich abgeschlossen und die werdenden Mütter noch rechtzeitig in die Krankenhäuser eingeliefert.

Im Nachhinein liest es sich leicht darüber hinweg – aber es war ein Höllenjob für die Piloten, die in dem Schneegestöber kaum Orientierung fanden. Die Piloten mussten sich an Landmarken orientieren, die im Schneetreiben kaum auszumachen waren oder bereits unter den Schneemassen begraben lagen. Immer wieder mussten sie runtergehen und sich an Bahnhöfen, Brücken, Silos und anderen prägnanten Bauwerken orientieren, um den weiteren Kurs bestimmen zu können.

Wenn sie schließlich ihr Ziel gefunden hatten, weil die

Hilfesuchenden zur Orientierung farbige Bettlaken und Landekreuze aus Feuerwehrschläuchen oder Dachlatten ausgelegt hatten, kam es nicht selten vor, dass sich die Piloten erst einmal erkundigen mussten, wie denn der Ort hieß, in dem sie gelandet waren.

Eine weitere Gefahr ergab sich bei niedrigem Überflug oder beim Anlanden durch das unvermittelt einsetzende White-out. Die kreisenden Rotorblätter erzeugten einen so starken Abwind, dass der aufstiebende Schnee den Helikopter komplett in eine weiße Wolke einhüllte und dem Piloten die Sicht genommen war. Bei diesem Wetter waren alle Einsätze durchweg von hochriskanten Flugmanövern gekennzeichnet.

Immer öfter und immer länger mussten die Hubschrauber am Boden bleiben, weil der Schneesturm mit Sichtweiten von zum Teil unter zehn Metern keine Starts zuließ. Die vom Schnee Eingeschlossenen, die Kranken und die Verletzten, die verzweifelt auf eine Rettung aus der Luft hofften, warteten dann vergebens.

Die Straßenverhältnisse wurden zunehmend katastrophaler, teilweise verschwanden die Autos gänzlich im Schnee. Vermeintliche Schneeverwehungen entpuppten sich später als begrabene Fahrzeuge.

Der Kreis Nordfriesland erließ ein allgemeines Fahrverbot. Andere Kreise schlossen sich an. Das verhinderte zwar, dass sich noch mehr Autos im Schnee festfuhren, half aber den Eingeschlossenen, die auf Rettung warteten, nicht.

Ein entsetzliches Unglück ereignete sich in Husum, wo eine Mutter ihr zweijähriges Kind mit dem Schlitten durch die enge, nur einspurig geräumte Straße zog. Beim Herannahen eines Kettenfahrzeuges kippte das Kind mit dem Schlitten um und wurde von dem Räumfahrzeug überrollt. Das Kind starb an seinen schweren Verletzungen.[5)]

Im Bahnhof Husum steckte ein Zug fest. Die Gestrandeten sollten in der Kreisberufsschule einquartiert werden. 400 Personen machten sich auf den Weg, stemmten sich gegen den Sturm und kämpften sich durch den hohen Schnee. In völliger Verkennung der Lage signalisierte die Bundesbahn die Möglichkeit baldiger Weiterfahrt. Daraufhin wollte die Katastrophenleitung alle Reisenden wieder aus der Schule herauslotsen und sie auf umliegende Gaststätten verteilen. Die aber waren in den völlig zugeschneiten Straßen kaum noch zu erreichen, schon gar nicht für Ortsfremde. Die Behörde zog schließlich den Beschluss zurück und die Reisenden mussten drei Tage in der Kreisberufsschule ausharren.

Die Hamburger Wochenzeitung *Die Zeit* urteilte später: »Erst die Krisenstäbe verwandelten das Naturereignis in ein Chaos.«

Dann passierte, was sich schon mit Beginn des Unwetters langsam, aber stetig aufgebaut hatte: Die Tropfen des eiskalten Regens, die am späten Donnerstagabend vom Himmel fielen, hatten bereits im Fallen eine Temperatur von Minusgraden, waren aber noch flüssig. Beim Aufkommen auf dem Boden bildete sich schlagartig Blitzeis Auch an den Überlandleitungen erstarrten die Tropfen zu Eis. Mit jedem Tropfen vergrößerte sich der Eispanzer. Als der Regen in Schnee überging, legte sich Schnee auf die Eisklumpen, sie wuchsen unaufhaltsam und wurden größer und schwerer.

An diesem Sonnabend hatten die Eis- und Schneeklumpen ein Gewicht erreicht, das die Leitungen nicht mehr tragen konnten. Drei bis vier Zentner Eis und Schnee hingen an den Freileitungen. Erst rissen die Leitungen, dann brachen die nur noch einseitig belasteten Masten wie Streichhölzer.

Stromausfall.

In den Häusern und den Straßen erlosch das Licht, Heizungen fielen aus, Maschinen, Anlagen und Fertigungsautomaten rührten sich nicht mehr. Alle elektrisch betriebenen Geräte waren nutzlos geworden und zu allem Unglück traf es in einigen Regionen auch noch das Fernsprechnetz.

Die Menschen, die gewohnt waren, dass alles auf Knopfdruck funktioniert, blieben fassungslos zurück. Hilflos. Ratlos. Angstvoll. Die Welt stand still.

* ✞ *

Henny ließ sich an diesem Samstagmorgen Zeit. Nach dem Erwachen blieb sie noch eine ganze Weile im Bett liegen. Im beruhigenden Bewusstsein der nunmehr verschlossenen Tür hatte sie die Nacht ruhiger verbracht. Das Heulen und Pfeifen des Sturms, der unablässig um das Haus fegte und am Gemäuer riss und zerrte, hatte sie schon bald nicht mehr wahrgenommen, und so war sie auch schnell eingeschlafen. Bis sie erschrocken auffuhr und sich kerzengerade im Bett aufrichtete. Urplötzlich einsetzender Lärm hatte sie aus dem Schlaf gerissen – ein krachendes Getöse, gefolgt von einem durchdringenden Knall. Danach war es wieder ruhig, abgesehen vom unentwegten Wimmern des Sturms. Eine Zeitlang hatte sie noch angestrengt nach weiteren Geräuschen gehorcht, doch bald hatte sie der Schlaf wieder eingefangen.

Henny dehnte und reckte sich, bevor sie sich aufraffte und gähnend aus dem Bett stieg. Sie zog das morgendliche Ritual des sich für den Tag Zurechtmachens bewusst in die Länge. Frischmachen, frisieren, ankleiden schminken, kämmen – all das verrichtete sie in wohl dosierter Langsamkeit. Danach setzte sie sich auf den grünen Sessel und wartete.

Sie wartete auf das Verrinnen der Zeit. Sie hatte Angst vor Oltmanns Gebeten am Frühstückstisch. Sie wollte es sich ersparen, noch einmal diese Qualen durchleiden zu müssen, noch einmal an die schmerzvolle Vergangenheit und die obsessiven Verirrungen ihres Vaters erinnert zu werden.

Sie hoffte, dass bei ihrem verspäteten Erscheinen Oltmanns bereits das Gebet gesprochen haben würde, so wie er am ersten Tag zu beten begonnen hatte, obwohl Holm Martens sich noch nicht zum Frühstück eingefunden hatte.

Holm Martens – Henny musste zugeben, dass er ihr sympathisch war. Sie lächelte kurz, bevor sie sich selbst schalt, auf die nötige Distanz zu achten. Schließlich kannte sie ihn nicht und viel miteinander gesprochen hatten sie auch noch nicht. Wenn sie nur wüsste, wo sie ihn schon mal gesehen hatte ...

Sie sah auf ihre Armbanduhr. Viertel nach acht. Ob Oltmanns so lange mit dem Gebet gewartet hatte? Sicher würden er und seine Frau verärgert auf ihr Zuspätkommen reagieren, aber das nahm sie in Kauf. Obwohl sie auf ein entspanntes und freundliches Miteinander hoffte, musste sie ihre Wege nicht von den Oltmanns bestimmen lassen.

Henny öffnete die Tür und betrat die Diele.

Wie erwartet, saßen bereits alle am Tisch. Bei ihrem Erscheinen drehte sich Oltmanns um. Er blickte ihr erwartungsvoll entgegen und ließ sie erst einige Schritte näherkommen, bevor er sagte: »Sie kommen spät.«

Das klang weder vorwurfsvoll noch unfreundlich. Es war lediglich die wertfreie Feststellung einer Tatsache.

»Tut mir leid, ich habe verschlafen«, bediente sich Henny einer Notlüge.

Martens nickte ihr aufmunternd zu. Sein kaum unterdrücktes Lächeln ließ fürchten, dass er sie durchschaut hatte. Sie war froh, wenigstens ihn an ihrer Seite zu wissen.

Frau Oltmanns saß wie immer steif und aufrecht auf ihrem Stuhl und sah gleichmütig vor sich hin.

»Lasst uns das Tischgebet sprechen«, hörte sie Oltmanns sagen. Wieder traf es sie wie ein Hieb mit ihres Vaters Gerte und schnürte ihr fast die Luft ab. Die Qual des Gebets blieb ihr nicht erspart.

Oltmanns faltete die Hände, senkte den Kopf und ließ einen Moment der Stille wirken, bevor er mit fester Stimme begann: »Ewiger Gott, Ursprung allen Lebens, segne die Speisen unseres Tisches ...«

Henny spürte wieder die Angst ihrer Kindheit in sich aufsteigen. Angst, die mit kalter Hand nach ihrem Herzen griff und zudrückte. Es schnürte ihr die Luft ab. Aber da war noch etwas, das aus den Tiefen ihrer Erinnerung quoll, sich in ihr Bewusstsein drängte und sie heftig zittern ließ.

... Schuld! Du bist schuld!

Henny stemmte sich gegen die aufkommenden Bilder, sie atmete tief durch und schaltete ab. Stattdessen wiederholte sie in Gedanken, was für und gegen eine vorzeitige Abreise sprach. Dafür sprach, dass sie sich hier einfach nicht wohlfühlte und dass die Oltmanns mit ihrem Verhalten nicht dazu beitrugen, das zu ändern.

Dagegen sprach, dass sie immer noch sehr neugierig auf das Gemälde war und es unbedingt mit eigenen Augen sehen wollte. Aber dem war sie noch keinen Schritt nähergekommen. Das entscheidende Argument dagegen aber war der Schneesturm. Er ließ eine Abreise mit dem Auto nicht zu.

Sie war nur froh, dass sie hier nicht ganz allein war und Martens an ihrer Seite wusste.

Wie Henny aus den Augenwinkeln bemerkte, ließ Martens sich auch in diesem Moment, da Oltmanns eindringlich, beinahe verbissen sein Gebet sprach, nicht in seiner ihm eigenen Haltung beeinflussen. Seine Hände ruhten gelöst neben dem Frühstücksbrett. Seine Augen waren auf den Tisch gerichtet. Geduldig – oder abwesend? – hörte er der beschwörenden Fürbitte Oltmanns zu.

»... und erfüllst alles, was lebt, mit deinem Segen. Amen«, schloss Oltmanns das Tischgebet ab.

Henny atmete auf und besah sich den Frühstückstisch, der wieder mehr als reichlich gedeckt war. Frau Oltmanns schien weiterhin im Gebet versunken. Sie hielt die Hände noch einen Moment lang gefaltet, bevor sie sich regte und sich ebenfalls dem Frühstück zuwandte.

Voller Erwartung griff Henny nach der Teekanne, die auf dem Stövchen warmgehalten wurde.

»Was gibt es denn heute für einen Tee? Haben Sie eine neue Kräutermischung zusammengestellt?«

»Malvenblüten und Apfelschalen« war die kurze Antwort. Offensichtlich wollte sich Frau Oltmanns nicht weiter darüber auslassen. Henny empfand es mehr als unfreundlich und versagte sich eine Reaktion darauf.

»Sie müssen unbedingt unsere Quittenmarmelade probieren«, versuchte Walter Oltmanns die angespannte Situation zu entschärfen. »Meine Frau hat sie selbst eingekocht. Wir haben zwei Quittenbäume hinter unserem Haus.«

Er reichte ihr ein Schälchen mit der Quittenmarmelade.

Henny probierte. Die Marmelade schmeckte ihr. Und so

beugte sie sich vor und sagte demonstrativ an Frau Oltmanns gewandt: »Sie schmeckt vorzüglich. Einfach köstlich.«

Die Angesprochene hob nur kurz ihren Blick, deutete ein flüchtiges Lächeln an und widmete sich dann wieder ihrem Frühstück.

Henny nahm noch einmal das Schälchen mit der Marmelade auf und hielt es Martens hin. »Wollen Sie auch probieren?«

Martens nahm das Schälchen lächelnd entgegen und stellte es vor seinem Frühstücksbrettchen ab. »Sehr gern. Sobald ich mein Käsebrot gegessen habe.«

Erst da bemerkte Henny, das zubereitete Käsebrot auf seinem Teller und die Röte stieg ihr in die Wangen. Sie versuchte, ihren Fauxpas zu überspielen und schickte gleich eine weitere Frage hinterher, die sie schon beschäftigte, seit sie am Tisch Platz genommen hatte.

»Und Freya? Frühstückt sie nicht mit uns? Sie macht auf mich einen sehr netten Eindruck.«

Nach einem Blick in die Runde bereute sie augenblicklich auch diese Frage. Beide Oltmanns blickten distanziert vor sich hin. Mehr noch: Sie schienen pikiert zu sein.

Henny spürte eine glühend heiße Welle in sich aufsteigen. Wie konnte sie nur so dumm sein, innerhalb einer halben Minute gleich zwei unsinnige Fragen zu stellen? Sie kam sich vor wie ein Kind, das der Nachbarin zeigen will, wie schön es tanzen kann, dann wie wild umherspringt und mit ungeschickten Bewegungen einen Porzellanteller nach dem anderen zerdeppert.

Schnell wandte sie sich wieder Martens zu: »Wie geht's Ihrem Bein? Hält das Pflaster noch?«

»Freya möchte nicht mit uns am Tisch essen«, hörte sie Walter Oltmanns sagen.

»Danke, dem Bein geht's gut«, antwortet Martens.

Hennys Blick hüpfte von Martens zu Oltmanns und wieder zurück zu Martens. Sie wusste, dass sie sich nun vollkommen in den Schlingen ungeschickten Verhaltens verheddert hatte.

Beide Männer lachten auf, ob der schnell aufeinanderfolgenden Fragen und der gleichzeitigen Antworten.

»Entschuldigen Sie!« Henny schüttelte verschämt den Kopf. »Ich stelle so dumme Fragen.«

»Nein, ganz und gar nicht«, widersprach Martens und legte ihr beruhigend seine Hand auf den Arm.

»Ich freue mich, dass Sie mich an der Köstlichkeit der Marmelade teilhaben lassen wollen. Und ich wollte mich ebenfalls schon nach Freya Brunken erkundigen.«

Er beließ seine Hand einen Moment lang auf ihrem Arm ruhen, bevor er sie wieder zurückzog. »Und im Übrigen haben Sie ein Recht darauf, zu erfahren, wie es meinem Bein geht. Schließlich haben Sie es so gut verarztet, dass es auf dem Weg der Heilung ist.«

Henny warf ihm einen zweifelnden Blick zu, wusste sie doch nicht, ob er sich über sie lustig machen wollte. Dann aber sah sie ihm an, dass er es ernst gemeint hatte. Seine Mimik war zurückhaltend freundlich, seine Augen aber strahlten Wärme aus. Sie lächelte ihn immer noch ein bisschen verlegen, aber dankbar an.

»Wie ich schon gesagt habe: Freya möchte nicht mit uns zusammen essen«, schaltete sich Oltmanns erneut ein. »Wiebke bringt ihr immer das Essen ins Blockhaus rüber. Sie isst lieber für sich allein. Nicht wahr, Wiebke?«

Frau Oltmanns nickte, ohne aufzusehen.

Einer plötzlichen Eingebung folgend, setzte Henny die Teetasse wieder ab, die sie gerade zum Mund führen wollte und richtete sich erwartungsvoll an Oltmanns: »Ich könnte Freya das Frühstück bringen!«

Frau Oltmanns hob erschrocken den Kopf und blickte erst Henny, dann ihren Mann an.

Der nahm umständlich einen Krümel auf, der sich neben sein Frühstücksbrett verirrt hatte, und legte ihn säuberlich auf dem Brett ab. Er zuckte mit den Schultern, antwortete aber nicht gleich. Er schien zu überlegen. »Warum?«

»Ich ... äh ... habe mich gestern kurz mit ihr unterhalten, als sie die Eier hereinbrachte. Sie schien sich sehr zu freuen, dass ich dafür Interesse zeigte. Es würde mich nun sehr interessieren, wie die Hühner untergebracht sind, wie sie mit den Hühnern umgeht, sie pflegt und versorgt.«

»Daran ist nicht Besonderes«, brummte Oltmanns.

»Für mich wäre es aber etwas Besonderes. Vergessen Sie nicht: Ich komme aus der Großstadt.«

»Oltmanns schüttelte den Kopf. »Nein, das wäre nicht gut.«

»Warum nicht?«, hakte Henny nach. Sie verstand das widerstrebende Verhalten Oltmanns nicht.

»Der Schnee liegt zu hoch. Der Sturm – da ist kaum ein Durchkommen.«

Martens hatte den Dialog bis dahin stirnrunzelnd verfolgt. Er, der sich sonst zurückhielt und ein Gespräch mit Oltmanns nach Möglichkeit vermied, schaltete sich ein: »Ich könnte eine Gasse frei schaufeln. Das würde nicht nur Frau Butenschön, sondern auch Ihrer Frau helfen.«

Er sah Oltmanns herausfordernd an. In seinem Einwurf schwang auch deutlich das Unverständnis über Oltmanns Weigerung mit.

Walter Oltmanns hatte sein Frühstück beendet. Er lehnte sich im Stuhl zurück. »Das ist sehr freundlich, Herr Martens.

Aber es ist nicht der Schnee, der ein Problem darstellt, sondern das Wetter an sich. Hühner sind sehr empfindlich und reagieren sofort und sehr heftig auf äußere Einflüsse. Dabei macht ihnen nicht die Kälte zu schaffen – sie können, zumindest zeitweise, bis zu minus zehn Grad vertragen –, es sind die Temperaturunterschiede, die Nässe und auch die Gefahr einer Infektion, die den Hühnern im schlimmsten Falle den Garaus machen können.«

Oltmanns sah in die erstaunten Gesichter, die er mit seinen Ausführungen erzeugt hatte.

»Wir müssen sehr achtsam mit dem Federvieh sein. Jetzt sind die Hühner im geschlossenen Stall untergebracht, der mit Heizstrahlern auf einer Temperatur um die fünf Grad plus gehalten wird. Wenn Sie aber von draußen Kälte und Nässe mit hineinbringen, dann steigt die Gefahr einer schweren Erkältung. Und das würden die Hühner nicht überleben.«

Oltmanns schien erleichtert, eine gute Erklärung für seine Besuchsverweigerung gefunden zu haben.

»Insofern bitte ich Sie um Verständnis, dass ich einen Aufenthalt bei Freya und den Hühnern nicht so gerne sehe.«

Martens hatte während der Ausführungen über die Empfindsamkeit der Hühner offenbar eine gedankliche Brücke zu den Kühen geschlagen und wechselte unvermittelt das Thema: »Die Schneemulde für die Milch, die wir gestern gemeinsam geschaufelt haben – der Stallknecht hat mit mir kein Wort gewechselt! Obwohl ich mehrfach versucht habe, mit ihm ins Gespräch zu kommen.« Er hob fragend die Schultern. »Gibt es da ein Problem? Habe ich was falsch gemacht?«

Oltmanns schüttelte den Kopf. »Machen Sie sich keine Gedanken. Er ist nun mal etwas sonderlich.«

»Ich habe mich vorgestellt und nach seinem Namen gefragt. Aber er hat mir nur einen scharfen Blick zugeworfen und sich dann wortlos abgewandt. Er heißt Erich, richtig? Und wie weiter?«

»Nur Erich.«

»Er muss doch einen Nachnamen haben! Um ehrlich zu sein, widerstrebt es mir, ihn mit seinem Vornamen anzureden.«

Oltmanns hob die Hände zu einer gleichgültigen Geste. »Einfach nur Erich! Mehr weiß ich auch nicht.«

Martens staunte: »Sie wissen nicht, wie er heißt? Er steht doch in Ihren Diensten.«

Wieder machte Oltmanns eine vage Handbewegung. »Er ist etwa vor einem Jahr hier aufgetaucht, hat gesagt, er heiße Erich und ob ich Arbeit für ihn hätte, er bräuchte nur einen Schlafplatz. Und den hab ich ihm gegeben.«

Henny hatte schon gestern irritiert vernommen, dass noch jemand auf dem Hof war, der das Licht scheute und sich nur im Verborgenen herumdrückte. Nun hörte sie zu ihrem Erstaunen, dass der Hausherr nicht einmal seinen Nachnamen kannte.

»Wissen Sie denn gar nichts über ihn?«, fragte sie verunsichert.

Oltmanns hob den Kopf und sah sie gereizt an. »Was soll ich über ihn wissen? Er macht seine Arbeit, packt an und ist ansonsten ein Gast, der nicht zur Last fällt. Ja, er spricht nicht viel, ist abweisend, misstrauisch und manchmal von seltsamem Verhalten. Ich glaube, er ist einfach nur eine verletzte Seele. Als er kam, machte er einen gehetzten Eindruck, so, als sei er auf der Flucht. Vor was oder vor wem, weiß ich nicht, und es geht mich auch nichts an. Wie sagt der Herr? ›Wenn einer der Sünde ist, nimm ihn doch in deinem Haus auf, so er seiner Taten abschwört.‹«

Es folgte ein Moment der Stille, dann schob Martens seinen Stuhl zurück und erhob sich. »Danke für das gute Frühstück. Ich werde trotz des Schneefalls ein wenig frische Luft schnappen. Mal sehen, ob ich mich durch den Schnee wühlen kann.«

Augenblicklich legte sich ein Schatten über Oltmanns Gesicht. Ihm war der Unwille über Martens angekündigten Spaziergang deutlich anzusehen. Er sagte aber nichts.

»Herr Oltmanns«, beeilte sich Henny, weiteren Spannungen vorzubeugen. »Ich sagte ja schon, dass ich mir gerne einmal das Bild mit der Bauernmalerei ansehen würde. Wäre das jetzt möglich?«

Sie sagte bewusst Bauernmalerei, um den Eindruck einer größeren Bedeutung zu vermeiden und ihr Anliegen als schlichte Neugier herunterzuspielen.

Martens schob seinen Stuhl an den Tisch zurück und strebte seinem Apartment zu.

»Ich muss die Kühe melken«, winkte Oltmanns ab.

»Und danach?« So schnell wollte Henny nicht aufgeben.

Oltmanns erhob sich, blieb einen Moment lang unschlüssig stehen, dann machte er eine einladende Geste in Richtung des Fletts. »Kommen Sie mal mit.«

Henny zögerte und blickte zu Frau Oltmanns. »Aber – soll ich nicht erst einmal beim Abräumen helfen?«

»Das macht Wiebke«, entschied Oltmanns mit einer knappen Bemerkung, die keinen Widerspruch zuließ. Er winkte Henny, ihm zu folgen.

Vor dem Försterofen machte er Halt und zeigte auf das neben dem Ofen an die Wand geklebte Kalenderblatt. »Sehen Sie dieses Bild: Das ist doch viel aussagekräftiger als dieses wuselige Bauernbild, von dem Sie immer reden. Und Sie werden mir doch zustimmen, dass dieses Bild nicht nur meisterhaft gemalt ist, sondern auch eine berührende, geradezu aufwühlende Wirkung auf den Betrachter ausübt. Ist es unter dieser Sicht künstlerisch nicht um ein Vielfaches wertvoller als das Bauernbild?«

Henny kannte das Bild *Junge Hexe, die zum Scheiterhaufen geführt wird* sehr gut. Es war eines von vielen Schulungsobjekten während ihres Studiums an der Werkkunstschule Köln gewesen. Sie bewunderte die Kunst Anselm Feuerbachs, der gegen Ende des 19. Jahrhunderts einer der bedeutendsten Künstler Europas war. Seine Gemälde waren fast durchweg romantisch verklärte Motive in starker Anlehnung an die Malweise der Renaissance.

Doch dieses Bild hatte Henny von jeher nur mit Ängsten betrachten können. Ängste, die sie kaum zu unterdrücken vermochte. Das Bild zeigt eine junge Frau, die auf einem Karren zum Scheiterhaufen gezogen wird. Ihre Füße sind gefesselt, ihr Körper auf kostbare Seidentücher gebettet. Mit entblößten Brüsten liegt sie apathisch, ihrem Schicksal ergeben, auf dem Karren, während sie in einer weihevollen Prozession an der lüstern gaffenden, erwartungsgeilen Menge vorbei zum Scheiterhaufen geführt wird.

Auch jetzt, während sie das Bild betrachtete, fühlte sie sich auf unerklärliche Weise geradezu körperlich bedrängt.

»Aus künstlerischem Blickwinkel betrachtet, ist es ganz sicher ein Meisterwerk. Da haben Sie recht. Thematisch aber kann ich keinen Gefallen an dem Bild finden«, befand Henny. »Es beleuchtet ein ziemlich dunkles Kapitel in der Geschichte der Menschheit. Ehrlich gesagt, habe ich sogar den Eindruck, als verherrliche das Bild die unsäglichen Hexenverfolgungen.«

Oltmanns legte den Kopf schief und ließ seinen Blick prüfend über das Bild wandern.

»Mich beschäftigt mehr die Frage, welche Schuld diese junge Frau auf sich geladen hat« sagte er nachdenklich. »Trotz des nahenden Todes liegt sie auf den golddurchwirkten Tüchern in willenloser Ergebenheit ausgestreckt, fast demutsvoll die bevorstehenden Qualen erwartend. Ich weiß, dass bei den Hexenprozessen durchaus auch unschuldige Frauen ihr Leben lassen mussten. Aber ist nicht gerade ihre provozierend gleichgültige Haltung Ausdruck und Beweis eines lasterhaften Lebenswandels? Und was ist es, was sie so unbeteiligt dem Tod durch Verbrennen entgegensehen lässt? Was ist in sie gefahren? Was wohnt ihr inne?«

Henny fühlte sich unwohl. Oltmanns Sätze irritierten sie.

»Ich weiß es nicht«, sagte sie und wandte sich ab. Sie wollte das Gespräch beenden.

»Wissen Sie«, setzte Oltmanns nach. »Ich glaube, dass die Kunst des Malers darin liegt, den Betrachter zu provozieren, ihn zu erschüttern, bewusst zu erschrecken. Mich zum Beispiel beschäftigt die Frage, was Sie fühlen würden, wenn Sie statt der jungen Frau auf dem Karren lägen, an den Füßen gefesselt und gierigen Blicken ausgeliefert? Würden Sie schreien, sich wehren, außer sich sein, weil Sie sich Ihrer unzweifelhaften Tugend bewusst sind? Oder leiden Sie still in schamhaftem Schweigen, weil sie eben doch ein kleines Körnchen Schuld in sich tragen, und sei es nur, dass Sie einmal einem unkeuschen Gedanken gefolgt sind?«

Oltmanns musterte Henny ungeniert. »Die Frage ist ja nicht, ob Sie sündig sind, die Frage ist vielmehr, wie viel Leid Sie zur Tilgung der Sünden zu ertragen bereit sind!«

Entsetzt von der ungeheuerlichen Anmaßung seiner Worte warf Henny ihm einen entsetzten Blick zu. »Entschuldigen Sie, aber das geht mir zu weit. Ich mag es ganz und gar nicht, wenn Sie über meine persönlichen Befindlichkeiten Überlegungen anstellen.«

Oltmanns rückte verlegen seine Mütze zurecht. Es war, als würde er abrupt aus einem Traum aufwachen, als seien die vorangegangenen Worte aus den halluzinatorischen Tiefen seiner Fantasien ungewollt an die Oberfläche gespült worden. Oltmanns sah wahrhaftig erschrocken aus.

»Ich bitte um Verzeihung«, stammelte er betroffen. »Es war nicht meine Absicht, Ihnen zu nahe zu treten. Es sind nur die Gedanken, die mich jedes Mal beschäftigen, wenn ich vor diesem Bild stehe … Mit Ihnen hat das natürlich nichts zu tun.«

Er nahm seine Feldmütze vom Kopf und knüllte sie nervös in seinen Händen. Wieder empfand Henny den Anblick seiner dünnen Haare auf dem rosigen Schädel als abstoßend. Zudem hörte sich Oltmanns Entschuldigung nicht ehrlich an.

»Ist schon in Ordnung«, sagte Henny. »Die Kunst bietet seit jeher großen Raum für eigene Sichtweisen.«

»Schön, dass Sie das so sehen! Nun aber muss ich dringend in den Stall, die Kühe warten darauf, gemolken zu werden.«

Oltmanns setzte die Feldmütze wieder auf und wandte sich zum Gehen. In dem kleinen Gang vor der Außentür nahm er seine dicke Winterjoppe vom Kleiderhaken, öffnete die Tür eine Handbreit und schlüpfte in das Schneetreiben hinaus.

Henny warf einen resignierten Blick zur Bürotür, hinter der *Die niederländischen Sprichwörter* eingeschlossen waren. Würde sie jemals dazu kommen, das Bild in Ruhe zu begutachten? Würde sie überhaupt auch nur einen flüchtigen Blick darauf werfen können? Oltmanns schien es regelrecht verstecken zu wollen. Warum sonst hielt er das Büro ständig geschlossen und versagte Henny, das Bild in Augenschein zu nehmen?

Sie seufzte und nahm sich vor, abzureisen, sobald es das Wetter zuließ.

* ✞ *

Mit beginnendem Tageslicht wurden auch Hans und Winfried in ihrem blechernen Iglu langsam wieder wach. Die Nacht hatten sie frierend in ihren Kokons aus Jacken, Mänteln, Decken und Schals verbracht.

Bibbernd hatte Hans anfänglich immer mal wieder den Motor laufen lassen, damit die Heizung wenigstens für einen kurzen Moment das Wageninnere erwärmen konnte. Mit andauerndem und dichter werdendem Schneefall unterließ er es aber. Die Befürchtung, der Auspuff könne vollkommen unter dem Schnee verschwinden und verstopft werden, hielt ihn von weiteren Heizintervallen ab.

Er hatte zwar keine besonderen Kenntnisse darüber, hegte aber Befürchtungen, dass sich bei verstopftem Auspuff der Motor nicht mehr starten ließ oder sich die Abgase im Innenraum sammeln und sie vergiften könnten. Er hatte vage in Erinnerung, gehört zu haben, dass bereits ein minimaler Anteil des geruchlosen Kohlenmonoxids in der Atemluft genügte, um einen Menschen innerhalb weniger Minuten in einen lautlosen Tod entschlafen zu lassen.

Irgendwann in den frühen Morgenstunden war auch er trotz seiner selbst auferlegten Wachsamkeit in einen tiefen

Schlaf gesunken, aus dem er gewaltsam gerissen wurde, als Winfried ihn wachrüttelte.

Hans' Nacken war steif, seine Hände waren kalt und sämtliche Glieder schmerzten. Seine Muskeln protestierten gegen die Haltung, in der er nun schon mehr als dreißig Stunden auf dem Fahrersitz verbracht hatte.

»Was ist?« murmelte er schlaftrunken, weil Winfried nicht aufhörte, ihn zu rütteln.

»Ich muss hier raus, muss ich!«

Hans hielt die Augen geschlossen, er war noch im lethargischen Zustand zwischen Schlaf und Erwachen gefangen.

»Hm«, grunzte er und vergrub sich ein Stückchen tiefer in seine dicke Seemannsjacke. Er sträubte sich gegen die kalte Wirklichkeit.

Winfried packte fester zu und zog heftig an der Jacke.

»Ich muss raus, verdammt nochmal, muss ich!«, schrie er und boxte Hans mit der rechten Hand in die Seite, was ihn selbst schmerzhaft zusammenzucken ließ, weil er dabei seine verletzte linke Hand streifte. »Au, verdammte Hölle!«

Hans wühlte sich aus seinen Kleidungstücken und blinzelte in das strahlende Weiß, das sie umgab.

»Was ist?«

»Ich muss mal!«

Hans schloss genervt die Augen. »Dann geh doch.«

»Geht nicht, der Schnee!«

Hans drehte den Kopf müde zum Fenster. Die Scheibe war beschlagen. Hans wischte kraftlos mit der Hand über die Scheibe und sah – weiß. Der Schnee hatte sich bis zur Mitte der Scheibe aufgetürmt.

Er schälte sich mühsam aus seinen Kleiderberg, zog den Türgriff und drückte gegen die Tür. Sie bewegte sich kaum.

Mehrfach warf er sich mit seinem ganzen Gewicht dagegen, was ihm aber nur mehr Schmerzen einbrachte. Erneut begann er sein mühsames Unterfangen, den Schnee mit den Händen vom Spalt wegzuschaufeln.

»Mach hin!«, jammerte Winfried. »Ich muss!«

Hans hielt inne. »Geht nicht schneller. Es wird noch einige Zeit dauern, bis die Tür frei ist. Und dann muss ich ja auch erst noch nach draußen und einen Weg freischaufeln.«

»Ich kann nicht warten!«

Hans wandte sich um, griff nach der Lebkuchendose und hielt sie Winfried hin. »Nimm die!«

»Bist du bescheuert? Das ist unsere Trinkdose, ist das!«

»Wenn du dringend musst, dann nimm sie. Ich brauch hier mindestens noch eine halbe Stunde. Und glaub mir, wenn das bei dir in die Hose geht, hast du ein Problem mehr. Also nimm die Dose und fertig!«

Er wandte sich wieder der Tür zu und arbeitete verbissen weiter. Er versuchte, die Geräusche auszublenden, die lautstark die Anstrengungen seines Bruders begleiteten, mit einer Hand die Kleidung zu öffnen und die Dose in Position zu bringen.

Als Hans es geschafft hatte, die Tür so weit freizulegen, dass er hindurchschlüpfen konnte, zwängte er sich ins Freie. Er reckte und dehnte sich vorsichtig, drehte dem Sturm den Rücken zu, um atmen zu können.

Die kalte Luft schnitt ihm ins Gesicht, die Haut spannte sich, fühlte sich an wie Pergamentpapier. Das dichte Schneetreiben machte es schwierig, die Augen offenzuhalten. Kältetränen verklebten seine Wimpern und bildeten eisige Spuren auf seinen Wangen.

Die Gasse, die er gestern ums Auto herum freigelegt hatte,

war wieder zugeschneit. Wollte er verhindern, dass der Ford ihr kalter Sarg wurde, musste er schaufeln. Zum Glück war der Schnee noch locker und ließ sich mit dem Nummernschild bewegen. Allerdings waren die Schneeberge mittlerweile so hoch, dass Hans den Schnee mehr nach oben als zur Seite werfen musste. Schon nach kurzer Zeit schmerzte seine Schulter. Er musste regelmäßig Pausen einlegen, um sie zu lockern und zu Atem zu kommen.

Nach einer anstrengenden halben Stunde hatte er eine schmale Gasse bis vor den Kofferraum freigeschaufelt, sodass der Auspuff wieder frei war. Da hörte er, wie Winfried ächzend und derb fluchend aus dem Wagen kroch. Die durchgehende Sitzbank erleichterte zwar das Durchrutschen vom Beifahrer- zum Fahrersitz, dennoch war das Aussteigen mit einer verletzten Hand nicht einfach, zumal sich die Tür nur einen schmalen Spalt breit öffnen ließ.

Stöhnend quetschte sich Winfried nach draußen und lehnte sich sogleich keuchend gegen das Fahrzeug. Einen Augenblick lang verharrte er schwer atmend, dann angelte er mit der gesunden Hand die Lebkuchendose aus dem Wagen und warf sie mit angewidertem Gesicht weit von sich. Sie landete etwa drei Meter weitab im Schnee.

»Wir brauchen eine neue Trinkdose, brauchen wir.«

Hans, der das Manöver seines Bruders gerade noch mitbekommen hatte, sagte: »Es gibt keine andere.«

»Aber wir müssen trinken, müssen wir doch!«, maulte Winfried schwach.

»Eben«, entgegnete Hans. »Dann hol die Dose zurück.«

* ✝ *

Als Henny ihr Apartment betrat, überlegte sie einen Moment lang, ob sie abschließen sollte. Sie hielt den Schlüssel mit dem Engelsanhänger unentschlossen in der Hand, dann entschied sie sich dagegen und legte ihn auf den Schreibtisch.

Sie setzte sich auf die Bettkante, zog die Schuhe aus und legte sich aufs Bett. Die Augen zur Decke gerichtet, dachte sie über das soeben mit Oltmanns geführte Gespräch nach.

Was er von sich gegeben hatte, war anmaßend. Es entsetzte sie immer noch, wie er sie in einen Zusammenhang mit Hexenverbrennungen bringen konnte. Oltmanns schien nicht nur von übersteigerter Gottesfürchtigkeit getrieben zu sein, sondern auch obskuren, düsteren Visionen nachzuhängen. Hexen und Teufel, nein, das waren nicht die Wesen, denen sie in ihren Vorstellungen einen Platz einräumen wollte. Sie nahm sich vor, weiteren derartigen Einlassungen Oltmanns energisch entgegenzutreten.

Sie seufzte. Eine merkwürdige Umgebung, in der sie den Jahreswechsel verbringen wird. Nicht nur das Wetter gebärdete sich bizarr, auch die Gastgeber waren sonderlich und ihr Verhalten seltsam.

Ihre Gedanken wanderten zu Holm Martens. Er war der Einzige, der normal war. Der Einzige, der ...

Sie hielt inne und schimpfte mit sich selbst, verbot sich, weiter über Martens nachzudenken. Sie war hier, um die Herkunft eines Kunstwerks zu klären. Da waren warmherzige Gedanken an einen Mann unangebracht und unbotmäßig.

Außerdem kannte sie ihn ja kaum.

Henny wandte sich dem Nachtschränkchen zu und nahm

die Bild-Zeitung zur Hand. Außer der groß aufgemachten Meldung über Inge Quandts Tod gab es nichts wesentlich Neues. Neben einer Anzeige für das vor allem bei älteren Herrschaften beliebte Stärkungsmittel Klosterfrau Melissengeist stieß sie auf einen Bericht über Bundeskanzler Helmut Schmidt. Zu seinem sechzigsten Geburtstag hatte er von Hamburger Freunden ein Blumen-Aquarell von Emil Nolde geschenkt bekommen. Gelbe, braune und rostrote Astern – ein Kunstwerk im Wert von 72.000 Mark. Henny schätzte die farbenfrohen, intensiven Bilder Noldes sehr.

Das Aquarell würde gut zu der psychedelischen Tapete passen, dachte sie belustigt. Nur würde dann der Wert des Bildes darunter leiden – oder den Wert der Tapete ins Unermessliche steigern ...

Sie blätterte um. Für die Berichte über den Heilpraktiker Köhnlechner, den Showmaster Rudi Carell und den Fußballer Uli Hoeneß hegte sie kein besonderes Interesse, und so schloss sie die Zeitung. Dabei fiel ihr auf der Rückseite erneut die schwarz umrandete Meldung auf, die sie vorgestern schon kurz angelesen hatte:

Keine Spur von Sonja.

Kiel. Von der unter rätselhaften Umständen verschwundenen Chemielaborantin Sonja K. fehlt immer noch jedes Lebenszeichen. Wie die Polizei mitteilte ...

In diesem Moment wurde sie von einem infernalischen Lärm aufgeschreckt. Es hörte sich an, als sei eine Dampflok durch die berstenden Mauern ins Haus gerast. Ein krachendes Getöse, Donnern, Splittern und Klirren erfüllte den Raum wie eine urplötzlich gezündete Explosion und erstarb ebenso schnell wieder. Was blieb, war eine fast schmerzhafte Stille. Es war, als hätte jemand einen Knopf gedreht und alle Geräusche abgeschaltet. Nur das rastlose Klagen des Sturms war zu hören.

Mit einem Satz sprang Henny aus dem Bett, ließ die Zeitung fallen und stürzte in die Diele.

Frau Oltmanns stand in der offenen Küchentür und blickte verstört zum Windfang. In der Leseecke stand Martens und blickte fragend in die Runde.

Oltmanns war der erste, der sich bewegte. Er lief zum Windfang und riss die Tür auf.

Henny war ihm nachgeeilt, ängstlich zwar, aber dennoch voller Spannung, was sie im Windfang erwarten würde. Frau Oltmanns und Holm Martens folgten ihr nach.

Aus dem Windfang sprang ihnen eisige Kälte entgegen. Ein kurzer Blick reichte, um zu erfassen, was passiert war. Ein armdicker Ast ragte, teilweise noch mit Schnee bedeckt, fast einen Meter weit in den Raum hinein. Er musste von einer der großen Stieleichen, die am Eingangstor Wache hielten, stammen. Der Ast hatte dem Sturm nicht mehr trotzen können, hatte Sprossen zerschlagen, das Glas zersplittert und eine große, klaffende Wunde in das Tor gerissen.

Henny sah Schneeflocken durch den Windfang wirbeln und verschränkte die Arme, um sich vor der hereindrängenden Kälte zu schützen.

Oltmanns griff nach dem Ast und versuchte, ihn zu bewegen. Vergeblich.

»Der sitzt fest. Den müssen wir zersägen«, stellte er fest und drehte sich zu Martens um. »Helfen Sie mir?«

»Natürlich!«

Oltmanns rüttelte noch einmal an dem Ast, zerrte, schob und drückte. Doch der Ast hatte sich so in den Sprossenfenstern verkeilt, dass er sich nicht rührte.

»Am besten ist, wir sägen den Ast durch. Wenn wir Glück haben, können wir den restlichen Stumpf nach draußen drücken. Wenn nicht, müssen wir raus und von dort ziehen.«

»Sagen Sie mir, wo ich anpacken soll, dann mach ich's«, sagte Martens.

Und wieder registrierte Henny erfreut die Annäherung der beiden Männer, die sonst so wenig miteinander sprachen. Wie so oft im Leben: Wenn der Wind stark genug ist, blicken auch gegensätzliche Wetterhähne in die gleiche Richtung.

»Die herausgerissenen Sprossen und zersplitterten Scheiben lassen sich nicht reparieren«, überlegte Oltmanns. »Wir werden zunächst provisorisch ein Brett davor nageln, damit nicht noch mehr Schnee ins Haus geweht wird. Ich hole Werkzeug.«

Damit eilte er davon und verschwand im Werkstattraum.

Henny war nun mit Martens und Frau Oltmanns allein im Windfang, und da es nichts weiter zu sagen gab, standen sie schweigend beieinander. Frau Oltmanns rührte sich als Erste und ging in die Küche zurück.

Martens blickte Henny fragend an. Sie hob die Augenbrauen und zuckte leicht mit den Schultern. So sahen sie sich wortlos an, bis beide im selben Moment loslachen mussten.

»Das scheint ein Abenteuerurlaub zu werden«, gab Martens vergnügt von sich. »Ich bin gespannt, ob wir den Jahreswechsel noch erleben werden.«

»Na!«, protestierte Henny. »Das will ich doch hoffen! Wie ich Sie einschätze, werden Sie das kleine Malheur im Handumdrehen beseitigt haben.«

»Tatsächlich? Und woran machen Sie das fest?«

Henny merkte, wie ihre Wangen rot wurden, und schlang schützend ihre Arme um sich.

»Sie sehen so aus. Also ... äh ... ich meine«, stotterte sie, »so handwerklich ...«

Henny wurde bewusst, wie unsinnig ihr Gestammel wirken musste, sie hätte vor Verlegenheit im Erdboden versinken mögen. Sie versuchte, ihren Worten noch einen sinnvollen Übergang zu geben. »Was machen Sie denn beruflich?«, hörte sie sich sagen. »Wenn ich fragen darf«, setzte sie unsicher hinzu.

»Nautiker.«

»Wie bitte?«

»Ich bin Nautiker«, erklärte er.

Henny blickte interessiert auf. »Ach! Kapitän oder so was?«

Martens lachte. »Genau: Oder so was.«

Wieder merkte Henny, wie ihr die Röte ins Gesicht stieg. Himmel, konnte sie denn nicht ein einziges Gespräch mit ihm führen, ohne sich wie ein dummes Ding vorzukommen?

»Ich bin als Nautischer Wachoffizier in der Verkehrszentrale des NOK in Kiel beschäftigt.«

»NOK?«

»Nord-Ostsee-Kanal.«

»Oh, das muss wahnsinnig interessant sein.«

»Ja, das ist es.«

»Und was machen Sie da? Sind Sie auch auf einem Schiff?«

»Nein, ich habe festen Boden unter den Füßen. Das Geschaukel auf einem Schiff ist nicht gerade meine Sache.« Martens lächelte entschuldigend. »Ich sitze auf einem bequemen Sessel im Schleusenleitstand in Kiel-Holtenau und überwache den Schiffsverkehr auf dem Kanal.«

»So ähnlich wie ein Fluglotse.«

»Ja«, lachte Martens. »Wie ein Fluglotse. Nur eben auf dem Wasser.«

»Wie aufregend«, staunte Henny.

»Na ja, aufregend vielleicht nicht, aber verantwortungsvoll. Immerhin müssen wir täglich bis zu hundert Schiffe per Radar begleiten und über Funk beraten.«

»Bei so vielen Schiffen muss es doch ziemlich schwierig sein, den Überblick zu behalten.« Henny machte große Augen.

»Zumindest müssen wir ständig wachsam sein, sonst kann es schon mal eng werden.« Er überlegte. »So wie vor fast genau einem Jahr. Da fuhr die Kanalfähre zwischen Wik und Kiel-Holtenau einem russischen Frachter vor den Bug, wurde gerammt und versenkt. Ein Toter.«

»Das ist ja schrecklich!« Henny hob eine Hand zum Mund.

»Ja, wer nicht wachsam ist, bringt sich und andere in Gefahr.«

Martens heitere Miene hatte plötzlich einem besorgten Ausdruck Platz gemacht und Henny fragte sich, ob er noch von dem Schiffsunglück sprach. Er beugte sich etwas vor und senkte seine Stimme. »Frau Butenschön ...«, begann er und verstummte gleich wieder, weil Oltmanns in den Windfang gepoltert kam. »Ich habe im Schuppen noch nach einem geeigneten Brett gesucht, mit dem wir nachher die kaputten Sprossenfenster abdichten können. Es liegt jetzt in der Werkstatt. Hier, nehmen Sie!«

Er drückte Martens ein Paar derbe Arbeitshandschuhe und eine Brechstange in die Hand. »Damit drücken Sie den dicken Ast möglichst weit vom Mauerwerk weg, damit ich mit der Säge rankomme.«

Er wartete, bis Martens seiner Anweisung gefolgt war, und setzte die Säge an.

Henny wollte den beiden Männern bei ihrer Arbeit nicht im

Wege stehen. Außerdem fror sie. Sie nickte ihnen zu, ging zurück in ihr Zimmer und schloss die Tür ab.

Der baumelnde Engelsanhänger drehte sich und zeigte abwechselnd die Beschriftungen beider Seiten: *Carpe diem. Sed memento mori.*

* ✞ *

Nachdem Hans die Pfefferkuchendose wieder aus dem tiefen Schnee gebuddelt und gesäubert hatte, stellte er sie auf das Armaturenbrett zurück.

»Au der Dose trink ich nicht, nee!«, maulte Winfried. Er hatte sich in seinen Kleiderberg eingemummelt, seine frisch verbundene Hand lag entspannt auf seinem Schoß. In der Rechten hielt er die Pistole und simulierte Schießübungen. Er peilte ein imaginäres Ziel in dem weißen Einerlei an.

»Peng!«, sagte er. Es klang trotzdem müde und erschöpft.

Hans sah das mit Unbehagen. »Birne, lass den Quatsch! Wo ist das Magazin?«

Winfried zeigte mit der Pistole zum Handschuhfach.

»Okay, dann lass das da auch drinnen, verstanden?«

Hans schloss die Augen. Er war durchgefroren. Trotz der schweißtreibenden Arbeit des Schneeschaufelns, der wärmenden Heizphase danach und der ganzen Plünnen, in die er sich eingewickelt hatte. Er fühlte sich kraftlos. Und mutlos. Wie lange würde der Schneesturm noch andauern? Doch selbst wenn es bald aufhören würde, zu schneien, würde sie der Schnee weiterhin gefangen halten. Mit dem zerschossenen Reifen war kein Weiterfahren möglich. Er fasste einen Entschluss: Morgen würden sie loslaufen, Schneesturm hin oder her. Sie könnten nicht länger hierbleiben, hier würden sie verhungern oder erfrieren.

Hans öffnete die Augen. »Gib mir mal die Pistole. Und das Magazin.«

»Warum?«

»Wenn uns Patatas Männer hier aufstöbern, möchte ich vorbereitet sein.«

»Du willst sie erschießen, willst du sie, echt?«

»Natürlich nicht! Nur in Schach halten. Gib her!«

»Ich mach das!«

»Nein, gib her!«

Winfried lehnte sich zurück und versteifte sich beleidigt.

Hans beugte sich zu ihm hinüber und angelte das Magazin aus dem Handschuhfach. Dann hielt er Winfried die offene Hand entgegen. »Die Pistole!«

Ohne Widerrede, wenn auch mürrisch, gab er sie ihm.

Prüfend besah sich Hans das Magazin. Dann steckte er es in die Pistole. »Ich hoffe, wir brauchen sie nicht«, sagte er und legte sie griffbereit neben sich auf die Sitzbank. Winfried wollte danach greifen, aber Hans legte schützend seine Hand über die Waffe.

»Lass das!«

Winfried verdrehte die Augen und grummelte vor sich hin. Dann beugte er sich vor, zog die Plastiktüte mit dem Geld aus dem Fußraum hervor. Einhändig holte er die Geldscheine heraus und begann, erneut zu zählen.

Hans ließ ihn gewähren. Er war froh, dass sein Bruder eine Beschäftigung hatte, abgelenkt war und sich mehr oder weniger mit ihrer misslichen Lage abgefunden hatte. Auch wunderte er sich, dass Winfrieds übliche Ausfälle und Aggressionen ausgeblieben waren, obwohl er keine Tabletten zur Verfügung hatte, die seine Gemütsschwankungen regulierten. Hoffentlich blieb es dabei.

»Siebenundzwanzigtausenddreihundertzwanzig Mark!«, stellte Winfried nach einer ganzen Weile fest. Er strahlte.

»Gestern waren es noch siebenundzwanzigtausenddreihundertvierzig«, sagte Hans beiläufig.

»Was?« Winfried reagierte unwirsch.

»Du hast dich verzählt, Birne! Entweder heute oder gestern.« Hans sah seinen Bruder herausfordernd an. »Zähl noch mal!«

Verärgert holte Winfried die Scheine wieder aus der Tüte und begann von Neuem zu zählen. Diesmal zählte er langsam und betonte jede Zahl nachdrücklich. Mit dem letzten Schein sagte er: »Siebenundzwanzigtausenddreihundert.«

Hans schwieg und sah aus dem Fenster. Der Schnee ließ nicht nach. Die Flocken wurden vom Wind am Fenster vorbei geweht, und wenn eine Böe kam, tanzten ganze Schneeschleier um die Karosserie herum.

Winfried zählte erneut. Gereizt und verbissen. Nach einer Weile meldete er: »Siebenundzwanzigtausenddreihundertvierzig Mark!«

»Sicher?«

»Meinst du etwa, ich zähl noch mal? Das alles?« Winfried war zufrieden. »Wahnsinn! Ich weiß auch schon, was ich mit meinem Anteil mache.« Er stockte und sah Hans fragend an. »Wie viel krieg ich überhaupt, wie viel, wenn wir teilen?«

»Dreizehntausendsechshundertsiebzig.«

Winfried pfiff anerkennend. »Weißt du, was ich damit mache, weißt du das?«

»Nee.«

Als erstes kauf ich mir eine neue Maschine. Vielleicht 'ne Kreidler. Kreidler Florett RS-GS – die hat über sechs PS, fünf Gänge und macht locker 85 Stundenkilometer, macht die. Vielleicht in Grün mit 'nem verchromten Tank, oder auch in Blau, mal sehen.«

»Und was kostet sowas?«

»Keine Ahnung! Ist doch egal, wir haben ja jetzt Kröten, genug haben wir.«

Hans schüttelte den Kopf und atmete einmal tief durch. »Du solltest nicht so verschwenderisch mit dem Geld umgehen.«

Winfried winkte ab. »Ach was! Weißt du, was ich mir noch anschaffe?«

»Keine Ahnung.«

In der Bravo habe ich neulich ein Bild von den beiden Typen von ABBA gesehen. Einer von denen hatte ganz heiße Klamotten an. Hellblaue Glitzerhose, silberne Stiefel bis zu den Knien und mit Plateau-Absätzen, dazu ein gelbes Seidenhemd mit Rüschen und ein silbernes Jäckchen mit violetten Sternen und Stehkragen bis zu den Ohren. Das ist stark, das will ich auch!« Er schloss versonnen die Augen. »Aber maßgeschneidert.«

»Natürlich«, sagte Hans.

Beide saßen gedankenverloren nebeneinander und sannen über die Zukunft nach. Im Wagen wurde es wieder kälter. Hans ließ den Motor an. Kurze Zeit später drehte er die Heizung voll auf. Die Wärme strömte in den Innenraum. Sie tat ihnen gut, aber oft konnte er das nicht mehr machen. Das Benzin war fast aufgebraucht.

Winfried streckte sich wohlig. »Was machst du denn mit deinen dreizehntausenddingsbums?«

»Weiß ich noch nicht.« Hans überlegte. »Wenn wir hier rauskommen, werde ich vielleicht zu Brodersen fahren und die Klamotten bezahlen, die ich ihm geklaut habe.«

»Hä? Hast du sie noch alle? Was soll der Scheiß, soll das?«

Hans zuckte mit den Schultern. »Wenn wir hier wieder rauskommen, haben uns die Klamotten das Überleben gesichert. Dafür können wir uns dankbar zeigen.«

Er lachte. »Ich werde natürlich nicht hingehen und ihm sagen: Ey, Brodersen, weißt du was? Ich hab dir einen Haufen Klamotten geklaut und jetzt will ich die bezahlen, wie findest du das? Nein, ich würde das Geld in einen Umschlag stecken und in seinen Briefkasten werfen.«

Winfried setzte zu einer abfälligen Bewegung mit der linken Hand an, ließ sie aber schnell wieder sinken. »Bescheuert«, murmelte er.

»Aber vielleicht würde ich auch etwas machen, wovon ich schon immer geträumt habe. Es ist zwar verrückt, aber ...«

»Was denn?«

»Ich wollte schon immer nach Australien.«

Winfried schwieg. Das machte ihm sichtlich zu schaffen. Bei allen Zänkereien, die zwischen ihm und seinem Bruder immer mal wieder aufflammten, brauchte er seine Nähe. Noch nie war ihm der Gedanke gekommen, dass ihm sein großer Bruder, der ihn immer beschützt hatte, einmal nicht mehr zur Seite stehen würde. Er warf Hans einen erschrockenen Blick zu, dann starrte er stumm aus dem Fenster.

Hans schaltete den Motor wieder ab. Das summende Geräusch der Heizung erstarb.

Dann begann mit fast wütender Stimme: *»Es waren mal zwei Ameisen, die wollten nach Australien reisen.«*

Er stockte, kratzte sich den Haaransatz, überlegte angestrengt und fuhr fort: »Also jedenfalls taten ihnen die Füße weh, und deswegen haben sie die Reise abgebrochen.«

Wütend fügte er hinzu: »Da solltest du mal drüber nachdenken! Australien, Mann!«

Hans starrte seinen Bruder überrascht an. Er konnte es nicht fassen: Winfried und Gedichte! Das war, als würden statt der Schneeflocken plötzlich Gänseblümchen vom Himmel fallen.

»Ringelnatz! Woher hast du das denn?«, fragte Hans schließlich neugierig.

»Denkst du, ich bin blöd, denkst du das?«

»Natürlich nicht! Aber trotzdem ...?«

»Hat die Tante in ihrer Kommode gehabt.«

»Und das hast du gelesen – und dir auch noch gemerkt?«

»Warum nicht? Ich hab das Buch in der Schlafzimmerkommode gefunden, versteckt unter ihren Strümpfen. Da habe ich mir gedacht, dass da was ganz Schlimmes drinsteht. Vieleicht was über nackte Frauen oder so. Da habe ich das Buch eben durchgeblättert. *Überall ist Wunderland*, so hieß das, hieß das nämlich.«

»Was hast du denn in ihrer Schlafzimmerkommode gesucht? Da bewahrte sie doch nur ihre Wäsche auf.«

Winfried zierte sich. Schließlich sagte er leise: Ich wollte mir mal ihre Strumpfhalter angucken.«

Hans verschlug es die Sprache. Er blickte fassungslos aus dem Fenster. Er blickte ins Nichts und fühlte sich müde. Schließlich sagte er: »Mensch, Birne!«

* ✝ *

Matteo fror wie ein Schneider. Er steckte fest. Unwiderruflich. Mitten in Reinsbüttel, dem 400-Seelendorf. Von Süderdeich kommend hatte er schon vor dem Ortseingang Schwierigkeiten gehabt, das Auto in der Spur zu halten. Trotz der Spikereifen, die in dem tiefen Schnee schon lange ihre Wirksamkeit verloren hatten, brach der Wagen immer wieder aus. Bei diesem Wetter erwies sich der Hinterradantrieb des Fiat 126 als Nachteil.

Matteo hatte in den zweiten Gang runtergeschaltet und steuerte den Wagen in angespannter Wachsamkeit langsam durch das Schneetreiben der menschenleeren Dorfstraße. Er durfte nicht zu viel Gas geben, dann drehten die Räder durch. Andererseits riskierte er, im Schnee steckenzubleiben, wenn er zu langsam wurde. Es war ein anstrengender Pas de deux mit Gas und Kupplung.

Und plötzlich war Schluss. Das Fahrzeug sackte ruckartig ab und blieb stehen. Matteo schaute verdattert nach vorne, er hatte es nicht kommen sehen. Der Schnee sah hier nicht höher aus als bisher. Was es auch war, Fahrbahnabsenkung, abgesicherter Bauabschnitt oder sonst etwas – er saß fest.

Er versuchte vergeblich, den Wagen durch Vor- und Zurückfahren aus seinem Schneebett heraus zu schaukeln. Die Hinterräder fanden keinen Halt und drehten durch.

Matteo stieg aus, stapfte durch den hohen Schnee nach hinten und besah sich die Lage. Der Fiat war bis zum Bodenblech im Schnee versunken, die Hinterräder waren kaum noch sichtbar. Keine Chance, da rauszukommen. Und Raffaele, der vielleicht hätte anschieben können, gab es nicht mehr.

Matteo sah sich um. Links und rechts Einfamilienhäuser,

die sich unter dem Schnee zu ducken schienen und stoisch auf bessere Zeiten warteten. Nur hier und da zeigte Licht in den Fenstern, dass die Häuser bewohnt waren. Das Leben war so eingefroren wie die Straßen.

Matteo nahm wieder im Auto Platz, ließ den Motor an und wärmte sich an dem voll aufgedrehten Heizgebläse. Der Auspuff des Fiats spuckte unablässig dicke Wolken dunkler Abgase aus, woran Matteo aber keinen Gedanken verschwendete. Er hauchte in die Hände und rieb sie gegeneinander. Der kurze Aufenthalt draußen hatte sie bereits empfindlich ausgekühlt.

Wie sollte es weitergehen? Der Wagen war verloren, das war klar. Sollte er sich zu Fuß durch das Schneegestöber kämpfen? Bis Büsum waren noch einige Kilometer zurückzulegen. Wie viel genau, wusste er nicht. Fünf? Zehn? War das bei dem Sturm möglich? Er würde in dem tiefen Schnee kaum vorankommen und Stunden brauchen – wenn er es überhaupt schaffen würde.

Zu zweit wäre es sicher einfacher, man könnte sich gegenseitig helfen und unterstützen. Aber diese Möglichkeit gab es nicht mehr. Raffaele lag am Straßenrand irgendwo zwischen Süderdeich und Reinsbüttel unter dem Schnee begraben. Kalt. Und tot.

Matteo dachte an den gestrigen Tag zurück.

Trotz der vorgehaltenen Pistole hatte Raffaele nicht aufgehört, zu maulen. Ihm war es draußen zu kalt, zu stürmisch, zu anstrengend. Außerdem würden sie sowieso bald im Schnee feststecken. Und dann? Müssten sie erfrieren.

Matteos Hinweis, dass sie diese Fahrt schließlich nur seiner Dämlichkeit zu verdanken hatten, wollte Raffaele nicht gelten lassen: »Morgen ist der Schnee weg, dann können wir fahren! Die beiden Clowns schnappen wir trotzdem noch in ihrer stinkigen Fischhalle!«

Matteo hatte ihn genervt angeschaut. »Morgen schneit's immer noch. Wir müssen jetzt los und den beiden so schnell wie möglich auf die Pelle rücken! Wenn uns die entwischen, macht uns Patata platt.«

Er hatte Raffaele die Pistole gegen die Brust gestoßen. »Ich habe keine Lust, wegen deiner Blödheit meine Füße in Beton gießen zu lassen.«

»Du wirst sehen, morgen hört es auf zu schneien. Dann düsen wir hinter denen her, dass die Reifen glühen!«

»Hör auf zu träumen! Wir fahren jetzt!«

Unter dem Eindruck der Pistole schien es, als habe Raffaele nachgegeben. Nach kurzem Schweigen hatte er die auf ihn gerichtete Pistole zur Seite geschoben. »Okay, vorher muss ich aber noch mal.«

»Beeil dich«, hatte ihm Matteo noch hinterhergerufen, aber da war Raffaele schon auf dem Schulflur verschwunden.

In Reinsdorf fröstelte Matteo trotz der voll aufgedrehten Heizung. Er zog sich den Mantel enger um den schmalen Körper.

Ab und an, wenn der Wind ums Auto küselte, drangen die Abgase vom Auspuff in das Wageninnere und verbreiteten nicht nur einen üblen Gestank, sondern sorgten auch für eine gefährliche Mischung der Atemluft. Matteo musste von Zeit zu Zeit die Seitenscheibe runterkurbeln, um frische Luft hereinzulassen. Jeweils nur kurz, denn die Kälte war schneidend, und der beißende Wind blies jedes Mal Schnee in den Wagen.

Da bemerkte Matteo einen Schatten neben sich. Ein alter Mann klopfte mit dem Griff seines Gehstocks ans Fenster.

Von seinem Gesicht war kaum etwas zu erkennen. Die Wollmütze hatte er tief in die Stirn gezogen, den Schal bis zur Nase gewickelt und den Kragen seiner dicken Jacke hochgeschlagen. Unter buschigen Augenbrauen starrte er mit zusammengekniffenen Augen ins Auto.

Matteo guckte irritiert zurück.

Der Mann bedeutete ihm, die Scheibe runterzulassen. Matteo kurbelte die Scheibe einen Spalt breit auf und sah den Alten fragend an. Der brachte sein Gesicht nah an den offenen Spalt. »Ihr Motor läuft.«

»Was?«

»Ich habe Sie beobachtet. Sie lassen schon die ganze Zeit den Motor laufen.«

»Na und?«

Der Mann legte seine behandschuhten Finger auf die Scheibenoberkante. »Der Qualm verpestet die Luft!«

Matteo bekam schmale Augen. »Verzieh dich!«, zischte er und kurbelte die Scheibe so abrupt und schnell hoch, dass der Mann gerade noch seine Finger in Sicherheit bringen konnte. Er schimpfte vor sich hin, zog die Schultern ein und verschwand mit schleppendem Schritt wieder im grauen Schneegestöber.

Matteo hatte im Lehrerzimmer eine geschlagene halbe Stunde auf Raffaeles Rückkehr gewartet. Gerade, als er sich auf die Suche nach seinem Partner hatte machen wollen, kam der langsam angeschlendert.

»Wo warst du so lange?«

»Auf Klo«, hatte er kurz angebunden geantwortet.

Matteo hatte seine Augen über Raffaeles nasse Haare, seinen feucht glitzernden Mantel und die schneebedeckten Schuhe wandern lassen. »Auf dem Klo schneit's?«

Raffaele hatte an sich hinuntergeblickt und erklärend hinzugefügt. »Ja, Scheiße, Mann! Ich war noch mal draußen. Frische Luft schnappen.«

»Dann los jetzt.«

Den Fiat hatten sie etwas abseits vom Schulgebäude in einer abgelegenen Ecke zwischen zwei Bäumen geparkt. Dort war das Auto von der Straße aus kaum zu sehen und fiel auch am wenigsten auf, wenn man sich der Schule näherte.

Als sie am Wagen angekommen waren, hatten sie feststellen müssen, dass das Fahrzeug eingeschneit war. Mit bloßen Händen war der Wagen nicht freizubekommen.

Sie brauchten Schaufeln. In einem Abstellraum mit Putzmitteln und Reinigungsgeräten waren sie fündig geworden und kamen mit zwei Schaufeln, Kehrblech und Handbesen bewaffnet zum Auto zurück. Dennoch hatte es mehr als eine Stunde gedauert, bis sie den Fiat freigeschaufelt hatten. Die Gerätschaften warfen sie achtlos zur Seite.

Matteo ging zur Fahrertür und rieb sich die eisigen Hände. Er war durchgefroren. »Ich fahre. Gib mir den Schlüssel.«

Raffaele hatte den Kopf geschüttelt. »Hab ich nicht. Die hast du!«

»Warum soll ich die haben? Du bist doch gestern gefahren!«

»Ja, aber ich hab die Schlüssel im Lehrerzimmer auf den Tisch gelegt.«

»Quatsch, ich habe extra noch mal genau geguckt, ob wir was zurückgelassen haben, was uns verraten könnte. Da war nichts! Auch keine Schlüssel auf dem Tisch. Krempel mal deine Taschen um!«

Doch auch Raffaeles intensive Suche in seinen Taschen brachte keine Schlüssel zutage. Noch kurz stritten sie darüber, wer für die Schlüssel verantwortlich war, dann begaben sie sich erneut auf den Weg zurück in die Schule.

Im Lehrerzimmer lagen keine Schlüssel.

»Wo bist du denn sonst noch gewesen, als du vorhin angeblich auf dem Klo warst?«

»Ich war nirgends, nur auf der Toilette und kurz mal draußen zum Luft schnappen,« verteidigte sich Raffaele.

»Okay, dann suchen wir jetzt auf der Toilette.«

Raffaele hatte keine Anstalten gemacht, sich zu bewegen.

»Los!«, hatte Matteo ihn angeschubst. »Zeig mir die Toilette, auf der du gewesen bist.«

Matteo kam es seltsam vor, dass Raffaele mehrere Richtungswechsel vornehmen musste, bevor er auf eine Toilette stieß.

»Hier!«

»Damentoilette?«, hatte Matteo erstaunt gefragt.

»Ja, und? Warum nicht?«

Doch in der Damentoilette gab es keinen Tisch oder andere Ablagemöglichkeiten. Matteo schaute in alle Kabinen, mehr aus Verzweiflung als aus Zuversicht.

»Tja!« Raffaele hatte bedauernd die Schultern gehoben und theatralisch die Arme ausgebreitet. »Dann haben wir wohl ein Problem.«

»Du hast ein Problem!«, hatte ihn Matteo korrigiert. »Guck noch mal in deinen Taschen nach!«

Auch wenn Raffaele ein entrüstetes Gesicht machte, durchwühlte er seine Taschen erneut. »Nichts!«, hatte er schließlich verkündet und dabei wenig enttäuscht ausgesehen.

»Du hast schon einmal einen Schlüssel im Schnee verloren. Erinnerst du dich? Vielleicht wird dir das zur Gewohnheit. Also müssen wir deinen Weg vom Auto bis zur Schule gründlich absuchen.«

»Das ist nicht dein Ernst!« Raffaele sah Matteo entgeistert an.

»Doch! Und zwar Zentimeter für Zentimeter. Alle Wege, die wir gegangen sind. Alle! Auch die, die du vorhin im Alleingang unternommen hast.«

Raffaele hatte sich widerstrebend gefügt. Die Suche hatte sich endlos hingezogen. Dreimal hatten sie zwischendurch eine längere Pause einlegen müssen, weil sie vom Schneefall durchnässt, vom Wind ausgekühlt und mit klammen Fingern nicht mehr weitersuchen konnten.

Nach dem letzten Suchabschnitt waren beide so erschöpft, dass sie sich im Lehrerzimmer auf ihre Schlafstellen aus Wolldecken gelegt hatten, und von Erschöpfung übermannt, in einen tiefen Schlaf versanken. Am späten Nachmittag war Matteo als Erster erwacht. Er verbrachte einige Zeit damit, ihre Situation zu überdenken und nach Lösungen zu suchen. Dann rüttelte er Raffaele unsanft wach.

»Hör zu, es ist sinnlos, weiter nach dem Schlüssel zu suchen. Wir werden den Wagen kurzschließen. Dazu ist es jetzt leider schon zu dunkel, zumal wir in der bevorstehenden Finsternis nicht heil durch den Schneesturm kommen werden.«

Mit Unmut registrierte er, wie sich ein zufriedenes Aufleuchten in Raffaeles Mimik schlick.

»Morgen früh schließe ich den Wagen kurz, dann düsen wir los, egal, wie sich das Wetter gebärdet – verstanden!«

Er hatte sich aus seinen Wolldecken geschält. »Und jetzt lass uns gucken, ob wir was zum Essen finden«.

In einem Schrank entdeckten sie ein Paket mit Toastbrotscheiben und in einer Schublade eine Tüte mit Haselnüssen, deckte aber kaum den nagenden Hunger.

Am nächsten Morgen waren sie aufgebrochen, sobald das Tageslicht es zugelassen hatte. Der graue Himmel und der weiterhin ungebrochene Schneefall hielten den Tag noch lange in einem dunklen Zwielicht gefangen.

Wieder am Wagen angekommen, stellten sie fest, dass der Schnee über Nacht abermals ganze Arbeit geleistet hatte. Unter wilden Flüchen schaufelten sie den Wagen ein zweites Mal frei.

Endlich hatte Matteo den Fiat kurzschließen können und mit qualmendem Auspuff bahnten sie sich langsam ihren Weg durch den hohen Schnee.

In Schneckentempo fuhren sie die Büsumer Straße, Lollfuß und die Hauptstraße Richtung Süderdeich entlang. Schnee- und Eisklumpen brachten den Wagen immer wieder ins Stocken, und als sie den Ortsausgang von Süderdeich einige hundert Meter hinter sich gelassen hatten, brach das Fahrzeugheck so stark aus, dass Matteo und Raffaele auf ihren Sitzen ruppig hin- und hergeworfen wurden. Dabei hörte Matteo ein Klappern, das ihm Fragezeichen ins Gehirn trieb. Hatte er richtig gehört? Sein Blick folgte dem Geräusch und landete auf Raffaeles Manteltasche. Es war nur ein feines, klirrendes Klappern gewesen, kaum wahrnehmbar bei der rumpeligen Fahrt, und dennoch wusste Matteo sofort, was das bedeutete.

Mit aller Kraft stieg er auf die Bremse, abrupt wurde der Motor abgewürgt und Raffaele unsanft in den Gurt gepresst. »Spinnst du?«

Matteo beugte sich zu ihm hinüber und zog mit blitzschnellem Griff den Wagenschlüssel aus Raffaeles Manteltasche. Seelenruhig steckte er den Schlüssel ins Schloss, ließ den Wagen wieder an und legte den Leerlauf ein.

Raffaele versteifte sich auf seinem Sitz. Langsam, fast behäbig zog Matteo seine Pistole aus der Tasche und hielt sie Raffaele an die Schläfe.

»Gib mir dein Eisen!«, sagte er leise mit tonloser Stimme.

»Hör zu ...«

Aber Matteo erhöhte den Druck mit der Pistole.

»Deine Knarre ... auf den Boden! Langsam!«

»Lass mich doch mal ...«

»Ich zähle nur bis zwei! Eins ...«

Vorsichtig zog Raffaele seine Pistole aus der Tasche legte sie mit zitternden Fingern auf den Wagenboden.

»Und jetzt raus!«

»Matteo, hör zu ...«

»Raus!« Matteo drückte ihm die Mündung der Waffe so derbe gegen die Schläfe, dass Raffaele zurückwich und mit fahrigen Händen die Tür öffnete. Mit einem nachdrücklichen Stoß schubste Matteo ihn ins Freie.

»Und jetzt lauf!«

»Matteo! Bitte!«

»Lauf!«

Zitternd und bebend vor Angst und Kälte stapfte Raffaele wie ein fußkranker Storch durch den Schnee.

Matteo montierte indes den Schalldämpfer auf den Lauf seiner Pistole. Als Raffaele sich etwa fünf Meter vom Wagen entfernt hatte, rief Matteo: »Raffaele!«

Raffaele drehte sich um, und ein Funken Hoffnung lag in seinen Augen.

»Ich wollte dir nur nicht in den Rücken schießen«, sagte Matteo drückte zweimal ab.

Plopp! Plopp!

Raffaele sackte in sich zusammen wie eine Marionette, der

man die Fäden durchgeschnitten hat.

Matteo blieb noch einige Zeit im Wagen sitzen. Wie ein Jäger, der den Regeln guten Waidwerks folgt, sich nach dem Anschuss in Ruhe ein Pfeifchen anzündet und abwartet, um das möglicherweise nur angeschossene Wild nicht aus seinem Wundbett aufzuschrecken und erneut in Flucht zu bringen.

Raffaele konnte nicht mehr flüchten. Aus dem Schneebett, in das er gefallen war, hatte nur noch ein Zipfel seines Mantels herausgeragt, der dem heftigen Spiel des Windes ausgeliefert war. Das war das Einzige, was sich noch bewegte.

Matteo war ausgestiegen und gegen den schneidenden Wind zu der Stelle gestapft, an der Raffaeles Weg ein Ende gefunden hatte. Zur Sicherheit sah er sich um, aber er war mit dem Wind und Schnee allein.

Er bückte sich und nahm alle persönlichen Sachen aus Raffaeles Taschen, die einen Hinweis auf dessen Identität hätten geben können. Dann, einem plötzlichen Einfall folgend, zog er ihm die orangefarbene Ballonmütze vom Kopf. Dafür hatte Raffaele keine Verwendung mehr, ihm aber würde diese modische Abstrusität den Kopf wärmen. Bei dem Wetter spielte Eitelkeit keine Rolle. Zum Schluss schob er noch mit dem Fuß Schnee über Raffaeles erkalteten Körper. Den Rest würde der Wind besorgen.

Und nun war das passiert, wovor Raffaele ihn die ganze Zeit gewarnt hatte; er saß fest. Es ging weder vor noch zurück. Lange würde er nicht durchhalten. Er musste raus aus dem Wagen und sich nach anderen Möglichkeiten umsehen, nach Büsum zu gelangen. Nur wie?

Sollte er eine Telefonzelle suchen und Patata anrufen? Doch was könnte Patata machen? Nichts. Außer zum Schluss kommen, dass Matteo unfähig war, den Job geräuschlos zu erledigen. Nein, es musste eine andere Lösung geben.

Durch das Beifahrerfenster nahm er eine Bewegung wahr. Als er genauer hinsah, erkannte er eine dick vermummte Gestalt, die sich auf Skiern durch den Schnee bewegte. Die Stöcke links und rechts einsteckend, schob sie sich Schritt für Schritt voran. Langsam zwar, aber raumgreifend.

Da war sie, die Lösung: Ski! Er hatte zwar noch nie darauf gestanden, aber so schwierig konnte das ja nicht sein.

Aufmerksam beobachtete er den Skifahrer. Vor der Einfahrt eines Einfamilienhauses blieb er stehen, bückte sich, um die Ski abzuschnallen. Er richtete sich wieder auf und hielt keine Ski, sondern geflochtene Schneeschuhe in der Hand. Matteo hatte solche Schuhe, die ihn an überdimensionierte Tennisschläger erinnerten, schon mal in einem kanadischen Reiseführer gesehen. Auch gut, mit Schneeschuhen kam er sicherlich besser zurecht.

Der Mann öffnete die Haustür, zog die Kapuze und die Pudelmütze herunter und schüttelte die blonden Locken – eine Frau! Schnell schlüpfte sie durch die Tür und verschwand im Haus. Drinnen flammte Licht auf, das durch die Wand aus bunten Glasbausteinen nach draußen fiel.

Matteo fühlte sich wieder wie auf der Jagd. Die Lösung seiner Probleme lag vor ihm. Jetzt musste er nur noch die Frau überzeugen, ihm die Schneeschuhe zu überlassen. Er grinste. Das sollte ein Kinderspiel sein!

Er beobachtete noch eine Weile das Haus. Alles ruhig. Hinter zwei Fenstern im Erdgeschoß flammte Licht auf. Nach kurzer Zeit erlosch das Licht wieder.

Matteo stellte den Motor ab, verschloss die Türen und kämpfte sich durch den Schnee. Der Wind nahm ihm den

Atem. Er stemmte sich dem Sturm entgegen. Ein Papierfetzen flog an ihm vorbei, dann einige kleine Zweige, die zum Spielball des Windes geworden waren. Alle paar Schritte drehte er den Kopf zur Seite, um Luft zu holen.

Vor der Tür klopfte er sich den Schnee vom Mantel. In seinen Manteltaschen steckten nun zwei Pistolen. Rechts seine eigene und links die von Raffaele. Zwei Pistolen gaben Sicherheit.

Matteo drückte auf den Klingelknopf. Gedämpft hörte er den Gong. Die ersten acht Schläge vom Glockenspiel des Big Ben. Der Klingelton der Biedermänner.

Ein Schatten verdunkelte kurz das Licht hinter den Glasbausteinen, dann wurde die Tür einen Spalt breit geöffnet. Eine etwa vierzigjährige Frau mit geröteter Nase und feuchtglänzenden blonden Haaren war bemüht, die Tür nur so weit zu öffnen, dass der Wind nicht allzu viel Schnee ins Haus wehen konnte.

»Ja, bitte?«

Matteo setzte ein freundliches Lächeln auf. »Entschuldigen Sie die Störung. Ich habe Sie eben auf Schneeschuhen kommen sehen. Und da dachte ich, dass ...«

Hinter ihrem Rücken erschien das Gesicht eines Mannes, der ihn mit feindseligen Augen entgegenstarrte.

Matteo handelte. Er drückte die Tür auf, schob die Frau beiseite, drängte ins Haus und schloss die Tür hinter sich.

* ✝ *

Henny tat das, was sie schon längst hatte erledigen wollen. Sie nahm den flauschigen Plüsch-Toilettenvorleger und verstaute ihn oben auf dem Bauernschrank. Sie durfte nur nicht vergessen, ihn bei ihrer Abreise wieder auf seinen angestammten Platz zurückzulegen.

Ebenso deplatziert empfand sie die auf dem Spülkasten aufgeklebten Pril-Blumen. Diese ebenfalls zu entfernen, traute sie sich aber nicht.

Von der Diele drangen gedämpfte Geräusche in ihr Zimmer, die ihr verrieten, dass Oltmanns und Martens dabei waren, den Ast durchzusägen. Immer wieder stoppte das Sägen. Offenbar war es nicht ganz einfach, die Säge durch den feuchten Ast zu führen.

Ihre Waschutensilien hatte sie bislang auf der Glasablage unter dem Spiegel abgelegt. Nun wollte sie sie in dem Badschränkchen einordnen, das sie bis dahin noch gar nicht inspiziert hatte.

Als erstes fiel ihr ein zusammengeknülltes Bündel aus durchsichtiger Plastikfolie auf, das in das untere Fach gequetscht war. Es entpuppte sich als Trockenhaube, die auf einen Fön montiert werden konnte. Sie stopfte die Haube wieder in das Fach zurück. Einen Fön dazu gab es nicht.

Ein dumpfes Krachen ließ sie aufhorchen, anscheinend war der Ast gefallen.

In dem mittleren Fach stand eine orangefarbene Plastikdose, in der zwei große Ohrhänger lagen. Henny hielt sich einen ans Ohr und besah sich im Spiegel. Kreisrunde Teller aus Emaille in hysterisch grellen Farben. Nichts für sie. Sollte die ein Gast vergessen haben? Dann sprach das nicht für Frau

Oltmanns Gründlichkeit beim Reinemachen.

Aus dem Windfang hörte sie dumpfes Hämmern. Sie hatten es wohl geschafft, den Ast zu entfernen und waren dabei, das Loch mit den Brettern zuzunageln.

Im obersten Fach stand ein Flakon aus geschliffenem Glas. Sie zog ihn heraus. Die Parfümflasche war halb gefüllt, an der Ballpumpe hing eine braune Quaste. Vorsichtig drückte Henny auf die Ballpumpe. Der Sprühnebel verbreitete einen schweren, süßlichen Duft, der Bilder vom Orient in ihr wachrief. Sie verzog das Gesicht. Kein Duft für sie.

Den Flakon schob sie neben die Trockenhaube in das untere Fach, um Platz zu schaffen. Stück für Stück sortierte sie die Utensilien ein.

Gerade hatte sie das Schränkchen wieder geschlossen, als das Licht in ihrem Zimmer erlosch und sie im Dunkeln stand. Durch das Fenster drang nur wenig von dem ohnehin trüben Tageslicht.

Henny verharrte auf ihrem Platz. War die Glühbirne der Deckenlampe durchgebrannt? Sie hing zu hoch, als dass sie das hätte überprüfen können. Zudem hatte sie keine Ersatzbirne zur Verfügung, konnte also auch nichts weiter unternehmen. Das müsste sie Oltmanns überlassen.

Henny schloss die Tür auf und öffnete sie. In der Diele empfing sie ein ähnliches Halbdunkel. Keine der Lampen brannte, und da das Hallenhaus nur in der Leseecke neben dem Eingangstor und an den Seiten des Fletts Fenster hatte, drang auch hier nur wenig Tageslicht ein, das den dämmrigen Raum zu erhellen vermochte.

Walter Oltmanns eilte an ihr vorbei. »Wahrscheinlich ein Kurzschluss! Ich sehe gleich mal nach.« Und damit war er im Heizungsraum verschwunden.

Henny sah zum Windfang hinüber. Dort stand Holm Martens, Hammer und Säge noch in der Hand haltend.

Sie gesellte sich zu ihm. Im Vorbeigehen bemerkte sie Frau Oltmanns, die im Rahmen der Küchentür stand und sich nicht rührte. Auch sie wartete auf Erleuchtung. Henny erfreute sich an dem Gedanken – Erleuchtung passte zu Frau Oltmanns gleich in doppelter Hinsicht.

»Sie sehen ja so vergnügt aus!«, empfing Martens sie.

»Ich musste gerade an etwas denken«, wehrte Henny ab. »Hat aber nichts zu bedeuten.«

»Nichts zu bedeuten?«

»Na ja, es hat nichts mit dem zu tun, was hier gerade passiert.« Sie sah ihn fragend an. »Was ist denn passiert? Ein Kurzschluss?«

»Wahrscheinlich.«

»Haben Sie die Leitung durchgesägt?«, amüsierte sie sich.

Ein Funkeln trat in seine Augen. »Trauen Sie mir das zu?«

»Hm ... vielleicht?«

Er lachte. »Das stimmt mich aber traurig.«

Dann senkte er die Stimme: »Haben Sie eigentlich schon einen Blick auf das Bauerngemälde werfen können?«

Henny zuckte mit den Schultern. »Nein, Herr Oltmanns versucht, es zu verhindern. Unzweifelhaft duldet er keine Besucher in seinem Büro.«

Martens warf einen schnellen Blick zur Küche.

»Soll ich Ihnen helfen?«, fragte Martens leise.

Henny blickte ihn fragend an.

Martens beugte sich verschwörerisch zu ihr hinunter. »Ehrlich gesagt, würde ich selbst gerne einen Blick in sein Büro werfen – ich bin eben auch ein bisschen neugierig. Da könnten wir doch zusammenarbeiten.«

Das hatte etwas von der unverhohlenen Abenteuerlust eines unbekümmerten Schuljungen.

Henny musste lachen. »Und wie stellen Sie sich das vor?«

Martens hob ratlos die Hände. »Wir müssen uns was einfallen lassen. Vielleicht – wenn er gerade in seinem Büro sitzt, schreie ich draußen im Schnee um Hilfe, und wenn er dann rausrennt, schlüpfen Sie schnell ins Büro und gucken sich das Bild an.«

Henny hob belustigt die Augenbrauen hoch. »Lassen Sie mich raten: Sie haben zu viel Karl May gelesen, richtig?«

Er lachte. »Ja, Satan und Ischariot«

Sie sah ihn zweifelnd an. »Heißt das wirklich so? Das wäre in dieser Atmosphäre durchaus passend. Aber nein, das Buch kenne ich nicht. Ich habe nie Karl May gelesen.«

»Ich auch nicht – und schon haben wir beide etwas gemeinsam! Im Ernst: Wenn Sie Hilfe benötigen, bin ich für Sie da.«

»Warum sagen Sie das?«

Er zögerte. »Vielleicht, weil ich auch mal Ihre Hilfe benötige?«

In diesem Moment tauchte Oltmanns wieder auf. Er sah missgelaunt aus.

»Kein Kurzschluss! Vielleicht eine Störung im Umspannwerk. Bei dem Wetter ...!« Er ließ das Ende offen, es war auch so klar, was er meinte.

»Das wird hoffentlich nicht lange dauern. In der Zwischenzeit greifen wir einfach auf unsere guten, alten Petroleumlampen zurück. Frau Butenschön, hätten Sie Lust, mir dabei zu helfen?«

»Ja, gerne!«

Oltmanns ging voraus. An dem großen Eichentisch blieb er

stehen. »Wir müssten noch fünf oder sechs Lampen haben. Warten Sie hier, ich hole sie.« Er steuerte geradewegs die Abstellkammer an.

Henny blickte zu Holm Martens zurück, der immer noch mit Hammer und Säge im Halbdunkel vor dem Windfang stand. Er zog eine vielsagende Grimasse und setzte sich dann in Bewegung, um Hammer und Säge in die Werkstatt zurückzubringen. Henny fiel auf, dass er die Brechstange zurückließ.

Oltmanns kam zwei Minuten später mit einem Karton zurück, den er auf dem Eichentisch abstellte und ihm den Inhalt entnahm: Fünf Petroleumlampen, eine Literflasche Petroleum, eine Bürste und zwei Putzlappen.

»Mit denen kann man sogar draußen im Schneesturm rumlaufen«, erklärte er. »Wenn Sie so nett sind, die Petroleumlampen aufzufüllen ...«

Er zeigte auf den Fuß einer Lampe. »Sie schrauben den Tankdeckel auf und füllen das Petroleum aus der Flasche hier hinein. Bitte nur bis etwa zu dieser Markierung. Wenn Sie den Tank gefüllt haben, schraube ich den Docht herunter. Wir müssen dann ungefähr zwanzig Minuten warten, bis sich der Docht mit Petroleum vollgesogen hat. In der Zwischenzeit putzen wir die Glaszylinder, damit wir nachher auch ein strahlend helles Licht haben. Okay?«

Henny nickte. »Gerne. Und wie lange brennen die Lampen?«

»Das Petroleum reicht für ungefähr zwanzig Stunden.«

Er schnaufte hörbar durch die Nase. »Ich hoffe inständig, dass wir sie nicht so lange brauchen werden.«

Henny schraubte die erste Lampe auf, balancierte den Flaschenhals über den Tankstutzen und füllte das Petroleum ein. Es klappte, ohne dass etwas danebenging, und so konnte sie bald den Deckel wieder aufsetzen und zudrehen.

»Der Stromausfall muss ja auch für Ihre Frau sehr ärgerlich sein. Ich weiß, dass sie gerade dabei ist, das Silvesterbüfett vorzubereiten.«

Henny schob ihm die Petroleumlampe hinüber.

Oltmanns hatte den Kopf tief zur Tischplatte runtergesenkt, um den Docht der ersten Lampe einzustellen.

»Ach«, winkte er ab. »Außer der Fliederbeersuppe gibt es nur ein kaltes Büfett. Insofern muss Wiebke zwar einiges zubereiten, aber nicht allzu viel kochen.«

»Fliederbeersuppe?«

Oltmanns grinste breit. »Kennen Sie nicht, was? Tja, wenn's in Schleswig-Holstein kalt wird, kommt eine heiße Fliederbeersuppe auf den Tisch. Hilft bei Erkältungen und schmeckt lecker.«

»Das hört sich vielversprechend an.«

»Eigentlich dürfte ich Ihnen das noch nicht preisgeben. Aber weil Sie es sind ...! Also, das ist eine Fruchtsuppe aus Schwarzen Holunderbeeren, in die grob geschnittene Apfel- und Birnenstücke sowie Grießklößchen eingelegt werden. Alles zusammen wird heiß aufgekocht. Wiebke verfeinert das Rezept noch durch Beigabe von Zimt und Gewürznelken. Aber bitte verraten Sie mich nicht«, flehte Oltmanns in gespielter Verzweiflung, »dass ich das kleine Küchengeheimnis schon gelüftet habe.«

Er legte ihr seine Hand auf den Arm. Henny zuckte leicht zurück, sie fühlte sich im wahrsten Sinn des Wortes unangenehm berührt.

»Ich werde schweigen wie ein Grab.«

Oltmanns bedachte sie mit einem langen Blick. Dann sagte

er leise: »Ja, das werden Sie.«

Henny hatte die zweite Lampe befüllt und schob sie Oltmanns hin. Sie überging den süffisanten Ton, der in seiner Bemerkung mitschwang und führte das Thema fort.

»Ihre Frau kocht gerne, nicht wahr? Sie lebt sicherlich auch schon sehr lange mit Ihnen gemeinsam hier auf dem Hof?«

Oltmanns hielt im Putzen der Glaszylinder kurz inne. »Ich wurde hier auf dem Hof geboren. Wiebke kam aber erst viel später hinzu.«

Er fuhr mit dem Putzen fort. »Meine erste Frau ist sehr früh gestorben.«

Henny schwieg. Wahrscheinlich erwartete Oltmanns darauf sowieso keine Antwort. Er rieb mit dem Lappen verbissen an dem Glaszylinder herum, obwohl dieser längst blankgeputzt war.

»Sie ist bei der Geburt meines Sohnes gestorben«, murmelte er fast unhörbar.

Henny spürte ein leichtes Zittern in ihrer Hand. Schnell setzte sie die Flasche ab. »Das tut mir sehr leid!«

Sie wollte das traurige Thema nicht weiter vertieft wissen und lenkte das Gespräch in andere Bahnen. »Und Ihr Sohn? Ist er schon aus dem Haus, nicht mehr auf dem Hof?«

Oltmanns reagierte nicht. Unentwegt putzte er den Glaszylinder an derselben Stelle, bis er ihn schließlich zur Seite stellte. »Mein Sohn ist tot.«

Dann fügte er hinzu: »Ich rede nicht gern darüber.«

Schweigend arbeiteten beide weiter. Henny fragte sich, ob es in diesem Haus überhaupt ein Thema gäbe, das nicht letztlich eine unangenehme Wendung erfuhr.

Vier der fünf Sturmlaternen hatten sie bereits fertig vorbereitet, als Oltmanns zu der erstgefüllten Lampe griff.

»Eigentlich ist sie noch nicht so weit, aber ich probiere mal, sie anzuzünden.«

Er hob den Glaszylinder an, drehte den Docht etwa zwei Zentimeter hoch. Dann langte er in seine Hosentasche, holte eine Packung Welthölzer hervor. Er riss ein Streichholz an und hielt es an den Docht. Der glimmte kurz auf, die Flamme wuchs empor, und Oltmanns drehte den Docht zurück, bis die Flamme eine normale Höhe hatte. Behutsam ließ er den Glaszylinder herunter und schob die Lampe zur Tischmitte.

»Ist das nicht ein schönes, warmes Licht?« Gedankenverloren sah er dem leichten Flackern der Flamme zu.

Schließlich sagte er: »Wiebke habe ich im Bibelkreis kennengelernt. Wir haben sofort gespürt, dass wir zusammenpassen. Wir waren zwei Individuen, sind unterschiedliche Lebenswege gegangen, aber auf der gleichen Bewusstseinsebene angekommen. Wir haben dieselbe Einstellung, dieselben Überzeugungen, denselben Glauben und dasselbe Vertrauen in Gott, unseren Herrn.«

Er spielte mit der Streichholzschachtel, schob die Lade auf und wieder zu. Trotz seiner ruhigen Schilderung verriet das nervöse Hantieren seine innere Anspannung.

»Wissen Sie«, fuhr er fort, »wenn zwei Menschen sich in ihrem Gottvertrauen einander so ähnlich sind, dann stellt man keine Fragen nach Herkunft und Vergangenheit. Man schaut voraus, geht dem Licht entgegen. Ich weiß nichts von Wiebkes Vergangenheit, ich weiß nicht, woher sie kommt, ich weiß nicht, wer sie gewesen war. Ich weiß nur, wer sie in dem Moment gewesen ist, in dem wir uns begegneten. Und von da an war mir klar, dass wir gemeinsam gehen werden, egal, welche Windungen unser Weg auch nehmen würde. Nach ihrer Herkunft habe ich nie gefragt. Ich hatte lediglich die leise Ahnung, dass es in ihrer Vergangenheit einen Punkt gegeben haben muss, an dem ihr Leben eine einschneidende Wendung genommen hat.«

Er dachte kurz nach, dann ergänzte er: »Ich glaube, uns verband das, was man Liebe nennt. Ja, es war Liebe. Die Liebe zum Herrn, aber auch die Liebe zueinander.«

Er kippte die Streichhölzer auf den Tisch und begann, sie sorgsam nebeneinander auszurichten.

Henny fiel auf, dass er die Vergangenheitsform wählte, wenn er von ihrer Liebe sprach. Hatten sie auf ihrem Weg in die Gegenwart ihre Liebe verloren?

»Allerdings musste ich ihr anfänglich zu Hilfe kommen«, fuhr Oltmanns fort. »Sie litt sehr unter dem Bewusstsein, dass einige Bereiche ihrer Seele in Dunkelheit lagen. Sie muss Schlimmes erlebt haben. Ich habe nie danach gefragt, aber ich habe gespürt, dass sie Ängste hatte, wo Vertrauen in Gottes Wort hilfreich gewesen wäre. Es war eine Unrast in ihr, wo gläubige Zuversicht angebracht gewesen wäre. Da wusste ich, dass Satan ihrer Seele Gewalt angetan hatte.«

Henny verkrampfte sich innerlich. Schon wieder zerrte Oltmanns seinen Glaubenseifer hervor. Dennoch, wenn auch aus purer Höflichkeit, fragte sie vorsichtig: »Satan?«

»Ja, Frau Butenschön – Satan ist allgegenwärtig! Wo Gott ist, da ist auch der Teufel. Ohne Gott gäbe es keinen Teufel. Und wer den Teufel leugnet, der leugnet auch Gott. Das aber wäre das Ende des Glaubens, das führt zur Gottlosigkeit und endet in Anarchie und Chaos.«

Er sog die Luft tief ein und blickte Henny bekümmert an. »Wiebke war vom Teufel bewohnt.« Er hatte wohl eine heftige Reaktion von Henny erwartet. Als die ausblieb, fuhr er fort: »Sie war nicht besessen, nein! Der Dämon hatte noch keine endgültige Macht über sie erlangt. Er haftete ihr an und ließ sie Dinge denken, die lästerlich waren, und Dinge tun, die sich als unchristlich erwiesen. Ich habe ihr geholfen. Ich habe Gebete gesprochen, den Namen Jesu Christi in unzähligen Sitzungen in endloser Folge wiederholt, ich habe ihr das Kreuz beschwörend vor Augen gehalten, wohl wissend, dass Satan durch ihre Augen in die Welt blickt. Am Ende hat sie den Satan aus sich herausgeschrien und ausgespuckt und war vom Dämon befreit.«

Henny schluckte. Das war mehr, als sie bereit war, sich anzuhören. Sie stand auf. In diesem Augenblick öffnete sich die Tür der Werkstatt und Holm Martens trat in die Diele.

Henny wunderte sich, dass er so lange gebraucht hatte, Hammer und Säge an ihren Platz zurückzustellen. Hatte er sich in dem dunklen Raum nicht zurechtgefunden?

Oltmanns saß mit dem Rücken zu ihm, konnte ihn nicht sehen, hörte aber die Tür knarren. Ruckartig drehte er sich um. Sein Gesicht verfinsterte sich. Seine Augen verfolgten Martens, der ihnen freundlich zunickte, während er zur Leseecke schlenderte.

Oltmanns nahm die schon brennenden Petroleumlampe zur Hand, eilte mit kräftigen Schritten zur Werkstatt, ging hinein und schloss die Tür hinter sich.

Martens hatte den abrupten Aufbruch Oltmanns mit Staunen verfolgt, sagte aber nichts.

Diesmal war es an Henny, die Schultern hochzuziehen und ein fragendes Gesicht zu machen.

Es dauerte lange, bis Oltmanns wieder aus der Werkstatt kam. Er warf Martens einen prüfenden Blick zu: »Sie haben das Werkzeug zurückgelegt?«

»Ja«, sagte Martens.

Oltmanns verharrte einen Augenblick und musterte Martens, dass es schon fast unhöflich war. Dann drehte er sich zu Henny um. »Wären Sie so nett, zwei Lampen auf die Tische in der Leseecke zu stellen? Ich bringe Wiebke eine Lampe in die Küche und eine Laterne zum Ofen. Diese Lampe bleibt hier auf der Gemeinschaftstafel. Das sollte fürs Erste reichen.«

Er nahm zei Lampen und machte sich damit in Richtung Küche auf. »Ich hoffe, dass wir bald wieder Strom haben.«

* ✞ *

Seit mehr als 40 Stunden hockten Hans und Winfried nun schon auf der Sitzbank des Fords. Ohne Möglichkeiten der Hygiene. Nicht nur ihre Kleidung, auch ihre Körper verbreiteten bereits einen unangenehmen Geruch. Es stank. Ihre Stimmungen schwankten zwischen Hoffnung, Mutlosigkeit und der Angst, dem Schneeverlies nicht mehr entrinnen zu können.

Winfried hörte nicht auf, das Geld zu zählen. Immer wieder holte er es aus der Tüte, zählte es, steckte es wieder in die Tüte zurück, um es gleich darauf erneut herauszuziehen und mit dem Zählen von vorn zu beginnen. Mechanisch, unbeirrt und beharrlich. Es war, als nähme er es selbst gar nicht mehr bewusst wahr.

Hans starrte müde auf die Eiskristalle auf der Innenseite der Frontscheibe. Er beobachtete das langsame Anwachsen der Eisblumen; jede für sich ein einzigartiges Kunstwerk. Es war, als wollte ihn die Natur für die misslichen Umstände, die sie draußen verursachte, mit prachtvollen Meisterwerken auf der gläsernen Bühne entschädigen.

Hans ließ Winfried gewähren. Er war froh, dass sein Bruder eine Beschäftigung hatte. Trotz seines bislang ungewöhnlich friedlichen Verhaltens konnte das Fehlen seiner Medikamente jederzeit zu aggressiven Reaktionen führen. Solange er zählte, blieb er ruhig.

Kaum hatte Hans das zu Ende gedacht, regte sich Winfried neben ihm. »Ich will mir jetzt die Drogen angucken, will ich!« Er packte die Geldscheine in die Tüte und warf sie vor sich in den Fußraum.

Hans antwortete nicht. Er hoffte darauf, dass sein Bruder zu träge war, um auf seiner Forderung zu beharren. Er täuschte sich.

»Ich will das Kokain sehen, jetzt will ich!« Er griff nach Hans' Jackenärmel und rüttelte ihn. »Hol die Tasche rein!«

»Spinnst du? Was willst du jetzt mit dem Zeugs? Das ist im Kofferraum gut aufgehoben!«

»Mal angucken! Vielleicht können wir das Zeug verkaufen. Mann! Dann sind wir nochmal reich, sind wir dann!«

»Ach, Birne!« Hans fehlte die Energie, mit seinem Bruder eine Auseinandersetzung zu führen. Schläfrig blickte er auf die mit Eisblumen geschmückte Scheibe. Der Schnee hatte sich mittlerweile fingerdick auf der Frontscheibe niedergelassen und sorgte für schummriges Zwielicht im Wagen. Gleich würde er wieder die Heizung anstellen müssen.

»Was ist jetzt?« Winfried gab nicht auf.

Hans rührte sich nicht. Und schon bald waren beide erneut in stumpfer Lethargie gefangen.

* ✝ *

Henny sah auf das Bänkchen, auf dem ihre Spielsteine aufgereiht waren: F, S, E, A, T, O und M. Auf dem Spielbrett hatte Holm Martens gerade das Wort KULTUR an das Wort LEITER gelegt.

Auf der Suche nach Beschäftigung in diesen trüben Stunden hatte Martens in dem Regal der Leseecke ein Scrabble-Brettspiel entdeckt und Henny gefragt, ob sie Lust hätte auf eine Runde Scrabble. »Die momentane Lage lässt ja ohnehin keine anderen Aktivitäten zu.«

Henny hatte gern zugestimmt, und so saßen sie sich in der Leseecke gegenüber, das Scrabble-Spielbrett auf dem Nierentisch. Das Licht der beiden Petroleumlampen tauchte die Szenerie in ein gemütliches Halbdunkel, hell genug, das Spielfeld ausreichend zu beleuchten. Es war eine behagliche, heimelige Atmosphäre, wenn man von den wetterbedingten Missständen absah.

Das Spiel bestand aus einem rötlich gebeiztem Holzkasten mit einer seitlich herausziehbaren Schublade, in der sich das Ledersäckchen mit den Buchstabenplättchen und eine Sanduhr befunden hatten.

Die Oberseite des Holzkasten war als Spielfläche ausgestaltet: Die einzelnen Felder waren etwas tiefer gelegt und wurden von einem hölzernen Gitternetz begrenzt, sodass in jedes Feld ein Buchstabenstein eingesetzt werden konnte. Das Zusammenspiel zwischen dem rötlich dunklen Holzrahmen und den Buchstabenfeldern aus hellem Holz verlieh dem Spiel eine außergewöhnlich edle Optik.

Henny blickte auf die Sanduhr, die für jeden Zug zwei Minuten zuließ. Der Sand war zur Hälfte durchgelaufen, also hatte sie noch etwa eine Minute Bedenkzeit.

Dann lächelte sie, setzte mit ihren Buchstaben das Wort SFUMATO an KULTUR an und drehte die Sanduhr um.

»Sfumato?« Holm Martens sah erstaunt auf. »Was ist denn das? Das Wort kenne ich nicht!«

»Der Begriff wird in der Ölmalerei verwendet«, erklärte Henny. »Es ist eine Maltechnik, mit der Hintergründe verschwommen dargestellt werden. Damit wird der Eindruck erzeugt, als läge die Landschaft in einem nebligen Dunst. Leonardo da Vinci hat diese Technik in seinen Gemälden oft angewendet. Das gibt seinen Werken diese verträumt-lyrische Atmosphäre, wie bei der Mona Lisa zum Beispiel.«

»Aha!«, trumpfte Martens auf. »Also ein Fremdwort.«

»Kein Fremdwort – ein Fachbegriff aus der Malerei!«, protestierte Henny. » Sie gönnen mir meine – Moment – zwölf Punkte nicht. Nein, stopp! Das M zählt auch noch doppelt, also fünfzehn Punkte!«

»Ich gönne Ihnen alles«, lachte Martens. »Und bestimmt steht das Wort im Duden.«

Henny schüttelte den Kopf. »Ach was! Ich gebe zu, dass ich Sfumato aus den hintersten Ecken meines Studiums hervorgekramt habe. Das ist nicht fair.«

Sie nahm die Buchstaben wieder auf und legte sie nun an das E von LEITER an: OSTSEE.

»So, das sind mit der Verdreifachung vom S immerhin noch zehn Punkte.« Sie hob in gespielter Mahnung den Zeigefinger. »Nicht, dass Sie mir nachher noch mit irgendwelchen maritimen Fachbegriffen kommen.«

»Das kann natürlich passieren! Kielschwein ist zum Beispiel so ein schönes Wort. Gibt bestimmt viele Punkte.«

»Kielschwein?« Henny hob amüsiert die Augenbrauen.

»Ja, das könnte zwar ein Kieler Einwohner von zweifelhafter Moral sein ...« Martens grinste. »Es bezeichnet aber eine längs des Bootsbodens verlaufende Verstärkung des Kiels.« Er blickte Henny verschmitzt an: »Die alten Seebären machten sich einen Spaß daraus, Neulinge mit dem Auftrag unter Deck zu schicken, dort das Kielschwein zu füttern.«

Henny lachte. Sie genoss das muntere Spiel und die heitere Atmosphäre in Martens' Gesellschaft.

Sie waren so vertieft, dass sie gar nicht bemerkten, wie sich die Kälte schleichend in der Diele breitgemacht hatte. Sie wurden der rapide fallenden Raumtemperatur erst gewahr, als Oltmanns heftig schimpfend in die Diele gestürmt kam.

»Über zwei Stunden kein Strom! Eine Katastrophe!«

Die Petroleumlampe in seiner Hand schwang heftig hin und her und warf gespenstische Schatten an die Wände. Wütend schloss er die Tür zu seinem Büro auf und verschwand darin. Drinnen rumorte es. Wie aufgewühlt Oltmanns sein musste, zeigte sich darin, dass er die Bürotür offenließ.

Henny und Martens hatten ihr Spiel unterbrochen und verfolgten das gereizte Gebaren Oltmanns. Henny versuchte, durch die geöffnete Tür einen Blick in das Büro zu werfen. Doch auf die Entfernung und durch den nur schwach erhellten Raum waren keine Einzelheiten zu erkennen.

Es dauerte nicht lange und Oltmanns kam wieder heraus. Er warf die Tür zu – und vergaß, sie abzuschließen. Aufgebracht stiefelte er zur Leseecke und setzte sich schwerfällig und keuchend in den Sessel neben Henny und Martens.

Er wirkte verzweifelt. Sein Atem ging schnell, er schnaufte hörbar. Fast weinerlich klagte er: »Jetzt ist auch noch die Telefonleitung tot! Ich kann keinen erreichen! Die Ferkel sterben eines nach dem anderen. Drei sind bereits erfroren.«

Er sank in sich zusammen, beugte sich nach vorn, die Unterarme auf den Schenkeln abgestützt, die Hände gefaltet und schniefte.

Betete er? Plötzlich verspürte Henny so etwas wie Mitleid mit ihm. Gerade, als sie zur Frage ansetzte, ob sie etwas tun könne, kam ihr Martens zuvor und fragte: »Können wir etwas tun? Ihnen irgendwie helfen?«

Oltmanns schüttelte wortlos den Kopf. Mehrmals und mutlos. Schließlich stieß er hervor: »Nein! Ich habe die Schweine bereits in den Kuhstall getrieben. Die Schweine werden es überleben, aber die Ferkel nicht, sie sind auf Wärme angewiesen. Es sind ja noch ganz kleine Saugferkel.«

Oltmanns senkte den Kopf. Weinte er?

Henny war betroffen und fühlte sich hilflos. Einen solchen Ausbruch hatte sie von Oltmanns nicht erwartet. In diesem Moment war er nicht mehr der religiös schwurbelnde Hofherr, sondern ein verletzlicher, weichherziger Bauer, der mit seinen Tieren litt.

Martens zeigte auf den Försterofen. »Können wir den nicht in Gang bringen?«

Wieder schüttelte Oltmanns den Kopf. Er schniefte und wischte sich über die Augen. »Nein, der war zu lange außer Betrieb. Der Ofen funktioniert zwar, aber ich müsste erst den Schornstein wieder frei räumen. Im Laufe der Jahre wird der mit Vogelnestern oder Unrat verstopft sein – und wenn der Rauch nicht abzieht, vergiften wir uns mit Kohlenmonoxid.«

»Und wenn wir den Schornstein frei machen?«

Oltmanns winkte ab. »Das würde nur uns helfen, nicht den Tieren. Aber bei dem Wetter werden wir es sowieso nicht schaffen. Bei dem Sturm können wir nicht aufs Dach steigen. Zu gefährlich!«

Henny blickte hilflos von einem zum anderen. Dann schoss ihr ein Gedanke in den Kopf. »Und was ist mit den Hühnern?«

Oltmanns fuhr zusammen und schaute Henny erschrocken an. »Ich hatte noch keine Zeit nach ihnen zu sehen. Vielleicht schaffen sie es.« Er schluckte. »Vielleicht auch nicht.«

»Soll ich nachsehen?«, fragte Henny. Sie hatte das Bedürfnis, Oltmanns die Hand tröstend auf die Schulter zu legen, unterließ es aber eingedenk seines bisherigen Verhaltens.

Er erhob sich. »Nein, ich gehe selbst.«

Mit hängendem Kopf verschwand er im Gang zwischen Heizungsraum und Werkstatt. Das Licht seiner Sturmlampe verschwand. Ein kurzes Aufheulen des Windes und ein Schwall kalter Luft verrieten, dass er die Tür nach draußen geöffnet hatte. Dann wurde es wieder ruhig.

Frau Oltmanns trat aus dem schwachen Licht der Petroleumlampe in ihrer Küche, tauchte ein in das Halbdunkel der Diele und erschien im flackernden Schein der beiden Lampen, die die Leseecke erhellten.

Sie trug ein Holztablett, das sie auf der Truhe absetzte. Wortlos und fast geräuschlos. Auf dem Tablett standen mehrere Kerzen unterschiedlicher Größen, zum Teil halb heruntergebrannt, zum Teil noch unbenutzt.

Sie platzierte die Kerzen, es waren sechs Stück, an verschiedenen Stellen der Leseecke, zog eine Streichholzschachtel aus ihrer geblümten Kittelschütze und zündete die Kerzen der Reihe nach an. Dann verwschwand sie wieder in der Küche. So geräuschlos wie sie gekommen war.

Henny sah Martens an. Martens sah Henny an. »Danke!«, rief ihr Henny nach. Ihr Blick blieb für einen Moment an der offenen Bürotür hängen, dann sah sie Martens fragend an. Der schüttelte stumm den Kopf. »Jetzt nicht!«, flüsterte er.

Henny griff zur Sanduhr und drehte sie um.

»Ich bin dran«, sagte sie schnell. Sie wollte vermeiden, dass sich beide in, womöglich noch abfälligen, Bemerkungen über Frau Oltmanns Auftreten verloren.

Martens hatte das intuitiv verstanden, und so vertieften sie sich wieder in ihr Scrabble-Spiel.

Henny fügte an OSTSEE das Wort LIEB an. »Sechs Punkte!«

Holm Martens lachte. »Ich glaube, ich brauche die Sanduhr gar nicht umzudrehen. Passen Sie auf!«

Dann ergänzte er das Wort LIEB zu VERLIEBT.

»Dreizehn Punkte!«, triumphierte er. »Verliebt zu sein, ist immer viele Punkte wert!«

Henny spürte, dass sie rot anlief. Sie ärgerte sich darüber.

Die Kerzen brachten nicht viel mehr Wärme in die Diele. Der Raum war zu groß, als dass ein paar brennende Dochte dafür ausreichend wären.

Gerade, als Henny sich fröstelnd entschlossen hatte, eine warme Jacke aus ihrem Zimmer zu holen, kam Oltmanns zurück. Er blieb im Gang zwischen Heizungsraum und Werkstatt stehen und stampfte mehrfach mit den Schuhen auf, um den Schnee abzuschütteln. Er nahm die Mütze vom Kopf und schüttelte sie aus.

Sein Gesicht war sorgenvoll, von Schwermut überschattet. Die dünnen Haare verstärkten sein fahriges, hilflos wirkendes Gebaren noch.

Er setzte die Mütze wieder auf, kam mit müden Schritten zur Leseecke und nahm wieder auf dem Sessel Platz.

»Was ist mit den Hühnern?«, fragte Henny leise.

»Vier sind tot.« Oltmanns fuhr sich mit der Hand durchs Gesicht und atmete tief durch. »Die anderen werden's auch nicht schaffen.«

Henny wollte Oltmanns nicht mit Fragen quälen, die vielleicht naiv waren oder sich in ihrer Arglosigkeit als dümmlich erwiesen. Andererseits aber ging ihr nicht nur das Schicksal der Hühner, sondern auch die Sorgen des Bauern nahe.

»Können Sie die Hühner nicht auch einfach in den Kuhstall setzen?«

Oltmanns schüttelte den Kopf.

Nach einer ganzen Weile, in der Oltmanns wie abwesend vor sich hinstarrte, ohne auf ihre Frage zu antworten, setzte sie nach: »Warum nicht?«

»Die Hühner könnten Bakterien auf die Kühe übertragen. Das würde mehrere Wochen die Milchproduktion lahmlegen. Das kann ich nicht riskieren.«

»Und wenn der Strom gleich wiederkommt? Rettet das die Hühner?«

Oltmanns zuckte ratlos mit den Schultern. Dann stand er auf. »Vielleicht erfahren wir im Radio mehr.«

Er eilte davon, verschwand in der Abstellkammer und kam nach kurzer Zeit mit einem Kofferradio wieder. Er stellte es auf den Beistelltisch, zog die Antenne heraus und schaltete es ein.

Es war ein Transistorradio mit braunem Plastikgehäuse und aufgedruckter Holzmaserung. Das Gerät blieb stumm.

»Die Batterien sind leer«, vermutete Oltmanns. »Das Ding ist uralt.« Er stand erneut auf, ging in die Werkstatt und kam mit einem Schraubenzieher und einer kleinen Holzkiste zurück, in der sich unterschiedliche Batterien befanden. Er drehte das Radio um, löste ein paar Schrauben auf der Rückseite des Geräts, entfernte die Einstellknöpfe auf der Senderskala und zog das Gehäuse am Tragegriff vom Radio ab. Im

Batteriefach befanden sich fünf Batterien, die er herausnahm und durch neue aus der Holzkiste ersetzte.

Mit geübten Handgriffen setzte er das Gehäuse wieder zusammen. Henny hatte den Eindruck, dass ihm diese kleine handwerkliche Beschäftigung gefiel und seine Sorgen zumindest für einen kurzen Moment zur Seite drängte.

Er schaltete das Gerät ein. Die Senderskala leuchtete auf. Oltmanns lächelte und drehte am Skalenknopf. Nach einigem Rauschen, Knistern und Quäken hatte er den Sender gefunden. Musik erklang. Udo Jürgens – *Buenos Dias Argentina*. Nicht unbedingt Hennys Geschmack. Ein Blick in Holms gequältes Gesicht zeigte ihr, dass er derselben Meinung war.

»NDR«, sagte Oltmanns, als würde das alles erklären.

Erneut tauchte Frau Oltmanns mit einem Tablett aus der Tiefe der dämmrigen Diele auf. Wortlos stellte sie drei Teetassen, eine Teekanne, Zuckerdose und Sahnekännchen auf dem Beistelltisch ab. Dann folgte das Stövchen. Sie riss ein Streichholz an, entzündete das Teelicht und setzte die Teekanne darauf.

Sie richtete ihre dunklen Augen auf Henny. »Schlüsselblumen, Zimt und Orangeschalen, gut bei Kälte.«

Holm Martens beugte sich neugierig vor. »Ich bin überrascht! Wie haben Sie den Tee aufkochen können – so ganz ohne Strom?«

»In der Abstellkammer habe ich den alten Primus-Petroleumkocher meiner Großeltern gefunden«, mischte sich Oltmanns ein. »Ein uraltes Ding von 1915, aber er funktioniert noch! Ich sage ja immer: Man soll nichts wegschmeißen.«

Henny setzte die Tasse an die Lippen und probierte. Frau Oltmanns drehte sich um und ging wieder. So hatte Henny auch keine Möglichkeit, ihr ein Lob für die Teemischung auszusprechen. Henny genoss die wohltuende Wärme, die mit jedem Schluck ihren Körper durchlief. Eine Wohltat in der immer kälter werdenden Diele.

»Ich weiß, dass es für Sie und Ihre Frau sehr schwierig ist, unter diesen widrigen Umständen nicht nur den Hof bestellen zu müssen, sondern sich auch noch um Ihre Gäste zu kümmern. Ich würde gerne etwas zu Ihrer Entlastung beitragen. Ich könnte Ihrer Frau zur Hand gehen oder auch ganz allgemeine Hilfestellungen geben.«

Oltmanns fiel es unter all den Sorgen um sein Vieh offensichtlich schwer, ein freundliches Gesicht zu zeigen.

»Wir kommen schon klar.«

Er fuhr sich mit der Hand übers Gesicht, als wollte er alle Sorgen mit einer Bewegung fortwischen.

»Unser Hof hatte seit seinem Bestehen noch nie einer solchen Heimsuchung zu widerstehen.«

Er blickte zum Fenster hoch, hinter dem die grau-weiße Hölle seit zwei Tagen ununterbrochen tobte.

»Der Herr hat uns eine neue Sintflut geschickt. Eine Sintflut aus Verderben, Sturm und Schnee. Vielleicht will Gott die Festigkeit unseres Glaubens prüfen und hat uns daher besonderes Leid zugedacht. Vielleicht hat er aber auch den Teufel in unserer Mitte ausgemacht und schickt uns nun seine himmlischen Waffen, um dem Teufel das Hiersein zu vergällen und ihn zu bändigen.«

Während dieser Worte hielt Martens den Kopf auf das Scrabble-Brett gerichtet. Es war nicht zu erkennen, welche Gedanken ihm durch den Kopf gingen. Nun aber hob er den Blick und sah Oltmanns aufmerksam an.

»Wie ich gehört habe, hat sich ja schon einmal ominöser

Vorfall ereignet. Einer ihrer Gäste soll spurlos verschwunden sein. Eine junge Frau.«

Die Feststellung klang weder unhöflich noch herausfordernd, Martens hatte sie ohne besondere Betonung wie beiläufig dahingesagt.

Oltmanns zuckte zusammen. Die Bemerkung hatte ihn getroffen, seine Mimik gefror, hinter seinen Augen baute sich eine Mauer auf.

»Wer sagt das?« Die Frage kam wie ein Geschoss über seine Lippen.

»Der Tankwart in Meldorf.«

Oltmanns musterte Martens eindringlich. Er suchte nach Anzeichen eines Hintergedankens.

Henny erschrak: »Spurlos verschwunden? Eine junge Frau? Was ist passiert?«

Oltmanns machte eine wegwerfende Handbewegung. »Nichts ist passiert! Sie war hier Gast, hat nach zwei Tagen ihre Sachen genommen und ist verschwunden. Mehr war nicht.«

»Ist sie nie wieder aufgetaucht?«, fragte Henny atemlos.

»Nein«, sagte Oltmanns schmallippig.

»Aber warum?«

»Was weiß ich!«, raunzte Oltmanns. »Die Polizei war hier, hat nach Erklärungen gesucht, hat aber auch keine Erkenntnisse gewinnen können.«

»Der Tankwart sagt, sie war nicht die erste Frau, die hier verschwunden ist.«

Oltmanns richtete sich gereizt auf. »Der Tankwart – was weiß der denn!«, schnaufte er. »Wissen Sie, was mit den jungen Mädchen heute los ist? Sie sind bar jeden Anstands und jeder moralischen Festigkeit. Sobald sie einen langhaarigen

Hippie sehen, laufen sie ihm nach und weg sind sie. Hier kamen sogar Mädchen aus Dänemark angetrampt, um in Brokdorf gegen den Bau des Atomkraftwerks zu randalieren. Die sind hier dreist auf dem Hof eingefallen, haben ungefragt im Kuhstall übernachtet und sind am nächsten Tag weg, mitsamt Rübenhacke, die sie dann in Brokdorf gegen die Polizisten richteten.«

Henny hatte das Verschwinden der Frauen entgeistert zur Kenntnis genommen und schickte sich an, eine Frage nach deren Herkunft zu stellen, als Oltmanns die Hand hob und das Gespräch abbrach. »Stopp! Nachrichten!«

»Das Schneechaos in Schleswig-Holstein wird von Stunde zu Stunde größer. Seit zweieinhalb Tagen schneit es ohne Unterbrechung. In weiten Landesteilen türmen sich die Schneewehen meterhoch. Zahlreiche Autofahrer sind mit ihren Fahrzeugen eingeschneit. Selbst die Rettungsfahrzeuge kommen auf den tief verschneiten Straßen nicht mehr voran. Zurzeit sind Bergepanzer unterwegs, die sich zu den eingeschneiten Fahrzeugen durchkämpfen und so den Hubschraubern den Weg weisen. Ministerpräsident Stoltenberg brach seinen Urlaub ab, um sich vor Ort ein Bild zu machen.«

Oltmanns stellte den Ton lauter.

»Fünfundsechzig Ortschaften sind von der Außenwelt abgeschnitten und ohne Strom. Schwere Eisbildung hat die Leitungen zum Zerreißen und die Masten zum Umstürzen gebracht. Montageteams arbeiten fieberhaft daran, den Strom wieder ins Netz zu bringen. Für viele Landwirte, die zur Versorgung ihres Viehs auf Strom angewiesen sind, hat das Schneechaos schlimme Folgen. Transporthubschrauber versuchten den ganzen Tag über, Notstromaggregate in die abgeschnittenen Dörfer zu fliegen. Die anhaltenden Schnee-

stürme verhinderten dies. Morgen wollen Fahrzeugkonvois versuchen, zu den Ortschaften durchzukommen. Inzwischen dehnt sich die Kaltwetterfront immer weiter nach Süden aus.«

Oltmanns schaltete das Radio ab und vergrub sein Gesicht in den Händen.

Henny und Martens blickten sich bestürzt an. Nun wurde ihnen quasi von amtlicher Seite bestätigt, in welch aussichtsloser Lage sie sich befanden.

Verzweifelt hob Oltmanns den Kopf und flehte: »Herr, hilf uns!«

* ✝ *

Matteo hatte die blonde Frau bei seinem plötzlichen Eintreten recht energisch zur Seite geschoben. Woraufhin er von dem neben ihr stehenden Mann scharf in Augenschein genommen wurde. Die buschigen Augenbrauen kannte Matteo bereits. Es war der Alte, der ihn vorhin wegen des laufenden Motors zurechtgewiesen hatte. Nur, dass es gar kein alter Mann war. Die buschigen Augenbrauen und der Krückstock täuschten, der Mann war höchstens Mitte Vierzig bis Anfang Fünfzig.

Matteo wollte keine Konfrontation. Er nahm die orangefarbene Schirmmütze artig vom Kopf und drehte sie in seinen Händen.

»Entschuldigen Sie! Es ist mir sehr unangenehm, ich wollte Sie nicht erschrecken. Es ist nur – ich bin so verzweifelt ...«

Er stockte und senkte den Kopf.

»Kann ich Ihnen helfen?« Die blonde Frau hielt die Hände

vor ihren Körper, legte die Fingerspitzen aneinander und musterte ihn abwartend.

Matteo schniefte. Er wirkte bedrückt.

»Meine Mutter ...«, begann er und brach erneut ab.

»Nun legen Sie doch erst einmal ab und kommen ins Wohnzimmer. Sie sind ja ganz durchgefroren«, sagte die blonde Frau.

Sie nahm ihm Mantel, Schal und Mütze ab und übergab sie dem Alten. »Karl, bist du so nett, das aufzuhängen?«

Mit sanftem Druck schob die Blonde Matteo in die Wohnstube. »Bitte kommen Sie rein.«

Auf der Schwelle warf er einen Blick zu dem Alten zurück, der immer noch seinen Mantel und die Mütze in den Händen hielt und sich bis dahin nicht gerührt hatte. An der Garderobe neben ihm lehnten die feucht glänzenden Schneeschuhe und Skistöcke.

Schlagartig fiel Matteo ein, dass noch die Pistolen und der Schalldämpfer in den Manteltaschen steckten. Er zögerte einen Moment, dann ging er weiter. Er würde sich gleich darum kümmern. Der Kerl mit den buschigen Augenbrauen würde es sicher nicht wagen, in seinen Taschen zu wühlen. Und wenn – wäre es das letzte, was er in seinem Leben gewagt hatte.

Während er die Stube betrat, sagte er mit leidender Miene: »Ich möchte Ihnen nicht zur Last fallen.«

»Ach was!«, winkte die Frau ab und wies ihm einen Sessel am Couchtisch zu. »Nehmen Sie Platz!« Sie selbst setzte sich aufs Sofa.

Matteo betrachtete sie ungeniert. Eigentlich sah sie gar nicht so übel aus. Die Haare waren noch feucht vom Schnee und widersetzten sich einer geordneten Frisur, aber sie waren auch Ausdruck einer selbstbewussten, saloppen Haltung.

Unter etwas zu kräftigen Augenbrauen blickten ihm zwei Augen entgegen, die jetzt von gleichgültigem Blau waren, aber im richtigen Moment ganz sicher strahlend aufblitzen konnten. Matteo war Sizilianer. Er kannte sich da aus.

Sie hatte eine gerade Nase und wohlgeformte Lippen, die mit ein wenig Farbe sogar als schön hätten gelten können.

Ihr Kleid war kleinlich geblümt und hochgeschlossen. Eine biedere, aber auf ihre Art ansehnliche Hausfrau, keine Lady, die geziert an einem Sektkelch rumnuckelt, eher eine Frau für Eierlikör.

»Sie sprachen von Ihrer Mutter: Was ist mit ihr?«

»Sie wurde vom Schnee verschüttet.«

»Oh, Gott!«

Matteo machte ein bekümmertes Gesicht. »Sie hat ein Bein gebrochen und liegt jetzt zu Hause. Eine Nachbarin ist bei ihr, die sich um sie kümmert, daher muss ich so schnell wie möglich zu ihr.«

»Ich verstehe!« Die blonde Frau wischte sich eine feuchte Haarsträhne aus der Stirn. »Und dafür möchten Sie meine Schneeschuhe?«

»Ja. Mein Auto ist im Schnee steckengeblieben, ich komm nicht mehr vor und nicht zurück.«

Er machte eine hilflose Geste mit der Hand. »Deswegen hatte ja auch mein Motor laufen lassen.« Diese Spitze gegen den buschigen Augenbrauen-Mann konnte er sich nicht verkneifen. Wo blieb er überhaupt? Den Mantel hätte er schon längst aufgehängt haben sollen.

Die blonde Frau saß nachdenklich vor ihm. Sie hatte eine Haarsträhne erfasst und wickelte sie immer wieder um die

Finger, während sie Matteo eingehend betrachtete.

Matteo ahnte, dass es ihr nicht leichtfiel, einem Unbekannten ihre Schneeschuhe zu überlassen. Aber er war sich sicher, dass er auf ihr Mitgefühl zählen konnte. Welche Frau konnte einem Mann widerstehen, der sich Sturm und Wind und Eiseskälte entgegenstemmt, um seinem armen, kranken Mütterchen Beistand zu leisten.

Sie stand auf. »Wissen Sie was? Ich mache uns erst mal eine Tasse Kaffee. Das wird Sie aufwärmen.« Sie machte sich auf den Weg in die Küche.

Matteo sah sich um. Die Wände waren lindgrün in Blümchenmuster tapeziert, eine Wand mit Eichenholzimitat vertäfelt. Die Couchgarnitur war aus dunkelbraunem Kunstleder mit einer Sitzfläche aus orange, weiß und schwarz gestreiftem Stoffbezug.

Der runde Couchtisch war mit einer Häkeldecke belegt, in deren Mitte ein Bozener Engel in rotem Gewand stand, in seinen Händen eine halb heruntergebrannte Kerze. Ein Überbleibsel von Weihnachten. Außerdem ein Messingtablett mit sechs Untersetzern aus Bleikristall.

Eine Raumseite wurde von einer braunen Schrankwand mit goldenen Knöpfen eingenommen, zu beiden Seiten von zwei mannshohen Ficus Benjamini eingerahmt. Die zahlreichen gelb gefärbten Blätter zeigten, dass sie zu wenig Licht bekamen und zu viel Trockenheit erlitten hatten.

An der gegenüberliegenden Wand stand ein niedriger Barschrank mit einer innen beleuchteten Glasvitrine, in der eine Flasche Mariacron und vier auf dem Kopf stehende Gläser dekorativ zur Schau gestellt wurden. Oben auf dem Schränkchen stand eine blubbernde Lavalampe, in der unentwegt orangefarben leuchtende Plasmablasen aufstiegen. Daneben ein deutscher Schäferhund aus Porzellan. Über dem Barschrank prangte die Imitation eines Kupferstichs mit aufgedruckter mittelalterlicher Stadtansicht von Nürnberg.

Insgesamt machte das Zimmer einen ziemlich biederen Eindruck, aber alles wirkte sauber und aufgeräumt.

Hinter ihm räusperte sich jemand.

Matteo drehte sich um und erschrak. Der Alte stand in der Wohnzimmertür, und streckte ihm den Arm entgegen. Auf der flachen Hand lag seine Pistole.

»Was soll das?«, funkelte ihn der Alte unter buschigen Augenbrauen an. »Wollten Sie uns überfallen?«

Mit einem Satz war Matteo auf den Beinen, griff nach der Pistole und versetzte dem Alten einen Schubs, dass der mit gehörigem Krach gegen den Ficus Benjamini fiel und ihn mit sich riss.

In diesem Augenblick trat die blonde Frau ins Zimmer. Das Tablett mit zwei gefüllten Kaffeetassen, Milchkännchen und Zuckerdöschen entglitt ihren Händen, fiel scheppernd zu Boden, die Tassen zersprangen zu Scherben, Kaffee und Milch mischten sich auf dem Teppich zu einer hässlichen Pfütze.

Mit angstvoll geweiteten Augen starrte sie in die Mündung von Matteos' Pistole.

* ✝ *

Nach den Informationen über die aktuelle Wetterlage folgten politische Nachrichten.

»Hongkong. Dem Frachter Huy Fong mit 2.700 vietnamesischen Flüchtlingen an Bord wird seit Tagen die Einfahrt in den Hafen von Hongkong verweigert. Die verzweifelten Flüchtlinge haben gedroht, den Kapitän zu ermorden, wenn sie nicht an Land gelassen werden. Wie das Auswärtige Amt ...«

Oltmanns schaltete das Radio aus. »Ich muss mich um die Heizung kümmern, das Wasser ablassen. Wenn das in den Leitungen gefriert, platzen die Rohre und richten zu allem Überfluss noch Wasserschäden an.«

Er erhob sich und verschwand im Heizungsraum.

Henny und Martens sahen ihm nach. Dabei bemerkte Henny, dass die Tür zu Oltmanns Büro immer noch offenstand.

Ihr Blick wanderte zu Martens. Der grinste. Also hatte auch er es bemerkt. Henny deutete mit den Augen zur Tür. Martens hatte verstanden und nickte verschmitzt.

Sie waren sich einig. Auch ohne Worte.

Auf leisen Sohlen näherten sie sich dem Büro. Aus der Küche drang leises Geklapper. Aus dem Heizungsraum war nichts zu hören. Dort hatte Oltmanns hoffentlich auch noch eine Weile zu tun.

Martens blieb vor der Tür stehen und bedeutete Henny, dass er die Küche und den Heizungsraum im Auge behalten und sie rechtzeitig warnen würde. Fragt sich nur, dachte Henny bei sich, ob ich dann schnell genug wieder aus dem Büro komme. Aber die Gelegenheit war nun einmal da, also wollte sie sie auch ergreifen.

Mit einem schnellen Schritt schlüpfte sie in das Büro. Die Petroleumlampe tauchte das Büro in ein gespenstisches Licht. Die Schatten tanzten im Rhythmus der schaukelnden Lampe in ihrer Hand. Henny hob die Lampe hoch, um besser sehen zu können.

Es war ein kleiner Raum, eng mit Möbeln zugestellt. An zwei Seiten befanden sich mit Ordnern, Büchern und allerlei Krimskrams vollgestopfte Regale. Rechter Hand stand ein Schreibtisch, auf dem sich neben einer Schreibmaschine und einer mechanischen Rechenmaschine ein heilloses Durcheinander auftürmte: Stapel von Papieren und Formularen, geöffnete und ungeöffnete Briefe, Füllhalter, Brieföffner, Radiergummi, ein Locher, eine Blechdose mit Faber-Castell-Bleistiften und eine geöffnete Schachtel mit Büroklammern. Auf einem dicken Telefonbuch stand ein grünes Telefon, dessen Wählscheibe durch ein Telefonschloss blockiert wurde.

Henny fragte sich, warum Oltmanns das Telefon abschloss, wenn er doch peinlichst darauf achtete, dass niemand sein Büro betrat. Es war ein beredter Ausdruck seines tief in ihm verankerten Misstrauens.

Hinter einem Papierstapel entdeckte Henny einen kleinen, ovalen Bilderrahmen aus Messing. Sie nahm ihn auf. Das Bild zeigte einen etwa dreijährigen Jungen, der inmitten eines umgepflügten Feldes auf einem großen Kohlkopf saß und fröhlich in die Kamera lachte.

War das Oltmanns Sohn? Schnell legte sie das Bild zurück. Sie hatte nicht viel Zeit zu verlieren.

In der dem Schreibtisch gegenüberliegenden Wand war eine grün lackierte Tür eingelassen, die abgeschlossen war. Direkt neben der Tür stand der Aktenschrank, von dem Oltmanns gesagt hatte, dass er dahinter das Bild *Die nieder-*

ländischen Sprichwörter gesteckt hatte.

Hennys Puls ging schneller. Sie führte die Lampe näher an den Aktenschrank und lugte hinter den Schrank.

Ihr Herz machte einen freudigen Sprung. In dem Spalt zwischen Schrank und Wand steckte ein etwa vier Zentimeter dickes und ein Meter hohes Eichenbrett.

Das war es!

Ihr Herz pochte aufgeregt, als sie die Hand ausstreckte, um das Bild hervorzuziehen. Da klopfte es zweimal an der Tür. Sie erschrak. Das Warnsignal! Augenblicklich warf sie sich herum, huschte zurück durch die Tür und – landete in Holms Armen.

Im selben Moment kam Oltmanns aus dem Gang zwischen Heizungsraum und Werkstatt heraus, sichtlich überrascht von der sich ihm bietenden Szene.

Martens hatte Henny mit beiden Armen an der Taille umfasst und grinste sie frech an. Seine Augen strahlten. Es bereitete ihm sichtlich Vergnügen. Langsam drehte er sich zu Oltmanns um und sagte: »Herr Oltmanns! Wir überlegen gerade, ob wir morgen Abend eventuell auch tanzen könnten. Was meinen Sie?«

Oltmanns bedachte sie mit einem langen Blick und schob sich wortlos an ihnen vorbei, um die Bürotür zu schließen. Misstrauisch warf er einen Blick ins Büro, konnte nichts Verdächtiges erkennen, und so verriegelte er die Tür mit zweimaligem Umdrehen des Schlüssels.

Henny löste sich aus Holms Armen. Sie wäre am liebsten vor Scham im Erdboden versunken. Sie spürte, wie sie wieder einmal vor Verlegenheit rot anlief. Ein Glück, dass man es bei diesem Licht nicht sehen konnte. Sie holte tief Luft und presste beschämt die Lippen aufeinander.

Oltmanns steckte den Schlüssel in die Hosentasche und bedachte sie mit einem miss fälligen Blick, bevor er wieder zurück zum Heizungsraum stapfte.

»Ich weiß nicht, ob das angebracht ist«, murmelte er im Vorbeigehen.

Kaum war er weg, grinste Holm breit. »Das war knapp!«

Henny mochte ihn nicht ansehen. Sie schwenkte etwas bedröppelt die Petroleumlampe und sagte leise: »Ja, danke für die Warnung.« Dann ging sie zur Leseecke zurück, um das Scrabble-Spiel zusammenzupacken.

»Okay, dann werde ich mich mal zum Lesen zurückziehen«, sagte Martens, nahm die Petroleumlampe vom großen Esstisch und machte sich auf den Weg zu seinem Apartment.

Henny sammelte die Buchstabenklötzchen ein und verstaute sie in der Schublade des Spielkastens. Sie dachte an die unverhoffte Umarmung – sie musste sich eingestehen, dass es sich gut angefühlt hatte. Auch wenn es nur ein Ablenkungsmanöver gewesen war, nichts weiter ...

Unwillig schüttelte sie den Kopf und untersagte sich weitere Gedanken darüber.

Eines aber hatte ihr der kurze Besuch in Oltmanns Büro gezeigt: Es gab ein deutliches Indiz dafür, dass *Die niederländischen Sprichwörter* durchaus ein Original aus der Zeit der flämischen Meister sein könnten: Das versteckte Bild wurde auf einem dicken Eichenbrett gemalt, was den damals üblichen Malgründen entsprach. Bei einer Kopie hätte man auf solch schweres und unhandliches Material wohl eher verzichtet. Mit Bestimmtheit würde sie es natürlich erst wissen, wenn sie das Brett näher untersucht hatte. Der Verlauf der Maserung würde ihr wichtige Hinweise geben. Sie hoffte, dass sich bald eine neue Gelegenheit dazu ergeben würde.

Ein Buchstabenklötzchen fiel ihr aus der Hand. Sie bückte sich danach. Da bemerkte sie auf dem Boden, etwas verdeckt vom Tischbein, ein Stück graues Papier. Sie nahm es hoch. Es war ein stark abgegriffener Führerschein, gefaltet auf die Größe einer Scheckkarte.

Henny faltete den Führerschein auseinander und musste unwillkürlich lächeln. Auf der linken Seite blickte ihr aus leicht vergilbtem Passfoto ein sehr junger Holm Martens entgegen. Der Führerschein bezog sich auf die Erlaubnis, ein Kraftfahrzeug durch Antrieb mit einem Verbrennungsmotor der Klasse 3 führen zu dürfen. Ganz wohl war ihr nicht dabei, in den persönlichen Papieren Anderer herumzuschnüffeln. Aber neugierig war sie schon.

Sie stutzte: Ausgestellt war der Führerschein auf Holm Hannes Kerkenhuus, geboren am 16. März 1943.

Kerkenhuus? – Das Bild zeigte eindeutig Holm Martens. Jung zwar, aber es war unverkennbar sein Lächeln, das schon damals eine Mischung aus leichter Verlegenheit und unerschrockener Unbekümmertheit war. Und schon damals schienen seine Haare ein sorgloses Eigenleben zu führen.

Wieder fragte sie sich, wo sie ihn schon einmal gesehen hatte. Dieses unbestimmte Gefühl, ihn zu kennen, und dennoch nicht zu wissen, woher, verwirrte sie.

Noch größer aber war ihr Unbehagen über seine zweifelhafte Identität. Der Mann auf dem Passbild war eindeutig Holm Martens. Aber warum nannte er sich Martens, wenn er tatsächlich Kerkenhuus hieß? Oder anders: Warum war sein Führerschein auf Kerkenhuus ausgestellt, wenn er in Wirklichkeit Martens hieß?

Henny sah sich verstohlen um, doch sie war allein in der Diele. Schnell faltete sie den Führerschein zusammen und legte ihn wieder zurück auf den Boden. Die Sache war ihr nicht geheuer. Sie spürte eine verwirrende Mischung aus Besorgnis und Unsicherheit in sich aufsteigen. Sie hatte für Martens durchaus Sympathie empfunden, sie mochte ihn. Er schien bescheiden, ehrlich und von geradem Charakter zu sein. Sollte sie sich so getäuscht haben?

Schnell verstaute Henny den Scrabble-Spielkasten im Regal und machte sich auf den Weg zu ihrem Zimmer. Sie wollte nicht zugegen sein, wenn Martens nach dem Führerschein suchte.

Auf jeden Fall würde sie nun wieder mehr auf Distanz zu ihm gehen. Sie fühlte eine Woge der Enttäuschung in sich aufsteigen. Sie musste sich eingestehen, dass sie sich in seiner Nähe wohlgefühlt und seine Gesellschaft genossen hatte. Auf einmal fühlte sie sich wieder sehr allein.

Als sie die Tür ihres Apartments schloss, hörte sie jemanden zur Leseecke eilen.

* ✝ *

Am Abend fanden sie sich in der Leseecke zusammen. Im Hallenhaus war es bitterkalt. Henny hatte sich warm angezogen. Pullover mit Rollkragen, brauner Baumwollmantel mit Pelzbesatz am breiten Kragen, dazu einen Strickschal, den sie sich zweimal um den Hals geschlungen hatte.

Martens trug einen einteiligen Skianzug aus gefüttertem Nylon. Den gelben Schal hatte er nur leicht über die Schultern gelegt.

Die Oltmanns hielten es einfacher. Beide trugen bäuerliche

Arbeitskleidung mit dicken Jacken aus strapazierfähigem Drillich und Arbeitshosen aus derbem Cord.

Die Stimmung war bedrückt. Keiner sprach, jeder hing seinen Gedanken nach.

Frau Oltmanns saß etwas abseits auf einem Hocker und war damit beschäftigt, eine Socke ihres Mannes zu stopfen. Sie hatte einen Stopfpilz unter die Wollsocke geschoben und führte die Nadel mit dem Stopfgarn Faden für Faden mit geübter Hand durch die Maschen.

Walter Oltmanns saß in sich gesunken auf seinem Platz und blickte in das *Bauernblatt für Schleswig-Holstein und Hamburg*. Es sah nicht so aus, als würde er darin lesen.

Beim Abendessen hatte er das Tischgebet entgegen seiner sonstigen Gewohnheit still in sich gekehrt gesprochen. Er hatte die Hände gefaltet und die Augen geschlossen. Danach war er in stille Andacht versunken.

Henny war froh, nicht erneut der Qual eines peinigenden Tischgebets ausgesetzt zu werden. Doch die Stille, in der Oltmanns Zwiesprache mit Gott hielt, lastete bleischwer und bedrohlicher als jedes gesprochene Gebet im Raum und zwang Hennys Gedanken in Zeiten zurück, die sie eigentlich zu vergessen hoffte. Wieder war ganze Schmerz ihrer Kindheit gegenwärtig, die Erinnerungen an die Züchtigungen, die sie zu erleiden hatte, die Demütigungen ihres im blinden Glaubenseifer wütenden Vaters.

Und dann war da noch etwas, das sich schleichend, unaufhaltsam in ihr Bewusstsein drängte. Sie versuchte, es zu unterdrücken, es gelang ihr nicht. Das Gesicht ihres Vaters nahm Kontur an und schob sich in den Vordergrund. Seine schreckensgeweiteten Augen starrten sie an. Sie sah das grenzenlose Entsetzen in seinen Augen, Todesangst. Henny begann unkontrolliert zu zittern.

Sie hatte Schuld auf sich geladen. Die schreckliche Tat holte sie wieder ein und fraß sich in ihr Gewissen. Innerlich aufgewühlt knetete sie unter dem Tisch ihre Hände, versuchte, sich mit dem Schmerz der sich eingrabenden Fingernägel von den Gedanken zu befreien. Es half nichts.

Nach einigen quälend langen Minuten sagte Oltmanns »Amen«, löste die betenden Hände und langte stumm nach einer Scheibe Brot. Er warf Henny einen kurzen, prüfenden Blick zu, dann widmete er sich seinem Abendbrot.

Langsam verblasste das Schreckensbild ihres Vaters und verschwand in den Tiefen ihrer Vergangenheit. Ihr Herz pochte heftig, aber ihr Atem beruhigte sich allmählich. Sie wagte nicht, Martens anzusehen, aber sie fürchtete, dass er ihre aufwallende Angst mitbekommen hatte.

In der Stille war das Pfeifen besonders deutlich zu hören, mit denen der Sturm den Schnee ums Haus jagte.

Plötzlich wurde es lauter, das Heulen des Sturms schwoll an, ein kalter Windstoß fegte in die Halle, dann verebbte das Tosen wieder. Wie auf Kommando drehten sich alle um und sahen zur Seitentür, durch die Freya nun in die Diele trat.

Sie machte ein paar zaghafte Schritte und blieb stehen. Sie war ein Bild des Jammers. Sie war viel zu leicht bekleidet, hatte lediglich ein altmodisches Baumwollkleid an, unter dem sich ihr Babybauch wölbte. Über dem Kleid trug sie eine kurze Strickjacke und schwere Wanderstiefel, an denen die Schuhbänder lose herabhingen. Auf ihren Haaren glitzerten Schneeflocken, an den Stiefeln hafteten noch Klumpen des Schnees, durch den sie gerade gewatet war.

Sie stand da und weinte.

»Hühner«, sagte sie schluchzend und breitete mit einer

hilflosen Geste ihre Arme aus. »Alle Hühner!« Dann senkte sie den Kopf, legte eine Hand auf ihren Bauch und weinte.

Walter Oltmanns stand auf. Er ging zu Freya und nahm sie tröstend in den Arm. Er zog seine Drillich-Jacke aus, legte sie Freya über die Schultern und führte sie behutsam, fast zärtlich zur Seitentür zurück. Zwei unglückliche Seelen, die in der Brandung des Lebens den Halt verloren hatten.

Wieder schwoll das Heulen an, fegte ein kalter Windstoß in die Halle, und wieder verebbte das Tosen des Sturms, als sich die Tür hinter den beiden geschlossen hatte.

Nun waren also doch alle Hühner von der Kälte dahingerafft worden. Eine Tragödie für Freya, die sich in so liebevoller Hingabe ihren Hühnern gewidmet hatte.

Henny war betroffen. Gleichzeitig aber sorgte sie sich um Freya. Allzu lange konnte die Geburt nicht mehr hin sein.

»Wann ist es denn Freyas Niederkunft?«, fragte sie.

Die Antwort kam nur widerwillig. »Jeden Tag.«

»Jeden Tag?« Henny war verwundert. »Aber dann müsste sie doch umgehend ins Krankenhaus!«

»Nein!«

»Warum nicht?«

»Sie wird ihr Kind hier zur Welt bringen.«

»Hier im Haus?«

»Im Stall.«

Henny war sprachlos. »Im Stall?«

»Auch Jesus Christus wurde im Stall geboren.« Dann fügte sie beinahe trotzig hinzu: »Mein Mann will das so.«

* ✝ *

Sonntag, 31. Dezember 1978

Den letzten Tag des Jahres hatten sich die Menschen anders vorgestellt. Sie freuten sich auf einen fröhlichen Jahreswechsel bei Sekt, gefüllten Berlinern und buntem Feuerwerk. Nun saßen sie in ihren eiskalten Wohnungen und warteten darauf, dass die Stromversorgung wieder hergestellt wurde und die Heizungen wieder funktionierten.

Das galt nicht nur für die Einwohner Schleswig-Holsteins, sondern mittlerweile auch für die Bevölkerung in Ostfriesland, Niedersachsen und Nordrhein-Westfalen. Gegen Abend erreichte die Kaltfront den Süden Deutschlands.

Im Osten Deutschlands, in der DDR, war die Lage noch dramatischer. Nicht nur durch die verschärfte Wetterfront in den östlichen Gebieten, sondern auch durch die zum Teil mangelhafte Infrastruktur.

Der Braunkohleabbau durch die volkseigenen Betriebe geriet ins Stocken. Die Oberleitungen der Kohlebahnen in der Lausitz gefroren, der Zugverkehr kam zum Erliegen. Zähneknirschend musste die Führung der DDR beim westdeutschen OTTO-Versand 500 Bohrhämmer bestellen, um damit die festgefrorene Kohle aus den Waggons herauszulösen.[6)] Und das in Zeiten, in denen der Ost-West-Konflikt mit dem Rüstungswettlauf, dem NATO-Doppelbeschluss und dem drohenden Einmarsch der Sowjetunion in Afghanistan einen neuen Höhepunkt erreichte.

Als Folge der stockenden Brennstoffzufuhr fiel in weiten Gebieten die Stromversorgung aus. Bei Temperaturen bis zu minus 20 Grad wurde das Dasein zum Überlebenskampf. Liegen gebliebene Lkw erreichten ihre Bestimmungsorte nicht mehr, die Ladung erfror: Kartoffeln, Gemüse, Milch. Zwischen

Ostsee und Mittelgebirge drohte eine Hungersnot.

So weit war es in Dithmarschen noch nicht. Aufgrund des bevorstehenden Jahreswechsels mit dem zusätzlichen Feiertag hatten sich die meisten Familien mit Lebensmitteln bevorratet, wenngleich auch sie haushalten mussten und es hier und da an Nahrungsmitteln oder Verbrauchsgütern mangelte. Aber hungern musste keiner.

Dafür froren sie. Wer keinen Ofen besaß, der mit Kohle oder Brennholz beheizt werden konnte, legte sich abends voll bekleidet ins Bett. Die Bäder waren so kalt, dass sie nicht mehr benutzt wurden, oft war das Wasser in den Leitungen sowieso gefroren.

Wie bereits in den vergangenen Tagen halfen sich die Menschen gegenseitig, entdeckten die Kraft gemeinsamen Handelns. Jeder half jedem. Ohne viele Wort wurde beim Freischaufeln der Hauseingänge und Zufahrtswege, beim Einkaufen, beim Aushelfen mit Lebensmitteln oder bei der Versorgung von Kranken und Hilfsbedürftigen mit angepackt. So kalt es auch war: Der uneigennützige Gemeinschaftssinn erwärmte die Herzen.

Eine besondere Leistung vollbrachte dabei Bäcker Ernst-Otto Holmsen auf Nordstrand. Auf dem Seenotrettungskreuzer Hindenburg, der im Hafen Strucklahnungshörn auf Wache lag, ging der Brotvorrat zur Neige.

Holmsen packte ausreichend Brot zusammen und machte sich auf den Weg zum Hafen. Straßen waren nicht mehr zu erkennen, also kämpfte er sich querfeldein gegen Schnee und Sturm. Immer wieder musste er sich wegdrehen, weil der Schnee ihm die Sicht und der Sturm den Atem nahmen.

Für die etwa zwei Kilometer bis zum Schiff benötigte er über zwei Stunden. Nach einer kurzen Stärkung auf dem Seenotrettungskreuzer ging es wieder zwei Stunden zurück. Dieses Mal hatte er den Wind im Rücken und als grobe Landmarke den Kirchturm vor sich.[7)]

Am Sonntagmorgen startete in Kiel ein Hubschrauber mit dem schleswig-holsteinischen Ministerpräsidenten Gerhard Stoltenberg zu einem Informationsflug nach Schleswig.

Unterwegs wurde das Wetter immer wütender. Der heftige Sturm bedrängte Hubschrauber, die Konturen zwischen Himmel und Erde lösten sich auf, bis sie nur noch eine weiße Wand vor sich sahen. Plötzlich wurde der Hubschrauber von einer Böe gepackt und gewaltsam abwärts gedrückt, dann gab es einen heftigen Schlag – gefolgt von Stille.

Die Notlandung auf einem freien Feld in Surendorf war geglückt. Stoltenberg verzichtete auf den Weiterflug und kehrte in einem zweiten Hubschrauber nach Kiel zurück.[3)]

* ✝ *

Als Henny am Silvestermorgen ihr Zimmer verließ und sich in die Diele begab, ahnte sie noch nicht, welch furchtbare Ereignisse der Tag bringen würde. Noch weniger war für sie vorherzusehen, dass der kommende Neujahrstag ein Tag blanken Horrors werden sollte.

Bereits das Frühstück geriet zur Nervenprobe für die Bewohner. Es herrschte eine angespannte Stimmung. Walter Oltmanns spielte in nervöser Unruhe mit seinem Serviettenring, Holm Martens bemühte sich um ein freundliches Gesicht – zumindest in Hennys Richtung, während sich Henny gegenüber Martens, respektive Kerkenhuus, bewusst distanziert zeigte. Frau Oltmanns saß wie gewohnt mit gleichermaßen abwesender wie abweisender Miene am Tisch, die Hände auf dem Schoß gefaltet, die Augen vor sich auf den Tisch gerichtet.

Immer noch gab es keinen Strom, in der Diele herrschten Tiefsttemperaturen. Oltmanns hatte das im Hühnerstall sinnlos gewordene Thermometer an einem Balken im Flett installiert: Minus 14 Grad Celsius.

Das durch die Fenster einfallende graue Tageslicht vermochte es noch nicht, den Raum zu erhellen. Die Diele lag in einem schummrigen Zwielicht. Oltmanns hatte zwei Petroleumlampen auf die Tafel gestellt, um der ungemütlichen Kälte des Tageslichts ein bisschen Wärme entgegenzusetzen.

Hennys Blick wanderte zu Walter Oltmanns. Nervös trommelten seine Finger auf den Tisch, sein Atem ging kurz und erregt und er strahlte fahrige Ängstlichkeit aus. Hatte ihn der Stromausfall dermaßen aus der Bahn geworfen? Ging ihm der Tod seiner Hühner so nahe? Ungewöhnlich: Er hatte keinerlei Anstalten zum üblichen Tischgebet gemacht. Es schien, als warte er auf etwas. Etwas, das ihm Angst machte und lähmte.

Da kein Tischgebet erging, griff Martens nach dem Brotkorb und begann mit dem Frühstück. Normalerweise ein Affront gegenüber Oltmanns Ritual. Der aber reagierte nicht darauf. Er stand auf, tat einige Schritte in Richtung Leseecke, machte kehrt, ging hastig in Richtung Flett, verharrte dort einen Moment, bevor er sich straffte, zur Tafel zurückkehrte und sich wieder setzte.

Henny begann ihrerseits mit dem Frühstück. Still bestrich sie eine Scheibe Brot mit Rapshonig.

Frau Oltmanns legte sich eine Scheibe Schwarzbrot aufs Frühstücksbrettchen. Bedächtig, fast zögernd, belegte sie ihr Brot mit Mettwurst. Auch sie schien auf etwas zu warten.

Es war im höchsten Maße befremdlich.

Trotz ihrer selbst auferlegten Zurückhaltung gegenüber Martens warf Henny ihm einen fragenden Blick zu. Martens zog eine Grimasse, die wohl ausdrücken sollte: Keine Ahnung, was hier los ist!

Walter Oltmanns stand auf und begann erneut, ziellos in der Diele hin- und herzugehen. Kurz hielt er inne, steuerte mit schnellen Schritten den nächsten Lichtschalter an und betätigte ihn. Nichts. Er setzte sich wieder.

Henny nahm es als Erste wahr: Das Muhen einer Kuh. Es war nur gedämpft zu hören. Irritiert blickte sie auf. Hatten die anderen es auch gehört?

Oltmanns legte den Kopf horchend zur Seite. Frau Oltmanns blickte zu ihrem Mann. Es war deutlich zu sehen, dass sie sich Sorgen machte. Es folgte ein Moment der Stille. Henny hielt den Atem an.

Da war es wieder. Diesmal langgezogen und klagend. Eine zweite Kuh fiel ein. Sie übertönte die erste mit einem aufbrausenden Brüllen, das in einem heiseren Fauchen endete. Walter Oltmanns zuckte zusammen. Es war, als hätte ihm jemand einen Sack Zement auf die Schultern geladen. Sein Gesicht verzerrte sich zu einer verzweifelten Grimasse. Aus dem Stall drang nun ein gewaltiges Brüllen und Röhren zu ihnen, das den ganzen Raum erfüllte.

Henny schaute mit schreckgeweiteten Augen in die Runde. Das Brüllen ging ihr durch Mark und Bein. Noch nie hatte sie Kühe dermaßen panisch brüllen hören. Es machte ihr Angst.

Sie blickte hilfesuchend zu Martens. Auch er sah erschrocken drein, horchte mit sorgenvoll gerunzelter Stirn auf das Gebrüll aus dem Stall.

Es hörte nicht auf. Ununterbrochen brüllten die Kühe, immer wieder von heiserem Kreischen unterbrochen, wenn die Kühe ihre Stimme überdehnten und in ein klagendes Röcheln übergingen.

Oltmanns sprang auf. Er fuchtelte mit den Armen hilfesuchend und doch hilflos in der Luft herum.

»Die Kühe …!«, rief er verzweifelt. Aufgeregt rannte er von einer Seite des Raumes zur anderen.

Hennys Beunruhigung wuchs. » Warum brüllen die Kühe?«

Frau Oltmanns wirkte noch bleicher als sonst. »Sie wollen gemolken werden«, sagte sie leise. »Ihre Euter sind voll. Das schmerzt sie.«

Henny verstand nicht. »Und warum melkt Ihr Mann die Kühe nicht?«

Frau Oltmanns holte tief Luft: »Wir haben keinen Strom mehr, da funktionieren die Melkmaschinen nicht.«

Henny wollte gerade nachfragen, als sich Martens einschaltete. »Kann man die Kühe nicht per Hand melken? So wie früher?«

Walter Oltmanns stoppte sein gepeinigtes Umherlaufen und sank vor dem gemauerten Sockel der früheren Feuerstelle auf die Knie, als sei dies ein Altar. Er faltete die Hände, senkte den Kopf und betete.

Er bliebe lange in dieser gekrümmten Haltung auf den Knien. An seinem heftig bebenden Rücken erkannte Henny, mit welcher Inbrunst er um himmlischen Beistand flehte. Schließlich erhob er sich schwerfällig und ging mit schleppenden Schritten zur Seitentür. Ein kurzer Windzug, dann fiel die Tür hinter ihm zu.

Frau Oltmanns begann, den Tisch abzuräumen. Dann entsann sie sich der Frage von Martens. Mit dem Brotkorb in der Hand sagte sie: »Die Kühe sind das gleichmäßige Melken der Maschinen gewöhnt. Bei ihrem empfindsamen und jetzt gereiztem Euter würden sie sich gegen das Melken mit der Hand wehren. Es wäre lebensgefährlich.«

Sie stellte den Brotkorb wieder ab, sammelte die Frühstücksbretter ein und stapelte sie aufeinander. »Die Tiere leiden Qualen!«

Das Brüllen der Kühe hörte nicht auf. Es war belastend, das Klagen der Tiere zu hören, ohne ihnen helfen können.

Henny packte mit an. Sie sammelte das Besteck ein und stellte die leeren Tassen zusammen.

»Lassen Sie mich helfen«, sagte sie. »Das Nichtstun und die Hilflosigkeit, hier drinnen vom Schnee eingeschlossen zu sein, ist unerträglich.«

Frau Oltmanns zeigte keine Reaktion, ließ Henny aber gewähren.

Martens erhob sich nun auch. »Ich gehe mal raus.«

»Ziehen Sie sich warm an«, rutschte es Henny heraus. Verärgert merkte sie, dass sie ihren Vorsatz, sich von Martens zu distanzieren, schon wieder verlassen hatte.

* ✝ *

Hans stupste Winfried an. Seit Stunden schon lag er in sich zusammengesunken gegen die Beifahrertür gelehnt und rührte sich nicht. Aus dem Haufen der Kleidungstücke, in die er sich eingemummelt hatte, ragte nur die Wollmütze heraus.

Erneut puffte Hans seinen Bruder an. »Birne«, sagte er. Und noch einmal: »Ey, Birne!«

Der räkelte sich nur unmerklich in seinem Kleiderberg und murrte kaum hörbar: »Was is?«

»Nichts«, sagte Hans. Er mochte nicht zugeben, dass er nur prüfen wollte, ob sein Bruder noch lebte.

Die Kälte nistete in ihren Gliedern, machte sie steif und klamm. Jede Bewegung schmerzte. Hans ließ immer öfter den Motor laufen, doch die Heizung konnte die Kälte im Innenraum des Autos nicht dauerhaft vertreiben. Die Nadel der Tankanzeige stand bei null. Wie oft würden sie den Motor noch laufen lassen können?

Hans spürte die Schwäche seines Körpers und seines Willens. Allmählich hatte sich Resignation in sein Denken geschlichen. Er hatte nicht genug Kraft, um gegen die widrigen Umstände anzukämpfen.

Die Eisblumen hatten vollständig die Herrschaft über die Scheiben gewonnen. Müde kratzte er einen kleinen Bereich der Seitenscheibe frei, um einen Blick auf die Außenwelt zu haben. Er hoffte auf Anzeichen nahender Hilfe.

Der Sturm fegte unverändert über die Landschaft. Durch sein Guckloch sah Hans eine graue Abdeckplane vorbeifliegen, die der Wind vor sich hertrieb, hoch in die Luft wirbelte und zu Boden drückte, bevor sie, von heftigen Windstößen getrieben, wieder davondriftete.

Aus dem Auto würde er wohl nicht mehr herauskommen. Selbst wenn er allen Mut zusammennähme, wäre ein Ausbruch aus diesem eisigen Gefängnis aussichtslos. Er war zu schwach für kilometerlange Wege im Schneesturm. Ganz abgesehen davon, dass Winfried wahrscheinlich zu keinem einzigen Schritt zu bewegen war.

Endstation! Hans schloss die Augen. Er war müde.

Das eintönige Tosen des Sturms narrte seine Ohren und gaukelte ihm vor, Stimmen zu hören. Halluzinationen, die sich bei Entkräftung einstellen. Die Stimmen wechselten die Tonlage, es klang wie das Brüllen von Kühen. Fern und gedämpft. Verrückt.

Hans schüttelte den Kopf und versuchte, die Illusion aus seinem Kopf zu kriegen, doch das Brüllen wurde lauter, eindringlicher.

Die Erkenntnis traf ihn wie ein Blitz. Ruckartig richtete er sich auf. Das waren keine Halluzinationen! Das waren Kühe! Real und zwar ganz in der Nähe!

Ungeachtet der Kälte presste er sein Gesicht an die Scheibe und spähte durch das freigekratzte Guckloch. Nichts zu sehen. Nur die Baumgruppe, die in etwa hundert Meter Entfernung das einzig sichtbare Gebilde in der flachen, weißen Wüste war. Vom Sturm durchgeschüttelt, bogen sich die Stämme unter dem Druck, gaben aber keine Sicht auf das dahinterliegende Areal frei.

Das Brüllen der Kühe war nicht mehr zu überhören. Hans versuchte, die Seitenscheibe herunterzudrehen. Sie war festgefroren. Er öffnete die Fahrertür, die sich auch nur ein wenig bewegte. Das Freischaufeln des Wagens hatte er in den letzten Stunden der Schwäche vernachlässigt. Mit der Schulter warf er sich gegen die Tür. Das gefrorene Eis in den Scharnieren knackte, die Tür ließ sich nun so weit öffnen, dass er hindurchschlüpfen konnte. Der Wind fegte sofort durch die Lücke und wirbelte Schneewirbel ins Auto.

Winfried lugte unwillig aus seiner Kleiderhöhle und stieß mürrische Verwünschungen aus.

Hans stand draußen und trotzte mit eingezogenen Schultern dem schiebenden und zerrenden Wind. Er musste sich nicht anstrengen, um das Gebrüll der Tiere zu orten. Es kam eindeutig aus Richtung der Baumgruppe.

Aufgeregt riss er die Tür noch ein Stück weiter auf, beugte sich in den Wagen und rief: »Birne, wir sind gerettet! Hinter den Bäumen – Kühe!«

Mit müdem Blick hatte Winfried das Tun seines Bruders verfolgt. Nun fielen ihm die Augen wieder zu.

Hastig schlüpfte Hans zurück auf die Sitzbank und schloss die Tür. Die ganze Anspannung fiel von ihm ab, seine Müdigkeit war wie weggeblasen. Er stupste und rüttelte Winfried, um ihn wachzuhalten.

»Birne! Das sind keine Kühe auf der Weide – bei dem Schnee treibt doch keiner das Vieh raus! Das muss ein Kuhstall sein! Und wo ein Kuhstall ist, da sind auch Menschen!«

Ohne eine Antwort abzuwarten, stieß Hans die Tür wieder auf, sprang nach draußen. »Los jetzt, das kann nicht weit sein!«

Winfried drehte sich weg und wühlte sich wieder in seine Klamotten. Unwillig, seinem Bruder zu folgen.

Hans scharrte mit dem Fuß den Schnee so weit zur Seite, dass sich die Fahrertür ganz öffnen ließ. Der eindringende Wind machte Winfried das Verbleiben zu ungemütlich.

Fluchend schälte er sich aus den kalten Decken und schob sich langsam über die Sitzbank rutschend, zur Fahrertür. Dabei hielt er seine verletzte Hand hoch, was seine Bewegungen noch unbeholfener machte. Auf dem Verband zeigten sich blutige Spuren.

Hans sah das mit Sorge. »Blutet die Hand wieder?«

Winfried knurrte wütend: »Scheiße!« Dann, als er sich aus dem Wagen gequält hatte, schob er weinerlich hinterher:

»Das schmerzt wie verrückt, tut das!«

Hans tauchte noch einmal in den Wagen hinein und zog die Plastiktüte mit dem Geld an sich. »Die nehmen wir mit.«

»Und die Pistole?« Winfried sah blass aus und zitterte zum Erbarmen. Er fror.

»Die bleibt hier!«

»Warum?«

Hans stopfte sich die Plastiktüte in die Außentasche seiner Jacke. »Glaubst du, die Leute da halten uns die Tür auf, wenn du da mit der Knarre angekrochen kommst?«

Winfried brummelte Unverständliches. Hans wandte sich um. Vor ihm türmte sich der Schnee brusthoch auf. Hans stieß einen Fuß in die Schneewand, um daran hochzusteigen. Der Schnee brach unter seinem Fuß ein. Er griff mit beiden Händen nach oben in die Schneedecke, versuchte sich hochzuziehen. Der Schnee gab nach und ergoss sich wie eine Lawine abwärts. Dadurch entstand eine Art Rampe, auf der sich Hans bäuchlings nach oben schieben konnte. Oben angekommen, richtete er sich auf und versank sofort bis zum Gürtel im Schnee. Er strampelte sich frei, richtete sich wieder auf und versank erneut im Schnee.

Winfried hatte die angestrengten Versuche seines Bruders mürrisch verfolgt. Er rief etwas, verschluckte sich aber, weil ihm der Wind unversehens direkt ins Gesicht blies und seine Worte erstickte.

Er drehte dem Wind den Rücken zu und hustete. »Was soll die Scheiße? Wie soll ich da hochkommen, da oben?«

Hans sah zur Baumgruppe hinüber. Der Schnee sah nicht danach aus, als wäre er begehbar. Es blieb ihm nichts anderes übrig, als sich bäuchlings über den Schnee zu schieben. Wie eine Robbe.

Er sah zu Winfried. Das würde sein Bruder mit der verletzten Hand nicht schaffen. Er griff in seine Seemannsjacke, holte die Plastiktüte hervor und warf sie seinem Bruder zu.

»Hier, behalt das Geld erst einmal hier. Hast recht, das schaffst du nicht. Ich hole Hilfe und komme so schnell wie möglich zurück, dann holen wir dich da raus.«

Winfried hob die Plastiktüte auf, schüttelte den Schnee ab und warf sie in den Wagen. »Beeil dich aber schnell!«

Er kroch in den Ford zurück und zog die Tür zu. Durch das frei gekratzte Guckloch sah er ängstlich nach draußen.

Hans machte sich auf den Weg. Er robbte vorwärts, sank im Schnee ein, musste sich befreien und kroch weiter. Die dicke Jacke bot einen guten Schutz, nicht nur vor der Kälte, sondern auch vor dem, was unter der Schneedecke lauerte. Hier und da blieb er an darunter verborgenen Zweigen, Sträuchern und Buschwerk hängen. Glücklicherweise kam der Wind von hinten und trieb den Schnee über ihn hinweg. Von Zeit zu Zeit musste er eine Pause einlegen, um sich Schnee aus dem Gesicht und Eisklümpchen von den Augenbrauen zu wischen. Die Kälte lähmte sein Gesicht, doch er nahm sie nicht wahr. Die Hoffnung, nach fast dreitägiger Gefangenschaft in eisiger Kälte endlich eine warme Unterkunft zu finden, trieb ihn an und überdeckte alle Schmerzen.

Dem Gebrüll der Kühe nach konnte es nicht mehr weit sein. Warum brüllten sie so? War da vorn wirklich ein Stall oder erwartete ihn ein Schlachthof? Er merkte, dass es ihm egal war. Auf alle Fälle wären dort Menschen, eine Bleibe und etwas Warmes zu essen. Und Hilfe für Birne.

* ✝ *

In Reinsbüttel nahm Matteo derweil einen letzten Schluck aus der Apfelsaftflasche und wischte die Krümel seines Frühstücks vom Küchentisch. Ordnung muss sein. Die Taschenlampe ließ er achtlos auf dem Tisch stehen. Der beginnende Tag gab gerade so viel Licht, dass er sich in den schummrigen Räumen auch ohne elektrisches Licht zurechtfand.

Auf seinem Weg in den Flur durchquerte er das Wohnzimmer und musste beim Anblick des umgefallenen Ficus Benjamini grinsen. Der Alte hatte gestern dermaßen perplex inmitten des Blätterwerks gesessen und ihn unter buschigen Augenbrauen verdattert angesehen – er hatte da gehockt wie ein allein gelassenes Erdmännchen.

Noch verständnisloser hatte die Blonde dreingeschaut, als Matteo ihr die Pistole vor die Nase gehalten hatte. Unter nachdrücklichem Einsatz seiner Waffe hatte Matteo beide in die Gästetoilette bugsiert und den Schlüssel von außen zweimal umgedreht. Das sollte ihm genügend Vorsprung geben. So schnell würden sie die Tür nicht aufbrechen können.

Gerade als Matteo die Hand nach den Schneeschuhen ausgestreckt hatte, war das Licht erloschen. Schlagartig und ohne Vorwarnung. Matteo hatte im Dunkeln gestanden.

Er hatte sich zur Gästetoilette zurück getastet und an die Tür gebummert. »Wo ist der Sicherungskasten?«

Es hatte einen Moment gedauert, bis die unsichere Antwort gekommen war: »Neben der Kellertreppe.«

In dem stockdunklen, unbekannten Räumlichkeiten war es ihm aber unmöglich gewesen, den Sicherungskasten zu finden. Matteo hatte sich erinnert, dass im Handschuhfach des Fiats eine Taschenlampe lag. Als er aus dem Haus trat, hatte ihn auch hier totale Dunkelheit empfangen. Keine Straßenlaterne hatte gebrannt, in allen Häusern war das Licht erloschen.

Ihm schwante, dass der Strom großräumig ausgefallen sein musste. Eine Kontrolle des Sicherungskastens im Schein der Taschenlampe hatte das bestätigt.

Matteo war klar geworden, dass er ohne jede Straßenbeleuchtung keine Chance haben würde, den Weg nach Büsum zu finden. Er hatte notgedrungen die Nacht im Haus verbringen müssen.

Und so stand er an diesem Sonntagmorgen wieder vor der Gästetoilette und bummerte dagegen: »Alles klar da drinnen?«

Das unfreundliche Murren, dass ihm entgegendrang, beantwortete er mit einer Drohung. »Wer rauskommt, wird abgeknallt!«

Er griff sich die Schneeschuhe und Skistöcke und ging damit vor die Tür. Der Aluminiumrahmen umspannte ein geflochtenes Bastnetz, in dessen Mitte sich mehrere Schlaufen und Schnallen befanden. Er brauchte einige Zeit, bis er das System begriffen und seine Stiefel darin befestigt hatte.

Er nahm die Stöcke in beide Hände und stapfte durch den Schnee. Schon nach wenigen Schritten hatte er den Dreh raus und kam gut voran. Der Wind schnitt ihm scharf ins Gesicht, seine Hände waren steif vor Kälte. Egal – er würde die beiden Brüder aufspüren. Ganz sicher!

»Das wird euer Ende sein«, knurrte er grimmig.

* ✝ *

Als er die Baumgruppe passiert hatte, blieb Hans die Luft weg. Nicht nur die Erschöpfung nach dem anstrengenden Weg, den er hauptsächlich auf allen Vieren hinter sich gebracht hatte, machte ihn sprachlos, sondern auch das Bild, das sich ihm bot.

Vor ihm lag ein Gehöft mit mehreren Gebäuden, die zum Teil bis zum Dach im Schnee steckten. Schneewehen leckten wie weiße Zungen an den Mauern. Der Eingang zum Wohnhaus war bis zur halben Höhe vom Schnee blockiert. Ein Schuppen verschwand fast vollständig hinter einem hoch aufgewehten Schneeberg, daneben ein Blockhaus, dessen Eingang zwar freigeschaufelt war, deren dem Wind zugewandte Seite jedoch auf ganzer Länge vom Schnee verdeckt wurde. Auch der Stall, aus dem das Brüllen der Kühe durchdringend zu ihm herüberscholl, lag tief im Schnee.

Mehr als zweieinhalb Tage hatten sie in dem eiskalten Auto inmitten der Schneewüste verbracht, nicht ahnend, dass sich hier, nur einen Steinwurf entfernt, eine rettende Unterkunft befand.

Einen Augenblick lang betrachtete er das Bild, das sich ihm bot, ein Gemälde in Grau und Weiß. Die weiße, vom Schnee verschluckte Landschaft, aus der die Dächer des Gehöfts fast ängstlich hervorlugten, darüber der düstere Himmel in grauer Eintönigkeit, davor die wirbelnden, vom Wind gejagten Schneeflocken. Ein Bild von verstörender Schönheit. Eine Ästhetik des Schreckens.

Bäuchlings kroch er weiter, dem Gehöft entgegen, das weniger als achtzig Meter vor ihm lag. Die Schneedecke wurde fester. Er versuchte, sich aufzurichten, sank dabei tief in den

Schnee ein, allerdings nur noch bis zur Wade. So war das Gehen zwar mühsam, aber allemal besser als das beschwerliche Kriechen auf dem Bauch.

Langsam vorwärts stapfend näherte er sich den Gebäuden. Das Eingangstor an der Giebelseite des Wohnhauses war vom Schnee verschüttet. Wie ein lackierter Fingernagel ragte aus den Schneebergen vor dem Schuppen der rote Seitenspiegel eines Autos heraus. Das Blockhaus auf der rechten Seite war zwar auch tief im Schnee eingebettet, aber von seinem Eingang führte ein freigeschaufelter Gang zum Stall und zum Wohnhaus.

Hans rutschte von der hohen Schneedecke auf den Gang hinunter und stand vor dem Blockhaus. Durchgefroren, mit bebendem Herzen und leicht zittriger Hand klopfte er an die Tür. Nichts rührte sich.

Er nahm die Faust und schlug mehrmals kräftig gegen das Holz. Keine Reaktion. Waren die Bewohner der Kälte des schrecklichen Schneesturms erlegen?

Hans legte seine Hand auf die Türklinke und drückte. Die Tür öffnete sich. Mit einem schnellen Schritt trat er ins Blockhaus und schloss die Tür hinter sich. Drinnen war es dunkel.

Heftig atmend blieb er stehen und wartete darauf, dass sich seine gerade eben noch vom Schnee geblendeten Augen an die dunkle Umgebung angepasst hatten.

Die Umrisse des Raumes und der Einrichtung wurden langsam klarer. Hans erschrak. Im Halbdunkel des Raumes hob sich die Silhouette eines Menschen ab. Die Konturen einer Frau, die ihm stumm entgegenstarrte und sich nicht zu rühren wagte.

»Entschuldigung«, stieß er hervor. »Ich wollte Sie nicht erschrecken. Ich brauche Hilfe. Wir sind eingeschneit!«

Die Frau reagierte nicht, sah ihn nur weiterhin furchtsam an.

Hans drehte sich zur Tür um, öffnete sie, damit Licht einfallen konnte. Mit dem Licht kam aber auch der Schnee ins Haus. Neben der Tür befand sich ein mit Vorhängen verdunkeltes Fenster. Schnell schloss er die Tür wieder und zog die Fenstervorhänge zurück. Das Licht reichte, um die Frau deutlicher zu erkennen. Nun sah er auch, dass die Frau schwanger war und ihre Hände schützend vor den Bauch hielt.

»Keine Angst, ich tu Ihnen nichts. Wir sind dort hinten mit dem Auto eingeschneit. Mein Bruder ist verletzt. Wir brauchen Hilfe.«

Mit einer unsicheren Geste hob er die geöffneten Hände, wie um zu zeigen, dass er unbewaffnet war.

»Ich heiße Hans«, sagte er. »Und mein Bruder Winfried.«

Die Frau legte die Hände wie wärmend auf ihren Bauch und lächelte: »Jesus.« Dann verloren ihre Augen jeden freudigen Ausdruck und verdunkelten sich. Sie zeigte hinter sich und sagte: »Hühner tot.«

Ihre Augen füllten sich mit Tränen.

Hans fühlte sich unwohl. Die Frau machte einen verlorenen Eindruck und war offensichtlich nicht ganz beieinander.

Ohne sich vom Fleck zu rühren, bemüht, sie nicht zu verschrecken, fragte er: »Ist Ihr Mann auch da?«

»Mann! Ja!«, sagte sie mit aufblühender Freude. Dann schob sie sich an ihm vorbei, öffnete die Tür und ging hinaus.

Hans wunderte sich, dass sie so unbekümmert in den Schneesturm trat. Sie war lediglich mit einer offenen Strickjacke und einem knöchellangen, bunt gemusterten Rock bekleidet, unter dem sie eine wollene Trainingshose trug, in halbhohen Stiefeln, von denen die Schuhbänder offen herabhingen.

Sie ging voran, ohne sich noch einmal umzudrehen. Ihr langer Rock flatterte im Wind. Hans folgte ihr durch den engen, freigeschaufelten Gang. Links und rechts von ihm ragten die Wände aus Schnee hoch über seinen Kopf hinaus.

Nach wenigen Schritten führte der Weg zu einem Seiteneingang des Wohnhauses. Die Frau öffnete die Tür und schlüpfte ins Haus. Hans folgte ihr.

* ✝ *

Henny hatte Frau Oltmanns bei den Küchenarbeiten geholfen, war ihr beim Abwasch zur Hand gegangen, und gemeinsam hatten sie das Geschirr in den Schränken verstaut und die Küche aufgeräumt, während auf dem Herd ein Topf mit ungeschälten Kartoffeln gemächlich vor sich hindampfte. Es hatte ihr Spaß gemacht, sich wieder einmal sinnvoll betätigen zu können.

Und als Frau Oltmanns sie knapp fragte, ob sie ihr auch bei der Zubereitung eines Kartoffelsalats behilflich sein könnte, sagte sie überrascht und freudig zu.

Frau Oltmanns hatte drei Petroleumlampen aus der Diele in die Küche geholt. Da die Küche über kein Außenfenster verfügte, musste das Licht der Lampen ausreichen.

Henny fühlte sich, nicht zuletzt wegen des trüben Lichts, ins vergangene Jahrhundert zurückversetzt. Es gab zwar moderne Küchengeräte wie einen Kühlschrank und einen Elektroherd, die Einrichtung aber mutete großmütterlich an, mit dem cremefarbenen Küchenbuffet, den eckigen Küchenstühlen und dem geblümten Wachstuch auf dem Küchentisch.

Mit zwei Topflappen hob Frau Oltmanns den Topf von der Herdplatte, goss das Wasser im Spülbecken ab, ließ zum Abschrecken kaltes Wasser über die Kartoffeln laufen und stellte dann den Topf auf einen Untersetzer mittig auf den Tisch. Aus dem Küchenbuffet holte sie eine große Schüssel, stellte sie daneben und schob Henny ein Kartoffelschälmesser zu.

Ohne ein weiteres Wort griff sie in den Topf, entnahm ihm eine dampfende Kartoffel und begann, sie zu pellen.

Sie arbeitete energisch, fast verbissen. Nach kurzem, schnellem Schaben landeten die sauber gepellten Kartoffeln in der Schüssel. Henny war nicht ganz so flink, auch konnte sie die noch heißen Kartoffeln nicht lange in der Hand halten, gab sich aber Mühe.

So saßen sich beide Frauen schweigend gegenüber, eine jede mit ihrem Tun beschäftigt. Henny behagte es gar nicht, dass die Arbeit so schweigsam vonstattenging. Nach einer Weile versuchte sie, ein Gespräch zu beginnen: »Der Stallknecht – also dieser Erich – ist der wirklich so eigenartig?«

Es dauerte eine Weile, bis sich Frau Oltmanns zu einer Antwort entschlossen hatte. »Halten Sie sich von ihm fern«, sagte sie knapp.

Henny erschrak. In der Schärfe, mit der Frau Oltmanns die Antwort hervorgestoßen hatte, lag auch die Andeutung einer Bedrohung. Hatte sie etwas zu befürchten? Schnell verdrängte sie den Gedanken. Unsinn! Sie hatte schon genug mit ihren Ängsten zu tun, da musste sie sich nicht noch die Vorurteile und Animositäten von Frau Oltmanns zu eigen machen.

Sie wechselte das Thema.

»Ich hörte, dass der Sohn Ihres Mannes so früh verstorben ist. Das hat mich sehr berührt. Es ist grausam, sein Kind zu verlieren. Darf ich fragen, was passiert ist?«

Frau Oltmanns zeigte keinerlei Reaktion. Ohne auch nur einmal aufzublicken, pellte sie mit verschlossener Miene die Kartoffeln und blieb stumm.

Insgeheim hatte Henny gehofft, mit ihr eine Unterhaltung führen zu können. Aber es sollte wohl nicht sein. Schweigsam setzte auch sie ihr Tun fort.

Unvermittelt sagte Frau Oltmanns, ohne dabei das Pellen zu unterbrechen: »Sönke – also der Sohn meines Mannes – ist hinterrücks ermordet worden. Vom Teufel.«

Henny traf es wie ein Schlag. Für sie war es schrecklich, von dem Tod eines kleinen Jungen zu hören, um ein Vielfaches verstörender aber war es, wenn dafür der Teufel verantwortlich sein sollte. Was für ein Spuk geisterte durch die Köpfe der beiden Oltmanns? Henny hoffte, dass Frau Oltmanns es nun dabei bewenden ließ, ohne die prekären Umstände weiter zu vertiefen.

Frau Oltmanns aber ließ das Messer sinken. Ihr Blick verlor sich im Nirgendwo. »Mein Mann pflügte gerade das Feld. Damals hatte er noch kein Vieh, nur Felder für den Kohlanbau. Sönke saß auf dem kleinen Klappsitz auf dem Kotflügel des Treckers. Plötzlich kippte er vom Sitz und fiel zwischen Trecker und Pflug.«

Sie unterbrach sich, schniefte kurz. Der Gedanke an das Vergangene schien sie zu quälen, obwohl sie das Geschehene auch nur aus Oltmanns Berichten kennen konnte. Henny verstand es nur zu gut. Die Bilder, die sich vor ihrem geistigen Auge zeigten, waren grausam.

»Mein Mann hatte es kommen sehen. Als Sönke ins Wanken geraten war, hatte er nach ihm packen wollen – aber ins Leere gegriffen. Sönke ist direkt vor den Pflug gefallen und wurde ...«, sie stockte. »Zerschnitten«, flüsterte sie kaum hörbar.

Henny durchfuhr es eiskalt. Die Vorstellung des vor den Pflug fallenden Kindes war so unerträglich, dass ihr die Luft wegblieb.

»Der Teufel hat Sönke vom Sitz gestoßen«, klagte Frau Oltmanns. »Mein Mann hatte ihn nicht halten können, seine Hand griff durch Sönke hindurch, als wäre er Luft, ein Trugbild, eine Illusion. So, als wäre er gar nicht vorhanden, obwohl er doch neben ihm gesessen hat. Sowas schafft nur der Leibhaftige, der Teufel, der Antichrist.« Mit kräftigen Schnitten widmete sie sich einer Kartoffel.

Henny schluckte. Sie wusste nicht, was sie darauf antworten sollte. Vielleicht sind im Augenblick der Tragödie, angesichts des Grauens, solch verquere Vorstellungen verständlich. Der Verstand versucht, das Unbegreifliche begreiflich zu machen, verzweifelt Erklärungen zu finden. Und wenn es keine Erklärungen gibt, zerrt man den Teufel hinzu, dem man die Schuld an allen Gräueltaten zuschieben kann.

Frau Oltmanns hob den Kopf, musterte Henny aufmerksam und fuhr fort: »Mein Mann hat sehr darunter gelitten, konnte monatelang nicht schlafen. Er hat immer wieder rastlos über das Geschehene gegrübelt und nach Erklärungen gesucht. Heute weiß er, dass Sönke den Teufel in sich getragen hat.«

Henny erschrak. Wie konnte sie so etwas sagen? Einem Kind, einem unschuldigen Dreijährigen den Teufel anzudichten, war so ungeheuerlich, dass sie dafür keine passenden Worte fand. Empört platzte es aus ihr heraus: »Wie kommen Sie nur auf eine solch abwegige Idee? Das, was passiert ist, ist grauenvoll und der Gedanke daran kaum zu ertragen, aber Sie können doch dem armen Kind nicht die Schuld zuweisen und ihm Besessenheit vorwerfen!«

Henny war innerlich aufgewühlt und setzte atemlos hinzu: »Ich bitte Sie!«

Frau Oltmanns antwortete flüsternd: »Nein, dem kleinen Sönke ist keine Schuld zuzuschreiben. Er war ja nicht vom Teufel besessen, er hielt nicht seine Seele besetzt, sondern hockte lediglich in der äußeren Hülle seines Körpers.«

Sie schloss gequält die Augen. »Es war seine Mutter, in der der Teufel gewütet hat. Er hatte sich in ihr verborgen und sie unchristliche Dinge tun lassen. Einmal hat sie im Angesicht der Bibel lästerliche Worte von sich gegeben. Es war der Teufel, der aus ihrem Munde gesprochen und üble Schmähungen ausgespuckt hat. Ein anderes Mal hat sie bei der Feldarbeit gestöhnt, die Augen weit aufgerissen und himmelwärts gedreht: Es war der Leibhaftige, der sie im Besitz hatte und ihr seinen ruchlosen Willen aufgezwungen hat. Bei Sönkes Geburt ist er schließlich in den Leib des Neugeborenen geschlüpft und hat den Tod der Mutter verursacht. Das unschuldige Kind diente dem Satan als Unterschlupf. Bis zu jenem Tag, an dem er ihn vom Trecker stieß.«

Henny legte das Messer beiseite. Das wollte sie sich nicht anhören. Für solch absurden Abersinn brachte sie kein Verständnis auf. Gerade als sie sich erhob, um Frau Oltmanns die weitere Mitarbeit zu versagen, ertönte draußen in der Diele ein durchdringendes Stimmengewirr. Wie es schien, waren Oltmanns und Martens aneinandergeraten. Ihre Stimmen waren laut und aufgeregt.

Auch Frau Oltmanns hatte sich verwundert erhoben und

war zeitgleich mit Henny in die Diele geeilt. Im Zwielicht der Halle nahmen sie die Personengruppe zunächst nur schemenhaft wahr. Neben Oltmanns und Martens hatte sich nicht nur Freya eingefunden, sondern auch ein völlig fremder Mann.

»Ich werde es nicht zulassen. Nicht in meinem Hause!«, empörte sich Oltmanns erregt.

»Sie können ihn doch nicht wieder hinausjagen!«, entgegnete Martens nicht minder gereizt.

Der Fremde stand etwas abseits: Ein junger Mann, vielleicht Mitte zwanzig. Er trug eine Seemannsjacke, die leicht lädiert wirkte, darüber einen Schal, auf dem Kopf eine Wollmütze, unter der sein Haar ungeordnet hervorquoll und an seiner Stirn klebte. Er stand etwas nach vorn gebeugt, wie jemand, dem die Glieder schmerzten und die Muskeln nicht mehr recht gehorchten.

Henny näherte sich zögernd. Frau Oltmanns folgte ihr.

»Er kann in den Kuhstall. Das ist mein letztes Wort!«, befand Oltmanns laut und herrisch.

Der Fremde drehte sich Oltmanns zu, sodass Henny sein Gesicht sehen konnte. Er wirkte verzweifelt und müde. Dunkle Schatten zeigten sich an Kinn und Wangen, seine Augen lagen tief in den Höhlen und waren von dunklen Rändern umgeben. Das Gesicht eines Mannes, der Leid ertragen und Mühsal erlitten hatte.

Das alles erfasste Henny mit einem Blick, während Frau Oltmanns neben ihr jäh wie eingefroren stehenblieb. Henny vernahm ihren schwach unterdrückten Ausruf, nur gehaucht und doch hörbar: »Nein!« Abrupt machte sie kehrt und eilte in die Küche zurück.

Henny sah ihr irritiert nach. Was hatte sie so erschreckt?

Erneut brauste Oltmanns auf. Henny konnte nicht verstehen, was er sagte, denn in diesem Moment brüllten die Kühe wieder ihren Schmerz heraus.

Plötzlich, mitten in das Gebrüll des Milchviehs, flammte das Licht der Deckenlampen auf. Sofort richteten sich die Blicke aller nach oben. Das Licht flackerte und erlosch wieder. Atemlos und stumm verharrten sie in der neuerlichen Dunkelheit und hofften auf die Rückkehr des Lichts. Das flammte auf, flackerte kurz – und blieb. Mit offenen Mündern starrten sie zum Deckenlicht und wagten nicht, sich zu rühren. Zu fragil erschien ihnen das wiedergewonnene Licht.

Dann löste sich die Spannung. Der Strom war zurück!

Oltmanns wandte sich sofort zum Gehen: »Die Kühe!«

Er nahm Freya am Arm, zog sie mit sich und verschwand mit ihr in Richtung Ausgang.

Henny gesellte sich zu Martens und dem Fremden.

»Der Strom ist wieder da«, sagte Martens.

»Entgegen ihrer Absicht, sich reserviert zu geben, lächelte sie ihn an. »Ich hab's gesehen!«

Er ging nicht weiter darauf ein und wies auf den Fremden. »Das ist Herr Beerbohm. Er ist mit seinem Auto eingeschneit. Vorn an der Auffahrt.«

Der Fremde nickte Henny zu. Er sah verloren aus.

»Drei Tage hat er bei klirrender Kälte in seinem Wagen ausgeharrt, nicht ahnend, dass es hier ein Gehöft gibt. Drei Tage, das muss man sich mal vorstellen!«

»Und warum hat Herr Oltmanns sich so aufgeregt?«

»Ich habe vorgeschlagen, dass Herr Beerbohm hier übernachten kann. Das aber will Oltmanns nicht. Ich weiß nicht, was er dagegen hat. Er will ihn nur im Kuhstall dulden.«

»Im Kuhstall?«, empörte sich Henny. »Das kommt überhaupt nicht infrage!«

Der Fremde beugte sich Henny entgegen. Müde und erschöpft. »Das ist kein Problem, Hauptsache, wir haben ein Dach überm Kopf!«

»Nein! Ich sorge dafür, dass Sie hier im Haus unterkommen. Aber ... wen meinen Sie mit wir?«

»Sein Bruder ist noch im Wagen«, klärte Martens auf. »Er ist verletzt und schafft es nicht durch den Schnee, wir müssen ihn da rausholen.«

Henny sah den Fremden fragend an. »Ist er schwer verletzt?«

»Nur an der Hand, nichts Schlimmes. Aber schmerzhaft.«

»Ich kümmere mich darum, Herrn Oltmanns zu überzeugen, dass Sie im Haus bleiben können«, sagte sie.

Martens zog den Reißverschluss seines Skianzugs zu, knotete die Bänder seiner Skimütze unter dem Kinn zusammen und bedeutete Beerbohm, ihm zu folgen. »Kommen Sie, wir holen Ihren Bruder.«

* ✝ *

Dass er sich erneut der schneidenden Kälte ausliefern musste, setzte Hans mehr zu, als er erwartet hatte. Sein Körper war von dem tagelangen Ausharren im nasskalten Auto geschwächt. Seine Gelenke schmerzten, machten jede Bewegung zur Qual, seine Muskeln sträubten sich gegen weitere Anstrengungen. Sein Wille aber war ungebrochen. Die Sorge um Winfried trieb ihn voran, die Angst um ihn drängte alle Beschwernisse in den Hintergrund. Er war einzig auf das Ziel fixiert, seinen Bruder aus der eisigen Hölle zu befreien, und dankbar, dass ihm Martens – der Mann im Schneeanzug – zur Seite stand.

Die ersten Meter konnten sie noch aufrecht durch den Schnee stapfen, dann aber sackten sie immer wieder tief ein, sodass sie sich, wie er es vorhin schon durchgemacht hatte, nur noch kriechend vorwärtsbewegen konnten.

Hans hoffte, dass sein Bruder wenigstens vernünftig genug gewesen war, im Auto auf seine Rückkehr zu warten und sich in der ihm eigenen Ungeduld nicht doch noch allein auf den Weg gemacht hatte. Nicht auszudenken, wenn er bei dem starken Wind und dem heftigen Schneetreiben unterwegs stecken geblieben war. Oder die Richtung verloren hatte.

»Ist es noch weit?«, schrie Martens gegen den Wind an. Er musste den Kopf zur Seite drehen, um Luft zu bekommen.

»Hinter den Bäumen!«, rief Hans zurück und zeigte nach vorn.

Als sie die Bäume erreicht hatten, legten sie eine Pause ein. Heftig atmend lagen sie nebeneinander, Martens trotz des Schneefalls auf dem Rücken.

Dann ging es kriechend weiter. Als sie die Baumgruppe passiert hatten, kam das Auto in Sicht. Zumindest das, was aus dem aufgetürmten Schnee von ihm zu sehen war: Das Dach und der hoch aufragende, geöffnete Kofferraumdeckel.

Hans stutzte. Wieso war der Kofferraum offen?

»Birne!«, schrie er, ungeachtet dessen, dass sein Bruder ihn nicht hören konnte.

Hans beeilte sich, die Angst beflügelte ihn, obwohl ihm die vergangenen Tage so viel Kraft gekostet hatten. Je näher sie kamen, desto mehr öffnete sich der Blick auf den eingeschneiten Ford. Nun konnte man auch sehen, dass die Fahrertür offenstand.

Dann bemerkte er etwas, das ihm das Blut in den Adern gefrieren ließ. Vor dem Wagen lag der leblose Körper eines Mannes. Zitternd vor Sorge hangelte er sich voran und atmete gleich darauf erleichtert auf. Der Mann lag auf dem Rücken, seine orangefarbene Mütze war ihm vom Kopf gerutscht, und mitten auf der Stirn zeigte sich ein Loch, aus dem ein dünnes Rinnsal Blut ausgetreten und bereits gefroren war. Seine Augen stierten ausdruckslos und leer in den grauen Himmel. Er war tot. Es war nicht Winfried.

Hans erreichte den Wagen als Erster, rutschte die Schneerampe herunter, stand schwer atmend vor der offenen Fahrertür und blickte in den Wagen.

Die Tür musste schon längere Zeit offen gestanden haben, denn auf dem Türschweller und vorn auf der Sitzbank hatte sich bereits viel Schnee angesammelt.

Den Kopf an die Beifahrertür gelehnt, lächelte ihm Winfried gequält entgegen und formte mit den Lippen ein flehendes, kaum hörbares »Hansi!«

Hans starrte entsetzt auf seinen Bruder. Ein Bein hatte er auf der Sitzbank ausgestreckt, das andere hing seitlich herab, die rechte Hand lag schlaff auf seinem Bauch, daneben die Pistole, die seinen steifen Fingern entglitten war. Seine Kleidung war vom Bauch bis hoch zur Brust von Blut durchtränkt.

Hans wusste nicht, was er machen sollte. Völlig aufgelöst und hilflos fuchtelte er fahrig mit den Händen herum, ziellos, unschlüssig, wo und wie er helfend eingreifen konnte.

»Was ist passiert?«, schrie Hans verzweifelt.

»Ich hab ihn erwischt, hab ich ihn!«, hauchte Winfried.

Hans fühlte sich, als stünde er neben sich, die Situation erschien ihm so unwirklich. Seine Stimme kippte: »Was war los? Was hast du gemacht?«

Winfried war leichenblass, ihm fiel das Sprechen schwer. »Das Geld ...« Er versuchte ein Lächeln, das ihm jedoch schmerzerfüllt wieder entglitt. »... ist noch da ... ist es.« Er senkte den Kopf leicht in Richtung Fußraum. Hans folgte seinem Blick und entdeckte dort die Einkaufstüte.

Er wurde von Martens an der Schulter zurückgezogen. »Was geht hier vor?«

Hans schüttelte den Kopf, er wusste darauf nichts zu antworten. Was sollte er sagen? Wo sollte er anfangen? Unsicher deutete er auf Winfried. »Mein Bruder ...«

Martens schob Hans zur Seite. Er griff nach Winfrieds Beinen und zog ihn langsam zu sich heran. »Fassen Sie mit an, wir müssen ihn rausziehen!«

Hans quetschte sich neben Martens in die Türöffnung, beugte sich weit ins Wageninnere hinein und versuchte, Winfrieds Oberkörper etwas anzuheben.

Winfried stöhnte, grunzte, schrie – die Schmerzen mussten unerträglich sein. Als sie ihn so weit aus dem Wagen herausgezogen hatten, wimmerte er schwach. Er war nur noch halb bei Bewusstsein.

Martens sah in den Wagen und entdeckte die Mohairdecke im Fußraum. »Wir nehmen die Decke«, sagte er. »Damit können wir ihn über den Schnee ziehen.«

Hans tauchte wieder in den Wagen und zog die Decke zu sich. Dabei fiel sein Blick auf die Pistole, die sich aus Winfrieds kraftlosen Fingern gelöst hatte und zu Boden gefallen war. Hans ließ sie in die Außentasche seiner Seemannsjacke gleiten. Er wollte sie nicht zurücklassen.

Um Winfried auf die Mohairdecke zu legen, mussten sie ihn auf die Seite drehen, anheben und wieder absetzen. Bei jeder dieser Bewegungen stöhnte Winfried gequält auf.

»Wenn wir die Decke jeweils an einer Ecke anpacken, können wir ihn vielleicht vorwärts ziehen.« Er verzog skeptisch das Gesicht. »Ich hoffe es jedenfalls!«

Es ging. Aber es war Schwerstarbeit. Hans und Martens krochen zentimeterweise über den Schnee, ein jeder sich mit nur einer Hand vorwärts hangelnd und mit den Füßen im Schnee abstoßend, während sie mit der anderen Hand die Decke mitsamt Winfried zu sich heranzogen. Ein Stück vor, Decke nachziehen, wieder ein Stück vor und erneut ziehen.

Bei jedem Ruck stöhnte Winfried. Als sie ihn über einen Schneebuckel zogen, schrie er vor Schmerzen auf. Hans zwang sich, die Qualen seines Bruders zu überhören. Ihm fiel die Tüte mit dem Geld ein. Er hatte sie zurückgelassen, vergessen mitzunehmen. Und dann der Kofferraum, er stand offen! Lag die Tasche mit den Drogen noch darin?

Er schüttelte die Gedanken ab und konzentrierte sich auf das Vorankommen, nur das zählte jetzt.

Winfried brummte und murmelte unverständlich vor sich hin. Er war nicht mehr bei sich.

* ✞ *

Henny ersparte es sich, Frau Oltmanns bei der Zubereitung des Silvesterbüfetts weiterhin ihre Unterstützung anzubieten. Deren Sichtweise und Überzeugungen hatte sie sich vorhin zur Genüge angehört. Diesem Irrglauben konnte sie nichts abgewinnen.

Das galt auch für Herrn Oltmanns, der sich in seiner übersteigerten Frömmigkeit zu wahnhaften Visionen und wirren Mythen verstieg. Sobald der Schnee ein Fortkommen ermöglichte, würde sie ihre Sachen packen und das Gehöft auf schnellstem Weg verlassen. Hier hielt sie nichts mehr. Weder *Die niederländischen Sprichwörter*, deren Echtheitsbeweis dann eben ausbleiben musste, noch Martens oder Kerkenhuus oder wie auch immer er heißen mochte.

Henny spürte den wachsenden Zwiespalt in sich: Einerseits war ihr Martens' fragwürdige Identität höchst suspekt, andererseits fühlte sie sich in seiner Gegenwart wohl und auf eine unerklärliche Art geborgen. Überhaupt schienen ihre Gefühle seit ihrer Ankunft in diesem Haus ständig zwischen gegensätzlichen Polen hin- und hergerissen zu werden.

Henny setzte sich in die Leseecke und wartete auf Oltmanns. Sie wollte auf ihn einwirken, den eingeschneiten Fremden im Haus Unterschlupf zu gewähren.

Ihr Blick fiel auf das kleine Bücherbord, das neben der Bauerntruhe stand und zehn, zwölf Bücher beherbergte. Henny legte den Kopf schief, versuchte, die Titel auf den Buchrücken zu entziffern.

Teufel, Dämonen, Besessenheit las sie. Daneben ein Buch mit dem beklemmenden Titel *Das neue Teufelaustreiben – Ein kräftiger Exorcismus gegen die sieben schlimmsten Teufel.* Henny hatte schon die Hand danach ausgestreckt, als sie innehielt: Der Buchrücken war so abgegriffen, speckig und bereits mit leichtem Schimmel belegt, dass sie fürchtete, hier seien die schlimmsten der sieben Teufel bereits am Werk gewesen. Die Innenseiten mochte sie sich gar nicht erst vorstellen.

Stattdessen zog sie ein dünnes Buch hervor, das ihr relativ neu erschien. *Über die Besessenen und ihre Behandlung in der alten Kirche.*[8] Sie schlug das Buch auf. Der Text war in Fraktur gesetzt, und dennoch war er nach kurzer Eingewöhnung leicht zu lesen. Im Kunstunterricht hatte sie noch die Frakturschrift geübt. Was sie las, passte zu dem antiquierten Schriftbild:

Man wird uns erlauben, als sicher anzunehmen, daß der böse Geist, den wir Teufel, Satan nennen, (...) auf unsere Seele und unseren Körper wirken könne, wodurch dann böse, sündhafte Neigungen und Leidenschaften, fürchterliche und schmerzhafte Krankheiten entstehen.

Henny musste schlucken. Was für ein unheilvoller Text! Stirnrunzelnd las sie weiter:

Er versteht gewiß im hohen Grade die Kunst, das Gehirn des Menschen (...) zu erschüttern, die Nerven und ihre Säfte zu bewegen und (...) und vermittels desselben auf die Seele einzuwirken (...) woraus dann Wahnsinn, Schwermuth, Fallsucht, Raserei entspringt.

Henny war mulmig zumute. Fast als fürchtete sie, beim Studium verbotener Schriften erwischt zu werden. Doch im Hallenhaus war es nach wie vor still. Sie nahm ein weiteres Buch zur Hand, unfähig nicht hineinzuschauen. Der Schutzumschlag fehlte, auf dem tiefschwarzen Leineneinband prangte in Silber geprägten Buchstaben: *Exorzismus. Ein Priester berichtet.*[9]

Als sie das Buch aufschlug, fiel ihr ein Zettel entgegen, auf dem jemand eine mit Tintenfüller geschriebene Notiz hinterlassen hatte. Ein Bekenntnis von Papst Paul VI.:

Das Böse ist eine wirkende Macht, ein lebendiges, geistliches Wesen, verderbt und verderbend, eine schreckliche Realität, geheimnisvoll und beängstigend. // Papst Paul VI., 1975 [10]

Sie schob den Zettel beiseite und ließ ihren Blick über die

Seiten wandern, bis ihr das Wort Schrecken förmlich entgegensprang:

... durchfuhr uns ein Schauer des Schreckens (...) über eine Frau, bei welcher man die typischen Zeichen von Besessenheit zu erkennen glaubte. Als Pater Gesland seine Gebete des Exorzismus begann, sprang die Frau auf und begann mit größter Leichtigkeit, die Mauer hinaufzusteigen, an der Diele, den Kopf nach unten, entlangzugehen, um dann die gegenüberliegende Wand wieder hinabzusteigen. (...) Es war eine richtige Schlacht. der Dämon widerstand und weigerte sich, fortzugehen. Aber, nach zehn Minuten, verließ er sie mit langem Röcheln. Als er sie verließ, hing die Zunge der Frau aus ihrem Mund; ihre Hautfarbe hatte eine bläuliche Tönung angenommen, und sie wand sich am Boden wie eine Schlange. Sie krümmte sich. Der Geist war ausgezogen ...

Beklommen wollte Henny das Buch schließen. Ihr behagte diese dunkle, drohende Mystik nicht. Der Text schien ihr geschrieben, um unsichere Menschen in seelische Bedrängnis und devote Unterwerfung zu bringen. Als sie den Zettel zwischen die Seiten zurücklegen wollte, fiel ihr Blick auf die Rückseite. Die gleiche Handschrift.

Woran man erkennt, daß einer vom Teufel besessen ist:

- Er spricht in fremden Sprachen, die er selbst nicht versteht
- Er kann über Dinge berichten, die erst morgen geschehen
- Er kann die Nähe eines Kruzifixes nicht ertragen
- Er wehrt sich heftig gegen Gebete und den Namen Jesu

War das Oltmanns Handschrift? *... wehrt sich gegen Gebete* – bezog sich das auf ihre Abneigung gegen die täglichen von ihm zelebrierten Tischgebete? Oder gegen Martens? Er hatte schließlich gar nicht erst versucht, sein Widerstreben zu verbergen.

Henny besah sich den Zettel genauer. Er war eindeutig älteren Datums, leicht vergilbt und zeigte bereits Spuren vielfachen Gebrauchs.

Angewidert legte sie das Buch zurück. Es war ihr, als hätte sie den Deckel eines brodelnden Kochtopfes angehoben und in eine übel stinkende, vergiftete Plörre geistigen Unrats geblickt.

Es dauerte lange, bis Oltmanns aus dem Stall zurückgekehrte. Er betrat die Diele, wischte sich die Hände an den Hosenbeinen ab und öffnete die Tür zum Heizungsraum. Entgegen seiner üblichen Begrüßung unterließ er einen seiner sonst gespielt erstaunten Ausrufe und warf ihr nur einen schnellen Blick zu.

»Herr Oltmanns«, rief sie.

Er drehte sich um, machte aber keinerlei Anstalten, auf Henny zuzugehen. Die Stimmung hatte sich getrübt.

»Haben Sie einen Moment für mich?«, fragte sie.

Ohne darauf eine Antwort zu geben, kam er in die Leseecke und setzte sich ihr gegenüber in einer der Sessel.

»Die Ferkel sind tot«, sagte er übergangslos.

Henny erschrak. »Das tut mir sehr leid. Das ist schlimm. Und die Kühe?«

Oltmanns zuckte mit den Schultern. »Ich hab sie gerade gemolken.« Er streckte die Beine mit den Gummistiefeln von sich und schlug sie übereinander. »Aber sie sind unruhig. Sie haben Angst.«

Das war für Henny das Stichwort. »Mir ist auch bange. Ich habe Sorge, dass das Leiden des Fremden, der mit seinem Bruder drei Tage lang eingeschneit war, noch nicht zu Ende ist.« Sie sah Oltmanns eindringlich an. »Können Sie ihn nicht hier im Haus unterbringen?«

Oltmanns schüttelte den Kopf. »Nein!«

Henny wartete auf eine Erklärung. Doch es kam keine.

»Sie können ihn doch nicht in den Kuhstall sperren, er braucht Erholung von den Strapazen, und wie ich hörte, ist der Jüngere schwer verletzt!«

Oltmanns war anzusehen, dass er das Thema nicht weiter vertiefen wollte. Er zog die Beine an und verschränkte die Arme. »Ich werde einen Platz im Schuppen herrichten.«

»Im Schuppen?« Henny war entsetzt. »Das können Sie nicht machen!«

Oltmanns beugte sich vor und bohrte ihr seinen harten Blick in die Augen. »Frau Butenschön! Haben Sie eigentlich zur Kenntnis genommen, was sich hier in den letzten Tagen ereignet hat? Der Schnee ist über uns gekommen, der Strom ist auf unerklärliche Weise ausgefallen, die Kälte kriecht uns in die Glieder und lähmt unser Tun und unsere Gedanken, die Kühe leiden Qualen und zittern vor Angst, die Ferkel und Hühner sterben vor unseren Augen, und nun begehren auch noch Fremdlinge Einlass in unser Haus! Das ist nicht Gottes Wille – es ist das Böse, das hier Einzug gehalten hat und uns in Versuchung führen will!«

Henny war sprachlos. Sie konnte nicht glauben, was sie da hörte.

»Das ist doch nicht Ihr Ernst!«, entfuhr es ihr.

»Woran zweifeln Sie? Sie haben es doch am eigenen Leibe erlebt, wie die Drude Ihnen übel mitgespielt hat!«

»Aber der Schnee und die durch ihn entstandenen Erschwernisse sind doch natürlichen Ursprungs, auch wenn sie diesmal ungewöhnlich extrem ausfallen. Das ist doch nicht das Werk irgendwelcher Spukgestalten!«

» Spukgestalten? Der Teufel ist keine Spukgestalt. Er ist

wahrhaftig und nach langer Zeit in unser Haus zurückgekommen, um uns in Versuchung zu führen.«

Oltmanns setzte sich auf und ließ seine Augen durch die Diele streifen. »Er ist hier. Ich spüre seinen Atem.«

Henny holte tief Luft, wollte darauf eine heftige Antwort geben, doch Oltmanns hob abwehrend die Hand.

»Ich weiß, Sie sind nicht überzeugt. Aber mir gibt es zu denken: Plötzlich steht ein Fremder vor der Tür, der drei Tage draußen im eisigen Schnee verbracht haben will. Drei Tage! Wer überlebt sowas? Ein Mensch? Nein! Und dann klopft er nicht an unsere Tür, wie ein Hilfesuchender es tun würde, – er dringt als erstes und ohne Umwege in Freyas Leben ein. Warum? – Er will das Kind!«

Henny war sprachlos und sah ihn ungläubig an. Sie stand auf und blickte kalt auf Oltmanns hinab. Ihre Stimme war fest und deutlich und duldete keinen Widerspruch: »Sie geben dem Fremden und seinem Bruder hier im Haus Obdach. Wenn nicht, räume ich mein Zimmer, ziehe zu Freya ins Blockhaus und überlasse den beiden Brüdern mein Zimmer.«

Damit drehte sie sich um und ließ Oltmanns sitzen. Wütend stapfte sie davon.

* ✝ *

Als die drei Männer das Hallenhaus erreicht hatten, lag Winfried in tiefer Bewusstlosigkeit. Über eine Stunde hatten sie für die zweihundert Meter vom Auto bis zum Haus gebraucht. Nur zentimeterweise waren sie vorangekommen. Immer wieder hatten sie Pausen einlegen müssen, um Luft zu holen,

Kraft zu tanken für die nächsten Meter, die es zu bewältigen gab. Schon bald hatte Winfried das Bewusstsein verloren. Die Schmerzen, die er auszuhalten hatte, mussten unerträglich gewesen sein. Jede Unebenheit der Schneedecke hatte seinem Körper zugesetzt. Immer wieder war Blut aus der Wunde gequollen, hatte die Kleidung durchtränkt. Rote Spuren auf dem weißen Schnee kennzeichneten den Weg, den sie zurückgelegt hatten.

Martens hoffte darauf, dass eine der Frauen mit solcher Art Verletzung umgehen konnte. Henny Butenschön hatte bei der Behandlung seiner eigenen Wunde bereits entschlossenes Handeln gezeigt. Allerdings war das nur eine kleine Schramme gewesen.

Im Haus trafen sie auf Oltmanns. Die Abneigung gegen ihr Erscheinen war ihm deutlich anzusehen. Geradezu feindselig war der Blick, den er Hans Beerbohm zuwarf, als er eintrat, um Martens die Tür weit aufzuhalten.

Oltmanns wich erschrocken einen Schritt zurück und starrte auf das Bild, das sich ihm bot. Er sah den Fremden schlaff in Martens' Armen liegen, sein Atem ging röchelnd, seine Kleidung war von Blut durchtränkt. Auch Martens Skianzug war blutverschmiert und an einigen Stellen aufgerissen.

»Zur Seite!«, keuchte Martens. Er schob sich an Oltmanns vorbei und steuerte die Leseecke an, um Winfried dort auf dem Sofa abzulegen.

»Nein!«, schrie Oltmanns hastig. »Hier hinein!«

Er riss die Tür zum Windfang auf, und es zeigte sich, dass er schon ein Lager vorbereitet hatte. Mitten im Windfang lagen zwei Matratzen, darauf jeweils ein Kopfkissen mit Federfüllung und mehrere graue Wolldecken.

Behutsam legte Martens den stöhnenden Winfried auf die Matratze. Hans half ihm dabei so gut es seine Kräfte erlaubten. Oltmanns drehte sich um und entfernte sich mit harten Schritten in Richtung Heizungsraum.

Henny hatte die Unruhe gehört, die plötzlich in der Diele aufgekommen war. Auch Oltmanns lautes Aufbegehren war nicht zu überhören gewesen. Schnell zog sie sich eine Strickjacke über ihren Pullover, bevor sie in die Diele eilte.

Die Türen zum Windfang standen offen, sie sah Holm Martens mit dem Fremden vor zwei Matratzen stehen. Also hatte Oltmanns doch ein Einsehen gehabt. Dann erst erkannte sie, dass auf einer der Matratzen ein Mann lag.

Ihr blieb der Atem weg: Der Mann, der dort unbewegt auf der Matratze lag, war über und über mit Blut bedeckt. Mit einem schnellen Blick streifte sie Martens und den Fremden und sah, dass auch deren Kleidung blutverschmiert war.

»Mein Gott!«, entfuhr es ihr entsetzt. »Lebt er?«

»Ja«, sagte Martens. »Aber er hat eine Schusswunde. Bauchschuss. Kennen Sie sich da aus?«

»Nein! Aber ...«, sie stockte. Dann ergriff sie Martens Arm und schob ihn in Richtung Diele. »Ich brauche Verbandszeug, so viel wie möglich, eine Schere, eine Schale mit warmem Wasser und Handtücher!«

Martens eilte davon, Henny rief ihm hinterher: »Schnell!«

Frau Oltmanns war einen Schritt aus der Küche getreten und verfolgte argwöhnisch die Vorgänge im Windfang. Als Martens auf sie zugelaufen kam, zog sie sich hastig wieder in die Küche zurück.

Henny kniete sich neben den Verletzten und öffnete vorsichtig die dicke Seemannsjacke, die sich wie ein Schwamm mit Blut vollgesogen hatte. Sachte zog sie die Seitenteile auseinander, darunter trug er einen dicken Wollpullover, ebenfalls blutdurchtränkt.

»Ich muss das aufschneiden – sobald die Schere da ist.«

Sie blickte zu Hans auf. Er sah mitgenommen aus, geschwächt, schmutzig und voller Blut. »Sind Sie auch verletzt?«, fragte sie.

»Äh ... nein!« Er sah an sich hinunter. »Das ist von Winfried.«

»Winfried ist Ihr Bruder?«

Er nickte stumm.

»Wieso hat er eine Schusswunde?«

Er zögerte kurz, dann sagte er ausweichend: »Er ist wohl überfallen worden.«

Henny beugte sich vor und betrachtet das Gesicht des Verletzten. Er war nicht bei Bewusstsein. Er hatte die Augen geschlossen, den Mund halb geöffnet, sein Atem ging flach und schnell.

In diesem Moment kam Martens zurück. Er setzte den Verbandskasten ab, legte einen Haufen Handtücher vor Henny auf den Boden, dazu Mullbinden und Elastikbinden.

»Frau Oltmanns füllt gerade eine Schüssel mit warmem Wasser. Ich muss sie abholen, Frau Oltmanns will sie nicht herbringen.«

Henny schüttelte den Kopf über so viel gefühllose Gleichgültigkeit. Sie öffnete den Verbandskasten, entnahm ihm die Schere und schnitt den Pullover vorsichtig der Länge nach auf. Darunter kam ein zweiter Pullover zum Vorschein. Auch den schnitt sie auf. Dann ein wollenes Hemd und als letztes das Unterhemd, bis die Wunde frei vor ihr lag. Der ganze Bauch bis hoch zur Brust war mit frischem und bereits verkrustetem Blut bedeckt, sodass sie die Schusswunde auf den ersten Blick gar nicht ausmachen konnte. Mit blutverschmierten Händen tastete Henny den Körper ab. Martens kam mit der Schüssel zurück, Henny tauchte ein Handtuch ins Wasser und wusch das Blut vom Körper. Das Wasser in der Schüssel färbte sich rot. Der Einschuss lag auf der rechten Seite, etwas unterhalb der letzten Rippe. Unvermindert pulsierte Blut aus der Wunde.

Henny durchsuchte das Verbandszeug nach einer Kompresse, fand eine, wickelte sie aus der Schutzhülle und legte sie auf die Wunde.

»Die Kompresse muss fest auf die Wunde gedrückt werden, dazu müssen wir sie mit den Mullbinden um den Körper wickeln.«

Sie nahm eine Mullbinde, legte den Anfang an die rechte Körperseite und reichte die Rolle dem Fremden rüber. »Herr Beerbohm, richtig?«

Hans nickte.

»Gut. Herr Beerbohm, Sie müssen die Mullbinde unter dem Körper durchreichen, damit ich sie hier wieder aufnehmen kann. Herr Martens hebt dazu den Körper Ihres Bruders vorsichtig an, okay?«

Die letzte Bemerkung war an Martens gerichtet. Der nickte ebenfalls.

»Gut. Und – los!«

Lage auf Lage spannten sie stramm um den Körper des Verletzten. Danach wickelte Henny zwei Elastikbinden darüber und fixierte sie abschließend an mehreren Stellen mit Hansaplast.

Henny arbeitete stumm und konzentriert. Sie wusste auch nicht, woher sie die Ruhe und Abgeklärtheit nahm. Nie zuvor in ihrem Leben war sie solch kritischen Situationen ausgeliefert gewesen. Vielleicht lag ihre Besonnenheit in den genetischen Anlagen des weiblichen Geschlechts. Seit jeher mussten sich Frauen um Kinder, um die Schwachen und Alten kümmern, Leben geben und Leben erhalten – im Gegensatz zu Männern, die eher eine archaische Lust daran haben, Leben zu vernichten.

Behutsam legte Henny eine der Wolldecken über Winfried. Um sie herum sah es aus wie auf einem Schlachtfeld. Sie stand auf und hielt die blutverschmierten Hände von sich. »Wir müssen das Krankenhaus anrufen!«

Kaum hatte sie das ausgesprochen, wurde sie von einem Kälteschauer erfasst. Sie zitterte heftig. Sie konnte nicht verhindern, dass ihre Zähne klapperten. Dann fing sie an zu weinen.

Martens nahm sie in die Arme. Sie ließ es geschehen, lehnte sich an ihn und schluchzte hemmungslos.

* ✝ *

Am Abend wachte Henny wieder auf. Sie fühlte sich matt und ausgelaugt. Nachdem sie Winfried Beerbohm notdürftig verbunden hatte, war sie in ihr Zimmer gegangen, hatte sich aufs Bett gelegt und war Minuten später fest eingeschlafen.

Nun lag sie wach und überdachte das Vorangegangene. Es wäre unbedingt notwendig gewesen, das Krankenhaus anzurufen und einen Arzt hinzuzuziehen. Allerdings erwies sich das als nicht durchführbar.

Wie Oltmanns erklärt hatte, war zwar das Stromnetz wieder intakt, aber die Telefonverbindung weiterhin tot. Er hatte sich sogar noch einmal in sein Büro begeben und zu telefonieren versucht. Nichts – die Leitung blieb stumm.

Henny hoffte nur, dass die Kugel nicht lebenswichtige Organe wie Niere oder Leber getroffen hatte. Das würde unweigerlich zu inneren Blutungen und sehr bald zum Tod führen. Im anderen Fall hätte Winfried Beerbohm eine Überlebenschance, vielleicht sogar dann, wenn ärztliche Hilfe noch auf sich warten ließ.

Mit Schrecken hatte sie von Martens gehört, dass vor dem Wagen der Beerbohms noch ein Toter lag. Erschossen von Winfried Beerbohm. Was war da vor sich gegangen? Waren die Brüder in kriminelle Machenschaften verstrickt?

Die ganze Angelegenheit war scheußlich und bereitete ihr Unwohlsein. Auch wenn Martens erklärt hatte, sie hätten den Leichnam beim Auto mit Schnee bedeckt, und der Schneefall würde ein Übrigens tun, letztlich würde der Körper unter dem Schnee konserviert und unversehrt bleiben: Es gefiel ihr nicht.

Als sie sich wieder aus den Armen von Holm Martens gelöst und ihre Tränen getrocknet hatte, musste sie sich eingestehen, dass ihr die Umarmung gutgetan hatte. Für einen flüchtigen Moment hatte sie sich geborgen gefühlt.

Aber noch etwas war ihr aufgefallen: Hans Beerbohm sah nicht nur schlimm aus, er roch auch streng. Kein Wunder, dachte sie, wenn er drei Tage ohne jede Hygiene im eingeschneiten Auto verbracht hatte.

Und so hatte sie Martens gebeten: »Kann Herr Beerbohm sich in Ihrem Zimmer frisch machen?«

Der hatte im ersten Moment verdutzt dreingeschaut, dann aber beeilte er sich zu sagen: »Natürlich! Kommen Sie, Herr Beerbohm.«

»Haben Sie auch saubere Kleidung für ihn?«, hatte Henny hinterhergerufen.

»Ja.«

Sie war noch einen Moment lang im Windfang stehen geblieben, um sich zu sammeln, dann hatte sie die schmutzigen Handtücher zusammengerafft, die Schüssel genommen und war damit in die Küche gegangen. Frau Oltmanns hatte an der Spüle gestanden und Eier abgeschreckt, die sie einem auf dem Herd dampfenden Kochtopf entnahm.

»Wo darf ich das hinstellen?«, fragte Henny.

Ohne sich umzudrehen, hatte Frau Oltmanns nur stumm auf den Küchentisch gedeutet.

Henny hatte die Schüssel mit den Handtüchern auf dem Tisch abgestellt. Einen Augenblick war sie noch unschlüssig stehengeblieben, dann hatte sie sich abrupt umgedreht und die Küche verlassen.

All das ging ihr noch einmal durch den Kopf, während sie auf dem Bett lag und über die letzten Stunden nachdachte.

Die Atmosphäre war belastet, die Stimmung schlecht. Eigentlich schade, denn anfangs ihres Aufenthalts hier hatte sie sich darauf gefreut, in dem rustikalen Ambiente des Oltmanns'schen Hofes den Jahreswechsel zu begehen.

Selbst als der Schnee kam und sie von der Außenwelt abgeschnitten waren, hatte sie das noch als ein aufregendes Abenteuer gesehen. Doch mit einer Leiche draußen vor dem Haus, einem angeschossenen Mann im Windfang und Gastgebern, die ein abnormes Verhalten an den Tag legten und verstörenden Anschauungen nachhingen, war ihr der Sinn nach einer unbeschwerten Silvesterfeier vergangen.

Seufzend stand sie auf und suchte die Waschecke auf. Nach ihrem anstrengenden Erste-Hilfe-Einsatz hatte sie sich nur die Hände gewaschen und war ansonsten ohne weitere Pflege aufs Bett gesunken. Nun wurde es Zeit, sich für den Abend frisch zu machen.

Sie öffnete den Kleiderschrank, in dem sie den Inhalt ihres Koffers geordnet aufgehängt und einsortiert hatte. Eigentlich hatte sie extra für den feierlichen Silvesterabend das marineblaue Kleid mit dem großformatigen Blumenmuster mitgebracht, das sie so sehr mochte.

Es war schade, aber nach den Vorfällen der letzten Stunden erschien ihr das Kleid unpassend. Stattdessen zog sie – wie an ihrem ersten Abend auf Oltmanns Hof – die beigefarbene Marlene-Dietrich-Hose an, dazu eine türkisblaue Bluse und ein Bolerojäckchen aus weißem Strick mit langen Ärmeln. Sie stellte sich vor den goldgerahmten Wandspiegel und prüfte ihr Aussehen. Das hatte Chic, war leger und doch von einer angemessenen Strenge und Sachlichkeit.

Als sie die Tür zur Diele öffnete schlug ihr ein durchdringender Weihrauchgeruch entgegen. Überrascht warf sie einen schnellen Blick durchs Hallenhaus. Es hatte den Anschein, als wollte Frau Oltmanns der unheilvollen Aura des Hauses mit Wucht begegnen; sie hatte ihr abendliches Ritual des Räucherns um ein Vielfaches gesteigert. An mehreren Stellen waren Räucherpfannen aufgestellt, von denen sich weiße Wölkchen glimmenden Weihrauchs emporkräuselten.

Sie hatte also ihr wirksamste Waffe gegen die Mächte der Finsternis in Stellung gebracht! Henny konnte sich ein Schmunzeln darüber nicht versagen, obwohl sie den Beweggründen hinter dieser geballten Weihrauchoffensive nichts abgewinnen konnte.

Außer Walter Oltmanns, der sich an der Tür zum Windfang zu schaffen machte, war die Diele leer. Sie hörte Frau Oltmanns in der Küche rumoren. Martens hielt sich wohl noch in seinem Zimmer auf. Beim Vorbeigehen sah sie, dass bereits das Silvesterbüfett auf der langen Tafel aufgebaut war.

Als sie den Windfang erreicht hatte, drehte sich Oltmanns um. Er vermied jeden Blickkontakt und ging wortlos an ihr vorbei. Nicht aus Neugier, nur um höfliches Interesse zu zeigen, fragte Henny: »Ist was mit der Tür?«

Ohne seinen Schritt zu verlangsamen, antwortete er: »Ich muss mein Haus schützen!«

Henny besah sich die Tür genauer. Erst auf den zweiten Blick erkannte sie, was Oltmanns an der Tür gemacht hatte. Dann roch sie es auch: Knoblauch! Die feucht glänzenden Spuren zeigten es: er hatte mit einer aufgeschnittenen Knoblauchzehe ein Kreuz an die Tür gezeichnet.

Henny holte Luft, um ihrer Empörung freien Lauf zu lassen, brach dann aber ab. Es war zwecklos, diesen religiösen Eiferer von seinem verblendeten Weg abzubringen.

Ein anderer Gedanke schob sich in den Vordergrund: Wie sehr verändert es einen Menschen, der den Tod seines Kindes ansehen musste? Und nicht nur ansehen, sondern den Pflug gezogen hat, durch den das Kind zerteilt wurde?

Henny mochte sich das Bild von dem Unfall gar nicht vorstellen. Zu grausam war das Geschehene, zu tief berührte sie die Tragödie. Um wie viel qualvoller musste der Schmerz gewesen sein, den Oltmanns zu erleiden hatte? Selbstvorwürfe, Zweifel, Schuldgefühle, Gewissenspein – und am Ende steht immer nur die eine bohrende Frage: Warum?

Man sucht nach Erklärungen, klammert man sich an jede Antwort, die Aufklärung verspricht. Und wenn man keine rationalen Gründe für das Unfassbare findet, sucht man nach einem dafür Verantwortlichen. Für einen tief gläubigen Menschen wie Oltmanns geht alles Übel vom Teufel aus. Also hat natürlich der Teufel den Tod seines Sohnes herbeigeführt. In seiner hilflosen Verstörung glaubt er fest daran.

Henny öffnete die Tür und blickte in den Windfang. Hans Beerbohm hatte sich in gekrümmter Haltung in seine Wolldecke eingewickelt, seine regelmäßigen Atemzüge zeigten an, dass er fest schlief. Er holte den Schlaf nach, der ihm in den vergangenen Tagen gefehlt hatte.

Winfried Beerbohm lag immer noch auf dem Rücken. Selbst im Schlaf vermied es sein Unterbewusstsein, sich mit der schmerzenden Wunde zur Seite oder auf den Bauch zu drehen. Die Wolldecke war verrutscht und hatte den Bauch freigelegt. Henny sah mit Zufriedenheit, dass der Verband noch fest anlag und auch keine durchgebluteten Stellen zeigte. Offenbar war es ihr gelungen, mit der Kompresse die Wunde zu verschließen.

Dann stutzte sie. Atmete er? Sie konnte kein Auf und Ab seines Brustkorbs feststellen. Sein blasses Gesicht war unbewegt, wirkte wie eingefroren. Langsam und mit angehaltenem Atem beugte sie sich über ihn, näherte ihr Ohr seinem Mund und horchte angespannt. Ganz sachte spürte sie einen schwachen Hauch an ihrer Wange. Sein Atem war kaum hörbar, ging stoßweise und flach. Erleichtert atmete Henny aus. Sie stand auf und blieb noch einen Moment stehen. Sie machte sich immer noch Sorgen um sein Überleben, aber mehr als sie bereits getan hatte, konnte sie nicht tun.

Noch immer allein in der Diele, ging sie zur Tafel und betrachtete das darauf aufgebaute Büfett. Den Kartoffelsalat hatte Frau Oltmanns noch mit Schnittlauch, Zwiebeln und klein gehackten Eiern verfeinert. Daneben ein Stövchen, auf dem nachher die Würstchen warmgehalten werden sollten.

Ein Korb mit geschnittenen Weißbrotscheiben, ein Glas mit Gewürzgurken, ein Teller mit Käsewürfeln und ein Stapel mit tiefen Tellern, die ein Hinweis auf die zu erwartende Fliederbeersuppe gaben. Alles in allem ein schlichtes, unprätentiöses Büfett, als wäre es bewusst den äußeren Umständen angepasst.

Dann aber fiel ihr Blick auf die leeren Gläser, die Frau Oltmanns vor den Getränken aufgebaut hatte: Vier Bowlegläser, vier Cocktailgläser und vier Sektgläser. Vier! Nicht sechs, wie es hätten sein sollen, wenn sie die neuen Gäste mit einbezog.

Natürlich, den schwer verletzten Winfried Beerbohm konnte man davon ausnehmen, aber was war mit seinem Bruder Hans? Henny blickte zu den Tellern und dem Besteck – auch hier nur vier Sets.

Erneut stieg in Henny der Ärger hoch. Sie würde dafür sorgen, dass auch die Beerbohms ihren Teil abbekamen.

Sie ging zur Leseecke und musste lachen: Vor ihr war Oltmanns Vorstellung von der Ausgestaltung eines geselligen Silvesterabends aufgebaut. Auf den Beistelltischchen standen Trinkgläser mit Salzstangen, dazu jeweils ein Schälchen mit Erdnüssen. Vier aus Bast geflochtene Getränkeuntersetzer warteten auf ihre Bestimmung, und dazwischen war – sehr sparsam, beinahe verschämt – buntes Konfetti verstreut.

Als Highlight des Abends war wohl Bleigießen vorgesehen: Eine Schachtel mit verschiedenen Glücksfiguren aus Blei, einem Gießlöffel, dazu eine Kerze, eine mit Wasser gefüllte Steinguttasse zum Abschrecken des geschmolzenen Bleis sowie ein kleines Heftchen mit passenden Deutungen zu den entstandenen Figuren.

Der Deckel der Schachtel zeigte einen Schornsteinfeger,

der einen Gießlöffel in der einen und ein Hufeisen in der anderen Hand hielt. Daneben stand in roten Lettern geschrieben:

Schau in die Zukunft, nicht zurück,
und gieße Dir Dein eig'nes Glück!

Henny vermochte nicht zu sagen, ob ihr heute der Sinn nach Bleigießen stand. Eigentlich nicht. Sie betrachtete die vorgefertigten Glücksfiguren: Schwein, Geldsack, Pilz, Glocke, Bierkrug und Königskrone. Sie entnahm der Schachtel das Schwein und besah sich die Unterseite des Hohlkörpers. Es steckte ein Papierstreifen darin. Sicher ein Horoskop.

Natürlich wusste sie, dass es sich nicht schickte, aber ihre Neugier obsiegte: Ein schneller Blick durch die Diele, dann zog sie vorsichtig den Papierstreifen heraus. Mit leichtem Kopfschütteln las sie, was sich der Hersteller des Bleigießens bestimmt schon bei der Unternehmensgründung ausgedacht hatte:

Sperren Sie sich nicht, es gibt jemanden, der Sie liebt!

»Na, können Sie's nicht abwarten?«

Wie aus dem Nichts kommend, stand plötzlich Martens neben ihr und betrachtete ihr Tun mit amüsiertem Blick.

Henny zuckte zusammen, Röte schoss ihr ins Gesicht, sie fühlte sich ertappt, stopfte schnell den Zettel in die Figur und legte sie in die Schachtel zurück.

»Was stand denn drauf?« Martens grinste.

»Ach!«, Henny winkte fahrig ab. »Irgendwas mit Geld und Beruf.«

Martens zeigte zum Wichernkranz hoch. Henny folgte seinem Blick und entdeckte dort drei verloren wirkende Luftschlangen, die über das Wagenrad geworfen waren und nun halbherzig und mutlos herabhingen.

»Zumindest ist die Dekoration dem Anlass angemessen«, spottete Martens, setzte sich in den Sessel, der ihm am nächsten stand und sah Henny nachdenklich an.

Er war sich wohl auch nicht ganz sicher, ob es angebracht war, sich dem bevorstehenden Jahreswechsel entspannt hinzugeben, oder ob es die Ereignisse der letzten Stunden geboten, den Abend in angemessener Zurückhaltung zu verbringen. Er hatte den lädierten Skianzug gegen eine dunkelviolette Schlaghose und einen weißen Rollkragenpullover eingetauscht. Schlicht, aber adrett.

»Frau Oltmanns hat sich mit dem Silvesterbüfett wirklich Mühe gegeben«, sagte er. »Allerdings hat sie unsere neuen Gäste vergessen. Oder ignoriert«, setzte er bitter hinzu.

Henny nickte und hob energisch das Kinn. »Ich hab's auch schon gesehen. Es wird mich aber nicht davon abhalten, den gesunden der beiden Brüder zu uns an den Tisch zu holen.«

Sie sah betrübt drein. »Ich war eben im Windfang. Sie schlafen fest, aber der Jüngere macht mir Sorgen. Er atmet sehr flach, ist völlig entkräftet. Ich fürchte, seine Verletzung ist schwerer, als es den Anschein hat.«

Sie hob in einer hilflosen Geste die Hände und ließ sie dann resigniert wieder fallen. »Ich weiß nicht, was ich noch tun kann!«

Martens schüttelte den Kopf. »Sie dürfen sich keine Vorwürfe machen. Sie haben getan, was Sie tun konnten. Und ich muss sagen ...« Er nickte bekräftigend. »Sie haben es großartig gemacht. Ich bewundere, mit welcher Ruhe, Übersicht und Fürsorge Sie Erste Hilfe geleistet haben. Das hat mich tief beeindruckt.« Und eilig schob er hinterher: »Nein, Sie haben mich beeindruckt! Sogar sehr!«

Henny blickte verlegen zur Seite. Es war ihr unangenehm.

Was sollte sie darauf antworten? Sollte sie ihm sagen, dass sie sich über sein Lob freute? Oder sollte sie ihm auf den Kopf zusagen, wie befremdlich sie es fand, dass er sich hier unter falschem Namen eingeschlichen hatte?

Beides schien ihr keine passende Erwiderung zu sein, und so schwieg sie.

Hätte sie es nur nicht getan! Ihr Schweigen verleitete Martens dazu, seinen Händen Beschäftigung zu geben. Er beugte sich über die Schachtel mit den Bleifiguren und spielte damit.

»Ich habe das Bleigießen hier hingelegt«, sagte er.

»Aha!« Mehr fiel Henny dazu nicht ein.

»Das hatte ich noch vom letzten Jahr bei mir zu Hause rumliegen, und so dachte ich mir, dass es ja durchaus ein Spaß sein könnte, sich mit Bleigießen die Geschicke des neuen Jahres prophezeien zu lassen.«

Er sah sich zweifelnd um. »Ich bin mir allerdings nicht mehr so sicher, ob eine fröhliche Zukunftsdeuterei noch zur augenblicklichen Stimmung passt.«

Er stupste die Schachtel an, drehte sie herum, dann nahm er das Schwein heraus und betrachtete es nachdenklich.

Henny wurde heiß. Bitte nicht!, dachte sie.

Martens aber konnte keine Gedanken lesen, und so begann er, das Horoskop aus der hohlen Figur herauszuziehen. Er entfaltete den schmalen Papierstreifen und las ihn. Einmal oder mehrmals? Jedenfalls ließ er sich Zeit damit. Ohne eine Miene zu verziehen, stopfte er den Zettel wieder in das Schwein und legte es etwas umständlich an seinen ursprünglichen Platz in der Schachtel zurück.

Dann lehnte er sich genüsslich in seinem Sessel zurück und grinste Henny an: »Sie müssen sich verlesen haben. Das Horoskop hat Ihnen etwas ganz anderes vorhergesagt!«

Henny hätte ihn auf der Stelle erwürgen können, ob seiner Unverfrorenheit, sie so ungeniert bloßzustellen.

»Tatsächlich?«, fragte sie leichthin, fühlte sich aber ertappt, wie ein Teenager, der vor dem Schaukasten eines Sexkinos beim Betrachten des Kinoplakats erwischt wird.

»Ja, tatsächlich!« Martens lachte noch breiter.

Warum bin ich nur so verunsichert?, ärgerte sich Henny. Martens – respektive Kerkenhuus – hätte selbst allen Grund, zurückhaltend zu sein. Stattdessen trat er auf wie ein ... wie ein ... ach! Henny verwarf den Gedanken und griff zur Fernsehzeitschrift.

»Im Ersten gibt's heute eine Operette und danach die *Show in der Oper* mit Ivan Rebroff, Boney M. und Paul Kuhn mit seinem Orchester.«

»Paul Kuhn?« Martens überlegte. »Ist das nicht der mit dem Bier auf Hawaii?«

»Was für ein Bier?«

»*Es gibt kein Bier auf Hawaii*. Kennen Sie das Lied nicht?

Henny lachte: »Ganz ehrlich? Nein, kenne ich nicht. Ich höre nicht allzu oft Musik.«

Martens blickte sie treuherzig an. »Ach! Und was ist mit Tanzen?« Sofort winkte er beschwichtigend ab: »Keine Angst! Nicht, dass ich hier heute Abend tanzen will – ich frage nur interessehalber.«

Henny fühlte sich erneut in der Defensive. Warum schaffte es dieser Mensch immer wieder, sie in tiefe Verlegenheit zu stürzen?

Sie ging nicht auf seine Bemerkung ein, sondern zeigte auf die nächste Programmspalte: »Im ZDF gibt's um 21 Uhr 15 *Ein verrücktes Paar* mit Harald Juhnke und Grit Böttcher und ab 22 Uhr *Jetzt geht die Party richtig los!* mit Catarina Valente,

Peggy March, Roy Black ...«

Martens räusperte sich. Überrascht blickte Henny auf. Sie sah einen ernsten Martens, der zu einem ehrlichen Bekenntnis ansetzte: »Ich unterbreche Sie ungern. Aber ich muss gestehen, mir ist eigentlich gar nicht nach lustigen Musiksendungen zumute.«

Ein flüchtiges, entschuldigendes Lächeln huschte über sein Gesicht und machte dann einem sorgenvollen Ausdruck Platz. »Ich kann hier nicht ausgelassen fröhlich sein, während im Nebenraum ein Mann um sein Leben kämpft.«

Henny ließ die Zeitschrift sinken. Sie verstand seine Bedenken, rumorte in ihr doch selbst eine große Unsicherheit, ob ein heiterer Silvesterabend unter den augenblicklichen Gegebenheiten angebracht war.

»Es sind aber nicht nur die leidigen Umstände, die mit der Anwesenheit unserer neuen Gäste einhergehen, die herzlose, abweisende Haltung der Oltmanns, die ...« Martens suchte nach Worten. »Es ist auch die Atmosphäre in diesem Haus. Das überspannt religiöse Getue von Oltmanns und das geduckte Herumschleichen seiner Frau. Dieses theatralische Gesums um den Teufel, das schwülstige Weihrauchgestänker – all das ist einfach unerträglich.«

Er senkte die Stimme. »Wir müssen vorsichtig sein. Sie auch!«

Henny blickte verwundert auf. »Wie meinen Sie das?«

Statt zu antworten, setzte Martens unvermittelt ein unbeteiligtes Gesicht auf. Nun hörte Henny sie auch – die festen Schritte von Walter Oltmanns, der in die Leseecke gestapft kam.

Wortlos ging er zum Radio und schaltete es ein: »... *ist die Lage weiterhin unverändert. Heftiger Schneefall und starke*

Winde beeinträchtigen nach wie vor das Leben in Norddeutschland. Für morgen wird mit einer leichten Wetterverbesserung gerechnet. --- Die Landräte der Kreise Nordfriesland und Dithmarschen haben für den heutigen Silvesterabend ein allgemeines Böllerverbot ausgesprochen. Die Gefahr, dass durch Silvesterfeuerwerk Reetdächer in Brand geraten könnten, sei zu groß, vor allem unter der Sicht, dass bei den Straßenverhältnissen keine Feuerwehr ausrücken kann. --- Wir schalten nun nach Frestedt, wo unser Reporter ...«

Oltmanns drehte das Radio ab und ließ sich schwerfällig in den Sessel sinken. Einen Moment lang blickte er abwesend vor sich hin, dann hob er den Kopf: »Das Dach macht mir Sorgen. Zuviel Schnee.«

Hennys Blick wanderte unsicher zur Decke hoch. »Was ist mit dem Dach? Hält es die Schneemassen nicht aus?«

Oltmanns beruhigte sie. »Nicht dieses Dach. Nein, ich fürchte um das Flachdach vom Kuhstall. Der Schnee liegt dort bestimmt schon sechzig, siebzig Zentimeter hoch. Ausgelegt ist es für dreißig, maximal vierzig Zentimeter.«

Henny erschrak. »Kann das Dach unter dem Schnee zusammenbrechen? Die Kühe ...« Sie mochte den Satz nicht zu Ende denken.

»Ja, das ist es, was mir Sorgen macht.«

»Sollen wir den Schnee vom Dach schieben?«, fragte Martens. »Ich helfe Ihnen.«

Oltmanns winkte ab. »Geht nicht. Dazu brauchen wir Leitern. Die aber liegen auf der Rückseite des Schuppens unter einer Schneewehe begraben, die bis zur Dachkante hoch reicht. Außerdem fürchte ich, dass das Dach unser zusätzliches Gewicht erst recht nicht tragen kann.«

»Und nun?« Henny wurde bange.

»Ich hoffe, dass es endlich aufhört zu schneien. Der Wetterbericht kündigt für morgen ein Nachlassen der Schneefälle an. Bis dahin bleibt uns nichts anderes übrig, als im Vertrauen auf Gottes weise Fügungen zu beten.«

Bitte nicht, dachte Henny und sagte stattdessen: »Ich hoffe es auch.«

Im selben Moment hörte sie, wie die Seitentür geöffnet wurde, ein kurzer Windstoß, dann wurde sie wieder geschlossen. Henny wandte neugierig den Kopf zum Durchgang und erwartete, Freya heraustreten zu sehen. Doch was sie sah, ließ sie augenblicklich erstarren: Der Mann, der einen zögerlichen Schritt aus dem Durchgang trat und regungslos stehenblieb, musste der Stallknecht Erich sein. Er war untersetzt und von kräftiger Figur. Seine Drillichhose war abgewetzt und schmutzig, darüber trug er einen schäbigen Halbmantel mit eng geschnürtem Gürtel, was ihn noch gedrungener erscheinen ließ.

Er hatte ein rundes Gesicht, fleischige Lippen und kleine, flinke Augen, die unter der niedrigen Stirn verschlagene Feindseligkeit ausstrahlten.

Sein Blick bleib an Henny hängen. Ungeniert nahm er sie in Augenschein. Sein Blick tastete sich an ihr abwärts, kam langsam wieder hoch und heftete sich durchdringend in ihre Augen. Es war weniger ein lüsternes Begaffen, wie sie es von aufdringlichen Mitreisenden in der Berliner U-Bahn kannte, sondern mehr ein abschätzendes Beäugen und berechnendes Taxieren, wie auf einem Viehmarkt, bevor die Händler den Kauf mit einem Handschlag besiegelten und das in Besitz genommene Vieh auf die bereitstehenden Anhänger trieben.

Der Stallknecht verzog die Mundwinkel zu einem flüchtigen Grinsen, das aber sofort wieder in einen unbewegten

Ausdruck spürbarer Abneigung verfiel.

Verlegen machte Henny Anstalten, aufzustehen und die Flucht nach vorn anzutreten, Höflichkeit statt Angst zu zeigen.

Oltmanns streckte ihr augenblicklich die Hand entgegen. »Nein, bitte nicht!«, flüsterte er, erhob sich schnell und ging dem Stallknecht mit festem Schritt entgegen. Er redete kurz auf ihn ein, bis der sich schließlich umdrehte und wortlos verschwand.

Henny wechselte einen schnellen Blick mit Martens, der nur achselzuckend seine Ahnungslosigkeit kundtat.

Oltmanns kam zurück. »Dann werde ich mich mal umziehen, um dem Jahreswechsel angemessen gekleidet entgegenzusehen.«

Es sollte unbefangen klingen, dennoch war Oltmanns die Verunsicherung anzumerken. Dann gab er sich einen Ruck, machte ein paar Schritte, blieb wieder stehen und blickte zum Windfang hinüber.

Schließlich atmete er einmal tief durch und ballte die Faust, so, als hätte er einen Entschluss gefasst.

Henny sah ihm nach, wie er die Diele durchquerte und die Treppe zum oberen Stockwerk hochstieg.

Martens erhob sich ebenfalls. »Ich werde noch einmal rausgehen.«

Henny sah überrascht auf, sagte aber nichts.

»Ich ... äh – es macht mich unruhig, nicht zu wissen, was da draußen am Auto passiert ist.« Er guckte Henny an, als erwarte eine Genehmigung für sein Vorhaben. »Vielleicht erschließt sich mir ja noch etwas. Etwas, was bisher verborgen im Dunkeln lag.«

Er gab sich Mühe, das nur beiläufig erscheinen zu lassen,

aber Henny spürte, dass ihn eine quälende Frage beschäftigte.

»Um Acht erwarten uns die Oltmanns zum Silvesterbüfett«, gab sie zu bedenken.

»Bis dahin bin ich längst wieder zurück«, erwiderte Martens, drehte sich ab und ging zu seinem Apartment.

Wollte er sich etwa an die Spuren des Stallknechts heften? Henny schloss die Augen. Sie hoffte inständig, dass Martens nicht noch weitere Verwicklungen entdecken würde. Die ganze Situation war schon prekär genug.

* ✝ *

Henny wartete bereits in der Leseecke, als Frau Oltmanns kam und sich schweigend auf ihren Sessel setzte. Sie vermied es, Henny anzusehen und zupfte sich angelegentlich die geklöppelten Rüschen über die Handgelenke.

Offensichtlich schien ihr der Silvesterabend kein Anlass zu sein, sich anders zu kleiden als üblich.

Insgeheim gab ihr Henny recht: Das schwarze Kleid mit dem weiten, köchellangen Rock, dem straff geknöpften Oberteil und dem am Hals gerüschten weißen Blusenkragen mochte ein Relikt aus der Mitte des 19. Jahrhunderts sein, wurde aber einem feierlichen Anlass durchaus gerecht. Vor allem, wenn man einem moralisch strengen, puritanischen Weltbild anhing. Eine ovale, bernsteinfarbene Brosche mit dem Abbild betender Hände sorgte dafür, dass ihre Bluse sittsam geschlossen blieb.

Steif und aufrecht saß sie dort und blickte stumm mit gesenktem Haupt auf die gefalteten Hände in ihrem Schoß.

Henny hatte nicht den Eindruck, dass sie in einem Gebet versunken war. Eher schien es so, als hielte sie diese in sich gekehrte, abweisende Haltung für angemessen.

Henny war es ganz recht, nicht von ihr angesprochen zu werden. Sie wusste nicht, über was sie mit der in sich verlorenen Frau hätte bereden können. Immer wenn Henny das Gefühl hatte, Frau Oltmanns öffnet sich und ist für eine Unterhaltung zugänglich, verschloss sie sich Augenblicke später wieder und verstummte. Wie eine Auster, die bei Gefahr ihre Schalen zuklappt.

Henny fragte sich, was sie in diesem Haus noch alles an Überraschungen und Zwischenfällen erleben würde. Das unerwartete Auftauchen des Stallknechts: Warum hatten die Oltmanns sie nicht darüber informiert, dass es noch weitere Mitbewohner auf dem Gehöft gab? Wollten sie seine Anwesenheit bewusst verschweigen? Nach seinem merkwürdigen Auftritt vorhin wäre es durchaus verständlich. Er hatte in Henny Beklemmungen ausgelöst. Sein kalter Blick, sein unverfrorenes Taxieren und sein verschlagenes Grinsen hatten in ihr einen Widerwillen erweckt, den sie direkt körperlich spürte.

Oltmanns kam die Treppe herabgestiegen. Im Gegensatz zu seiner Frau hatte er sich umgezogen.

Henny stutzte. Sein Auftritt rief etwas in ihr wach, das sie auf Anhieb nicht einordnen konnte. Dann, als er näherkam, erhellte sich ihre Erinnerung: Walter Oltmanns sah aus, als sei er direkt dem Gemälde *American Gothic* entstiegen.

Er hielt zwar keine Heugabel in der Hand, trug aber ein weißes Hemd mit ähnlich schmalem Stehkragen und darüber ein dunkles Jackett wie der Farmer auf dem Bild. Nur hatte er sich statt einer blauen Latzhose für eine schwarze

Hose entschieden, die zu einem anderen Anzug passen mochte, nicht aber zu dem Jackett, das er trug.

Ohne die sonst obligatorische Feldmütze, mit seinen dünnen, schütteren Haaren, dem länglichen Gesicht und dem ernsten, fast strafenden Blick kam er dem Gemälde sehr nahe.

Henny mochte den Maler Grant Wood, dessen Malstil stark von der Malerei der flämischen Renaissance inspiriert war. Vor allem das *American Gothic* war ein Meisterwerk ausdrucksstarker Malkunst. Nun befürchtete sie, würde sie das Bild nie mehr anschauen können, ohne das starre Gesicht Oltmanns vor sich zu sehen.

Er nickte Henny zu, setzte sich in den Ohrensessel und warf einen missbilligenden Blick auf die Schachtel mit den Bleifiguren. »Martens noch nicht da?«, fragte er mit vorwurfsvollem Unterton.

»Er wollte nur noch mal kurz an die frische Luft«, entgegnete Henny schnell. Warum sie Martens so spontan verteidigte, wusste sie selbst nicht.

»Bei dem Schnee? Was soll das denn?«, fuhr Oltmanns auf.

»Er wird sicher gleich zurückkommen«, beschwichtigte Henny.

Oltmanns war von einer Unruhe erfasst, die Henny sich nicht erklären konnte. Jede Faser seines Körpers schien angespannt zu sein. Immer wieder wanderten seine Augen zur Seitentür, dem zurzeit einzigen Ausgang zur draußen wütenden Schneehölle. Es war, als sei er auf dem Sprung, könne sich aber nicht entscheiden, loszustürmen.

Oltmanns warf einen flüchtigen Blick zur Standuhr, dann seufzte er tief auf. Beiläufig wies er auf das aufgebaute Büfett. »Meine Frau hat sich viel Mühe gegeben, um Ihnen den

Silvesterabend so schmackhaft wie möglich zu machen.«

Er bedachte Henny mit einem unterkühlten Blick. »Und wie ich hörte, hatten auch Sie daran einen großen Anteil, Frau Butenschön.«

Henny mühte sich zu einer abwehrenden Geste. Die Herausstellung ihrer geringfügigen Mitarbeit am Pellen der Kartoffeln war ihr peinlich.

»Nun, danken wir dem Herrn, dass er uns so großzügig mit den köstlichen Erträgen seiner fruchtbaren Gärten, Felder und Weiden beschenkt hat.«

Henny musste sich zusammennehmen, um nicht die Augen zu verdrehen. Nicht schon wieder beten! Bitte, bitte, lieber Gott! Mach, dass er nicht schon wieder betet!

Diese spontan hereingepurzelten Gedanken waren so irrwitzig, dass sie lachen musste.

Schlagartig richtete sich der entgeisterte Blick Frau Oltmanns auf sie, während ihr Mann verärgert fragte: »Sie finden das lustig?«

»Nein, auf keinen Fall«, beeilte sich Henny zu sagen. »Ich ... ich ... habe nur gerade an ... an die Fernsehsendung, also an den Sketch *Dinner for One* denken müssen – der kommt doch jetzt gleich, oder?«

Sie atmete erleichtert auf, dass ihr diese Ausrede auf Anhieb eingefallen war.

Oltmanns ging zum Fernseher und schaltete ihn ein. »Nein, das ist schon vorbei. Aber wir sollten uns die Neujahrsansprache des Bundeskanzlers anhören.«

Das Bild flimmerte kurz, dann war Bundeskanzler Helmuth Schmidt zu sehen, der mit scharfem Seitenscheitel und entschlossener Miene die Politik der Bundesregierung erläuterte. Das sachlich kühle Gesicht des Kanzlers passte zum nüchternen Grau des Schwarz-Weiß-Fernsehers.

Auch die politische Lage schien sich in einem tristen Grau abzuspielen. Obwohl Henny gar nicht allzu genau hinhörte. Sie schätzte zwar Schmidts kluge Gedanken und geschliffene Formulierungen, im Moment aber schweiften ihre Gedanken ab. Wo steckte Martens? Er wollte doch längst wieder hin sein.

Die ruhige, selbstsichere Stimme des Bundeskanzlers drang wieder zu ihr durch. Er sprach über die Verträge zum Frieden im Nahen Osten, im Camp David unterzeichnet vom amerikanischen Präsidenten Jimmy Carter, dem ägyptischen Präsidenten Anwar-as-Sadat und Israels Ministerpräsidenten Menachem Begin. Er sprach über die Hoffnungen, die er mit der von ihm und dem sowjetischen Staatschef Leonid Breschnew gemeinsam unterzeichneten Deklaration zur Eindämmung des Wettrüstens verband.

Seine Stimme verebbte wieder und Hennys Gedanken wanderten zum Windfang. Sollte sie noch einmal nach den beiden Brüdern sehen? Sie scheute sich davor, denn Oltmanns würde das sicherlich als Affront empfinden. Nein, sie sollte lieber noch ein wenig warten. Vielleicht im fortgeschrittenen Verlauf des Abends. Dann aber würde sie nach dem Verletzten sehen und dessen Bruder gestatten, sich am Büfett zu bedienen. Ungeachtet der zu erwartenden Einwände des Hausherrn.

»Frau Butenschön?«

Die energische Stimme Oltmanns riss sie aus ihren Überlegungen.

»Haben Sie gehört?« Oltmanns war sichtlich verärgert.

»Oh, entschuldigen Sie, ich war in meinen Gedanken verfangen. Wie unhöflich von mir!«

Oltmanns wies zum Fernseher. »Ich fragte, ob es Ihnen recht ist, wenn wir uns auf dem Ersten Programm die Operette ansehen. Im ZDF zeigen die jetzt so eine alberne Zirkus-Show und danach alberne Sketche mit Harald Juhnke. Um ehrlich zu sein, würde ich mir das affektierte Getue von diesem eitlen Möchtegern-Dandy gerne ersparen.«

»Natürlich«, nickte Henny. Es war ihr gleichgültig, nach einem Fernsehabend stand ihr sowieso nicht der Sinn. Allerdings hatte sie auch keine Lust, sich gesellig zu geben und sich mit den Oltmanns zu unterhalten, da war ihr ein teilnahmsloses Starren auf den Fernseher gerade recht.

Frau Oltmanns hatte die ganze Zeit stumm in ihrem Sessel gesessen. Ab und zu irrlichterten ihre Augen zum Windfang, als erwarte sie von dort Ungemach.

Oltmanns erhob sich und schob sich an Henny vorbei. Ohne sie anzusehen, murmelte er im Vorbeigehen: »Wir sollten das Büfett nicht vergessen.«

Als wäre das ihr Signal gewesen, stand auch Frau Oltmanns auf und folgte ihrem Mann. Henny blieb sitzen. Zum einen war Oltmanns Bemerkung nun wahrlich keine freundliche Einladung gewesen, zum anderen war die Kluft, die sich in den vergangenen Stunden zwischen ihnen aufgetan hatte, zu groß geworden, als dass sie sich einem ungezwungenen, geselligen Miteinander hingeben mochte.

Die Operette lief in ihrer schwarz-weißen Tristesse dem Ende entgegen, ohne dass Henny sich davon hatte vereinnahmen lassen. Den Oltmanns ging es wohl ebenso. Sie saßen ohne Begeisterung in ihren Sesseln und verfolgten das Treiben auf der Bühne der Deutschen Oper in Berlin mit gleichbleibender Interesselosigkeit.

Hennys Gedanken wanderten zu Holm Martens. Er hatte

sich unter fadenscheinigem Vorwand in den Sturm hinausgeschlichen. Je mehr Henny darüber nachgrübelte, umso mehr zweifelte sie an ihm. Es machte sie traurig, aber auch wütend. Sie hatte sich viel zu viel – und auch viel zu früh – Sympathien entgegengebracht. Das alte, unersprießliche Spiel seit Adam und Eva.

Dieser Gedankeneinschub erzürnte sie zusätzlich. Seit sie hier im Hause war, umkreisten sie biblische Metaphern wie lästige Fliegen einen Sonntagsbraten.

Sie schüttelte den Ärger von sich und widmete sich der Notwendigkeit, den beiden Brüdern im Windfang zu helfen: Dem einen das Überleben zu sichern und dem anderen eine Teilhabe am Büfett zu ermöglichen.

In diesem Moment wurde die Seitentür geöffnet und schnell wieder geschlossen. Martens durchquerte die Diele. Er war schneebedeckt, seine Augenbrauen weiß gefroren. Er humpelte, die linke Seite seines Skianzugs war stark verschmutzt. Die Anwesenden bedachte er nur mit einem flüchtigen Blick, dann war er in seinem Zimmer verschwunden.

Hennys Verärgerung wich Besorgnis. War er schon wieder verletzt? Brauchte er Hilfe? Ein Blick zu Walter Oltmanns zeigte ihr, dass auch er zutiefst beunruhigt war.

»Was hat der da draußen rumzuschleichen?«, ereiferte er sich. »Die Missachtung unserer häuslichen Gepflogenheiten empfinde ich als ungehörig und unchristlich!«

»Er wollte nur noch einmal nach dem Mann sehen, der bei dem eingeschneiten Auto ums Leben gekommen ist«, ertappte sich Henny dabei, Martens zu verteidigen.

Oltmanns schnaufte verächtlich durch die Nase. »Ja, dazu schwingt er sich auf. Doch statt um die Toten, die in lästerlicher Verderbtheit ihr Leben verspielt haben, sollte er sich lieber um die Lebenden kümmern, die ihm Zugang zu einem gottesfürchtigen Dasein eröffnen können. Gott liebt die, die ihm ergebenst folgen, nicht jene, die den Toten auf ihrem Weg in die Finsternis folgen!«

Henny war es mittlerweile zuwider, sich Oltmanns Weisheiten religiöser Engstirnigkeit anzuhören, und so schwieg sie und ersparte sie sich weitere Einlassungen.

»Der Weg in die Finsternis?«

Unvermittelt stand Martens vor ihnen. Er setzte sich in den freien Sessel neben Henny. Es war nicht zu übersehen, dass er das linke Bein nachzog und beim Setzen gequält das Gesicht verzerrte. Unwillkürlich griff er sich an die Seite. Es war nur eine kleine, flüchtige Bewegung, Henny aber war sie nicht entgangen.

Den Skianzug hatte er wieder gegen Schlaghose und Rollkragenpulli eingetauscht und blickte nun gespannt in die Runde.

Henny mochte auf seine Frage keine Antwort geben, während Walter Oltmanns brummte: »Wir haben uns gefragt, was Sie da draußen in der stürmischen, unheiligen Finsternis zu suchen hatten.«

»Ich habe nichts gesucht«, entgegnete Martens steif lächelnd. »Ich habe etwas gefunden!«

Der ernste Tonfall und die Betonung, die er dem letzten Wort beimaß, widersprach seinem Lächeln.

Henny sah ihn überrascht an.

Walter Oltmanns reagierte prompt und argwöhnisch: »Gefunden? Was haben Sie gefunden?«

Martens sagte leichthin: »Einen Zettel. Neben dem Mann, der erschossen am Auto lag.«

Oltmanns entspannte sich merklich. Er musterte Martens

eingehend, bevor er fragte: »Und was stand da drauf?«

Martens fuhr sich mit den Fingern durchs Haar und rieb sich die Nase. Schließlich sagte er: »Nichts!«

»Nichts? Sie verkünden, einen Zettel gefunden zu haben, auf dem nichts draufsteht?« Oltmanns schien verärgert. »Haben Sie den Zettel dabei?«

Martens schüttelte den Kopf. »Nein! Weil nichts drauf stand, habe ich den Zettel wieder fallen lassen. Er ist dann auch vom Winde verweht worden.«

Auch Henny sah Martens skeptisch an. Was er da vorbrachte , klang nicht besonders durchdacht. Es wirkte konstruiert. Doch warum sollte er wegen eines unbedeutenden Zettels die Unwahrheit sagen? Entweder stand sehr wohl etwas auf dem Zettel geschrieben, etwas, was Martens – aus welchen Gründen auch immer – nicht preisgeben wollte. Oder er war gar nicht beim Auto gewesen. Hatte er sich vielleicht wieder im Kuhstall herumgedrückt? Wie schon am ersten Tag ihrer Ankunft, als er mit blutigem Schienbein ins Haus gekommen war und behauptete hatte, ausgerutscht zu sein?

Martens griff nach der Schachtel mit den Bleifigürchen und hielt sie in die Höhe. »Ich habe mir erlaubt, das hier mitzubringen.«

Er lächelte. »Quasi als Reminiszenz auf die unbeschwerten Silvesterfeiern vergangener Jahre. Wollen wir uns die Zukunft prophezeien lassen? Liebe – Glück – Reichtum?«

Er machte Anstalten, die Schachtel auszupacken.

»Bitte lassen Sie das geschlossen!« Oltmanns schien verstimmt.

Überrascht blickte Martens auf. »Warum?«

»Ich möchte es nicht.«

»Es ist doch nur ein harmloser Spaß! Ein ungezwungenes Vergnügen, das für Unterhaltung sorgt – was ist daran verwerflich?«

»Es ist gegen den Willen des Herrn. Im Buch Mose steht geschrieben: *Wenn ein Mann oder Weib ein Wahrsager oder Zeichendeuter sein wird, die sollen des Todes sterben. Man soll sie steinigen; ihr Blut sei auf ihnen.*«

Martens stand da wie versteinert. Entgeistert starrte er Oltmanns an. Seine Mimik verriet grenzenlose Ungläubigkeit.

Auch Henny bannte es einen fassungslosen Moment lang auf ihren Sessel. Dann stand sie abrupt auf. Ihr reichte es. Für sie war der Silvesterabend zu Ende.

Sie machte sich auf den Weg zum Windfang. Der Verletzte musste versorgt werden, und dann würde sie seinen Bruder aus dem Schlaf holen – er musste endlich etwas essen und trinken.

* ✝ *

Im Windfang war es schummrig. Draußen war es stockdunkel. Nur die dicht an den Scheiben vorbeijagenden Schneeflocken glimmten kurz auf, wie schnell verglühende Miniatur-Meteore auf ihrem Weg durch die dunkle Unendlichkeit. Von der Diele fiel ein Lichtstreifen durch das schmale Oberlicht, die übrige Verglasung hatte der Hausherr mit Wolldecken abgehängt.

Hans war sich nicht sicher, ob sie aufgehängt wurde, um ihnen Ruhe und Abgeschiedenheit zu verschaffen oder um sie von den anderen Hausgästen abzuschotten. Wie er den Hausherrn kennengelernt hatte, vermutete er Letzteres.

Er lag schon eine ganze Weile mit offenen Augen auf seinem Lager. Er hörte zwar die Stimmen draußen in der Diele, verstand aber nichts von dem, was gesprochen wurde. Er achtete auch nicht darauf. Er fühlte sich schwach und elend. Hunger hatte er nicht, aber Durst.

Müde drehte er den Kopf zur Seite. Eingehüllt in Decken war der schmale Körper seines Bruders nur zu erahnen.

Hans schloss die Augen. In was waren sie da hineingeraten? Qualvolle Tage lagen hinter ihnen und doch – die schlimmsten hatte sein kleiner Bruder noch vor sich.

Er machte sich Vorwürfe. Hätte er nicht darauf bestanden, das Geld und das Moped an Patata zurückzugeben, wären sie nicht in diese Situation gekommen. Andererseits: würde ihr Schicksal wirklich eine Wendung zum Besseren genommen haben, wenn sie das geliehene Geld behalten hätten? Ständig auf der Flucht, gehetzt von Patatas Bluthunden?

Schwerfällig schälte sich Hans aus seiner Decke. Er kniete sich neben die Schlafstatt seines Bruders und betrachtete ihn. Sein bleiches Gesicht war ohne jede Regung, die Augen geschlossen, die Lippen schwach geöffnet.

Hans nahm kein Atmen wahr, kein Heben und Senken des Brustkorbs. Er erschrak. Er beugte sich über ihn und näherte sich mit einem Ohr dem geöffneten Mund seines Bruders. Nach kurzem Horchen seufzte er erleichtert auf – ein schwacher Hauch hatte seine Wange gestreift.

Einen Moment lang kämpfte er mit dem Drang, die Decken zurückzuschlagen und nach Winfrieds Wunde zu sehen. Er konnte es nicht. Die Angst vor dem, was er zu sehen bekäme, war zu groß.

»Birne, du schaffst das! Ganz bestimmt! So, wie wir es immer gemeinsam geschafft haben«, sagte er leise. Behutsam strich er ihm eine Haarsträhne aus der feucht glänzenden Stirn.

»Bitte, halte durch! Bald wird Hilfe kommen!«

Seine Stimme würde brüchig, als er kaum hörbar flüsterte: »Du kriegst das hin! Du hast doch immer alles hingekriegt. Denk nur mal an unsere schwarze Tante. Das war so irre, wie du sie mit der Qualle im Bett gefoppt hast. Und dann die dicke Kröte, die du ihr in die Bügelwäsche gesteckt hast, weiß du noch? Oder der fette Stinke-Pfaffe! War das nicht genial, wie wir dem den Arsch verkohlt haben? Das war deine Idee.«

Hans musste schlucken. Tatsächlich hatte Winfried in dem Glückstädter Heim viel zu erleiden gehabt, aber wenig Anteil an der Flucht aus der Anstalt.

»Jedenfalls hast du mich auf die Idee mit dem Feuer gebracht«, fügte Hans hinzu und flüsterte dann: »Ich gehe jetzt mal kurz raus und besorge uns was zum Trinken, ja? Ich bin gleich wieder da. Und Birne ...«, er wischte sich über die wässrigen Augen, »...mach keinen Scheiß! Bleib bei mir!«

Mit einem betrübtem Blick auf seinen immer noch in reglosem Dämmerzustand daliegenden Bruder erhob er sich. Er war sich nicht sicher, ob Winfried durchkommen würde. Es hing viel davon ab, wann der verfluchte Schnee es zuließ, ihn in ein Krankenhaus zu bringen. Er horchte. Nun drangen auch wieder die Stimmen zu ihm durch.

Er glaubte, die Stimme der jungen Frau zu hören, die sich für ihn eingesetzt hatte. Sie klang wütend.

* ✝ *

Gerade, als Henny im Begriff war, die Tür zum Windfang zu öffnen, trat Hans Beerbohm aus der Tür und schloss geblendet die Augen. Aus dem Dunkel des Windfangs kommend, blinzelte er in das Licht hinein.

»Ich habe Durst«, sagte er leise. Es klang scheu und verzagt. Ihm war deutlich anzumerken, dass er sich hier unwohl fühlte, auch wenn es für ihn und seinen Bruder ein sicherer Zufluchtsort vor dem wütenden Schneesturm war.

Henny fasste ihn beim Arm und nahm ihn sachte mit sich. »Kommen Sie! Der Tisch ist gedeckt. Für alle!«, sagte sie laut, damit alle Anwesenden es hören konnten.

Sie führte ihn zum Büfett. Nach einem fragenden Seitenblick auf Henny streckte er vorsichtig die Hand nach dem Glaskrug mit Orangensaft aus. Seine Hand zitterte.

»Warten Sie!«, schritt Henny schnell ein. »Ich mach das schon!« Mit sicherem Griff füllte sie ein Glas mit Orangensaft und reichte es ihm.

Hans Beerbohm nahm das Glas mit leicht flattrigen Händen und leerte es begierig in einem Zug. Er hustete.

»Nicht so hastig!«, mahnte sie. »Das ist Ihr Magen noch nicht gewohnt. Machen Sie langsam.« Sie schenkte das Glas noch einmal voll. »Schluck für Schluck.«

Hans Beerbohm setzte das Glas nunmehr mit Bedacht an und trank den Saft in kleinen Schlucken, zwischendurch immer wieder absetzend. Es tat ihm sichtlich gut.

Henny reichte ihm den Korb mit geschnitten Weißbrotscheiben. »Möchten Sie eine Scheibe? Aber vorsichtig, Ihr Magen muss sich erst wieder an feste Nahrung gewöhnen.«

»Mein Bruder müsste auch …«

Henny nickte. »Ich werde Ihrem Bruder auch gleich etwas zum Trinken bringen.«

Sie spürte, dass Hans Beerbohm sich große Sorgen um seinen Bruder machte.

»Ich werde auch nach seiner Wunde sehen und den Verband wechseln.« Sie nickte ihm aufmunternd zu. »Machen Sie sich keine Sorgen, ich kümmere mich um ihn.«

Hans Beerbohm griff nach einer Scheibe Weißbrot und genoss sie sichtlich. Er wurde zusehends ruhiger.

Nun erst schien er wahrzunehmen, dass er mit Henny nicht allein war, sondern noch weitere Hausbewohner sein Erscheinen still beobachteten.

In der Leseecke flimmerte der Fernseher, doch keiner der Anwesenden schaute hin, alle Augen waren auf ihn gerichtet.

Hennys Blicke huschten zwischen Hans Beerbohm und den anderen hin und her. Sie versuchte die Reaktionen der Beteiligten abzuschätzen. Mit Wohlgefallen bemerkte sie, dass Martens durch kurzes Handheben einen freundlichen Gruß andeutete, den Hans Beerbohm mit einem dankbaren Nicken beantwortete. Zwischen den beiden herrschte Einigkeit.

Walter Oltmanns aber starrte sie missgelaunt an und trug offen zur Schau, dass er die Anwesenheit der ungebetenen Gäste verabscheute.

Hennys Blick wanderte weiter zu Frau Oltmanns. Sie hatte sich abgewendet und hielt den Kopf beharrlich nach unten gerichtet, was eine etwas gequälte Sitzhaltung ergab. Ein schneller Blick zurück zu Beerbohm zeigte sein verwundertes Gesicht. Seine Augen flackerten in völliger Verwirrung.

Henny stutzte. Plötzlich war etwas im Raum, das ihr nicht behagte. Sie konnte es aber noch nicht greifen, wusste nicht, was es war. Nur ihr sensibles Empfinden für Stimmungsschwankungen sagten ihr, dass sich etwas zusammenbraute.

Hans Beerbohm schluckte den Bissen, den er eben noch gekaut hatte, hörbar hinunter. Er hielt seine Augen fest auf Frau Oltmanns gerichtet und taxierte sie eindringlich.

Frau Oltmanns sah ihn nicht an. Sie drehte sich noch ein Stück weiter ab und senkte den Kopf noch weiter nach unten, sodass es schon fast bizarr wirkte.

Hans Beerbohm näherte sich nun Schritt für Schritt der Leseecke. Keiner der Anwesenden sagte etwas, nur aus dem Fernseher kam die Stimme einer Ansagerin, die nun die *Show in der Oper* mit der Disco-Formation *Boney M.* ankündigte.

Hans Beerbohm hatte die Leseecke erreicht. Drei Schritte vor Frau Oltmanns blieb er stehen. Seine Lippen zitterten, seine Stimme auch. Erschrocken flüsterte er: »Tante?«

Frau Oltmanns sackte in sich zusammen, rückte noch weiter zur Seite, suchte Schutz im Abwenden.

Walter Oltmanns war aufgesprungen und stellte sich Beerbohm in den Weg. »Was erlauben Sie sich? Verschwinden Sie!« Sein hageres Gesicht wirkte vor Empörung und Abscheu noch kantiger als sonst.

Beerbohm ignorierte ihn. Schiere Verwunderung, Zweifel und bittere Erkenntnis waren in seinem Gesicht zu erkennen. In aufgewühlter Erregung sah er an Oltmanns vorbei und fragte mit bebender Stimme noch einmal: »Bist du es, Tante?«

»Raus hier!«, brüllte Oltmanns und zeigte mit ausgestrecktem Arm zur Tür.

Hans Beerbohm drückte Oltmanns Arm zur Seite und war mit zwei schnellen Schritten bei Frau Oltmanns. »Deine Brandwunde!«, rief er und griff nach ihrer Hand und versuchte, die Rüschenärmel hochzuschieben, um die Narbe zu entdecken, die ihm Gewissheit geben würde.

Sofort wurde er von Oltmanns an den Schultern gepackt und weggerissen, sodass er ins Straucheln geriet und mit lautem Krachen rücklings gegen das Bücherregal fiel. Mit hochrotem Gesicht stand Oltmanns über ihm. Es schien, als wollte er sich auf den am Boden Liegenden stürzen.

Mit einem Satz sprang Martens dazwischen, packte den Hausherrn an den Jackenaufschlägen und drückte ihn hart in den nächststehenden Sessel. Heftig atmend blieb Oltmanns sitzen und bedachte Beerbohm mit hasserfüllten Blicken.

Henny eilte hinzu und half Hans auf die Beine. Selbst im Fallen hatte er Frau Oltmanns nicht aus den Augen gelassen, und als er wieder auf den Füßen stand, schrie er ihr erbost zu: »Warum hast du uns zurückgelassen? Wir waren noch Kinder!«

Seine Brust hob und senkte sich hektisch, er keuchte. Noch einmal schrie es aus ihm heraus: »Kinder!« Mit einem Schluchzen hinzu: »Wir haben dich gebraucht! Trotz allem.«

Frau Oltmanns hatte sich währenddessen nicht von der Stelle bewegt, nichts gesagt und keinerlei Regungen gezeigt. Auch jetzt reagierte sie nicht auf Beerbohms Anklage. Ihr Blick war starr auf den Boden gerichtet.

Henny hatte den turbulenten Zwischenfall ungläubig verfolgt. Um einer Eskalation zuvorzukommen, nahm sie Hans kurzentschlossen am Arm und führte ihn behutsam in Richtung Windfang zurück.

»Kommen Sie! Wir sehen nach Ihrem Bruder und ich wechsle den Verband. Trinken muss er auch. Helfen Sie mir?«

Hans Beerbohm nickte.

* ✞ *

Montag, 1. Januar 1979

Mittlerweile lag fast ganz Deutschland unter einer Schneedecke, wenn auch nicht überall so extrem wie in Norddeutschland, wo sich die Schneewehen meterhoch auftürmten, und das normale Leben erstickten.

Der Orkan ließ nach. Der Wind blieb. Der dichte Schneefall auch. Es gab eine vorsichtige Hoffnung auf Entspannung.

Nicht wirklich. In Cuxhaven wurden immer noch Böen von schwerer Sturmstärke (10 Bft, ca. 93 km/h) gemessen.

Zwölf Todesopfer wurden bisher gezählt. Am Ende würden es siebzehn sein. Wieviel Todesfälle es in der DDR gegeben hat, ist ungewiss. Offizielle Stellen sprachen von fünf Toten, andere Quellen zählten achtzehn Todesopfer.

Obwohl die Hubschrauber – sofern der Sturm es zuließ – ununterbrochen unterwegs waren, um Dörfer mit dem Notwendigsten zu versorgen, spitzte sich die Versorgungslage in vielen der von der Außenwelt abgeschnitten Ortschaften und Gehöften zu.

Der Rundfunk verbreitete Verhaltensregeln, zum Beispiel offenes Feuer zu entfachen, um sich eine warme Mahlzeit zu bereiten, oder Mauersteine aufzuheizen und sie als »Wärmflasche« mit ins Bett zu nehmen.

Romantische Vorstellung? Nein, romantisch war das alles nicht. Doch allmählich, Schritt für Schritt, kehrte die Normalität zurück, zumindest in einigen größeren Städten und Ortschaften und auf den wichtigsten Verkehrswegen.

Die Bahnstrecke Hamburg-Westerland/Sylt war wieder frei. So konnten die Reisenden, die in Husum in der Kreisberufsschule untergebracht waren, die Stadt endlich per Bahn verlassen.

Zu den Inseln Föhr, Amrum und Pellworm nahmen die Fähren wieder vereinzelt den Betrieb auf. Dabei setzte allerdings ein solcher Andrang von Passagieren ein, dass viele von ihnen die Überfahrt in eisiger Kälte und schneidendem Wind auf den freien Decks verbringen mussten. Man nahm es bibbernd in Kauf, Hauptsache, man kam wieder nach Hause, zurück zu den wartenden Familien.

Dennoch blieb die Lage angespannt und die meisten Verkehrswege unpassierbar. Bundesverteidigungsminister Hans Apel verschob daher den Einberufungstermin für die Wehrpflichtigen vom 2. auf den 8. Januar.

* ✝ *

Mitten in der Nacht wachte Henny auf. War da ein Geräusch gewesen? Sie horchte in die stockdunkle Stille des Zimmers. Nichts. Nur der Wind, der ums Haus stöhnte und pfiff.

Was hatte sie geweckt? Ein schlechter Traum? Die aufregenden Vorkommnisse des Abends?

Da! Schon wieder! Kaum wahrnehmbar! Henny spürte, wie sich die Härchen in ihrem Nacken aufrichteten. Regungslos blieb sie liegen und versuchte, mit geöffneten Augen die Dunkelheit zu durchdringen. Sie sah nichts, auf der Seite liegend hatte sie auch nur die Schrankseite ihres Zimmers vor sich, sich umzudrehen, traute sie sich aber nicht. Sie hielt die Luft an und horchte angestrengt.

Da! Ein leises Rascheln, als würde sich Stoff an Stoff reiben.

Sie war nicht allein! Es war noch jemand in ihrem Zimmer! Hennys Gedanken rasten. Was sollte sie tun? Sie war nicht in der Lage, einen klaren Gedanken zu fassen, die Angst schnürte ihr die Kehle zu. Ihr Mund war trocken, sie musste schlucken.

Dann hörte sie es: den Atem eines Menschen. Vor ihrem Bett! Ihr wurde übel. Mit einem Ruck setzte sich Henny auf und schrie aus vollem Hals: »Wer ist da?«

»Psst!« machte es. Kurz darauf flammte ein Feuerzeug auf. Der Lichtschein erhellte das Gesicht von Freya Brunken, die Henny aus großen Augen belustigt ansah und den Finger auf die Lippen gelegt hatte. »Psst!«

Henny schnappte nach Luft. Die Angst wich und machte nun hitziger Empörung Platz. »Was soll das? Du hast mich erschreckt. Was machst du hier?«

Freya lächelte ihr Lächeln, das irgendwo zwischen einfältig und arglos lag, und streichelte nur immer wieder über ihren Bauch.

»Freya! Was soll das?«, fragte sie gereizt. Ihr Herz raste immer noch. »Du hast mich erschreckt!«

»Freya strahlte Henny an: »Jesus!«

Henny schüttelte verärgert den Kopf. Was hatte das mit Jesus zu tun? Wollte sie ihr Kind etwa Jesus nennen?

Freyas Gesichtszüge zuckten und zitterten im flackernden Schein des Feuerzeugs. Es wirkte gespenstisch. Henny streckte die Hand aus und schaltete die Nachttischlampe ein und sah zur Tür. Der Schlüssel steckte von innen, die Tür war abgeschlossen.

Henny blickte sich suchend um. »Wie bist du hier reingekommen?«

Freya lächelte Henny unverwandt an. Sie rührte sich nicht.

»Bitte, Freya – wie kommst du in mein Zimmer?« Henny schwang die Beine aus dem Bett und ging zur Tür. Sie drückte die Klinke herunter. Es war abgeschlossen. Sie drehte sich zu Freya um und starrte sie erzürnt an. Ihre anfängliche Sympathie für die junge Frau schwand zusehends. Sie machte einen Schritt auf sie zu. Es war keine wirkliche Drohgeste, es sollte nur ihrem Wunsch nach Aufklärung Nachdruck verleihen.

Augenblicklich veränderte sich etwas in Freyas Gesicht. Sie unterbrach die streichelnden Bewegungen ihres Bauches. Ihr Gesicht verfinsterte sich. Mit zusammengekniffenem Mund und zu schmalen Schlitzen verengten Augen taxierte sie Henny kalt und abweisend.

Dann setzte sie sich mit einem kurzen Schnauben in Bewegung und ging auf den Wandspiegel neben dem Kleiderschrank zu. Mit kurzem Griff hinter den goldenen Rahmen schwenkte sie den Spiegel herum, der sich wie eine Tür öffnete und einen Durchgang frei gab. Ohne sich noch einmal umzudrehen, verschwand sie darin. Die Spiegeltür ließ sie offenstehen.

Henny konnte nicht glauben, was sie da sah. Eiskalt lief es ihr über den Rücken. Sie fröstelte. Verwirrung, Angst und Empörung wechselten sich mit ungläubiger Wut ab, die sie beben ließ.

Vorsichtig näherte sie sich der Spiegeltür, bis sie in den angrenzenden Raum hineinsehen konnte. Es war die Werkstatt, von der Deckenlampe schwach erhellt. Dann erlosch das Licht, eine Tür fiel zu.

Henny wich vor dem dunklen Durchgang zurück, mit zitternden Knien setzte sie sich auf die Bettkante und starrte in das finstere Loch. Sie hatte Angst.

Dann sprang sie auf, drückte den Spiegel wieder an die Wand zurück und lehnte sich mit dem Rücken dagegen. Suchend blickte sie sich um. Ihr Blick fiel auf den Schreibtisch.

Hastig schob sie den Stuhl zur Seite und zog den Schreibtisch zu sich. Er war schwer, aber sie konnte ihn bewegen. Sie schob ihn vor den Spiegel. Sie musste alle Kraft aufwenden, hielt zwischendurch zweimal an, um Luft zu holen. Schließlich hatte sie es geschafft, die Spiegeltür war verbarrikadiert.

Schwer atmend setzte sie sich auf die Bettkante. Würde das reichen? Nein, wahrscheinlich stellte der Schreibtisch kein sonderliches Hindernis dar, falls jemand die Spiegeltür aufdrücken wollte. Sie sah zum Kleiderschrank. Das wäre die beste Lösung. Aber zu schwer, den würde sie nicht einen Millimeter weit bewegen können.

Henny blieb auf dem Bett sitzen. In was für ein Haus war sie geraten? Was ging hier vor sich?

Sie wagte es nicht, sich wieder hinzulegen. Zu viel Angst steckte in ihr, zu aufgewühlt war sie, als dass sie wieder in den Schlaf hätte finden können.

Ihre angstvollen Gedanken schweiften zum gestrigen Abend zurück. Was für ein trauriger, unerfreulicher Silvesterabend mit hässlichem Ausgang. Hätte sich Martens nicht dazwischengeworfen, wäre Oltmanns sicher über Hans Beerbohm hergefallen. Sie hatte das wutverzerrte Gesicht Oltmanns gesehen. Er war außer sich gewesen, der schiere Hass hatte in seinen Augen geglimmt. Danach hatte sich Oltmanns mehrmals hektisch bekreuzigt, als sei ihm der Leibhaftige erschienen. Welch abscheuliches Verhalten!

Frau Oltmanns hatte sich während des ganzen Disputs klein gemacht. Fahl und unscheinbar hatte sie sich in den Sessel gedrückt, die Schultern schützend hochgezogen, krampfhaft bemüht, die Ärmelrüschen über ihre Hand zu ziehen. Dennoch hatte Henny die Brandnarben am Daumen gesehen, nach denen Hans Beerbohm gesucht hatte.

War sie tatsächlich die Tante der beiden Brüder? Was brachte eine Frau dazu, die ihr anvertrauten Kinder allein zu lassen, sie ungerührt dem Lauf des Schicksals auszuliefern? Das widersprach jedem Aspekt des christlichen Glaubens. Sie waren besessen – nicht vom Teufel, sondern von ihrem Glauben an den Teufel.

Unterstützt von Hans Beerbohm hatte Henny seinen Bruder versorgt. Viel hatten sie nicht tun können. Sie hatten den alten Verband aufgeschnitten, eine neue Kompresse aufgelegt und mit frischen Binden fest umwickelt.

Winfried hatte sich während der gesamten Prozedur nicht gerührt. Sein Atem ging flach und schnell und war kaum zu hören. Henny machte sich Sorgen. Würde er das überleben? Sie hatte keine Kenntnisse in der Versorgung von Schussverletzungen. Sie konnte nur oberflächliche Hilfe geben und hoffen. Hoffen auf seinen Überlebenswillen und auf ein Ende des Schneetreibens.

Nachdem sie die Tür des Windfangs hinter sich geschlossen hatte, war sie von einer tiefen Stille empfangen worden. Der Fernseher war ausgeschaltet, die Kerzen gelöscht, die Oltmanns hatten sich zurückgezogen. Martens stand vor seiner Zimmertür und hatte bereits die Hand auf der Türklinke liegen. Er sah Henny fragend an.

Henny hatte sich wortlos weggedreht und war zu ihrem Zimmer gegangen. Als sie den Zimmerschlüssel zur Hand nahm, fiel ihr Blick auf den gekreideten Drudenfuß. Energisch verwischte sie das Zeichen mit den Handballen.

Und nun saß sie übermüdet auf der Bettkarte und ließ den Wandspiegel nicht aus den Augen. Ihr war, als lauere der nur notdürftig zugestellte Durchgang geduldig auf ihr Ermüden, um sich dann erneut zu öffnen und den Schrecken ins Zimmer zu bringen. Henny versuchte, ihre Ängste beiseite zu schieben und rational zu denken. Bis jetzt wusste sie lediglich, dass Freya durch diesen Durchgang in ihr Zimmer gelangt war. Aber war Sie die Einzige? Wer immer den Durchgang angelegt hatte – und es war sicherlich nicht Freya gewesen – wird diesen auch genutzt haben. Einmal? Mehrmals? Während ihrer Anwesenheit?

Allmählich nahm die Müdigkeit sie gefangen. Ihr Kopf sackte schläfrig nach vorn, mit müden Augen straffte sie sich wieder, bis sie sich nicht mehr dagegen wehren konnte und der Schlaf sie übermannte.

Wodurch sie aufwachte, wusste sie nicht. Vielleicht war es die Angst, die sie hochschreckte. Hennys Blick schoss sofort zum Wandspiegel, der immer noch mit dem Schreibtisch verschlossen war. Sie seufzte erleichtert. Dann bemerkte sie, wie kalt ihr war. Sie war eingeschlafen, ohne sich zuzudecken. Schnell schlüpfte sie unter die Bettdecke und zog sie sich bis zum Kinn. Der Wecker zeigte sieben Uhr! Zeit für das Frühstück. Aber sie machte keine Anstalten, aufzustehen, stattdessen zog sie die Decke noch fester um sich und genoss das Gefühl der Wärme, die ihren Körper umschloss.

Eigentlich wollte sie sich nicht mehr zu den Oltmanns an den Frühstückstisch setzen. Sie konnte nicht so tun, als sei der gestrige Abend normal verlaufen. Andererseits konnte sie auch nicht aufs Frühstück verzichten. Sie beschloss, es in aller Kürze als lebenswichtige Notwendigkeit einzunehmen und die Oltmanns zu ignorieren.

* ✝ *

Hauptfeldwebel Heiner Cordes fluchte. Der Schnee, den der Bergepanzer vor sich herschob, nahm kein Ende. Ab und zu verhakte sich das Räumschild an einem Stein oder einer Kante im Asphalt – unter dem Schnee war das nicht genau auszumachen – und riss dumpf rumpelnd den Straßenbelag auf. Das beeindruckte den Bergepanzer zwar nicht im Geringsten, würde allerdings nach der Schneeschmelze der Straßenmeisterei noch viel Arbeit bereiten.

Cordes war Kommandant des Bergepanzers 2 vom Instandsetzungsbataillon 610. Schon früh waren sie von der Kaserne in Albersdorf mit dem Befehl losgefahren, in Büsum den Zugang zum Hafen frei zu schieben.

Aus der offenen Luke heraus beobachtete Cordes den Weg vor sich. Es war nicht leicht, der Straßenführung zu folgen, der Schnee hatte alles gleichmäßig zugedeckt. Es gab zwar gelegentlich Spuren von Treckern oder Räumfahrzeugen, die aber wieder weitgehend zugeweht waren. So konnte er sich nur an vereinzelten Bäumen am Straßenrand orientieren.

Der Wind war eisig und trieb ihm den Schnee direkt ins Gesicht. Das war unangenehm, aber besser, als in der kantigen Enge des Panzerinnenraumes zu sitzen.

Vor ihm steckte der Panzerfahrer Hauptgefreiter Bernhard Piek seinen Kopf aus der Luke. Auch er bevorzugte die freie Sicht, was seinem Kommandanten das Dirigieren ersparte.

»Da vorn geht's zum Flughafen«, schrie Piek nach hinten. »... nicht mehr weit bis Büsum!«

Cordes nickte. Nur am Hinweisschild war der Weg zum Flugplatz zu erkennen. Die Straße verbarg sich unter dem hohen Schnee.

Unaufhaltsam wühlte sich der Bergepanzer mit seinen kraftstrotzenden 830 PS weiter in den Schnee hinein und bahnte sich seinen Weg. Rechter Hand tauchte ein Baum auf, der mit seinem bizarren Geäst ein merkwürdiges Bild abgab. Langsam schob sich der Panzer daran vorbei.

»Panzer halt!«, schrie Cordes und schlug seinem Fahrer auf die Schulter. Piek dreht sich fragend um. »Da war was!« Er zeigte zurück zu dem grotesk verästelten Baum.

Piek ließ den Panzer rückwärtsfahren. Tatsächlich, neben dem Baum zeichnete sich vage eine Zufahrt ab, und etwa hundert Meter weiter, unter den aufgetürmten Schneemassen fast vollständig begraben, ragte die obere Kante eines offenstehenden Kofferraumdeckels auf.

Cordes tippte Piek noch einmal auf die Schulter und streckte den Arm in Richtung Auto aus. »Panzer – rechts!«, rief er. »Vielleicht sitzt da noch einer drin!«

»Panzer – rechts!«, wiederholte Piek den Befehl, und mit qualmendem Motor schob sich der Panzer in den Weg hinein. Sie näherten sich dem Auto. Piek lenkte den Panzer links daran vorbei, darauf bedacht, genügend Abstand zu dem Objekt einzuhalten, damit das Fahrzeug durch den geschobenen Schnee nicht noch zusätzlich verschüttet wurde.

»Panzer – halt!«, kommandierte Cordes.

Langsam beruhigte sich das röhrende Dröhnen des Motors und ging in ein gleichmäßiges Brummen über. Cordes kletterte aus dem Panzer und versank augenblicklich bis zu den Knien im Schnee. Mühsam kämpfte er sich hindurch, bis er das Auto erreicht hatte.

Er erkannte einen Ford 17 M, wenn auch nicht allzu viel von ihm zu sehen war. Er steckte fast bis zum Seitenspiegel im Schnee, die Beifahrertür stand offen, der Schnee war tief ins Wageninnere eingedrungen, nur das obere Drittel der Rückenlehnen ragte aus der weißen Masse heraus.

Cordes grub seine behandschuhten Hände tief in den Schnee hinein, um zu prüfen, ob sich ein Körper ertasten ließ. Nichts! Auch auf den Rücksitzen nichts. Er atmete auf. Es hätte ihm auch nicht behagt, hier auf steifgefrorene Leichen zu stoßen.

Er wollte sich gerade zurückziehen, da fiel sein Blick in den Fußraum. Aus dem reingewehten Schnee ragte die Spitze einer Plastiktüte hervor. Cordes griff danach. Eine co op-Einkaufstüte. Er öffnete sie und sah hinein. Die Tüte war prall gefüllt mit Geldscheinen. Sekundenlang starrte er in die Tüte, unfähig, sich zu rühren und das Gesehene zu erfassen. Das Geld, das verlassene Fahrzeug – war das die Hinterlassenschaft eines missglückten Bankraubs? Bei dem Schnee? Cordes schloss die Tüte. Das müsste später geklärt werden, das war ein Fall für die Polizei.

Er drehte sich zum Panzer um und machte sofort wieder kehrt: Der offene Kofferraum! Cordes stapfte zum Heck des Fahrzeugs. Auch der Kofferraum war weitgehend zugeschneit, der obere Teil einer Sporttasche lag noch frei. Er zog sie zu sich heran, sie war offen. Er wischte den Schnee, der sich auch in der Tasche breit gemacht hatte, beiseite. Corn Flakes! Kellogg's Corn Flakes. Er nahm eine Schachtel heraus. Sie war schwer. Er öffnete sie und zog einen in Klarsichtfolie eingepackten braunen Block heraus. Ihm war sofort klar, was er in den Händen hielt. Er legte den Block in die Tasche zurück. Mehrere Schachteln zeigten ihm, dass er offensichtlich in ein größeres Drogengeschäft geplatzt war. So schnell wie möglich musste er zur Polizei.

Er nahm die Tasche, legte die Einkaufstüte mit dem Geld

ebenfalls hinein und gab Piek einen Wink, den Panzer zu drehen. Er wollte wieder aufsteigen, sobald er in Richtung Straße stand.

Piek wunderte sich über die Sporttasche in Cordes' Hand, tat aber wie befohlen und setzte den Panzer in Bewegung. Mit röhrendem Motor drehte sich der Panzer auf der Stelle und wühlte den Schnee zur Seite.

»Stopp!«, schrie Cordes und fuchtelte mit beiden Armen aufgeregt in der Luft herum. »Panzer – halt! Stopp, stopp!« Seine Stimme überschlug sich fast.

Piek brachte das tonnenschwere Fahrzeug sofort zum Stehen. »Was ist?«

Cordes starrte gebannt auf eine Stelle unterhalb des Panzers. »Komm runter!«, keuchte er, ohne den Blick zu heben.

Piek kletterte aus der Luke und sprang zu seinem Kommandanten in den Schnee hinunter.

Dann blieb ihm das Herz stehen. Aus dem Schnee ragten die unnatürlich verdrehten Beine eines Mannes hervor. Die Knochen des Schienbeins hatten die Hose durchbohrt. Daneben lagen ein zersplitterter Skistock und eine orangefarbene Ballonmütze. Das Schlimmste aber war der Blick auf den Oberkörper des Mannes. Er war unter die Ketten des Panzers geraten, als Piek das 40 Tonnen schwere Fahrzeug auf der Stelle gedreht hatte. Das, was die mahlenden Ketten daraus gemacht hatten, war nicht mehr zu erkennen.

Piek drehte sich um und übergab sich.

* ✝ *

Holm Martens blickte skeptisch auf den Wandspiegel. »Und dahinter befindet sich eine Geheimtür?«

Henny schwieg. Sie hatte Martens um Hilfe gebeten, auch wenn es ihr schwerfiel, sich ihm anzuvertrauen, aber sie hatte keine Wahl. Nach dem Frühstück hatte sie ihm verstohlen signalisiert, ihr unauffällig ins Zimmer zu folgen, was er auch so geschickt angestellt hatte, dass die Oltmanns davon nichts mitbekamen.

Das Frühstück selbst war in gereizter Stimmung vorübergegangen. Der Tisch war nicht mehr so reichhaltig gedeckt gewesen wie in den ersten Tagen. Nur das Nötigste stand, lieblos hingestellt, bereit. Walter Oltmanns hatte mit zusammengekniffenen Lippen die Hände zu einem stummen, kurzen Gebet gefaltet und gar nicht erst auf die Mitwirkung seiner Gäste gewartet.

Henny hatte ihre Hände unbeteiligt auf der Tischkante ruhen lassen, während Martens bereits nach einer Scheibe Brot gegriffen hatte und sie mit Leberwurst bestrich. Als Oltmanns mit seinem Gebet fertig gewesen war und einen Moment der Besinnung eingelegt hatte, war Martens schon am Kauen und hob seine Kaffeetasse an die Lippen.

Lieber Gott, hatte Henny gedacht, lass ihn jetzt bitte nicht auch noch schlürfen! Sogleich hatte sie sich über sich selbst geärgert. Wie oft ruft man Gott an, obwohl man ihn damit gar nicht meint? Wie oft richtet man flehentliche Bitten an Gott, obwohl man keine Verbindung zu ihm hat? Alles Floskeln, impulsive Eruptionen aus dem turbulenten Strudel der Gedanken. Und wenn man schon die himmlischen Mächte anruft: ist es nicht Blasphemie, Gott zu bitten, jemanden nicht schlürfen zu lassen? Zumindest wäre es anmaßend, ihn mit solch läppischen Nichtigkeiten zu behelligen.

»Wo stand der Schreibtisch vorher?«, riss Martens sie aus ihren Gedanken.

»Äh ... am Fenster.«

Martens schob den Tisch zum Fenster. Fragend stellte er sich vor den Spiegel. »Wie geht er auf?«

»Freya hatte links hinter den Rahmen gefasst.«

Martens griff hinter den Rahmen und öffnete vorsichtig die Spiegeltür. Er stieß einen leisen Pfiff aus. Der Durchgang war frei, dahinter lag Dunkelheit.

Henny starrte mit großen Augen ängstlich auf die Öffnung, während Martens hindurchging und für eine lange Minute im anderen Raum verschwunden blieb.

»Die Werkstatt«, stellte er sachlich fest und schloss die Spiegeltür wieder. »Und bisher ist wirklich nur Freya in Ihr Zimmer eingedrungen?«

Henny nickte.

»Oltmanns?«, gab er zu bedenken.

»Nein! Das heißt, ich weiß es nicht. Nach der ersten Nacht, als ich morgens aufwachte, hatte ich das Gefühl, dass jemand im Zimmer war, während ich schlief.« Sie hob bedauernd die Schultern. »Sicher bin ich mir aber nicht. Vielleicht habe ich nur schlecht geträumt, vielleicht lag es auch am Heulen des Schneesturms. Aber wenn wirklich jemand im Zimmer gewesen war, hat er nichts entwendet oder angefasst.« Beim letzten Wort fröstelte ihr, und sie musste sich schnell abdrehen, damit Martens nicht mitbekam, wie ihr die Schamesröte ins Gesicht stieg.

Glücklicherweise war Martens zu sehr mit der Tür beschäftigt, um auf ihre Reaktionen zu achten. »Unfassbar! Das kann nur einem kranken Gehirn entsprungen sein. Wer diesen Durchlass angelegt hat, verfolgt widerwärtige Absichten.«

»Sie machen mir Angst«, bekannte Henny.

»Die sollten Sie auch haben!« Martens gab sich keine Mühe, seine Besorgnis zu verbergen.

»Vor Oltmanns?«

»Ja, vor Oltmanns. Er mag den Eindruck eines verschrobenen Spinners erwecken, ein Hofnarr Gottes sein, ein kleiner Funke an einer Zündschnur – aber wie so oft: Am Ende eskaliert die Glut zu einer schrecklichen Explosion.«

Er sah sich um. »Wir schieben den Schrank vor den Spiegel, mehr können wir im Moment nicht tun. Helfen Sie mir?« Er fasste sich an die linke Seite. »Ich bin momentan leider etwas gehandicapt.«

Henny nickte und so stemmten sie sich gemeinsam gegen den wuchtigen Eichenschrank. Er war schwer und ließ sich noch schwerer schieben, weil er sich auf dem stumpf gebohnerten Dielenboden nur zentimeterweise vorwärtsbewegen ließ. Schließlich war es geschafft, der Schrank blockierte den Spiegel.

Schwer atmend setzte sich Henny auf die Bettkante. »Danke«, sagte sie erleichtert.

Martens ging zum Sessel, nahm die darauf abgelegte Bild-Zeitung auf und setzte sich. Jetzt erst nahm er die wilde Tapete wahr, die mit ihren psychedelischen Kreisverschlingungen in Braun, Orange und Gelb jede Ästhetik verwirrte. »Mein Gott!«, entfuhr es ihm.

Henny lachte. Da war sie wieder: Die achtlose Anrufung Gottes, ohne Bedeutung, ohne jeden Bezug. Als könne man Gott dazu überreden, sich für einen Tapetenwechsel einzusetzen.

»Sie lachen wieder. Das ist schön«, sagte Martens.

»Wer macht sowas? Und wozu?« Henny wies mit einer verzagten Geste zu der Barrikade.

Bedächtig legte Martens die Bild-Zeitung auf den Nierentisch ab und sah Henny nachdenklich an. Er öffnete den Mund, um etwas zu sagen, schloss ihn dann aber wieder und schlug stattdessen die Beine übereinander. Henny sah ihm mit wachsender Unruhe zu.

»Frau Butenschön«, begann er schließlich zögerlich, um dann unvermittelt einzuschieben: »Darf ich Henny sagen?«

Sie nickte zustimmend und wurde rot, weil sie so eilfertig zugestimmt hatte, ohne einen angemessenen Moment der Zurückhaltung verstreichen zu lassen.

»Also«, begann er erneut, »ich habe Ihnen ja schon gesagt, dass Sie sich in Acht nehmen sollen.« Er stockte kurz, um dann hinzuzufügen: »Oltmanns ist nicht der, der er vorgibt, zu sein!«

Henny reagierte prompt, vielleicht eine Spur zu hastig: »So wie Sie?«

Sogleich bereute sie ihre unüberlegte Bemerkung. Martens war sichtlich verblüfft. Seine Augenbrauen zogen sich fragend zusammen, er fuhr sich mit der Zunge über die Lippen und seine Finger spielten unruhig miteinander. Henny fühlte sich schuldig. Fast schämte sie sich, ihn so unvermittelt in Verlegenheit gestürzt zu haben.

»Wie meinen Sie das?«

Henny überlegte eine Sekunde lang, ob sie ihre unbedachte Äußerung mit einer Ausrede aus der Welt schaffen sollte, dann aber sagte sie geradeheraus: »Ich weiß, dass Sie Kerkenhuus heißen.«

Diese Antwort traf ihn wie ein Aufwärtshaken, völlig unvorbereitet und überraschend. Aber anders als ein Boxer, der nach einem solchen Schlag erst einmal auf Distanz geht und Schutz an den Seilen sucht, überwand er die erste Verblüffung schnell und schien dann sogar amüsiert.

»Aha!« Gleichermaßen erstaunt und belustigt fuhr er fort: »Und wie kommen Sie zu dieser Erkenntnis?«

Henny schämte sich nun wirklich. Es fiel ihr nicht leicht, einzugestehen, dass sie in seinen privaten Sachen herumgestöbert hatte. »Sie haben ihren Führerschein verloren …«

Er betrachtete sie einen Augenblick lang prüfend, griff zur Seite, nahm die Bild-Zeitung vom Nierentisch und reichte sie ihr.

»Was soll ich damit?«, fragte sie.

»Der Bericht unten rechts. Über Sonja. Haben Sie den gelesen?«

Henny schüttelte den Kopf. »Nur die Überschrift.«

»Dann lesen Sie ihn. Bitte!«

Henny nahm die Zeitung und las die ersten Zeilen:

Keine Spur von Sonja

Kiel. Von der unter rätselhaften Umständen verschwundenen Chemielaborantin Sonja K. fehlt immer noch jedes Lebenszeichen. Wie die Polizei mitteilte, ist sie vor einem Jahr spurlos von einem Bauernhof verschwunden, auf dem sie ihren Wochenendurlaub verbracht hatte. Der Landwirt, bei dem sie das Ferienzimmer gemietet hatte, vermutet, dass Sonja aus freien Stücken untergetaucht ist. Sie hätte ihre gesamten Sachen mitgenommen und nichts zurückgelassen. Die Familie der Verschwundenen bestreitet jedoch nach wie vor, Sonja könnte freiwillig entschwunden sein. Die Polizei hatte seiner*zeit Ermittlungen aufgenommen, den Fall nun aber als ungeklärten Vermisstenfall zu den Akten gelegt.*

Henny ließ die Zeitung sinken und blickte Martens ratlos an. Eine Ahnung keimte kurz auf, die sie aber gleich wieder erstickte. Sie wollte nicht daran denken.

»Sonja ist meine Schwester«, sagte Martens knapp.

»Ihre ...« Henny schloss die Augen. Durch ihren Kopf rasten tausend Gedanken, und nicht einen davon konnte sie fassen.

»Ja, Sie haben recht, ich heiße Kerkenhuus. Holm Kerkenhuus.« Er lächelte. »Zumindest beim Vornamen habe ich nicht geschummelt.«

Henny hob beschwichtigend die Hand. Es war als Zeichen des Verstehens gedacht. Verständnis für die gerade erfahrenen Umstände.

»Ich habe mich hier unter falschem Namen eingemietet, um mehr über das Verschwinden meiner Schwester zu erfahren und Nachforschungen anzustellen. Insofern bitte ich um Verständnis für mein Versteckspiel.«

Henny spürte Erleichterung darüber, dass Martens kein fürchterliches Geheimnis hatte, das hinter seiner Scharade stand.

»Oh, nein! Wie schrecklich! Das tut mir sehr leid. Haben Sie etwas herausgefunden?«

»Ja.« Kerkenhuus blickte zur Tür. Darf ich einmal ihren Türschlüssel nehmen?«

»Natürlich«, erwiderte Henny und sah ihn fragend an.

Er zog den Schlüssel aus der Tür, setzte sich wieder und las die Worte laut vor, die in den hölzernen Anhänger eingebrannt waren: »Carpe diem – Genieße den Tag.« Er drehte den Anhänger um: »Sed momento mori – Aber sei des Todes eingedenk!« Er ließ den Schlüssel sinken. »Das ist der Schlüsselanhänger meiner Schwester. Sie hat ihn bei einer Veranstaltung am Kölner Dom gekauft. Ich habe nie verstanden, was sie an dem Ding fand, zumal das ja eine düstere Botschaft verkündet, aber Sonja hatte schon immer ihre eigenen Vorstellungen.«

Er reichte Henny den Schlüssel. »Ich erkenne den Anhänger an der Kerbe unten am Flügel. Sie ist entstanden als ich ihr spaßeshalber demonstrierte, dass der Engel noch nicht mal als Flaschenöffner taugt.« Er wirkte verlegen. »Es ist ihr Schlüsselanhänger«, bekräftigte er noch einmal, »ganz sicher!«

Henny war verwirrt. »Aber das heißt doch ...«

»Sonja ist nicht freiwillig verschwunden – so wie Oltmanns behauptet hat. Dann hätte sie ihren Schlüssel hier nicht liegen lassen. Oltmanns muss also ihren Schlüssel genommen, den Anhänger entfernt und ihn an diesem Schlüssel befestigt haben.«

»Ich habe den Schlüssel von Frau Oltmanns bekommen!«

Kerkenhuus überlegte. »Frau Oltmanns? Vielleicht hat sie ihn in ihre Obhut genommen. Dass sie ihn aber meiner Schwester abgenommen hat ...« Er schüttelte den Kopf. »Daran glaube ich nicht so recht, das traue ich eher ihm zu.«

»Aber warum sollte er Ihrer Schwester den Schlüsselanhänger entwendet haben?«

»Ich weiß es nicht. Vielleicht gefiel ihm der Anhänger. Er passt ja gut zu seinem Glaubensbild.« Er senkte den Kopf und fügte leise hinzu: »Er muss sich sehr sicher sein, dass Sonja den Anhänger nicht mehr zurückfordern wird.«

Henny schluckte. Nach einer Weile gemeinsamen Schweigens sagte sie fest: »Ich glaube, dass Ihre Schwester ... also, bestimmt geht es ihr gut. Sie wird sicher irgendwann wieder auftauchen, dann wird sich alles aufklären.«

Er warf ihr einen zweifelnden Blick zu. »Das ist nett von

Ihnen, aber ich gebe mich keinen falschen Hoffnungen hin.«

Er holte tief Luft. »Ich habe in den umliegenden Orten Nachforschungen angestellt, Leute befragt. Viele haben sich abgewendet, sobald ich Oltmanns Hof erwähnte, es war, als wüssten sie etwas, wollten aber keinesfalls mit hineingezogen werden. Vom Tankwart in Meldorf habe ich erfahren, dass bereits vor drei Jahren das Gerücht umging, eine junge Frau sei auf Oltmanns Hof ›in den Himmel gefahren‹.«

Jetzt klärte sich also die geheimnisvolle Begegnung, die sie an der Meldorfer Tankstelle mit dem roten Kadett von Kerkenhuus hatte. »In den Himmel gefahren?«

»Das war die Aussage des Tankwarts.«

»Aber die Polizei hat doch Ermittlungen angestellt.«

Kerkenhuus winkte ab. »Natürlich. Man hat sich in der Diele umgesehen, Oltmanns befragt und sich dann seiner Vermutung angeschlossen, die jungen Frauen seien heute eben etwas leichtlebig und auf der Suche nach Abenteuern in die große weite Welt hinausgezogen. Und damit war es nur noch ein Fall für die Akten. Geschlossen und vergessen.«

Wieder entstand eine längere Pause, in der Henny vergeblich gegen eine Reihe schrecklicher Gedanken und Ahnungen ankämpfte. Schließlich fragte sie zögerlich: »Haben Sie noch andere Hinweise entdeckt?«

»Ich würde gern wissen, warum Oltmanns sein Büro so energisch verschlossen hält und es vehement gegen jeden Besuch verteidigt. Es kann doch nicht nur an dem Gemälde liegen, das Sie suchen.«

»Die niederländischen Sprichwörter.«

»Er verbirgt etwas. Etwas, das er mit Zähnen und Klauen verteidigt. Wie eine Hyäne ihre Beute.«

Henny war entsetzt. »Glauben Sie, Oltmanns hält dort ihre

Schwester gefangen?«

Kerkenhuus schüttelte den Kopf. »Nein, das glaube ich nicht. Aber vielleicht gibt es dort Hinweise, die den Verbleib von Sonja erklären.«

»Das ist alles so schrecklich, ich habe Angst.« Zum ersten Mal sprach Henny ihre Gefühle offen aus.

»Ich habe noch etwas entdeckt«, sagte Kerkenhuus. Es klang bitter.

Henny blickte auf. »Und was?«

»Ich war im Kuhstall ...«

»Gestern Abend?«, unterbrach sie ihn überrascht und korrigierte sich sofort: »Entschuldigung, ich wollte Sie nicht unterbrechen.«

»Der Ausflug zum Auto war nur ein Vorwand, um mich in Ruhe im Kuhstall umsehen zu können. Bei meinem ersten Besuch hatte ich etwas entdeckt, das mir seltsam vorkam, und das habe ich gestern etwas genauer untersucht.«

Henny hörte aufmerksam zu.

»Die Kühe stehen alle in einer Reihe einzelner Boxen. Jede Kuh in ihrer eigenen. Die letzte Box in der Reihe, unterscheidet sich aber von den anderen. Es ist kaum zu erkennen, aber der Boden ist dort etwas erhöht. Es sind nur etwa vier, fünf Zentimeter, aber sie sind mir aufgefallen. Ich habe das Stroh mit dem Fuß etwas beiseitegeschoben. Darunter kam eine Plane zum Vorschein und unter der Plane eine Art Riffelblech, an dem ein Scharnier angebracht war. Mehr konnte ich nicht herausfinden, denn plötzlich hat mich die Kuh, die während meines Eindringens noch bereitwillig zur Seite getreten ist, mit einer heftigen Wendung ihres Hinterteils brachial gegen das Boxgestänge gepresst.« Er fasste sich an die linke Seite. »Das spüre ich heute noch.«

Henny blieb der Atem stehen. Was sie da hörte, ließ ja nur einen Schluss zu ... Sie musste schlucken. Nein, so grausam konnte Oltmanns nicht sein. Bei aller Abneigung, die sie gegen ihn und seinen religiösen Fieberwahn hegte, zu solch teuflischen, mörderischen Gräueltaten war er nicht fähig. Oder doch?

Kerkenhuus schien ihre Zweifel zu erahnen. »Ich weiß, es klingt furchtbar, ich selbst kann den Gedanken kaum ertragen, aber es ist möglich, dass – unter der Box etwas verborgen ist.«

»Nein!«, rief Henny und erschrak selbst über ihre heftige Reaktion. »Das ... das glaube ich nicht!«

»Ich möchte auch nicht daran glauben, aber ich muss das Schlimmste in Erwägung ziehen.« Er zögerte kurz. »Und da war noch etwas. Ich bin mir nicht ganz sicher, weil ich durch die Kuh abgelenkt war, aber ich fühlte mich beobachtet. So, als würden mich schon die ganze Zeit Blicke verfolgen, obwohl ich allein im Raum war. Kennen Sie dieses Gefühl?«

Henny nickte.

»Als ich mich umsah, konnte ich niemanden entdecken, obwohl – ich weiß nicht, ob es eine Sinnestäuschung war – aber ich meinte, in der hintersten Ecke den Stallknecht schemenhaft im Dunkel verschwinden zu sehen.«

Henny runzelte die Stirn. Schon wieder dieser unheimliche Erich.

Holm sah erschöpft aus. »Es kann auch Einbildung gewesen sein. Ich werde aber in jedem Fall die Box noch einmal näher untersuchen.«

In seinen Augen spiegelte sich die Besorgnis über das Verschwinden seiner Schwester wider, aber auch unendliche Traurigkeit. »Ich möchte Gewissheit haben.«

Henny wusste nicht, wie sie darauf reagieren sollte. Der Schmerz, den er durchlitt, hatte sich längst auf sie übertragen. Eine Welle tief empfundenen Mitleids erfasste sie.

Sie besah sich den Schlüssel, den sie die ganze Zeit über in der Hand gehalten hatte. Dann öffnete sie den Schlüsselring, löste den Anhänger vom Schlüssel und hielt ihm den hölzernen Engel hin. »Bitte nehmen Sie ihn.«

Sie senkte den Blick, bemüht zu verbergen, dass sich ihre Augen mit Tränen füllten.

* ✝ *

Hans tunkte den Waschlappen in die Wasserkaraffe und benetzte damit Winfrieds Lippen, der mit bleichem Gesicht bewegungslos auf seinem Matratzenlager lag, die Wolldecke bis zum Hals hochgezogen. Er glich einem Greis auf dem Sterbebett: Die Augen geschlossen, hohlwangig, den Mund kraftlos geöffnet, die Lippen trocken und spröde, sein Atem ging langsam, von Aussetzern begleitet und kaum wahrzunehmen.

Wieder betupfte Hans die ausgedörrten Lippen seines Bruders. Dann tauchte er seinen Finger in die Wasserkaraffe und verteilte behutsam die Feuchtigkeit auf dessen Zunge und Rachen.

Das hatte ihm die junge Frau am gestrigen Abend gezeigt, deren Namen er in der ganzen Aufregung nicht behalten hatte. Sie war sehr fürsorglich und bemüht, Winfried gut zu versorgen.

»Ihr Bruder muss trinken«, hatte sie gesagt. »Essen ist nicht so wichtig, aber trinken!« Daraufhin hatte sie Winfrieds

Kopf vorsichtig angehoben und ihn eindringlich angesprochen, um ihn aufzuwecken. Es hatte nichts geholfen, Winfried blieb im Schlaf verfangen. Selbst leichte Klapse auf die Wange holten ihn nicht ins Bewusstsein zurück.

»So geht das nicht.« Sie war aufgestanden. »Ich hole einen Waschlappen.«

Hans fühlte bei aller verzweifelter Sorge um seinen Bruder so etwas wie Hoffnung und Zuversicht, die ihm die junge Frau mit ihrer selbstlosen Hilfsbereitschaft vermittelte.

Als sie zurückkam, hatte sie nicht nur den Waschlappen, sondern auch eine große Karaffe mit Leitungswasser dabei. »Ich habe den Orangensaft ausgekippt«, sagte sie entschuldigend. »Die Gesundheit Ihres Bruders hat Vorrang vor dem Wohlbehagen der anderen.«

Mit dem Waschlappen hatte sie Winfrieds aufgesprungene Lippen befeuchtet.

»Das können Sie in halbstündigen Abständen wiederholen. Ihr Bruder ist darauf angewiesen, solange er nicht selbst trinken kann.«

Hans befeuchtete noch einmal Winfrieds Lippen und tupfte ihm den Schweiß aus dem fahlen Gesicht. Tief durchatmend legte er den Waschlappen neben der Karaffe ab und betrachtete seinen Bruder sorgenvoll. »Birne, ich hole Hilfe! Du musst ins Krankenhaus. Heute noch!«

Er erhob sich und blickte noch einmal betrübt auf seinen Bruder hinab. »Bitte halte durch!«

Mit schleppenden Schritten ging er zur Tür und stieß dabei gegen etwas Hartes, das, von der Wolldecke halb verdeckt, neben seiner Matratze lag. Es war die Pistole, die er aus Patatas Auto mitgenommen hatte. Nachdenklich betrachtete er sie, dann schob er die Waffe weit unter seine Matratze. Es wäre gut, wenn er sie nicht benutzen müsste.

Er öffnete die Tür zur Diele. Der Raum war leer. Als er die Tür hinter sich zuzog, sah er seine Tante – oder sollte er Frau Oltmanns sagen? – die Treppe ins Obergeschoss hochsteigen.

»Tante!«, rief er.

Sie blieb auf dem Treppenabsatz stehen und sah ihn an. Ihr Blick war leer und teilnahmslos.

»Tante!«, Hans deutete hinter sich zum Windfang, »Winfried geht es nicht gut. Er muss dringend zum Arzt!« Seine Stimme spiegelte seine Verzweiflung.

Ungerührt ruhte ihr gleichgültiger Blick auf ihm.

»Tante! Bitte!«

Ihr Gesicht erschien ihm noch härter, als er es in Erinnerung hatte. Die Augen lagen in dunklen Höhlen, ihre spitze Nase war bleich, flankiert von scharfen Falten, die sich beiderseits ihrer schmalen Lippen tief ins Gesicht geschnitten hatten.

»Bitte!«, flüsterte Hans noch einmal flehentlich.

Es erreichte sie nicht. Sie drehte sich wortlos um und stieg die letzten Stufen ins Obergeschoss.

Er blieb noch zwei, drei Herzschläge lang unschlüssig stehen, da kam Oltmanns die Treppe heruntergestapft. Er war wütend und rief schon von der Treppe herab: »Was haben Sie hier zu suchen? Gehen Sie in den Windfang zurück!«

»Meinem Bruder geht es immer schlechter. Wir brauchen einen Arzt!«

Oltmanns kam mit harten Schritten auf ihn zu, blieb aber mit gebührendem Abstand vor ihm stehen. »Was geht mich Ihr Bruder an! Gehen Sie! Am besten verschwinden Sie ganz von hier!«

Hans schüttelte den Kopf. »Mein Bruder muss schnellstens ins Krankenhaus, bitte lassen Sie mich telefonieren.«

Oltmanns starrte ihn kalt an. »Und der Schnee da draußen – was denken Sie? Da kommt kein Arzt durch.«

»Dann vielleicht ... ein Rettungshubschrauber! Ich werde den Rettungsdienst anrufen.«

»Das Telefon ist kaputt.«

»Kann man das nicht reparieren?« Hans faltete die Hände und flehte Oltmanns an: »Bitte!«

»Die Telefonleitungen sind seit Tagen tot. Ich hab's gestern Abend noch versucht – es funktioniert nicht! Also: Gehen Sie!«

Oltmanns wandte sich um. Für ihn war das letzte Wort gesprochen. Aber Hans gab nicht auf und setzte nach: »Das war gestern, vielleicht geht es heute wieder.«

Oltmanns drehte sich schroff um und stach ihm mit wutverzerrtem Gesicht den ausgestreckten Zeigefinger entgegen. »Sie verschwinden jetzt!« Damit drehte er sich endgültig um und stampfte mit wütenden Schritten die Treppe nach oben.

Hans blieb verloren und ohnmächtig zurück. Er fühlte sich müde und matt. Zutiefst erschöpft. Was konnte er jetzt noch tun? Ohne ein Entgegenkommen von Oltmanns kam er nicht ans Telefon. Dafür musste er ins Büro. Doch das hielt Oltmanns störrisch verschlossen.

In Hans stieg Wut auf. Er stürmte zurück in den Windfang. Die Pistole! Er würde Oltmanns zwingen, das Büro zu öffnen. Ihm blieb keine andere Wahl. Wenn es sein musste, würde er ihm ins Bein schießen.

Gerade wollte er nach der Pistole greifen, da gab Winfried ein Röcheln von sich. Hans erstarrte und ging hastig neben Winfrieds Matratze in die Knie. »Birne, kannst du mich hören?«

Aber Winfried konnte ihn nicht hören. Hans legte seinen Kopf vorsichtig auf Winfrieds Brust. Dann konnte er die Tränen nicht mehr zurückhalten. Er schniefte, hob den Kopf und suchte nach einem Tuch, in das er schnäuzen konnte. Da fiel sein Blick auf die Außentür und das dort vergessene Brecheisen.

Hans wischte sein Gesicht am Ärmel ab, ging langsam zur Sprossentür und nahm das Brecheisen zur Hand. Das war allemal besser als die Pistole.

Vorsichtig öffnete er die Tür und spähte hinaus: Die Diele lag verlassen da. Das Brecheisen hielt er vorsorglich eng an seine rechte Seite gepresst, versteckt vor den Blicken derer, die vielleicht doch noch aus Richtung Treppe, Küche oder Wirtschaftraum kommen könnten.

Vor der Bürotür sah er sich noch einmal nach allen Seiten um. Er betrachtete das Türschloss, da musste er ansetzen. Es würde Krach machen, das ließ sich nicht vermeiden. Also musste es schnell gehen. Tür aufbrechen, rein ins Büro, sofort ans Telefon und den Notruf wählen: 112 – das wusste er.

Hans setzte das Brecheisen in Höhe der Türklinke zwischen Türblatt und Türrahmen an. Mit kräftigem Ruck riss er das Brecheisen zu sich heran, und unter der Hebelwirkung wurde der zweifach abgesperrte Riegel aus dem Rahmen gerissen. Krachend flog die Tür auf, der Lärm dröhnte wie ein Kanonenschuss durch das Hallenhaus, zersplittertes Holz flog ihm entgegen und hinterließ eine klaffende Wunde im Türrahmen.

Damit aber hielt er sich nicht lange auf. Der Radau hatte sicher jeden Bewohner des Hauses aufgeschreckt. Ihm blieb nicht viel Zeit. Sein hastiger Blick erfasste den mit Papierstapeln und Bürokram überladenen Schreibtisch und das auf einem dicken Telefonbuch stehende grüne Telefon.

Mit einem Satz war er dort und riss den Hörer ans Ohr. Kein Ton. Er bemerkte das kleine Schloss in der Wählscheibe, das im Fingerloch der Ziffer 1 befestigt war und jede Drehung der Scheibe verhinderte. Er würde es rausreißen müssen ...

Die Membran im Hörer blieb stumm. Er drückte auf die Gabel, horchte angestrengt, flehentlich in den Hörer – nichts! Er traktierte die Gabel mit schnellem Fingertippen – kein Freizeichen, der Hörer blieb stumm. Oltmanns hatte recht: Das Telefon war kaputt. In ihm zerbrach etwas. Die neu aufgekommene Hoffnung auf Winfrieds Rettung zerfiel in diesem Augenblick und ließ hilflose Enttäuschung zurück.

Plötzlich zuckte er zusammen, etwas hatte sich schmerzhaft in seinen Rücken gebohrt. Als er sich langsam umdrehte, blickte er in die wutverzerrte Fratze Oltmanns, der ihm drohend den Lauf einer Jagdflinte entgegenstieß.

»Verschwinde, Satan!« Mit irre geweiteten Augen starrte ihn Oltmanns an. Seine Gesichtszüge waren von Abscheu, Hass und Ekel verzerrt, als stünde ihm tatsächlich der Leibhaftige gegenüber.

Hans hob abwehrend und beschwichtigend die Hände. »Entschuldigen Sie, ich wollte nur ...« Weiter kam er nicht. Oltmanns rammte ihm die Jagdflinte brutal in die Magengrube.

»Raus! Raus hier! Du ruchloser Bastard!« Oltmanns war vollkommen außer sich. Jedes Wort, das aus seinem Mund kam, wurde von unappetitlichen Tröpfchen begleitet, die Hans entgegenflogen.

Angewidert schob sich Hans an Oltmanns vorbei, darauf hoffend, dass der nicht vollends die Kontrolle über sich und sein Handeln verlor. Immer noch mit erhobenen Händen, tastete er sich rückwärts aus dem Büro, dabei den wutschäumenden Hausherrn nicht aus den Augen lassend. Einen Schritt hatte er schon in die Diele gesetzt, da verklemmte sich ein langes, vom Türrahmen abgesplittertes Holzteil zwischen seinen Füßen. Er strauchelte, fuchtelte hektisch mit den Armen in der Luft herum und fiel rücklings auf den Dielenboden.

Hans blieb die Luft weg. Mit einem Satz stellte sich Oltmanns über ihn und zielte mit dem Jagdgewehr auf seine Stirn. Hans schloss die Augen.

»Sind Sie wahnsinnig?«, hörte er jemanden schreien. Martens erschien in seinem Blickfeld und drückte den Lauf der Flinte zur Seite. »Drehen Sie jetzt völlig durch?«

Oltmanns funkelte ihn hasserfüllt an, ließ es aber zu, dass Martens ihm die Flinte entriss.

»Er ...«, keuchte Oltmanns, ohne seinen wirren Blick von Hans zu nehmen, »er kommt aus dem Reich der Hölle, geschickt, um uns und unseren Glauben zu verhöhnen.«

Hans rührte sich nicht. Er wollte Oltmanns brodelndes Gemüt nicht noch weiter reizen. Frau Butenschön kam hinzugeeilt, nahm wortlos das Gewehr entgegen und entfernte sich zügig wieder.

Martens zog Oltmanns von Hans weg. »Beruhigen Sie sich. Wir können uns hier nicht gegenseitig zerfleischen.«

Oltmanns ließ sich widerstandslos wegziehen. Er atmete heftig und stoßweise. Immer noch starrte er Hans an, als fürchtete er jederzeit einen Angriff von ihm.

Martens fasste ihn bei den Armen und drehte ihn von Hans weg. »Kommen Sie zu sich! Der Einbruch in Ihr Büro unentschuldbar. Aber Gewalt ist absolut keine Lösung. Wir müssen besonnen bleiben.«

Nur langsam beruhigte Oltmanns sich.

»Steht Gott nicht für Liebe, anstatt für Gewalt?«, fragte Martens lauernd.

»Was wissen Sie von Gott?«, fauchte Oltmanns. »Gar nichts wissen Sie! Sie wissen es nicht, weil Sie nicht gläubig sind und keine Demut kennen!« Unwillig schüttelte er Martens' Griff ab und trat Hans mit dem Fuß gegen die Beine.

»Stopp!«, rief Martens und zog Oltmanns ein zweites Mal weg. »So löst man keine Probleme.«

Hans rollte sich zur Seite, stand auf und bewegte sich langsam auf den Windfang zu. Dabei bemerkte er seine Tante oben auf dem Treppenabsatz. Stumm und starr stand sie dort und beobachtete ihn. Es waren Blicke, die tiefen Hass versprühten.

Hans wandte sich ab. In der Leseecke stand blass Frau Butenschön. Mit einem verstohlenen Zeichen bedeutete sie ihm, sich unauffällig in den Windfang zurückzuziehen.

Vor der Tür zum Windfang blieb Hans noch einmal stehen und blickte zu den beiden Männern zurück, die sich hitzig gegenüberstanden.

»Er ist ein Gesandter der Hölle! Begreifen Sie das doch!«, schrie Oltmanns außer sich. »Er ist gekommen, um Freya das werdende Leben aus dem Leib zu reißen! Er will das Kind, um sich über Gott zu erheben!«

* ✝ *

Henny zitterte noch immer, als sie wenig später neben Holm Kerkenhuus saß.

»Es ist ja nichts passiert«, versuchte er, sie zu beruhigen.

»Nichts passiert?« Henny sah ihn zweifelnd an. »Hans Beerbohm ist ins Büro eingebrochen, Oltmanns war kurz davor, ihn zu erschießen, und Sie sagen, es sei nichts passiert?«

»Uns ist nichts passiert. Und Beerbohm letztlich auch nichts.«

Henny war überrascht, wie locker er den Zwischenfall wegsteckte. »Herr Kerkenhuus, ich ...«

»Stopp!« Hastig schaute er sich um. Sie waren allein. »Bitte benutzen Sie nicht diesen Namen, zumindest so lange, bis wir diesem Haus entkommen sind.«

Henny schluckte. Es war ihr peinlich, so sorglos und unbedacht seine wahre Identität ausgeplappert zu haben. Kerkenhuus bemerkte ihre Verlegenheit und legte seine Hand beruhigend auf ihren Arm. Er lächelte. »Es ist wohltuend, wie Sie meinem Namen aussprechen, aber ...«, er sah sich um. »In diesem Haus haben vielleicht auch die Wände Ohren. Und außerdem haben Sie mir erlaubt, Sie mit ›Henny‹ anzusprechend. Da ist es nur folgerichtig, dass Sie ›Holm‹ zu mir sagen, oder? Dann umgehen Sie den Namen Martens. Außerdem mag ich den sowieso nicht.«

Er nickte Henny aufmunternd zu, dann griente er breit: »Wie heißt es so trefflich: ›Wenn sich eine Tür schließt, öffnet sich eine andere.‹« Er zeigte auf die aufgebrochene Bürotür und grinste: »Voilà, da ist sie!«

Henny verstand nicht, woher er seine Unbekümmertheit nahm. Aber er hatte recht – die Tür zum Büro stand offen.

Nachdem es Holm vorhin gelungen war, Oltmanns wieder einigermaßen zu beruhigen, hatte dessen Sorge vorrangig der aufgebrochenen Tür gegolten. »Da sind meine privaten und geschäftlichen Unterlagen drin«, hatte er geklagt. »Das kann nicht einfach für jedermann zugänglich sein!«

Holm hatte ihm angeboten, die Tür zu reparieren, zunächst aber müssten sich alle Gemüter beruhigen. Am späten Nachmittag – so war sein Vorschlag gewesen – könnten sie sich darum kümmern. Beim Sprossenportal im Windfang hatten sie doch auch gut zusammengearbeitet.

Oltmanns lief schimpfend vor der Tür auf und ab, bis Holm den Vorschlag gemacht hatte, den Ohrensessel, der wuchtig und schwer neben dem Deutschen Försterofen Wache hielt, als Barriere vor die Tür zu schieben.

Henny bewunderte Holm für sein vorausschauendes Kalkül. Er hatte Oltmanns versichert, dass er wachsam darauf achten würde, dass Beerbohm nicht noch einmal ins Büro eindringen konnte. Widerstrebend hatte sich Oltmanns damit abgefunden und war schließlich gegangen, um die Kühe zu versorgen.

Holm sah Henny herausfordernd an: »Wollen Sie zuerst?«

Henny ahnte, wie sehr es Holm danach drängte, ins Büro zu gelangen, in der Hoffnung, dort Hinweise auf den Verbleib seiner Schwester zu finden. »Nein«, sagte sie. »Gehen Sie zuerst.«

Holm schüttelte den Kopf. »Die Zeit, die uns bleibt, ist kurz. Ich schätze, dass Oltmanns eine halbe bis dreiviertel Stunde im Kuhstall zu tun hat. Ich gehe erst nach Ihnen rein. Sollte er mich dann überraschen, kann ich mich besser herausreden. Schließlich hat er mich sozusagen als Bürowache akzeptiert. Ich gebe dann einfach vor, die Schäden an der Tür begutachtet zu haben. Nein, das ist jetzt Ihre Zeit, Henny.«

Holm schob den Ohrensessel ein wenig beiseite, sodass sie sich hindurchzwängen konnte, und hielt sie noch einmal kurz zurück. »Wenn Sie drin sind: Suchen Sie sich als Erstes ein Versteck, in das Sie schnell schlüpfen können, sollte Oltmanns hier unerwartet auftauchen. Ich werde dann versuchen, ihn wegzulocken und zu beschäftigen, damit Sie das Büro unbemerkt wieder verlassen können. Wenn Gefahr droht, pfeife ich *I Want to Hold Your Hand* von den Beatles. Kennen Sie das?«

Henny nickte, fand seine Auswahl aber arg hergesucht. Sie knipste das Deckenlicht an und ermahnte sich, nicht zu vergessen, das Licht wieder auszuschalten, bevor sie sich verstecken musste. Ein Versteck? Sie ließ ihren Blick durch das Büro schweifen. Da – in der hintersten Ecke stand ein Stuhl mit darüber gelegtem Laken. Sie ging schnell hin, ja, das würde gehen, für eine kurze Zeit könnte sie darunter verschwinden. Blieb nur zu hoffen, dass sich Oltmanns auch so leicht von Holm weglocken ließ, wie er sich das vorstellte.

Sie eilte zum Aktenschrank, hinter dem das Gemälde auf Entdeckung wartete. Die grüne Tür daneben war immer noch verschlossen, wie sie mit schnellem Griff feststellte. Egal – wichtig war jetzt nur das Gemälde.

Vorsichtig zog sie die Eichentafel hinter dem Aktenschrank hervor. Ihr Herz klopfte. War das ein wertvolles Original flämischer Malkunst oder das wertlose Werk eines Hobbymalers?

Henny zog die Holztafel ganz aus dem Spalt zwischen Schrank und Wand heraus. In dem kleinen Büro wirkte das Tafelbild wie ein Ungetüm. Mit einer Breite von etwa 1,60 Meter und einer Höhe von 1,10 Meter entsprach es den originalen Abmessungen. Das vier Zentimeter dicke Holz machte das Bild schwer. Henny schaffte es nur mit Mühe, es auf den Schreibtisch zu hieven. Es kippelte stark. Auf der einen Seite ruhte es auf zwei Papierstapeln, auf der anderen Seite auf dem Telefon. Nicht ideal, für eine erste Untersuchung aber musste es ausreichen.

Atemlos stand sie vor dem Gemälde und saugte es in sich auf. Die Szenerie, die sie in der Berliner Gemäldegalerie schon so oft betrachtet hatte, zog sie auch hier in den Bann. Sie tauchte ein in die dörfliche Gemeinschaft des Bildes, wurde Teil dieser skurrilen Schar bäuerlicher Töffel, Schlitzohren und Raufbolde mit ihrem sonderlichen Tun. Die Welt um sie herum verblasste, das Bild begann zu leben, und bald war Henny ganz darin verfangen.

Da war der Bauer, der seiner Henne den Hintern anhob und darunter schaut – eine Metapher für das Sprichwort »Sich um ungelegte Eier kümmern«. Etwas weiter rechts, am Ufer des Flusses: ein Soldat mit verkniffenem Gesicht auf einem brennenden Lagerfeuer – »Jemand sitzt auf glühenden Kohlen«. Und die Magd, die aus dem Turmfenster heraus dem vorbeifliegenden Storch nachschaut – »An den Federn erkennt man den Vogel«.

Der Bauer, der mit brennender Hose übers Stoppelfeld rennt: »Wer sich in Gefahr begibt, kommt darin um.«

Der Gürtelmacher, der sich des Leders seines Konkurrenten bemächtigt und es mit seinem Messer bearbeitet: »Es ist leicht, das Geld eines anderen auszugeben.«

Henny kannte alle Figuren, alle Handlungen und deren Bedeutungen, und dennoch war sie aufs Neue von dem prallen, überbordenden Leben fasziniert, das sich ihr auf dem Tafelbild darbot.

Ihr Blick wanderte zu dem Mann, der einen schweren Baumklotz hinter sich herzog. Die grüne Hose stand im Widerspruch zu dem Original von Pieter Brueghel dem Älteren, der dem armen Tropf eine rote Hose zugedacht hatte. Das also könnte ein Hinweis auf das Werk Pieter Brueghel des Jüngeren sein.

Er hatte nicht ganz den genialen Esprit und die feinfühlige Subtilität seines Vaters, setzte die Malerei aber dennoch mit sicherem und handwerklich untadeligem Strich fort. Die Nachfrage nach Werken seines Vaters war so groß, dass er sich fast ausschließlich auf Kopien verlegte. Die Geschäfte liefen gut, allein von der *Winterlandschaft mit Skatern und einer Vogelfalle* fertigte er im Laufe seines Lebens sechzig Kopien an.

Fast zärtlich ließ Henny ihre Fingerspitzen über die Ölfarbe gleiten. Sie fühlte die pastosen Pinselstriche, glaubte, die Pinselführung dieses großartigen Kopisten zu spüren und fühlte sich fast in seine Zeit, an seine Seite versetzt.

Unten links erkannte sie die Signatur: BREVGHEL – ein deutlicher Hinweis darauf, dass das Bild nach 1616 entstanden war. Davor hatte er seine Bilder ausschließlich mit BRVEGHEL signiert.

Henny sah sich um. Im mittleren Regal des offenen Büroschranks entdeckte sie eine Schale mit vielerlei Schreibutensilien, unter denen sich auch eine kleine Papierschere befand. Neben einer leicht angerosteten Briefwaage entdeckte sie einen Stapel Briefumschläge. Mit Schere und Kuvert kehrte sie zum Bild zurück. Vorsichtig kratzte sie mit der Scherenspitze ein winziges Körnchen weißer Farbe von dem Rock des Mannes, »der mit dem Kopf durch die Wand wollte«. Dazu ein Körnchen aus dem blauen Hut des Mannes, der

»Rosen (Perlen) vor die Säue warf«. Vorsichtig nahm sie die Teilchen auf, legte sie in das Briefkuvert. In Berlin würde sie diese Farbpartikel einer eingehenden Analyse unterziehen. Sie horchte nach draußen. Alles ruhig. Sie musste das Bild nur noch einmal von hinten betrachten. Die Verarbeitung der Holzplatte gab ebenfalls aufschlussreiche Hinweise. Sie mühte sich ab, das Bild umzudrehen. Es war zu groß, zu schwer, es gelang ihr nicht.

Sie wuchtete die Bildtafel vom Schreibtisch und setzte sie auf dem Fußboden auf. Worauf es ihr ankam, konnte sie auch auf diese Weise überprüfen. Sie besah sich das Holz auf der Rückseite. Eiche.

Ein wichtiges Indiz. Denn im Gegensatz zu den italienischen Malern, die Weißpappel verwendet hatten, waren alle Holztafeln, die in jener Zeit der flämischen Malerei als Malgrund dienten, aus Eichenholz. Geschnitten aus exakt der Mitte des Stammes, senkrecht zu den Jahresringen. Schräge Jahresringe neigten zum Verwerfen und hatten das Aufplatzen der Farbschichten zur Folge. Die so herausgeschnittene Holzplatte wurde in Salzwasser getränkt, abgelagert, intensiv mit einem Zieheisen geglättet und schließlich in mehreren Schichten mit einem Leim bestrichen, der meist aus Ziegenhäuten und -klauen gekocht wurde.

Henny inspizierte die Struktur des Holzes. Sehr deutlich waren die senkrecht geschnitten Jahresringe zu erkennen. Ein Zeichen guter Verarbeitung. Die kleinen glänzenden Stellen im Holz zeigten ihr, dass hier bestes Mittelholz verarbeitet worden war. Die hellen Stellen waren durch das Anschneiden der Markstrahlen entstanden, den Verbindungen zwischen Mark und Rinde, die den Stofftransport im Holz besorgten.

Henny richtete ihr Augenmerk auf die zahlreichen Aufkleber und Etiketten, mit denen die Rückseite beklebt war. Scheinbar wahllos waren kreuz und quer Zahlen, Daten und Namen mit Pinsel oder Filzstift aufgebracht worden – alles Hinweise darauf, wer das Gemälde in Besitz hatte, zu welcher Sammlung es gehörte, in welcher Galerie es wo und wann ausgestellt worden war und ob das Gemälde schon einmal restauriert wurde. Eine Rückseite, so aussagekräftig wie der Reisepass eines Globetrotters.

Sie erkannte das Brandzeichen der Antwerpener Malergilde. Henny war entzückt, das war ein fast sicherer Beweis für die Echtheit des Bildes.

Deutlich am Rand zu sehen, mit schmalen blauen Pinselstrichen aufgetragen, der Name *N. Rockox*. Eine Jahreszahl fehlte. War das der Name des Antwerpener Bürgermeisters Nicolaas Rockox, einem der großen Kunstsammler des 17. Jahrhunderts, Freund von Peter Paul Rubens – und vielleicht auch von Pieter Brueghel dem Jüngeren?

Ihr Blick fiel auf einen vergilbten Aufkleber mit stark verblasstem Aufdruck. Mit Mühe konnte sie das verschlungene Monogramm »WL« mit darüber schwebender Krone erkennen. Darunter stand in akkurater Handschrift der Name: »Wilhelm VIII., 1752«. Demnach musste sich das Bild also auch in der Sammlung des Landgrafen von Hessen-Kassel befunden haben.

Die weiteren Aufkleber und Beschriftungen überging sie. Das war eine Aufgabe für die Provenienzforschung, die sich mit der Geschichte, der Herkunft von Kunstwerken befasste. Ansatzpunkte dafür enthielt das Bild ja reichlich.

Ein Name stach ihr dann doch noch ins Auge: In großen, roten Buchstaben stand dort, mit flüchtigem Filzstift hingekritzelt: COHN. Und dahinter, mit gleichem Stift und in gleicher Nachlässigkeit gesetzt, die Zahl 368.

In Henny keimte ein Verdacht. War das der letzte Besitzer des Bildes? Cohn – ein Jude? Henny hatte schon mehrere in ähnlicher Weise beschriftete Rückseiten von Kunstwerken gesehen. Alles Gegenstände des skrupellosen Kunstraubes, den die Nazis an ausgewanderten jüdischen Familien begangen hatten.

So wurden im Hamburger Südwesthafen mehr als 3.000 Kisten und Umzugsboxen jüdischer Familien gelagert, die von der Gestapo zur Auswanderung nach Amerika genötigt worden waren. Statt deren Eigentum, wie versprochen, nachzuschicken, hatten die Nazis die Kisten als »zurückgelassen und herrenlos« bezeichnet und sie dreist beschlagnahmt.

Alle Gegenstände erhielten eine Nummer, manchmal ergänzt durch den Namen der beraubten Familie, um dann von der »Hamburger Gerichtsvollzieherei« versteigert und verramscht zu werden. Unzählige Kunstwerke waren seitdem im Dunkel der Geschichte und im Nebel schändlicher Aneignung verschollen.[11)]

Wenn die Nazis eines beherrschten, dann war das die akribische Buchführung über ihre Schand- und Gräueltaten. Henny war sich sicher, dass der Vermerk COHN 368 in irgendeinem Buch zu finden war. Verstaubt und vergessen – oder auch bewusst verschwiegen – in einem dunklen Behördenkeller oder einem vollgestopften Museumsarchiv.

Wie aber kam Oltmanns' Cousin an das Bild? Und warum hatte er das Bild nach seiner Auswanderung nicht abgeholt oder sich nachschicken lassen?

Henny kratzte etwas vom aufgetragenen Leim ab. Auch dessen Zusammensetzung würde Aufschlüsse über das Jahr der Herstellung geben. Die Leimabstriche legte sie in den Briefumschlag, klebte ihn zu, steckte ihn in ihre Hosentasche und schob die Bildtafel wieder an ihren Platz zwischen Aktenschrank und Wand zurück. Das Gemälde blieb kurz an der Rückwand des Aktenschrankes hängen, sodass Henny noch einen Versuch brauchte, bis das Bild wieder ganz dahinter verschwunden war. Sie schaute nach, was es zum Stocken gebracht hatte. Ein Nagel, an dem ein Schlüssel hing.

Henny griff danach und zog ihn hervor. Passte er zu der verschlossenen Tür? Sie steckte ihn ins Schlüsselloch. Er passte! Sie drehte ihn um, einmal, zweimal. Langsam zog sie die Tür ein Stück weit auf und blickte ins Dunkel. Sie musste die Tür ganz öffnen, damit das Deckenlicht des Büros ungehindert in die kleine Kammer fallen konnte.

Henny erkannte ein wildes Durcheinander von Sachen, die achtlos übereinandergeworfen waren: Ein Koffer, Kleidung, Damenschuhe, Jacke und Mantel. Direkt vor ihr stand eine Sporttasche aus rotem Kunstleder, auf der ein Strohhut mit blauer Schleife lag. Die Schleifenbänder, die zu besseren Zeiten lustig im Wind geflattert haben dürften, hingen nun traurig herab.

Hennys Blick wurde von einem Namensschild angezogen, das an einem Henkel der Sporttasche befestigt war. Sie hob es an und drehte es um.

Es traf sie wie ein Schock, völlig unvorbereitet, so durchdringend schmerzhaft, als wäre ihr ein scharfes Messer mitten ins Herz gefahren: Auf dem Namenschild stand, in sauberer, gerader Handschrift »Sonja Kerkenhuus« und darunter eine Adresse.

In ihren Schläfen pochte es heftig. Das Namensschild glitt ihr aus den Fingern. Neben der Sporttasche standen Schuhe, flache Pumps, in die vorne kleine Lederquasten eingeflochten waren. Daneben ein einzelner, kniehoher Stiefel aus Nubukleder. Waren das Sonjas Schuhe?

Zitternd vor Aufregung beugte sie sich vor und schob einen Kamelhaarmantel zur Seite, der über einem Koffer lag. Es war ein billiger Koffer aus rehbraun gefärbter Pappe mit einem Streifen Leukoplast auf der Oberseite. Auch darauf stand mit rotem Filzstift ein Name geschrieben. Trotz der verwaschenen Schrift konnte Henny ihn entziffern: *Sonja Kerkenhuus.* Henny reichte es, sie musste raus und Holm so schnell wie möglich von ihrem furchtbaren Fund berichten.

Sie machte einen Schritt zurück, wollte die Tür wieder schließen, da wurde sie plötzlich von hinten gepackt. Kräftige Männerarme hielten sie umfangen. Sie wand sich, wehrte sich, konnte aber dem eisernen Griff nicht entkommen. Eine Hand presste ihr einen Schwamm aufs Gesicht, bedeckte Mund und Nase. Sie hatte das Gefühl zu ersticken. Heftig sog sie die Luft ein. Ein süßlicher Geruch! So verzweifelt sie auch versuchte, den Kopf wegzudrehen, es gelang ihr nicht.

Henny wurde übel, sie hatte das Gefühl, sich übergeben zu müssen. Gleichzeitig wurden ihre Muskeln schwach, ihr Widerstand ließ nach, ihre Sinne trübten sich.

Als sie fortgezogen wurde, schleiften ihre Füße kraftlos über den Boden. Nur schemenhaft nahm sie das große schwarze Loch wahr, das sich in der Wand aufgetan hatte, wo vorher der Stuhl mit dem übergeworfenen Laken gestanden hatte. Dann verlor sie das Bewusstsein.

* ✝ *

Holm Kerkenhuus wurde unruhig. Zu lange schon war Henny in Oltmanns Büro. Er konnte sich vorstellen, dass sie beim Anblick des Bildes in Begeisterung verfallen war und jedes Gefühl für die Zeit verloren hatte. Nun aber war sie schon über vierzig Minuten drin, viel länger würde Oltmanns wohl nicht mehr im Kuhstall zu tun haben. Es wurde Zeit, dass sie wieder herauskam.

Geduldig hatte er in der Leseecke in einem Sessel gewartet. Nun stand er auf und – ein kalter Wind zog durch die Diele, als die Außentür geöffnet wurde. Auf dem Absatz machte er kehrt und setzte sich wieder. Da durchzuckte ihn ein Gedanke: Das vereinbarte Signal! Beinahe hätte er es vergessen. Schnell spitzte er die Lippen und pfiff *I Want to Hold Your Hand*. Laut, falsch und wie getrieben.

Walter Oltmanns trat in die Diele, blieb stehen und sah verwundert zu ihm hinüber. Holm hob die Hand zum Gruß, merkte aber, dass die Geste albern wirkte, während er angestrengt weiterpfiff. Schnell ließ er die Hand wieder sinken. Was, wenn Henny gerade jetzt aus dem Büro kam, aufgefordert durch sein Pfeifen? Sofort verstummte er.

Oltmanns schüttelte den Kopf und machte kehrt. Holm hörte, wie er die Tür zur Werkstatt öffnete und hinter sich schloss. Behände sprang er auf, lief zur Bürotür und klopfte verhalten dagegen. Drinnen blieb es ruhig.

Er schob den Ohrensessel ein Stück weg, öffnete die Tür einen Spalt breit und flüsterte: »Henny! Er ist da!«

Er wartete eine Antwort erst gar nicht ab, sondern eilte weiter zur Werkstatt. Er musste Oltmanns aufhalten, Zeit gewinnen, damit Henny unbemerkt das Büro verlassen konnte.

Er öffnete ohne lange Umschweife die Tür zur Werkstatt und trat ungefragt ein. »Ich helfe Ihnen«, kam er Oltmanns zuvor. »Ich habe mir die Tür angesehen und glaube, dass wir als Erstes den Türrahmen verstärken müssen.«

Erbost über das ungehörige Eindringen in seinen privaten Bereich warf Oltmanns ihm einen finsteren Blick zu.

„Wir könnten den Rahmen mit einem Winkel fixieren.«

»Nein«, brummte Oltmanns gereizt. Er hielt zwei stabile Dachlatten in der Hand. »Die Tür wird vernagelt.«

Kerkenhuus stand das Entsetzen ins Gesicht geschrieben. »Sie wollen doch nicht die ganze Tür vernageln?«

»Doch.«

»Aber ... aber dann kommen Sie doch auch nicht mehr hinein. Ich meine – da ist doch auch das Telefon drin!«

Oltmanns gab darauf keine Antwort, spannte eine der Dachlatten in den Schraubstock, griff zur Säge und kürzte sie auf Maß. Er löste den Schraubstock und spannte die nächste Latte ein, die er auf die gleiche Länge zusägte. Er wollte zum Werkzeugkasten greifen.

Kerkenhuus kam ihm zuvor. Er musste Zeit gewinnen, ihn aufhalten. Er öffnete den Kasten und sah hinein. »Wir brauchen einen Hammer, nicht wahr?« Er suchte in dem Kasten nach einem Hammer und fand ihn auch. »Hier ist er!« Er hielt ihn triumphierend in die Luft.

»Es ist alles drin, was ich brauche«, giftete Oltmanns. »Geben Sie mir den Kasten!«

Kerkenhuus überlegte, ob die Zeit für Henny ausgereicht haben könnte. Wenn sie auf sein Klopfen und Flüstern sofort reagiert hatte, dann mochte es gepasst haben. Wenn sie aber erst noch das Bild zurückstellen und die alte Ordnung wieder herstellen musste, hätte es knapp werden können. Er durchforstete eifrig den Kasten. »Haben wir auch genug Nägel?« Er hielt inne und sah Oltmanns gespannt an. »Oder wäre es besser, die Leisten anzuschrauben?« Oltmanns war anzusehen, dass er innerlich kochte.

Aber Kerkenhuus war noch nicht fertig. »Dann benötigen wir einen Bohrer zum Vorbohren. Haben Sie einen Handbohrer?« Kerkenhuus beugte sich tiefer über den Werkzeugkasten und wühlte darin herum, als gelte es, ein äußerst seltenes Utensil aufzuspüren.

»Lassen Sie das!«, herrschte ihn Oltmanns an und drängte ihn unwirsch zur Seite. Er griff nach dem Werkzeugkasten und wandte sich dem Ausgang zu.

»Warten Sie!«, rief Kerkenhuus. Er musste Oltmanns um jeden Preis aufhalten. Der funkelte ihn böse an. »Was noch?«

Kerkenhuus sah sich suchend in der Werkstatt um. »Ähm, also ... wir brauchen ... brauchen wir nicht noch eine Säge?«

Oltmanns sah ihn an, als zweifle er am Verstand seines Gegenübers. Wortlos drehte er sich um und verließ die Werkstatt.

Am Büro angekommen, schob Oltmanns den schweren Ohrensessel zur Seite, legte die beiden Dachlatten auf den Dielenboden und trieb jeweils zwei Nägel in jedes der Lattenenden bis zur Hälfte hinein. Er nahm eine Dachlatte und legte sie quer über die Bürotür. »Halten Sie mal«, knurrte er.

Kerkenhuus drückte die Dachlatte gegen die Tür. Er fühlte sich nicht wohl dabei. Half er gerade mit, Henny im Büro einzusperren?

Mit harten Schlägen trieb Oltmanns die Nägel durch die Latten in die Wand hinein. Es waren stabile, massive Zimmermannsnägel, gegen die es kein Argument mehr gab, wenn sie einmal eingeschlagen waren.

Oltmanns ergriff die zweite Dachlatte, und wieder hielt Kerkenhuus das kantige Holz in Position, indessen Oltmanns die Nägel in die Wand schlug.

Verstohlen blickte Kerkenhuus zur Leseecke hinüber. Dort saß sie nicht. Vielleicht hatte sie es in ihr Zimmer geschafft. Ja, natürlich! Sicher saß sie in diesem Augenblick in ihrem Zimmer.

Oltmanns hatte den letzten Nagel eingeschlagen. Er nahm den Werkzeugkasten auf und stapfte zur Werkstatt zurück. Holm schob den Ohrensessel wieder zu seinem angestammten Platz am Försterofen.

Gerne hätte er jetzt noch bei Henny geklopft, um sich zu vergewissern, dass sie es geschafft hatte, wagte es aber nicht, solange Oltmanns in der Nähe war.

Besorgt suchte er die Leseecke auf, setzte sich und wartete. Er hoffte, dass Henny noch auftauchen würde. Er gab sich eine Stunde. Wenn er bis dahin kein Lebenszeichen von ihr hatte, würde er ohne jede Rücksichtnahme das Haus durchsuchen.

* ✝ *

Hennys Kopf schmerzte. Ihr war übel. Ihr Körper fühlte sich nicht an wie ihr eigener. Sie zwang sich, die Augen zu öffnen, die ihr erst nach ein paar Versuchen gehorchten. Um sie herum war es dunkel, nur eine Kerze erhellte ihre Umgebung. Wo war sie? Was war geschehen? Sie lag auf einer harten Unterlage, ihre Arme waren seitlich nach oben gestreckt. Sie zog sie an, wollte sich einrollen. Es ging nicht. Sie probierte es noch einmal mit mehr Kraft. Sofort fuhr ihr ein scharfer Schmerz in die Handgelenke. Schlagartig war Henny wach: Ihre Hände waren gefesselt!

Schwerfällig hob sie den Kopf. Es ging nur ein paar Zentimeter und tat furchtbar weh. Im schwachen Licht der Kerze sah sie das matt schimmernde gusseiserne Bettgestell, auf dem sie lag. Das Fußende mit seinen verschlungenen Bögen und Schnörkeln zeugte von längst vergangenen Zeiten. Ihre Füße waren ebenfalls gefesselt, mit faserigen Schnüren an den eisernen Bögen festgezurrt. Kräftige Juteschnüre, wie sie vorwiegend für Gartenarbeiten eingesetzt wurden. Bei jeder unbedachten Bewegung schnitten sie ihr tief ins Fleisch.

Noch immer nicht ganz bei Sinnen, ließ Henny den Kopf zurückfallen und blickte zur Decke, auf der die flackernde Kerze düstere Schattenspiele veranstaltete. Was war geschehen? Sie versuchte, sich zu erinnern. Sie erinnerte sich an ihr Eindringen ins Büro, an das Gemälde, an die Tür und an …

Henny verkrampfte sich. Oltmanns – was hatte er mit ihr vor? Warum hatte er sie betäubt und hier in diesem grauenhaft finsteren Raum aufs Bett gefesselt? Sie begann zu zittern, ihr ganzer Körper war in Aufruhr. Er sträubte sich gegen die Erkenntnis, die sich langsam und bedrohlich in ihr Bewusstsein fraß und immer mehr an grauenvoller Gewissheit gewann: Er würde sie töten. So wie er Sonja Kerkenhuus getötet hatte. Angst erfasste sie, pure, nackte Angst. Und dann begann sie zu schreien.

Sie schrie in Todesangst, sie kreischte und brüllte, schrill und frenetisch. Verzweifelt zerrte sie an den Fesseln, die ihr kaum Spielraum ließen und die Aussichtslosigkeit ihrer Lage nur noch verstärkten. Sie wehrte dagegen, bäumte ihren Körper auf, wand und wälzte sich, das Quietschen und Knarren des Bettgestells überlagerte ihre panischen Schreie, die den Raum erfüllten. Sie schrie sich die Seele aus dem Leib. Unartikuliert zunächst, dann aber den Namen des Menschen rufend, dessen Nähe sie nun so sehr herbeisehnte.

»Holm!«, schrie sie in das gespenstische Halbdunkel des Raumes hinein. »Hoooolm!« Und wieder: »Holm, hilf mir!« Immer wieder mit überschlagender Stimme: »Hooolm!«

Ihr Hals schmerzte, sie hatte die Stimmbänder überreizt. Ihre Schreie wurden leiser, ihre Stimme brach und ging in Krächzen über. Henny zitterte wie im Fieber. Sie verstummte und horchte angestrengt in die plötzliche Stille hinein. Hatte sie jemand gehört? Hatten ihre Hilferufe Holm erreicht?

Nichts. Die Stille, die ihren angstvollen Schreien folgte, war beängstigender als der Krakeel davor. Sie wurde von verzweifelter Hoffnungslosigkeit ergriffen und konnte kaum die heftig zitternden Kiefer bändigen. Sie biss die Zähne zusammen und zwang sich zur Ruhe. Sie konzentrierte sich auf die letzten Eindrücke, die sie wahrgenommen hatte, bevor sie das Bewusstsein verlor.

Ihr kam das dunkle Loch in den Sinn. Es war ein geheimer Durchgang, der sich hinter dem Stuhl mit dem Laken aufgetan hatte. Sie erinnerte sich an eine Kassettenwand. Das Tor zum Geheimgang?

Wieder hob Henny den Kopf, soweit es ging. Es war ein recht kleiner Raum, kaum möbliert. Vor dem Fußende des Bettes stand eine Kommode, auf der die Kerze drohend vor sich hin flackerte. Drumherum waren weitere, kleinere Kerzen gruppiert, die aber erloschen waren. Davor eine Bibel, auf der sich eine Kette mit goldenem Amulett kringelte, daneben ein einfaches Holzkreuz. Seitlich des Bettes stand ein

Küchenstuhl, über dessen Rückenlehne ein weißer Umhang und darüber eine violette liturgische Stola geworfen waren.

Henny schloss die Augen. Erschöpft und ausgebrannt. Sie dachte an Holm, sehnte ihn herbei. Würde er sie hier finden? Würde er sich überhaupt auf die Suche nach ihr machen? Wirr stolperten ihre Gedanken durcheinander, ziellos zwischen Hoffnung und Aussichtslosigkeit. Bald siegte die bleierne Schwere und sie sank in einen tiefen, traumlosen Schlaf.

Ein leises Geräusch ließ Henny hochschrecken. Sofort fuhr ihr ein stechender Schmerz durch die Glieder. Aufstöhnend sank sie zurück, schloss erneut die Augen und horchte in den Raum hinein. Da war es wieder! Sie öffnete ängstlich die Augen und erblickte die dunkle Silhouette eines Mannes, der ihr den Rücken zukehrte.

Er stand vor der Kommode, ein angerissenes Streichholz zischte auf, Kerzen wurden angezündet, erhellten den Raum. Henny wusste nicht, ob sie schreien oder sich schlafend stellen sollte. Oltmanns drehte sich zu ihr um und blickte sie mit versteinerter Miene an. Sein Blick wanderte zu den Fesseln ihrer Hände. Dann ging er gemächlich zum Stuhl, nahm den Umhang und die Stola von der Stuhllehne und setzte sich.

Henny starrte ihn angstvoll an.

»Frau Butenschön, es schmerzt mich, Sie in dieser Lage zu sehen. Wie geht es Ihnen?«

Maßlose Empörung flammte in Henny auf. »Da fragen Sie noch?«, schrie sie ihn an. »Machen Sie mich los! Sofort!«

Oltmanns sah sie bedauernd an. »Das geht leider nicht.«

»Sind Sie wahnsinnig? Binden Sie mich los!«

Oltmanns wirkte betrübt. »Ich habe geahnt, dass so etwas hochkommt, dass es aus Ihnen herausbricht. Ich werde Ihnen helfen, dass sie befreit werden und das Böse Sie verlässt.«

Henny bekam Angst. »Bitte!«, flehte sie. »Herr Oltmanns, bitte! Ich möchte nicht sterben!«

Oltmanns schüttelte den Kopf. »Was reden Sie da? Natürlich passiert Ihnen nichts. Im Gegenteil – ich erlöse Sie von dem Übel!«

Er blickte auf den weißen Umhang in seinen Händen. »Ich möchte, dass Sie verstehen, um was es mir geht: Ich habe erkennen müssen, dass das Böse in Ihnen wohnt.«

Hennys Herz raste, sie holte tief Luft und versuchte, ruhig zu bleiben. »Bitte, binden Sie mich los! Bitte!«

Wieder schüttelte Oltmanns den Kopf. »Es sind die Dämonen, die sich in Sie geschlichen haben, die sie drangsalieren, Ihr Verhalten steuern, Sie nötigen, Dinge zu tun, die der Sünde sind.« Er machte eine Pause, legte sich die Worte zurecht. »Es beginnt damit, dass Sie sich den morgendlichen Gebeten verweigern. Sie sind ...«

»Aber ich habe doch im Stillen mitgebetet!«, protestierte Henny weinerlich. »Ich habe Ihnen zugehört!«

»Nein!«, widersprach Oltmanns. »Sie haben nicht gebetet, und Sie haben auch nicht zugehört. Sie haben sich gegen das Gebet gesträubt! Ich habe sie beobachtet: Es war etwas in Ihnen, was die Gebete gehasst hat, etwas, was sich mit aller Macht gegen die Huldigung Gottes gestemmt hat – Frau Butenschön, Sie haben bei jedem meiner Gebete gezittert!«

»Nein«, flüsterte Henny.

»Und Sie haben sich in törichter Weise für die Fremden eingesetzt, von denen ich weiß, dass sie vom Satan in unser Haus geschickt wurden, um das Kind, das uns geboren werden soll, Freya aus Leib zu reißen!«

»Herr Oltmanns, bitte ...«

Oltmanns hob die Hand. »Lassen Sie mich fortfahren: Sie haben den Drudenfuß, den ich zur Dämonenabwehr an Ihre Zimmertür gemalt habe, hochmütig ausgelöscht! Warum? Ich will es Ihnen sagen: Weil es die Dämonen in Ihnen nicht ertragen konnten, Gottes Zeichen zu sehen. Sie sind in mein Büro eingedrungen und haben sich meines Eigentums bemächtigt!«

Er sah enttäuscht drein. Nicht wütend, nicht aufgebracht, nur enttäuscht, beinahe mitfühlend. »Ich bin sicher, das entspringt nicht Ihrem eigenen Entschluss. Die Dämonen haben Sie dazu gedrängt, sich Ihres Willens bemächtigt und Sie diese schändlichen Dinge tun lassen.«

Henny schloss die Augen vor der Machtlosigkeit, mit der sie den wirren Erkenntnissen Oltmanns ausgeliefert war.

»Deswegen werde ich um Ihre Befreiung beten.« Oltmanns erhob sich und zog sich den weißen Umhang über. Henny beobachtete die Szene mit bangem Herzen. Nun sah sie auch, dass der Umhang ein liturgisches Leinengewand war, wie sie von Priestern getragen wird, die Dienst am Altar verrichten.

Er nahm die Stola von der Stuhllehne und legte sie sich um den Hals. Die Enden hingen bis zu Knöcheln hinab und waren mit schwarzen Kreuzen bestickt, auf jeder Seite drei. Sorgfältig, fast zärtlich, strich Oltmanns die Stola glatt.

Stumm vor Angst verfolgte Henny seinen Weg zur Kommode, wo er das Amulett von der Bibel nahm, es kurz an seine Lippen führte und es sich um den Hals hängte.

»Mein Sohn«, sagte er tonlos, als würde das alles erklären. Ein Moment der Besinnung – dann nahm er die Bibel auf und stellte sich zu Henny neben das Bett.

Hennys Körper verspannte sich, heftig atmend wartete sie auf das Unvermeidliche.

Oltmanns sah auf sie herab. »Sie müssen keine Angst haben – wer an den Herrn glaubt, der wird ohne Angst sein. Ich bin sicher, dass Ihre Seele nicht vollständig vom Fürsten der Finsternis in Besitz genommen wurde. Es sind nur unreine Geister, die in Ihnen wohnen und sie quälen. Ich werde ihnen befehlen, Sie zu verlassen.«

Er betrachtete Henny nachdenklich, dann sagte er: »Sie müssen sich nicht fürchten. Ich halte mich streng an das *Rituale Romanum* das von Papst Paul VI. persönlich genehmigt wurde. Aber ich brauche Ihre Mithilfe. Zunächst werde ich den Dämonen befehlen, aus Ihrem Leib zu fahren. Währenddessen sollten Sie sich inständig Gott zuwenden, sich öffnen, ihn mit festem Glauben und mit Demut um Heilung anflehen. Wahrscheinlich werden Ihnen die Dämonen während der Gebete böse zusetzen, sich gegen ihre Vertreibung sträuben, sie sind listig und suchen nach Schlupfwinkeln, um in Ihnen zu bleiben. Lassen Sie sich nicht vom Glauben abbringen. Ich werde so lange den Herrn anrufen, bis auch der letzte Dämon aus Ihnen gefahren ist. Wenn Sie gotteslästerliche Flüche oder unheilige Verwünschungen auf der Zunge haben, so mögen Ihnen diese von den Dämonen in den Mund gelegt worden sein. Speien Sie sie aus, auf dass Satan und die abtrünnigen Engel Ihnen entfliehen mögen.«

Henny hatte seinen Ausführungen entsetzt zugehört, der absurde Hokuspokus ließ sie wütend aufschreien: »Sie sind ja wahnsinnig! Lassen Sie mich frei!«

Oltmanns nickte wissend. »Die Dämonen! Sie sträuben sich schon.« Er bückte sich und zog unter dem Bettgestell einen Holzbottich hervor. Er tauchte seine Hand in das Wasser und bekreuzigte sich. Abermals führte er seine Hand in den Bottich und besprenkelte Henny mit dem Wasser.

»Lassen Sie das!«, fauchte Henny.

»In nomine Patris, et Filii, et Spiritus Sancti. Amen«, murmelte Oltmanns, dann legte er ihr das Holzkreuz auf die Brust. Wütend drehte sie sich zur Seite, soweit die Fesseln es zuließen, und schüttelte das Kreuz ab.

Oltmanns nahm es wieder an sich und hielt es über Hennys Stirn. »Ich befehle dir, unreiner Geist, wer immer du bist, und deinem ganzen Anhang, die ihr diese Dienerin Gottes in eurer Gewalt habt: Wegen der Geheimnisse der Menschwerdung, des Leidens, der Auferstehung ...«

Henny hörte nicht hin. Sie dachte sie an Holm. Bestimmt suchte er sie schon. Er würde sie aus diesem Irrsinn befreien. Zuversicht und Hoffnung waren die Pfeiler, an die sie sich klammerte. Zuversicht und Hoffnung und Holm.

»... und fürchte dich, Satan, du Glaubensfeind, du Widersacher des Menschengeschlechtes, du Mörder und Räuber des Lebens, du Verächter der Gerechtigkeit, du Wurzel aller Übel, du Erreger von Leid und Leiden. Warum verweilst du? Warum widerstehst du? Weiche also im Namen des Vaters und des Sohnes und des Heiligen Geistes. Fahre aus, du Verführer voll Trug und Arglist, du Feind der Tugend, du Unheilvoller, du Gottloser, mach Platz dem Herrn! Im Namen Jesu zerbreche ich dein Siegel, Satan, im Namen Jesu und mit dem Blut Jesu binde ich dich und befehle dir jetzt, diese Person zu verlassen und in die Hölle zu gehen. Entweiche!«

Oltmanns zog das Kreuz zurück, legte und bekreuzigte sich. »Domine, exaudi orationem meam. Et clamor meus ad te veniat. Dominus vobiscum. Et cum spiritu tuo. Amen.«

* ✝ *

Dienstag, 2. Januar 1979

Der Schnee fiel weiterhin in unveränderter Dichte vom wolkenverhangenen Himmel. Der allmählich nachlassende Sturm brachte etwas Entlastung in das bis dahin beschwerliche Leben. Wenngleich die meisten Straßen weiterhin nur mit Panzern, schweren Traktoren und Lkw befahrbar waren und der Menschen Alltag noch lange nicht in den gewohnten Bahnen verlief.

Hubschrauber und Panzer waren die Verkehrsmittel, die auch an diesem Dienstag vorrangig für den Transport von Lebensmitteln, Medikamenten und Viehfutter, aber auch von Kranken, Schwangeren und Verletzten sorgten.

Über das Wetter und die Lage im Land wurden die Bürger durch das Fernsehen und den Rundfunk auf dem Laufenden gehalten, sofern die Stromversorgung wiederhergestellt war. Auch eine gedruckte Zeitung gab es erstmalig an diesem Dienstag wieder: Das Flensburger Tageblatt, das Nordfriesland Tageblatt, die Schleswiger und Husumer Nachrichten, die Sylter Rundschau und der Insel-Bote gaben am 2. und am 3. Januar 1979 eine gemeinsame Notausgabe heraus. Für viele Bewohner war es ein erster Blick in die nächste Umgebung, auf die Nöte, das Leiden, die Befindlichkeiten und Sorgen ihrer Nachbarn. Für jene, die zwar eingeschneit, aber ansonsten mit dem Notwendigsten versorgt waren und sicher und geborgen in ihren Häusern ausgeharrten, mussten die Berichte über den totalen Zusammenbruch der Infrastruktur und die zu beklagenden Toten ein Schock gewesen sein.

So berichtete die Notausgabe über einen Vater und seinen beiden Söhnen, die am Silvesterabend nach einem Verwandtenbesuch in Plön nach Hause zurückkehren wollten. Vom Schneesturm überrascht, übernachteten sie in einer selbstgebauten Schneehöhle. Nachdem sich der Vater am Neujahrsmorgen mit dem ältesten Sohn aufgemacht hatte, Hilfe zu holen, fanden sie bei ihrer Rückkehr den zwölfjährigen Sohn erfroren vor.

Im Ostseebad Damp zerstörte die aufgewühlte See große Teile der Strandpromenade und riss aus der Steinmole, die als Wellenbrecher dem Meerwasserwellenbad vorgebaut war, tonnenschwere Felsbrocken heraus und schwemmte sie davon, als lägen sie auf dem Förderband einer Kiesgrube.

Das im Hafen vertäute Bäderschiff *Aphrodite* wurde von den Wellen immer wieder gegen den Anleger geworfen, bis es leck schlug und Wasser aufnahm. Verzweifelt versuchte die Feuerwehr, das Schiff mit Lenzpumpen aufrecht zu halten. Vergeblich: Die augenblicklich zu Eis gefrierende überkommende Gischt hatte die *Aphrodite* mit solch dickem Eispanzer überzogen, dass sie topplastig wurde und sich auf die Seite legte. Im letzten Moment konnten die Feuerwehrmänner an Land springen, mussten aber hilflos mit ansehen, wie ihre Pumpe in den Fluten versank.

Welche Torturen ein Mensch auf sich nehmen kann, wenn er willens ist, zeigte ein Mann aus Husum. Er war beim Örtchen Kropp, etwa 10 Kilometer südlich von Schleswig, aufgebrochen, um nach Husum zurückzukehren. Er war neun Stunden zu Fuß unterwegs gewesen, wobei er die letzten eineinhalb Stunden auf allen Vieren über den Schnee kriechen musste.[2)]

* ✝ *

Holm hatte vergeblich auf Henny Rückkehr gehofft. Er wartete darauf, dass sich die Oltmanns zur Nachtruhe ins Obergeschoss begeben würden. Zunächst hörte er die zaghaften Schritte von Frau Oltmanns die Treppe zum Obergeschoss hochgehen, Minuten später folgte der schwere Gang des Hausherrn.

Holm wartete noch etwa eine halbe Stunde, dann öffnete er leise die Tür und trat in die dunkle Diele. Er hoffte, dass die Oltmanns bereits schliefen.

Er wagte nicht, das Licht einzuschalten. Vorsichtig tastete er sich durch die Diele bis zur Bürotür. Leise rief er Hennys Namen. Keine Antwort. Er wollte nicht klopfen, aus Angst, die Oltmanns aufzuwecken. Wieder flüsterte er ihren Namen, und als sich nichts tat, nahm er seinen Zimmerschlüssel, steckte ihn in das aufgebrochene Türschloss und ruckelte damit vorsichtig im Schloss herum, in der Hoffnung, Henny würde auf diese verhaltenen Geräusche reagieren.

Nichts!

Er wandte sich ihrem Apartment zu. Vielleicht hatte sie es doch noch geschafft, unbemerkt in ihr Zimmer zu kommen? Wieder rief er verhalten nach ihr. Ganz sachte tickte er mit seinem Zimmerschlüssel gegen die Tür.

Nichts!

Auf leisen Sohlen schlich er in sein Zimmer zurück. Auf dem Schreibtisch lag ein Notizblock. Er riss ein Blatt ab, nahm einen Bleistift zur Hand und schrieb mit großen Buchstaben auf den Zettel: HENNY! BITTE MELDEN SIE SICH! HOLM.

Wieder ging er durch die Dunkelheit der Diele zu Hennys

Zimmer, bückte er sich und schob den zusammenfalteten Zettel unter der Tür durch. Er wartete.

Nichts!

Vielleicht schlief sie schon friedlich, während er hier durchs Haus geisterte und sich unnötige Sorgen machte?

Er blickte zur Außentür. Nein, dass sich Henny draußen aufhalten könnte, schloss er aus. Nicht bei diesem Wetter. Ein Gedanke schoss ihm durch den Kopf: War sie bei den Brüdern im Windfang?

Er ging zu Windfang und horchte. Nichts zu hören. Vorsichtig drückte er die Klinke hinunter und öffnete die Tür. Drinnen war es ebenso dunkel wie in der Diele. Schemenhaft nahm er die Umrisse der beiden auf dem Boden liegenden, in dicke Decken eingehüllten Brüder wahr. Keine Spur von Henny. Er blieb noch einen Moment lang stehen, dannzog er sich zurück und schloss leise die Tür.

Unschlüssig blieb er in der Diele stehen. Wenn er sich jetzt in sein Zimmer zurückzöge, würde er möglicherweise Henny verpassen. Er entschloss sich, vorerst in der Leseecke Platz zu nehmen und Wache zu halten.

Er tastete sich zu einem der Sessel vor und stieß dabei gegen den Beistelltisch. Ein hässliches Scheppern durchschnitt die Stille des Hauses. Erschrocken blieb er stehen und horchte. Im Haus blieb aber alles still. Behutsam ließ er sich auf den Sessel nieder. Er starrte in die Dunkelheit, als könne er dadurch Henny herbeiholen. Es war ermüdend. Von Zeit zu Zeit fielen ihm die Augen zu. Er musste sich zwingen, wach zu bleiben.

Plötzlich zuckte er zusammen: Es war nur flüchtiges Anschwellen der Windgeräusche gewesen, reichte aber, um ihn aus dem Dämmerzustand zu reißen. Ein schwacher Lichtschein drang aus dem Durchgang, kam näher und erhellte hin und her schwankend die Diele.

Der Stallknecht! Eine abgedunkelte Laterne vor sich hertragend, durchquerte er auf leisen Sohlen die Diele und verschwand in der Küche. Gedämpftes Klappern verriet, dass er sich dort zu schaffen machte.

Es dauerte nur ein, zwei Minuten, da setzte sich das Licht seiner Laterne erneut in Bewegung. So lautlos wie er gekommen war, schlich der Stallknecht durch die Diele zurück. Ein kurzer Windstoß, die Tür klappte kaum vernehmbar, dann war wieder Dunkelheit und völlige Stille.

Was hatte er hier zu suchen? Machte er sich des Nachts heimlich an Oltmanns Vorräten zu schaffen? Was für eine zwielichtige Gestalt!

Seine Gedanken wanderten zurück zu Henny. Er spielte alle Möglichkeiten durch, die es gab, doch noch ein Lebenszeichen von ihr zu bekommen. Er fand keine. Es war weit nach Mitternacht. Noch zögerte er, seinen Posten aufzugeben, musste aber einsehen, dass weiteres Warten fruchtlos war. Der kommende Tag würde Aufschluss geben, dazu brauchte er Kraft und musste ausgeschlafen sein.

Bedrückt suchte er sein Zimmer auf und legte sich in voller Kleidung aufs Bett. Er wollte bereit sein, wenn er gebraucht würde.

Am nächsten Morgen machte er sich ungeduldig und nur flüchtig für den Tag fertig, bestrebt, schnell in die Diele zu kommen, um Henny dort hoffentlich am Frühstückstisch sitzen zu sehen. Oltmanns und seine Frau frühstückten bereits.

Hennys Platz war leer!

Mit ausgreifenden Schritten war er am Tisch. »Wo ist Frau

Butenschön?«

Oltmanns widmete sich angelegentlich seinem Schwarzbrot, das er umständlich mit Orangenmarmelade bestrich. »Guten Morgen«, sagte er beiläufig.

»Entschuldigung«, stieß Holm unwillig hervor. »Guten Morgen. Warum ist Frau Butenschön noch nicht da?« Kaum ausgesprochen, bemerkte er, dass Hennys Platz gar nicht eingedeckt war. Kein Frühstücksbrett, keine Tasse, kein Besteck.

Entsetzt starrte er Frau Oltmanns an. »Was soll das? Der Platz von Frau Butenschön ist nicht gedeckt!«

Sie warf ihrem Mann einen schnellen Blick zu, antwortete aber nicht, rührte stattdessen angespannt in ihrer Tasse herum.

»Wo ist Frau Butenschön?«, verlangte Holm mit scharfem Ton eine Erklärung.

Oltmanns zuckte mit den Schultern und sagte gleichgültig: »Reisende soll man nicht aufhalten.«

»Was reden Sie da? Frau Butenschön ist doch nicht abgereist! Das können Sie mir nicht erzählen!«

Oltmanns leerte seine Kaffeetasse mit einem Schluck und setzte sie hart auf den Tisch zurück. »Ich muss mich um die Kühe kümmern.«

Holm stellte sich ihm in den Weg. »Stopp! Ich verlange eine Antwort: Wo ist Frau Butenschön?«

Oltmanns lachte ein kaltes Lachen. »Die junge Dame wird das Weite gesucht haben. Wie alle jungen Damen, die nur darauf aus sind, das leichte Leben zu entdecken.« Er setzte ein süffisantes Grinsen auf. »Vielleicht hat sie ungeachtet der Schneemassen versucht, Büsum zu erreichen.«

Holm musste sich zurückhalten, um Oltmanns nicht die Faust ins Gesicht zu schlagen. Er schnaufte vor Wut. »Sie wissen ebenso wie ich, dass Frau Butenschön während des gesamten Schneesturms nicht einen Fuß nach draußen gesetzt hat. Und nun soll sie sich plötzlich und ohne Anlass durch den Schnee kämpfen? Das glauben Sie doch selbst nicht!«

»Wie ich schon gesagt habe: Ich muss mich um meine Kühe kümmern.« Oltmanns drehte sich um und stiefelte davon.

Frau Oltmanns hatte sich während des Disputs erhoben und war geräuschlos in der Küche verschwunden. Entschlossen ging Holm zur Bürotür und klopfte dagegen. »Henny?« Er hämmerte dröhnend gegen die Tür. »Henny, sind Sie da drin?« Keine Antwort.

Er starrte auf die vernagelte Tür. Was, wenn Henny doch noch darin eingeschlossen war? Wenn ihr etwas passiert war und sie sich nicht bemerkbar machen konnte?

Er musste die Tür aufbrechen, egal wie Oltmanns darauf reagieren würde. Er erinnerte sich an die Entschlossenheit, mit der Hans Beerbohm der Tür zu Leibe gerückt war.

Er eilte rüber zum Windfang, und als er die Tür öffnete, sah er Hans Beerbohm auf dem Boden neben seinem Bruder knien. Eine Hand hatte er unter dessen Nacken geschoben, den Kopf leicht angehoben und wusch ihm mit einem Waschlappen sachte das Gesicht.

Mit Überraschung bemerkte Holm, dass der Verletzte seine Augen halb geöffnet hatte. Verwundert fragte er: »Ist Ihr Bruder wieder bei Bewusstsein?«

Hans blickte kurz auf und Holm sah, dass er Tränen in den Augen hatte. »Er ist wach«, sagte er leise. Seine Stimme klang brüchig. »Aber nicht bei uns.«

Er fuhr mit dem Waschlappen über Winfrieds Stirn. »Er hat die Augen offen, aber ich glaube, er sieht mich nicht. Es ist, als würde er nach etwas suchen, aber nichts finden. Vielleicht wandelt er in der Vergangenheit, sucht nach Erinnerungen an sein Leben.«

Holm schluckte. Angesichts des Leids, das sich vor ihm auftat, empfand er sein Anliegen fast als kleinlich. Dennoch fragte er: »Haben Sie noch das Brecheisen?«

Hans Beerbohm nickte und zeigte zum Sprossenfenster. »Da vorn! Was wollen Sie damit?«

Holm hob das Brecheisen auf und ging zur Tür. »Frau Butenschön ist verschwunden. Seit gestern Abend. Ich fürchte, Sie könnte im Büro eingeschlossen sein.«

»Ich komme mit, warten Sie!« Hans befeuchtete noch einmal die Lippen seines Bruders. »Ich bin gleich wieder da, Birne. Versprochen!«, flüsterte er und legte Winfrieds Kopf behutsam wieder zurück.

»Nein, bleiben Sie bei Ihrem Bruder!«

»Ich komme mit«, sagte Hans bestimmt. »Ich möchte Frau Butenschön helfen.« Er langte unter die Decke seines Nachtlagers, zog die Pistole hervor.

»Um Himmels willen!«, wehrte Holm ab. »Lassen Sie die Waffe hier, wir wollen doch keinen erschießen.«

»Oltmanns hat mich schon einmal mit einem Gewehr bedroht. Diesmal will ich vorbereitet sein.« Er steckte die Pistole in die Hosentasche.

Die Diele lag immer noch ruhig da. Walter Oltmanns war bei seinen Kühen und Frau Oltmanns in der Küche. Ein Blick zum Tisch zeigte, dass sie das Frühstück noch nicht abgeräumt hatte.

Vor der Bürotür hielt Holm inne. Noch einmal klopfte er an die Tür. »Henny?« Abwartend und in die Stille horchend sahen sich Holm und Hans Beerbohm an. Nichts tat sich.

Da nahm Holm das Brecheisen, setzte es unter der obersten Latte an und drückte mit ganzer Kraft dagegen. Knarrend zog sich der lange Zimmermannsnagel aus der Wand, die Latte hob sich, und als Holm noch einmal ansetzte und drückte, sprang die Latte mit einem Knall ab.

Sofort nahm er die zweite Latte in Angriff. Auch sie hielt der Hebelkraft des Brecheisens nicht stand und fiel klappernd zu Boden. Die Tür war offen.

Ein Blick zurück zeigte Holm, dass Frau Oltmanns, vom Lärm aufgeschreckt, ihren Kopf zur Küche herausstreckte. Als sie seinen Blick auffing, verschwand sie hastig wieder. Wie eine verängstigte Schildkröte, die sich in den Schutz ihres Panzers zurückzieht, wenn es heikel wird.

Holm scherte sich nicht darum. Er zog die Tür ganz auf und trat ins Büro. Hans Beerbohm folgte ihm.

* ✞ *

Wie viele Stunden lag sie nun schon auf dem Bettgestell in diesem dunklen Raum, der nur durch die flackernde Kerze erhellt wurde? Ihr Körper schmerzte. Ihre Gelenke hatten sich versteift. Die Fesseln hinderten sie daran, Ihre Glieder zu entspannen.

Dazu kam die bohrende Ungewissheit, die Angst vor dem, was Oltmanns mit ihr vorhatte. Nach dem letzten Gebet hatte er Albe und Stola sorgsam über die Stuhllehne gelegt, Henny mit einem langen Blick bedacht und war dann wortlos im Geheimgang verschwunden. Die Tür klappte zu, dann war sie allein.

Ihre Kehle war trocken, die Zunge klebte am Gaumen. Die

Angst nahm ihr die Luft. Und mit der Angst kamen auch wieder die Schuldgefühle zurück. Sie hatte sich schon immer schuldig gefühlt. Ein Kruzifix an der Wand, die Kreuze auf einem Friedhof oder auch nur eine Bibel auf dem Nachtschränkchen eines Hotels stürzten sie sofort in tiefe Schuldgefühle. Das hatte ihr der Vater eingebläut: »Du bist sündig und unvollkommen, also bist du schuldig vor dem Herrn, und seine Strafen sind gerecht!«

Henny erinnerte sich an ihre Konfirmation. Sie hatte panisch vor dem Pastor gestanden, der irgendwelche Worte sprach, deren Sinn sie nicht verstand, weil ihre Angst sie nicht zuhören ließ. Dann bekam sie ihre Konfirmationsurkunde ausgehändigt. Ihren Konfirmationsspruch hatte er vor der Gemeinde laut vorgelesen: »Dabei aber übe ich mich, zu haben ein unverletzt Gewissen allenthalben, gegen Gott und die Menschen.«

Es war der Vers 24:16 aus der Apostelgeschichte. Sie hatte ihn selbst ausgewählt, weil sie ihn schön fand und weil er ausdrückte, wie sie ihr Leben zu führen gedachte: Stets ehrlich und mit einem guten Gewissen. Als ihr Vater davon erfuhr, hatte er sie nur verächtlich angesehen und sich dann mit einem höhnischen Schnaufen abgewendet.

Nach der Konfirmation hatte sie sich im angrenzenden Friedhof vor Aufregung – oder vor Angst? – übergeben müssen. Ihre Konfirmationsurkunde hatte sie später verbrannt, nachdem sie vom Vater befreit war. Den Bibelvers aber hatte sie im Gedächtnis behalten und verinnerlicht.

Da steckte aber noch etwas tief in ihr, weswegen sie sich schuldig fühlte – eine Schuld, die so entsetzlich war, dass Henny sie mit Macht zu unterdrücken versuchte, wann immer sich ihr Gewissen meldete. Es gelang ihr nicht. Und nun kroch das Gefühl unsäglicher Schuld erneut in ihren Kopf, langsam und unaufhaltsam wie zäher Sirup, der sich klebrig über ihre Gedanken legte.

Henny schloss die Augen, presste sie fest zusammen, und doch wurde sie es nicht los: das Bild ihres Vaters, das bleiche, in grenzenlosem Entsetzen verzerrte Gesicht, den Mund zu einem unhörbaren Schrei geöffnet. Ihr Zittern verstärkte sich, sie bebte unter den Qualen der Erinnerung, warf sich hin und her – vergeblich, das Antlitz ihres Vaters verschwand nicht, starrte sie unentwegt und anklagend an. Aus trockener Kehle presste sie schluchzend hervor: »Es tut mir leid, Vater! Ich wollte es nicht!«

Das Bild entzog sich ihrem Blick und verschwand im Dunkel ihrer Erinnerung. Zurück blieb eine düstere Leere, langsam schwanden ihr die Sinne, und sie sank in einen unruhigen Schlaf.

* ✝ *

Ein leises Ratschen weckte sie. Ein Streichholz flammte auf. Nach und nach wurden Kerzen entzündet und erhellten den Raum.

Oltmanns trat an ihr Bett. »Sie haben tief geschlafen. Haben Sie solch gutes Gewissen?« Er lachte bitter. »Nein, das haben Sie nicht. Die Dämonen in Ihnen sammeln Kraft. Kraft, um sich meinen Gebeten zu widersetzen, um gegen ihre Austreibung zu kämpfen!«

Er hatte wieder die Priesteralbe und die Stola angelegt und auf dem Stuhl Platz genommen.

Henny fühlte sich schwach und elend. »Wasser!«, raunte sie heiser. »Ich habe Durst.«

Oltmanns schüttelte den Kopf. »Nein, noch nicht!« Er musterte sie prüfend. »Wenn ich Ihnen jetzt Wasser gebe, so bedienen sich auch die Dämonen in Ihnen daran. Wenn ich Sie stärke, stärke ich auch die Dämonen. Nein, das muss warten. Wenn ich Sie von der Teufelsbrut befreit habe, können Sie auch wieder trinken. Und essen«, fügte er hinzu.

Henny verzog gequält das Gesicht und blickte ihn flehentlich an. »Bitte ... Wasser!«

Oltmanns betrachtete sie aufmerksam. Er schien mit sich zu ringen. Schließlich griff er unter das Bettgestell, zog den Bottich mit dem Weihwasser hervor, steckte die Hand hinein und ließ das Nass von seinen Fingern auf Hennys Mund tropfen. Dankbar leckte sie die Feuchtigkeit von ihren Lippen.

Oltmanns zog die Hand zurück. »Das muss reichen!«

Henny überlegte, ob es besser sei, sich aggressiv zu zeigen und Oltmanns unter Druck zu setzen oder sein Verständnis und Erbarmen zu wecken. Beides widerstrebte ihr.

»Warum machen Sie das?«, flüsterte sie.

»Was?«

»Ich habe Ihnen nichts getan und trotzdem nehmen sie mir meine Freiheit.« Sie schluckte, ihr trockener Hals schmerzte. »Warum?«

Oltmanns vermied es, sie anzusehen. Er blickte zu Boden. Keimte in ihm so etwas wie Einsicht? Ein kurzes Zucken seines Mundwinkels verriet, dass es in ihm arbeitete. Er schien abwesend zu sein, schmerzhaften Gedanken nachzuhängen.

»Meine Frau ...«, begann er. Seine Stimme klang brüchig. Er räusperte sich. »Meine Frau war vom Teufel besessen. Ich habe es nicht bemerkt, war vollkommen ahnungslos. Bis zu jenem Tag, an dem mein Sohn geboren wurde.«

Er stockte und knetete unruhig seine Hände.

»Die ganzen Jahre hatte der ungläubige Hundsfott listig abwartend in ihr ausgeharrt, ohne sich bemerkbar zu machen. In dem Augenblick aber, in dem mein Sohn das Licht der Welt erblickte, verließ der Satan den Körper meiner Frau und schlüpfte in meinen Sohn hinein. Meine Frau aber hat er noch im Bett getötet.«

Die letzten Worte hatte er nur geflüstert. Von den Erinnerungen erdrückt, sackte er in sich zusammen. Mit hängendem Kopf saß er vornübergebeugt auf dem Stuhl.

Dann fasste er sich wieder. »In meinem Sohn hielt sich der Satan drei Jahre lang versteckt, bis er mir auch ihn genommen hat. Es war beim Pflügen. Der Teufel hatte die Gelegenheit genutzt, ist in Sönkes Willen eingedrungen und hat ihm eingeredet, er müsse sich nur direkt vor die scharfen Pflugscharen fallen lassen – dort würde er seine Mama wiederfinden.«

Er schluckte.

Auch Henny hatte einen Kloß im Hals. Der entsetzliche Tod seines kleinen Sohnes ging ihr nahe.

»Ich habe jahrelang gelitten, wurde von Druden heimgesucht und schlechten Träumen gepeinigt, bis ich eine Pilgerreise nach Rom unternommen habe, in der Hoffnung, dort Ruhe und Stärkung zu finden. Gefunden habe ich Pater Jeremias. Er war in der Päpstlichen Präfektur für die Begleitung von Pilgern zuständig. Bei ihm habe ich die Beichte abgelegt. Er hat es verstanden, meine kranke Seele durch Gebete zu heilen und die dunklen Geister in mir durch die Kraft der Gebete auszutreiben.«

Oltmanns hob den Kopf und sah Henny wie abwesend an.

»Verstehen Sie? Pater Jeremias hat die bösen Dämonen vertrieben! Allein durch die Worte Gottes! Von da an war ich dem Gedanken der Befreiung anheimgefallen. Ich ließ mich von ihm in die Gnade der Teufelsaustreibung einweisen, habe die Richtlinien verinnerlicht, die im *Rituale Romanum* jedem Exorzisten vorgegeben sind. Zum Schluss hat mir Pater Jeremias diese Albe und die Stola geschenkt.«

Andächtig strich er seine Stola glatt.

»Gott hat mich ermutigt, neuerlich einen Sohn zu zeugen. Leider ist Wiebke nicht die Gnade der Fruchtbarkeit gegeben. Sie kann keine Kinder gebären.«

Er schüttelte den Kopf, als sei ihm das immer noch unverständlich.

»Deswegen ...« Er machte eine Pause. Überlegte, rang mit sich. Das, was ihm auf der Zunge lag, schien schwer aussprechbar. Seine Wangen glühten, er hatte den Mund halb geöffnet, bereit, das Unaussprechliche auszusprechen.

Zögerlich fuhr er fort: »Dann war da die junge Frau. Jung, unbekümmert und – ja, sie war leichtfertig! Wie junge Frauen es heutzutage sind. Leichtfertig!«

»Welche Frau?«, fragte Henny erschrocken und fürchtete die Antwort.

Mit monotoner Stimme, als spräche er nur zu sich selbst, murmelte er: »Ich wusste, sie stand in der Blüte ihres Lebens und würde gesunde Kinder zur Welt bringen können. Ein gesunder, lebendiger Sohn ist doch das Sehnlichste, was ich mir wünsche. Doch was würde Gott dazu sagen? Würde er mich verdammen? Eines Nachts erwachte ich und spürte, dass Gott im Raum war. Er rief mich beim Namen und sprach zu mir: ›Fleischlich gesinnt sein, ist der Tod, doch geistlich gesinnt sein, ist Leben und Friede!‹ Da wusste ich, dass Gott mir die Zeugung eines Sohnes erlaubt, wenn ich sie nicht aus Fleisches Lust, sondern in dem tiefen Glauben an die göttliche Barmherzigkeit vollziehe.«

Henny wurde übel. »Sie haben das Mädchen ... geschwängert?« Ihre Stimme zitterte.

Oltmanns schüttelte kaum merklich den Kopf. »Nein! Nein, das nicht. Zuerst musste ich sie vom Bösen befreien. Sie war von Dämonen besetzt. Ich musste ihr das teuflische Geschmeiß austreiben, bevor in ihrem Körper neues Leben gedeihen durfte.«

Er holte tief Luft, als tanke er Kraft für das, was folgen würde. »Es war schwierig. In ihr hatten sich die Dämonen dermaßen fest verbissen, dass ich zwei Stunden lang auf ihr knien musste, bis ich den letzten Deiwel aus ihr herausgepresst hatte. Als er ihrem Mund entfuhr, geschah dies unter entsetzlichen Geräuschen. Dann sah ich den Leibhaftigen als schwarzen Schatten die Wand hochfahren und unter gotteslästerlichen Flüchen im Nichts verschwinden.«

Danach schwieg er. Minutenlang. Grübelnd in sich gekehrt.

Vor Angst und Abscheu bebend, fragte Henny: »Was ist dann mit ... der Frau passiert?«

»Sie sind gestorben!«, sagte er leise.

»Sie haben sie getötet«, entfuhr es ihr.

»Nein!«, fuhr er auf. »Nein! Nicht ich!«

Der Vorwurf schien ihn zu irritieren. Er hielt einen Moment lang inne, bevor er fortfuhr: »Ich habe von ihr abgelassen, weil ich plötzlich Freya erblickte. Sie war ja schon die ganzen Jahre da gewesen, immer in meiner Nähe. Nur hatte ich sie bis dahin nicht wahrgenommen! Sie war bei uns untergekommen, als unser Nachbar verstarb und sie mittellos und wohnungslos davorstand, in ein Heim eingewiesen zu werden. Sie ist ... nicht so wie wir, hat einen schlichten Verstand und einen simplen Blick auf die Welt. Ich erkannte, dass sie in ihrer unbedarften Schlichtheit von absoluter Unschuld, standhafter Tugend und unberührter Reinheit war. Von Dämonen völlig unbelastet. Und schlagartig wurde mir klar: Sie ist die engelsreine Mutter für den Sohn, den der Herr mir versprochen hat.«

Henny hatte die Augen geschlossen und wollte nicht mehr zuhören.

»Verstehen Sie?«

Am liebsten hätte Henny ihm entgegengeschrien, dass ihn niemand verstehen würde. Weil es nichts zu verstehen gab. Er war wahnsinnig.

»Ich verstehe Sie«, hauchte sie stattdessen. Ihre trockene Zunge fühlte sich an wie geschwollen. »Bitte befreien Sie mich ... ich habe Durst!«

Oltmanns blickte auf, als erwache er erst jetzt aus einer anhaltenden Lethargie. Er wirkte etwas erstaunt. Vielleicht hatte er sich während seiner Beichte tatsächlich in einem Zustand entrückter Trance befunden.

»Ja, ich werde Sie befreien! Aber zuerst von den Dämonen und dann, wenn Sie vollständig und wahrhaftig befreit sind, auch von den Fesseln.«

Hastig stand er auf. »Ich will nicht, dass die Ihnen innewohnenden Dämonen auf Freya überspringen. Ich muss verhindern, dass die Dämonen Besitz von ihr und meinem ungeborenen Sohn ergreifen, wie es dem Teufel schon einmal bei meiner Frau gelungen ist. Satan ist verschlagen und schlau. Aber Gott ist allmächtig und größer als alle Regimenter der Hölle.«

Oltmanns beugte sich vor und machte das Kreuzzeichen

über Henny. Dann tauchte er erneut die Hand in den Weihwasserbottich und besprengte Henny damit. Schließlich ging er auf die Knie, faltete die Hände, senkte den Kopf und begann zu beten.

»Im Namen des Vaters und des Sohnes und des Heiligen Geistes. Amen. – Im Namen Jesu Christi, unseres Herrn und Gottes, und durch die Fürsprache der unbefleckten Jungfrau Maria, des Heiligen Erzengels Michael, der Heiligen Apostel Petrus und Paulus und aller Heiligen, unternehmen wir voll Zuversicht den Kampf gegen die Angriffe des arglistigen Teufels. Seht das Kreuz des Herrn! Fliehet ihr feindlichen Mächte! Gesiegt hat der Löwe vom Stamme Juda, der Spross Davids. Deine Barmherzigkeit komme über uns, o Herr ...«

Henny stöhnte auf, ihre Augenlider flimmerten, sie zitterte, wieder griff die Angst nach ihr. Und wieder schob sich das Bild ihres Vaters in ihr Bewusstsein. Seine in Todesangst aufgerissenen Augen starrten sie vorwurfsvoll an ...

* ✝ *

Holm schaltete die Deckenbeleuchtung ein und ließ seinen Blick durch Oltmanns Büro wandern. Von Henny keine Spur. Viele Verstecke, in die sie sich verkrochen haben könnte, gab es nicht. Dennoch rief er laut: »Henny?«

Er sprang zur grünen Tür neben dem Aktenschrank. Mehrmals rüttelte er am Türgriff, aber sie war verschlossen. Ein Schlüssel war nirgends zu sehen, also würde er sie gleich aufbrechen müssen. Er eilte zum Schreibtisch und sah darunter. Nichts. Er ging zum Stuhl mit dem darübergelegten Laken und zog es weg. Nichts.

Hans Beerbohm war sofort zum Telefon gestürmt, hatte den Hörer aufgenommen und angestrengt hineingehorcht. Kein Rufzeichen. Wieder malträtierte er die Telefongabel in einem verzweifelten Stakkato. Er nahm die Telefonschnur auf und verfolgte sie bis zur Anschlussdose. Er hatte zwar keinerlei Kenntnisse von Fernmeldetechnik, aber ein gekapptes oder aus der Wand herausgerissenes Telefonkabel würde er erkennen. Das Kabel war aber unversehrt, und auch der Anschluss sah intakt aus.

Holm nahm wieder die grüne Tür in Augenschein. Links neben der Tür, in dem schmalen Zwischenraum von Aktenschrank und Wand, entdeckte er das Bild, das Henny hatte untersuchen wollen.

Außer dem Bild und einem einsamen Nagel, der in die Rückwand des Aktenschrankes geschlagen war, befand sich nichts weiter in dem Zwischenraum. Holm schlug mit der Faust gegen die Tür. »Henny … sind Sie da drin?«

Hans Beerbohm kam hinzu. »Das Telefon ist immer noch tot«, sagte er traurig. »Ich kann keine Hilfe für meinen Bruder herbeirufen.«

Holm legte ihm beruhigend die Hand auf die Schulter. »Verzweifeln Sie nicht! Die Trupps der Post sind sicher längst unterwegs, um die Leitungen zu reparieren.«

Er nahm die Brechstange zur Hand. »Ich muss die Tür aufbrechen. Helfen Sie mir?«

Hans Beerbohm nickte und so hebelten sie gemeinsam die Tür aus der Zarge, bis sie mit berstendem Krachen aufsprang. Sie machten einen Schritt zur Seite, damit das Deckenlicht in die dunkle Kammer fallen konnte. Sie sahen einen Koffer, verschiedene Kleidungsstücke, eine Sporttasche und ein

Strohhut mit blauem Band.

Augenblicklich setzte Holms Herz aus. Fassungslos starrte er auf den Haufen vor sich. Dann bückte er sich schwerfällig, nahm mit bebenden Händen den Strohhut auf. Seine Lippen zitterten. »Sonja!«, flüsterte er.

Hans Beerbohm sah ihn verwundert an. »Wer ist Sonja?«

Holm antwortete nicht sofort, er schniefte, wischte sich über die Augen und ließ die blauen Schleifenbänder durch seine Finger gleiten. Dann legte er den Hut sachte zurück. »Meine Schwester«, sagte er tonlos.

Hans fragte nicht weiter.

Holm zog die Sporttasche zu sich heran, drehte das Namensschild um und las den Namen seiner Schwester.

Er schloss die Augen, der Schmerz übermannte ihn. Maßlose Wut mischte sich in seine Trauer. Er ballte die Fäuste, bis die Knöchel weiß hervortraten.

»Was machen Sie hier?«, hörte er eine Stimme hinter sich. Oltmanns! Mit einem Ruck fuhr Holm herum und packte Oltmanns am Hals. »Was ...?«, presste Oltmanns röchelnd hervor, dann schnürte ihm Holm die Luft ab.

»Wo ist meine Schwester?«, schrie Holm. Völlig außer sich schob er Oltmanns vor sich her, presste ihn gegen die Wand. Mit seinem Unterarm drückte ihm Holm die Kehle zu.

Erschrocken ging Hans Beerbohm dazwischen. »Lassen Sie ihn los! Wenn er erstickt, kann er uns nichts mehr nützen!«

Holm lockerte seinen Griff, ließ ihn aber nicht los. Grunzend und japsend holte Oltmanns Luft. Er fiepte wie ein ertrinkender Hund.

Holm starrte ihm mit wutverzerrtem Gesicht in die Augen. Heftig atmend versuchte er, die Fassung zu bewahren, nicht die Kontrolle über sein Handeln zu verlieren.

»Wo ist meine Schwester?«, stieß er hervor. Er packte wieder fester zu. »Und wo ist Frau Butenschön?«

Unvermittelt ließ er von Oltmanns Hals ab, griff mit einer schnellen Bewegung dem neben ihm stehenden Beerbohm in die Jackentasche und zog dessen Pistole hervor. Ohne zu zögern, drückte er Oltmanns den Pistolenlauf gegen die Stirn.

»In den Kuhstall!«, befahl er kurz. Sein Ton ließ keinen Zweifel daran, dass er bis zum Äußersten gehen würde, wenn sich Oltmanns verweigerte.

Blass, mit unsicherem Schritt wandte der sich dem Ausgang zu. Holm dicht hinter ihm, den Lauf der Pistole hart an Oltmanns Hinterkopf. Hans Beerbohm folgte. Sie verließen das Büro, gingen durch die Diele, passierten den Gang zwischen Werkstatt und Heizungsraum. Vor der Tür befahl Holm: »Aufmachen!«

Oltmanns zögerte kurz, öffnete dann die Tür. Schlagartig schlug ihnen der eisige Wind entgegen und peitschte ihnen dicke Schneeflocken ins Gesicht. Holm blinzelte sich eine Schneeflocke aus dem Auge und trieb Oltmanns mit der Pistole voran.

Ein kurzer Blick hoch zum Dach des Kuhstalls zeigte die gewaltigen, hoch aufgetürmten Schneemassen, die darauf lasteten. Tag für Tag, Lage für Lage hatte sich der Schnee höher aufgeschichtet. Das Gewicht musste immens sein. Und immer noch legte sich Schneeflocke um Schneeflocke darauf nieder.

Nach wenigen Metern hatten Sie die Tür zum Kuhstall erreicht. Oltmanns musste sich anstrengen, sie aufzuziehen, der Schnee drückte dagegen. Drinnen empfing sie eine fast angenehme Wärme. Der Gestank dagegen war kaum auszuhalten. Oltmanns hatte zwar seine Kühe täglich melken können, der anhaltende Schneesturm verhinderte aber ein Ausmisten des Stalls. So standen die Kühe mit ihren staksigen Beinen tief im eigenen Mist, einer Mischung aus Heu, Stroh und gegorenen Rübenblättern, vermengt mit dem Dung der Kühe.

Die vergorene Silage verbreitete einen stechenden Geruch nach Milch- und Essigsäure, überlagert von dem Duft der Exkremente. Hans Beerbohm hielt sich die Nase zu.

Unnachsichtig stieß er Oltmanns vorwärts, bis sie die letzte Box erreicht hatten. Dort lag die Kuh in ihrer ganzen massigen Körperfülle auf dem Boden und käute wieder. Mit unablässig malmenden Kiefern äugte sie die Männer unter langen Wimpern an, ließ sich aber nicht weiter stören.

Holm schob mit dem Fuß das Stroh zur Seite, darauf bedacht, der Kuh nicht zu nahe zu kommen. Selbst im Liegen war sie noch ein wuchtiges Vieh. Unter dem Stroh kam die Plane zum Vorschein. Holm hob eine Ecke an, darunter zeigte sich ein mit Gummi beklebtes Riffelblech.

Er stieß Oltmanns die Pistole in die Seite. »Was ist da drunter?«, zischte er.

Oltmanns rührte sich nicht. Er blickte zu Boden und blieb stumm.

Holm hob die Pistole und hielt sie Oltmanns an den Kopf. »Was ist unter dieser Box?«

Oltmanns schwieg.

In Holm gärte es. Die Vorstellung, dass unter dieser Box seine Schwester begraben sein könnte, raubte ihm fast den Verstand. »Holen Sie die Kuh aus der Box, öffnen Sie die Bodenplatte. Ich gebe Ihnen fünf Sekunden. Wenn Sie sich bis dahin nicht gerührt haben, schieße ich Ihnen in die Beine. Eins ... zwei ...«

Oltmanns schien sein störrisches Verharren durchhalten zu wollen, doch bei drei schob er sich an der Kuh vorbei. Er stellte sich hinter sie und versuchte, sie durch leichte Stöße mit dem Fuß zum Aufstehen zu bewegen.

Holm entfernte sich rückwärtsgehend ein Stück weit von der Box. Sein Respekt vor der Kuh war groß, er wollte nicht im Weg sein, wenn sie sich erhob und mit ihrem schweren Körper aus der Box trottete. Hans Beerbohm tat es ihm nach. Beide verfolgten Oltmanns Versuche, die Kuh zum Aufstehen zu bewegen.

Ein leises Knacken mischte sich in die Geräusche der kauenden, scharrenden, brummenden Kühe und klirrenden Ketten. Holm warf Hans Beerbohm einen fragenden Blick zu. Der schien nichts gehört zu haben und beobachtete weiterhin Oltmanns Abmühen mit der phlegmatischen Kuh.

Wieder hörte Holm ein leises Knacken, gefolgt von einem langgezogenen Knarren. Nun horchte auch Beerbohm auf und sah sich nach der Ursache der Geräusche um.

Nur Oltmanns hatte es nicht gehört. Mit einem derben Stoß in deren Seite hatte er die Kuh gerade hochgebracht, da knackte, knirschte und krachte es wie berstendes Holz.

Holms Blick hastete nach oben und was er sah, ließ ihm das Blut in den Adern gefrieren. Die Dachbalken lösten sich wie in Zeitlupe aus ihren Verbänden, ein Querbalken senkte sich langsam ab, begleitet von anschwellendem Knistern, Knacken, Krachen und Rumpeln.

»Das Dach!«, schrie er. »Raus hier!« Auf der Stelle drehte er sich um, packte Beerbohm an der Jacke und zog ihn mit sich. In ihrer Panik verpassten sie den Ausgang, liefen daran vorbei und weiter bis ans Ende des Kuhstalls, wo sie sich mit dem Rücken fest gegen die Wand pressten, in der Hoffnung, das stabile Ständerwerk, an das sie sich lehnten, möge halten.

Die Geräusche, mit denen die Balken barsten, waren infernalisch. Es kostete Holm gewaltige Anstrengung, seine entsetzten Augen von dem zusammenstürzenden Dach abzuwenden und auf die Box zu richten.

»Oltmanns!«, schrie er. »Raus da!«

Entsetzt sah er, wie die verschreckte Kuh zurückwich und Oltmanns den Weg versperrte. Die Kuh drückte sich mit aller Kraft in die hinterste Ecke ihrer Box. Oltmanns wurde von der Kuh gegen das Gestänge gequetscht. Etwas in ihm brach. Sein bleiches Gesicht war angstverzerrt, mit panisch irrem Blick sah er zu ihnen rüber. Er schrie ihnen etwas zu, doch das ging in dem einsetzenden Lärm unter.

Das letzte, was sie von Oltmanns sahen, waren seine schreckensgeweiteten Augen, bevor er von einem mächtigen Balken getroffen wurde. In einem chaotischen Durcheinander und mit infernalischem Getöse brach das Dach ein und begrub Oltmanns und die Kuh unter sich.

Entgeistert blickten Kerkenhuus und Beerbohm auf den Teil des Kuhstalls, der nun zur Hälfte unter offenem Himmel lag. Der Schutthaufen aus geborstenem Holz, Dachträgern, Pfeilern und zerfetzter Dachpappe türmte sich mannshoch auf, gekrönt von den Schneemassen, die eben noch auf dem Dach gelastet hatten. Vom grau verhangenen Himmel rieselten die Schneeflocken ungehindert in den ungeschützten Stall.

Brüllend und sich gegenseitig aus dem Weg stoßend liefen die Kühe kopflos durcheinander, fanden keinen Weg nach draußen und drängten sich schließlich im hinteren, noch halb überdachten Teil des Stalls dicht zusammen.

Holm und Beerbohm drohten von den aufgebrachten Kühen gegen die Wand gequetscht zu werden. Mit aller Kraft setzten sie sich gegen das Milchvieh durch, drückten, schoben, pressten und schlüpften durch sie hindurch. Mit klopfenden Herzen und außer Atem erreichten sie schließlich die Seitentür.

Beerbohm stürzte nach draußen. Kerkenhuus warf noch einen letzten Blick auf die Box. Sie war komplett zugeschüttet. Unter dem Schutthaufen regte sich kein Leben mehr.

* ✝ *

Henny fühlte sich schwach. Ihr Mund war ausgetrocknet. Ihr Kopf war leer. Alle klaren Gedanken waren von der unsäglichen Angst, die sie durchlitten hatte, hinweggefegt. Nur der Wunsch, von hier wegzukommen, befreit zu werden, lebte in ihr. Sie wusste nicht, wie lange sie hier schon lag, sie wusste nur, dass sie sterben würde, wenn nicht bald Hilfe käme. Oltmanns, das ahnte sie, würde nicht lockerlassen. In seinem Wahn würde er immer weitermachen, bis sie irgendwann verdursten, verhungern oder vor Schwäche sterben würde.

Und sie hatte unsäglichen Durst. Ihre Zunge fühlte sich in ihrer ausgedörrten Mundhöhle an wie ein klobiger Fremdkörper, ihre Lippen waren spröde. Wenn sie schluckte, war es, als würde sie Sand hinunterwürgen.

Da! Leise, ganz leise näherten sich Schritte. Oltmanns? Die Schritte kamen näher, aus dem Dunkel löste sich ein Schatten, und dann erkannte sie Freya.

Sie war so erleichtert, Freya zu sehen, dass sie vor Freude

und Erleichterung mit den Tränen kämpfte.

»Freya!«, krächzte sie. »Freya, bitte mach mich los!« Sie hob eine Hand und zog an den Fesseln.

Die Kerze warf gespenstische Schatten in Freyas Gesicht. Langsam kam sie näher. Vor dem Bett blieb sie stehen und blickte auf Henny hinab. Ihr Mund verzog sich zu einem schmalen Lächeln. Kalt und böse.

* ✝ *

Holm lehnte sich schwer atmend an die Tür, die er gerade hinter sich zugeworfen hatte. Der Schrecken über das soeben Erlebte steckte ihm in den Gliedern.

War das nun die gerechte Strafe für Oltmanns? Hatte ihn eine höhere Macht gestraft? Der panische Blick, den Oltmanns ihm zugeworfen hatte, bevor der Balken seinen Kopf zertrümmerte, würde ihn wohl noch einige Zeit begleiten.

Ein Gedanke schoss ihm durch den Kopf: Oltmanns konnte ihn nun nicht mehr zu Henny führen. – Frau Oltmanns! Sie musste wissen, wo sich Henny aufhielt oder wohin sie verschleppt worden war.

»Kommen Sie!« Er winkte Beerbohm mit sich und eilte voraus. Sie mussten nicht lange suchen, Frau Oltmanns stand in der Diele, unbewegt, steif und ernst, als habe sie die beiden Männer bereits erwartet.

»Das Dach des Kuhstalls ist zusammengebrochen«, rief ihr Kerkenhuus entgegen.

Frau Oltmanns blieb erstaunlich ruhig. Nur ihre Augen waren unruhig in Bewegung, als versuchten sie das Geschehene aus seiner Mimik herauszulesen.

»Ihr Mann ist tot«, sagte Holm. »Er wurde von dem zusammengestürzten Dach erschlagen.«

Frau Oltmanns rührte sich nicht. Sie senkte den Blick und schwieg. Nichts an ihr bewegte sich. Mit keiner Regung zeigte sie, was sie fühlte, ob sie litt, ob sie trauerte oder verzweifelte. Sie stand nur da und schwieg.

»Haben Sie gehört? Ihr Mann ist tot!« Holm konnte diese Reglosigkeit nicht verstehen.

»Er war nicht mein Mann!« Sie heftete ihre Augen fest auf den Boden vor ihr, als läge dort die Lösung aller Widersprüche. Mit ruhiger Stimme, wie unbeteiligt, fuhr sie fort: »Wir haben uns vor einigen Jahren während einer Bibelstunde kennengelernt.«

Hans Beerbohm beugte sich gespannt vor, um kein Wort zu verpassen. Würde er jetzt erfahren, warum seine Tante damals verschwand?

»Wir fühlten uns in unserem gemeinsamen Glauben bestärkt, unsere christlichen Überzeugungen haben uns aneinandergebunden. Wir haben nicht viel darüber gesprochen, ich blieb einfach bei ihm, und damit kein Gerede aufkam, haben wir nicht widersprochen, als uns die Nachbarn als Mann und Frau wahrgenommen hat.«

Hans Beerbohm schaute sie ungläubig an und wollte etwas fragen, aber Holm kam ihm zuvor und herrschte sie an: »Wo ist Frau Butenschön?«

Die Frage prallte an ihr ab, als sei sie nicht gestellt worden.

»Wo ist sie?«, schrie Holm.

Ohne den Blick zu heben, begann sie zaghaft: »Mein Mann – also Walter – hatte eine Zwiesprache mit Gott, dem Herrn, der ihm befahl, einen weiteren Sohn zu zeugen. Dieser Sohn sollte nach dem Ebenbild Jesu aufwachsen, im wahrhaftigen Glauben unterrichtet werden und später Jünger um sich scharen, um das Wort Gottes in der Welt zu verbreiten.«

Holm schluckte.

»Ich kann keine ...«, begann sie und ergänzte dann trotzig: »Ich hasse Kinder!«

Holm warf Beerbohm einen schnellen Blick zu, der merklich zusammengezuckt war.

»Wir bekamen einen Feriengast. Eine junge Frau. Ein junges Ding, lebenslustig und sorglos. Sie hat Walter schöne Augen gemacht. Aber Walter ist nicht der Mann, der auf so etwas reinfällt – sein Glaube an die Zehn Gebote sind die Basis all seines Tuns. Dann aber sprach wieder der Herr zu ihm und erlaubte ihm, einen Sohn mit dieser Frau zu zeugen, wenn er es nur reines Glaubens täte. Doch Walter spürte, dass das Mädchen von Dämonen besetzt war. Also hat er bei dem Mädchen eine Befreiung durchgeführt. Es waren 21 Dämonen in ihr, und sie waren nicht bereit, auszuziehen. Letztendlich hat er über alle Dämonen gesiegt. Sie war befreit und bereinigt.«

Holm starrte sie fassungslos an. Er fürchtete das, was nun folgen würde.

»Wurde sie ...« Holm musste schlucken, »schwanger?«

Frau Oltmanns sah zu ihm auf, in ihren Augen spiegelten sich Gewissensqualen wider, und als sie antwortete, war sie kaum zu hören. »Sie ist gestorben.«

»Ihr Mann hat sie ermordet!«, schrie Holm.

Die Frau wich vor seinem plötzlichen Gefühlsausbruch erschrocken zurück. »Nein, nein!«, sagte sie schnell. »Es war nicht Walter!« Sie druckste herum, wand sich. »Walter hat nichts damit zu tun!« Sie krümmte sich wie unter inneren

Kräpfen zusammen, dann brach es aus ihr heraus: »Es war Freya!«

Holm schnappte nach Luft. Die Gedanken rasten ungeordnet durch den Kopf. Es fiel ihm schwer, nur einen einzigen festzuhalten, zu irrsinnig, zu paradox und zu leidvoll war das, was er in diesem Moment verarbeiten musste.

»Freya war vom ersten Tag an in Walter verliebt«, fügte Frau Oltmanns verbittert hinzu. »Sie himmelte ihn an. Für sie war er ein Heiliger, und sie war rasend vor Eifersucht, als sie mitbekam, wie er die junge Frau von den Dämonen befreite. Sie schlich sich nachts zu ihr ins Zimmer und ...«

Sie presste die Lippen zusammen, ihre Augen suchten nach Halt. »Walter war außer sich, weil Freya sich an Gottes Geboten vergangen hatte. Dann hat er die Leiche im Kuhstall versteckt. Er wollte nicht, dass Freya ins Gefängnis muss.«

Holm wurde übel. Er wandte sich ab und atmete erregt tief durch, versuchte, das Unvorstellbare zu begreifen. Außer sich vor Wut und Schmerz fuhr er herum und herrschte sie an: »Wo ist Henny? Wo ist Freya?«

Er machte einen drohenden Schritt auf sie zu. Sie wich zurück »Ich weiß es nicht!« Sie zeigte auf das Büro. »Ich durfte da ja nie hinein, aber ich glaube ... hinten an der Wand, da muss ein Durchlass sein!« Hilflos hob sie die Schultern und jammerte: »Ich weiß ich es nicht!«

Holm drehte sich auf dem Absatz um und stürmte ins Büro. Beerbohm folgte ihm. Zielstrebig lief er zur rückwärtigen Kassettenwand. Hastig musterte er die Wand, nirgendwo entdeckte er einen Spalt, eine Öffnung oder einen Mechanismus, der auf eine verborgene Tür hinwies. Er strich mit der Hand über das Holz, doch fühlte er keine Unregelmäßigkeiten, die ihn auf die Spur brachten.

Er klopfte mit den Knöcheln seiner Faust gegen die Wand. Da! Es klang hohl. Holm tastete wiederum die Wand ab.

»Was ist mit den Garderobenhaken?«, hörte er Beerbohm hinter sich. Holm zog an ihnen, versuchte sie zu drehen – nichts!

Er sah genauer hin. Über den Haken entdeckte er etwa zwei Zentimeter lange Schleifspuren auf dem Holz, die nach oben führten. Er drückte beide Haken nach oben. Sie bewegten sich. Ein Klacken zeigte ihm, dass sich etwas gelöst hatte.

Aufgeregt zog und drückte er gegen die Kassettenwand, doch nichts tat sich. Er packte noch einmal beide Haken und drückte sie nach links: nichts. Nach rechts: die Wand bewegte sich. Eine Schiebetür! Vor ihnen gähnte ein dunkles Loch. Fünf Stufen führten nach unten und verloren sich in der Schwärze eines niedrigen Ganges. Es roch muffig.

»Da rein«, rief Holm atemlos. Er streckte die Hand aus und tastete nach einem Lichtschalter. Eine nackte Glühbirne, mit dem Kabel lose über einen Haken gehängt, erhellte schwach den Gang.

Im selben Moment klingelte das Telefon. – Rrrrrrrring! –

Ruckartig drehten sich beide um und starrten zum Telefon. Erneut klingelte es. – Rrrrrrrring! – Durchdringend und schrill.

»Das Telefon!« Beerbohm zitterte vor Aufregung. »Mein Bruder … ich kann Hilfe holen!«

Holm nickte. »Ist okay! Rufen Sie Hilfe herbei, ich gehe hier jetzt rein!«

* ✞ *

Hans Beerbohm stand vor dem Telefon und starrte es an, als fürchte er eine Botschaft aus dem Jenseits. – Rrrrrrrring! – Der Anrufer war hartnäckig.

»Hallo?«, sprach er unsicher in den Hörer hinein.

»Mensch, Walter!«, dröhnte es ihm aus der Muschel entgegen. »Janssen hier. Ich versuche schon seit Tagen, dich zu erreichen – ja, ich weiß, der Kabelbruch, aber jetzt geht's ja wieder. Hör zu, ich habe nicht viel Zeit. Wir organisieren gerade einen Hubschrauber, der Hilfsmittel über allen eingeschneiten Höfen unserer Bauernschaft abwirft. Brauchst du was? Lebensmittel, Brot? Was ist mit deinen Kühen? Kraftfutter? Mineralzusätze ...«

Hans Beerbohm legte wortlos auf. In der Wählscheibe steckte immer noch das Telefonschloss. Er sah sich auf dem Schreibtisch um. Unter einem Stapel Papier lugte der Griff eines Brieföffners hervor. Er steckte den Brieföffner in das Fingerloch, brach die Plexiglasscheibe auf und das Schloss fiel heraus.

Mit zitternden Fingern wählte er die 112. Es dauerte nur zwei Rufzeichen, dann meldete sich eine Frauenstimme: »Rettungsleitstelle West, wie kann ich helfen?«

»Mein Bruder ...!«, stammelte Beerbohm. »Mein Bruder stirbt, glaube ich!«

»Bleiben Sie ganz ruhig. Wir werden Ihnen helfen. Zunächst aber brauche ich Ihren Namen.«

»Mein Bruder braucht Hilfe!«

»Wir können nur helfen, wenn Sie uns Ihren Namen und Ihren Standort sagen. Also, ganz ruhig: Wie heißen Sie?«

»Hans Beerbohm.«

»Gut, Herr Beerbohm. Wo sind Sie gerade?«

»Äh, auf dem Hof von einem Bauern. Oltmanns heißt der.«

»Gut. Wo ist der Hof?«

»Ich weiß nicht! Wir waren eingeschneit. Jetzt sind wir hier. Ich weiß nicht, wo.«

»Können Sie mir Merkmale oder Besonderheiten des Hofes oder der Umgebung beschreiben?«

»Hören Sie, mein Bruder ...«

»Ich muss es wissen, damit wir zu Ihnen finden können.«

»Irgendwo vor Büsum. Der Flugplatz ... da gegenüber sind wir in einen Weg abgebogen. Bei so einem komischen Baum. Da ist der Bauernhof.«

»Dem Flughafen gegenüber? Danke, das werden wir finden. Beschreiben Sie jetzt, was passiert ist.«

»Mein Bruder ist angeschossen worden.«

»Wo?«

»Im Bauch.«

»Ist er bei Bewusstsein?«

»Nein, er atmet nur noch schwach, er blutet stark.«

»Können Sie ihm einen Verband anlegen? Wissen Sie, wie das geht?«

»Nein ... ja ... also, Frau Butenschön hat ihm einen Pressverband gemacht.«

»Ist Frau Butenschön Ärztin?«

»Nein ... das heißt: Ich weiß es nicht.«

»Kann ich mit ihr sprechen?«

»Nein, sie ist ... weg!«

»Wenn Ihr Bruder angeschossen wurde: Ist der Täter noch in der Nähe? Besteht Gefahr?«

»Nein, der ist tot.«

»Hm.« An dieser Stelle blieb die Frau in der Rettungsleitstelle einen Moment lang stumm. Dann fragte sie: »Sind noch andere Menschen vor Ort?«

»Ja, ähm ... aber einer ist tot, weil das Dach vom Kuhstall eingestürzt ist. Und da drunter liegt, glaube ich, noch eine tote Frau, die vom Teufel befallen war. Und Frau Butenschön wird gefangen gehalten. Und eine Frau ist schwanger.«

Die Frau am anderen Ende schwieg.

»Hallo?«, fragte Hans vorsichtig.

»Sind Sie sicher, dass das ein echter Notruf ist?«, fragte sie. »Ich meine – Sie veralbern mich nicht?«

»Nein!«, rief Hans. »Bitte kommen Sie schnell! Mein Bruder stirbt sonst!«

»Gut. Ich glaube Ihnen. Mein Kollege versucht in der Zwischenzeit Ihren genauen Standort herauszufinden. Parallel werden wir die Polizei und einen Arzt alarmieren. Sobald ein Hubschrauber zur Verfügung steht, machen wir uns auf den Weg. Allerdings sind momentan alle Hubschrauber im Einsatz. Dazu wird es bald dunkel. Es kann also sein, dass wir erst morgen früh wieder einen Hubschrauber zur Verfügung haben. Haben Sie eine Telefonnummer, unter der wir Sie erreichen können?«

»Äh, nein, ich weiß nicht.«

»Auf der Wählscheibe, in der Mitte, ist meist ein Schild angebracht. Steht da die Nummer drauf?«

»Da steht nichts drauf.«

»Gut, ich lege jetzt auf. Versuchen Sie, Ruhe zu bewahren. Wir tun, was wir können. Ach ja – bitte sorgen Sie dafür, dass Ihr Bruder in der Zwischenzeit viel trinkt.« Dann trat Stille ein. Hans Beerbohm nickte.

»Viel Glück!«, hörte er noch, dann legte die Frau auf.

Er sah zum Durchlass, den die Schiebewand freigegeben

hatte. Holm würde allein zurechtkommen. Hans verließ das Büro, er hatte seinen Bruder schon zu lange allein gelassen. Im Windfang angekommen, beugte er sich sofort zu Winfried runter.

»Birne, es kommt Hilfe! Es wird alles gut!« Er legte Winfried die Hand auf die Stirn – wie kalt sie war!

»Birne?«, fragte er unsicher und langte hastig nach dem Waschlappen neben der Karaffe, tunkte ihn ein, wrang in aus und betupfte seinem Bruder behutsam die Stirn.

Er spürte keinen Atem mehr. Doch der war auch vorher schon kaum wahrnehmbar gewesen. Hans führte sein Ohr dicht an Winfrieds Mund – nichts. Er tunkte seinen Zeigefinger ins Wasser und hielt ihn seinem Bruder vor die Nase. Selbst bei geringstem Atem müsste er einen kühlen Hauch am Finger fühlen. Hans spürte nichts. Er hielt seinen Finger dicht vor Winfrieds Mund. Nichts. Kein Hauch.

Hans umfasste das Gesicht seines kleinen Bruders mit beiden Händen und spürte die Kälte, die von dem Körper ausging.

Winfried war tot.

»Birne!«, schrie Hans. Wie im Wahn schüttelte er den Kopf. Verzweifelt wand er sich hin und her, schlug mit der Faust auf den Boden und schrie: »Nein, nein! Birne! Nein!«

Er schluchzte, hob den Kopf und betrachtete seinen kleinen Bruder. Warum hatte er denn nicht noch ein bisschen durchhalten können? Jetzt war doch Hilfe unterwegs!

Er legte seinen Kopf dicht an Winfrieds Wange, streichelte ihm über die Haare und weinte.

Er wusste nicht mehr, wie lange er Wange an Wange neben seinem Bruder gelegen hatte. Irgendwann begann sein Nacken zu schmerzen. Seine Schultern waren verspannt und sein Gesicht brannte von den Tränen.

Hans löste sich von ihm, blieb aber neben ihm liegen. Einen Arm hatte er um Winfried gelegt, so, wie er es immer getan hatte, wenn es galt, seinen kleinen Bruder vor den Hänseleien der anderen Jungen in Schutz zu nehmen. Wie abwesend, selbstvergessen, blickte er zur Decke.

»Weißt du noch«, begann er leise, »wie ich den dicken Dieter in den Schwitzkasten genommen habe, weil er dich mit der Wasserpistole geärgert hat?« Hans schniefte. »Ich habe ihm mit seiner eigenen Wasserpistole den Hosenschlitz so nass gemacht, dass er von seiner Mutter eine gescheuert bekam, weil sie dachte, er hätte in die Hose gepieschert.«

Er lächelte beim Gedanken daran. Gleichzeitig liefen ihm Tränen über die Wangen. Erinnerungen an ihre gemeinsame Kindheit wurden wach. Traurige und lustige, gute und weniger gute. Und er dachte an all die Beschwernisse, denen vor allem sein kleiner Bruder ausgesetzt war.

Hans wischte sich mit dem Ärmel übers Gesicht. Nach einer Weile fuhr er fort. »Weißt du, Birne, manchmal denke ich, dass unsere Mutter bei allem, was wir gemacht haben, immer bei uns gewesen ist und über uns gewacht hat. Und ich bin mir sicher, wenn du jetzt ...«

Hans verstummte. Seine tränenerstickte Stimme versagte. Er schniefte und holte tief Luft. »Wenn du jetzt ... nach da oben kommst, wird sie da sein und dich in den Arm nehmen. Ganz bestimmt!«

* ✝ *

Holm stieg die Stufen in den dunklen Gang hinab. Er musste sich bücken. Der Gang war grob in das Erdreich gegraben, die Wände waren an einigen Stellen mit Brettern verschalt.

Langsam, Schritt für Schritt tastete er sich vorwärts. Dann stieß er auf Widerstand. Eine Tür. Eine niedrige Tür, wie man sie häufig als Misttüren in alten Viehställen antrifft.

Holm hielt inne. Was würde ihn hinter der Tür erwarten? Er hörte gedämpftes Rascheln, ein Knarren und dann – ein unterdrücktes Stöhnen. Mit einem Ruck riss Holm die Tür auf. Das Bild, das sich ihm bot, jagte ihm einen kalten Schauer über den Rücken.

Er sah Henny auf einem eisernen Bettgestell liegen. Sie strampelte in Todesangst und wehrte sich verzweifelt gegen Freya, die auf ihr saß und mit irre verzerrtem Gesicht versuchte, Henny einen Blumendraht um den Hals zu schlingen.

Mit einem Satz war Holm bei ihr und riss Freya weg. Überrascht und empört schrie sie auf. Er zog sie vom Bett, drehte ihr beide Hände auf den Rücken und hielt sie fest.

Ein schneller Blick zu Henny zeigte ihm, dass sie unversehrt war. Er sah die Fesseln, ihr blasses Gesicht und mochte sich die Qualen, die sie durchlitten hatte, nicht vorstellen.

»Ich binde Sie gleich los!«, rief er und drückte Freya auf den Stuhl. Sie wehrte sich nicht, starrte nur mit hasserfüllten Augen zu Henny hinüber. Holm nahm die Stola und band Freya damit am Stuhl fest. Dann drehte er sich zu Henny um, die ihm mit verweinten Augen entgegensah.

»Henny!«, sagte er. »Sind Sie in Ordnung?«

Sie nickte.

Sie sah zu ihm hoch. »Holm?

»Ja?«

»Ich bin froh, dass Sie hier sind.«

»Ich auch!«, lächelte er.

Er untersuchte ihre Fesseln. In dem düsteren Raum gab es nichts, mit dem er die Bänder hätte durchschneiden können. Ihm blieb nichts anderes übrig, als die Knoten umständlich und mühevoll aufzuknüpfen.

Als Henny von allen Fesseln befreit war, wollte sie sich aufrichten, aber ihr fehlte die Kraft.

Holm half ihr auf und gab ihr mit seinen Armen halt. »Bewegen Sie Hände und Füße, damit das Blut wieder zirkulieren kann.«

»Durst«, krächzte Henny. Sie bedeutete ihm, dass er unter dem Bett nachsehen sollte. Holm streckte ihr das Gefäß mit dem Weihwasser entgegen und Henny tauchte beide Hände hinein und hob sie an den Mund. Gierig trank sie, verschluckte sich, musste husten.

»Langsam, nicht zu hastig!«

Henny zeigte auf Freya. »Und Freya?«

»Erst einmal müssen wir hier raus, dann kümmere ich mich um sie. Können Sie laufen?«

Vorsichtig erhob sich Henny, aber ihre Beine gaben nach. Holm fing sie auf, und sie hielten sich für einen langen Moment fest.

»Kommen Sie, ich helfe Ihnen.«

Holm schlang seinen Arm um ihre Taille und drückte sie fest an sich, um ihr Halt zu geben. Langsam gingen sie dem Ausgang und einem neuen Leben entgegen.

* ✞ *

Mittwoch, 3. Januar 1979

Immer noch lag die Temperatur im Raum Dithmarschen bei – 20 °C, aber es hatte aufgehört zu schneien. Langsam ging das Leben wieder seinen gewohnten Gang. Auch wenn noch ein Fahrverbot auf den meisten Straßen herrschte, waren wieder mehr Menschen unterwegs. Aber die Entspannung brachte auch Gefahren mit sich.

Die Bevölkerung wurde zur Wachsamkeit aufgerufen. Hausbesitzer sollten den Schnee von ihren Dächern entfernen, um die Lawinengefahr zu minimieren. Eltern wurden angehalten, ihre Kinder nicht in den Schneewehen spielen zu lassen. Zu groß war die Sorge, dass die Kinder im Schnee versinken und sich nicht mehr selbst würden befreien können. Auch vor Räumfahrzeugen, die unaufmerksame Passanten überrollen könnten, wurde gewarnt.

Schrittweise näherte man sich der Normalität und dem gewohnten Leben, nicht ahnend, dass sich sechs Wochen später diese Katastrophe noch einmal wiederholen sollte.

* ✝ *

Die Nacht war kurz und unruhig gewesen. Obwohl Henny das Martyrium auf dem harten Bettgestell sehr geschwächt hatte, war ihr das Einschlafen schwergefallen.

Zu sehr machten ihr Oltmanns grauenhafte Exorzismusversuche noch zu schaffen, zu sehr hatte ihr Freyas mörderischer Angriff zugesetzt. Eigentlich hatte sie noch einmal nach dem jüngeren Bruder sehen und dessen Verband erneuern wollen. Nur aufgrund Holms vehementer Proteste hatte sie darauf verzichtet. Statt ihrer hatte er nachgesehen. Es hatte lange gedauert, bis er zurückkam. Und es hatte lange gedauert, bis Henny die entsetzliche Nachricht begriffen hatte, mit der Holm zurückgekehrt war: Winfried Beerbohm war gestorben.

So hatte sie noch lange wachgelegen und den kreisrunden Lichtpunkt angestarrt, den der Schirm ihrer Nachttischlampe an die Decke warf. Sie hatte Holm gebeten, das Licht anzulassen, als er sich mit seinem Bettzeug auf dem Sessel eingerollt hatte. Die unbequemste Schlafstatt, die sie sich vorstellen konnte. Aber, wie er sagte: »Auf weichen Federn kann jeder schlafen, auf dünnbeinigen grünen Sesseln nur Helden!«

Henny war noch nicht nach Scherzen zumute, sie war aber dankbar, dass er bei ihr blieb. Irgendwann war sie eingeschlafen und träumte unruhig, wild und verworren.

Henny erwachte durch ohrenbetäubenden Lärm. Eine furchterregende Mischung aus Brummen, Dröhnen und Kreischen, das sich zu schrillem Pfeifen steigerte. Ihr Traum verband den Lärm mit einer sirrenden Kreissäge, die auf sie zukam, immer näher rückte und sie zu zerteilen drohte, dahinter das diabolisch grinsende, von Flammen umloderte Gesicht Oltmanns ...

Schweißgebadet schreckte sie hoch und hatte Schwierigkeiten, sich zu orientieren, bis sie das Zimmer wiedererkannte: Den Bauernschrank, der die Geheimtür versperrte, den Sessel, auf dem ... Ihr Herz setzte einen Schlag aus – Holm war weg! Sie war allein! Und draußen röhrte ein infernalischer Lärm, der ihr Angst machte.

Die Tür wurde geöffnet und Holm kam herein, in der Hand einen Becher. »Moin! Haben Sie gut geschlafen? Ich habe Frühstück gemacht. In der Küche. Hier ist schon mal ein Pott Kaffee zum Wachwerden.«

Henny sah ihn irritiert an, hatte immer noch nicht gänzlich in die Wirklichkeit zurückgefunden. Sie zeigte ängstlich nach draußen: »Was ist das?«

Holm streckte ihr den Becher entgegen. »Vorsicht: Der ist heiß! Und stark. Der Lärm? Das ist der Hubschrauber! Er landet hinter dem Kuhstall, weil dort die Schneedecke fest und eben ist.«

»Hubschrauber?«

»Ja, die Rettungsleitstelle hat heute schon sehr früh angerufen und gefragt, ob wir es waren, die gestern um Hilfe gebeten haben. Hans Beerbohm hatte sie alarmiert. Und nun haben sie uns einen Hubschrauber mit Arzt und Polizei geschickt.« Er sah auf seine Armbanduhr. »Es ist zehn Uhr. Lassen Sie sich Zeit. Wenn Sie fertig sind, kommen Sie in die Küche zum Frühstücken.«

Henny fuhr erschrocken hoch. »Was? Zehn Uhr schon?«

Holm lächelte. »Ich kann Sie beruhigen: Es ist nichts weiter passiert in der Nacht.«

Sofort blickte Henny zum Bauernschrank, der aber zu ihrer Beruhigung nach wie vor die Spiegeltür blockierte. Dann fiel ihr Blick auf das Kreuz, das ihr aus den grellen Farbkreisen des wilden Tapetenmusters hämisch entgegenstarrte. Hennys Miene gefror, sie atmete heftig, während sie das Kreuz nicht aus den Augen ließ.

Holm war es nicht entgangen. Sein Blick wechselte von Henny zum Kreuz und wieder zu Henny. Er stand auf, nahm das Kreuz von der Wand, stellte sich auf Zehenspitzen und legte es oben auf dem Bauernschrank. „Besser so?“

Henny nickte. Es war ihr unangenehm. Sie mochte ihn nicht ansehen. »Ich habe entsetzliche Angst gehabt.«

Holm setzte sich wieder. »Sie haben nichts mehr zu befürchten. Oltmanns ist tot und Freya ist in Gewahrsam.« Er blickte zum Bauernschrank hoch. »Und das Kreuz ...« Er hielt inne, ein Gedanke schien ihn zu beschäftigen. Dann fragte er vorsichtig: »Macht Ihnen das Kreuz Angst?«

Henny zog die Bettdecke enger an sich. Sie schämte sich. Wie konnte man vor einem Stück Holz Angst haben?

»Ja«, sagte sie.

Holm sah sie mitfühlend an. Nach einiger Zeit sagte er: »Ich habe mitbekommen, dass Sie regelrecht gezittert haben, sobald Oltmanns zu seinen Tischgebeten ansetzte. – Ist es so schlimm?«

Henny hob die Schultern hoch, es fiel ihr schwer, darauf zu antworten.

»Henny, ich will Ihnen keinesfalls zu nahetreten, aber wenn Sie mit jemandem darüber reden wollen – ich höre Ihnen zu.«

Sie fühlte sich nicht wohl in ihrer Haut. Noch nie hatte sie mit jemanden über ihre Ängste und Schuldgefühle gesprochen. Es war ihre persönliche Sache, ihre eigene Vergangenheit – kein Thema, das sie jemals mit anderen geteilt hätte.

Holm nickte ihr aufmunternd zu.

»Es ist ... es war in meiner Kindheit ...«, begann sie unschlüssig. Sie sah Holm unsicher an, doch der saß ruhig da und ließ ihr Zeit. Etwas verlegen begann sie zu erzählen. Erst zögerlich und abwartend, dann redete sie sich die Pein ihrer Kindheit von der Seele. Sie sprach über ihren Vater, von seinen absurden Glaubensüberzeugungen, seinen gestrengen Weisungen und seinen gewalttätigen Ausfällen, denen sie hilflos ausgesetzt war.

Holm hörte aufmerksam zu und unterbrach sie nicht. Als sie von den Prügelstrafen berichtete, zuckte er zusammen, als spüre er körperlich die Schläge, die Henny in ihrer Kindheit zu erleiden hatte. Henny fühlte so etwas wie Erleichterung, es tat ihr gut, sich einem Menschen zu öffnen, der zuhörte, einfühlsam und voller Verständnis war.

Sie erzählte auch von ihrer Mutter, die sich unter der herrischen Knute ihres tyrannischen Mannes klein machte, sich widerspruchslos fügte. Und sie berichtete von dem schrecklichen Ende ihres Vaters, der nach dem Kirchgang betrunken nach Hause kam, in die Jauchegrube stürzte und darin jämmerlich ertrank. An dieser Stelle verstummte sie. Wieder sah sie das grauenvolle Bild ihres panisch ums Überleben kämpfenden Vaters vor sich.

»Eine Jauchegrube? Mitten im Weg?«, hörte sie Holm fragen. Sie ahnte, dass er die Frage lediglich gestellt hatte, um sie aus ihren schrecklichen Erinnerungen zu reißen. Sie war ihm dankbar dafür. Das Bild ihres Vaters verschwand, doch konnte sie ihre Schuldgefühle nicht ganz unterdrücken.

»Die Grube lag hinter unserem Haus. Es war ein großes, tiefes Loch im Erdboden, das innen ausgemauert war, um darin die Jauche zu sammeln«, erklärte sie tief durchatmend. »Darüber waren acht oder neun Planken gelegt. Wuchtige und schwere Holzplanken von bestimmt drei Meter Länge.«

Holm schüttelte verwundert den Kopf. »Hinterm Haus?«

Wieder eine Frage, die mich ablenken soll, dachte sie. Holms sensibles Einfühlungsvermögen und seine behutsame Hilfestellung taten ihr gut.

»Mein Vater nutzte diesen Weg nur sonntags als Abkürzung. Über die Grube hinweg musste er nur noch die brachliegende Weide des Nachbarn überqueren und stand dann direkt vor der Kirche.«

Sie hielt inne. Sie war dabei, ihre tiefsten Schuldgefühle zu offenbaren, sich bloßzustellen. Sie spürte aber auch, dass jetzt der richtige Zeitpunkt dafür gekommen war und ihr Bekenntnis etwas Befreiendes haben würde.

»Ich bin schuld!«, platzte es aus ihr heraus. »Ich ... ich habe den Tod meines Vaters zu verantworten!« Angespannt fuhr sie mit der Hand übers Gesicht und schniefte.

»Ich habe die Planken, die die Grube abdeckten, zur Seite geschoben.« Sie wartete auf eine Reaktion von Holm. Als die ausblieb, fuhr sie fort: »Als mein Vater nach der Sonntagsmesse nicht zurückkam, ahnte ich, dass er noch bei seinem Stammtisch hängengeblieben war. Wenn er betrunken nach Hause kam, waren seine Misshandlungen noch brutaler. Ich hatte nur noch Angst.«

Sie atmete einmal tief durch, bevor sie weitersprach. »Plötzlich kam mir der Gedanke, den Rohrstock, dieses verhasste Werkzeug seiner Misshandlungen, zu verstecken. Ich weiß, es war dumm von mir, es würde an den Prügeleien nichts ändern. Aber ich war erst sechs Jahre alt – als Kind denkt man so.«

Sie suchte in Holms Augen eine Reaktion und fand Mitgefühl und Verständnis. Er unterbrach sie nicht.

»Der Rohrstock stand immer griffbereit im Schirmständer auf dem Flur. Ich nahm ihn und schlich aus dem Haus. Ich wollte den Stock in der Jauchegrube versenken, da würde ihn keiner mehr finden können. Aber zwischen den Planken fand ich keinen Spalt, durch den ich den Rohrstock stecken konnte. Es war November und bereits dunkel, so konnte ich auch nicht genau erkennen, ob sich irgendwo eine Öffnung auftat. Da habe ich die beiden äußeren Planken zur Seite geschoben. Es hat mich viel Kraft gekostet, die Planken waren unsagbar schwer. Ich nahm alle Kraft zusammen. Schließlich hatte ich es geschafft: Zwischen den Planken klaffte eine große Lücke. Ich steckte den Rohrstock hindurch und lief schnell zurück ins Haus.«

Sie schluckte. »Am nächsten Tag hat der Nachbar an unsere Tür gehämmert, es sei etwas Schreckliches passiert. Und dann stand ich mit meiner Mutter vor der Jauchegrube. Die Planken hatten sich weit auseinandergeschoben. Dazwischen sah ich die Hand meines Vaters. Sie ragte mit seltsam gekrümmten Fingern aus der dunklen, stinkenden Kloake heraus. So, als habe er noch mit letzter Kraft verzweifelt nach dem Leben greifen wollen.«

Henny zog sich die Bettdecke vors Gesicht und schluchzte. Holm stand auf, kam zu ihr ans Bett und setzte sich am Fußende auf die Bettkante. Er schüttelte den Kopf: »Nein, Sie tragen keine Schuld am Tod ihres Vaters! Sie dürfen sich das nicht einreden, es ist Unsinn!«

Sie zog die Bettdecke soweit runter, dass sie Holm ansehen konnte. »Aber ich habe doch die Planken gelöst.«

»Aber nicht die Planken, durch die Ihr Vater in die Grube gefallen ist!«

»Aber verstehen Sie doch: Nur weil ich die Planken am Rand zur Seite geschoben hatte, konnten die Planken, über die er gegangen ist, wegrutschen. Mit seinen trunkenen, stolpernden Schritten …«

»Henny, es ist unmöglich, dass die schweren Holzplanken allein durch einen Fehltritt, auch nicht durch heftiges Torkeln und Stolpern, zur Seite gedrückt werden konnten. Nein, die von Ihnen nur minimal verschobenen Planken haben nichts damit zu tun.«

»Aber …«

»Kein Aber! Sie reden sich da etwas ein! Ich verstehe das: Für ein sechsjähriges Mädchen muss es ein Schock gewesen sein, den grauenvollen Tod Ihres Vaters auf so drastische Weise miterleben zu müssen. Und das, nachdem Sie heimlich die Planken versetzt hatten. Ja, Sie hatten ein schlechtes Gewissen, und in der Folgezeit hat es sich zu einem übermächtigen Schuldgefühl entwickelt. Und irgendwann haben Sie sich in die feste Überzeugung hineingesteigert, den Tod Ihres Vaters verursacht zu haben.«

Henny war verunsichert. Hatte Holm recht? Waren ihre Gewissensqualen nur darauf zurückzuführen, dass sie nach einer Erklärung für die unfassbare Tragödie ihre Kindheit suchte? Und als sie keine fand, hatten sich die Zweifel allmählich und schleichend als Gewissheit in ihre Seele hineingefressen?

Durch den trüben Nebel ihrer Gedanken drang Holms Stimme wie von Ferne zu ihr durch. Henny zuckte zusammen und blickte irritiert auf. »Entschuldigung! Ich war in Gedanken. Was …?«

»Ich wollte wissen, ob nach Ihnen noch ein anderer die Grube aufgesucht hat? Was ist mit dem Nachbarn?«

»Nein, der Nachbar hatte mit meinem Vater zusammen am Stammtisch gesessen und erst zwei Stunden nach ihm die Kneipe verlassen. So hat es jedenfalls der Wirt erzählt.«

Henny versuchte, sich an die damaligen Ereignisse zu erinnern. Das meiste lag im Dunkel der Vergangenheit begraben, einiges hatte die Zeit zur Undeutlichkeit verwischt, vieles hatte sie verdrängt. Da schob sich ein Bild in ihre Erinnerung. Nachdenklich runzelte sie ihre Stirn.

Holm war das nicht entgangen. »Sie erinnern sich?«

Henny sträubte sich einen Augenblick lang, dann sagte sie zögernd: »Meine Mutter ...«

Noch einmal zogen die Bilder der Geschehnisse an ihr vorbei. »Als ich von der Jauchegrube zurückkam, hatte ich ein fürchterlich schlechtes Gewissen und mich ängstlich unter dem Küchentisch versteckt. Irgendwann entdeckte mich meine Mutter und ich beichtete ihr, dass ich Vaters Rohrstock in der Jauche versenkt hatte. Sie ist dann losgegangen, um den Stock wieder herauszufischen. Aus Angst vor dem Jähzorn meines Vaters.«

Holm wollte etwas sagen, unterließ es dann aber.

»Es hat lange gedauert, bis sie zurückkam«, fuhr Henny fort. »Als sie dann vor mir stand und sagte, sie hätte den Stock nicht finden können, war sie sehr aufgeregt und fahrig. Auch fiel mir auf, dass ihre Schuhe und ihre Schürze stark verschmutzt waren.«

Die Folgerungen, die sich aus ihrem Bericht ergaben, wurden Henny bewusst, noch während sie sprach. Sie sah Holm erschreckt an und schüttelte heftig den Kopf. »Nein, das kann nicht sein! Das ist ...« Sie ließ den Satz unvollendet, aber beide wussten, was sie hatte sagen wollen.

»Hat sich Ihre Mutter in der Folgezeit verändert?«, fragte Holm.

Henny überlegte. »Sie war zu Lebzeiten meines Vaters immer verzagt und ängstlich gewesen. Nach seinem Tod schwand zwar ihre Angst, aber sie wurde immer stiller. Sie lebte nur noch scheu und in sich gekehrt neben mir dahin.«

Henny blickte betrübt drein. »Ihr Verhalten wurde immer

befremdlicher. Sie versank nun ihrerseits in endlosen Gebeten, sie suchte tagsüber die Kirche auf und weinte des Nachts still in ihrer Kammer. Und dann entdeckte ich, dass ihre Hände und Arme voller Schnitte und Narben waren. Zuerst dachte ich, sie hätte sich versehentlich bei den Küchenarbeiten geschnitten. Dann aber wurde mir klar, dass sie sich selbst bestrafte ...»

Henny schluckte. Sie konnte nicht weitersprechen. Zu stark belasteten sie die Gedanken an die Vergangenheit und gleichzeitig ahnte sie, dass das Trauma ihres Lebens plötzlich eine ganz andere Perspektive bekam.

Holm blieb noch einen Moment lang auf der Bettkante sitzen, dann erhob er sich. »Lassen Sie sich Zeit, Henny. Es wird sich alles klären. Sie müssen die Kraft finden, sich von den Selbstbeschuldigungen zu lösen und den Mut haben, die Vergangenheit neu auszuleuchten.«

Ermutigend lächelte er ihr zu. »Wir haben schon viel geschafft!«

Das klang so komisch, dass Henny lachen musste.

Holm stimmte mit ein, dann wurde er wieder ernst. »Ach ja – Frau Oltmanns, oder wie auch immer sie heißen mag ..., also, die Tante von den Beerbohms ist weg.«

»Frau Oltmanns ist verschwunden?«

»Es sieht ganz danach aus. Jedenfalls sind draußen ihre Spuren zu sehen. Sie führen am Kuhstall vorbei über die Felder. Keine Ahnung, wohin.«

Henny erschrak. »Sie wird erfrieren!«

Kerkenhuus zuckte mit den Schultern.

Henny setzte nach: »Das können wir doch nicht zulassen! Bei der Kälte, bei dem Schnee!«

»Na ja, gegen die Kälte wird sie sich entsprechend angezogen haben. Und Schnee und Wind haben sich beruhigt. Sie wird's überleben.«

»Und der Stallknecht?«

»Wenn wir Glück haben, hat sich auch der nach Büsum aufgemacht! – Nein, im Ernst: Ich weiß es nicht.«

Er grinste: »Ich habe ihn beobachtet, wie er sich heimlich in Oltmanns Küche geschlichen und sich wohl mit Wurst und Käse bevorratet hat. Vorletzte Nacht, als ich in der Diele Wache gehalten und auf Sie gewartet habe.«

»Sie haben auf mich gewartet?«

Er nickte. »Die ganze Nacht!«

»Oh!« Henny wusste nicht, was sie anderes darauf hätte erwidern können.

Während ihres Gesprächs hatten sie das fortgesetzte Dröhnen des Hubschraubers gar nicht mehr wahrgenommen. Die Tonlage änderte sich nun, das Dröhnen ging in ein erlahmendes Knattern über, bis es schließlich ganz erstarb. Ein leises Pfeifen noch, dann war es ruhig.

»Ich muss zum Hubschrauber! Wir treffen uns gleich in der Küche, okay?«

Henny sah ihm nach. »Holm?«

Er war schon fast zur Tür hinaus. »Ja?«

»Danke, dass Sie mir zugehört haben. Und dass Sie auf mich aufgepasst haben.«

»Das habe ich doch gern gemacht.« Er ging einen Schritt weit in die Diele, dann drehte er sich um und steckte noch einmal seinen Kopf zur Tür herein: »Sehr gern sogar!« Sachte zog er die Tür zu.

* ✞ *

Als Henny in die Küche kam, saß Hans Beerbohm allein am Tisch. Er hatte die Hand an einem Kaffeebecher, der noch randvoll war. Der Kaffee sah kalt aus.

Henny verzögerte ihren Schritt, dann ging sie auf ihn zu und legte ihm eine Hand auf die Schulter. »Es tut mir sehr leid!«, murmelte sie. Hans nickte stumm. Unsicher blieb sie neben ihm stehen, und als sie nicht weiterwusste, ging sie um den Tisch herum und setzte sich ihm gegenüber.

Auf dem Tisch stand nur das Nötigste. Henny nahm eine Scheibe Brot aus dem Korb, strich etwas Butter darauf und belegte es mit einer Scheibe Käse. Es war ihr fast peinlich, in Gegenwart des trauernden, in sich gekehrten jungen Mannes zu essen. Dazu war es ihr unangenehm, in der Stille der Küche ihre eigenen Kaugeräusche zu hören. Sie legte das Brot zurück auf den Teller.

»Ich habe Winfried zugedeckt«, sagte Hans unvermittelt. »Aber nur bis zum Kinn.« Er warf Henny einen scheuen Blick zu. »Ich mochte die Decke nicht über seinen Kopf legen.«

Henny atmete tief durch. »Das ist ganz sicher in Ordnung.« Nach kurzer Überlegung fügte sie hinzu: »Ich glaube, er ist friedlich eingeschlafen.«

Hans drehte unschlüssig den Becher in seinen Händen. »Ja, vielleicht.« Und nach einer Pause: »Mein kleiner Bruder war ... anders als andere. Er hat mich gebraucht. Es gibt immer Leute, die auf der Suche nach Schwächeren sind, damit sie jemanden haben, auf den sie einschlagen können. Sie fühlen sich dann großartig ... sie treten auf einen Käfer und sagen dann: Dem hab ich's aber gezeigt!«

Hans hob den Becher an und setzte ihn wieder ab. »Birne

– ich meine Winfried – hat immer dann, wenn er mir besonders nahe war, also besonders zugetan war ... also, dann hat er mich immer Hansi genannt.« Er schüttelte den Kopf. »Nie hat er mich beim Vornamen genannt – aber wenn es ihm schlecht ging, dann: Hansi.«

Henny schnürte es die Kehle zu. Sie wollte Hans gern trösten, wusste aber nicht wie. Nur die Zeit würde seine Wunden heilen. Zumindest oberflächlich. Die Narben würden bleiben.

»Das ist Dr. Dreesen«, unterbrach Holm ihre Betrübnis. Hinter ihm erschien ein schmaler Mann mit wenig Haaren, die er flach über seinen Schädel gestrichen hatte. Seine Wangen waren rot angelaufen, ebenso seine Nase. Er sah aus wie Heinz Erhardt. Nur in dünn. Die Gläser seiner Hornbrille waren beschlagen. Er nahm die Brille ab und putzte sie zwischen Daumen und Zeigefinger seiner Wollhandschuhe. »Tach!«, sagte er.

Holm deutete auf Hans. »Das ist Hans Beerbohm, der Bruder ...« Er ließ den Satz unbeendet. »Hans, könnten Sie bitte mit Dr. Dreesen gehen?« Hans erhob sich und folgte dem Arzt.

Ein zweiter Mann kam herein. »Hauptkommissar Winkler, Polizeidirektion Itzehoe«, stellte er sich ohne Umschweife vor. Er legte eine flache, speckige Aktentasche auf den Tisch, zog sich einen Stuhl heran und setzte sich. »Ich würde jetzt gerne mit Ihnen beiden sprechen.«

* ✝ *

Henny hatte ihren Koffer gepackt und stand abreisefertig in der Diele. Hauptkommissar Winkler und Holm kamen aus dem Büro und wirkten angespannt. Der Hauptkommissar blieb vor Henny stehen. »Ich habe noch einmal telefoniert: Ihr Panzer müsste gleich eintreffen.«

Henny sah ihn erstaunt an. »Mein Panzer?«

»Ja, Fräulein ...« Sofort hob er beide Hände in gespieltem Erschrecken. »Pardon! Die Macht der Gewohnheit – Frau Butenschön!« Er grinste süffisant.

»Ja, ihr ganz persönlicher Panzer. Er war gerade im Büsumer Hafen im Einsatz und wurde nach Heide beordert. Da wir auf seinem Weg liegen, nimmt er Sie mit.«

Winkler musterte ihren Koffer. »Ist das alles?«

»Ja.«

»Gut. Es wird nämlich eng werden. Ein Bergepanzer ist nicht für den Mannschaftstransport gedacht. Und schon gar nicht für Frauen. Ich weiß das zufällig, weil ich in der 6. Panzergrenadierdivision in Neumünster gedient habe. Als Richtschütze. Auf Schiffen und Panzern bringen Frauen nur Unglück!«

Henny verkniff sich einen Kommentar, obwohl ihr eine scharfe Antwort auf der Zunge lag. Holm räusperte sich geräuschvoll. Winkler sah kurz zu ihm und fuhr dann fort: »Also, Frau Butenschön: Sie melden sich in Heide bei der Polizeiinspektion. Dort wird man Sie noch einmal befragen und Ihre Aussagen zu Protokoll nehmen. Danach können Sie fahren, wohin Sie wollen, wenn der Schnee es zulässt.«

Wieder zeigte er sein anzügliches Grinsen. »Sie sind ja wohl tatsächlich ganz allein von Berlin bis hierhergefahren.

Respekt! Aber jetzt kommen Sie mit Ihrem Käfer nicht mehr weit.«

An dieser Stelle griff Holm ein, dem die anmaßende Art des Polizisten sichtlich gegen den Strich ging. »Ich habe das schon mit Frau Butenschön besprochen«, sagte er knapp. »Sie lässt den Wagen hier stehen, fährt mit der Bahn nach Berlin, und sobald das Wetter es zulässt, werde ich ihr den Wagen nachbringen.«

»Aha.« Hauptkommissar Winkler ließ seinen Blick über Henny gleiten, als eröffne sich für ihn eine ganz neue Perspektive.

»Sind wir fertig?«, fragte Holm und stellte sich demonstrativ neben Henny.

»Natürlich, natürlich!«, beeilte sich Winkler zu sagen. Mit einem schmalen Grinsen drehte er sich um und schlenderte gemächlich in das Büro zurück.

»Idiot!«, brummte Holm.

Henny zuckte gleichgültig mit den Schultern. »Jeder Schrebergarten braucht einen Zwerg!«

Holm sah sie überrascht an. Bevor er etwas zu ihrer Bemerkung sagen konnte, kam sie ihm zuvor: »Wie kommen Sie denn von hier weg? Müssen Sie sich nicht auch bei der Polizeistelle in Heide melden?«

»Nein. Da ich direkt betroffen bin, wegen Sonja ...« Er verstummte und musste tief Luft holen. »Entschuldigung! Es fällt mir immer noch schwer, das alles zu begreifen.« Er nahm sein Taschentuch und schnäuzte sich verlegen. »Nein, nachher werden noch weitere Kriminalbeamte anrücken, die hier vor Ort die Spuren aufnehmen und die Beweismittel sicherstellen. Denen muss ich zur Verfügung stehen.«

Er blickte zum Windfang. »Hans Beerbohm wird sich wohl

noch unangenehmen Fragen stellen müssen. Übrigens habe ich Neuigkeiten zum Stallknecht.«

Henny merkte auf. »Ja?«

»Bei Ankunft des Hubschraubers wollte der sich heimlich davonstehlen, was den Kommissar misstrauisch werden ließ. Und siehe da: Die Überprüfung ergab, dass es sich bei ihm um den entflohenen Häftling Erich Kaczmarczyk handelt. Er saß in Neumünster wegen Raubes mit schwerer Körperverletzung ein. Er hatte einer alleinstehenden Witwe die Ersparnisse stehlen wollen, die sich unseligerweise heftig gewehrt hat.«

Ein leises Pfeifen drang von draußen in die Diele, wurde lauter, schwoll zu lautem Knattern an und ging in ein ohrenbetäubendes Dröhnen über.

»Der Hubschrauber«, schrie Holm gegen den Lärm an. »Er fliegt Freya und den Arzt ins Krankenhaus.«

Henny nickte. Bei dem Krach erübrigte sich eine Antwort. Der Hubschrauber entfernte sich, wurde leiser.

Ein Polizist in Uniform trat zu Ihnen und baute sich vor Henny auf. »Telefon für Sie.«

»Für mich?« fragte Henny ungläubig.

»Ja, Hauptkommissar Winkler bittet darum.«

Henny folgte dem Polizisten ins Büro, wo der Hauptkommissar am Schreibtisch saß und telefonierte.

»Gut, dann übergebe ich jetzt an Frau Butenschön«, sagte er und hielt ihr den Hörer hin. »Ihr Herr Direktor.«

Überrascht nahm Henny den Hörer entgegen und meldete sich zaghaft: »Butenschön?«

Sogleich erkannte sie die Stimme Ihres Vorgesetzten: »Frau Butenschön! Zunächst einmal wünsche ich Ihnen ein frohes und gesundes neues Jahr.«

Henny musste lachen. Erst jetzt wurde ihr bewusst, dass in der Turbulenz der vergangenen Tage diese Glückwünsche ausgeblieben sind. Sie wären aber auch bei den gegebenen Umständen fehl am Platz gewesen. »Herzlichen Dank, Herr Dr. Kessler, das wünsche ich Ihnen auch.«

»Ich höre Ihre Unsicherheit heraus – Sie wundern sich, dass ich Sie anrufe?« Er lachte. »Ich hatte natürlich auf einen Zwischenbericht von Ihnen gewartet, und als der ausblieb, machte ich mir Sorgen und habe die Nummer ihrer Urlaubspension …«

»Ich konnte nicht …«, begann Henny, wurde aber sofort unterbrochen: »Ich weiß, der Kommissar hat mich schon informiert. Eine entsetzliche Geschichte! Und Sie? Geht es Ihnen gut?«

»Ja, danke. Mir geht es gut.«

»Das beruhigt mich. Was mir der Kommissar allerdings nicht sagen konnte: Was ist mit dem Bild? Haben Sie darüber was erfahren können?«

»Ja.« Henny nickte eifrig, obwohl ihr Chef das nicht sehen konnte. »Ich habe das Bild zwar nur oberflächlich prüfen können, aber es sprechen alle Anzeichen dafür, dass es sich tatsächlich um ein Bild, von Pieter Brueghel dem Jüngeren handelt. Ich habe einige Materialproben genommen, die werden uns letzte Sicherheit geben. Außerdem gibt es Hinweise darauf, dass es den rechtmäßigen, jüdischen Besitzern von den Nazis entwendet wurde.«

»Gut, dann werde ich den Herrn Hauptkommissar bitten, das Bild vor abermaligem Verschwinden zu bewahren und in seiner Dienststelle unter Verschluss zu nehmen. Wir müssen nur noch überlegen, wie es dann nach Berlin kommt.«

Henny ging sofort darauf ein. »Darf ich dazu einen Vorschlag machen?«

»Nur zu«, sagte der Direktor.

Henny erläuterte kurz ihre Gedanken. Das trug sie so aufgeregt sprudelnd vor, dass der Direktor am Ende ihres Vortrags laut auflachte: »Okay, wenn Sie das vorschlagen, dann machen wir das so.«

Unvermittelt wurde er amtlich, beinahe feierlich: »Frau Butenschön, Sie haben Großartiges geleistet. Durch Ihre Initiative haben wir – das zu erwartende Ergebnis einmal vorausgesetzt – ein wertvolles Kunstwerk vor dem Verschwinden bewahrt. Und zwar unter Einsatz Ihres Lebens. Aber das allein ist es nicht: Ich habe Ihre Arbeit schon lange beobachtet und es mit dem Stiftungsrat bereits abgestimmt. Ich hatte nur noch auf den richtigen Zeitpunkt gewartet.«

Er legte eine Kunstpause ein. Was kam jetzt?

»Ich glaube, der richtige Zeitpunkt ist gekommen. Kurz: Ich möchte Ihnen gern die wissenschaftliche Leitung unseres Museums antragen. Was meinen Sie?«

Henny schluckte. War es erlaubt, einem Chef telefonisch, sozusagen platonisch, um den Hals zu fallen? »Oh … ja, gern … äh … danke!«, war aber alles, was sie dazu hervorbrachte.

Dr. Kessler lachte. »Dann sind wir uns einig. Und nun geben Sie mir nochmal den Kommissar.«

Henny übergab Hauptkommissar Winkler den Hörer und ging beschwingt und fröhlichen Herzens in die Diele zu Holm Kerkenhuus zurück.

* ✝ *

Zum ersten Mal seit ihrer Ankunft auf Oltmanns Hof betrat Henny wieder die Außenwelt. Sofort schreckte sie zurück und blinzelte in das grelle Weiß. Der Schnee blendete sie.

Nur langsam gewöhnten sich ihre Augen an das gleißende Weiß. Neben ihr stand Holm. »Das Leben hat Sie wieder – die Welt hat Sie wieder!«, sinnierte er.

Henny konnte sich nicht dagegen wehren, sich über seine Gegenwart zu freuen. »Ja.«

Dann hörte sie ein leises Brummen. Der Panzer? Sie warf Holm einen fragenden Blick zu, ob auch er es gehört hatte. Und plötzlich stutzte sie, betrachtete ihn mit wachsender Erheiterung und konnte sich ein leises Lachen nicht verkneifen.

Holm zog die Stirn kraus. »Sie lachen mich aus?«

»Nein, natürlich nicht!«, versicherte sie schnell. »Es ist nur so, dass Sie mir schon die ganze Zeit bekannt vorkamen. Und gerade eben ist mir klar geworden, woher ich Sie kenne.«

Holm zeigte sich überrascht. »Sind wir uns schon mal begegnet?«

»Nein, Sie mir nicht, – ich Ihnen!«

»Erklären Sie mir das?«

»Kennen Sie Franz Xaver Winterhalter?«

Holm schüttelte den Kopf. »Ich glaube, ich hatte noch nicht das Vergnügen. Wer soll das sein?«

»Franz Xaver Winterhalter war ein berühmter Porträtmaler des 19. Jahrhunderts. Er hat jede Menge adliger Leute auf die Leinwand gebracht. Allein Königin Victoria von Großbritannien besaß mehr als 100 Gemälde von ihm.«

»Aha. Und ich bin jetzt einer von Queen Victorias Adligen?«

»Nein, das nicht. Aber von Winterhalter stammt auch das

Gemälde *Bildnis eines jungen Architekten*. Und dem sehen Sie wirklich frappierend ähnlich.«

Holm musterte sie gespannt. »Ist das jetzt schmeichelhaft oder muss ich mich schämen?«

Henny lachte. »Schauen Sie sich's an: Es hängt im Musée de Picardie im französischen Amiens.«

»Hm, vielleicht mach ich es sogar. Begleiten Sie mich?«

Ehe Henny dazu eine mehr oder weniger passende Antwort einfiel, steigerte sich das Brummen zu einem röhrenden Grollen. Wie das eines Bären, der in seiner Höhle aufgeschreckt wird.

»Der Panzer!«, sagte Holm.

Im selben Augenblick sahen sie ihn neben der Baumgruppe auftauchen. Unter weiß stiebenden, hoch aufgewirbelten Schneewolken bahnte sich der Panzer dröhnend seinen Weg durch den Schnee. Fasziniert starrten sie auf den heranbrechenden Stahlkoloss. Je näher er kam, desto bedrohlicher wirkte er. Erschreckt machten beide einen Schritt zur Seite, bereit, dem donnernden Ungetüm aus dem Weg zu springen, falls es notwendig sein sollte. Henny griff nach Holms Arm und klammerte sich daran.

Der Panzer bremste einige Meter vor ihnen abrupt ab, nickte kurz nach vorn, dann erstarb der Motor mit einem gurgelnden Röcheln. Henny stieß erleichtert die Luft aus und ließ Holms Arm los.

Still und erwartungsvoll betrachteten sie das vor ihnen stehende eiserne Monstrum. Aus den geöffneten Luken schauten die Köpfe zweier Soldaten hervor. Beide trugen eine Lederkappe und hatten ihre großen Schutzbrillen nach oben über die Stirn geschoben.

Während sich der Mann vorn nicht rührte, kletterte der

hinter ihm erhöht sitzende Soldat aus der Luke und sprang vom Panzer herunter. Sofort sackte er bis zu den Knien ein. Nachdem er sich befreit hatte, kam er Schritt für Schritt auf sie zu gewatet, wie jemand, der mit Gummistiefeln eine Wattwanderung unternimmt.

Schnaufend blieb er vor Ihnen stehen. »Hauptfeldwebel Cordes«, stellte er sich vor. »Das ist Hauptgefreiter Piek«, zeigte er über die Schulter zum Bergepanzer zurück. »Und Sie sind die Dame, die wir nach Heide bringen sollen?«

Henny nickte und nahm die ihr dargebotene Hand. »Butenschön. Henny Butenschön.«

Der Hauptfeldwebel wandte sich Holm zu. »Sie fahren auch mit?«

Holm schüttelte den Kopf. »Ich bin nur hier, um mich von Frau Butenschön zu verabschieden. Wir werden uns nämlich für längere Zeit nicht sehen.«

Henny spürte, wie ihre Wangen aufglühten.

»Na dann!«, sagte Cordes. »Aber beeilen Sie sich, wir wollen nämlich möglichst schnell weiter.« Damit drehte er sich um und stiefelte zum Panzer zurück.

Holm sah Henny an. Er wirkte ernst und verlegen, als er etwas zerfahren ansetzte: »Ich würde Sie jetzt gerne ... also, verstehen Sie mich nicht falsch ... aber bei allem, was ... ähm ... also ...« Dann gab er sich einen Ruck: »Ich würde Sie gerne umarmen!«, sagte er und fügte schnell hinzu: »Es muss ja nicht sofort sein – vielleicht gleich am Panzer?«

Henny musste lachen und blickte zu ihm hoch. »Ja«, sagte sie. »Gleich am Panzer.«

Hauptfeldwebel Cordes hielt die Einstiegsluke auf. »Kommen Sie«, rief er. »Wir müssen!«

Henny nickte ihm zu und betrachtete den Panzer, der mit

geöffneter Einstiegsluke auf sie wartete. Eine kleine Ewigkeit stand sie da und rührte sich nicht. Dann drehte sie sich abrupt um und sah zu Holm auf. Eine kleine Träne glitzerte in ihrem Auge. »Nimmst du mich jetzt schon in den Arm?«

* ✞ *

Knapp drei Wochen später, am 20. Januar 1979, einem Sonnabend, fuhr Holm Kerkenhuus mit Hennys Käfer vor ihrer Berliner Wohnung vor. Auf der Rückbank lag ein sperriges, flaches Paket.

Henny hatte schon ungeduldig vor dem Haus auf ihn gewartet.

»Worüber freust du dich am meisten: Über den Käfer oder über die *Niederländischen Sprichwörter?* Oder über die Blumen?«, fragte er lachend und zauberte einen bunten Blumenstrauß hinter seinem Rücken hervor.

»Über dich!«, sagte Henny und fiel ihm um den Hals.

Holm blieb noch zwei Wochen in Berlin.

- E N D E -

Und dann?

Natürlich sind die Romanfiguren und deren Handlungen fiktiv, auch wenn sie mich während des Schreibens zwei Jahre lang begleitet haben. Sie waren dabei, wenn ich morgens aufstand, sie ließen mich nicht zur Ruhe kommen, wenn ich abends zu Bett ging, und sie saßen neben mir, wenn ich am Computer saß und arbeitete. Da stellt sich natürlich schon die Frage: Wie mag es mit ihnen weitergegangen sein?

So könnte es weitergegangen sein:

Wiebke Teuffert, alias Wiebke Oltmanns, wurde nur noch einmal gesehen. In der Fischerkirche St. Clemens in Büsum soll sie einen ganzen Tag lang auf der hintersten Bank gesessen haben, still im Gebet versunken. Danach verliert sich ihre Spur. Sie wurde nie wieder gesehen.

Lorenzo Mancini, »Patata«, wurde im August 1979 verhaftet. Es erging ihm wie 48 Jahre zuvor schon dem legendären Mafiaboss Al Capone: Man hatte ihm zwar keine kriminellen Machenschaften nachweisen können, aber man kriegte ihn wegen Steuerhinterziehung dran. Im November 1979 kam er für zwei Jahre nach Santa Fu, der berüchtigten Strafanstalt in Hamburg-Fuhlsbüttel. Nach eineinhalb Jahren wurde er entlassen. Er verließ Deutschland Richtung Sizilien und suchte dort nach einer lukrativen Beschäftigung. Am 15. August 1983 (Mariä Himmelfahrt) wurde er in einem illegalen Hinterhof-Spielcasino in Palermo erschossen.

Ursula und Karl Joretzki, die blonde Frau und ihr Vater aus Reinsbüttel, befreiten sich Sonntagnachmittag aus der engen Gästetoilette. Aufgrund des ausgefallenen Telefonnetzes konnten sie den Überfall erst am Dienstag der Polizei melden. Die versprach, sich in den kommenden Tagen darum zu kümmern.

Freya Brunken wurde im Krankenhaus Itzehoe von einem gesunden Mädchen entbunden. Mutter und Kind wurden drei Jahre lang in einer Sozialeinrichtung für benachteiligte und alleinerziehende Mütter betreut. Danach kamen sie in die Obhut der Ordensfrauen einer Zisterzienserinnen-Abtei in Bayern. Den Mord an Sonja Kerkenhuus hatte man ihr nicht nachweisen können.

Hans Beerbohm fand eine Anstellung als Festmacher bei der Lübecker Hafengesellschaft. Mit anderen ehemaligen Zöglingen des Glückstädter Kinderheimes hat er sich zusammengeschlossen und kämpft seitdem um Wiedergutmachung für die damals erlittenen seelischen und körperlichen Schäden. Das Schleswig-Holsteinische Sozialministerium hat eine umfassende Aufarbeitung in Aussicht gestellt.

Erich Kaczmarczyk wurde erneut inhaftiert. Als Anstifter einer (letztlich missglückten) Gefängnismeuterei kam er in Einzelhaft. Im August 1980 verstarb er auf der Krankenstation der JVA Neumünster an Nierenversagen.

Hauptfeldwebel Heiner Cordes schied im August 1979 altersbedingt aus der Bundeswehr aus. Im September ließ er das Dach seines Hauses neu eindecken.

Die Öffnung der Grube im Kuhstall auf Oltmanns Hof fand man die Leiche der 27-jährigen Chemielaborantin Sonja Kerkenhuus. Eine Überraschung erlebten die Kripobeamten, als sie ganz unten in der Grube eine weitere Leiche fanden, die bis zur Unkenntlichkeit verwest war. Intensive Nachforschungen und Analysen ergaben, dass es sich um den Cousin des Hofbesitzers handelte, von dem es geheißen hatte, er sei nach Amerika ausgewandert. Man vermutet, dass Walter Oltmanns seinen Cousin ermordet hatte, um sich an dessen Habseligkeiten zu bereichern. Folgt man diesem Motiv, wird Oltmanns wahrscheinlich vom Wert der *niederländischen Sprichwörter* gewusst haben.

Am 15. Mai 1982 sagte Henny Butenschön: »Ja!« und hieß fortan Henny Kerkenhuus. Ihr gemeinsames Heim bezogen sie in Wedel – einen Bungalow mit Blick auf die Elbe. Holm Kerkenhuus hatte seine neue Arbeitsstelle in der Verkehrszentrale Elbe in Brunsbüttel angetreten und Henny nach langer Suche in Hamburg-Blankenese passende Räume für ihre Kunstgalerie gefunden. Über dem Eingang prangte der Schriftzug *Galerie Henny Kerkenhuus*. Die Öffnungszeiten beschränkte sie allerdings auf drei Tage in der Woche, um möglichst viel Zeit für ihre beiden Töchter zu haben.

… und das Ganze noch einmal.

Am 13. Februar 1979, also nur knapp sechs Wochen später, wiederholte sich das, was keiner für möglich gehalten hatte: Erneut versank der Norden im Schnee.

Wieder hatte sich eine dramatische Wetterfront aufgebaut. Wieder gab es eine Sturmflut an der Ostseeküste, wieder schneite es ohne Unterlass, wieder gab es Stromausfälle, steckengebliebene Züge und festgefahrene Autos, wieder wurden Panzer rausgeschickt und wieder stiegen Hubschrauber auf. Leider kamen auch wieder Menschen zu Tode.

Die Politik und die Behörden hatten sich anschließend zahlreicher Vorwürfe zu erwehren: Der Katastrophenschutz sei nicht ausreichend ausgerüstet und vorbereitet gewesen und es habe an effektiver Koordination der zuständigen Ämter und Behörden gemangelt.

So kritisierte Schleswig-Holsteins Ministerpräsident Gerhard Stoltenberg die Uneinheitlichkeit der Funkfrequenzen der für den Katastrophenschutz zuständigen Organisationen. Dem NDR warf er vor, zu viele Reportagen, aber nur wenig hilfreichen Service gebracht zu haben.

Auch haben die im Zuge der Landschafts- und Gebietsreform abgeholzten Knicks dazu beigetragen, dass der Schnee ungehindert riesige Flächen zuwehen konnte. Dazu kamen die zu jener Zeit noch oberirdisch verlaufenden Stromleitungen.[12)]

Was aber bemerkenswert war und wie selbstverständlich gewährt wurde, waren die uneigennützige Nachbarschaftshilfe und mitmenschliche Solidarität.

Auf Teufel komm raus.

Eine der faszinierendsten Dokumentationen, die ich bis dahin gesehen hatte, inspirierte mich zu diesem Buch: *Eingeschneit und festgefroren*, ein Film von Sven Jaax über die Schneekatastrophe um den Jahreswechsel 1978/79, der vom NDR Fernsehen Anfang 2019 ausgestrahlt wurde.

Den Schneesturm hatte ich im niedersächsischen Hannover zwar nur mit seinen abgeschwächten Ausläufern erlebt, dennoch sind mir die gewaltigen Schneemassen, die das Land zudeckten und mir persönlich den Weg zur Arbeit versperrten, noch in guter Erinnerung.

Die ganze Dramatik aber, mit dem Zusammenbruch der Infrastruktur und den menschlichen Tragödien, die sich im Norden Deutschlands abspielten, führte mir erst dieser Film vor Augen.

Mit einer Mischung aus Faszination, Betroffenheit und Ehrfurcht vor den entfesselten Naturgewalten habe ich diese Dokumentation förmlich in mich hineingesaugt. Noch am selben Abend war mir klar: Darüber wollte schreiben!

Die Ideen zur Handlung des Romans haben sich in den folgenden Wochen nach und nach bei mir eingestellt. Zunächst hatte ich Walter Oltmanns noch als triebhaften Massenmörder vorgesehen. Das wurde mir aber von Satz zu Satz zunehmend unsympathischer. Ich mag keine triebhaften Massenmörder.

Die aufkommenden Diskussionen über die dunklen Kapitel in der Geschichte der katholischen Kirche führten mich dann zu den Themen Missbrauch und Exorzismus. Das mag ich zwar noch weniger, aber die Wut darüber ließ mich schreiben.

Als ich daraufhin Recherchen zu Dämonenbefreiung und Teufelsaustreibungen anstellte, ahnte ich nicht, in welche Abgründe sie mich führen sollten. Je mehr ich darüber las, je tiefer ich in die Thematik eindrang, desto erschreckender wurde das, was ich zu lesen bekam.

Bis dahin hatte ich Teufelsaustreibungen als nur vereinzelt praktizierte, schrullige Nebenbeschäftigung spinnerter Priester angesehen. Fragwürdig und obskur zwar, aber harmlos. Bis ich eines Schlechteren belehrt wurde.

In Italien werden jährlich etwa eine halbe Million Teufelsaustreibungen durchgeführt. Dazu sind im Dienst der Kirche mehr als 250 anerkannte Exorzisten unterwegs. Für Nachwuchs sorgt die päpstliche Universität Regina Apostolorum in Rom, in deren Seminare regelmäßig über 100 Teilnehmer aus aller Welt zu Exorzisten ausgebildet werden. Im tief gläubigen Polen sind es um die 120 Exorzisten, die mit Erlaubnis und dem Segen der polnischen Bischofskonferenz jährlich um die 15.000 Mal zu Austreibungen schreiten.[13)]

Dagegen nimmt sich Deutschland mit geschätzten 700 Teufelsaustreibungen noch recht bescheiden aus.

Nun mag es ja durchaus christlich sein, einen Sünder mit den erhellenden Worten eines Gebets reuig zur Einsicht zu bewegen. Vielleicht gelingt es sogar, böse Gedanken und schändliches Tun durch Gebete auszutreiben.

Was aber, wenn vier Priester ein junges Mädchen neun Stunden lang an Armen und Beinen festhalten und mit unzähligen *Ave Marias* traktieren, bis sie schließlich zusammenbricht und ins Krankenhaus gebracht werden muss?[14)]

Ist das noch christlich? Oder ist es schlicht das Ausleben männlicher Machtgelüste im Schatten des Kreuzes?

Völlig absurd wird es, wenn Exorzisten aus ihrem »Arbeitsalltag« berichten: Da laufen vom Teufel Besessene senkrecht die Wände hoch und kopfüber die Decke entlang, springen aus dem Stand bis zur Zimmerdecke oder würgen so große Mengen an stinkenden Schleim aus sich heraus, dass man zwei Eimer braucht, um den Schleim wegzuschaffen.[15)]

Fassungslos fragt man sich, wie es möglich ist, dass in Zeiten, in denen der Mensch schon lange den aufrechten Gang beherrscht und mit Messer und Gabel umgehen kann, noch solche Rumpelstilzeleien praktiziert werden können.

Das Unbegreifliche gipfelt schließlich in solch exzessiven Teufelsaustreibungen wie bei der 23-jährigen Studentin der Religionspädagogik Annemarie Michel, die 1976 nach 67 (!) durchgeführten Exorzismen an Unterernährung starb. Dass sie an Epilepsie litt, hatte keinen der Beteiligten sonderlich interessiert.[16)]

In einem Frankfurter Hotel kam 2015 eine 41-jährige Koreanerin zu Tode, nachdem fünf Landsleute zwei Stunden lang versucht hatten, den Teufel aus ihr herauszuprügeln.[18)]

Das sind nur zwei Fälle von unzähligen Todesopfern, die bei Teufelsaustreibungen ihr Leben gelassen haben.

Für was?

Der deutsche Papst Benedikt XVI. erkannte 2014 die *Internationale Vereinigung der Exorzisten (AiE)* offiziell an. Deren Vorsitzender Francesco Bamonte ließ im L'Osservatore Romano ungerührt verlauten, der Exorzismus gehöre »zu den Werken der leiblichen und geistlichen Barmherzigkeit«.[18)]

Danksagung

Mein größter Dank gilt meiner Frau, die nicht nur zwei Jahre lang meine ständige Beschäftigung mit dem »Schnee« geduldig ertragen hat, sondern mit ihrem klaren Blick auch immer Rat wusste, wenn ich mal nicht weiterkam. Danken möchte ich auch all jenen, ohne die dieses Buch nicht das wäre, das es geworden ist:

Sven Jaax (www.svenjaax.de) für die Genehmigung, das Zitat aus seinem Film nutzen zu dürfen. Seine faszinierende NDR-Dokumentation *Eingeschneit und festgefroren* hat mir den Anstoß zu diesem Roman gegeben.

Dipl.-Met. **Petra Gebauer,** Vorsitzende der Berliner Wetterkarte e. V., c/o Institut für Meteorologie der Freien Universität Berlin, für den Originaltext der Wetterlage am 27. Dez. 1978 sowie für die Hinweise zu meinen Wettertexten.

Meteorologe **Thomas Sävert** für seine Hilfestellung und Einwilligung, die auf seiner Website »Naturgewalten« (www.saevert.de) dargestellten Informationen zur Wetterlage im Dezember 1978/79 für meine Geschichte nutzen zu dürfen.

Tanja Böhm (www.lektorat-feinetextsache.de) für das Aufspüren versteckter Fehler und das Glätten holpriger Sätze.

Dr. Franziska Walter (www. lektoratwalter.com) für ihr Gutachten, das zu sinnvollen Ergänzungen geführt hat.

Gabriele Scheller (Scheller Boyens Buchhandlungen, Heide und Büsum) für ihre sachkundigen Ratschläge, die zur »Entschlackung« der Handlung beigetragen haben.

Quellennachweis

[1] Aus dem Originaltext der Berliner Wetterkarte vom 27.12.1978, Berliner Wetterkarte e. V. (Hrsg.), ISSN 177-3984.

[2] Kusch, M. und Röbel, U.: *Inge Quandt tot. Wie starb Deutschlands reichste Frau? Ihr Mann Kopfschuß. Er brachte sich neben ihr im Bett um.* In: BILD, 300/52, vom 27.12.1978, Seiten 1 und 8. Axel Springer Verlag AG, Hamburg 36, Kaiser-Wilhelm-Straße 6.

[3] Sethe, Helmut: *Der große Schnee. Der Katastrophenwinter 1978/79 in Schleswig-Holstein*, Husum, Husum Druck- und Verlagsgesellschaft mbH u. Co. KG, 1979.

[4] *Langsam drehen die Leute durch*. Aus: der gemeinsamen Notausgabe von: Flensburger Tageblatt, Schleswiger Nachrichten, Husumer Nachrichten, Nordfriesland Tageblatt, Sylter Nachrichten und Der Insel Bote, 2. Januar 1979.

[5] Prof. Danker, Uwe: *Schnee, Schnee, Schnee ...* Aus: *Land unter Schnee*, Sonderveröffentlichung der Kieler Nachrichten und der sh:z, Kiel, Schleswig-Holsteinischer Zeitungsverlag GmbH & Co. KG, 2008.

[6] Schreiber, Justina: *Das Kalenderblatt*, 28.12.2010. In: www.br.de. https://www.br.de/radio/bayern2/sendungen/kalenderblatt/schneekatastrophe100.html (09.11.2021)

[7] Jaax, Sven: *Eingeschneit und festgefroren. Als der Norden im Schnee versank*. 2019 In: www.ndr.de. https://www.ndr.de/fernsehen/sendungen/unsere_geschichte/ Als-der-Norden-im-Schnee-versank,sendung1211750.html (12.02.2019).

[8] Binterim, Anton Joseph: *Über die Besessenen (Energumenen) und ihre Behandlung in der alten Kirche*, München, Arbeitsgemeinschaft für Religions- und Weltanschauungsfragen, 1979.

[9] Schindelholz, Georges: *Exorzismus. Ein Priester berichtet.*, Altstätten, Schweiz, Panorama Verlag AG, 1983.

[10] Papst Paul VI. Paul VI. am 15. November 1972, aus VATICAN NEWS, www.vaticannews.va; https://www.vatican.va/content/francesco/de/apost_exhortations/documents/papa-francesco_esortazione-ap_20180319_gaudete-et-exsultate.html (26.10.2022)..

[11] Münder-Führing, Sophia: *Das Raubkunst-Puzzle - Suche nach Gerechtigkeit,* In: www.ndr.de, 08.06.2022. https://www.ndr.de/fernsehen/sendungen/unsere_geschichte/Das-Raubkunst-Puzzle-Suche-nach-Gerechtigkeit,sendung1244234.html (11.09.2022).

[12] Prof. Dombrowski, Wolf: *Aus den Erfahrungen nichts gelernt.* Aus: *Land unter Schnee*, Sonderveröffentlichung der Kieler Nachrichten und der sh:z, Kiel, Schleswig-Holsteinischer Zeitungsverlag GmbH & Co. KG, 2008.

[13] *Polen: Kirche gründet Ausbildungzentrum für Exorzisten*. In: www.vaticannews.va, 15.06.2019. https://www.vaticannews.va/de/welt/news/2019-06/polen-kirche-ausbildung-exorzisten-versammlung-bischofskonferenz.html (12.11.2023).

[14] *Szenen wie aus einem Horrorfilm: Neun Stunden Exorzismus in Italien am Stück.* In: www.augsburger-allgemeine.de, 11.12.2012. https://www.augsburger-allgemeine.de/panorama-aberglauben-szenen-wie--aus-einem-horrorfilm-neun-stunden-exorzismus-in-italien-am-stueck-id61248646.html (06.12.2022).

[15] Pater Jeremia, Exorzist a. D: *Keine Angst vorm Exorzisten,*
Eliana Philippa Adler c/o SP-Day.de Impressum Service Dr. Lutz Kreutzer
[16] Berninger, Simon: *Tod nach 67 Exorzismen: Zum Gedenken an Anneliese Michel.* In: www.br.de, 21.09.2022. https://www.br.de/nachrichten/kultur/tod-nach-67-exorzismen-zum-gedenken-an-anneliese-michel,THVVhFB (19.12.2022).
[17] Höll, Susanne: *Exorzisten-Prozess: Dämonen in Zimmer 433.* In: www.sueddeutsche.de, 10. Oktober 2016. https://www.sueddeutsche.de/panorama/frankfurt-exorzismus-prozess-daemonen-auf-zimer-433-1.3198452 (26.11.2022).
[18] (sar): *Warum die katholische Kirche Exorzisten beschäftigt.* www.brigitte.de, 10. Oktober 2016. https://www.brigitte.de/aktuell/gesellschaft/teufelsaustreibung-warum-die-katholische-kirche-exorzisten-beschaeftigt-10135750.html (15.09.2022).

Websites

www.wikipedia.de: Die ausführlichen Informationen, die Wikipedia zu allen relevanten Themen bereithält, haben die Arbeit an meinem Buch wesentlich vereinfacht. Daher habe ich nach Abschluss meiner Recherchen auch einen Beitrag zur Spendensammlung von Wikipedia geleistet.

Weitere Websites, die mir bei der Arbeit an diesem Buch wertvolle Informationen gegeben haben:

Stark, Florian: »Als der tödliche Blizzard über Deutschland kam«,
In: www.welt.de, 28. Dezember 2018.
https://www.welt.de/geschichte/article186192824/Schnee-katastrophe-1978-Als-der-Todes-Blizzard-ueber-Deutschland-kam.html (20.04.2021)

»Stillstand – Die Schneekatastrophe 1978/79 in Schleswig-Holstein«.
In: www.story.kn-online.de. https://story.kn-online.de/schneekatastrophe-1978-und-1979/ (06.05.2021)

»Luftmassengrenze 1978/1979«. In: www.donnerwetter.de.
https://www.donnerwetter.de/wetter-spezial/luftmassengrenze-19781979_cid_85443.html (12.03.2021)

Sävert, Thomas: »Winter 1978/79«. In: www.saevert.de.
http://www.saevert.de/winter7879.htm (08.09.2021)

Literaturverzeichnis

Mileke, Otto: *Schicksale Deutscher Schiffe, Frachtdampfer Irene Oldendorff, Das Seeamt tagt.* München, Arthur Moewig Verlag, 1955.

Nannen, Henri, Herausgeber: *Das war 78, STERN Jahrbuch*, Hamburg, Gruner + Jahr AG, 1979.

Galileo Special Magazin: *Die 70er Jahre, Galileo Special Magazin*, Hannover, bpa media gmbh, 2022.

zum Winkel, Arnold: *Ostholstein versank im Schnee*, Eutin, Struve's Buchhandlung und Verlag, 1979.

Sethe, Helmut: *Der große Schnee. Der Katastrophenwinter 1978/79 in Schleswig-Holstein*, Husum, Husum Druck- und Verlagsgesellschaft mbH u. Co. KG, 1979.

Dr. Koch, Kurt E.: *Christus oder Satan*, Schwäbisch Gmünd, Bibel- und Schriftenmission Dr. Kurt E. Koch e. V., 2003.

Prof. DDr. Siegmund, Georg: *Ecclesia Catholica. Der Exorzismus der katholischen Kirche*, Kisslegg-Immenried, Christiana-Verlag im FE-Medienverlag, 2005.

Starobinski, Jean: *Besessenheit und Exorzismus. Drei Figuren der Umnachtung*, Frankfurt/M., Verlag Ullstein GmbH, 1976.

Hinterdobler, Manfred: *Die Besessene von Frauentödling*, Passau, Verlag Passavia Passau, 1993.

Schindelholz, Georges: *Exorzismus. Ein Priester berichtet.*, Altstätten, Schweiz, Panorama Verlag AG, 1983.

Binterim, Anton Joseph: *Über die Besessenen (Energumenen) und ihre Behandlung in der alten Kirche*, München, Arbeitsgemeinschaft für Religions- und Weltanschauungsfragen, 1979.

Newig, Jürgen und Theede, Hans (Hrsg.): *Tradition und Kultur an der deutschen Nordseeküste*, Hamburg, Ellert & Richter, 2001.

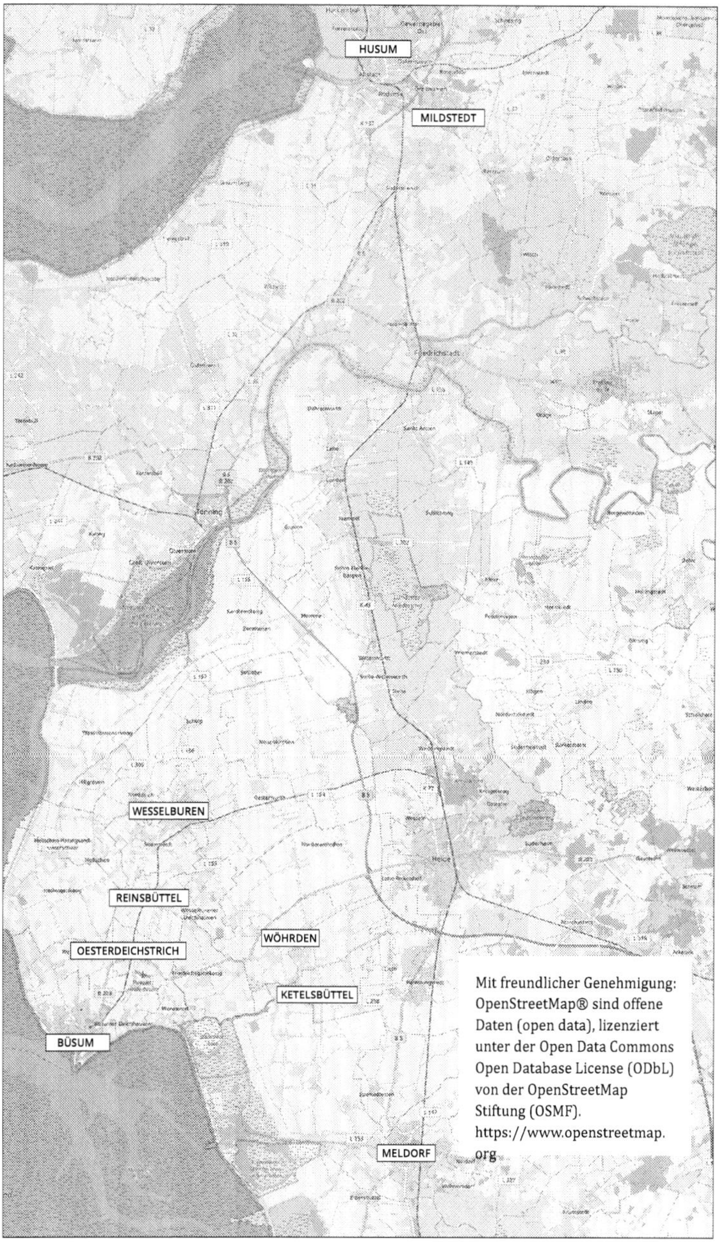
HUSUM
MILDSTEDT
WESSELBUREN
REINSBÜTTEL
OESTERDEICHSTRICH
WÖHRDEN
KETELSBÜTTEL
BÜSUM
MELDORF
Mit freundlicher Genehmigung: OpenStreetMap® sind offene Daten (open data), lizenziert unter der Open Data Commons Open Database License (ODbL) von der OpenStreetMap Stiftung (OSMF). https://www.openstreetmap.org

Über den Autor

© Phototeam Brinkmann

Klaus Hansen wurde 1947 an der frischen Luft in Schleswig-Holstein geboren und betreibt heute mit seiner Frau und seinem Sohn eine sturmerprobte Werbeagentur bei Hannover.

Zwei Ereignisse haben sein Leben nachhaltig geprägt: Die verheerende Sturmflut im Februar 1962, die er in seiner Geburtsstadt Pinneberg hautnah miterlebt hat, sowie die Arbeit als Schiffsjunge auf dem Frachtdampfer BLIDUM, mit dem er 1963 – gerade 16-jährig – ins Mittelmeer bis nach Bengasi, Libyen, gefahren ist. Seitdem fasziniert ihn alles, was mit Meer und Seefahrt, mit Wind und Sturm und Ebbe und Flut zu tun hat.

Die Schneekatastrophe 1978/79 hat er im weniger betroffenen Großraum Hannover zwar nur in minderen Auswirkungen erlebt, dennoch hat ihn diese Urgewalt so beeindruckt, dass er sie in dem Buch Der Schnee und die Angst verarbeitet hat.

Seine Liebe zur norddeutschen Küstenregion hat er unter dem Pseudonym *hansenhansen* in bislang vier Büchern umgesetzt.

Printed in Poland
by Amazon Fulfillment
Poland Sp. z o.o., Wrocław

25656832R00260